U0008171

雷米 著

高寶書版集團

◆目錄◆

自序
執念如魔

二〇〇三年四月二十五日，奉俊昊導演的電影《殺人回憶》在韓國上映。在此後的十多年中，本片作為韓國犯罪電影的經典之作，一直為觀眾津津樂道。電影是根據一九八六年九月至一九九一年四月期間發生的韓國京畿道華城郡連環殺人案改編而成。

幕後有一個沉重且有趣的花絮：在電影的結尾，宋康昊扮演的朴警官重返案發現場，聽一個小女孩講述曾在這裡看到一個徘徊的男人之後，轉身面對鏡頭，內心的千言萬語化作久久的凝視。

奉俊昊導演說，當年沒有被抓獲的兇手如果在二〇〇三年看到這部以他的罪行為素材的電影，他一定會透過最後一個鏡頭與朴警官對視。導演試圖告訴兇手，這是員警的回憶，也是受害者家屬的回憶，更是一個時代的回憶。

「你的罪行，從來不曾被忘記。」

我更想知道的是，一個躲過追捕的連環殺手，在進入垂垂暮年之際，他會想些什麼。

二〇一四年春季，我曾有一段時間步行上下班。在中國刑事警察學院附近有一個公園，上班路過那裡，我常常會遇到一些散步的老人。他們或精神矍鑠，或老態龍鍾；或呼朋引伴，或踽踽獨行。從衣著和神態，我能大致猜出他們是怎樣度過了大半生的時光，然而過客畢竟是過客，我沒有時間也沒有耐心去仔細探究。但是，在某個春日的早晨，當我走在一條兩邊剛剛泛起新綠的石子路上時，我突然心裡一驚。

在那些溫和的表情之下，在那些衰老的身體之中，是否隱藏著偃旗息鼓的惡魔？它是否在暗自慶幸的同時，蠢蠢欲動，打算重返人間？

於是，在《心理罪》之後的新寫作計畫誕生了。

這是一個關於執念的故事，所謂執念，求之不得，念念不忘。我們常常把內心的執念推給時間去解決，然而，它就像一個歷久彌新的陷阱，上面覆蓋著自欺欺人的花草，當我們前來憑弔的時候，向前一步就會陷落。我們嘴裡喊著「救命呀、救命呀」，其實心裡很清楚，這麼多年來，那裡就是心之所向。

很多時候，謂之放下，不是無念，只是無力而已。

一個人的執念，往往事關情愛；一群人的執念，則與一個時代脫不了關係，更何況，它整整橫跨了二十三年。無論是誰，想必都會在年華盡逝時承認自己的一敗塗地。

時間是良醫，但疤痕猶在，我們大可以歸罪於天性中的侷限和軟弱，然而有人偏偏不認帳，所以才會有與時間賽跑的員警、才會有困於輪椅上卻仍不放棄的老人、才會有選擇以身涉險的女孩、才會有用最笨拙的方法監視惡魔的懺悔者、才會有明明已經覺醒卻甘願投身於時間漩渦的提線木偶。

以及，被愛欲與憎恨折損了一生的他。

這是一個關於老人的故事，處處瀰漫著斑駁的時光，散發著朽蠹的味道。

我曾經固執地將其命名為《臨終關懷》，儘管這讓這個故事看起來非常像一本醫學書。首次出版的時候，它被更名為《殉罪者》——執著於罪的人，終將為其殉葬。

小說出版後不久，我聽到了一首歌，是謎幻樂團（Imagine Dragons）的〈惡魔〉（Demons）。

在我看來，它是小說中每個人物的內心獨白。

我想為你隱藏真相，
我想為你張開臂膀。
但是我內心的野獸，
已經無處躲藏。

執念就是惡魔，它用環繞著大團蒸氣的紅色尖角，刺向我們的心臟。它是纏在腳上的荊棘，它是從山頂滾落的巨石，它是我們繞不開的念想，它是我們完成一生的指望。

它讓我們瘋狂，它讓我們堅強。

所以，在這部小說再版的時候，我想，我終於可以直視它的本來面目。

它應該叫《執念》。

二〇一九年九月，韓國媒體報導：一名現年五十六歲的李姓男子被確認為當年京畿道華城郡連環殺人案的真凶。

二〇二二年三月　於瀋陽

引子 告白

白。

他把塑膠膜貼在廁所牆壁上的時候，腦子裡只剩下一個念頭：『這瓷磚，竟然這麼白！』

他似乎是第一次注意到廁所的牆壁。在這個每天都要刷牙、洗臉、上廁所的地方，他感到陌生。當然，他沒理由不感到陌生，因為那些毛巾、用具以及各種洗髮、護膚用品統統都被收到一個紙箱裡，洗手臺上空空蕩蕩，就連鏡子也被一層塑膠膜覆蓋著。

偶爾，他會抬起頭來看看鏡子裡的自己，看那張被汗水浸濕的臉，很快就扭過頭去。那不是自己。

廁所只有幾平方公尺，但是要把這麼狹窄的空間完全遮擋還真不是一件容易的事情，好在最困難的部分已經完成。他低下頭，看看被兩層塑膠膜包裹住的浴缸排水口的管道已經被抽出，一根嶄新的排水管插在地漏裡，同樣的塑膠膜被貼在排水口周圍，作為引流器，也探入排水管中。

萬無一失。他喃喃自語道。

他抬起頭，打量著廁所的天花板，在吸頂燈的光暈下，鋁塑板也白得耀眼。

他瞇起眼睛，身體搖晃了一下。巨大的心理壓力會讓身體的疲憊感加倍，同理，這瞬間的無力感讓他清晰地感覺到自己的決心又減少了一分。

不，不要。他用力地搖搖頭，強迫自己把注意力轉移到另一個問題上。

那東西，會不會噴得那麼高？

他猶豫了一下，勉強直起已經酸痛無比的腰，踮起腳尖，同時用手拉起一塊塑膠膜，伸向天花板。

幾十分鐘後，他從浴缸裡跨出來，手扶洗手臺，站在鏡子前微微喘氣。

整個廁所都被塑膠膜覆蓋住了，連馬桶也概莫能外，昔日光潔的牆壁現在已經無法再反射光線。此刻，他被一團模糊又冰冷的光籠罩著，彷彿身處一個夢境之中，很不真實。

這很好。虛幻感會讓他增加勇氣，因為接下來要做的事情，是他想都沒有想過的。

待氣息稍稍平復後，他開始脫掉全身的衣服，很快，除了手上的一副塑膠手套外，他已經一絲不掛。

他把衣服捲起，扔進那個裝滿洗漱用品的紙箱裡，隨後向客廳走去。

沙發也被蒙了一層塑膠膜，上面是一個被膠帶纏住手腳，同樣全身赤裸的女人。

女人一動不動，看起來似乎毫無聲息。

他緊張起來，俯身下去，用手指輕觸女人的脖子。然而，被一層塑膠包裹著的手指並沒有感到明顯的律動。他又把手臂湊向女人的鼻子，終於感到一陣濕熱的氣息。

他既欣慰又恐懼，欣慰的是他需要這個女人活著，因為他必須要完成計畫中的一切；恐懼的是，他將完成那最難以面對的一個環節。

他彎下腰，把女人橫抱起來。這個失去知覺的女人要比想像中沉重得多，他莫名其妙地想到了「死沉」這個詞。在那一瞬間，他的情緒一下子低落至谷底。

直到這一刻，他才真切地意識到自己在幹什麼。

同樣的事情，同樣的夜。他在揣度一年前的感受與心情。

試試看，懷裡抱著的不是一個還在顫抖的人體，沒有溫度、血管、骨骼或者肌肉，不是任何人的女兒、妻子或者母親，而是一個可以肆意擺弄的玩具，一個可拆卸的玩具。

想到這些，他嘴角的紋路驟然冷硬起來。此時此刻，就是這樣，沒錯。

把她放進浴缸之後，他已經感到筋疲力盡。昏迷的女人經過搬移及輕微的撞擊，意識稍有恢復。出於本能，她下意識地夾緊雙腿，雙眼也微微地睜開。

他不敢去直視女人的眼睛，轉身拿起廁所的馬桶吸把，然後拆開一個避孕套，套在握柄上。

這是必須完成的部分，也是他始終無法做到的部分。今天晚上，他已經嘗試了無數次，都沒有成功，只能用這個辦法。

女人已經清醒過來，正在驚懼地打量著身處的環境，同時拚命掙扎著，試圖站起來。無奈手腳被縛，用盡全力也只能讓自己蜷縮在浴缸的一角。看到他拿著馬桶吸把湊向自己，女人既恐懼又疑惑，她拚命地搖著頭，雙眼已經盈滿淚水，被膠帶封住的嘴裡發出含混不清的「嗚嗚」聲。

他握著馬桶吸把，跪在女人的身前，一時間有些手足無措，首先想到的卻是安慰這個恐懼至極的女人。

「對不起，」他半垂下頭，彷彿也在安慰自己，「不會讓妳太難受的。」

女人完全不能理解這些詞句，拚命向後躲避著，口中的「嗚嗚」聲已經變成短促而低沉的尖叫，同時竭力向前踢打著，試圖阻止他靠近。

女人的腳細長、白皙，腳背上可見淡藍色的靜脈血管，趾甲染成紫色。

他閉上眼，竭力平復那驟然猛烈的心跳，然而，太陽穴仍然在突突地跳動著，彷彿有什麼東西要從腦中破裂而出。

無數個畫面混雜在一起，各種令人顫抖和窒息的味道。他的大腦彷彿一臺超載運轉的電腦，最後只向他發出一個指令。

對不起。

他睜開眼睛，伸手抓住女人的膝蓋，用力扳開。

對不起。

午夜後，氣溫驟降。

在這座北方城市裡，深秋意味著滿街枯葉飄零，空氣清冷，摻雜著腐朽與冬儲菜的清香味道，也意味著馬路上人跡寥寥，特別是在這個時段。

他全身僵直地坐在駕駛座裡，目視前方，握著方向盤的手骨節畢現。收音機裡正在播放陳百強的〈偏偏喜歡你〉。

他需要用音樂聲把這狹窄的駕駛座填滿，什麼都行，只要能暫時充斥他的耳朵，否則就會聽到後車廂裡那些黑色塑膠袋中發出的聲音。

切開皮膚的聲音，鮮血噴湧而出的聲音，鋸斷骨頭的聲音，以及女人最後從喉嚨裡發出的悠長呻吟。

城建花園附近的草叢、南運河河道、北湖公園的人工湖、東江街中心綠化帶、南京北街和四通橋交會處的垃圾桶。

把所有的黑色塑膠袋處理完畢，已經是凌晨四點。

氣溫變得更低，這個城市絲毫沒有醒來的跡象。

在一處黑暗僻靜的地方，他停好車，拿起手電筒再次檢查了後車廂。很好，沒有任何血跡之類的痕跡留下來，看來對那些塑膠袋進行嚴密包裹還是有意義的。然而，那股味道仍然揮之不去，即使在已經降至零下的溫度中依舊清晰可辨。他把頭探進後車廂，仔細嗅著。

突然，他乾嘔了一下，隨即就摀起嘴巴，踉蹌著跑到路邊，扶著電線桿大吐起來。

他幾乎一整天都沒吃東西，吐出來的只是隔夜的食物殘渣和胃液。然而，直到胃裡已經空空蕩蕩，他依然遏制不住喉頭不斷向上翻湧的感覺。最後，他半蹲在電線桿下，嘴邊掛著一條長長的涎水，像狗一樣喘息著。

良久，他勉強站起身來，用袖子擦擦嘴角，搖晃著走到車旁，蓋上後車廂，繞到駕駛座旁，上車，發動。

這是黎明前最黑暗的時刻，他駕車一路向東疾駛。天邊依然沒有泛白的預兆，遠望去，只是一片漆黑的樓群背後更為深沉的黑色，彷彿一面鋪天蓋地的幕布，隱藏著結局未知的戲碼。

遠遠地，他看到路邊有一盞小小的紅燈，在無邊的黑暗中兀自亮著。他心頭一動，降低了車速。

那是兩扇深棕色的木門，在紅燈的照耀下，「淮河街派出所」的字跡清晰可辨。門旁是一扇還亮著燈的窗戶，玻璃上布滿水氣，一個人影在窗戶裡若隱若現。

他鬆開油門，汽車幾乎以滑行的速度緩緩經過派出所門口。

淮河街派出所的值班民警正守著電話，伏在桌上打瞌睡。他不知道，明天一早就會有轟動全城的命案發生。他更不知道，此刻正有一輛黑色汽車駛過門口，駕駛員默默地凝視著他的身影，口中無聲地說道——抓住我。

第一章　初見

車身震動了幾下，停住了。

魏炯睜開眼睛，取下耳機，伸手拿起自己的背包。其他人也紛紛行動起來，整理衣服，伸懶腰。一時間，魏炯眼前都是晃動的人體，他只是略欠欠身，就留在座位上，等車廂裡空了大半，才跟在隊伍後面，慢慢下車。

大家聚集在一片空地上，一邊說笑，一邊好奇地打量著四周。一個高個子男生從背包裡拉出一塊折成幾疊的紅布，拉開來是一條長長的橫幅，上面印著「C市師範大學紅燭志願者服務隊」幾個白字。

一個紮著馬尾辮、嗓音尖細的女生拎著相機，招呼志願者們排好隊。

「往中間集中一點，個子高的站在中間，布條別拖到地上。那位同學，看這裡。」

魏炯站在隊伍的邊緣，正在扭頭看身後的三層小樓，直到旁邊的男生拍了他一下，他才意識到自己是「那位同學」。

馬尾辮女生白了他一眼，舉起相機。

「一、二、三，茄子！」

此時正值午飯時間，三層小樓裡瀰漫著一股奇怪的混合味道。仔細去分辨，會發現這味道中有米飯、大蒜、馬鈴薯與白菜。除此之外，肯定還有什麼東西，把這些尋常食材攪和出一種黏膩的質感，沉甸甸地壓在身上，讓人心生不快。

魏炯不知道那是什麼，卻能清晰地感覺到它的重量。即使手裡只有一包衛生紙，他仍覺得手腳漸漸酸麻起來。

馬尾辮女孩正在替一個老婦餵飯。老婦可能患有帕金森氏症，頭部一直在不停地晃動，而馬尾辮女孩顯然也缺乏經驗，餵到老婦嘴邊的飯菜多半撒落在她的衣襟上，所以魏炯的任務就是不停地用衛生紙幫老婦擦嘴。

這個任務雖然簡單，動作頻率卻極高。他稍一分神，就會遭到馬尾辮女孩不耐煩的催促。終於熬到老婦把飯「吃」完，魏炯手裡的衛生紙已經被消耗殆盡，馬尾辮女孩對自己的表現很滿意，她把空碗放到一邊，對明顯沒吃飽的老婦說道：「阿姨，再喝一點水吧……你還愣著幹嘛呀？」

「嗯？」正在發愣的魏炯醒過神來，急忙去倒了一杯水，小心翼翼地端過來。

馬尾辮女孩把水杯湊到老婦嘴邊，轉頭打量著魏炯，眉頭微蹙。

「要不你去陪老人們聊聊天吧。」

魏炯看著老婦胸前如小溪般傾瀉而下的水流，如釋重負般地點點頭。

楓葉養老院是一座三層小樓，有七十餘個房間，一百多位老人住在這裡。午飯時分，原本是養老院裡最為忙碌的時候，因為志願者們的到來，護理人員們也樂得清閒，三三兩兩地聚在一起閒聊。志願者們倒是積極性很高，每個房間裡都有一、兩個年輕人，一邊打掃，一邊和老人閒聊。

魏炯走過一扇扇敞開的房門，偶爾停留在某扇門口，聽志願者和老人們談論諸如「您幾歲了啊」、「冬天冷不冷」、「飯菜吃起來怎麼樣」之類的閒話。很快，魏炯就發現這些對話幾乎千篇一律，志願者們在最初的寒暄後，就很難再找到可以聊下去的話題。相反，老人們的興趣很濃，每個房間裡都是高談闊論的老人和一臉堆笑做傾聽狀的大學生。

魏炯感到小小的厭煩，而且，他也終於知道那沉甸甸的東西是什麼了。

寂寞，以及人之將死的恐懼。

他慢慢走過那些充斥著高聲談笑的房間，越發感到腳步的沉重。

他不知道這種陪伴意義何在。大家似乎都在竭力證明著什麼：老人們依舊記憶清晰，活力十足；志願者們愛心滿滿，善良熱情，只是幾個小時後，大家又回到各自的生活軌道。老人們繼續度過自己剩餘無幾的人生；志願者們繼續揮霍青春，奔向懵懂的未來，彼此間甚至連過客都算不上。

魏炯想著，不知不覺走到了長廊的盡頭。他下意識地抬眼望去，卻發現最後一個房間的門是關著的。

沒人，還是沒人陪伴？

他把目光投向坐在門口抽菸的一個男護理人員，後者神色淡漠，只是向他舉手示意，又指指那扇門。

裡面有人。

『好吧。』魏炯打起精神，『這就是我今天要「志願服務」的對象了。』

他抬起手，在門上輕輕叩了兩下。

很快，一個聲音從門裡傳出來：「請進。」

撲面而來的，是炫目的陽光，以及濃重的肉香。

這是一個單人房，左側靠牆擺放著一張單人床，右側是一張書桌，桌上是一本攤開的硬皮筆記本，旁邊是一個小電鍋，正咕嘟咕嘟地煮著什麼東西。室內陳設簡單，卻整潔有序，和其他房間的逼仄凌亂完全不同。

窗戶，午後的陽光毫不吝嗇地潑灑進來，在巨大的光暈中，一個坐在輪椅上的老年男人緩緩轉過身，略低下頭，從眼鏡上方看著魏炯。

魏炯手扶著門框，一時間有些手足無措，逆光中，他看不清老人的長相，卻被那雙眼睛裡投射出來的目光刺了一下。

囁嚅了半天，他躲開老人的目光，訥訥道：「你好。」

老人笑了笑：「你好。」說罷，他又低下頭，捧著書繼續看。

魏炯猶豫了一下，邁進房間，回手關上門，假裝再次參觀這個單人房。一瞥之下，先看到了床邊掛著的一條抹布。他鬆了口氣，上前拿起抹布，開始擦拭桌面。擦了幾下，他才發現桌面已光可鑑人，仔細再看，房間裡已然可以用窗明几淨來形容。

看來這老傢伙既不寂寞，也不缺人陪伴。魏炯心中暗自覺得自己好笑，不過既然進來了，總不能一言不發地傻坐著。

「您在看書？」

「嗯。」老人頭也不抬。

魏炯越發覺得尷尬，抓抓頭皮，小聲問道：「我能為您做點什麼嗎？」

「哦？」老人抬起眼皮，「你覺得我需要什麼？」

魏炯語塞，想了想，搖了搖頭，忍不住笑了。

這笑容似乎感染了老人，他也笑起來，把書合攏，扔在床上，又摘下眼鏡，指指冒著熱氣的電鍋。

「小夥子，幫我盛碗湯吧。」

魏炯如釋重負地應了一聲，手腳俐落地奔向桌旁，掀開電鍋的玻璃鍋蓋。

一股熱氣升騰起來，魏炯的眼鏡片上立刻霧氣一片，不過他還是分辨出在鍋裡翻騰的是雞肉、花膠和香菇。

「碗在下面的櫃子裡。」

魏炯蹲下身子，拿出一只白瓷湯碗和一個勺子。

「您還沒吃飯？」

「哼。」老人的語氣頗為不屑，「食堂裡的那些東西還能叫飯？」

雞湯很快盛好，魏炯小心翼翼地把湯碗遞到老人手裡。

老人捧著碗，沒有急於入口，似乎很享受湯碗帶給雙手的溫度。

「你也來一碗。」

「哦，不了。」魏炯一愣，搖搖頭，「謝謝您，我不餓。」

「美食不可辜負。」老人的表情不容辯駁，他指指小電鍋，「嚐嚐。」

幾分鐘後，一老一少兩個男人，在灑滿陽光的室內，各自捧著一只碗，小口啜著雞湯。

「味道如何？」也許是熱湯的緣故，老人的臉色變得紅潤，雙眼中似乎水氣豐盈，目光柔和了許多。

「好喝。」魏炯的臉上也見了汗，眼鏡不停地順著鼻梁向下滑落，「您的手藝真不錯。」

直到此刻，魏炯才得以細細地打量老人。

六十歲左右的年紀，方臉，面部線條硬朗，兩頰已有老人斑，濃眉，雙眼有神。花白的頭髮梳向腦後，乾枯，缺乏光澤卻紋絲不亂。上身穿著灰色的羊毛開衫，裡面是黑色的圓領襯衫。看不到雙腿，下身被一條棕色毛毯覆蓋著。

「雞肉不好，明顯是肉食雞。」老人朝門口努努嘴，「張海生這老傢伙，給了他買土雞的錢，卻給我這樣的貨色。」

「這裡還能自己做飯嗎？」

「付錢就行。」老人放下湯碗，指指自己的床鋪，「枕頭下面。」

魏炯順從地照做，翻開枕頭時，卻愣了一下，是一包香菸。

「養老院可以抽菸嗎？」

「我在自己的房間裡，不會妨礙別人。」老人熟練地抽出一支，點燃，又舉起菸盒向魏炯示意，「你來嗎？」

魏炯急忙擺擺手：「不了，我不吸菸。」

這一次老人沒有堅持，專心致志地吞雲吐霧。一支菸吸完，他把菸頭扔進窗臺上的一個鐵皮罐頭盒裡。

「你叫什麼？」

「魏炯。」

「哪個大學的？」

「師大的。」

「什麼科系的？」

「法學。」

「哦，」老人揚起眉毛，「學過刑法嗎？」

「學過。」魏炯有些緊張，「大一的時候。」

老人點點頭，略沉吟了一下，開口問道：「你能不能跟我解釋一下，什麼叫追訴時效？」

「追訴時效？」魏炯感到莫名其妙，「為什麼問這個？」

「別害怕，不是要考你。」老人呵呵地笑起來，「我就是想瞭解一下。」

魏炯認真回憶了一下，發覺完整地背誦出刑法原文著實不可能，就把「追訴時效」的大致含義講給老人聽。

老人聽得極其專注。看他目不轉睛、生怕遺漏任何一個字的樣子，魏炯不由得想起自己在期末考試前聽任課老師劃定考試範圍時的模樣。

然而，聽魏炯結結巴巴地講完，老人的情緒卻一下子消沉下來，雙眼中的光也慢慢暗淡。他默默地坐了一會兒，又抽出一支菸點燃。

「難道說，殺了人……」老人若有所思地看著眼前縹緲的煙氣，「二十年後也沒事了？」

「不是的。」魏炯急忙擺擺手，「好像可以繼續追訴，是最高法還是最高檢來著？」

「嗯。」老人的臉色稍有緩和，「小夥子，沒有很認真學啊。」

魏炯的臉「騰」地一下紅了。看到他的窘迫樣子，老人又笑起來。

「沒關係，沒關係。」老人笑到咳起來，「下次來再告訴我吧。」說到這裡，老人突然想到了什麼，又問道：「你為什麼會來這裡，志願者？」

「是的。」魏炯猶豫了一下，「另外這也是社會實踐課的一部分，十個小時的社會實踐。」

老人看看手錶：「那你們這一次……」

「三個小時左右吧。」魏炯草草計算了一下，「我至少還得來兩次。」

「好。」老人笑笑，「你下次來的時候，能拜託你一件事嗎？」

「您說。」

老人沒有急於開口，從衣袋裡拿出一疊百元大鈔，數出三張遞給魏炯。

「幫我帶一條健牌香菸。」老人對魏炯擠擠眼睛，「放在包裡，別讓護理人員看見。」

「健牌，」魏炯接過鈔票，「什麼樣的？」

「白盒，商標是健牌。」老人揚揚手裡的菸盒，「紅塔山，我抽不慣。」

「好吧。」魏炯把錢收進衣袋裡，「多餘的錢我再帶回來給您。」

「不用了。」老人擺擺手，「也不知道健牌現在是什麼價格了，要是有剩，就當是給你的跑腿費。」

魏炯急忙推辭，老人卻一再堅持。

「你幫我買東西，我付跑腿費給你，這很公平。」

魏炯還要說話，就聽見門被推開了。一個男生冒冒失失地闖進來，沖魏炯揮揮手。

「同學，集合了。」

魏炯應了一聲，起身拎起背包。

「那我先走了。」他向老人欠欠身，「您早點休息。」

「嗯。」老人平靜地看著他，「別忘了追訴時效，還有我的貨。」

魏炯不好意思地笑笑，又鞠了一躬之後，抬腳向門口走去。

拉開門，他突然想到一件事。

「對了……」

「我姓紀，紀乾坤。」老人的臉色依舊平淡，「你叫我老紀就行。」

第二章　老員警

西園郡社區興建於一九九一年左右，當時是C市為數不多的高層建築住宅區。十幾年過去了，隨著周圍一座座高樓拔地而起，西園郡已經失去了以往鶴立雞群的地位。在那些動輒幾十層的高層建築中，只有十五樓的西園郡顯得很不起眼。

二〇〇七年之後，因為物業費收取率過低，西園郡的物業公司被迫撤出，這裡徹底成為棄管社區。從園區的景觀來看，這個「棄」可謂恰如其分：坑坑窪窪的柏油馬路、破碎不堪的甬道、堆滿汙物的垃圾桶、隨意停放的汽車，因長期疏於修剪，草已經齊腰高的草坪。

「棄」之而去的還有社區的居民，有能力改善居住條件的業主已經早早遷走，原住房要麼出售，要麼出租。加之社區毗鄰本市最大的日雜用品批發市場，好多商戶都把這裡的住宅當作倉庫出租，這就使得社區內的居民構成相對複雜，外來人口及流動人口占較大比例，多年來一直是各種治安、刑事案件的好發區。

杜成看看眼前沉默的高樓，悶悶地吐出一口煙。

時至深冬，晚上七點左右，天色已經完全黑下來。雖然一牆之隔的馬路上燈火通明，西園郡社區內卻一片死氣沉沉的樣子。園區內的路燈大多已經報廢，只有幾家住戶還能勉強把燈光透過窗戶投射到樓前的甬路上。這些稀落的光暈讓園區裡不至於漆黑一片，卻反增更多的蕭瑟氣氛。

杜成把菸頭扔在地上，碾滅，轉頭問旁邊的一個年輕人：「小高，確定是這裡嗎？」

「沒錯。」高亮從嘴邊取下菸，指指其中一棟樓，「四號樓，二單元[1]。」

「能再詳細一點嗎？」

高亮看了杜成一眼，轉身爬上福斯桑塔納轎車的後座，拉出一個方形的黑色皮箱，慢慢地往四號樓走去，杜成急忙跟上去。

高亮站在走廊，把定位儀掛在肩膀上，拿出探頭，左右探測了幾次，眼睛盯著信號，最後懶洋洋地指指右手邊：「三號。」

「三號。」杜成又問，「幾樓呢？」

「那就不知道了。」高亮垂下眼皮，把探頭收回箱子，「沒事了吧？我先回去了。」

「有事啊。」杜成有些急了，「總共十五樓呢，我不能一層一層搜啊。」

「那怎麼辦？」高亮不耐煩了，「定位儀只能搜到垂直信號。」

「別糊弄老大哥啊。」杜成換上一副笑臉，他指指定位儀上的信號頻率燈，「接近信號源的時候，這玩意兒會閃得快。」

「我靠！」高亮瞪大眼睛，「你該不會讓我一層一層往上搜吧，十五樓啊！」

「咱倆坐電梯上去，從樓頂往下搜。」杜成拍拍高亮的肩膀，順勢把半包菸塞進對方的

1 四號樓，二單元：幾號樓是社區大樓每一棟的編號，單元則是大樓入口的編號。

衣袋，「老大哥陪你上去，萬一那小子就藏在十五樓呢，累不著你。」嘴上說著話，杜成已經連哄帶拉地把高亮拖進了電梯。

高亮滿臉不高興，電梯門一關閉，就忍不住埋怨道：「你都這歲數了，還這麼拚啊？」

杜成按下「15」，轉身嘿嘿地笑：「老大哥也幹不了幾年了，就當幫個忙。」

高亮看著杜成，這個從警三十多年的老員警，身材已經略略發福，灰色的舊夾克衫緊緊地綳在身上，在腰腹處凸出一個可笑的半圓。花白的頭髮亂蓬蓬的，布滿皺紋的臉上是一副討好的表情，心下也有些不忍，嘀咕了幾句就不再開口了。

杜成站直身子，目不轉睛地看著液晶顯示螢幕上不斷變化的數字。

電梯升到十五樓。兩個人先後走出電梯，高亮拿出定位儀的探頭，剛要開始檢測，杜成一把拉住他，抬手關掉了定位儀的發聲器。

高亮不由得失笑，小聲說道：「你個老狐狸。」

杜成無聲地笑，示意高亮走在前面，自己尾隨其後，盯著信號頻率燈。

兩個人輕手輕腳，在漆黑一片的走廊裡慢慢前行。水泥地面已經嚴重磨損，呈現出沙粒化，踩上去有「沙沙」的聲響。兩個人盡量放慢動作，在逐一探測了三家住戶後，信號頻率並沒有明顯的變化。

杜成拉拉高亮的衣袖，轉身向消防通道走去。

連下了五層樓，仍然沒有接近信號源。杜成已經有些微微的氣喘，額頭上也有了細密的汗珠。

高亮聽他的呼吸聲有異，轉身小聲問道：「老杜，要不要休息一下？」

杜成擺擺手，指指深不見底的樓梯間：「不用，繼續吧。」

高亮輕嘆口氣：「老東西你就休息一下吧，定好了我告訴你。」

「那多不好意思。」

「少來這套吧。」高亮已經拎著定位儀向樓梯間走去，「回頭請我吃飯啊。」

杜成笑笑，背靠在牆壁上，伸手去衣袋裡掏菸，摸了個空才意識到那半包菸已經送給小高了。他無奈地咂咂嘴，抬起袖子擦擦額頭，感到後背一片汗濕，涼涼的襯衫貼在身上很不舒服。

「他媽的王八蛋。」杜成小聲罵道，「逮到了絕饒不了你。」

兩天前，分局刑警大隊的刑警在對一家洗浴中心進行突擊檢查時，當場抓獲幾名聚眾吸毒人員。經過深挖，一名吸毒人員交代，自己所吸食的冰毒是由一個叫老四的人出售給他的。警方認為，這個所謂的老四很可能既製毒又販毒，並透過獲取的手機號碼初步將他的窩點鎖定在西園郡社區內。

這個地點，必須做到準確無誤，否則在抓捕時難以做到人贓並獲。

杜成慢慢地調整呼吸，身體放鬆下來，腹部又開始隱隱作痛。他把手放在肚子上胡亂揉了幾把，痛感似乎減輕了一些。

『人老了，零件就不中用。不過，今天晚上你可別給我添麻煩啊。』正想著，杜成就聽到樓梯間傳來細微的「噓噓」聲。

他循聲望去，一個黑影從防火門後探出半個身子，正沖自己揮手。

「老杜，快過來！」

「八樓？」

「沒錯，八樓三號。」高亮的表情也專注起來，他指指手裡的定位儀，信號頻率燈正急促地閃爍著。

杜成示意高亮不要出聲，輕手輕腳地走到三號門前，把耳朵貼在門上，片刻之後，他搖搖頭，四處打量著，隨即，他就把目光聚焦在門口的兩個垃圾袋上。

杜成拿出手機，打開手電筒，同時把手遮在手機上，讓光線擴散的範圍盡量小一些。

高亮放下定位儀，蹲下身子，觀察了一下垃圾袋，慢慢地打開。

白色塑膠袋上印著「天明藥業」的字樣，裡面主要是一些生活垃圾。高亮掏出一支長鑷子在袋子裡仔細翻找著，很快地幾樣東西被挑揀出來：一張超市的購物發票、一張天明藥業的提貨單、一塊某品牌感冒膠囊的藥盒殘片、兩個餐盒、幾根筷子。

杜成盯著這幾樣東西看了一會兒，示意高亮把它們重新裝回袋子裡，依原樣綁好。

「撤吧，小高。」杜成的眼睛在黑暗中閃閃發光，「就是這裡，謝了。」

兩個人悄無聲息地到六樓，坐電梯到一樓。

走出園區後，杜成直奔路邊停放的幾輛車而去，他拉開其中一輛黑色別克商務車的車門，副駕駛座上穿著黑皮夾克的年輕人立刻問道：「怎麼樣，老杜？」

「四號樓二單元八樓三號，右手邊。」杜成應了一句，又回頭對高亮說道：「辛苦了、小高，我安排人送你回去。」

「你就不用管我了。」高亮恢復了懶洋洋的樣子，「老東西，你當心一點。」

杜成笑笑，抬腳費力地爬上車。

「我們推測得沒錯，用感冒膠囊採撿冰毒。」杜成按按腹部，喘了一下，「至少有兩個人。」

「嗯。」「黑皮夾克」扭頭望向後座，一個骨瘦如柴的黃髮青年被兩個便衣員警夾在中間，低頭縮肩，戴著手銬的雙手不斷地顫抖著。

「知道該怎麼做吧？」

黃髮青年連連點頭。

杜成看了他一眼，問「黑皮夾克」：「張隊，怎麼幹？」

張震梁指指黃髮青年：「讓這小子打電話買冰毒，我們埋伏在門口，一開門就抓人，人贓俱獲。」

杜成沒說話，垂著眼睛想了一會兒，再抬頭時，看見儀錶盤上放著一盒菸，就抽出一支點燃。

張震梁有些不耐煩了：「怎麼？你覺得不妥？」

杜成吐出一口煙，想了想，開口說道：「手機定位到八樓，人也應該在八樓。不過，製毒既有煙又有味道，他們不怕被人發現嗎？」

「那不是問題。」張震梁一揮手，「把人按住，啥都好辦。」說罷，他拿起對講機，簡短地命令道：「八樓三號，上樓。」

杜成扭頭望向窗外，看見後面的車上跳下幾個小夥子，腳步匆匆地走進四號樓二單元。

張震梁目送他們消失在走廊裡，幾分鐘後，對講機裡傳來一個低沉的男聲：「抓捕組已就位。」

張震梁拿起對講機：「等一下動作快一點。」隨即，他從衣袋裡掏出一部手機，遞到黃髮青年眼前。

「按我剛才交代的說，如果你敢耍花招，我讓你一輩子吃窩頭。」

黃髮青年抬起頭，還沒開口先打了一個大大的哈欠。

「我……我哪敢？」

他接過手機，打開通話記錄，選擇了一個號碼後，撥出。

車裡的員警都屏氣凝神，靜靜地看著他。

足足二十幾秒鐘後，電話終於接通。

「喂、四哥，剛子。我在大魚酒吧，送一點貨過來唄。」黃髮青年又打了個哈欠，「頂不住了……行，三百塊錢的吧。」

電話掛斷，黃髮青年遞還手機：「他說半小時後到。」

杜成笑笑：「你小子演技不錯。」

張震梁拉開車門，面無表情地說道：「他是真犯癮了。」說罷，他跳下車，直奔二單元而去。

杜成見狀，也急忙下車，尾隨而去。

走到單元門口，張震梁回過頭：「你跟過來幹嘛？」

「幹嘛？」杜成有些莫名其妙，「抓人啊。」

「你拉倒吧，老胳膊、老腿了。」張震梁揮揮手，「回車上吧。」

杜成的臉一沉，心說：『你個小兔崽子，老子當員警時你他媽還在玩蛋呢』，話到嘴邊卻變成：「行，你們當心一點。」

「小兔崽子」徑直進了走廊，杜成悻悻地轉身，四處張望了一下，走到樓角處，解開褲子小便。

完事後，杜成打了個寒噤，慢慢整好衣服，踱回車邊，拉開車門去拿菸。這時，黑暗的道路盡頭傳來一陣沙沙的腳步聲，隨即，一個若隱若現的黑影在夜色中浮現出來。

幾乎是同時，杜成如同本能反應般把手移到車鑰匙上，轉動，熄火。

後排座上的兩個員警不約而同地「咦」了一聲，隨即就安靜下來。

杜成拔下鑰匙，關好車門，點燃一支菸，目不轉睛地看著越來越清晰的黑影。

是一個男子，身高一百七十公分左右，右手拎著一個大大的塑膠購物袋。他看到黑暗中驟然亮起的煙火，略遲疑了一下，隨即加快腳步向四號樓二單元走去。

杜成想也不想就跟過去，尾隨男子走進走廊。

男子顯然察覺到有人跟在身後，卻沒有回頭，徑直走到電梯前，看到液晶顯示螢幕上的「8」，他愣了一下，隨即抬手按下了向上鍵。

電梯徐徐下降，幾秒鐘後，「叮」的一聲，電梯門吱嘎吱嘎地打開。

男子先邁進電梯，杜成把菸頭扔掉，也抬腳走了進去。男子半垂著頭，只能看見一頭粗硬的短髮，身上穿著墨綠色軍版棉風衣。

電梯門關閉，他的手在樓層鍵頂端猶豫了一下，最終按下了「10」。

杜成從他身後伸出手去，按下了「15」。

男子的呼吸明顯停頓了一下，電梯開始上升。

狹窄的封閉空間裡，各種奇怪的味道蒸騰上來。杜成低頭看看男子手裡的購物袋，兩個聚乙烯飯盒正冒著熱氣，購物袋內側已經蒙上了一層薄薄的水蒸氣。

杜成吸吸鼻子，抬手到腰間，悄悄地打開槍套。

電梯行至八樓，突然聽到一陣嘈雜聲，有人體糾纏的廝打聲，有防盜門撞擊到牆壁的鈍響，還能聽到有人在大喝「不要動」。

杜成微微蹙眉，同時聽到電梯裡也有了聲音，男子手裡的塑膠袋發出嘩嘩的摩擦聲。

男子終於抬起頭來，死死地盯著液晶面板，呼吸驟然急促。

「10」的數字剛剛出現，他立刻湊到門前，剛一開門，就擠了出去。

電梯繼續上行，杜成馬上按下「11」。電梯門再次打開時，他就疾步衝出，沿著消防通道下樓。

剛走到露臺，杜成的手機就響了。

他邊下樓邊接通電話，張震梁的聲音立刻傳出來。

『一個人，不到兩克的貨，沒發現製毒工具。』張震梁還帶著劇烈的氣喘，『老杜，怎麼回事？』

杜成走到十樓的防火門前，小心地拉開一條縫，電梯前，男子已經把購物袋換到左手，右手不停地點戳著向下鍵。

杜成低聲說道：「十樓，快上來幫我。」說罷，杜成掛斷電話，推開防火門走了出去。

聽到腳步聲，男子猛地回過頭來，看見杜成，按鍵的動作更加狂亂。

「你把東西放下，轉過身來。」杜成小心翼翼地靠近，一隻手指向男子，另一隻手握住腰間的槍柄，「雙手抱頭。」

男子沒有理會他，只是扭過頭，死死地盯著電梯門。

杜成咬咬牙，快步走過去，手指剛碰到他的肩膀，電梯門就打開了。

男子瞬間暴起，把購物袋甩向杜成，側身擠進了電梯。

杜成抬手護住頭臉，拔槍指向男子：「馬上給我出來，快一點！」

男子背靠在電梯的不銹鋼牆壁上，全身不停地顫抖著，雙眼圓睜，死死地盯著杜成手裡的槍。

電梯門已經開始閉合，杜成罵了一句，抬腳衝進了電梯。

男子一頭撞過來，正中杜成的腹部。頓時，一口氣卡在杜成的喉嚨裡，他的臉憋得青紫，一隻手死死地按在電梯門上，另一隻持槍的手在樓層鍵上胡亂按動著，9、8、6幾個數字燈依次亮起。幾乎是同時，電梯門吱吱嘎嘎地關上了。

電梯隨即向下，瞬間的失重感讓血液驟然湧上頭部，杜成有些頭暈目眩，他高舉持槍的右手，左手用力撐在自己和男子之間，軀體稍稍分開後，杜成背靠電梯門，抬腳把男子踹開。

男子撞在對面的不銹鋼廂壁上，一轉眼又猛撲過來，直奔杜成的右手，試圖奪槍。纏鬥了幾個來回，杜成已經精疲力竭，對方卻宛如發狂的野獸一般，雙眼血紅，不斷地嘶吼著。

杜成清晰地看見男子嘴角堆積起細小的白色泡沫，心裡只剩下一個念頭：『能不能抓到他倒是其次，無論如何槍不能被搶走。』

男子的動作越發猛烈，很快，他就已經扳住杜成的右手，死命地掰著杜成的手指。

杜成眼看著自己的五指被一個個掰開，情急之下，不假思索地按下了彈夾解脫鈕，「啪嗒」一聲，彈夾落地。

男子一愣，幾乎是同時，杜成感到身後一空，整個人向後仰倒在地上。

電梯門打開，九樓。

隨即，杜成看見幾雙腳在自己眼前閃過，壓在自己身上的男子被拉起，又面朝下按倒。

這一切發生得太過迅速，幾隻穿著皮鞋的腳在自己的臉上、身上連續磕碰。杜成無心顧及這些，整個人放鬆下來，一直憋在喉嚨裡的那口氣猛然吐出。

隨即，他就仰躺著，撕心裂肺地咳起來。半晌，他勉強用手肘支撐著半爬起來，指指樓上。

「十五樓。」

「嗯、嗯，知道了。抓緊時間審，我馬上回去。」張震梁掛斷電話，臉色陰沉。片刻，他低頭看看躺在活動病床上的杜成，幽幽說道：「這倆王八蛋還挺狡猾，租了兩套房，八樓住人，十五樓製毒。你怎麼知道在十五樓？」

杜成仰面躺著。沒有枕頭，頭部略後傾，脖子上鬆弛的皮膚堆積起來，顯得臉更圓了。

「聞到味道了，那小子的衣服上和頭髮裡都是酸味。」杜成伸出兩根手指，「在電梯裡，他擺明了是要按『15』。」

張震梁在他伸出的兩根手指間夾了支菸，又幫他點燃。

「嗯，對，得上頂樓，開窗放煙放味，順著風就飄走了，誰也不會發現。」張震梁又看看自顧自吸菸的杜成，突然提高了聲音，「你他媽可真行，自己就敢去抓人，我們晚來一步，那小子就搶了你的槍，崩了你了。」

「沒事。」杜成嘿嘿地笑，「彈夾我卸了，膛裡沒子彈。」

張震梁苦笑：「我說師父，您老人家就別給我添亂了行不？」

「哎，那位同志，這裡不能吸菸。」一個穿著白大褂的中年男醫生走過來，「請把菸滅了。」

張震粱急忙站起身，順手把杜成嘴邊的菸奪下來，扔在地上踩滅。

「我們有位同事受傷了。」張震粱掏出警官證晃了一下，「您快給他看看。」

男醫生不敢怠慢，快步走過來：「傷到哪裡了？」

「肚子被撞了一下。」杜成試圖爬起來，「沒什麼大礙。」

「快躺下、快躺下。」男醫生解開杜成的外套，又掀起襯衫，在他的肚子上按了按，「這裡疼不疼？」

「不疼。我都說沒事了，他們非送我來。」

「這裡呢？」

「不疼。真的沒事……哎喲！」

杜成突然大叫起來，雙腿蜷曲，整個人幾乎縮成了一個團。

張震粱也嚇了一跳，忍不住提醒道：「醫生你輕一點。」

男醫生卻不為所動，依舊在杜成的肚子上按來按去。杜成的臉色變得蠟黃，已經疼得說不出話來。

男醫生的表情越來越凝重。探查良久，他想了想，直起腰來，轉身對張震粱說：「推著他，跟我來。」

第三章　門

下課鈴響。正口若懸河的孟老師不得不暫時收住話頭，他很討厭對某個問題講到一半卻不得不停下來的感覺。畢竟他講授的是刑法學，不是評書，「欲知後事如何，且聽下回分解」這樣的懸念是沒用的。更讓他不快的是，學生們已經開始收拾文具，整理書包，一副迫不及待的樣子。

孟老師站在原地沒動，靜靜地看著學生們。識相的學生立刻停止動作，老老實實地留在座位上，熱心一點的，還伸手拉住已經離座開溜的同學。

漫長無比的二十秒鈴聲終於停止，孟老師清清嗓子，繼續講解累犯的刑事責任，最後加了一句「回去看看刑法修正案八，累犯的部分有修改」之後就揮手示意下課。

孟老師拔掉隨身碟，關掉多媒體設備，再抬頭時，教室裡已經空無一人。

已經上了大半學期課，課後提問者寥寥，讓這些孩子激發學習熱情大概只能在期末考試前了。孟老師拎起手提包，心裡盤算著午休時是去打羽毛球還是游泳，剛走出教室的門口，就聽到一個略帶怯意的聲音。

「孟老師。」

「哦。」孟老師抬起頭，面前是一個穿著運動外套、牛仔褲的男生。他斜背著書包，手裡還拎著一只水杯，額頭上有細密的汗珠。

「有事嗎？」

「孟老師，我有個問題想請教您。」男生把水杯放在窗臺上，從書包裡掏出一本刑法學的書，翻至折好的一頁，「關於追訴時效的。」

「我還沒講到這裡，」孟老師接過教材，「預習？」

「我大三了。」男生抓抓頭，顯得有些不好意思，「您以前教過我的。」

「哈，」孟老師從眼鏡上方看著他，揶揄道，「當時沒好好學吧？」

男生的臉「騰」地一下紅了。孟老師笑起來，不管怎麼說，愛學習的孩子總是討老師喜愛的。他放下手提包，點起一支菸，把追訴時效的期限、中斷和延長都講解了一遍。

男生聽得很認真，最後想了想，問道：「也就是說，只要立案了，追訴時效可以無限延長？」

「對，等於沒有追訴時效的限制了。」孟老師又點燃一支菸，「對了，這門課都考過了，你還問這個幹嘛，要準備司法考試？」

「嗯，」男生正盯著孟老師嘴邊的菸出神，愣了一下，「是的。」

「一九七九年刑法和一九九七年刑法在追訴時效方面略有不同，不過，司法考試不會考已經作廢的刑法，我就不跟你解釋了。」

「嗯，謝謝老師。」男生小心地把書放進書包裡，向他鞠了一躬，就匆匆跑掉了。

孟老師吸著菸，看著男生消失在走廊的拐角處，心想這小子比學弟妹們強多了。

在食堂吃過午飯，魏炯掏出手機，打開微信，找到名為「紅燭志願者」的微信群，再次確認了集合的時間和地點——下午一點半，圖書館門前。

他看看手錶，還有大概一小時的時間。魏炯把餐盤送到回收處，步行出了校門。

師大位於距離市中心不遠的地方，校門前是本市的一條主要道路，對面是一座叫「星A」的大型商廈。魏炯沒有吸菸的習慣，平日也不會去注意賣菸的地方，不過紀乾坤指定的健牌香菸在校園內的超市沒有買到。魏炯依稀記得「星A」北側的冷飲店旁有一家掛著「菸酒專賣店」牌子的小店，打算去碰碰運氣。

一進門，魏炯就感到眼花繚亂。老闆坐在玻璃櫃檯後面，在他身後，高及天花板的貨架上擺滿了成條的香菸。

老闆正在用電腦玩鬥地主，見有人進來，頭也不抬地問道：「要什麼菸？」

「有健牌嗎？」

「健牌，」老闆抬頭打量了一下魏炯，似乎覺得他不像菸草專賣局的暗訪人員，「要幾毫克的？」

「嗯，」魏炯有些摸不著頭腦，「什麼幾毫克？」

「焦油含量。」老闆站起身來，「幫別人帶的？」

「是。」

「有一毫克、四毫克和八毫克的。」老闆雙手拄在櫃檯上，心想這大概是個給老師送禮換及格的小鬼。

「有什麼分別嗎？」

「焦油含量越低，口感越柔和；焦油含量高的，勁兒大。」老闆懶得解釋太多。

魏炯想到紀乾坤花白的頭髮，心想還是別來「勁兒大」的了，就要了一毫克的健牌香菸。

老闆手腳俐落地從櫃檯下面拿出一個紙箱。

「一百二十塊一條，要幾條？」

「兩條吧。」魏炯算了一下，伸手去拿錢包，「開張發票。」

「發票？」老闆拿菸的手停了下來，「這不是菸草專賣的菸，開不了發票。」

「嗯？」

「這是外菸。」老闆知道自己遇到了一個澈澈底底的外行，「我這是免稅菸。嗐，直說了吧，走私的，沒有發票。」

魏炯完全聽不懂他在說什麼，直覺卻告訴他不妥。

「不會是假的吧？」

「保真。」老闆一揮手，「放心抽，沒問題的。」

「我是幫別人買的，沒有發票，證明不了金額啊。」

「他平時抽這個牌子的話，肯定知道價的。」

『他還真不知道。』魏炯心想。

「一百一十五塊吧。」老闆還有意挽留，「菸草專賣店的比這個貴多了。」

魏炯搖搖頭，說了句「不好意思」，轉身出了店門。

回到馬路邊，魏炯掏出手機，點開百度地圖，搜尋結果顯示，距離最近的菸草專賣店在桂林路上，兩站車程。

魏炯收拾好書包，走向公車站。

菸草專賣店的果真要貴一些，一百五十塊一條，不過好在保證是真品，也能開到發票。魏炯買了兩條，儘管這意味著車費要自己負擔，不過他對這幾塊錢倒並不在意。

一毫克和四毫克各一條，老先生可以根據自己的口味挑選。不過成條的香菸體積比自己想像的要大一些，沒法塞進書包裡。魏炯又買了一個黑色塑膠購物袋，仔細地把香菸裝好，拎著塑膠購物袋走出店門。

已經是下午一點十分了，魏炯一路小跑來到公車站。幾分鐘後，一輛公車進站。車上人不多，更幸運的是，一個乘客剛剛離座下車。魏炯坐上去，把塑膠購物袋抱在胸前，長出了一口氣。

公車隨即啟動，魏炯在車廂裡張望了一圈，立刻發現有人在目不轉睛地看著自己。同班同學岳筱慧站在中門的扶欄處，笑咪咪地沖他擺擺手。

魏炯急忙還以微笑，同時注意到岳筱慧手裡拎著幾個大大小小購物袋。他站起身，向她揮揮手，示意她過來坐。

岳筱慧倒不客氣，穿過車廂走過來坐下。

「謝謝啦。」岳筱慧把購物袋換到左手，橫抱在胸前，低頭看著右手上紅紅的勒痕，「太重了。」

「買了這麼多？」

「是呀。」岳筱慧穿著白色的短羽絨服、牛仔褲、短靴，圍著橘色圍巾，長髮在腦後束成馬尾，「重慶路在打折嘛。」

魏炯打量了一下她懷裡的購物袋，都是些適合學生的中低價位時尚品牌服裝，而岳筱慧注意到魏炯手裡的黑色塑膠袋。

「我幫你拿著吧。」

「不用、不用。」魏炯急忙推辭，「很輕的。」

「給我吧。」岳筱慧把塑膠購物袋放在那堆購物袋頂端，好奇地從敞開的袋口處看了一眼。

「咦，你吸菸啊？」

「不是，幫一個老朋友買的。」

「要小心呀。」岳筱慧笑嘻嘻地說道，「你這樣拎進宿舍的話，肯定會被舍監阿姨抓的。」

「放心。」魏炯也笑。

公車停在「星A」門前，魏炯和岳筱慧下車。魏炯拿回了自己的塑膠袋，又把岳筱慧手中的購物袋也提在手裡。

「謝啦、謝啦。」兩個人走在斑馬線上，隨著密集的人群穿過馬路。岳筱慧顯得很輕鬆，一隻手抓著圍巾的末端不斷地甩著。

走進校門，魏炯遠遠地看見圖書館門口停著一輛大巴士。

「抱歉，不能幫妳拎到宿舍了。」

「哦，沒事。」岳筱慧停止甩圍巾，伸出手去，「給我吧。」

「暫時不用。」魏炯向圖書館的方向努努下巴，「可以幫妳拎到那裡。」

岳筱慧看過去：「紅燭志願者。」

「是啊，社會實踐課的內容。」

「去哪裡？」

「安養院。妳呢？」

「流浪動物救助站。」岳筱慧瞇起眼睛笑，「我喜歡貓貓狗狗什麼的。」說罷，女孩像想起什麼似的一拍腦袋：「哎呀，我忘記買貓食了。」

「那怎麼辦？」

「不怕。」岳筱慧滿不在乎地說，「大不了明天上午溜出去買。」

「上午有兩節土地法課。」

「沒事，可以讓室友幫我掩護。」

說著話，兩個人已經走到了大巴士旁。幾個圍在車旁閒聊的志願者紛紛投來好奇的目光，魏炯佯裝看不見，把購物袋遞還給岳筱慧。

「謝啦。」女孩友好地沖他揮揮手，「明天上午沒看到我可別驚訝。」

「不會的。」魏炯和她揮手告別，轉身上了大巴士，找了個臨窗的位置，看著女孩的背影漸行漸遠。

一點半，載滿紅燭志願者服務隊員的大巴士準時啟動。魏炯隨著車身的晃動輕輕搖擺著身體，放在膝蓋上的黑色塑膠購物袋發出嘩嘩的摩擦聲。

老紀在盼著這兩條菸嗎？

不知道為什麼，魏炯想到這些的時候，腦海裡出現的是一群奔向貓食的貓。

今天的志願服務是幫安養院打掃。馬尾辮女孩幫志願者們分工，女生們主要負責擦拭桌椅、玻璃窗之類，男生們則被分配做一些體力活，例如拖地板、收垃圾。

魏炯和另外幾個男生負責清潔二樓的地面，他領到拖把之後，沒有急著幹活，而是先去了紀乾坤的房間。

室內依舊窗明几淨，陽光充沛。護理人員張海生正在擦地，紀乾坤則像上次一樣，坐在窗前看書。見魏炯進來，老紀沖他笑笑，摘下眼鏡。

「你來了。」

「嗯。」魏炯看著紀乾坤，嘴裡有一點發乾，他拎起塑膠袋，「紀大爺，這是您要的東西。」

「上次不是說了嗎，叫我老紀就行。」紀乾坤伸出手去，「給我瞧瞧。」

魏炯把塑膠購物袋遞到他手裡，讓他頗感意外的是，紀乾坤直接拿出一條菸，端詳了一番。

「現在包裝變成這個樣子了。」他自言自語道，隨即便拆開包裝，拿出一盒，湊到鼻子下聞了聞，「嗯，是這個味道。」

張海生直起腰來，手拄著拖布桿，看看紀乾坤手裡的菸，又看看魏炯。

「那，我去幹活。」魏炯舉起手裡的拖把向紀乾坤示意，「您先休息。」

「好。」紀乾坤在輪椅上略欠欠身，「待會兒過來吧。」

「嗯。」魏炯應了一聲，轉身走出房間。

關上木門的一剎那，他發現張海生的目光一直在自己身上。

把兩層樓的地板都擦乾淨了，魏炯的情緒才慢慢平復下來。

把香菸拎進安養院的時候，他的心裡既興奮又緊張。受人之托，買了安養院的「違禁品」，又親自交到「買家」手裡，怎麼想都有些非法祕密交易的味道。

吃慣了清茶淡飯的人，偶爾來一頓重油麻辣的川菜，也會有毛孔大張、汗流浹背的暢快感覺吧。

像販毒似的。

魏炯心底暗自發笑，難怪在犯罪心理學的課堂上，老師說有的犯罪會讓人「上癮」。打破規則的行為的確會帶來快感，尤其對自己這樣循規蹈矩地過了二十多年的人而言。

經過一個多小時的勞動，安養院被打掃得乾乾淨淨。處理完最後一批垃圾後，志願者們又三三兩兩地來到房間裡陪老人聊天。

魏炯洗乾淨手臉，徑直去了紀乾坤的房間。

張海生還在，坐在椅子上和老紀面對面地吞雲吐霧。窗臺上的玻璃罐頭瓶裡漂浮著幾個菸頭，半罐水呈現出棕黃色。

紀乾坤招呼魏炯坐下。張海生看了他一眼，皺著眉，捏著半截菸頭說道：「老紀，這菸也不咋好抽啊，沒勁兒。」

紀乾坤微微一笑，並不作答。

「壺裡有大紅袍，剛泡的。」他面向魏炯，指指抽屜，「裡面有紙杯，自己倒。」

魏炯咂咂嘴，真覺得有些口渴了，就道了謝，從抽屜裡拿出紙杯，想了想，又把紀乾坤手邊的空杯倒滿。

「您呢？」魏炯問張海生。

「哎喲，可不敢當。」張海生沒想到魏炯會幫自己倒茶，忙不迭地把手裡的紙杯遞過去，「好茶，我也來一點。」

魏炯幫張海生續了茶，自己才倒了半杯，靠在桌邊小口啜著。

一時間，大家都不說話，或坐或立，默不作聲地喝茶。

幾口茶下肚，紀乾坤滿足地嘆了口氣，問道：「怎麼樣？」

「不錯。」魏炯端詳著杯中金黃色的茶湯，「我不太懂，但是很好喝。」

「老紀這裡淨是好東西。」張海生嘎嘎地笑起來，露出一口被煙熏黃的牙齒。

紀乾坤看著張海生，嘴角似笑非笑，突然開口：「老張，你還有事嗎？」

「哦。」張海生愣了一下，隨即把紙杯中的茶水一飲而盡，站起身來，訕訕地說道：「那我忙去了，你們聊、你們聊。」說罷，他就拎起拖把，拉開門走了出去。

室內只剩紀乾坤和魏炯兩人，紀乾坤又拿出一支健牌香菸，夾在兩指之間向魏炯示意。

「謝謝你的幫忙。」他點燃菸，深吸一口，「幾年沒抽這個了。」

「您少抽一點吧。」魏炯忍不住提醒道，「對身體不好。」

「沒事。對了，我看到了發票。」紀乾坤笑笑，「給你的三百塊錢都用來買菸了，你自己搭了路費吧。」

「兩塊錢而已。」魏炯擺擺手，「您別客氣。」

「也好，兩塊錢，不用推來讓去的。」紀乾坤也不再堅持，「關於追訴時效的事，搞清楚了嗎？」

「嗯。二十年過後，認為確有追訴必要的，可報請最高人民檢察院批准後，繼續追訴。」隨即，魏炯又把追訴時效的延長和中斷一一講解給紀乾坤聽。和上次一樣，紀乾坤聽得極其專注，其間始終在抽菸，小小的房間內很快就煙霧繚繞。

「也就是說，一旦立案，」紀乾坤聽罷，沉吟了一下，自言自語道，「就無所謂追訴時效了。」

「對。」魏炯講得興起，決定小小地賣弄一下，「不過，一九七九年刑法和一九九七年刑法在追訴時效方面略有不同。」

「有什麼不同？」紀乾坤立刻追問道。

魏炯沒想到紀乾坤會問得這麼細，一時也慌了手腳，結巴了半天，老老實實地承認自己不知道。

紀乾坤的臉色變得很難看，他艱難地搖動輪椅，挪到床邊，一隻手伸向裡側的小書架，似乎想取下某本書，可是指尖距離書脊還差幾公分。紀乾坤竭力伸長手臂，整個人失去了平衡，輪椅也危險地傾斜起來。

魏炯急忙過去扶住輪椅：「您要拿哪本？我來吧。」

「紅皮的，刑法典。」紀乾坤的語氣很嚴厲。

魏炯伸手取下那本薄薄的小冊子，遞給紀乾坤。他幾乎是把法典搶到手裡，迫不及待地翻看起來。

然而紀乾坤只看了目錄，就把書甩在床上，又把手指向書架。

「黃皮的，那本，厚的。」

魏炯取下那本書，發現正是自己在學校時使用的教材。

紀乾坤同樣先翻看目錄，然後快速打開至某一頁，細細研讀起來。

他似乎完全忘記了魏炯的存在，一心要在那本刑法教材裡找到某個訊息。

魏炯手足無措地站在原地，不知道該幹些什麼，下意識地把目光投向那個書架。說是書架，其實只是一條搭在床頭和床尾之間的漆面木板，上面是一些擺放得整整齊齊的各類書籍，兩側由鐵質書擋固定。

魏炯掃視一遍，發現紀乾坤的閱讀範圍比較特別，幾乎沒有小說類的休閒讀物，全是法律、犯罪學以及刑事偵查方面的教材和專著。

『這老頭挺奇怪。』魏炯在心裡嘀咕：『也不知以前是幹嘛的，這麼大歲數，身體也不好，偏偏對這些東西感興趣。』

一聲嘆息把他的思緒拉回來。魏炯扭過頭，看到紀乾坤把書重重地合上，眉頭緊鎖。

「沒有一九七九年刑法的內容。」紀乾坤突然苦笑了一下，「也是，一九九七年刑法適用了快二十年了，誰還會研究這個呢？」

「您為什麼要搞清楚這個？」魏炯忍不住問道，「您該不會要去參加司法考試吧？」

「哈哈，當然不是。」紀乾坤大笑起來，「感興趣而已。」

『不可能。』魏炯心裡的問號更大了。僅僅是興趣使然，絕不會讓這樣一個閱歷豐富的老人如此急切和失態。

「魏炯，」紀乾坤斟酌著詞句，「能不能拜託你……」

「要看一九七九年刑法的法條？」魏炯掏出手機，「這個好辦。」

紀乾坤目瞪口呆地看著魏炯熟練地用手機上網，操作一番後，魏炯上下滑動著頁面，隨後把手機遞給他，螢幕上是密密麻麻的文字。

「第四章第八節，第七十七條。」

紀乾坤小心翼翼地捧著手機，先把手機湊到眼前，又摘下眼鏡，伸直手臂，把手機放到遠端，可是那些文字依舊模糊不清。

「我來吧。」魏炯拿過手機，「第七十七條，在人民法院、人民檢察院、公安機關……哦，這裡的確有修改採取強制措施以後，逃避偵查或者審判的，不受追訴期限的限制。」

「嗯。」紀乾坤立刻反應過來，「一九七九年刑法是採取強制措施以後，一九九七年刑法是受理案件以後，對吧？」

「是的。」

「如果一起案件，比方說，殺人案件發生在一九九七年之前，」紀乾坤邊想邊說，語速緩慢，「你覺得應該適用一九七九年刑法還是一九九七年刑法？」

魏炯一愣：「這是刑法溯及力的問題啊。」

「對。」紀乾坤的回答乾脆俐落，目光中充滿期待。

『這算什麼呀？』魏炯暗自苦笑，志願者服務變成刑法考試了，還是口試。

「在刑法溯及力的問題上，中國採用的是從舊兼從輕原則。」魏炯拚命回憶著，「從舊的話，應該適用一九七九年刑法。」

「如果考慮從輕呢？」

「這個，」魏炯想了想，「根據一九七九年刑法，犯罪人被採取強制措施後才不受追訴時效的限制，而根據一九九七年刑法，只要司法機關受理案件後，就不受追訴時效的限制。

比較一下，一九七九年刑法對犯罪人更有利吧。」

紀乾坤思考了一會兒，緩緩點頭：「應該是。」

「那就應該適用一九七九年刑法。」

「被採取強制措施。」紀乾坤的臉色再次陰沉起來，眼神飄忽又迷茫，嘴裡喃喃自語著，「要是沒抓到他呢？」

「那就有限制了。」魏炯想起他提到的「比方說」，「殺人案件，二十年後就不追訴了。」

「不是還有最高人民檢察院嗎？」紀乾坤立刻追問道。

「嗯，對對對。」魏炯的臉紅了，急忙改口，「最高檢如果認為有追訴必要，可以繼續追訴。」

「肯定有。」紀乾坤脫口而出，聲調很高。

魏炯被嚇了一跳，驚訝地看著紀乾坤。

「殺人嘛。」紀乾坤立刻意識到自己的失態，「多大的事，你說是吧？」

魏炯茫然地點點頭。

「呵呵。」紀乾坤笑起來，開始打圓場，「你剛才，是用手機上網？」

「是啊。」

「現在的科技真是發達，這麼方便。」紀乾坤咂咂嘴，「我是跟不上時代了。」

「智慧手機都可以。」魏炯也回過神來，「像一臺小電腦似的。」

「嗯。」紀乾坤扭頭望向窗外，「你大概幾點離開？」

魏炯看看手錶：「四點半左右。」

「哦，還有一會兒。」紀乾坤沖魏炯笑笑，「今天陽光不錯，推我出去走走如何？」

養老院的院子並不大，且大部分是泥土地。院子裡種著幾棵樹，因為葉子已經全部落光，分辨不出樹種。能推著輪椅行走其上的，只有幾條橫縱交錯、紅磚鋪就的甬路。

儘管如此，紀乾坤還是顯得挺開心的。他在魏炯的幫助下，穿好羽絨大衣，戴了帽子和圍巾，在下身又加蓋了一條毛毯，暖暖和和地出了門。

魏炯還是第一次推輪椅，加之紅磚甬路凹凸不平，最初的一段路程可謂驚心動魄。有好幾次，他差一點把老紀推到泥土地上。

相對於魏炯的膽戰心驚，紀乾坤倒是顯得心滿意足。此刻已經夕陽西下，由於養老院周圍沒有高層建築，院子裡仍然滿滿地灑下一大片陽光。

紀乾坤瞇起眼睛注視著金黃色的太陽，大口呼吸著乾燥寒冷的空氣，表情頗為迷醉。

「好久沒出來了。」

「是嗎，」輪椅被推到一條甬路的盡頭，魏炯費力地讓輪椅掉轉方向，開始往回走，「您在這裡幾年了？」

「十八年。」

「還習慣？」

「還湊合吧。」紀乾坤看著旁邊的一棵樹，「那是棵桃樹，春天的時候滿樹桃花，很漂亮。能接受的，就忍著；接受不了的，我就按自己的想法來。」

魏炯想起他房間裡的小電鍋和香菸，笑了笑。

「你的家人經常來看你嗎？」

「我沒有家人。」紀乾坤乾脆俐落地回答，「沒有子女，妻子很早就去世了。」

「哦，」魏炯停下腳步，又繼續推著輪椅向前走，「抱歉。」

「沒什麼可抱歉的。」紀乾坤呵呵地笑起來，「我不覺得自己和別人有什麼不一樣。」

「也是。」魏炯想了想，「不過，也會寂寞吧？」

「只有經歷過熱鬧的人才會感到寂寞。」紀乾坤看看院子裡或聚在一起聊天，或背著手獨行的老人們，「我很久以前就獨自一個人生活，早就習慣了。」說完，他的視線離開那些老人，「他們哪知道什麼叫寂寞。」

一時無語。

魏炯不知該說些什麼，紀乾坤則似乎陷入了回憶之中，縮在輪椅上不作聲。

沉默中，輪椅再次來到甬路盡頭，魏炯打算原路返回時，紀乾坤開口說道：「推我到門口吧。」

魏炯點頭答應，推著他走上直通養老院正門的甬路。

養老院門前是一條小馬路，雖然狹窄，但人來車往，很是熱鬧。菜販的叫賣聲、行人的談笑聲、車輛的鳴笛聲不絕於耳，加之炸串、烤地瓜、煮玉米的香氣，相對於一道鐵門之隔的養老院，這裡才更似人間。

魏炯推著輪椅走到鏽跡斑駁的鐵門前，伸手去拉動門閂，立刻感到觸手處一片冰涼。剛剛拉動半截門閂，就聽到耳邊傳來一聲喝止：「哎，你幹嘛？」

魏炯循聲望去，門旁的值班室裡，一個穿著保全制服的中年男子探出半個身子，一臉警惕地盯著他。

「嗯……我帶著他出去轉轉。」

「不行。」中年男子端著一個大茶杯，杯口熱氣騰騰，「他們不能隨便出去。」

「就在門口也不行嗎？」

「不行，」中年男子似乎有些畏寒，縮起肩膀，「出事了誰負責啊？回去吧。」

一直默不作聲的紀乾坤開口了：「算了，就在這裡吧。」

中年男子退回值班室。魏炯扶著輪椅的推把，站在紀乾坤身後，默默地看著一門之隔的街道。

老紀幾乎動也不動，視線也並不隨著人或者物移動，他只是目視前方，偶爾吸吸鼻子。

魏炯沿著他的視線向前看，並不覺得那個泡在汙水中、塞滿各色塑膠袋的垃圾桶有什麼特別。只是，一種衰老、消沉，甚至近乎腐敗的氣息從紀乾坤的身上慢慢散發出來。那個坐在陽光裡，目光銳利、健談、菸抽得很凶、煲得一手好湯的老紀似乎正在恢復本相，整個人好像都縮小了一圈。

魏炯站著，俯視紀乾坤頭上淺灰色的毛線帽子，清晰地感到某種類似水分的東西正在從他身上流失。

那是時間。在紀乾坤的小屋裡，它像一塊果凍一樣清晰透明，卻靜止不動，把他的記憶凝固在幾平方公尺的空間裡。他可優雅，亦可從容，自得其樂，對外界不聞不問。然而，一旦把這塊果凍扔進塵世的煙火氣中，它會很快融化，並疾速消逝在時光的河流中。被它封存的一切，赤裸裸地掉在地上，沾滿灰塵，焦慮又無可奈何地看著自己變得粗礪，被裹挾著向前走。

魏炯的心柔軟起來。

良久，紀乾坤長長地呼出一口氣。

「差不多了。」

他轉過身子，自下而上地看著魏炯。

「推我回去吧。」紀乾坤的眼睛裡又恢復了溫和、平靜的神色，「差不多了。」

魏炯雖然不知道是太陽曬得「差不多了」，還是時間「差不多了」，但還是順從他的心意掉轉輪椅，推著他慢慢向小樓走去。

剛走到門口，他們就迎面遇見一大群走出來的志願者。馬尾辮女孩拎著魏炯的背包，看見他，劈頭問道：「你跑到哪去了？」

「哦，我讓小魏推我出來走走。」紀乾坤代魏炯回答。

女孩對紀乾坤擠出一個微笑，把背包塞進魏炯的懷裡：「撤了、撤了，大巴士等半天了。」

魏炯點點頭，對紀乾坤說：「老紀，我把你送回去。」

「不用。」紀乾坤指指倚在門口抽菸的張海生，「有老張呢。你快回去吧，別讓大家等你。」

「嗯，也行。」魏炯抬頭看看張海生，後者叼著菸，面無表情地看著他們。

「你……」紀乾坤看著魏炯的眼睛，面露微笑，「至少還會再來一次吧？」

志願者們三三兩兩地從魏炯身邊擠過，他在人群中搖晃著身體，把背包背在肩膀上。

最後，他對老紀同樣報以微笑。

「會的。」

第四章　舊案

杜成穿著藍白相間的病號服盤腿坐在病床上，看著上司和同事們圍在床邊，垂手默立，個個神情肅穆，不由得「噗哧」一聲樂了。

「你們他媽的這是幹嘛啊？」杜成抬腳下床，「都別站著，段局，坐。」

「別動、別動。」段洪慶局長急忙按住他的肩膀，「你躺著休息。」

「休息個屁啊。」杜成又好氣又好笑，「那倆毒販子撂了沒有？」

「都撂了、都撂了。」段洪慶幾乎是把杜成按倒在床上的，「你安心休息，醫藥費別擔心，有什麼要求就跟局裡提。」

杜成還在掙扎，聽到最後一句話反而不動了，眨眨眼睛，問道：「真能提？」

「能，沒問題。」段洪慶一揮手，「我做主。」

「那先給我來支菸。」杜成一骨碌爬起來，伸出兩根手指。

段洪慶一愣，隨即笑罵道：「你他媽的。」他轉過身，隨手指了指。

「你，出去放哨。」

高亮應了一聲，拔腿就走，剛邁出兩步，又折返回來，從衣袋裡掏出半包中南海扔在杜成身邊。

「有醫生過來我就通知你們。」高亮指指那包菸，似乎不知該對杜成說些什麼，「老杜你多抽兩支。」

「好嘞。」杜成嘴上答應著，手裡已經迫不及待地抽出一支，叼在嘴上。

張震梁忙不迭地湊過去，幫杜成把菸點燃。

「媽的，憋死我了。」杜成美美地吸了一大口，「謝了啊，張隊。」

「師父，你就叫我震梁吧。」張震梁的聲音裡已經帶了哭腔，「都怪我，我應該早一點帶你來看病。」

「你小子扯哪去了。」杜成滿不在乎地揮揮手，「跟你有什麼關係啊，這個歲數了，身體有一點毛病太正常了。」

「不是，師父，」張震梁的嘴唇哆嗦起來，「我沒照顧好你，十五樓，我還讓你爬上爬下的。」

「行了、行了，你控制一下情緒。」段洪慶瞪了張震梁一眼，「你師父活得好好的呢。抽我的。」

他眼見杜成三口、兩口抽完了一支菸，把菸頭扔進一個礦泉水瓶裡，又伸手去拿中南海，急忙從自己衣袋裡掏出一包蘇煙。

杜成沒客氣，抽出一支點燃，揮手向同事們示意：「都別站著了，找地方坐。」

同事們七嘴八舌地答應著，紛紛在病房裡另外兩張病床上坐好。段洪慶拉過一張塑膠凳子，坐在杜成床邊。張震梁沒坐，倚靠著床頭，眼巴巴地看著杜成。

有人拿出菸來吸，病房內很快就煙霧繚繞，有人起身拉開窗戶。

段洪慶沉吟半晌，低聲問道：「老杜，有什麼打算？」

杜成又抽完一支菸，心滿意足地咂咂嘴，雙手搭在膝蓋上輕輕怕打著：「出院，回家。」

「別，師父。」張震梁第一個反對，「咱好好治病，這裡不行就去北京，去上海。醫藥費你別操心，有我呢。」

「哈哈，心領了，震梁。」杜成拍拍他，「醫生說得很清楚，我有糖尿病，這次的問題出在肝上。治肝，腎就完蛋；治腎，肝就完蛋，兩邊不討好。」

「不行，」段洪慶搖頭，「你給我老老實實待在醫院裡，準備手術，費用局裡出。」

「拉倒吧，沒意義。」杜成在自己身上比畫著，「都這歲數了還要挨一刀，又放療又化療的，好人也折騰廢了，再說，也是白花錢。」

「那就硬挺著？」段洪慶瞪起眼睛，「別他媽爭了，聽我的。」

「問題是我沒事啊。」杜成雙手一攤，「前幾天我不是還能跑能跳的，我幹了一輩子刑警，你讓我在醫院裡待著，待不住啊。」

「你少廢話！」段洪慶一揮手，「先給我休息幾天再說。」

杜成還要分辯，高亮就闖了進來。

「醫生來查房了。」

員警們迅速行動起來，開窗，丟菸頭。

半分鐘不到，醫生就走進了病房。一進門，他就吸吸鼻子，眉頭皺了起來。

「怎麼這麼多人？」他不滿地掃視著病房裡的員警，「還抽菸，杜成你不要命了？」

「就抽了一支。」杜成嘿嘿笑著，沖張震梁使了個眼色。

張震梁心領神會，起身把那個裝著菸頭的礦泉水瓶藏在身後。

「都出去，都出去。」醫生不耐煩地揮揮手。

段洪慶站起來，對醫生賠著笑臉：「醫生您多費心。」說罷，他轉頭面向杜成：「你好好休息，敢跑我就關你禁閉。」

杜成挽起袖子，準備讓護士量血壓：「我在醫院裡和關禁閉有什麼區別啊？」

段洪慶不說話，伸出手點點杜成，大有警告之意。

「行行行。」杜成無奈，「我聽話，成了吧。」

段洪慶的臉色稍有緩和，回身示意大家出去，員警們七嘴八舌地和杜成告別。

張震梁又湊過來說：「師父，明天我再來看你。」

「甭來了。」杜成擺擺手，「先把案子處理完再說，滾蛋吧。」

張震梁拍拍他的肩膀，跟著段洪慶出了病房。

杜成躺回病床，老老實實地任醫生擺布。

量完血壓和體溫，開始吊點滴。醫生又囑咐了幾句，杜成心不在焉地聽著，不時「嗯啊」地答應。

醫生和護士走後，偌大的病房裡只剩下杜成一個人。他縮進被子裡，目不轉睛地盯著輸液管裡汩汩流動的藥液。

躺了半天，他才感覺到右肩膀下有硬物，掏出來一看，原來是那半包中南海。

杜成仰起身子向門口瞄了瞄，抽出一支菸點燃。

煙氣嫋嫋上升，杜成半眯著眼，看著淡藍色的煙霧在眼前旋轉、消散。

要死了。

這個消息很突兀，但並不讓他恐懼。

從警三十多年，也不是一次、兩次面對生死關頭了。

一九八八年，在處理一起家暴時，施暴者的丈夫突然點燃汽油。

一九九七年，圍剿本市最大的黑社會組織，被五連發獵槍打中。

二〇〇二年，抓捕一名搶劫犯，被嫌疑人抱著摔下高架橋。

二〇〇七年，在某商業銀行內解救人質，面對身纏炸藥包的綁匪。

這次是躲不過去了。

杜成的嘴角微微上揚。

死，並不可怕。他在二十三年前就已經死了。

對他而言，那是一條渴望已久的歸途。

走進教室，魏炯挑了個不起眼的位置坐下，偷偷拿出一杯尚有餘溫的豆漿喝起來。八點剛過，身材矮胖、梳著齊耳短髮的女教師走上講臺。魏炯叼著吸管，從背包裡拿出土地法，看到封面的一剎那，忽然想起一件事。

他在教室裡四處張望一圈，果真沒有發現岳筱慧。

『還真蹺課啊。』魏炯暗笑。教土地法學的王教授被學生們戲稱為「土地奶奶」，是法學院的「名捕」之一，不僅當人心狠手辣，而且每節課必點名，三次缺勤的學生直接就被取消考試資格了。

果不其然，「土地奶奶」喝了口水，就慢條斯理地拿出教學手冊，開始點名。

應答聲在教室裡此起彼伏，魏炯莫名其妙地緊張起來。岳筱慧曾說讓室友幫忙打掩護，也不知道這個「掩護」該怎麼打。

很快，「土地奶奶」叫到了岳筱慧的名字，一聲悶悶的「到」在後排響起。

魏炯大為驚訝，循聲望去。一個長髮女生把臉躲在打開的書後面，剛剛把捂住嘴的手放下來。

「土地奶奶」抬起頭，似乎有些猶疑：「岳筱慧，站起來。」

長髮女生不敢再應聲，低頭不語，教室裡響起小小的哄笑聲。

「土地奶奶」板起臉：「剛才是誰替岳筱慧答到的？」

長髮女生一臉無辜狀，跟著周圍的同學一起四處張望。

魏炯盡力不看向她，心裡說這叫什麼掩護啊，爛透了。

「土地奶奶」見沒人出來自首，也無意再深究，拿出鋼筆在岳筱慧的名字旁打上一個叉。

「岳筱慧，曠課一次。」「土地奶奶」從眼鏡上方瞪視，「再有幫忙答到的，以共犯論處。」

點完名，開始上課。土地法本就枯燥，「土地奶奶」幾乎就是在讀教材，更加令人難以提起興趣。魏炯勉強聽了十幾分鐘，就開始走神。

先想到岳筱慧的缺勤，也不知道她被「土地奶奶」逮到過幾次，還有沒有考試資格。然後想到岳筱慧不惜蹺課也要去買貓食，以及流浪動物救助站裡的貓貓狗狗。

隨即就是自己的社會實踐課作業。

緊接著，就是那棟三層小樓，以及老紀。

想到老紀，魏炯一手托腮，另一隻手轉著圓珠筆，看向窗外。

今天的天氣略陰沉，沒有陽光，室外的一切也失去了顏色，彷彿一張黑白照片。那些枯葉盡落的樹以及灰暗的教學大樓都被籠罩在一層薄薄的霧霾中，看起來毫無生機。

據說，對老年人而言，最難熬的就是冬天。一來是心腦血管疾病好發的季節；二來滿目皆是凋零淒涼之景，總會讓人心生步入遲暮之年、即將走到生命盡頭之感。連魏炯這樣的年輕人都打不起精神，更何況是紀乾坤這樣孤苦無依的老人。

不知道老紀的小屋裡，此刻是否同樣陰暗沉悶。

魏炯輕嘆口氣，轉過頭，看著講臺上捧著教材誦讀的「土地奶奶」，思緒卻收不回來。

他打心眼裡可憐老紀。老紀曬太陽、讀書、吸菸、自己做飯、毫無必要地去探詢一個法律問題，都是在自己所剩無幾的時光裡，苦苦地對抗著命運。他試圖在囚徒般的生活中，培育出一朵希望之花，讓它孤獨地生長，欣喜地綻放，並在鮮亮的顏色和細微的花香中，說服自己——我沒有老。即使我無法行走，只能在鐵門後觀望世俗煙火，但我仍屬於人間。

岳筱慧失蹤整整了一天，直到晚飯時，魏炯才在食堂裡看到了她。

雖然身體疲憊，不過岳筱慧看起來精神不錯。排隊打飯的時候，她看到了魏炯，笑咪咪地沖他揮了揮手。

幾分鐘後，岳筱慧拎著幾個塑膠袋走過來，一屁股坐在魏炯的對面。

「累死了。」

「去照顧貓貓狗狗了？」魏炯抬起頭，看岳筱慧擰開一瓶冰紅茶，咕嘟嘟喝了小半瓶。

「是啊。」岳筱慧拿出另一瓶冰紅茶，遞給魏炯，「請你的。」

「謝謝。」魏炯挪開餐盤，「妳吃飯了嗎？」

「吃過了。」岳筱慧嘻嘻笑，「和小貓一起吃的。」

「哈哈。」魏炯也笑起來，指指她的袖口，「看得出來。」

岳筱慧低頭看，從袖口摘下幾撮灰白相間的貓毛。

「一隻美國短毛貓，特別可愛，很黏人。」岳筱慧撇撇嘴，「主人太狠心了。」

「還要去幾次？」

「一次。」岳筱慧嘆口氣，「社會實踐課的作業快完成了。你呢？」

「差不多，我也需要再去一次。」

「安養院很無聊吧？」岳筱慧又喝了一口冰紅茶，「陪老人說說話什麼的。」

「不覺得啊。」魏炯想起老紀，「有個老頭挺有趣的。」

「哦？」岳筱慧來了興致，「說說看。」

魏炯想了想，把老紀的種種簡要描述了一遍。岳筱慧聽得很認真，邊聽邊笑。

「這麼大歲數了還有求知欲，老頭太有個性了。」岳筱慧眨眨眼睛，「很帥吧？」

「還行。」魏炯如實回答。

「哈哈，真想見他一次。」

「好啊，下次社會實踐課妳跟我去吧。」

「不行。」岳筱慧搖搖頭，「我還得去救助站呢，得幫小豆子買藥，牠有皮膚病。」

「小豆子？」

「那隻美短啊。」岳筱慧笑笑，「我叫牠小豆子。」

「又蹺課。」魏炯也笑起來，「妳今天已經被土地奶奶抓到一次了。」

「沒事。」岳筱慧甩甩頭髮，「還有兩次機會呢，不過今天把月月嚇壞了。」

魏炯想起那個長髮女生：「哈哈，差一點變成共犯。」

「是啊。」岳筱慧拍拍塑膠袋裡的一隻大雞腿，「所以安撫一下。」

「那些貓貓狗狗就那麼讓妳放不下？」

「嗯。你沒看到牠們的眼神，盼著有人摸摸、抱抱。」岳筱慧的眼睛裡有水氣盈動，「有一隻小狗，被遺棄了三次，對每個人都討好。我走的時候，牠還追出來，追好遠。」

不知為什麼，魏炯忽然想起老紀坐在鐵門前的樣子。

「可憐。」

「是啊。」岳筱慧擺弄著手邊的塑膠袋，「社會實踐課搞定後，我還想去。」

「為什麼？」

「被需要，被依賴。」岳筱慧轉頭望著魏炯的眼睛，嘴邊微微帶笑，「這感覺很好。」

魏炯也看著她：「妳將來會是個好媽媽。」

「嗐，扯那麼遠。」岳筱慧擰開冰紅茶，慢慢晃動著，「牠們又溫馴又單純，一次次被遺棄、傷害，可是仍然對人類絕對信任。我寧願和牠們在一起。」

她仰起脖子，把瓶子裡的棕紅色液體喝光。

「人多可怕。」

杜成在局長辦公室門上敲了兩下，推門進去。

段洪慶坐在桌前，正在打電話。見他進來，段洪慶先是一愣，隨後指指牆邊的沙發，示意他坐下。

杜成毫不客氣地坐下，拿起桌上的菸，點燃一支吸起來。段洪慶三言兩語講完電話，匆匆掛斷，皺起眉頭看著杜成，突然開口說道：「我治不了你了，是吧、老杜？」

杜成不說話，嘿嘿地笑。

段洪慶起身離座，走到杜成身邊坐下，沖著他的肩膀搗了一拳。

「去，自己關禁閉。」

杜成笑著閃躲，順手抽出一支菸遞給段洪慶，兩個人默不作聲地坐著吸菸。

吸完一支，段洪慶起身幫杜成泡了一杯茶，放在他面前。

「老杜，我剛聯絡了一個北京的同學，在大醫院工作，去想想辦法。」

杜成端起茶杯，吹開杯口的茶葉，小心翼翼地啜了一口：「段局，咱們認識多少年了？」

「二十七年。二十七年四個月。」段洪慶立刻回答道。

「呵！記得這麼清楚。」杜成有些驚訝。

「廢話，」段洪慶板起臉，「這幾天淨他媽想你了。」

杜成又笑：「認識這麼久了，你還不瞭解我？」

「老杜，現在不是逞強的時候。」段洪慶的語氣軟了下來，「去想想辦法，現在科技這麼發達。」

「沒鳥用。醫生說得很清楚，最多一年。」

「那總不能硬挺著吧。」

「反正也沒多長時間好活，我為什麼還要遭那個罪呢？」

段洪慶怔怔地看著杜成，突然笑了：「你個老東西，真不怕死啊？」

「怕也沒用。」杜成舒舒服服地靠坐在沙發上，小口喝著茶水，「還不如做一點想做的事情。」

「說吧。」段洪慶坐直身體，盯著杜成，「你想幹嘛？」

「查一件案子。」杜成放下茶杯，轉身面對段洪慶，「你知道的。」

段洪慶愣住了，表情先是驚訝，隨後就變得懊惱。

「操！又他媽來了。」他用力一揮手，似乎想趕走眼前某個令人厭煩的東西，「老杜你有完沒完啊。」

「沒完。」杜成臉上的笑容漸漸收斂，「不把那個案子查清楚就沒完。」

「你有病吧你，」段洪慶的聲調高起來，「你今年多大了？」

杜成不說話，定定地看著他。

「不說？好，我替你回答，五十八歲了，還有兩年退休。」段洪慶朝門口看看，似乎在竭力壓抑自己的聲音，「你幹了這麼多年，徒弟都他媽當隊長了，你連個科長都沒混到，為什麼，你心裡不清楚嗎？」

「清楚啊。」杜成挑起眉毛，「所以想破個大案子嘛，臨死前也升個官。」

「破你個鬼啊。」段洪慶不耐煩了，「案子已經終結了二十多年，人都斃了，你還查個屁啊！」

「我還是那句話，不是他。」杜成平靜地看著段洪慶，「我們抓錯人了。」

「得得得，我不跟你爭這個。」段洪慶一揮手，站起身來，「從今天開始，你給我放長假，老老實實待著。」

「行。」杜成也不糾纏，摁熄菸頭，「反正我還會再來找你。」

段洪慶皺著眉頭看他：「薪水、獎金照發，讓震梁他們排個班去照顧你。」

「不用。」杜成搖搖頭，起身向門口走去，「快年底了，事情多，讓猴崽子們自己忙自己的吧。再說，我一個人習慣了。」

剛拉開門，段洪慶又叫住了他。

「老杜，」段洪慶的表情很複雜，「你好好的，開開心心過完這一年。」

杜成看了他幾秒鐘，笑笑：「知道了。」

出了局長辦公室，杜成徑直上了電梯，小心地避開熟人，免得又要把病情陳述一遍，再聽一堆安慰人的話。

半小時後，杜成回了家。打開門的瞬間，一股霉味夾雜著灰團撲面而來。

杜成小聲罵了一句，吸吸鼻子，直奔廚房。

瓦斯爐上的鐵鍋裡，半鍋雞蛋麵條已經生了綠毛。杜成把麵條倒進垃圾桶裡，又把鍋子洗乾淨。隨後，他打開冰箱，拿出一根已經乾癟的蔥，切了一點蔥花，把鍋燒熱，放油，把蔥花放進油鍋的一剎那，「嗞啦」一聲，油煙冒起，布滿灰塵的小房子裡有了生氣。

杜成翻炒了幾下，加水，蓋好鍋蓋。

等著水開的工夫，杜成拿起抹布開始打掃，剛把桌子擦乾淨，肝部就開始隱隱作痛。他的臉上見了汗珠，勉強把抽屜櫃上的一個相框擦拭乾淨後，就把抹布一丟，坐在桌旁喘氣。

坐了一會兒，瓦斯爐上的鐵鍋裡傳來咕嘟咕嘟的聲音，大股蒸氣從鍋蓋邊緣冒出來。杜成從冰箱裡拿出一個雞蛋磕開，扔進鍋裡，又打開櫥櫃，翻出一小把素麵，放在鍋裡煮。

吃過簡單的午餐，杜成吸了一支菸，臉色也紅潤起來。他走進臥室，從衣櫃上拉出一個老式帆布衣箱，費力地拎到餐廳。把麵碗推到一邊，他把衣箱平放在餐桌上，草草擦拭了一下灰塵，打開箱鎖。

箱子裡是幾個泛黃的牛皮紙檔案袋，邊角已經磨損，還有成堆的照片及檔案影本，同樣布滿灰塵。

杜成拎起一個檔案袋，抖動手腕，大團灰塵撲簌簌地落下。午後的陽光透過鐵質窗欄射進室內，形成一道斑駁的光柱。細小的塵埃在陽光中舒展、飄散，輕輕地散落在餐桌上。

杜成平靜地看著檔案袋上幾個已經褪色的黑色墨水字跡。

11・9 連環強姦殺人碎屍案，1990 年

第五章 人間

駱少華抬起頭，看著走廊牆壁上的「3」，感到細密的汗水正從額頭上慢慢沁出。他扶住樓梯欄杆略略喘息了一下，抬腳繼續爬。

走到位於五樓的家門口，駱少華拿出鑰匙，輕手輕腳地擰開鐵門，悄無聲息地進入客廳，把手裡的菜籃放在餐桌上。

兩間臥室的門還緊閉著，不時有輕微的鼾聲從室內傳出。駱少華在桌旁坐下，一邊調整呼吸，一邊看著牆上的時鐘。

凌晨五點二十五分，窗外的天色已經不像剛才那樣濃黑如墨，天邊隱隱出現一條亮白。

駱少華的氣息漸漸平穩，他起身走到廚房，從櫥櫃裡拿出一個白瓷盤子，回到餐桌旁，打開菜籃裡的一只塑膠袋，油條的焦香味撲面而來。

他把油條整齊地擺放在盤子裡，又拿出幾杯豆漿，一一插好吸管。隨後，他拎著菜籃返回廚房，把幾樣青菜分類放進冰箱裡。做完這一切，他再次抬頭看看時鐘：五點四十分。

家裡人至少六點才會起床，駱少華坐回桌邊，打開半導體收音機，調低音量，靜靜地聽著一檔養生保健節目。

漸漸地，窗外的天色一點點亮起來，車聲、人聲也越加分明。

這是一個霧霾天氣，整個城市都籠罩在一團濃重的白色中。

六點剛過，女兒房間裡就傳來歡快的手機鬧鈴聲。幾分鐘後，駱瑩穿著睡衣，踢踢踏踏地走出來，邊揉著眼睛邊叫了聲「爸」，就進了廁所。

駱少華也從桌邊站起，用手指試試油條和豆漿的溫度，端了一份走進自己和老伴的臥室。

金鳳早就醒了，躺在床上，戴著老花鏡看書。見他進來，金鳳試著要半坐起來，被駱少華按住了肩膀。

「躺著躺著。」駱少華把早餐放在床頭櫃上，抬手摸了摸老伴的頭，「豆漿不太熱了，要不要燙一下？」

「不用。」金鳳喝了一口豆漿，「起這麼早。」

「嗯，睡不著。」駱少華在床邊坐下，把油條撕成小塊。

「又做惡夢了？」金鳳把手按在駱少華的手上。

駱少華沒回答，輕輕地點點頭。

「下次再這麼早出去，叫我一聲。」金鳳在駱少華的手背上輕輕摩挲著，「睜開眼睛看不到你，心裡怪沒底的。」

駱少華「嗯」了一聲，沖金鳳笑笑：「快吃吧，我去看看孩子們。」

很快，這套小小的老式兩房房子裡開始被各種聲響充滿。晨間新聞、洗臉的水聲、喝豆漿的吱吱聲、吹風機的嗚嗚聲、馬桶的沖水聲、駱瑩催促兒子向春暉的聲音。

駱少華在廚房和餐廳間忙碌著，眼睛始終落在女兒和外孫的身上。自從女兒離婚後，駱少華除了要照顧老伴，駱瑩和向春暉的飲食起居也包在了他身上。他不覺得是個負擔，反而樂在其中。當了三十多年員警，退休之後，可以好好彌補一下對金鳳娘倆的虧欠。

時鐘指向七點，女兒和外孫都已經吃過早飯，洗漱完畢。忙碌的早間時光可以告一段落，駱少華坐在餐桌旁，拿起一根油條，剛咬了一口，就聽見自己的手機發出「叮」的一聲。

駱少華擦擦手指，拿起手機查看簡訊，瞥了一下，他就停止咀嚼，愣住了。隨即，他叫住在門口換鞋的駱瑩。

「瑩瑩，今天叫車送孩子吧。」駱少華勉強咽下嘴裡的油條，「我要用車。」

「嗯？」駱瑩有些驚訝地回頭，「我送你吧。」

「不用。」駱少華的聲音堅定果決。

駱瑩看著他，輕輕吐出一口氣。這才是她熟悉的父親形象——寡言少語，對工作上的事守口如瓶。一小時前那個眼神慈愛，言語溫柔，甚至有些絮叨的老頭已經被隔絕在某種堅硬的外殼之下。

她對這外殼的色彩、氣味、質地瞭若指掌，也深知自己此刻無法把父親拉出來。正因為如此，駱瑩沒有繼續追問，只是掏出車鑰匙放在餐桌上，隨後就帶著孩子出門了。

駱少華坐著沒動，聽到鐵門關好，門鎖閉合的「喀答」聲後，他才重新拿起手機，把那則簡訊反復看了幾遍，然後慢慢地吃完早餐。

洗乾淨碗筷，駱少華把開水壺裝滿，服侍金鳳吃了藥，看著她睡下後，穿好外套出了門。

儘管已經許久沒有摸過方向盤，但是近乎本能般的熟練動作，仍讓駱少華在發動汽車的瞬間有一絲小小的興奮。當這輛深藍色桑塔納轎車融入交通早高峰的車水馬龍中時，駱少華甚至習慣性地摸摸腰間，想檢查一下槍套是否扣好。

空空如也。駱少華似乎也回過神來，他的心沉了一下，要去的地方，是他不想和自己的職業生涯聯繫在一起的。

只是，很多事情，不是他「想」或者「不想」，就能輕易剝離開的。

駱少華暗自咬了咬牙，腳下稍稍用力，在一片霧氣中向西郊飛馳而去。

安康醫院位於本市郊區，建院已有近三十年的歷史。和市區那些裝潢氣派的大醫院不同，安康醫院看起來更像一座破敗不堪的鄉村小學。

駱少華把車停在一條土路旁，遠遠地看著醫院鏽跡斑斑的墨綠色鐵柵欄門。

此刻太陽已經升起，霧霾卻沒有完全散去。安康醫院裡大概正是早飯時間，大團的水蒸氣在院子裡飄蕩，混在霧霾中，讓人和物都顯得影影綽綽。

駱少華搖下一半車窗，點燃一支菸，默默地注視著被籠罩在一片霧氣中的醫院。

這二十多年來，駱少華幾乎每個月都要來一次安康醫院。可是，他一直不太理解，明明是收治精神病人的地方，為什麼要叫「安康」醫院。

安康，要是這些病人都能安康就好了。駱少華掐滅菸，看了看手錶，八點二十五分。他把車窗全部搖下，讓更多的冷空氣灌入駕駛座內。連打了幾個寒噤之後，駱少華徹底清醒過來。他縮在駕駛座上，全神貫注地盯著安康醫院門口。

十幾分鐘後，鐵門後面的濃霧中傳來一陣「叮叮噹噹」的響聲，緊接著，一個人影出現在霧氣中。他走得很慢，腳步有些蹣跚，似乎充滿恐慌，又猶豫不決。

駱少華坐直身子，瞪大眼睛看著他。

漸漸地，那個人在濃霧中的輪廓慢慢清晰起來。這是個身高一百七五公分左右的男性，五十歲上下，體瘦，頭髮粗硬、凌亂，穿著一件看不出顏色的棉襖，右肩上背著一個大大的黑色人造革旅行包，左手拎著一個網兜，裡面是一只搪瓷臉盆，盥洗用品、肥皂盒之類的東西在裡面叮噹作響。

駱少華感覺喉嚨被一下子扼住了，是他，不會錯。

男人走到門口，似乎對面前的鐵質柵欄門束手無策。很快，值班室裡走出一個身材矮胖的保全。看到他，男人向後退了幾步，整個人也縮小了一圈，彷彿隨時準備抱頭蹲下。

保全走到他面前，開口詢問著什麼。男人怔怔地看了他幾秒鐘，然後放下旅行包，從衣袋裡掏出一張紙遞過去。保全接過那張紙，草草看了一遍，隨即轉身打開了鐵門。

男人直直地看著打開一條縫的鐵門，既不說話也沒有動作。直到保全不耐煩地揮揮手，他才全身僵直地一步步走出來。

鐵門在他身後閉合，重新上鎖。男人站在門前，先是緩緩掃視一圈，似乎對眼前的一切感到陌生無比。足足五分鐘後，他才邁開腳步，有些踉蹌地向路邊的公車站走去。

駱少華的腦子裡一片空白，視線隨著男人機械地移動，看著他仰起脖子，認真地看公車站牌。

很快，男人似乎選定了目的地，安靜地站在原地等候公車。

此刻，霧氣已然散去，男人的樣貌清晰地呈現出來。

駱少華伸出已經凍僵的手，搖上車窗，隔著玻璃注視幾十公尺之外的男人。

他瘦了很多，粗硬的亂髮已經白了大半。臉上的線條宛若刀刻般稜角分明，那雙眼睛裡死氣沉沉，沒有感情，沒有靈魂。

駱少華暗暗捏緊拳頭，感覺一陣重似一陣的寒意正慢慢侵襲全身。

很快，一輛老舊的公車停靠在路邊，男人拎起旅行包上車。

公車的排氣管噴出黑煙，吱吱嘎嘎地開走。

駱少華轉過頭，發現自己全身已經僵硬得像一塊鐵板。他發動汽車，尾隨公車而去。

駕駛座裡和外面一樣冷。駱少華顫抖著，勉力握住方向盤，死死地盯著前方的公車。

突然，他抬手看了看手錶。

一月七日，上午九點一分。

惡魔重返人間。

公車開進市區，男人在新華圖書大廈下了車，又換乘了另一輛公車。他似乎並沒有注意到駱少華在跟蹤，只是坐在車窗邊，默默地注視著街景。

半小時後，男人在興華北街再次下車，向東步行約七百公尺後，走進了綠竹味精廠的大門。駱少華把車停在距離廠門口不遠的地方，坐在駕駛座裡看著他的一舉一動。

在值班室裡，男人和門衛交談了幾句。與他年紀相仿的門衛顯然對他的身分充滿疑問，不過還是按照他的要求打了一通電話。

在這個過程中，男人始終直挺挺地站著，臉上毫無表情。幾分鐘後，一個穿著灰藍色羽絨服的年輕人匆匆而至，和男人談了一會兒，帶著他離開了值班室。

這一走，就是兩個多小時，駱少華倒是不著急。他已經猜出男人此行的目的，也知道男人接下來會去什麼地方，這讓他有足夠的時間來籌劃下一步的行動。不過即便如此，駱少華仍然心亂如麻。

消息來得太突然，他完全沒想到男人會在這個時候出院。本以為這個人和那件事可以永遠封存在安康醫院裡，本以為自己可以功成身退，頤養天年，可是他的突然出現，已經將駱少華設想中的未來擊得粉碎。

他第一次體會到了脫掉警服後的無力感。

怎麼辦？沒有了高牆鐵門，該怎麼束縛他？

正在胡思亂想，綠竹味精廠的鐵門忽然打開了，一輛灰色麵包車飛馳而出。

駱少華抬頭看了一眼，赫然發現男人正坐在後排中央。駱少華丟掉菸頭，手忙腳亂地發動汽車，尾隨而去。

麵包車只行駛了不到五分鐘的路程，就停在綠竹苑社區的一棟國民住宅前。駱少華沒有繼續緊跟，因為他對這個住宅區瞭若指掌，更知道此刻綠竹味精廠後勤處的幹部們正把男人帶往二十二棟樓四單元五〇一室。這是男人的父親當年從味精廠分得的福利住房，也是父母留給男人的唯一遺產。在他入院治療期間，這套房產一直由味精廠代為保管。

大約半小時後，麵包車駛出社區，男人已不在車上。

駱少華發動汽車，緩緩駛進綠竹苑社區，徑直開到二十二棟樓下。

四單元五〇一室。駱少華憑藉記憶，毫不費勁地找到了那扇窗戶。此刻，漆成藍色的木質窗戶大大敞開，能看見灰色的厚布窗簾在寒風中不斷地抖動。

駱少華盯著那扇窗子看了一會兒，掏出手機，撥通了一個號碼。

幾秒鐘後，一個男聲在聽筒中響起：『喂，駱警官。』

「曹醫生，我今早收到了你的簡訊。」駱少華頓了一下，似乎不願意說出男人的名字，「關於林國棟的。」

『哦，他應該已經出院了吧。』曹醫生的聲音顯得很疲憊，『我查一下。』

「不用了，我看著他出院的。」

隨後，就是一陣沉默。

最後，曹醫生忍不住發問：『怎麼，有什麼問題嗎？』

「問題……」駱少華一時語塞，「你們確定他已經痊癒了嗎？」

『這個，這個當然。』曹醫生忽然有些結巴，『不過，他還需要定期回院複查的。』

「也就是說，你們不能保證他不再出事，」駱少華不耐煩地打斷了他，「對吧？」

『駱警官，精神疾病的治療不像其他疾病，有明確的參數和指標。』曹醫生的語氣也強硬起來，『它本身的特質之一就是病情纏綿，復發率較高。』

「可是你們上個月還認為他需要繼續治療。」

曹醫生沉默了一會兒，嘆了口氣：『這就說來話長了。』

「你說。」

『改天吧。今天我很忙，你找個時間來醫院裡，我們詳談。』曹醫生遲疑片刻，試試探探地問道，『駱警官，據我所知，您並不是林國棟的家屬，為什麼您對他這麼關注？朱醫生退休前……』

駱少華沒有聽他說完，徑直掛斷了電話。

不管能否搞清楚林國棟出院的緣由，他現在已經重返社會，這是一個不得不面對的現實。幾十年的刑警生涯教了駱少華許多事，其中一件就是不要對任何事抱有不切實際的幻想。他已經對此做好了最壞的預判，而他要做的，就是竭盡全力不讓這個預判變成現實。

駱少華發動汽車，他清楚自己已經失去了職業帶給他的諸多便利和權力，因此，他要提前做好準備。

他不清楚的是，此刻，林國棟正站在四單元五〇一室的窗前，靜靜地注視著他和那輛深藍色桑塔納轎車，臉上帶著一絲淡淡的笑意。

第六章　朋友

老紀不在房裡。

魏炯把抹布掛在椅背上，在牛仔褲上擦乾雙手，盤算著要不要在房間裡等老紀。正想著，張海生拎著拖把推門進來，看見魏炯，也是一愣。

「老紀呢？」

「不知道。」魏炯老老實實地回答，「我剛進來。」

「這老頭，瞎轉悠什麼呀。」張海生斜眼看看魏炯，「你怎麼又來了？」

「嗯，」魏炯躲開張海生的目光，「志願者服務。」

「老紀又托你買東西了？」

「沒有。」

張海生的臉色稍稍緩和了些，語氣依舊毫不客氣：「你去別的房間吧，我要拖地了。」說罷，他就甩開拖布，橫七豎八地抹起來。

魏炯躲閃不及，被連撞了兩次腳跟，急忙拿起抹布走出了房間。

這是最後一次社會實踐課，魏炯總覺得該和紀乾坤告個別，雖然不用太正式，但算是有始有終，然而走遍了整個樓層，還是不見紀乾坤的蹤影。

魏炯正想著要不要回去問張海生，再三思籌後，還是放棄了這個想法。一來，張海生看起來也不知道老紀的去處；二來，從張海生對他的態度來看，即使知道也不會告訴自己。

算了，魏炯對自己說，人海茫茫，他和老紀只能算是萍水相逢。緣起緣盡，順其自然吧。儘管如此，魏炯還是有些小失落，也沒了再找人聊天的興趣。他拎起抹布，打算去幫其他志願者打掃。

連上兩層樓，擦拭了幾間寢室後，魏炯來到了三樓。相對於樓下的人來人往，這裡顯得幽靜許多。剛轉入走廊，魏炯就看到一個人坐在某間寢室的門旁，正向門裡張望著。是紀乾坤。

魏炯一下子高興起來，快步向他走去。

「老紀。」

紀乾坤聞聲轉過頭來，看到是他，臉上也綻開微笑。

「你來了。」

「是啊，你在幹嘛？」

魏炯走到紀乾坤身邊，向那間寢室裡望去。

這是一個單人房，格局和紀乾坤的房間並無二致，只不過，因為拉著窗簾，室內光線昏暗，溫度也要低得多。

一個人靜靜地躺在床上，全身覆蓋著棉被，只露出頭部。從散落在被子上的灰白色頭髮來看，這應該是個女人，年紀在六十歲上下。

「她是？」

「姓秦，叫什麼不清楚。」紀乾坤若有所思地看著女人。

「她在睡覺嗎？」魏炯壓低聲音。

「是啊，而且是很難醒來的那種。」

「哦，」魏炯驚訝地睜大眼睛，「那你在這裡做什麼？」

紀乾坤笑笑，並沒有回答，只是向前努努下巴。

「幫個忙，去把窗簾拉開。」

魏炯猶豫了一下。雖然女人在沉睡，但這畢竟是她的私人空間。不過，拉開窗簾而已，應該不算什麼冒犯之舉。想到這裡，魏炯向走廊左右看看，還是抬腳走進了寢室。

一進門，魏炯就聞到了一股奇怪的味道。他吸吸鼻子，走到窗口，拉開了窗簾。

午後的陽光一下子傾瀉進來，女人的臉也變得清晰。看得出，她年輕時應該算是個美女，臉龐圓潤，眉眼周正，皮膚也算細膩。

魏炯回頭看看紀乾坤，發現後者也在看著他。

「你也聞到了？」

「嗯。」魏炯皺皺眉頭，那味道並不令人愉快，混雜著香油或者別的什麼東西，會讓人聯想到某種邪惡的情緒。

紀乾坤搖動輪椅，慢慢地進入室內。他打量著室內的陳設，不時翕動著鼻翼，隨即，他把視線投向熟睡的女人身上。

魏炯也在尋找那股味道的來源，可是，小小的室內一覽無餘，並沒有殘餘的食物之類的東西。最後，他和紀乾坤的視線相接。

紀乾坤笑笑，把輪椅搖向床邊，側身聞了聞。隨即，他的臉色變得難看。

「沒錯。」他指指熟睡的女人，「她身上的味道。」

魏炯有些奇怪，某種治療需要香油嗎？

「去，幫我把那個杯子拿來。」

魏炯順著紀乾坤手指的方向望去，在床對面的木桌上，放著一個玻璃水杯，裡面尚有半杯略顯渾濁的水。

魏炯把水杯遞給他。紀乾坤把杯子拿在手裡，先是對著陽光仔細看了看水杯裡的懸濁物，隨即又把鼻子湊在杯口處聞了聞。最後，他用小指蘸了一點水，放進嘴裡，品咂了幾下，轉頭吐掉。

「好了。」他從衣袋裡掏出一方手帕，把杯體擦拭了幾遍，用手帕裹住水杯，遞給魏炯。

「放回原處。」

魏炯按照他的指示做了，心中的疑團卻越來越大。

「老紀，你這是……」

「沒事。」紀乾坤突然抬頭笑笑，眼中卻隱隱冒出一絲怒火，「送我回去吧。」

魏炯推著紀乾坤，在一片寂靜的走廊裡慢慢前行。

魏炯看著那些或虛掩或敞開的門，低聲問道：「住在這裡的，是什麼樣的人？」

「嗯，」紀乾坤似乎正在想心事，「長期臥床的。他們不用經常出來，所以安排在三樓。」

魏炯「哦」了一聲，看看手上的輪椅推把，突然想到一件事。

「那，你是怎麼上來的？」

「想辦法嘍。」紀乾坤輕描淡寫地回答道，他似乎不想多說話，魏炯也識趣地閉上嘴巴。

走到樓梯口，魏炯停下輪椅，上下打量著，盤算著如何才能把紀乾坤弄到一樓。

紀乾坤看出了他的困惑，笑笑說道：「你先把我背下去。」

看來也只能如此。魏炯轉過身子，背對著紀乾坤蹲下去，紀乾坤摟住他的脖子，魏炯雙手向後，托住紀乾坤的大腿，用力站了起來。

老紀比想像的要重一些。魏炯下了一層樓，感覺到腰和膝蓋承受的巨大壓力。很快，他的額頭上沁出了細密的汗珠，呼吸也粗重起來。

「累了就把我放下。」耳邊傳來紀乾坤的聲音，「休息一下再走。」

「沒事。」魏炯為自己糟糕的體力略覺慚愧，咬咬牙，一步步走下去。來到一樓，他又犯了難。該把老紀放在哪裡呢，總不能讓他坐在冰冷的地面上吧？

「把我放在樓梯扶手那。」

魏炯依言行事。紀乾坤側身趴在樓梯扶手上，雙手抓住鐵質欄杆，雙腿軟綿綿地搭在地面上。

「好了，去把我的輪椅抬下來吧。」紀乾坤又囑咐了一句，「小心一點，那玩意兒也挺重的。」

魏炯不敢多停留，擦擦額頭上的汗水，就快步跑上三樓，連拖帶拉地把輪椅弄了下來。紀乾坤還保持著那個難受的姿勢趴在樓梯扶手上，看起來，好像一堆被丟棄的舊衣服。聽到魏炯下樓的聲音，紀乾坤抬起頭，充滿期待地看著他，眼中還有一絲歉意。

「真是辛苦你了。」

魏炯知道他也在堅持。僅靠雙臂來撐住全身的體重，他隨時都可能滑摔在地上。所以他來不及休息，就急忙把紀乾坤扶坐在輪椅上。

替他蓋好毛毯，魏炯直起腰來，兩個人同時長出了一口氣。

紀乾坤拍了拍他的背：「送我回房間吧，泡一點茶，我們都好好休息一下。」

張海生還在房間裡，正弓著腰在紀乾坤的床上忙活著，看到他們進來，張海生把手上的枕頭拍鬆，擺在床頭。儘管他看起來好像是在整理床鋪，但是魏炯可以肯定，他正在翻找什麼東西。

「你回來了，」張海生滿臉堆笑，指指單人床，「要不要休息一下？」

「不用。」紀乾坤垂下眼皮，抬手示意魏炯把他推到窗前。

「去哪了，老紀？讓我怪擔心的。」

「隨便轉了轉。」紀乾坤沒有看他，轉身面向魏炯，「小魏，打開那個櫃子，裡面有茶葉。咱倆泡一點茶喝。」

張海生見狀，只能說句「你們聊」，就悻悻地開門出去了。

今天的茶是六安瓜片，香氣清高，滋味鮮醇。一杯熱茶下肚，兩個人的氣息也逐漸調勻。

魏炯身上的汗消了大半，舒舒服服地靠在桌邊，小口啜著茶水。

紀乾坤拿出健牌香菸來抽，很快，斗室裡煙氣縹緲，混合著茶香，讓人頗為慵懶舒適。

魏炯吸吸鼻子，突然想起了三樓的女人。

「那個老太太，」魏炯試著發問，「是你的朋友嗎？」

「不算。」紀乾坤搖搖頭，「我只知道她姓秦。」

「那你……」

「以後再慢慢告訴你吧。」紀乾坤笑笑，「今天幾點走？」

「快了吧。」魏炯看看手錶，「一會兒還要去院長那裡寫評語什麼的。」

「評語？」

「是啊。」魏炯放下茶杯，挺直身子，正視著紀乾坤的眼睛，「這是我的最後一次社會實踐課了。」

「也就是說，」紀乾坤頓了一下，移開目光，「你不會再來了。」

「那倒不一定。」魏炯從他臉上看到了深深的失望，心裡一軟，「沒課的時候，我會來看你的。」

「嗐，那倒不必。」紀乾坤低下頭，撣撣毛毯上的灰塵，「你一個小夥子，犯不著為我這個糟老頭子浪費時間。」

「沒有啊，老紀。」魏炯有些難為情地抓抓頭髮，「你很有趣，我也挺喜歡和你聊天的。」

「有趣，哈哈哈。」紀乾坤吃驚地瞪大眼睛，隨後就大笑起來，「我活了大半輩子，這算是對我最高的評價了。」

「真的，我覺得你和別的老人不一樣。」

「呵呵。」不知為什麼，紀乾坤的神色有些暗淡，「當然不一樣。」

他扭頭看向窗外，半張臉被漸漸西落的太陽染成金色，另一半臉則隱藏在陰影中。這讓他的表情顯得非常複雜，有希望，也有深深的落寞。

魏炯看著他，沒來由地覺得有些傷感。室內非常安靜，兩個人的呼吸都清晰可辨。一個綿軟，一個有力；一個悠長，一個短促；一個心事重重，一個懵懂無忌；一個在拚力抓住尚可珍惜的東西，一個好奇地面對徐徐展開的未來。

良久，紀乾坤回過頭來，沖魏炯笑笑。

「不管會不會再見，我都很高興認識你，魏炯。」

「我也是。」魏炯也笑了，「老紀。」

「我真希望自己能有資格替你寫評語。」紀乾坤沖他挑挑眉毛，眼神友善又狡黠，「給你個不及格。」

「嗯？」魏炯驚訝地睜大眼睛。

「讓你回養老院重修啊。」

「哈哈，」魏炯笑起來，「我會回來看你的。」

「真的？」紀乾坤的表情變得認真，「你可不能騙我這個老頭。」

「當然。」

「說實話，我還真有事想請你幫忙。」

「嗯，你說。」魏炯瞟了一眼床頭的菸盒，一整條香菸已經空了大半，「還是買菸嗎？」

「不是。」紀乾坤看看門口，壓低了聲音，「你知道我和張海生的關係吧。」

「嗯。」魏炯有些莫名其妙，「他是你的護理人員，對吧？」

「不僅僅如此。」紀乾坤苦笑了一下，「你想知道我為什麼會在這裡嗎？」

魏炯的神色鄭重起來，他站直身體，點了點頭。

「我曾經是個電子工程師，結過婚，二十多年前，妻子去世了。」紀乾坤點燃一支菸，慢慢地吸著，「我們沒有孩子。所以，此後的幾年，我一直都是一個人生活。後來，我出了一場很嚴重的車禍。」他拍拍自己的腿：「兩條腿都廢掉了，而且我昏迷了一年半。」

魏炯目不轉睛地看著他，眉頭微蹙。

「好在那時的工會還不錯，」紀乾坤慢慢說道，「工會幫我打贏了官司，對方賠了我一大筆錢。我沒有兒女，也沒有其他親屬，所以我醒來之後，單位就把我送到了這裡。」

「然後，你就一直住在養老院？」

「嗯。」紀乾坤撣撣菸灰，「我把自己的房子租出去了，前幾年辦理了提前退休。房租、薪水加上賠償金，應付生活綽綽有餘，所以在別人眼裡，我是個有錢的老頭。」

魏炯笑了笑：「的確，最起碼，你的茶葉都不錯。」

紀乾坤也笑笑：「你知道，我腿腳不方便，又不想讓自己的日子過得太寡淡，所以，有些採買的事情就只能委託張海生代勞。相信你也看得出來，這老東西的手腳不太乾淨。」

魏炯點點頭。他終於知道張海生為什麼對自己態度惡劣了，紀乾坤委託他去買東西，張海生自然就沒了虛報帳目、從中漁利的機會。

「而且，我現在已經不再信任他了。」紀乾坤把菸頭丟進罐頭瓶裡，「我再有錢，也經不起他這樣巧取豪奪。我歲數大了，也不知道能再活幾年，我不想到最後變成一個窮困潦倒的癱老頭。」

「你放心。」魏炯毫不猶豫地說道，「以後我來幫你。」

「會不會太麻煩你？」紀乾坤的表情懇切。

「沒事。」魏炯已然有了身負重托的豪邁情緒，「老紀你不必客氣。」

「那我有一個要求。」

「你說。」

「你必須要接受我的酬勞。」

「不要。」魏炯堅決地搖頭，「我只是想幫你，我不會要任何酬勞的。」

「可是我會經常麻煩你。」

「那沒關係，真的沒關係。」魏炯俯下身去，手按在紀乾坤的肩膀上，看著他的雙眼，「我們算是朋友了吧，老紀？」

「當然。」紀乾坤的眼神變得柔和，「只要你不嫌棄我這個老頭子。」

「既然是朋友，就別提什麼酬勞。」

「嗯。」紀乾坤抓住他的手，「不過，你至少要讓我幫你報銷路費。」

「不用了吧，也沒多少錢。」

「不，一定要。」

魏炯想了想，決定讓步，就點了點頭。

紀乾坤的嘴角浮現出微笑，他伸出手，和魏炯握了握。

「謝謝你，孩子。」他的眼中漫起一層水氣，「謝謝你對我這個老頭子付出耐心和善意。」

「老紀，」魏炯突然沖他擠擠眼睛，「這下不用給我不及格了吧？」

紀乾坤一愣，隨即就哈哈大笑起來。

笑聲驚動了正在院子裡散步的老人們，他們莫名其妙地看著一樓盡頭的那扇窗子裡，一老一少兩個男人，正笑作一團。

11・9殺人碎屍拋屍案現場分析

——簡要案情——

1990年11月9日8時40分許，鐵東區松江街與民主路交會處南200公尺的綠化帶內，發現用黑色塑膠袋包裝的人體下肢右小腿編為1號，及被分成四塊的左右雙上肢2號。

11月10日上午7時30分許，在南運河南岸河灣公園以東400公尺處，發現用黑色塑膠袋包裝的女性軀幹3號。

同日下午15時50分許，在城東垃圾焚燒廠發現用黑色塑膠袋包裝的頭顱4號及左大腿5號。同日晚上20時10分許，在市骨科醫院南側圍牆下，發現用黑色塑膠袋包裝的人體右大腿6號及左小腿7號。

——現場勘驗情況——

1990年11月9日9時20分許現場勘驗：在鐵東區松江街與民主路交會處南200公尺處的綠化帶內，發現一黑色塑膠袋，提手交叉呈十字形繫緊，並用透明膠帶封紮。袋內有人體下肢右小腿、右腳及左右雙上肢。袋內除少量血水外，無其他內容物。塑膠袋上無印刷字樣。在塑膠袋及透明膠帶上沒有採檢到指紋。

1990年11月10日上午8時20分現場勘驗：在南運河河床中，近南岸一側的淤泥中發現黑色塑膠袋包裝物，此處距河灣公園約400公尺。包裝物為兩只黑色塑膠袋相向對套，中間用透明膠帶捆紮。袋內有女性軀幹一具，無衣物。塑膠袋上無印刷字樣。在塑膠袋及透明膠帶上沒有採撿到指紋。

1990年11月10日16時40分現場勘驗：在城東垃圾焚燒廠第四焚化爐東側發現兩只黑色塑膠袋，提手交叉呈十字形繫緊，兩只塑膠袋袋口用透明膠帶捆紮在一起。袋內有頭顱及人體左大腿。裝有頭顱的黑色塑膠袋有破損。袋內有泥土少許。塑膠袋上無印刷字樣。在塑膠袋及透明膠帶上沒有採撿到指紋。

1990年11月10日20時50分現場勘驗：在市骨科醫院南側圍牆下，距團結路街口200公尺左右，發現一只黑色塑膠袋，提手交叉呈十字形繫緊，並用透明膠帶封紮。袋內有人體右大腿及左小腿、左腳。塑膠袋上無印刷字樣。在塑膠袋及透明膠帶上沒有採撿到指紋。

——屍體檢驗情況——

1號屍塊為人體下肢右小腿及右腳，右小腿長40cm，周長38cm，自脛骨平臺處離斷，斷端見四處皮瓣，帶有髕骨，骨表面見兩條切砍痕，表皮脫落。

2號屍塊為左右雙上肢，分為四塊，右前臂長40cm，從肘窩處離斷，尺骨鷹嘴處見有兩處皮瓣，創緣較整齊，橈骨上有兩條切砍痕，指甲長2cm，手掌背有擦蹭痕，手掌大小為156mmx91mm。右上臂長31cm，上至肱骨頭處離斷，斷端見有四處皮瓣，骨表面未見切跡，右上臂內側有一5cmx3cm皮下出血。

3號屍塊為一軀幹，長78cm，上端自第四、五頸椎離斷，關節面見有切跡，下端自左右腹股溝處離斷，左右肩自肩關節處離斷，以上斷端創緣不整齊，創壁有多處皮瓣。胸骨、肋骨未見骨折。陰道挫裂傷，經陰道拭子，未驗出精斑。

4號屍塊為一頭顱，黑色長鬈髮，髮長47cm，頭顱自第四、五頸椎間離斷，頭高22cm，口腔黏膜有損傷。右頸部發現一處孤立的皮下出血，應係扼頸所致。

5號屍塊為人體左大腿，長30cm，周長50cm，上端自股骨頭處離斷，下端自股骨下關節面處離斷，上下創面見多個皮瓣，斷端皮膚邊緣較齊。

6號屍塊為人體右大腿，長32cm，周長52cm，上端自股骨頭處離斷，下端自股骨下關節面處離斷，上下創面見多個皮瓣，斷端皮膚邊緣粗糙。

7號屍塊為左小腿及左腳，左小腿長41cm，周長39cm，自脛骨平臺處離斷，斷端見六處皮瓣，帶有髕骨，骨表面見三條切砍痕。

將上述諸屍塊拼接可構成一具女性屍體，可確定為同一人。

——死亡原因——

根據檢驗，死者係因扼頸導致的機械性窒息死亡。

——死亡時間——

死者屍塊較為新鮮，結合死者胃容物消化情況分析，死亡時間在案發前17小時左右。

——個體識別——

根據死者皮膚光澤度、皮膚彈性及恥骨聯合推斷，死者在30歲左右。死者雙手指甲修剪整齊，手掌及手指光滑，不是重體力勞動者。

——致傷物——

根據法醫檢驗，各屍塊斷端處創緣整齊，創壁光滑，創腔內未見組織間橋，部分裂創可見拖刀痕，未見生活反應，符合用銳器切割及死後分屍。

——作案人數——

各屍塊損傷呈現出同一類型、分散分布特點，其銳器損傷可由一種銳器形成，個別分屍部分手法並不熟練，能夠解釋一人完成從殺害到碎屍的過程，但應屬初次作案。從拋屍現場分析，犯罪嫌疑人應在有交通工具的情況下分段拋屍，每部分屍塊具有一定重量，可由一人完成，但不排除兩人以上。

——現場物證分析——

屍塊包裝物均為黑色塑膠袋，並用透明膠帶捆紮。黑色塑膠袋上無印刷字樣，無從查找其來源。從其尺寸看，黑色塑膠袋大小為47cmx35cm。死者身上無衣物，無其他能證明其身分的物品。

——犯罪嫌疑人刻劃——

犯罪嫌疑人用刀分屍，從屍體各大關節處離斷，但分屍手法並不十分熟練，說明嫌疑人具備一定解剖常識，但屬初次作案。所有屍塊均經嚴密包裹，且沒有發現指紋、毛髮，死者體內亦未採撿到其他生物物證，說明嫌疑人心思縝密，具備一定的反偵查經驗，獨居的可能性較大。各拋屍地點較分散，說明犯罪嫌疑人自有交通工具，具備駕駛技能。每部分屍塊具有一定重量，且死者身上只有較少的抵抗傷，嫌疑人應為青壯年男性，在較短的時間內即控制住死者，並完成強姦及殺人過程。

——工作進展——

認屍啟事發布第二天，1990年11月12日10時30分許，我市居民溫建良前往我局認屍，確定死者係其妻張嵐。女，33歲，住鐵東區平江路87號機車廠家屬區48號樓443室，育有一子。

死者張嵐於11月7日晚下班後參加同學聚會，之後就去向不明。11月8日早，其夫溫建良向所在轄區派出所報案。

經辦民警：馬健
駱少華
杜成

杜成夾著一大卷尚有溫度的影印紙走進閱覽室，找到一張無人的桌子，把影印紙平攤在桌面上。這是一九九〇年的本市地圖，杜成找了一個在本市檔案館工作的朋友，把它放大後列印出來。

他用雙手支撐在桌子上，俯身凝視著這張老地圖，看著那些曾無比熟悉，如今卻已在城市發展中消失不見的地標。片刻，他打開斜背包，拿出一張二〇一三年版的本市地圖，放在老地圖旁邊，仔細地一一對照著，不時拿出紅色簽字筆在新版地圖上勾勾畫畫。

一個小時後，簇新的地圖上已經遍布紅色圓圈，旁邊還標注著「11・9(1)」之類的字樣。

杜成直起酸痛無比的腰，看看手錶，伸手從斜背包裡掏出一個藥瓶，倒出兩粒藥片噙在嘴裡，再翻找時，發現自己沒有帶水。他暗罵一聲，手忙腳亂地收拾好東西，快步走出了檔案館。

他在館外的小超市裡買了一瓶水，一口氣喝了半瓶，嘴裡的藥片已經化開，滿口苦澀。杜成皺著眉頭漱口，正打算吐掉，想了想，又咽了下去。

能否活到查明真相那一天，他自己心裡也沒底，盡力而為吧。

此刻時值正午，杜成回到車上，重新打開地圖瀏覽著，最後選擇了自己的目的地，駕車離開。

這是個霧霾天氣，地處北方的城市，入冬後就鮮見藍天白雲。集中供暖需要燃燒大量煤炭，空氣中會飄浮著一層薄薄的黑灰。路上車不多，杜成看著灰濛濛的天，以及色調單一的建築與人群，面無表情地轉過一條街。

駛入工人路，汽車右側出現一條亮白色。杜成下意識地看過去，發現那是本市的南運河。他心裡一動，腳下稍稍用力，沿著河岸一路駛去。

很快，運河南岸的一大片空地出現在杜成的視野裡。這裡過去叫河灣公園，二〇一二年，公園被拆除，一座寺廟在原址建起，現在這裡叫金頂寺旅遊區。

杜成把車停在路邊，沿著石階一路向下，小心地穿過結滿冰霜的枯草地，順著斜坡走到了河邊。

石橋、涼亭、爬滿綠藤的長廊已經不在了，那棵大樹還在。杜成有些微微氣喘，他手扶著粗糙的樹幹，低頭看著腳下的河床。

現在是枯水期，較之夏季的豐盈充沛，南運河的河水枯竭了許多，能看見河底的淤泥和隨著水流飄搖的水草。有些地方結了薄冰，尚未結凍的部分在寡淡的陽光下冒著微微的水蒸氣。

杜成的視線在河水中來回掃視，最後定格在一片淤泥中。

那就是「11．9」殺人碎屍拋屍案中發現三號屍塊的地方。時至今日，杜成仍然清晰地記得，當那個沾滿淤泥、對向而套的黑色塑膠袋被打開時，馬健脫口而出的那句「我操」。

那時大家都穿著一身橄欖綠，都很年輕，很能喝酒，抽很多菸，可以在熬了一夜之後還能精神抖擻地執行抓捕任務；在老刑警面前暗自不服氣，把新警叫作小屁孩；熱衷於帶著槍、騎著摩托車四處轉轉，對每個犯罪分子都恨得咬牙切齒。

杜成的心暖了一下。他在二十三年後的同一個地方想起了年輕的夥伴們，以及他們共同面對的一件大案。

然而這溫暖轉瞬即逝。杜成凝視著那片黑色的淤泥，彷彿又看到駱少華脫掉皮鞋，捲起褲管，一點點把那個黑色塑膠袋拉上岸的情形。其實，當他看見那具女性軀幹屍塊時，第一反應並不是恐懼或者噁心。失去頭部和四肢的軀幹並沒有太多人類肉體的特徵，他甚至遲疑了幾秒鐘才意識到那是什麼。

隨之而來的，是憤怒。

一個人，究竟是在什麼樣的心境下，會把一個女人肢解成七零八落的幾塊？

如果凶手那時就在自己眼前，杜成一定會把他的腦子挖出來，看看裡面到底有些什麼。

而且他相信，當時，老夥伴們的想法和自己是一樣的。

即使，他們最終因為這起案件反目成仇。

杜成點燃一支菸，微閉雙眼，竭力讓自己放鬆下來。這裡曾棄置過一個女人的軀幹，那麼不管經過多久，一定會有某種氣息留下來。他要抓住這種氣息，然後溯源而上，直至二十三年前的那個夜裡，看清他的臉，抓住他的手，把鐐銬牢牢地戴在他的手上。

「喂，那位同志。」

杜成睜開眼，回過頭，看見一個提著掃把和簸箕，穿著一身道路清潔工制服的老人正嚴肅地看著他。

「這裡不許小便。」

半小時後，杜成把車停在鐵東區萬達廣場門前，瞇起眼睛打量著這座四層商廈，最後在商場入口處看到了「平江路87號」的門牌。他從副駕駛座上拎起斜背包，拿出那張一九九〇年的地圖，找到平江路87號機車廠家屬區的位置，用紅色簽字筆劃了一個叉，隨即駕車離去。

下午兩點十五分，杜成已經坐在機車廠——現已更名為北方機車製造集團——人事科的辦公室裡。辦事員查找檔案後，把他支到了離退休辦公室。

在離退休辦公室，杜成得知「11．9」殺人碎屍案被害人張嵐的丈夫溫建良已經在兩年前退休，住處不明，但能查到他的手機號碼。杜成把號碼抄在記事本上，道謝後離開。

在廠門口的路邊攤上，杜成買了一個手抓餅。他坐進車裡，一邊大口吃著，一邊撥通了溫建良的手機號碼。

幾秒鐘後，一個低沉的男聲在聽筒中說：『喂？』

「你好。」杜成咽下嘴裡的食物，「是溫建良先生嗎？」

『是我。你是？』

「我叫杜成，是鐵東分局的。」

『分局，』溫建良的聲音有些猶疑，『你是員警？』

「對。」

『你有什麼事嗎？』

「我想找你瞭解一些情況。」

『什麼情況？』溫建良又追問了一句，「哪方面的？」

「不是公事，是我個人想找你聊聊。」

『那不必了。』溫建良立刻回絕，『我不認識你，沒什麼好聊的。』

「是關於你妻子的案件。」杜成頓了一下，「我是當年的辦案人之一。」

『嗯。』溫建良顯然覺得很意外，『你想聊什麼？』

「能見個面嗎？」

溫建良猶豫了很久，最後說道：『好吧。』

杜成鬆了一口氣，用脖子夾住電話，掏出筆。

「你的地址是？」

門打開的一瞬間，溫建良就認出了杜成。

「我記得你，那時候你比現在壯實，頭髮也多一些。」

杜成笑：「都過去二十多年了，現在我是老頭了。」

溫建良也老了許多，原本是三七分的頭，現在整整齊齊地梳向腦後。灰色的羊毛開衫繃在凸起的肚皮上，下身是一條深藍色羊毛褲，腳上是棉布拖鞋，一副退休在家、頤養天年的老人形象。

溫建良把杜成引進客廳，招呼他坐在沙發上。趁著他去泡茶的工夫，杜成起身在這套三房兩廳的房子裡轉了轉。看得出，溫建良和兒子一家同住，家境還算富足。陽臺上掛著鳥籠，客廳東南角有一張長几，上面擺放著筆墨紙硯，估計是他退休後的消遣。總之，溫建良現在過著平靜祥和的生活。

很快，溫建良端著兩個茶杯走出來，還帶著一盒菸。

「我記得你是會抽菸的。」溫建良抽出一支菸遞給杜成，「說起來，還要感謝你們，那麼快就抓住了凶手，幫張嵐報了仇。」

「沒什麼。」杜成勉強笑了笑，「應該做的。你過得怎麼樣？」

「還湊合。張嵐走了之後，我又再婚了。沒辦法，孩子太小，需要有人照顧。」

「那……」杜成四處環視著。

「又離了。」溫建良苦笑，「我心裡始終放不下張嵐。如果是病逝或別的意外，哪怕是車禍呢，我都不會那麼耿耿於懷，可是她被人……第二任妻子受不了這個，和我離婚了。」說到這裡，杜成也有些黯然，只能默不作聲地抽菸。

「那……」溫建良看著杜成的神色，「你要找我聊什麼呢？」

「關於張嵐。」杜成想了想，「關於她的一切。」

「為什麼？」溫建良不解，「凶手不是已經被槍斃了嗎？」

「是這樣，」杜成慢慢說道，「我們在做一個大案要案匯總，你知道，一方面是總結經驗，另一方面還要提高預防犯罪的能力。簡單地說，就是要搞清楚，為什麼張嵐會被害。」

「哦。」溫建良點點頭，臉色卻漸漸灰暗下來，悲戚的表情浮上他的臉頰，整個人顯得更加蒼老。

「我知道這很不禮貌，甚至可以說是殘忍。」杜成語氣低沉，「讓你過了這麼多年，還要回憶這些事，但是……」

「沒關係，我能理解。」溫建良抬起頭，勉強擠出一絲微笑，「如果以後能杜絕這樣的悲劇，張嵐的死就是有價值的，是吧？」

在溫建良的描述中，他的妻子是一個熱情、開朗、心地善良的女人，愛說愛笑，與人相處融洽，不曾與他人有過節或者仇怨。同時，和大多數女人一樣，愛美，愛漂亮衣服。

「我到現在還記得她那天的樣子。」溫建良夾著菸，眼睛始終盯著窗外，語速緩慢，「她去參加同學聚會，特意打扮了一番。黑色呢子大衣、玫紅色高領毛衣、牛仔褲、短皮靴，渾身香噴噴的。我當時還取笑她……」

溫建良轉過頭，臉上帶著笑，眼圈卻開始泛紅。

「說她一把年紀了還臭美。」溫建良把菸頭摁滅在菸灰缸裡，「現在想想，她才三十三歲，多年輕啊。」

臨別時，溫建良注意到杜成蠟黃的臉色和已經被汗水濡濕的臉頰，關切地開口詢問。杜成不想多聊這個，匆匆道別後就離開了。

回到車裡，他伏在方向盤上，肝部的悶痛感越發強烈起來。他從斜背包裡翻出藥片，和水吞下。然後，他翻開記事本，開始整理剛才和溫建良的談話記錄。

杜成知道這樣的訪問並無太大意義。時隔二十三年，被害人家屬的陳述很難提供有價值的線索，但這是他目前唯一能做的事，他需要喚醒自己的職業嗅覺，讓它和自己記憶深處的某種氣息勾連起來。只有如此，他才能把那些殘留的片段拼接成一條鎖鏈，然後，沿著它追尋下去。

更何況，他的時間已經不多了。

第八章　跟蹤

駱少華遠遠地看見林國棟從樓門中走出來，急忙放下望遠鏡，盡量在駕駛座上收縮自己的身體，只露出半個腦袋，監視著他的動向。

林國棟還穿著出院當天的那套衣服，手裡拎著一個黑色塑膠袋。他慢慢地走到路邊，把塑膠袋扔進垃圾桶。隨即，他就把雙手插在上衣口袋裡，漫無目的地四處張望著。幾分鐘後，他撓撓臉頰，抬腳向園區大門走去。

駱少華坐正身子，把望遠鏡塞進副駕駛座上的一個黑色雙肩背包裡。背包鼓鼓囊囊的，袋口露出水瓶和半截麵包，還有一根通體烏黑的棍子。

駱少華瞄了瞄那根棍子，那是一支伸縮式警棍。

希望用不上它。

駱少華抬起頭，剛好看見林國棟消失在園區門口，他發動汽車，慢慢跟了上去。

駱少華不能肯定林國棟是否還記得自己，所以他不敢冒險，只是遠遠地尾隨著他。林國棟走出園區後，向右走了幾百公尺，拐進一條小路。

駱少華瞥了一眼街牌，暗罵一句，把車停在路邊。

那是春暉路早市，汽車肯定開不進去。駱少華一邊鎖車門，一邊深思著林國棟是不是已經發現了自己。他快步走進早市，卻發現林國棟並沒有消失在人群中，而是在前方不遠處，慢悠悠地逛著。

他像個失業很久、要靠妻子養活全家的窩囊「煮夫」一樣，耐心地走過一個個菜攤，認真地打量著每一樣商品，不厭其煩地問價，拿起一盒蒟蒻或者一根菜筍反復看著，似乎對一切都充滿好奇。

駱少華盡量躲在人群背後，留心觀察著他的一舉一動。最初，他對林國棟的怪異舉止有些莫名其妙，不過他很快就明白了，對一個在精神病院裡住了二十多年的人來說，早已對外界的種種感到陌生了。

一股快意湧上駱少華的心頭。不遠處的這個人，在電擊棒和約束衣的陪伴下度過了小半個人生，現在變成一個連菜筍都不認識的廢人。

但是駱少華很快意識到，剛才之所以會覺得他怪異，是因為他把林國棟當成和自己一樣的人。

和自己一樣，目睹朝陽升起，夕陽西沉，歷經寒冬夏雨，春去秋來，見證這個城市的快速發展，從平房遍地到高樓林立，暗喜於薪水的提高，惱火於物價的飛漲。

就像駱少華時常感受到的那種幻覺一樣：當他在黑暗的街路上凝視那些更黑暗的角落時，總覺得有一雙眼睛正在回望著自己。

他其實從未離開過。

穿過早市，林國棟徑直走向街對面的公車站，仰頭看看站牌，安靜地在原地等待著。

駱少華已經來不及回去開車，只能躲在一個早餐攤後，緊緊地盯著他。

幾分鐘後，一輛一一六路公車緩緩駛來。林國棟排在幾個拎著菜籃的老人身後上車，走到車廂中央，拉著吊環站好。駱少華眼見公車駛離，急忙小跑著穿過馬路，揮手招停一輛計程車，跟了上去。

對司機說了句「跟上前面那輛一一六路」，駱少華就掏出手機，連接上網，開始查詢公車的沿途停靠站，分析出林國棟可能下車的幾個站後，駱少華收起手機，發現司機正不斷地打量著自己。

「老爺子，你這是？」

駱少華幾乎要脫口而出「員警辦案」幾個字，話到嘴邊卻改成：「孫子蹺課了，我去看看這小子去哪個網咖。」

司機的話匣子打開了，從教育孩子聊到了網咖整治。駱少華無心和他閒聊，心不在焉地應付著，雙眼緊盯著前方的公車。四站之後，林國棟在長江街站下車，駱少華讓司機把車停在公車車前方不遠的地方，看林國棟走進長江街口，他付了錢下車。

長江街是本市的一條商業步行街，此時大約上午九點，大部分商廈都已經開門營業。在駱少華的記憶中，長江街從改革開放之後就一直是本市的主要商業區之一，幾座主要的商廈更是有超過二十年的歷史，同時他也意識到林國棟在這裡下車的原因。

林國棟正試圖填補自己記憶中的空白，而商業街顯然是重新瞭解這個城市的最好窗口。

他站在步行街入口中央，雙手插在口袋裡，仰頭環視著四周的高樓大廈。深冬的寒風捲來，他肥大的褲子被吹得貼在腿上，勾勒出略顯彎曲的雙腿形狀。此刻步行街上尚顯冷清，行人並不多，且個個神色匆匆，沒有人去注意這個衣著落伍卻一臉新奇表情的老人。

林國棟在原地看了一會兒，抬腳走進了最近的一座商廈。

他走得很慢，始終在左右張望，似乎對身邊的一切都充滿興趣。幾分鐘後，他被商廈正廳中的一臺自動販賣機吸引了，上上下下地研究了好久，仔細閱讀了使用說明後，林國棟掏出一疊現金，取出一張五元紙幣，塞進投幣口。

他在幾排瓶瓶罐罐中來回選擇了一番，最終按了一下罐裝可口可樂下方的按鈕，「咕咚」一聲，一罐可樂落進了取貨口。他嚇了一跳，似乎不知道這聲音從何而來，繞著自動販賣機轉了幾圈，臉上仍然是一副不明就理的樣子。

旁邊守著關東煮攤點的一個女孩子捣著嘴笑起來，指了指自動販賣機下方的拿取口，林國棟這才恍然大悟，取出了那罐可樂。他拿著那個紅色的罐子，轉著圈端詳著，又看看那臺自動販賣機，一臉欣喜，彷彿一個破解了四面魔術方塊的孩子。

隨即，他拉開那罐可樂，小心翼翼地喝了一口，先是皺皺眉頭，然後咂咂嘴，似乎對那味道還挺滿意。

於是，林國棟拿著可樂，開始在商場裡慢慢地逛起來，不時啜上一口。商場一樓主要是各種珠寶、手錶品牌的專櫃，林國棟挨個櫃檯看過去，偶爾停下來聽其他顧客和售貨員交談，臉上始終是一抹友善的微笑。

大概是因為聽得過於專注，他引起了一對正在選購鑽戒的青年男女的注意。男人不時警惕地打量著他，女人則把斜背包轉到身前，緊緊地摀著。林國棟倒不以為然，笑了笑，就端著可樂慢悠悠地離開。

上樓的時候，林國棟又遇到了一些小麻煩。他看著手扶梯躊躇不前，最後站在一旁，看其他顧客逐一登上手扶梯。躊躇了一陣之後，他小心翼翼地踏上去，扶梯升起的瞬間，林國棟的身體失去了平衡，在狹窄的踏板上手舞足蹈了一番之後，他才勉強抓住扶手站定。

扶梯升到二樓，他屏氣凝神地看著踏板逐漸併攏的終點，誇張地縱身一跳，險些在光滑的大理石地面上跌倒。

令人驚奇的是，那罐可樂始終被他牢牢地捏在手裡，一滴都沒灑出來。

二樓主要是女裝。林國棟依舊是那副悠閒的樣子，慢慢地逛著。

駱少華遠遠地跟著他，依靠立柱、櫃檯和其他顧客隱蔽自己。一個多小時後，他漸漸地失去了耐心，開始懷疑自己的跟蹤是否有必要。現在的林國棟的確像一個久病初癒的老人，溫和、笨拙、孱弱，於人於己都無害，甚至看起來有些可憐兮兮。

可憐兮兮。

當這四個字出現在駱少華的腦海裡，他立刻提醒自己要保持警醒。

不要被蒙蔽，再也不要。因為，再沒有二十三年的時間可以去補救、去償還。

駱少華打起精神，從一大幅海報後探出頭來，眼睛立刻睜大了。

林國棟不見了。

冷汗立刻布滿了他的額頭。駱少華疾步從海報後衝出，四處張望著。此刻，他身處二樓的兩排商店間，左右皆是各品牌女裝。他記得林國棟最後出現的地方是前方右側的阿瑪施女裝店，衝進店鋪後，卻不見對方的人影，店內只有幾個正在挑選風衣和長褲的女人。

女人。媽的，女人。

現在是白天，又是在繁華商業區，他該不會……

另一種可能是：自己已經暴露了。

才跟蹤了幾個小時，就被對方發現，並被輕易甩掉。

駱少華暗罵自己，剛剛退休就這麼廢物嗎？

連找了幾家店鋪，林國棟依舊不見蹤影。駱少華開始考慮要不要搜索消防通道，剛剛走到這排商鋪的拐角處，駱少華的餘光中出現一個人。他沒有停留，也沒有轉頭，而是徑直走向前方的皮衣折扣展銷區，鑽進一排男式皮夾克中，隨便拿起一件擋在身前，隨即，他勉強壓抑住急促的呼吸，微微轉過身，向一家女裝店門口望去。

林國棟依舊端著那罐可樂，背對著自己，靜靜地注視著櫥窗裡的某樣事物。因為視線被遮擋，駱少華無從知曉他在看某個人還是某件展品，但是從時間推斷，林國棟應該看了很久。

幾分鐘後，木雕泥塑般的林國棟忽然活動起來，隨即，他就做了一個怪異的動作：下頷抬起，雙肩高聳，然後向後盡力伸展，雙臂微微張開。

他彷彿在伸懶腰，又好像試圖把身體完全舒展，釋放出某種壓抑許久的東西。

這個動作持續了幾秒鐘，然後，同開始時一樣突然，林國棟又放鬆下來，轉身，晃晃悠悠地走開。

駱少華終於看清了他一直在注視的東西，剎那間，心底一片冰涼。

林國棟在步行街逛了整整一天，其間還吃了老鴨粉絲湯、臺式炸雞排；晚飯時分，他進了一家肯德基餐廳，點了一份套餐。

漢堡、炸雞和薯條對他而言是新鮮的食物，林國棟剝開包裝紙，端詳著手裡夾著雞肉、生菜的麵包，還好奇地逐層揭開，又看了看點餐的霓虹招牌上的展示品，似乎對漢堡的尺寸和品相頗有疑慮。不過這沒有影響他的食欲，咬下第一口之後，林國棟的臉上呈現出心滿意足的表情。

駱少華躲在餐廳對面的一根燈柱後，已經餓到胃疼。他不敢離開去買吃的，生怕林國棟又會消失得無影無蹤。此刻，夜色已然降臨，步行街上被明亮的霓虹招牌映襯得如同白晝一般。人流依舊不見稀少，下班後來這裡遊逛的青年男女摩肩接踵，倒顯得比白天還要熱鬧。

夜的黑，加上各色光影和鼎沸的人聲，曖昧的氣息在街面上緩緩流淌。

對於林國棟而言，黑夜是鴉片，令人迷醉卻充滿危險。駱少華這樣想道。

他點燃一支菸，默默地看著餐廳裡的林國棟。後者已經開始吃薯條，還學著其他顧客的樣子，把番茄醬塗在上面。

他吃得很慢，卻很專心，那個可樂罐子依舊擺在他的手邊，彷彿一件捨不得丟棄的珍品。其實，林國棟早已經把可樂喝光了，但是他似乎把它當作一種象徵，以此來拉近自己和這個世界的距離，儘管這讓他看起來更像一個撿飲料瓶的拾荒者。

大概四十分鐘後，這頓漫長的晚餐終於結束了。林國棟把所有的食物都吃得乾乾淨淨，連飲料中的冰塊都嚼碎咽下去了。把嘴巴擦乾淨後，他拿起那個空可樂罐，起身離開。

駱少華掐滅菸，轉過身，看著對面商鋪的櫥窗。在玻璃反射的倒影中，林國棟站在餐廳的門口，左右張望了一下，抬腳向街口的公車站走去。

駱少華稍稍鬆了口氣，悄無聲息地跟了上去。

半小時後，林國棟走進了綠竹苑社區二十二棟樓四單元，駱少華則在樓對面的一個角落裡，迫不及待地拉開了褲鏈。

尿液奔湧而出，快要脹破的膀胱終於放鬆下來。隨之而來的，是胃中一陣緊似一陣的燒灼感。駱少華一邊揉著肚子，一邊緊盯著五〇一室的窗戶。很快，那扇窗戶裡亮起了燈光。

林國棟的身影若隱若現，從動作上判斷，他在脫衣服。幾分鐘後，他從窗戶消失，隨即又再次出現，似乎在用一條毛巾用力擦著頭髮。過了一會兒，室內的燈光驟然暗了下去，他打開檯燈，關掉了電燈。

緊接著，那扇窗戶裡的光亮開始晃動，明暗交替。駱少華猜測他正在看電視，稍稍猶豫了一下，拔腿向園區外跑去。

他一路跑到春暉路街口，那輛深藍色桑塔納車還停在路邊，在深夜的低溫下，車身上覆蓋了薄薄的一層冰霜。駱少華掏出鑰匙開車門，同時發現一張違停的罰單黏在車窗上。他暗罵了一句，撕下罰單揣進衣袋裡，矮身坐進了駕駛座。

發動汽車掉頭，駱少華一隻手握著方向盤，另一隻手伸向了副駕駛座上的雙肩背包，拉出一條麵包，用嘴撕開塑膠包裝，狠狠地咬了一大口。

他嘴裡嚼著麵包，腳下用力踩著油門，快速駛回綠竹苑社區。

五〇一室窗戶的燈還在，室內光線依舊飄忽不定，林國棟應該還在看電視。駱少華把車停在隱蔽處，熄火，慢慢地吃著麵包。

凍了一天之後，麵包已經變得乾硬，咬在嘴裡像木頭似的。駱少華漸漸感到滿口乾澀，喉頭也噎得難受。他從背包裡拿出一瓶水，觸手之處一片硬冷，他立刻意識到那瓶水已經被凍成一塊冰坨。

他媽的！

駱少華下意識地抬手摸向車鑰匙，想打開車內的暖風，儘快融化這瓶凍水。然而，他抬頭看看依舊亮著燈光的五〇一室，又把手放了下來。

冷。餓。渴。焦慮。

種種不良情緒湧上心頭，最後彙聚成一股怒火。駱少華搖下車窗，把水瓶狠狠地扔了出去。堅硬得像塊石頭的水瓶砸在牆壁上，發出巨大的聲響，四單元門前的感應燈隨之亮起。

這突如其來的光倒讓駱少華冷靜下來，他坐在駕駛座裡喘著粗氣，嘴裡還機械地嚼動著。終於，唾液把滿口的麵包渣潤濕，他艱難地咽了下去。

『王八蛋，你最好老實一點，否則……』

駱少華抬起頭，恰好看見五〇一室的燈光熄滅。窗口宛若一隻閉合的獨眼。

巨獸終於要休眠了麼，在這萬籟俱寂的夜。

頃刻間，強烈的疲憊感突然從駱少華心底的某個地方生長出來，迅速占領全身的每一根骨頭和每一絲肌肉。他開始無比渴望家裡的床和溫暖的被窩，然而他還是不敢放鬆，始終緊緊地盯著那扇黑洞洞的窗戶。

半小時後，五〇一室依舊毫無動靜，走廊口也無人進出。

駱少華嘆了口氣，緩緩轉動已經開始僵硬的脖子，抬手發動了汽車。

駛出綠竹苑社區，駱少華看看手錶，已經夜裡十點半了。他猶豫了一下，還是掏出手機撥出了一個號碼。足足四十多秒後，電話終於接通了。

『少華？』

「嗯，你在哪裡？」

『在家啊。』

「幹嘛呢？」

『看球，歐洲冠軍杯。』

「哦。」

一陣沉默，片刻之後，對方試探著開口：『你喝酒了？』

「沒有，開車呢。」

『這麼晚了有事嗎？』

「哦，沒事。」

『有事就說。』

「真的沒事。這樣吧，找時間出來聚聚，這麼久沒見了。」

『行，電話聯絡。』

「好。」

駱少華掛斷電話，目視前方，把油門踩到底。他必須儘快回家休息以恢復體力，因為，對林國棟的跟蹤勢必是曠日持久的。

在商場裡，當林國棟轉身走開的瞬間，駱少華看到了櫥窗裡的東西。

那是一個塑膠人體模特兒，穿著一件灰色的羊絨大衣，頭頂黑色的及肩假髮。

她擺出一個向前伸手的熱烈姿勢，紅唇皓齒，向櫥窗外露出空洞、毫無生機的微笑。

夜色越發深沉，整個居民社區都陷入一片寂靜之中。

沒有月亮，星光也暗淡，一種澈底的黑暗將這個城市的角落完全籠罩。

如果你不曾在夜裡遊蕩，就不會感受到那種漫無邊際的虛空。

忽然，濃稠如墨的黑暗中亮起了一點光。二十二棟樓四單元五〇一室的窗戶悄然醒來。

幾分鐘後，那微弱的光亮再次消失。緊接著，似有若無的聲響一點點撕開夜的幕布，由上及下，由遠及近，直至四單元門前的感應燈突然亮起。

自頭頂傾瀉而下的燈光中，林國棟的臉慘白如紙。他的雙眼隱藏在陰影之後，看起來只是一片黑霧。

他就這樣站著，站在一團光暈中，靜靜地看著眼前無盡的黑暗。幾秒鐘後，感應燈又無聲地熄滅。

林國棟的眼睛卻亮起來。

他邁開步子，快速融入夜色中，走到路邊的時候，一揚手，紅色的鋁罐準確地飛進垃圾桶中，發出清脆的撞擊聲。

走出園區，來到馬路上，眼前是一片光明。在路燈的照耀下，空曠的街面顯得寬敞無比。

林國棟沿著路邊慢慢地走，邊走邊四處張望。很快，一輛空駛的計程車駛來，林國棟招手將車攔下，坐了上去。

計程車在冷清的街道上一路飛馳，司機不時從後照鏡中看著這個沉默的男人。路燈依次在車邊閃過，男人的臉上忽明忽暗。他始終望向窗外，一言不發，似乎在想著什麼心事。

司機摸摸車門上的置物欄，裡面有一把大號的長柄螺絲起子。這個乘客要去的地方很奇怪，如果不是今晚生意不好，他是不會接下這一單的。不過，後排座上的這個傢伙看起來已經五十多歲了，體格也一般，就算他動什麼歪心眼，也不難對付。想到這裡，司機略為心安，腳下暗自用力，只想儘快跑完這趟活兒，早一點回去睡覺。

很快，計程車駛出市區。街道兩側的路燈逐漸稀疏，最後完全沒有了。後座上的乘客已經徹底隱藏在黑暗中，這輛車宛如被高速旋轉的彗星拋出的隕石，只餘下兩點微弱的光，一路遠去。又開了十幾分鐘後，車身開始顛簸起來。司機知道，平整的柏油馬路已經到了盡頭，接下來是一段土路。他打開遠光燈，車速不減。

終於，計程車停在一處三岔路口，上方的藍色路牌上有幾個白色大字：下江村，26K。

「到了。」司機用左手悄然握住長柄螺絲刀，「六十四塊。」

乘客略欠起身，向漆黑一片的車窗外看了看：「再往前開一段。」

「不行。」司機乾脆俐落地回絕，「路不好走，底盤受不了。」

乘客沒作聲，伸出手在衣袋裡摸索。司機繃緊身體，注視著他的動作。

很快，那隻手從衣袋裡抽了出來，手上多了一疊人民幣。

「我加錢。」乘客遞過一張一百元的紙鈔，「再往前開一點就行，麻煩你了。」

司機猶豫了一下。年老，體弱，看起來也不缺錢，應該不是搶劫的。他接過鈔票，再次發動汽車。

開到下江村口，乘客示意他繼續向前，司機卻無論如何也不同意了。這次乘客沒有堅持，付清車費後下車。

林國棟穿行於寂靜無聲的農舍之間，一個人都沒遇到。這裡的村民還保持著日出而作、日落而息的習慣，特別是在冬季，無事可做的他們，頂多打幾圈麻將之後就早早睡覺了。

此刻，整個村莊都在沉睡。沒有人聲，沒有燈光。即使聽到他的腳步聲，那些看家護院的狗也懶得出來看上一眼。

林國棟的身上走出了汗，口中呼出的熱氣在睫毛上凝結成霜，他不得不頻頻擦眼睛，以確保自己能看清腳下的路。十幾分鐘後，他穿過村子，踩上一條凹凸不平的小路。

沒有了建築物的遮擋，冬夜的寒風驟然猛烈起來。林國棟臉上的汗很快被吹乾，開始隱隱作痛。他的目光始終集中在身邊空曠的田地上，不時停下來，默默地估算著距離。

終於，他站在一片覆蓋著白雪的玉米地旁，向南方望去。然而，目力可及之處仍然漆黑一團。他努力睜大眼睛，試圖在那扯不開的夜色中分辨出自己的目標，可是眼前除了黑暗，還是黑暗。

他撇撇嘴，轉頭面向身後的村落，直至找到那棵大榆樹，他眼裡有了一點光。

就是這裡。

林國棟走下土路，向玉米地中走去。已經被收割過的田地裡仍然留有十幾公分高的斷茬，林國棟跌跌撞撞地走著，腳被雪地下的斷茬戳得生疼。他慢慢地辨別方向，最後找到田埂，小心翼翼地踏上去，繼續向前。

漸漸地，一座細高的建築在黑暗中慢慢顯出輪廓。林國棟看著它，呼吸驟然急促起來，腳下也加快了速度。

終於，他來到它的面前。那是一座由水泥鑄就的水塔，周身散發出腥冷的味道。他伸出手去，觸摸著水塔冰冷粗糙的表面。

一聲心滿意足的嘆息從林國棟的心底發出。他把手扶在水塔上，緩緩繞行一圈，最後站在水塔西側，轉過身靠了上去。

已經汗濕的後背立刻感到了浸入骨髓的寒冷。林國棟仰起頭，看著漆黑一片的天空，鼻翼不停地翕動著。

那氣息，略腥，微甜。

林國棟慢慢地閉上眼睛。

第九章　老宅

「對，就這樣滑一下。」

紀乾坤一手把老花眼鏡舉過頭頂，另一隻手在手機螢幕上滑動了一下，螢幕上卻沒有任何變化，依舊是一張大漠落日的圖片。

「您怕什麼啊，又弄不壞。」魏炯笑起來，「稍微用一點力氣，滑到螢幕另一側。」

紀乾坤「嗯嗯」地應著，又試了一次。「啪」的一聲輕響，螢幕解鎖，十幾個應用程式的圖示出現在螢幕上。

紀乾坤「呵」了一聲，讚嘆不已。

「現在都這麼先進了，了不起、了不起。」他指指桌上那部被拆開的老式諾基亞手機，「這個老傢伙，只能打電話了。」

「幫您買的這臺只是個中階產品，不過對您來講，應該夠用了。」魏炯彎下腰來，指點著螢幕，「老紀，我來教你打電話。」

紀乾坤卻扭過身子，笑咪咪地對站在單人床旁的女孩說道：「姑娘，妳坐啊，自己倒茶喝。」

岳筱慧同樣報以微笑：「您別客氣，我自己來就行。」說罷，她繼續耐心地瀏覽床頭的書架，不時取下一本書翻看著。

很快，紀乾坤就學會了如何撥打電話以及用手寫輸入的方式編輯與發送簡訊。智慧手機對他而言是個完全陌生的物品，不過，紀乾坤的興致很高，雖然動作緩慢且笨拙，態度卻極其認真。

「來，我自己操作一下。」紀乾坤把手機平放在膝蓋上，小心翼翼地在螢幕上戳著，嘴裡念念有詞，「先按這個，然後，是這個。」

趁著紀乾坤一筆一畫編輯簡訊的時間，魏炯扭頭看看岳筱慧，後者正在翻看一本刑事訴訟法學的書。察覺到魏炯的目光，岳筱慧抬起頭，沖他笑笑，把書打開，頁面朝向魏炯。

書頁上到處都是紅色筆跡的標注，密密麻麻。

「新版的。」岳筱慧小聲說道，「學得比我們還認真。」

魏炯點點頭，沖埋頭發簡訊的紀乾坤努努嘴：「很有個性吧？」

岳筱慧偷偷地伸出手，豎起拇指。

自從上次和魏炯聊起紀乾坤之後，岳筱慧就一直想見見老紀。當她得知魏炯受託要幫老紀買一支新手機的時候，就自告奮勇，不僅陪魏炯選購手機，還和他一同來到安養院教紀乾坤使用。最初，魏炯擔心她會覺得無聊，可是看她自得其樂的樣子，魏炯也放心了大半。

正想著，魏炯聽到自己的手機發出「叮」的一聲，他拿出手機，看見螢幕上顯示「有一則新訊息」。

他抬起頭，看見紀乾坤正一臉期待地看著自己。

「收到了沒有？」

「收到了。」魏炯晃晃手機，隨手點開，不由得笑出聲來。

「魏炯謝謝你你是個好小夥子。」魏炯把手機螢幕轉向紀乾坤，「您倒是加個標點符號啊。」

「哈哈哈。」紀乾坤也笑了，「沒找到嘛。」

「好吧，我繼續教您。」

「這個不急，」紀乾坤把手機遞過來，「教教我怎麼拍照和錄影。」

「好。」

這一次紀乾坤學得更加認真，甚至還拿出一個小本子做了筆記。十幾分鐘後，他看看手機又看看筆記，似乎胸有成竹了。

「來，試一次。」

手機解鎖，進入拍照模式。紀乾坤舉著手機，盯著螢幕，呵呵地笑起來。

「真清晰啊。」他騰出一隻手，沖魏炯和岳筱慧揮舞著，「來，幫你倆合個照。」

「哦。」魏炯有些意外，看看岳筱慧。

「怎麼，還不好意思啊？」

女孩倒是不以為意，大大方方地走到魏炯身邊，還挽起了他的胳膊。

「哎，這就對了嘛。」紀乾坤高舉手機，小心翼翼地對焦，「你小子，還不如人家姑娘勇敢呢，照了啊。」

「喀嚓」一聲，閃光燈亮起。

魏炯湊過去，想看看拍攝效果，紀乾坤卻皺起眉頭。

「這快門聲太大了。」他端詳著手機，「而且，一定要用閃光燈嗎？」

「可以關閉的。」魏炯拿過手機，操作一番，「ＯＫ了。」

「好。」紀乾坤看看筆記，依樣按動螢幕，打開了照片庫，「嗯，不錯不錯。」他把手機螢幕轉向岳筱慧：「怎麼樣，我老紀的技術還不賴吧？」

畫面中，魏炯直挺挺地站著，面露羞澀的笑容，被岳筱慧挽住的左臂僵硬無比。相反，身邊的女孩笑靨如花，頭微微右側，一臉俏皮的樣子。

「哈哈。」岳筱慧看著照片，忍俊不禁，「看你那胳膊，跟假肢似的。紀大爺，傳給我、傳給我，太好笑了。」

「嗯？」紀乾坤懵了，「怎麼傳出去？」

「好辦。」岳筱慧拿過手機，飛快地按動著螢幕，幾分鐘後，又遞還給他，「紀大爺，幫您開通微信了。」

「威信？」紀乾坤更糊塗了，「什麼威信？」

足足花了十幾分鐘，紀乾坤才明白微信是什麼，在手機上鼓搗一番之後，喜不自勝。

「這玩意兒好，跟對講機似的啊。」紀乾坤抬頭看著他們，「多虧了你們倆，我老紀也算掌握高科技了。」

「那當然。」岳筱慧笑咪咪地說道，「您這麼時髦的老頭，怎麼能不玩這個啊。」

「哈哈哈。」

笑聲未落，紀乾坤的手機就響了起來。

突如其來的悅耳鈴聲讓他慌了手腳：「哎喲，怎麼接來著？慢著、慢著，我自己來。」

紀乾坤表情緊張，伸手在螢幕上滑動，電話接通了。

操作成功，紀乾坤對自己很滿意，一臉笑容地接聽電話。然而，聊了幾句，他的臉色就慢慢陰沉下來。

「嗯，我知道了，我現在就過去。」

掛斷電話，紀乾坤捏著手機，默默地坐了半分鐘，眉頭緊鎖，表情凝重。

魏炯和岳筱慧面面相覷，不知道發生了什麼，也不敢輕易發問。

終於，紀乾坤抬起頭來，擠出一個笑容。

「去，魏炯，把衣櫃打開，裡面有一個皮包。」

魏炯老老實實地照做，從衣櫃裡拿出一只鼓鼓囊囊的老式黑色皮包，遞給紀乾坤。

紀乾坤打開皮包，從中翻找一番後，掏出幾張裝訂好的影印紙。

「魏炯，你下午有課嗎？」

「沒有。」魏炯搖搖頭，「怎麼？」

「對不起了。」紀乾坤把那幾張影印紙遞過來，表情歉然，「得麻煩你幫我跑一趟。」

杜成轉動方向盤，剛剛駛入西園郡社區，就看見幾輛警車停在四號樓前。有制服員警在維持秩序，在他們的周圍是幾十名社區住戶，好奇地向樓前張望著。

杜成把車停好，想了想，從提包裡拿出一本卷宗，翻看了幾頁，苦笑著搖搖頭。下車，鎖門，杜成徑直向四號樓二單元走去。剛擠過人群，一名制服員警就攔住了他。杜成正要掏證件，卻看見了站在警車旁抽菸的張震梁，急忙喊了他一聲。

「震梁。」

張震梁循聲轉身，見是杜成，快步走了過來。

「師父。」張震梁揮揮手，示意制服員警放行，「自己人。」

「複勘現場還是指認？」杜成問道。

「指認。」張震梁簡短回答，「您怎麼來了？這點事我們自己處理就行。」

「查別的案子。」杜成抬腳向二單元走去，「那倆毒販呢？」

「在樓上。」張震梁也跟著走進走廊，「師父，局裡不是讓你休息嗎，你怎麼又……」

「一件舊案，不處理完，心裡不踏實。」杜成不想多解釋，快步走到電梯前，按下了「8」。

兩人站在電梯裡，一時無話。突然，張震梁輕聲說道：「殺人碎屍。」

杜成一愣，下意識地轉頭，發現張震梁正從提包敞開的袋口向裡張望，那本卷宗露出了半個封面。

「是那個案子。」張震梁看著杜成，輕聲問道，「對吧？」

杜成想了想，決定不瞞著他：「對。」

「在這棟樓裡？」

「其中一起。」杜成向樓上努努嘴，「八〇三室。」

「我靠，」張震梁張大了嘴巴，「不會這麼巧吧？」

「就是這麼巧。」杜成笑笑，「緣分。」

電梯停在八樓，電梯門徐徐打開。杜成抬腳跨出電梯，看見八〇三室的門敞開著，一條警戒帶橫拉在門框上，兩個制服員警站在門旁。

「人呢？」張震梁問道。

「上十五樓了。」

「嗯。」張震梁轉身面對杜成，「要不要進去看看？」

杜成點點頭，矮身從警戒帶下鑽過，再站直身體時，已經在八〇三室內。

這是一套一房一廳的住宅，格局帶有鮮明的二十世紀建築的特色。室內陳設簡單，雙人床、衣櫃、書桌都是老舊物品。恍惚間，杜成還以為自己回到了二十世紀九〇年代。

他從臥室走到客廳、廚房，又在廁所裡逛了一圈，看著碩大的浴缸裡乾涸的水漬，轉身問張震梁：「房主呢？」

「通知他了，人還沒到。」張震梁看看手錶，「應該快了吧。」

「是不是姓紀？」

「對。」張震梁抬起頭，「他是？」

「其中一個被害人的丈夫。」

「哦。」張震梁環視四周，輕聲問道，「有發現嗎？」

杜成搖搖頭：「看情況，房主已經很久沒在這裡住了。」

張震梁立刻摸出電話：「我馬上把他找來。」

還沒等他按動號碼，門口就傳來一個怯怯的聲音：「不用了，我來了。」

杜成和張震梁同時轉身，卻看見門旁站著一個表情緊張的男孩，旁邊的女孩則要輕鬆許多，不時好奇地向室內張望著。

「你是……」張震梁大為驚訝，「房主？」

「不是。」男孩顯得更緊張了，「老紀腿腳不靈便，來不了，所以委託我。」說著，他遞過一張身分證和幾張紙。

張震梁伸手接過，先掃了一眼身分證。

「紀乾坤。」他看看杜成，把身分證遞過去。

杜成還記得這張臉，只是比記憶中的紀乾坤要蒼老許多。

二十三年前，他看著這個男人在解剖室裡抱著妻子的殘肢哭到昏厥，也曾目睹他日復一日地坐在分局走廊的長椅上，拉住每一個走過他身邊的員警，詢問案件的偵破進展，更記得他在庭審現場掙脫了三名法警的阻攔，徑直衝到被告人面前……

杜成看看身分證上的發放時間：二〇〇一年。

人瘦了，皺紋多了，不變的是滿臉的悲苦和仇恨。

張震梁已經看過手裡的租賃協議，轉頭對杜成說道：「時間對得上，那兩個毒販子沒撒謊，的確是從二〇一三年開始在這裡製毒、販毒的。另外，紀乾坤應該不是同案犯。」

杜成點點頭，轉身面向男孩，上下打量了他一番，開口問道：「你叫什麼？」

「嗯？」男孩有些意外，「我叫魏炯。」

「你是紀乾坤的什麼人？」

「算是朋友吧。」

「你剛才說他的腿腳不靈便，」杜成繼續問道，「他怎麼了？現在住哪裡？」

「他癱瘓了。」魏炯撓撓後腦勺，「現在住在一家養老院裡。」

杜成和張震梁對視了一下。杜成拿出筆記本，詳細記錄了養老院的位址。

張震梁問道：「要不要我現在送你去一趟？」

「不用。」杜成搖搖頭，「讓這兩個孩子走吧。」

魏炯鬆了口氣，轉身招呼岳筱慧，卻發現她已經走進了裡間，背對著自己，不知在看些什麼。

魏炯沖張震梁擠出一個笑容，快步走進臥室，伸手去拉岳筱慧。手指剛剛接觸到她的衣袖，魏炯就察覺到她在發抖。

他心下大驚，還沒來得及發問，就聽見岳筱慧的喉嚨裡發出「咕嚕」的奇怪聲響，緊接著女孩甩開魏炯的手，摀著嘴衝出了八〇三室。

魏炯急忙起身去追，留下張震梁和杜成莫名其妙地站在原地。

「又不是殺人現場，」張震梁看看四周，「這姑娘怎麼嚇成這樣？」

杜成沒說話，吸了吸鼻子，轉身看著電梯間，恰好看見女孩一頭撞進電梯，身後是那個手忙腳亂的男孩。

電梯下行至一樓，電梯門剛剛打開，岳筱慧就衝出來，跑到樓外，扶牆大嘔。

魏炯急忙跟出來，想上前幫她拍拍背，又覺得不妥，抬眼看到園區門口有一家小超市，說了句「妳等我啊」，就匆匆跑了過去。

等他拎著一瓶水跑回來，岳筱慧已經停止嘔吐，背靠在牆壁上，手摀著胸口喘息著。

「妳沒事吧？」魏炯擰開水瓶，遞到岳筱慧手裡，「好一點沒有？」

「謝謝。」岳筱慧臉色蒼白，聲音也虛弱無力，「髒，你躲遠一點。」

她含住一口水，漱漱口，又吐掉，抬手擦擦額頭上的冷汗。

「好多了。」她沖魏炯勉強笑笑，「別擔心。」

「妳這是怎麼了？」魏炯又遞給她一包衛生紙，「身體不舒服？」

「我也不知道。」岳筱慧又抖了一下，「一走進那個房間就覺得冷，從裡到外的那種冷。」

「妳該不是冷到了吧？」

「沒有。」岳筱慧搖搖頭，「那房間裡，有一股味道，你沒聞到嗎？」

「嗯，」魏炯想了想，「還真沒有。」

「奇怪。」岳筱慧自言自語道，把身上的羽絨服又緊了緊。

魏炯看看她，伸手把她的斜背包背在自己身上。

「走，我帶妳去喝一點熱的東西。」

半小時後，魏炯和岳筱慧坐在一家必勝客餐廳裡。

岳筱慧雙手捧住杯子，小口啜著水果茶，臉色紅潤了許多。

「要不要吃一點東西？」魏炯把盛著慕斯蛋糕的碟子向她推了推，「現在妳應該餓了。」

岳筱慧點點頭，叉起一小塊蛋糕，放在嘴裡慢慢抿著。

「真抱歉，害妳陪我跑一趟，還不舒服了。」

「嗐，跟你沒關係。」岳筱慧擺擺手，「我自己也覺得奇怪，不過老紀真的挺有趣的。」

「是啊。」魏炯也笑起來，「這老頭身上有一股特殊的勁兒。」

「說到這個，」岳筱慧突然想到了什麼，「今天不用把租賃合約送回去嗎？」

「不用，下次帶給他就行。」魏炯看看手錶，「再說，我們也得回校了。」

「嗯，再去老紀那裡的時候，你記得叫我。」

「妳還要去？」

「嗯。」岳筱慧喝光杯子裡的水果茶，「你看過電影《一代宗師》嗎？」

「王家衛導演那個看過。」

「世上所有的相遇，」岳筱慧看著窗外，此刻已是夕陽西下，街面上的人流驟然洶湧，一張張陌生的面孔，朝著不同的方向匆匆而去，偶有眼神的短暫交集，又迅速避開，「都是久別重逢。」

「8．7」殺人碎屍拋屍案現場分析

——簡要案情——

1991年8月7日上午6時30分許，177公路市區往羊聯鎮方向21公里處路基下，發現用黑色塑膠袋包裝的頭顱編為1號，下同及被分成四塊的人體雙上肢2號。

8月7日上午7時10分許，在和平大路147號省建築設計院家屬區門前的垃圾桶內，發現用黑色塑膠袋包裝的人體左大腿3號及左小腿4號。

8月7日上午9時30分許，在紅河街163號在建的維京商業廣場工地內，發現用黑色塑膠袋包裝的女性軀幹5號。

8月8日16時20分許，在羊聯鎮下江村水塔東側，發現用黑色塑膠袋包裝的人體右大腿6號及右小腿7號。

——現場勘驗情況——

1991年8月8日16時20分許現場勘驗：在羊聯鎮下江村水塔東側發現一黑色塑膠袋，提手交叉呈十字形繫緊，並用透明膠帶封紮。袋內有人體右大腿及右小腿、右腳。腳上穿有菲英牌女式涼鞋，銀色，高跟，36碼，袋內除少量血水外，採撿到動物體毛11根，經鑑定為豬毛。塑膠袋上無印刷字樣。在塑膠袋中部採撿到指紋四枚。

杜成抬起頭，按按太陽穴，從旁邊的菸盒裡摸出一支菸點燃。

他上身後仰，靠在轉椅背上，盯著天花板，緩緩地吐出一口煙。

時至深夜，狹窄的斗室內，除了桌上的一盞檯燈，再無其他光亮。杜成的視線集中在黑漆漆的天花板上，卻發現根本沒有可供分散注意力的焦點。相反，他感覺身上流淌的血液似乎越來越急促，甚至能聽到耳膜裡傳來的轟鳴聲。

靠，都他媽二十多年了，怎麼還這樣！

杜成苦笑一下，重新坐直身體，強迫自己繼續讀下去。

——分析意見——

本案可與「11．9」、「3．14」、「6．23」殺人碎屍拋屍案做串併案調查，從犯罪手法來看，屍塊斷端少見皮瓣，骨表面未見切砍痕，作案能力呈升級、熟練態勢。屍塊分散有規律，上肢與下肢、軀幹、頭部分別獨立拋散，可推斷其作案時心態冷靜。

杜成嘆了口氣。

他把面前的案卷推到一邊，已泛黃的紙張發出嘩啦啦的脆響，似乎隨時可能碎成粉末。

沒用。

他無法集中注意力，無法讓自己的視線從「8月8日」這幾個字上移開。

杜成轉過頭，靜靜地看著抽屜櫃上的相框。

一個留著齊肩長髮的女人，半蹲在鬱金香花叢中，抱著一個胖墩墩的小男孩，微笑著回望著他。

杜成的嘴角上揚，同時，眼前一片模糊。

他站起身來，慢慢地走到抽屜櫃前，拿起相框，輕輕地撫摸著。

相框的玻璃片上倒映出他的臉——灰白，略浮腫，皺紋橫生。蒼老的面容覆蓋在那兩張依舊年輕、生動的臉上，彷彿拉近了時空，混淆了生死。

杜成的目光漸漸變得柔和，身邊的一切已經墜入無盡的虛空中，在半明半暗的光線裡，他無意再將思緒拉回現實，人之將死，最寶貴的，只有回憶。

一九九一年八月八日，上午七點十分。

一個年輕的制服員警拎著兩只大塑膠袋，匆匆邁上C市公安局鐵東分局門前的臺階。穿過玻璃門，他向值班的同事點了點頭，右轉，沿著一樓東側的走廊疾行。此刻已天光大亮，走廊裡卻光線昏暗，兩側的房門盡數關閉，只有北面盡頭的一扇窗戶尚可透光。

走廊裡一片寂靜，只能聽到年輕員警的腳步聲和塑膠袋相互摩擦的窸窸聲響。接近東側盡頭的房間，年輕員警感到莫名的寒意，彷彿前面那扇門裡正釋放出陣陣冷風。

來到門前，他把塑膠袋都移到左手，猶豫了一下，抬手敲響了房門。

「誰？」一個不耐煩的聲音傳了出來。

年輕員警推開門，小心翼翼地探進半個腦袋。過低的室溫立刻讓他的身上起了一層雞皮疙瘩，同時，那股令人恐懼的味道直竄鼻孔。

「馬隊。」他努力不去看解剖臺上那具青白色的屍體，喉嚨裡變得乾燥，「飯來了。」

「先放會議室吧。」馬健揮揮手，「我們等一下再過去。」

年輕員警忙不迭地答應，迅速關上門離去。

馬健轉過身，雙手叉腰，死死地盯著解剖臺上的屍體。

牆角的櫃式空調機呼呼地轉動著，出風口處冒出大團白氣。室內的溫度很低，馬健的額頭上卻布滿了細密的汗珠，身上的藍黑條紋短袖襯衫也汗濕了大半。

杜成站在他的對面，雙手環抱在胸前，臉色鐵青，眉頭緊鎖。

法醫蹲在地上，從屍袋裡拎出一條人體小腿，前後端詳了一番，放在解剖臺上。

「暫時只能拼成這樣。」他後退一步，摘下口罩，「操！」

這是一具成年女性屍體，被分割成頭顱、軀幹、左右雙上肢、左大腿及小腿，共八塊。斷端被臨時拼湊在一起，死者的姿勢顯得怪異，加之右大腿及小腿缺失，看起來並不像一個人。

杜成繞到死者的頭部前面，低頭仔細觀察著。

死者蓄長髮，散亂，頭微右側，面部腫脹，口半張，雙眼微閉合，瞳仁暗淡無光。

「死因是什麼？」

「初步判斷是機械性窒息。」法醫指指頭顱的斷端，扼痕清晰可辨，「應該是被掐死的。」

杜成看看馬健，後者沉默不語，牙關緊咬，臉頰上的肌肉凸起。

「稍後做毒物分析，不過我覺得意義不大。」法醫點燃一支菸，「還是他幹的。」

「死亡時間呢？」

「八小時以上。」法醫戴上手套，「具體時間，驗完胃內容物再通知你們。另外……」他指指解剖臺上殘缺的女屍，「找找右腿。這個樣子，家屬看了會瘋的。」

馬健長出了一口氣，整個人一下子委頓下來：「爭取吧。你先忙，有發現立刻通知我們。」說罷，他向杜成揮揮手：「走吧，先吃飯去。」

會議室裡門窗大開，清新的空氣穿堂而過。儘管有些微微的涼意，但是對剛剛從法醫解剖室走出的馬健和杜成而言，彷彿從嚴冬一下子穿越到盛夏。更讓人感到稍稍愉悅的，是滿屋的食物香氣，鼻腔內的屍臭一掃而空。

幾個同事正圍坐在會議桌前吃早飯，看到他們進來，紛紛起身讓座。馬健和杜成剛剛坐定，豆漿、包子和茶葉蛋就被推到了面前。

儘管已經饑腸轆轆，馬健的胃口卻不怎麼樣。吃了半個包子，喝了幾口豆漿之後，他點燃一支菸，環視了一下正在埋頭大嚼的同事們，開口問道：「情況怎麼樣了？」

一個穿著布滿汗漬的短袖襯衫，頭髮蓬亂如雞窩的員警咽下嘴裡的包子：「屍源查找還在進行中，昨天下午來了幾批人，都是近一個月來報人口失蹤的，不過都不是。」

他把包子咬在嘴裡，翻看著手裡的資料，含混不清地說道：「最近的一次接警是八月六日，一個紀姓男子稱自己妻子一夜未歸，我們覺得體貌特徵比較像，已經通知他了，估計等一下就能過來。」

馬健點點頭，又問道：「其他的呢？」

另一個員警回答：「現場走訪還在進行，不過，目前還沒什麼有價值的線索。」

馬健皺起眉頭，彈彈菸灰，想了想：「現場勘查那邊怎麼樣？」

「還在檢驗中。」

「讓他們快一點。」

那個員警應了一聲，起身出門。同時，一個女警匆匆而至，徑直走到馬健面前：「馬隊，一個姓紀的人來認屍。」

馬健「嗯」了一聲，轉頭對杜成說道：「成子，你去看看。」

杜成點點頭，三口兩口吃掉手裡的包子，擦擦嘴，起身向門口走去。

馬健回過頭，看女警還站在面前。

「還有事？」

「嗯，局長通知，二十分鐘後，四樓三會議室，案情分析會。」她頓了一下，似乎很緊張，「副市長和政法委書記都來了。」

馬健定定地看了她幾秒鐘，突然站起身來，拍了拍手掌，大聲喊道：「動作都快一點，二十分鐘之後開會。」

員警們應了一聲，紛紛加快進食速度，而先吃完的，已經開始整理材料，準備在會上做彙報。

馬健連抽兩支菸，靜靜地整理思路，不時在筆記本上記錄要點。

準備妥當後，馬健帶著手下走出會議室，沿著走廊向電梯間走去。剛邁出幾步，突然聽見身後傳來一陣撕心裂肺的哭號。

那正是法醫解剖室的方向。

馬健停住了腳步，頭低垂，眼睛微閉，雙手緊握成拳。身後的同事們也站住，看著隊長微微顫抖的後背。

牙關緊咬的咯吱聲清晰可辨。

須臾，馬健抬起頭，重新邁動腳步，快速向前走去。

分析會一開就是兩個多小時，局長、副市長和政法委書記的臉色都不好看。也難怪，從去年十一月開始，凶手已經連續強姦、殺害四名女性，整個城市都陷入前所未有的恐慌之中。然而，從警方獲取的線索及偵破進展來看，仍是毫無頭緒。

會議現場的氣氛宛如追悼會一樣凝重。強壓之下，局長在分析會行將結束的時候立下了軍令狀：二十天內破案，否則自動離職去守裝備庫。

上頭表了態，壓力卻仍在馬健他們身上。一散會，馬健率領一干人等回了辦公室。

眾人坐在桌前，一時無話。

良久，馬健緩緩開口：「少華呢？」

有人回答：「在物證檢驗那邊呢。」

馬健「嗯」了一聲，站起身來：「剛才在會上，大家也聽到了，二十天，不用我多說，時間很緊迫。」

突然，辦公室的門被撞開，一個赤裸上身的男人踉踉蹌蹌地衝了進來，噗通一聲跪倒在地上，磕頭如搗蒜。

「你們……員警同志們，」男人的臉上滿是汗水和眼淚，「你們一定要抓住他，我愛人她是個好女人，她不應該……」

緊跟著衝進門來的是杜成。

他拉起男人，不斷地勸慰著：「老紀，你快起來，別這樣……」

馬健也吃了一驚，急忙招呼同事把男人扶起來。男人的額頭上見了血，混合著灰塵和汗水，面龐宛若惡鬼。突如其來的巨大悲痛，加之以頭撞地，男人的神志已然不清，整個人癱軟得像泥巴一樣。四個男員警好不容易才把他架到走廊裡，走出去很遠，他口中的嘶吼依然清晰可聞。

馬健喘著粗氣，手指門外：「他的衣服呢？」

「蓋在屍體上了。」杜成神色黯然，「死者是他妻子。」

馬健沉默了一會兒，揮手叫起一個同事：「去，等他情緒平穩一點了，問問死者的情況。」說罷，他坐在杜成面前，伸出兩根手指。

「成子，二十天。」

「我聽說了。」杜成點點頭，嘆了口氣，「這案子，怎麼搞？」

「沒頭緒。」馬健點燃一支菸，「你有什麼想法？」

「從他的活動範圍入手吧。」杜成拉開自己的辦公桌抽屜，拿出一疊幻燈片，遞給馬健。

馬健草草瀏覽一番，發現這是手繪的簡易城區地圖，每張幻燈片上都有日期標示，幾個地方用紅色記號筆做了標記。

「這是？」

「這四起案件的拋屍地。」杜成拿起一張標記了「11．9」字樣的幻燈片，「這是第一起案件，你瞧，」他指點著那些做了紅色記號的地方：「松江街與民主路交會處、河灣公園、垃圾焚燒廠、市骨科醫院。」

杜成拿起一支黑色記號筆：「嫌疑人應該有車，如果先後去這幾個地方的話，那麼行車路線大致是這幾條。」說罷，他在地圖上畫了幾條曲折的黑線。

馬健明白了：「找交叉點。」

「對。」杜成拿起標記為「3．14」的幻燈片，同樣在標著紅色記號的地方連接了幾條黑線，然後把它覆蓋在第一張幻燈片上。

兩張透明的膠片重疊在一起，能看出拋屍地各自分散，但是表明行車路線的黑線卻有交叉和重合。

「這主意不錯！」馬健興奮起來，起身招呼一名同事，「去，弄一張城區地圖來，越大越好。」

幾個小時後，一張大大的城區地圖懸掛在辦公室的牆上，辦公桌被挪開，椅子靠牆擺成一排。員警們站在地圖前，看著上面標記的十幾個紅點，分析凶手可能駕車途經的路線。漸漸地，幾條曲折的粗黑線出現在地圖上。隨即，分析思路變為倒推他的起點所在。

又是一番推演後，馬健拿著一支黑色簽字筆走到地圖前。

「現在看起來，凶手最可能藏身的地點在……」他在地圖上畫了兩個大大的圈，「鐵東區和秀江區。」

杜成的表情卻依舊凝重。雖然看起來調查範圍已經大大縮小，然而鐵東區和秀江區是本市的兩個主城區，人口眾多，在這裡搜索凶手，只是在太平洋和渤海中撈針的區別。

馬健倒是顯得躊躇滿志，在他看來，現在好歹從複雜的案情中理出一條思路，雖然仍不清晰，但總比沒有好。正在他準備偵查任務的時候，駱少華從門口走進來，一眼就看到了牆壁上的地圖。

「我靠，這是什麼？」

馬健一看是他，立刻招呼他坐下：「你回來得正好，物證那邊有什麼發現？」

「有個屁。」駱少華遞過幾張紙，表情沮喪，「沒指紋，塑膠袋沒商標，產地都查不出來，跟前幾起案子一樣。」

馬健不甘心，又追問道：「足跡呢？」

「還在對比。」駱少華從桌上端起一杯水，咕嘟咕嘟喝光，「老鄧說希望不大，拋屍地都是人群密集地點，早他媽被破壞了。」

剛剛聚攏過來的員警們無聲地散開。

駱少華看看牆上的地圖，問杜成：「你們在搞什麼？」

杜成耐著性子，剛解釋了幾句，就聽見桌上的辦公電話響了起來。

一個女警拿起話筒，說了句「你好」，對方表明來意後，就把話筒遞給了杜成。

「嫂子。」

杜成皺皺眉頭，接過電話。

「什麼事？」

『在工作嗎？』妻子的聲音怯怯的，『打擾你了吧？』

「快說什麼事，忙著呢。」

『對不起、是這樣，亮亮發燒了，我剛把他從學校接回來，你……』

「發燒了，燒到幾度？」杜成急忙坐直身體，「什麼時候的事？」

『今天上午，剛量了體溫，三十八．五度，』妻子顯然在竭力克制自己的緊張，『你能回來一趟嗎？醫生說，如果再燒，就得去醫院了。』

「我這邊……」杜成猶豫了一下，轉頭看看馬健。

馬健一臉無奈，不過，還是揮了揮手：「回去吧，明天再來。」

杜成舉手表示歉意，對聽筒裡說道：「行，我現在就回家。」

『好。』妻子的聲音明顯快樂起來，『想吃一點什麼？我幫你燉隻甲魚吧。』

「隨便，不用那麼麻煩。」

『嗯，我等你。』

掛斷電話，杜成站起來，訕訕地對馬健說道：「馬隊，我……」

「沒事，回去吧。」馬健笑笑，「一個星期沒回家了吧，正好回去休息休息，洗個澡，照顧一下孩子。」

「那對不住了。」

「趕緊滾蛋吧。」馬健揮揮手，「等亮亮情況穩定了再來，這兒有兄弟們頂著呢。」

「行。」杜成手忙腳亂地拿衣服，收拾包包，抬腳向門口走去。

剛拉開門，就和一個冒冒失失地衝進來的員警撞了個滿懷。

「哎喲，對不起、杜哥。」那個員警簡單地和杜成打個招呼，就面向馬健，呼吸急促，「馬隊，那條右腿，找到了。」

四十分鐘後，警車駛離主幹道，開上一條顛簸不平的土路。

馬健臉色鐵青，一言不發，始終死死地盯著前方。杜成則拿著地圖，在「羊聯鎮下江村」上用紅色簽字筆做了標記，隨後，他看著「一七七公路」、「省建築設計院家屬區」、「紅河街一六三號」幾個地點，用黑色簽字筆來回勾畫著。

車行顛簸，杜成很快就感到頭昏眼花，胃裡也開始翻騰。他放下筆，望向窗外。雖然只是下午五點左右，天色卻陰沉下來。風聲呼嘯，大朵鉛黑色的烏雲聚集在天邊，隱隱能看到電光閃爍。

他拍拍前座的馬健：「要下雨了。」

馬健從沉思中回過神來，也看看窗外，罵了一句，喊道：「少華。」

駱少華應了一聲，拿起對講機：「通知現場的兄弟，保護一下現場。」

話音未落，豆大的雨滴落下來，劈裡啪啦地打在車窗上。

拋屍現場位於下江村水塔東側，要穿過一大片田地才能抵達此處。車開不進去，員警們把車停在田埂邊，深一腳、淺一腳地穿過一人多高的玉米地，看到那座水塔時，每個人都已經淋得渾身濕透。

羊聯鎮派出所的同事在現場周邊迎接他們，邊走邊介紹了案發經過：村裡一對青年男女相約在水塔邊幽會，女方先發現了棄置在水塔東側的黑色塑膠袋，當時塑膠袋「蒼蠅圍繞，散發出惡臭」，男方用樹枝捅破塑膠袋，赫然發現破口處露出一隻人腳，遂報警。

先前趕到的同事們已經在現場拉起了警戒線，大概因為暴雨的緣故，圍觀的群眾並不多，不過現場周邊還是留下大量的腳印。

馬健皺著眉頭看著被踩得稀爛的泥地，擺擺手：「打通道吧。」

明知意義不大，勘查人員還是在觀察現場後，鋪好幾塊木板，引導人員進入。

一名民警始終撐著傘蹲在水塔下，在他的保護下，裝有屍塊的黑色塑膠袋及附近地面仍保持著乾燥。拍照固定證據後，警方開始對現場進行勘查。

大雨及村民的踩踏讓勘查工作進展得極其艱難，勘查人員把更多的精力放在了那一袋屍塊上。那是人體右大腿、右小腿及右腳，已經開始腐爛。

馬健看著右腳上的銀白色細高跟涼鞋，若有所思。

駱少華也湊過來：「呵，第一次在屍體上採撿到衣物啊。」

「嗯。」馬健轉頭問杜成，「成子，不回家了？」

杜成背對水塔，正在遙遙觀望著那片農田後面的村路，聽到馬健的問話，隨口回答道：「不回去了，先忙這邊。」

「要不要打個電話回家裡？」

「不用。」杜成轉過身來，抹了一把臉上的雨水，笑了笑，「她都習慣了。」

「也成。」馬健顯然希望他能留下來幫忙，「搞完案子，放你幾天假。」

「馬隊，」一個勘查人員突然喊道，「快過來！」

馬健急忙奔過去：「怎麼了？」

「有發現，」勘查人員的聲音中有掩飾不住的興奮，「你瞧。」

他指指黑色塑膠袋的底部，在一攤血水中，一簇毛髮若隱若現。

「這是什麼？」

「暫時不知道。」勘查人員小心翼翼地用鑷子把毛髮夾出來，仔細觀察著，「不過肯定不是人體毛髮。」

「趕快採撿，」馬健捏了捏拳頭，「他媽的！這王八蛋終於留下一點東西了。」

「不止這個。」勘查人員一臉得意，伸手向身後的同事示意，「金粉和膠帶，快一點。」

他指指塑膠袋中部。

「發現指紋了。」

回到局裡，採撿到的毛髮和指紋被緊急送檢。馬健留了一組人在現場對村民進行走訪，杜成則繼續對著地圖冥思苦想。很快，凶手在當晚的拋屍路線圖漸漸清晰。

「紅河街一六三號，省建築設計院家屬區，沿著一七七公路到羊聯鎮下江村。」

杜成用紅色記號筆在地圖上標注了順序，馬健摸著下巴，看著滿是標記的地圖，沉吟了一會，慢慢說道：「這麼說，凶手最有可能的出發地，還是在鐵東區。」

駱少華看看他：「先把鐵東區當作首要排查範圍。」

馬健點點頭：「我看行，成子，你的意見呢？」

「這王八蛋應該獨居，而且有車。」杜成想了想，「計程車司機？」

「或者企業、機關的專職司機。」駱少華說道，「個體經營戶，都有可能啊。」

「先沿著這個思路查查看。」馬健沉吟了一下，「別的事都放一放，一定要儘快抓住他。」

調查任務一一部署下去，各路人馬都緊急行動起來。馬健找局長簡單彙報了一下情況，再回到辦公室時，發現只有杜成一個人在。

他坐在那張地圖前，手裡夾著菸，一副若有所思的模樣。

「成子，幹嘛呢，想家了？」

杜成回過神來，笑笑：「沒有。」

「打個電話回家裡吧。」馬健拉過一把椅子，坐在他身前，「問問孩子的情況。」

「不用。」杜成的心思顯然不在這件事上，「老馬，你說，這王八蛋長什麼樣？」

「嗯？」馬健點菸的動作停下來，「你想到什麼了？」

「所有死者的頭部左側都有非致命鈍器傷。而且，我剛才看了紀乾坤的詢問筆錄，當晚他妻子參加同事聚餐，晚十點半左右散局，回家前曾和紀乾坤通過電話。類似情況在前幾起案件中都有發生，死者都是在深夜被劫持。」杜成慢慢說道，「也就是說，死者可能是上了凶手的車之後，被凶手從駕駛座方向出手擊昏，帶走強姦殺害。」

「那麼晚了，還肯上一個陌生人的車，」馬健想了想，又看看杜成，「這傢伙至少長得不讓人討厭。」

「是啊，他可能談吐得體，而且還有正當理由和死者搭訕。」杜成看著地圖，「比如說問路什麼的。」

「受過一定教育，衣著整潔。」馬健的眼中閃起光，「看起來讓人很信任那種。」

「另外，你有沒有發現，」杜成已經完全沉浸在高速的思維運轉中，「這傢伙越來越自信了。」

「嗯？」

「第一次作案的時候，明顯能看出他的分屍手法並不熟練，而且很慌張。」杜成指指地圖上的幾個紅點，「頭顱和左大腿放在一起，右大腿和左小腿放在一起。不過，在這起案子裡，不僅分屍得心應手，而且屍塊的拋棄簡直是有條不紊啊。」

馬健的腦海裡一下子出現這樣的畫面：凶手蹲在地上，哼著歌，耐心地把切割成塊的人體按順序塞進黑色塑膠袋裡。

他感到噁心，隨之而來的，是憤怒。

「操！」

「但是，有幾個地方還是他媽的想不明白啊。」杜成把菸頭摁熄在菸灰缸裡，「總覺得什麼地方不對。」

「你指什麼？」

「這王八蛋第一次作案時，連指紋都沒留下，袋子裡也乾乾淨淨的。」杜成重新點燃一支菸，「這次怎麼如此大意？」

「毛髮和指紋，」馬健的怒火更盛，「他認為自己厲害了吧？」

「這麼解釋，倒也說得通，」杜成轉頭面向馬健，餘光中卻看到辦公室的門被猛然推開，定睛去看，駱少華捏著幾張紙衝了進來。

「頭兒，有發現，」他幾步奔到馬健面前，「是豬毛。」

經過緊急送檢，黑色塑膠袋裡的毛髮被鑑定為豬毛，而且指紋檢驗人員在塑膠袋一側中部發現四枚清晰的左手指紋，其中一枚食指指紋上有橫斷痕，初步推斷該人食指曾受銳器所傷。

這個發現讓所有人都興奮不已，特別是那簇豬毛。

「有可能是生豬屠宰或銷售人員。」馬健立刻做出了判斷，「簡單地說，屠夫。」

「對得上。」駱少華支持馬健的意見，「這樣的人往往有個小貨車什麼的。」

「年齡不大，或者，從事這一行的時間並不長。」杜成想了想，「至少幾個月前，他的手法還沒那麼熟練。」

「對。」馬健的雙眼發亮，「食指上的傷痕可能就是練手時造成的。」

正在專案組討論案情之際，又一條線索從留在下江村走訪的民警處回報。根據一名村民的回憶，八月七日凌晨三時許，他起身如廁時，曾看到一輛車從家門口疾馳而過，行進方向就是村裡的水塔。對於車型，他除了肯定「不是轎車」外，無法再提供有價值的訊息，只是確定車體為白色。

時間在飛速流逝，鐵東分局的會議室裡，每個人都像開足馬力的機器一般高速運轉著。

電話鈴聲此起彼伏，每張辦公桌前都有忙碌的身影。同時，各種思路和剖析在空氣中無聲地對撞，火花隱現。

不知何時，雨已經停了。

天邊漸漸泛起一絲亮色，犯罪嫌疑人的輪廓已經越來越清晰——男性，年齡在二十五歲到三十五歲之間，外貌斯文，談吐得體，從事生豬屠宰或銷售，駕駛白色汽車非轎車，居住地為C市鐵東區。

「這下有事做了。」馬健俯身凝視著桌上的鐵東區地圖，「本區屠宰點和農貿市場就那麼幾個，另外，這小子斯斯文文，還是個屠夫，特徵算比較明顯了。」

「那就開幹吧。」杜成丟掉菸頭，拿起外套，「什麼時候出發？」

「不急。天亮以後再說，現在去農貿市場沒法查。」馬健一副胸有成竹的樣子，手指著杜成，「你小子現在的任務是回家。」

「快四點了。」杜成看看手錶，「算了，不回了，免得吵醒他們娘倆。」

「還是回去瞧瞧。」馬健拿起車鑰匙，「亮亮不是發燒了嗎？」

杜成有些猶豫了，想了想，試探地問道：「那我回家看看？」

「廢什麼話啊！」馬健已經邁開步子，向門口走去，「我送你。」

半小時後，黑色桑塔納轎車停在杜成家樓下。馬健打好空擋，推推在身邊低著頭打瞌睡的杜成，後者茫然抬頭，揉揉眼睛。

「到了。」

「趕快上去睡覺，孩子沒事的話，明天我來接你。」馬健把頭探出車窗，笑了笑，「弟妹真夠意思，沒睡呢。」

杜成看看那扇還亮著燈的窗子，也笑了：「這傻娘們，這麼晚還熬著。」

馬健看著杜成一搖三晃地走進走廊，抬手發動了汽車，向分局的方向疾馳而去。也許是受到杜成那濃濃的睡意感染，馬健很快就覺得眼皮發沉。

他勉強睜大眼睛，盯著前方空無一人的街道，然而，在等待一個紅燈的路口，他還是伏在方向盤上睡著了。

幾分鐘的光景，馬健卻似乎睡了整整一夜，其間還做了一個模糊不清的夢，直到一輛裝滿渣土的卡車從身邊鳴笛駛過，他才驚醒過來。

後怕不已。馬健罵了一聲，同時發現冷汗已經從脖子上流到了胸口。他脫掉外套，扔在後座上，打開車用收音機，調至最大音量，重新發動汽車。

他沒有聽到，外套口袋裡的ＢＰ機，正不斷地發出尖銳的鳴叫。

一九九一年八月八日，星期四，農曆六月二十八，立秋，暴雨。

C市居民彭娟和其子杜佳亮因煤氣中毒死於家中。經現場勘查，肇事原因是瓦斯爐上的一鍋甲魚湯，因湯水溢出致爐火熄滅。加之當晚本市出現大風暴雨天氣，死者為防雨水進入室內，將門窗緊閉，排除他殺可能。

對於其他C市居民而言，這對母子的死，是晚間新聞中不足五分鐘的報導，是閒聊時的談資，是臨睡前關掉煤氣閥的警鐘。

對杜成而言，通往人間的大門關閉了。

銷戶口，整理遺物，籌備葬禮，安撫岳父母情緒，接受同事和朋友的慰問。最後，看著一大一小兩個人被推進火化爐。

一切似乎漫長得像一個世紀。一切似乎短暫得像眨眼一瞬。

只是，那套曾經擁擠不堪的一房一廳住宅，變得空空蕩蕩。

二十多年後，杜成對那段日子的回憶總是模模糊糊，彷彿自己從裡到外都被掏空，眼睛不在了，嘴巴不在了，腦子不在了，心也不在了。任何細節都沒有留下來，好像那兩個人從未出現過，更無從談起自何時消失。他從來就是一個人，始終是一個人。

唯一清晰的記憶是，馬健在葬禮上抓著他的肩膀，泥塑木雕的杜成茫然地看著他。

馬健瞪著血紅的眼睛，嘶聲說道：「成子，成子，他媽的，老子抓住他了！」

犯罪嫌疑人許明良，男二十四歲，漢族，未婚，C市戶籍，家住鐵東區四緯路八十七之三一一號，個體從業者，在春陽農貿市場六三二號攤位以販售生豬為生。

經查，許明良早年喪父，學歷中專，在C市職業技術學院畢業後一直在家待業。從一九九一年一月始，跟隨其母在春陽農貿市場販售生豬。許家有自用白色解放牌小貨車一輛，而許明良自一九九〇年六月取得駕駛資格。

經過鑑定，許明良左手指印與「8．7殺人碎屍拋屍」案中所採撿到的指印可作同一認定，許明良的左手食指上確有一道銳器切割痕。

許明良到案後，拒不承認自己曾犯有多起殺人案。經過審訊，許犯最終對自己的罪行供認不諱。本案已移送至C市人民檢察院，不日將訴至C市中級人民法院。

一九九一年八月二十二日，C市中級人民法院，刑事審判庭。

儘管許明良殺人案九點才開庭，但八點剛過，審判庭門口就被圍得水泄不通。除了前來採訪的媒體，還有很多聞風而來的旁聽群眾，然而，因為本案涉及強姦犯罪，所以只有被害人家屬及其他少數人員被允許入庭旁聽。

上午八點四十分，在法警的嚴格盤查下，旁聽人員持證進入法庭，馬健和駱少華剛剛落座就聽見法庭的大門沉重地關閉。馬健看了看坐在法庭另一側的被害人家屬，幾乎每個人臉上都帶著極度的憤恨和大仇即將得報的渴望。

馬健收回視線，餘光卻瞥到後排座上的一個人。

是杜成。

他瘦了很多，顴骨可怕地凸起，粗硬的鬍渣爬滿臉頰。如果不是那熟悉的表情和目光，馬健幾乎認不出他來。

馬健起身，沿著長排座椅走到杜成身邊。

「你怎麼來了，」他上下打量著杜成，「局裡不是讓你放假了嗎？」

杜成看看他，重新扭頭望向空無一人的被告人席。

「我得來看看這究竟是個什麼樣的人。」

九點整，法官入庭，宣布開庭，被告人被押入法庭。

許明良出現在法庭大門口時，身後是一片叫罵及按動快門的聲音。在炫目的閃光燈中，身著囚服，戴著手銬和腳鐐的許明良被兩名法警帶入法庭。

幾乎是同時，旁聽席上爆發出一陣哭喊和罵聲，幾乎所有的被害人家屬都離座而起，撲向低著頭蹣跚前行的許明良。儘管負責維持法庭秩序的法警們早有準備，仍然費了好大一番氣力才勉強讓庭內恢復安靜。

馬健注意到，整個庭內，除了他和駱少華之外，只有兩個人始終沒有動。

一個是杜成，另一個是紀乾坤。

庭審過程並不順利，在檢察官宣讀起訴書的時候，許明良就開始大聲哭號，不停地喊冤。在質證階段，許明良更是掙脫開兩名法警的阻攔，脫掉囚服，聲稱自己遭到了警方的刑訊逼供。

瘦骨嶙峋的軀體上，遍布大大小小的瘀痕。

主審法官把視線投向馬健，後者只是微微揚起下巴，盯著被告席上的許明良，面無表情。

庭審共持續了四個多小時，許明良始終在哭泣，對所有指控矢口否認。然而在場的人都清楚，雖然直接證據很少，但是有了他的口供，在那個時代，定罪毫無阻礙。

當庭沒有宣判。書記員宣布休庭後，馬健第一個起身離開了法庭。走到門口的時候，馬健聽到身後傳來一陣喧鬧。他下意識地回過頭，看見一直泥雕木塑般的紀乾坤飛快地翻過座椅，徑直跳到過道上，他的動作之快，令在場的法警都來不及反應。

打吧，狠狠地揍他。

馬健默默地注視著他，並沒有半點上前阻攔他的意思。

然而，紀乾坤只是扳過許明良的肩膀，直直地看著他那張滿是鼻涕和淚水的臉。

第十一章 殺人犯

魏炯托著腮，無精打采地看著講臺上的「土地奶奶」，感覺自己隨時都能睡著。正在意識恍惚的時候，他忽然感到衣袋裡的手機又震動了一下。

魏炯笑笑。不用看，肯定是老紀。

老紀學會了用手機拍照之後，岳筱慧又教他如何使用微信。老頭玩得那叫一個High，每天都會收到他傳過來的十幾張照片，有靜物、有景色，還有老紀的自拍，不過大多數照片的水準都不怎麼樣，不是沒調整好焦距就是漆黑一團。

魏炯不忍拂了老頭的興致，對他鼓勵有加，就當陪他玩了。

正想著，魏炯的餘光掃到了坐在斜前方的岳筱慧。她正偷偷地沖他擺手，一副忍俊不禁的表情。

魏炯揚揚眉毛，不出聲地問她：「怎麼了？」

岳筱慧不回答，指指自己手裡的電話。

魏炯打開手機，看到岳筱慧剛剛傳來一則訊息：『快看老紀的微信，哈哈，老頭長本事了。』

魏炯好奇心起，打開老紀的微信，發現他這次傳來的不是照片，而是一段影片。

手機又震動一下，是岳筱慧傳來的：『用耳機。』

魏炯回覆了一個「ＯＫ」，抬頭看看「土地奶奶」，偷偷地從衣袋裡拿出耳機。

這是一段只有二十幾秒的影片，老紀當時應該在院子裡，拍攝對象是一群在甬路上散步的老人。畫面還算穩定，聲音也挺清晰，魏炯看了兩遍，看不出這段影片有什麼特殊之處，就回給老紀一個：「？」

老紀很快回覆：『怎麼樣拍得還算清楚吧』

魏炯暗笑，這老頭還是沒學會怎麼用標點符號。

魏炯：「不錯、不錯，紀導演」

老紀：『哈哈哈練手之作』

魏炯正要回覆他，就感到同桌推了推他的手臂。魏炯下意識地轉頭，發現同桌一隻手指著講臺，另一隻手指著他的耳朵。

魏炯一下子就明白是怎麼回事了，急忙伸手拉下耳機。幾乎是同時，他聽到了「土地奶奶」的聲音：「那個男同學，你說說我剛才講到哪裡了。」

下課後，魏炯悶悶不樂地收拾著書包，心想著去網路上下載一個書面檢查的範本。

『不得少於一千字。』

『這老太太，夠狠。』魏炯嘀咕著，起身離開了教室。剛出門，就看到岳筱慧靠在走廊的暖氣上，一臉笑容地看著他。

「幹嘛，幸災樂禍啊？」

「當然不是。」岳筱慧越笑越開心，「我是特別幸災樂禍。」

魏炯也樂了：「都是老紀害的。」

「別怪人家，你也太笨了。」岳筱慧和他並排向食堂走去，「一點反偵查意識都沒有。」

「就為了看那個破影片，一千字。」

「那個好弄，隨便抄一個就成了。」岳筱慧轉過身，倒退著走，「大不了我幫你，我有經驗。」

「行，妳承擔連帶責任。」魏炯笑道，他心裡是不怨恨老紀的。一個行走不便卻對世界充滿好奇心的老頭，對新生事物有著濃厚的興趣。手機對他而言，是一個新奇的玩具，也是打發時間、排遣寂寞的好辦法。他理解老紀，更多的是同情，就像盡力去保護一點即將熄滅的燭火。

「改天教教老紀上網。」魏炯加快腳步，跟上岳筱慧，「他肯定喜歡。」

門開了，一個白髮蒼蒼的老婦探出頭來，上下打量著杜成：「你找誰？」

「您是楊桂琴吧？」杜成從衣袋裡掏出警官證，「我是員警。」

老婦絲毫沒有開門的意思，依舊一臉狐疑：「你有事嗎？」

「許明良是您兒子吧？」杜成笑笑，「案件回訪。」

老婦的臉上看不出表情變化，卻已經打算關門。

杜成向前踏出一步，用鞋尖頂住門板。

「還有，給失獨家庭送溫暖。」杜成把手從身後拿出來，一桶大豆油。

老婦看看油桶，又看看杜成，默默地讓開身子。

房間不大，室內物品簡單、陳舊，一股令人不悅的味道飄浮在空氣中。

杜成吸吸鼻子，發現這股味道來自牆角的一臺巨大冰櫃中。

「政府終於想起我們這種家庭了。」老婦正把油桶拎進廚房，「罪犯家屬也送嗎？」

「是啊。」杜成隨口敷衍道，悄悄地走向牆角。冰櫃是老款式，發出巨大的轟鳴聲，櫃體上布滿暗紅色的汙漬，透過玻璃櫃門，能看到裡面塞滿了豬腸、豬肝之類的下貨。有些肉塊已經變質，呈現出暗綠色。

「能吃。」老婦回到客廳，看見杜成正在打量冰櫃，「煮一煮，沒事的。」

「您還在賣豬肉？」杜成掏出菸，點燃了一支，暫時驅散鼻腔裡的異味。

「早不幹了，攤位轉給我外甥了。」老婦目不轉睛地盯著杜成嘴邊的香菸，「賣不掉的就給我送來，我也得活。」

杜成注意到老婦的目光，把菸和打火機都遞過去。老婦接在手裡，熟練地抽出一支，打火點燃。

「您一個人？」

「一個賣肉的，還生了個殺人犯兒子，誰會要我？」老婦吐出煙圈，看看菸盒，「到底是公家人抽的，好菸。」

兩個人站在客廳裡，沉默地吸著煙。老婦的白髮蓬亂，用橡皮筋隨便紮在腦後，上身穿著一件髒得看不出顏色的絨線衣，下身是一條同樣黑汙發亮的棉褲。她的臉上布滿老年斑，眼睛渾濁、冷漠，只有在用力嘬菸頭的時候，才能看到一絲心滿意足的神色。

「說吧，要回訪什麼，」老婦點燃第二支菸，緩緩開口，「是明良的事吧？」

杜成看看她：「對。」

他心裡很清楚，這將是最艱難的一次訪問，也是最不容回避的一次。儘管會揭開楊桂琴的傷疤，同時可能會面對她最深重的敵意，但是他必須這麼做，因為要證明自己是對的，還有一個很大的謎團要解開。

聽到他的回答，老婦下意識地看了一眼客廳北側一扇緊閉的房門，隨後轉過頭面向杜成：「人都死了，還有什麼可訪的。」

杜成在室內環視一圈，問道：「坐下聊，可以嗎？」

老婦想了想，點點頭，走向牆角的一張舊木桌，拉出椅子坐下。

杜成坐在她對面，掏出筆記本和筆放在桌上，手指觸及桌面，立刻感到經年累積的灰塵和油垢。

「說說許明良吧，他是個什麼樣的人？」

老婦一手托腮，一手夾著菸，吞雲吐霧，眼光始終盯在某個角落裡。

片刻後，她低聲說道：「我兒子沒殺人。」

杜成垂下眼皮，手撫額角，在筆記本上寫下「許明良」三個字。

老婦微側過頭，看著黑色簽字筆在紙上慢慢勾勒出兒子的名字，突然開口問道：「一個連豬都沒殺過的孩子，會去殺人嗎？」

「這正是我想知道的事情。」杜成抬起頭，直視老婦的眼睛，「我不能保證會為許明良翻案，但是我需要真相。」

「翻案？我沒指望這個。」老婦輕笑一聲，彈掉長長的菸灰，「人都死了，翻案有什麼用呢？我兒子回不來了。我不要補償，吃什麼我都能活。」

一時無話。老婦吸著菸，一手揉搓著蓬亂的白髮。漸漸地，她的頭越來越低，最後，完全埋首於臂彎中，肩膀開始微微顫抖。

杜成默默地看著她，聽那從白髮中傳出的壓抑抽泣聲。

幾分鐘後，老婦抬起頭，擦擦眼睛，又抽出一支菸點燃。

「問吧。」她平靜地說道，「你想知道什麼？」

小時候的許明良算是個普普通通的孩子，讀小學和國中時，既沒當過班級幹部也沒有劣行和不良記錄。他九歲的時候，許父因病去世，生活重擔完全落在許母楊桂琴身上，全家的經濟收入都來自在肉聯廠工作的楊桂琴。

為了減輕家庭負擔，許明良在國中畢業後沒有考高中，而是進入本市的職業技術學院學習廚師技能。一九八六年，許明良從學院畢業，取得中專學歷，但由於慢性鼻竇炎導致的嗅敏覺減退，許明良的求職之路屢屢碰壁，只能在餐廳裡打工。

一九八八年，許明良乾脆從餐廳辭職，在家裡待業。同年，楊桂琴在肉聯廠辦理了停薪留職手續，在鐵東區春陽農貿市場租賃了一處攤位，開始做個體生意。自此，許明良家裡的經濟狀況大有改觀，並於一九九〇年初購置了一輛白色解放牌小貨車。在楊桂琴的勸說下，許明良跟隨其母一同經營肉攤，並於同年六月取得駕駛資格。

無論在楊桂琴還是鄰居及周圍攤販的眼中，許明良都是一個聽話、內向、樂於助人，也挺勤快的小夥子。從業期間，沒有與顧客及其他攤販發生過衝突。被捕時，沒有人相信他是犯下多起強姦殺人案的凶手。

這說明不了什麼問題。杜成心裡想，有相當多的一部分殺人犯，在罪行被揭露之前，和普通人並無二致，甚至更溫順，更有禮貌。

「他有戀愛史嗎？」

「什麼？」老婦瞪大眼睛看著他。

「就是，有女朋友嗎？案發前。」

「應該沒有，不知道。」老婦想了想，盯著桌面，手指在上面輕輕劃動，「那時候太忙了，去收豬的時候，常常幾天都不回家。」

「二十多歲了還沒有女朋友，這不正常吧。」

「他在技校的時候也許有對象，但是我沒聽他說起過。」老婦撇撇嘴，「幫我賣肉後，生活圈子太小了，沒機會認識女孩。」

「那他的性需求怎麼解決？」

「我怎麼會知道？」老婦苦笑，「我是當媽的，怎麼問？」

「異性朋友多嗎？」

「別說異性，同性朋友都沒幾個。」大概是久坐的緣故，老婦開始揉搓肩膀，「那孩子聽話，不愛出去玩，收攤了就回家。我知道，他不愛幹這個，但是沒辦法。」老婦輕嘆一聲，直起身子：「我曾經想過，攢幾年錢，就不讓他幹這個了，去學一點別的東西，再找個女孩成家。」

「學一點別的？」

「那叫什麼來著，」老婦用手指輕叩額頭，「對了，成人高考。考了一次，沒考上，後來我還給他請了家教。」老婦突然意味深長地笑笑：「他最想當員警，從小就想。」

警方當時在許明良家中搜出大量報刊，其中有相當一部分是刑偵探案類小說或紀實作品，這也成為認定許明良「較強的反偵查能力」的來源。

「您丈夫去世那年，您多大？」

「我想想……三十五歲。」

杜成默默地看了她幾秒鐘：「能問您個相對隱私的問題嗎？」

老婦愣住了，怔怔地回望著他：「你問吧。」

「在他去世之後，您有沒有……」杜成斟酌著詞句，「和其他男性……」

老婦轉過頭，望著窗外：「有過。」

「許明良知道這件事，對吧？」

「嗯。」老婦收回目光，看著地面，「明良上技校第一年，我和那男的……那天孩子突然回家來了。」

「後來呢？」

「他直接回學校了。」老婦笑笑，「我沒解釋，也沒法解釋。好在孩子沒問過我，我也和那個人斷了。」

「那件事之後，他對妳的態度有沒有什麼變化？」

「沒有吧。他從小就不愛說話，跟我也沒什麼聊的。」

杜成點點頭，伸手去拿菸盒，發現裡面的菸已經所剩無幾，想了想，又把手收了回來。

「能去他的房間看看嗎？」杜成手指客廳北側那扇緊閉的房門。

「隨便。」老婦起身走到門旁，伸手推開。

房間不大，三坪左右。左面靠牆擺放著五斗櫥和衣櫃，右側窗下是一張單人床，對面是一張書桌。杜成看了看桌上的木質書架，裡面整齊地插著幾本英語及數學教材，他伸手擦拭了一下桌面，很乾淨。

「和二十三年前一樣。」老婦倚靠在門框上，「明良愛乾淨，我每天都擦。」

杜成「嗯」了一聲，轉身打量著單人床。普通的藍色格子床單，已經有些褪色；被子疊得方方正正，放在床頭；床邊的牆壁上貼著幾張海報，有體育明星也有泳裝女郎。

「那個年齡的小夥子都看這個。」老婦捕捉到他的目光，「他是個好孩子。」

杜成沒作聲，扭頭看向窗外。這裡是一個老舊社區的最周邊，臨街，時至下午四點左右，兩側那些色彩暗淡的樓房都恢復了些許生機。樓下是一個小型市場，大量熟食和街頭小吃在此販售，煙氣蒸氣嫋嫋。

「過去，」杜成指指樓下，「不是這個樣子吧？」

「嗯。二十多年前是熱力發電廠。」老婦伸出雙手，比畫出一個圓柱體的形狀，「我家對面是兩個大煙囪。」

「窗外……」

「對，冒起煙來，什麼都看不見。」老婦歪著頭，盯著窗外鉛灰色的天空，「明良常常坐在床邊，對著那兩個煙囪發呆，也不知道有什麼好看的。」

杜成點點頭，繞過床尾，拉出椅子，坐在書桌前，靜靜地看著桌上的一個相框。

那是許明良和家裡的廂式小貨車合照。許明良穿著墨綠色五分袖衫，藍色牛仔褲，一手扶在腰間，另一隻手把住車門，臉上是既羞澀又興奮的表情。

這輛廂式小貨車就是許明良口供裡的殺人分屍現場。他供稱，以搭便車為由誘騙被害人上車，趁其不備用鐵錘猛擊被害人頭部，將車開至僻靜處後，強姦殺人並分屍。用黑色塑膠袋包裹屍塊後，行車至本市各處拋散。

說得通。黑色塑膠袋與許家的肉攤上所用的相同，廂式貨車平時被許明良用來運送豬肉，包裹屍塊時混入豬毛也在情理之中。馬健當年做出的判斷是有道理的。

更何況，那個最致命的直接證據。

「還有什麼要問的嗎？」老婦抽出菸盒裡最後一支菸，然後把菸盒揉作一團，轉身扔在客廳的地上。

杜成想了想：「妳認為妳兒子沒殺人？」

「對。」

杜成盯著她看了幾秒鐘：「我們在包裹屍塊的塑膠袋上發現了他的指紋。」

「他是賣豬肉的，」老婦提高了聲音，「每天他碰過的塑膠袋足有幾十個，你們應該去查買過豬肉的人。」

「塑膠袋上只有他的指紋。」

「手套，」老婦的情緒終於失控，「凶手不會戴手套嗎？」

「一個人在夏天戴著手套來買豬肉，」杜成平靜地反問，「妳不會覺得奇怪嗎？」

老婦被問住了，只能怔怔地看著杜成，半晌，她從齒縫裡擠出一句話：「我兒子沒殺人。」

「我相信妳說的話。」杜成點點頭，「我現在不能對您承諾任何事情，但是我保證，無論真相是怎樣的，我都會告訴妳的。」

臨走的時候，杜成把包裡的兩盒菸都留給老婦。老婦默默地接受，然後送他到門外。

杜成剛要轉身下樓，就聽到她在身後叫住了他。

「杜警官。」

老婦手扶著房門，只露出半個身子，面容忽然顯得更加蒼老。似乎剛剛經過的不是幾個小時，而是幾十年。

「你，有沒有打過他？」

「沒有。」杜成脫口而出，「他不是我抓的。」

深深的皺紋中慢慢露出笑容。

「謝謝。」

說罷，老婦轉身，輕輕地關上了房門。

第十二章　新世界

駱少華抬起頭看看烏雲翻滾的天空，罵了一句，隨即拆開香菸的包裝。空氣悶熱又潮濕，駱少華連打三次火才將菸點燃。

他吐出一口菸，費力地活動著肩膀，汗濕的制服襯衫已經貼在了後背上。他揪起襯衫衣領不斷地搧動，同時摘下警帽，夾在腋下。

他用手捋了捋頭髮，立刻感到成綹的汗水已經順著脖子淌進了衣服裡，他把手上的汗在褲子上馬馬虎虎地擦乾，便靠在電線桿上，悶悶地吸菸。

不知道是幾點，只知道是最深沉的夜。此刻萬籟俱寂，街面上一個行人也沒有，即使是夜班的計程車，似乎也在這條路上消失了。

駱少華覺得疑惑，他扔掉菸頭，四處張望，看著那些沉默著佇立的樓房以及黑洞洞的窗戶。

沒有風、沒有聲音，他倚靠的這盞孤零零的路燈，彷彿是整個世界唯一的光源。

這是什麼地方？駱少華突然意識到，他從何處來到這裡，又是怎麼來的，他完全沒有印象了。

他感到莫名的緊張，本能地把手伸向腰間。

強光手電筒、伸縮式警棍、手銬，最後，他摸到了六四式手槍的握柄。這讓他略略心安。沒什麼好怕的，我是員警。我要面對的，就是黑夜，以及從黑暗中猛然撲出的怪獸。

駱少華把菸揣進褲袋，重新戴好警帽，抻抻身上的制服，準備繼續巡邏。剛剛邁動腳步，他的腦海中又出現了一個問號。

巡邏？

是啊，我在巡邏。可是，我的搭檔呢？

駱少華再次舉目四望，然而，除了身邊的路燈在地面上投射的光暈外，視力可及之處，仍然是濃墨一般的黑暗。

『真是個奇怪的晚上。』駱少華嘀咕道。『不管了，先離開這裡再說。』

他分別向左右看看，最後決定朝右走。幾步之後，他就發現自己已經看不到腳尖了。正在猶豫要不要打開手電筒，駱少華就聽到前方不遠處傳來一陣奇怪的聲響。

「咚咚。」

他立刻停下來，屏住呼吸，仔細傾聽。

聲響來自前方右側的某棟樓房裡，似乎有人在砍砸著某種重物。

「咚咚。」

用心分辨的話，那異響中還夾雜著劈裂、折斷和撕扯的聲音，有人正試圖把某樣東西從一個更大的物體上分離出來。

駱少華的心跳開始加速，嘴巴也一下子變得很乾。他迅速改變了巡邏路線，循著那奇怪的聲音走去。

不知道他是誰，但是可以肯定的是，那是銳器切砍肉體的聲音。

駱少華打開強光手電筒，那棟樓房在黑暗中浮現出模糊的輪廓。他盯著前方，加快了腳步。許多東西拂過他的褲腳，撞擊他的小腿，也許是荒草，也許是垃圾桶，也許是水泥花壇，他無心去考證，也沒時間去弄清楚。

那個人是誰？他在幹嘛？被砍切的是什麼？

距離那棟樓只有十幾公尺的時候，駱少華放緩步伐，眼睛越瞪越大。

那聲音消失了。

駱少華開始懷疑自己的耳朵。

奇怪的夜晚，奇怪的寂靜，奇怪的聲音，發生一切都不奇怪。

駱少華抬手擦擦額頭上細密的汗珠，順勢用手電筒掃視周圍的環境。在強烈的白光下，幾棵楊樹、綠色罩頂的自行車棚、水泥長凳、公共洗手池、油漆斑駁的木質鞦韆架一一出現在視野中。

駱少華鬆了口氣。這是個再尋常不過的居民社區，而且看起來風平浪靜。

然而，這口氣他只鬆了一半，就硬生生地憋在了喉嚨裡。

聲音再次響起，就在他身後。

撞擊聲沉悶、有規律，似乎有人拖曳著一個沉重的袋子，正一步步走下樓梯。

駱少華面對那棟樓，雙眼急速在四個單元門之間來回掃視。最後，他把視線鎖定在四單元。

幾乎是同時，一個黑影出現在門口。

「誰？」駱少華大聲喝道，把手電光照射過去。

地獄就是這濃稠的黑暗。地獄就是這無語佇立的小樓。地獄就是他。地獄就是他手裡拎著的東西。

你恐懼什麼，他就是什麼。

駱少華發出一聲尖厲的嘯叫，左手死死地抓住電筒，右手摸向腰間，眼前的黑夜，剎那間鋪天蓋地。

「少華、少華，快醒醒！」

駱少華猛地睜開眼睛，右手兀自在腰間徒勞地摸索著，足足半分鐘後，他才意識到面前俯身望向自己的，是老伴金鳳。

是惡夢，又是那個惡夢。

駱少華重重地向後躺倒在床上，大口喘著粗氣。

金鳳披衣下床，拿了一條毛巾，幫他擦去滿頭滿腦的汗水。

擦到脖子的時候，駱少華一把抓住金鳳的手腕，她那皺紋橫生，已略顯鬆弛的皮膚讓駱少華心安許多。金鳳沒有動，順從地讓他握住，輕輕地摩挲，等到駱少華的呼吸漸漸平穩，她才輕聲說道：「再睡一會兒吧。」

駱少華點點頭。金鳳關掉檯燈，脫衣躺下，片刻，就發出細微的鼾聲。

待她睡熟，駱少華重新睜開眼睛，一隻手在金鳳身上輕輕地拍著，側過頭，看窗外的天色一點點亮起來。

六點，鬧鈴如常響起。駱少華悄悄地爬起來，穿好衣褲後，輕手輕腳地走出臥室。剛走到客廳，就看到女兒駱瑩坐在餐桌前。

「起這麼早？」駱少華隨口問道，徑直向廚房走去，「早飯吃雞蛋麵，行不行？」

「爸，」駱瑩抬起一隻手攔住他，「跟你聊幾句？」

駱少華盯著她看了幾秒鐘：「向陽又找妳了？」

向陽是駱瑩的前夫，四年前因出軌和駱瑩離婚。近半年來，向陽頻繁聯繫駱瑩，大有復合之意。不過，看駱瑩的態度，似乎沒有這個打算。

「不是。」駱瑩示意他坐下，壓低聲音問道，「爸，你最近在忙什麼？」

駱少華拿菸的動作做了一半，頓了頓，抽出一支菸點燃。

「沒什麼事。」

駱瑩看了他一眼，撫弄著面前的杯子：「爸，昨天我去洗車，看了看里程表。」

「嗯。」

「在這大半個月裡，你開了一千多公里。」

駱少華彈彈菸灰，不作聲。

「爸，這麼多年，我媽的身體一直不好。你要是覺得煩，或者心裡有別人了，儘早說。」駱瑩抬起頭，直視父親的眼睛，「我帶著我媽過日子。」

「妳說什麼呢，」駱少華由驚到氣，後來樂了，「妳把妳爸當什麼人了？」

駱瑩沒有笑：「那你到底在做什麼？」

駱少華嘴邊的笑容也漸漸收斂：「妳別問了。」

女兒皺起眉頭，盯著駱少華，一臉不問清楚不甘休的表情。

他媽的，這孩子的倔強勁兒還真挺像我。

「工作上的事。」駱少華低聲說，「有一點事要查清楚。」

「什麼事？」駱瑩立刻反問道，「你不是退休了嗎？」

女兒不依不饒的樣子頓時惹火了駱少華。他剛要發作，就聽見臥室的門吱呀一聲開了，外孫向春暉揉著眼睛走了出來。

「爺爺。」他先跟駱少華打了個招呼，隨即面向駱瑩，「媽，早上吃啥？」

駱瑩看了看駱少華，一言不發地進廚房準備早餐。

駱少華無奈地嘆了口氣，感到太陽穴在一跳一跳地疼。

全家人吃過早飯，駱瑩準備送孩子上學。她把車鑰匙拿在手裡，站在門廳裡看著駱少華。

兩人對視了幾秒鐘，駱少華移開目光，頗為惱火地揮了揮手。駱瑩白了父親一眼，帶著向春暉出門。

家裡只剩下駱少華和金鳳。洗好碗筷，收拾完廚房之後，駱少華服侍金鳳吃了藥，又幫她灌上熱水袋，在床頭放好保溫杯和收音機。靜靜地陪她坐了一會兒，駱少華看金鳳已經閉上眼睛，呼吸平穩而悠長，他調低收音機的音量，起身走出臥室。

房子裡很靜，駱少華在客廳裡轉了兩圈，竟不知道做什麼才好。想了想，他從廁所裡拿出工具，開始打掃家裡。掃了一遍地，又仔細拖了兩遍，擦家具、擦瓦斯爐，幫大大小小的花盆澆水。做完這一切，他吸了兩支菸，開始想想接下來該如何打發時間。

準備午飯吧。駱少華無奈地拍拍手，掃了一眼掛鐘，媽的，才九點。

他在幹什麼？

這個念頭一下子跳進駱少華的腦海裡。

在出院之後的這段日子裡，林國棟的生活還算規律：上午基本待在家裡，下午一點左右出門，在市區內閒逛，買一些報紙雜誌，傍晚買菜回家，晚上十點左右就寢。偶爾會在晚上去逛逛商場，消費很少。不過，他現在可以很熟練地使用自動販賣機、ＡＴＭ機之類的設備。而且，他的表情和姿態已經放鬆了很多，相較於剛剛出院時的僵硬和緊張，林國棟現在很像一個賦閒在家、與世無爭的溫順老頭。

駱少華有時也會懷疑自己的判斷——他，真的被「治癒」了嗎？

在安康醫院裡與世隔絕的那些年裡，他心裡的那頭怪獸，難道也被電擊器和束縛衣殺死了嗎？

駱少華苦笑著搖搖頭。在確定他完全無害之前，自己絕對不能放鬆警惕。

正想著，臥室的門開了，金鳳慢慢地走了出來。

「醒了？」駱少華馬上站起來，迎過去。短短的幾步路，金鳳卻彷彿耗盡全力一般，剛剛碰到駱少華的胳膊，就一頭跌進他懷裡。

駱少華要扶她坐下，金鳳卻張開雙臂抱住他，低聲說：「別動。」

他乖乖地照做，抱著妻子，一動不動。很快，駱少華就感到金鳳額頭沁出的汗水已經浸濕了自己的胸口。他抽出一隻手，輕輕地在她的頭髮上撫摸著。金鳳顯然覺得很舒服，調整了一下頭的位置，讓臉頰更深地埋進他的懷裡，同時發出一聲類似呢喃的輕吟。

她心裡清楚，抱著自己的這個男人並不完全屬於她，而是屬於街頭，屬於黑夜，屬於鋼鐵和鮮血，屬於那些失常、扭曲的面孔。在他脫下制服以後的那段日子裡，她一度以為終於可以澈底擁有他，直到那個早上。

金鳳睜開眼睛，看著沙發背後的那個黑色帆布雙肩包。她憎恨它，同時也明白，那是植根於這個男人的一部分。即使他老了，不再追趕和搏鬥，樂於應付柴米油鹽，然而，在他血液裡的某種東西，還是會被輕易喚醒。

金鳳扭過頭，深吸了一口男人身上的味道。

「有事要做吧？」

良久，才聽到男人悶悶地回應：「嗯。」

金鳳從男人懷裡抬起頭，看著他那張寫滿歉疚的臉，笑了笑。

「去吧。」

半小時後，駱少華爬上綠竹苑二十二棟樓四單元的四樓露臺，略略平穩一下急促的呼吸，接著爬完餘下的臺階。

走廊裡靜悄悄的。駱少華輕手輕腳地走到五〇一室的門口，小心地把耳朵貼在門上。腦白金的廣告，他正在看電視。

駱少華擦擦已經流到眉毛上的汗水，抬頭望向墨綠色防盜門的右上角，那條黏連著門板與門框的透明膠帶還在，看來這傢伙昨晚沒出去。

他稍稍安心，輕手輕腳地下樓。

來到園區裡，他看著院子裡光禿禿的樹和枝葉落盡的花壇，有一點犯難。沒有了桑塔納車的掩護，想在暗處監視林國棟實在是太難了。駱少華四處望望，只有自行車棚東側的圍擋還能暫時做個藏身之處。

他抬腳走過去，費力地穿過一排自行車，因為心急，跨越一輛童車的時候還被車把戳了一下腹股溝。駱少華一邊小聲罵著，一邊揉著褲襠，他躲到圍擋後面，稍稍蹲低了身子。

藍色塑膠圍擋的面積不足一平方公尺，並不能完全隱蔽自己，好在這個地方並不起眼，如果不是特別注意的話，應該不會被發現。

駱少華看著四單元的門口，抽出一支菸點燃。

漸漸地，在趕路與爬樓中升高的體溫被寒風席捲殆盡，汗濕的後背開始變得冰涼。駱少華微微發起抖來，他小幅度地跺著腳，取下雙肩包，拿出一個保溫杯。

一口熱呼呼的咖啡下肚，身上頓時暖和了不少。駱少華品咂著嘴裡的滋味，一絲笑容浮上嘴角。那是他臨走前，金鳳幫他泡好又塞進包裡的。她只是叮囑他要照顧自己，早一點回家，別的一概沒問。

這女人。

駱少華又向小樓望去，心裡生出隱隱的期待：這件事，快一點結束吧。

只是，怎樣才算「結束」呢？

十二點五分，林國棟下樓了。

和往常一樣，他先把垃圾袋丟進路邊的鐵桶裡，隨後向兩側張望一下，整整圍巾，抬腳向園區外走去。

等他的身影消失在樓後，駱少華才鑽出圍擋，磕磕絆絆地穿過成排的自行車，尾隨而去。因為在寒風中站立的時間過長，雙腳早已又麻又僵，最初的幾步，駱少華走得踉踉蹌蹌。好在林國棟的速度並不快，走出園區後，駱少華輕易就盯上了他。

今天林國棟沒有去坐公車，而是沿著馬路一直向西走。駱少華用街邊的路牌和行人作為掩護，不遠不近地跟在他身後。半小時後，林國棟絲毫沒有停步的意思。

駱少華開始覺得奇怪：這傢伙今天要去哪？又走了一刻鐘左右，林國棟徑直進了地鐵二號線的紅河街站，駱少華才明白他的意圖。

這王八蛋，還挺趕時髦。

C市共有兩條地鐵線，全部竣工交付使用不過是近三年的事情，這對林國棟而言，無疑是「新鮮事物」之一。

林國棟也的確對地鐵充滿興趣。下了扶梯之後，他並沒有急於進站，而是細細地打量著自動售票機和安檢儀，最後站在地鐵線路圖前認真地看了許久。選定目的地後，他又回到自動售票機前，研究一番後，買票進站。

看著他消失在閘口後，駱少華在售票窗口買了全程票，悄無聲息地跟了上去。

地鐵站內的環境讓林國棟更加好奇，他不斷地東張西望。電子顯示螢幕、塑膠護欄，甚至候車長椅都能讓他饒有興趣地看上半天。列車呼嘯而至的時候，他顯得有些緊張，最後笨拙地夾在上車的乘客中，搭上了地鐵。

雖然不是交通高峰期，車廂內仍然很擁擠。駱少華站在下一節車廂的連接處，透過人群的縫隙，靜靜地看著他。

林國棟則一直看著窗外，偶爾抬頭看看車門上方的站點資訊。駱少華暗自揣摩著他的目的地，卻發現直至終點，林國棟依然沒有出站的意思，而是轉乘了另一方向的地鐵。

要原路返回？駱少華心裡納悶，也跟著他上了車。

兩個人相隔十幾公尺，林國棟始終沒有向駱少華的方向看一眼，像個最普通的乘客一樣，安安靜靜地坐在椅子上，隨著列車的行進輕輕地搖晃著身體。

一路平安無事。林國棟又坐到二號線的起點，再次登上反方向的列車。不過這一次他沒有坐完全程，而是在轉乘站人民廣場站換乘了一號線。接下來的行程和之前一樣，林國棟完完整整地坐完一號線全程，下午三點左右，在醫科大學站下車出站。

駱少華已經大致猜出林國棟的想法：他仍然在熟悉這全新的城市生活，努力地拉近自己和這個時代的差距，並試圖徹底融入普通的人群中。而且，林國棟接下來的行程，驗證了他的推斷——醫科大學毗鄰本市最大的電子產品市場。

林國棟在這條充滿現代科技氣息的街上來回走了一圈，最後走進了一座專營各品牌電子產品的商廈。

進入賣場，別說林國棟，即使是駱少華也覺得眼花繚亂。各色桌上電腦、筆記型電腦、平板電腦以及軟硬體、影印機、掃描器琳琅滿目，無數臺顯示器裡同時播放著影片，混雜在一起，令人滿眼滿耳都是炫目的畫面和雜亂的聲響。

林國棟站在各家商鋪前，一時間顯得有些手足無措。這個年齡的顧客，也很難引起業務員們的興趣，只是懶洋洋地向他推薦了幾款收音機和隨身播放機。這些貨品顯然不是林國棟的目標，他只是簡單看了一下就轉身離開。

稍稍猶豫後，他徑直進了最近的一家電腦專營店。駱少華看看店裡的商標，心裡暗暗好笑。果真，林國棟瀏覽了一圈後，就惶惶然地跑了出來，還回頭瞧瞧霓虹招牌上那個被咬了一口的蘋果，搖了搖頭。

不過他沒有放棄，環視四周後，又進了一家國產電腦專營店。進店後先看價目，感覺可以接受，就耐心地逛了起來。很快，服務專員上前為他提供諮詢服務。駱少華躲在十幾公尺開外的一面櫃檯後，佯裝在挑選鍵盤，暗中觀察著他的一舉一動。

在林國棟和服務專員的交談中，主要是對方在問，而林國棟的回答很少。從林國棟笨拙的詞句及不斷輔助的手勢來看，他在向服務專員描述自己對產品的要求，而他的要求顯然是比較低的，服務專員很快就指定了幾臺電腦供他選擇，並向他介紹使用方法。

林國棟聽得很認真，不斷地點頭，之後又指著電腦說了幾句，似乎在提出某種請求。服務專員爽快地答應，啟動了其中一臺筆記型電腦，操作了一番，林國棟俯身看著顯示器，不時詢問，還親自拿起滑鼠按按了幾下。從他臉上的光影變化來看，某個程式被他啟動了，這讓他感到非常驚喜和滿意，當下就掏出錢包，數出一大疊百元鈔票。

十幾分鐘後，林國棟一臉期待地拎著裝有筆記型電腦的紙盒走出了商場。他沒有去搭乘地鐵，而是攔下了一輛計程車，似乎想早一點回家打開這個新「玩具」。

下午六點十五分，林國棟返回綠竹苑二十二棟樓四單元五〇一室，當晚再沒有出來。

駱少華在樓下監視到晚上十點左右，饑餓加疲勞已經讓他無法再堅持下去。

為了保險起見，他爬上對面那棟樓，從走廊窗戶裡窺探林國棟家裡的情形。在望遠鏡裡，能看到他坐在書桌前，捧著電腦的使用說明書在細細研讀。面前的紙盒已經打開，但是電腦尚未取出。林國棟戴著眼鏡，讀幾行說明書，就看看電腦，看起來非常耐心。

還真他媽好學啊。駱少華暗罵一聲，放下望遠鏡。

對面那個老頭完全是一副無害的樣子，這讓他心中回家的衝動更加強烈。

今天到此為止吧，那電腦夠他玩一陣了。

駱少華慢慢地下樓，感到胃已經餓到發疼。走出樓門，他迫不及待地向園區外走去。剛邁出幾步，他就停了下來，咬咬牙，轉身向二十二棟樓走去。

輕手輕腳地爬上五樓，駱少華掃視四周，確認安全後，他拿出手電筒，一邊留神聽著鐵門內側的聲音，一邊踮起腳尖，從門框上撕下那條透明膠帶。緊接著，他用嘴咬住電筒，從背包裡拿出一卷膠帶，撕下一段，在斷口處用別針刺出四個小孔。做好記號後，他把它黏在原處，關掉手電筒。

周圍陷入一片黑暗。駱少華盯著眼前的鐵門，深深地吸了一口氣，隨即轉身下樓。

一門之隔的另一側，林國棟放下說明書，眼睛裡有一絲掩飾不住的興奮的光。他搓搓手，小心翼翼地把電腦從紙盒裡拿出來，輕手輕腳地放在桌面上。隨後，其他配件也被一樣樣從紙盒中取出。

「好，電源線，電源插孔。」林國棟輕輕地念叨著，將電源線和電腦連接好，「然後，插座。」電腦打開，他拿起滑鼠：「ＵＳＢ口。」

第一次插入失敗，那個扁平的小金屬接頭無論如何也插不進電腦裡。林國棟不敢硬來，生怕弄壞了這個花了他四千多塊的寶貝。想了想，他又仔細看了看滑鼠線，掉轉了方向，成功。

他打了個響指，心裡想著下一個步驟，卻發現自己已經忘了。他拍拍腦袋，拿起說明書，查找一番後，按下了電腦上的電源鍵。

硬體啟動，伴隨著幾不可聞的嗡嗡聲。顯示器亮起來，悅耳的開機音樂後，一排圖示出現在螢幕上。

林國棟興奮起來，他操作滑鼠，將那些羅列於桌面上的快捷方式挨個打開。滑鼠清脆的點擊聲讓他心曠神怡，懵懵懂懂地「查看」了這臺電腦後，他打開了Word軟體。

為了這一刻，他已經複習了一下午中文拼音。調出拼音輸入法，他小心地按動著鍵盤，足足半分鐘後，空白的Word文檔中出現了「林國棟」三個字。

他呵呵地笑起來，環顧四周，似乎想找個人分享這成功的喜悅。儘管他很快就意識到自己是孤身一人，然而這三個字無疑給了他莫大的鼓勵。接下來的一個小時內，他完完整整地在電腦上敲出了《沁園春．雪》。

時值深夜，林國棟的興致卻絲毫不減，一直在電腦前不停地操作。最後，他看著電腦桌面上IE瀏覽器的快捷方式，知道要將這臺電腦充分利用起來，還有許多事要做。

出院的這段時間裡，他從電視機和廣播裡知道了「互聯網」這個詞，那是他重返人間的「快捷方式」，打開這扇「S」，全天下就在眼前。

他帶著無限愛惜與崇敬的表情看著面前的筆記型電腦，這世界的變化讓他折服，讓他嫉妒，更讓他深深地憧憬。

這世界，多美好。

第十三章　過年

一年中最冷的時候到了。

魏炯以手托腮，靜靜地看著窗外。剛剛下過一場雪，眼前都是炫目的白。灰褐色的樹點綴其間，配以遠處顏色暗淡的高樓，彷彿巨大的水墨畫一般。

越來越低的氣溫也意味著另外兩件令人愉快的事：春節和寒假。

「距離考試結束還有十五分鐘，沒答完的同學抓緊時間。」

監考老師的提醒暫時將魏炯的思緒拉回來，他草草看了看試卷，覺得及格沒什麼問題，就收拾好文具，交卷走人。

天很冷。魏炯縮著脖子走回宿舍，發現大部分舍友都開始整理行李了。

期末考已經結束，家住外地的同學們個個歸心似箭。來自本市的魏炯不急著回家，就幫忙打包行李和書刊。忙活到中午，舍友們走了個一乾二淨，空蕩的宿舍裡只剩他一個人。

晃到別的宿舍，情況都差不多，還沒走的基本上都是準備考研的同學，平日裡熱鬧無比的男生宿舍變得非常安靜。魏炯轉了一圈，覺得無聊，決定下午就回家。

他的行李不多，除了幾件待洗的衣物，就是幾本打算留在假期看完的書。魏炯看看手錶，恰好是午飯時間，就背著包去了食堂。

食堂裡同樣人跡寥寥，大多數餐桌都空著。魏炯盛好飯，端著餐盤來到用餐區，一眼就看到了正在吃麻辣燙的岳筱慧。她也看見了他，揮手示意魏炯過來坐。

「上午考得怎麼樣？」岳筱慧夾起一顆魚丸，笑嘻嘻地問道，「看你挺早就交卷了。」

「馬馬虎虎，及格估計沒問題。」魏炯把背包放在旁邊的座位上，「妳呢？」

「差不多。」岳筱慧看看他的背包，「怎麼，要回家了？」

「嗯，下午回去。」魏炯喝了口湯，「太鹹了。妳什麼時候走？」

「不急，反正我家就在本市。」在那一瞬間，岳筱慧突然變得意興闌珊，隨即又眉開眼笑起來，「下午去找小豆子玩。」

魏炯先是愣了一下，很快就想起了那隻美國短毛貓。

「社會實踐課都結束了，妳還去救助站啊。對了，牠的皮膚病怎麼樣了？」

「有好轉。」岳筱慧看著魏炯，笑了笑，「還說我呢，你不是也一樣。」

說到這裡，魏炯忽然想起了老紀。算起來，有一個多星期沒去看他了，也不知這老頭怎麼樣了。

現在，老紀已經能很熟練地使用微信了，還時不時地傳來幾張照片或者影片。魏炯教他關注了幾個關於時政、歷史及法律的微信公眾號，老頭玩得不亦樂乎，還無師自通地學會了發朋友圈。在魏炯忙於期末考試的這段時間裡，老紀自得其樂，看起來倒也不寂寞。然而，魏炯一旦閒下來，難免還是會惦念他。所以，吃過午飯後，他陪著岳筱慧走到公車站，看她坐車離去，想了想，先去買了一條健牌菸，然後上了去養老院的公車。

一路顛簸，到養老院的時候已經是下午兩點。這原本是老人們午休的時間，院子裡卻很熱鬧。幾棵樹之間拉上了繩子，護理人員們正在往上掛紅色的燈籠，另外一些護理人員在清掃院子、貼福字。

不時有老人被攙扶出院子，送上停在門口的各色車輛。看他們的表情，個個喜氣洋洋，頗有些期盼的意味。另一些老人則抄手縮脖，擠在屋簷下，默默地看著那些被接走的老人，神色或羨慕或嫉妒。

老紀在房間裡，坐在窗前向外張望著。聽到魏炯的敲門聲，他回過頭來，沒有格外驚喜的表情，眼睛裡卻閃出一絲光。

「你來了。」

「嗯。」魏炯把菸放在桌子上，走到窗前，「您看什麼呢？」

老紀笑笑，對窗外努努嘴：「喏。」

一個頭髮花白的女人，全身都被嚴嚴實實地裹在毛毯裡，被人用輪椅推著登上門口的一輛越野車。關閉車門的瞬間，女人的臉露了出來。

魏炯認得她，是那個秦姓老太太。

「這是？」

「家人接她回去。」老紀淡淡地說道，「今天是臘月二十三，小年。」

「哦。」魏炯想起院子裡的紅燈籠和福字，「她不再回來了嗎？」

「那樣就好了。」老紀的臉色有些陰沉，「過完春節，她還會被送回來的。」

魏炯無語。短暫的團聚後，還要回到這個寂寞的地方，對那些老人而言，不知是幸還是不幸。

老紀目送那輛越野車開遠，轉身面向魏炯：「你怎麼來了，放假了嗎？」

沒等魏炯回答，他就看到了桌上的健牌菸，頓時大喜。

「你可真是救星。」老紀迫不及待地搖動輪椅，直奔小木桌而去，「兩天前就斷糧了，憋死我了。」

拆開，點燃，深吸兩口，老紀的臉上露出心滿意足的表情。他招呼魏炯坐下，同時伸手在衣袋裡摸出錢包。

「拿著。」他遞過兩百塊現金，「另外五十塊算車費。」

「我坐公車來的。」魏炯堅持要找他錢，「我們都約好了，老紀你不能違約。」

「行。」老紀沒有推託，痛快地收下，「怎麼，你那小女朋友沒來？」

「那是我同學，」魏炯的臉騰地紅了，「你可別亂說。」

「小姑娘看著很不錯嘛。」老紀擠擠眼睛，「你可以考慮考慮。」

「得得得。」魏炯急忙岔開話題，「手機用得怎麼樣，還不錯吧？」

「很好用啊，大開眼界。」老紀拿出手機，「對了，今天收到一則簡訊，我沒看明白，正好你幫我瞧瞧。」

魏炯一看，不覺失笑。這是運營商發來的網路流量提醒訊息，內容顯示老紀這個手機號碼的網路流量已經不足2KB了。這也難怪，老紀整天用手機上網，流量消耗當然快。

他耐心地向老紀解釋了一番，又替他買了新的流量。

老紀思考了一下，表示很不服氣：「這麼說來，不管我這個月有沒有用光這些什麼來著……」

「流量。」

「對，流量月底都清零？」

「是啊。」

「這不講道理嘛。」

「哈哈，是啊。」魏炯也笑，「聽說那幾大運營商要改變收費政策。您要是覺得不方便，下次我幫您弄個隨身Wi-Fi。」

這個詞又把老紀弄懵了，搞清楚之後，當即就表示要弄一個。

「到時歡迎你們來我老紀這裡蹭網。」

兩人正聊著，張海生拎著幾個塑膠袋撞了進來。

「他媽的，累死我了。」張海生看見魏炯，冷著臉點了點頭，隨即轉身問老紀：「東西幫你放哪？」

老紀指指牆角。張海生一邊歸置東西一邊絮叨：「這屋裡放不了幾天啊，太熱，要不幫你掛窗臺外面吧，留著慢慢吃。」說著，他從衣袋裡掏出一張紙條，上面是歪歪扭扭的字跡，看起來像一份帳單。

「你還得給我七塊錢。」他把紙條遞給老紀，「快過年了，漲價，那些錢不夠。」

老紀接過紙條，看也沒看就揉作一團，扔進床邊的紙簍裡，直接掏出十塊錢遞給張海生。

張海生的臉上見了笑容，俐落地把錢揣進衣袋：「你們聊，我忙去了。」說罷，他就拉開門走了出去。

魏炯看看那些塑膠袋，裡面裝的大多是凍雞、凍魚之類的食物。

「你這是要……」

「快過年了，備一點年貨。」老紀樂呵呵地說道，「一個人也得過個好年。」

「養老院裡不準備年夜飯嗎？」

「嗐，那飯菜，不提也罷。」老紀擺擺手，「手藝都不如我。」

魏炯聽著，心下不免黯然。一個人做年夜飯，又一個人孤零零地吃完，恐怕沒有比這個更淒涼的事情了。

「沒什麼啊。」老紀看懂了他的神色，笑了笑，「這二十多年，我都習慣了。」

魏炯正想安慰他，就聽見衣袋裡的手機響了。是媽媽打來的，問他什麼時候回家。魏炯不想過多刺激老紀，匆匆說了幾句就把電話掛斷了。

老紀倒沒有在意，仍是一臉笑意。

「你媽媽等著急了吧？」老紀拍拍膝蓋，「時候不早了，你小子快回家吧，給你父母帶個好。」

「嗯。」魏炯有些尷尬地起身，拎起背包，「老紀你多照顧自己，除夕的時候，來跟你拜年。」

「發微信就行，甭惦記我，老紀我能幹著呢。」他臉上的笑容猶在，苦澀的味道卻越來越濃，「你好好陪父母，一家人，最重要的就是團團圓圓、整整齊齊。」

一大早，杜成就被敲門聲驚醒。披衣下床，揉著眼睛開門，結果呼啦一下子湧進了一大堆人。為首的是段洪慶，身後是張震梁、高亮和幾個刑警隊的小夥子，個個手提肩扛，每個人都不空手。

杜成還在發愣，段洪慶已經推開他，吆喝著安排大家歸置東西。一時間，魚肉油蛋，米麵青菜，足足擺了半客廳。

杜成總算回過神來：「幹嘛？你們他媽的要在我家開超市啊？」

「你少嘰嘰歪歪的。」段洪慶小心翼翼地繞過一袋水果，遞給他一支菸，「春節福利。」

杜成心知肚明，按照慣例，逢年過節，局裡頂多發桶豆油或者十斤雞蛋，這兩年明令嚴禁國家機關以各種名義發放福利，去年春節連個掛曆都沒發。這滿屋子東西，估計是段洪慶和張震梁他們自掏腰包的結果。

「多餘。」心裡雖熱，嘴上還是挺硬，「我一個人，能吃多少、喝多少？」

段洪慶嘿嘿笑，沒搭理他。

「師父，這個放哪？」張震梁從廚房裡捧出一條大魚，「冰箱裡放不下。」

「陽臺。」杜成挽起袖子向廚房走去，「放窗戶下面。」

燒水，泡茶。招呼同事們坐下休息。

一杯熱茶下肚，段洪慶打量著杜成：「氣色看著還不錯，最近忙什麼了？」

「東跑西顛。」杜成言辭含混，「沒幹什麼正事。」

段洪慶盯著他看了幾秒鐘：「沒聽話，是吧？」

「聽啊。」杜成嬉皮笑臉，「按時服藥，好好吃飯，早睡早起。」

段洪慶的臉色陰沉下來，他掃視了一下仍在喝茶、抽菸的同事們，轉身湊到杜成耳邊，低聲說道：「你他媽讓我少操一點心，行不行？」

杜成看著他，臉上的笑容一點點褪去：「老段，你知道我是什麼樣的人。」

段洪慶皺起眉毛，似乎覺得杜成不可理喻：「二十多年了，何苦呢？查清了又怎麼樣，死的人回不來，活著的人還要受罪。」

「是啊，死的人回不來。」杜成直視著段洪慶的眼睛，「但我不怕受罪，反正是要死的人，真正怕受罪的人他們活該。」

段洪慶移開目光，緊緊地閉了一下眼睛，再睜開時，開口說道：「去三亞吧，氣候宜人，空氣也好。你老哥一個，到哪裡都一樣。費用你甭擔心，局裡……」

「段局，」始終默不作聲的張震梁突然開口了，「我師父想幹嘛就讓他幹嘛吧。」

段洪慶詫異地抬起頭。不僅是他，在場的所有人都覺得驚訝：一貫以踏實肯幹、聽指揮聞名的張震梁，還是第一次公然頂撞長官，於是大家都靜下來。

片刻，段洪慶先站起身來，清清嗓子：「行，老杜，你好好休息。還有什麼需要的，只管開口。」說罷，就抬腳向門口走去。

同事們七嘴八舌地告辭，都尾隨段洪慶而去。

張震梁在出門時，低聲對杜成說道：「師父，您保重身體。那個案子，我也在查，年後咱爺倆碰一碰。」說罷，他在杜成肩膀上按了按，轉身下樓。

送走客人，杜成關好門，慢慢踱到客廳，看著地上的年貨，笑了笑。

「過年。」他喃喃自語道，「是啊，過年了。」

他拎起一個大塑膠袋，打開一看，是切成小塊的排骨，心中突然萌生了好好做頓飯的念頭。杜成徑直走向廚房，路過抽屜櫃時，他停下腳步，看著那個相框，大聲說道：「嘿！咱們，過年了！」

對中國人而言，所有的節日裡，最為重要的就是春節。儘管年味越來越淡，但是在春節裡探親訪友卻是不可缺少的。然而，對那些無親可探、無友可訪的人而言，春節只是無數個孤單的日子裡，最孤單的一個而已。

一月三十日，農曆年三十，除夕。

臘月二十八以後，駱瑩開始放假。從那天開始，她用明示或者暗示的方式警告父親：不許再頻繁出門。駱少華很惱火，又苦於無法跟她解釋，只能乖乖聽話。最開心的是金鳳，儘管行動不便，但這樣的節日還是要由她來操持，於是金鳳每天開出清單，駱瑩去採購，駱少華當司機。他很不甘心，卻有隱隱的輕鬆感。相對於日復一日的跟蹤而言，採購工作簡直輕鬆無比。

駱少華心裡清楚，自己只是在強撐而已，就算動用公安機關的資源和人力，對一個人的長期監控都是非常艱難的事情，更何況他現在只是一個普通的老百姓。他的堅持，多半源於對林國棟的恐懼以及對未來的一無所知。然而，在他身心俱疲之時，腦子裡的一個聲音卻越來越大：「他應該改過了吧？看看他，完全是一個溫順的小老頭兒啊。」

特別是在林國棟採購了電腦之後的第三天，這傢伙在家裡安裝了寬頻上網，自此幾乎足不出戶，除了購物和簡單的運動鍛鍊，每天都宅在家裡上網。

駱少華在望遠鏡裡看到他坐在電腦前全神貫注的樣子，第一反應是憤怒——王八蛋，你憑什麼可以享受科技帶來的便利快捷，憑什麼活得像一個普普通通的人，憑什麼在這麼短的時間內就拉平了這二十多年的距離？

第二反應居然是鬆了一口氣。

他在竭力融入新的生活，他在努力感受這世界的美好，他在重新瞭解曾經錯過的一切。他不想被再次剝奪。他不想死。

那麼，怪獸會長眠不醒吧？

駱少華決定給自己放個假，並暗自說服自己可以放個假。

除夕夜。下午四點多的時候，駱少華一家開始吃年夜飯。這個所謂「一家」是打了折扣的。向陽一大早就把向春暉接到了父母家過年，這讓駱瑩很不開心，明明酒量不行，還是和駱少華喝了半斤白酒。結果，一頓飯沒吃完，駱瑩就吐得不省人事。駱少華一邊大罵前女婿的不近情理，一邊幫駱瑩清理，安排她休息。

好好的年夜飯弄成了這樣，駱少華的心裡堵得厲害。金鳳倒是不動聲色，臉上始終帶著恬淡的微笑。一到八點，她就坐在電視機前看春節聯歡晚會，還不時笑出聲來。

駱少華知道她的心思，也明白金鳳正在盡一個女人最大的努力維持這個家在除夕之夜的寧靜與歡樂。他唯一能做的，就是陪著她，老老實實地看電視。

然而，無論是歌舞，還是相聲、小品，都不能讓他的心踏踏實實地沉靜下來。剝好的花生丟進垃圾桶，駱少華噙著半片花生殼，怔怔地看著沈騰在糾結「扶不扶」。

金鳳已經樂得前仰後合，看看身邊沉默的老伴，笑容漸漸止住。她把菸和打火機推過去，低聲說道：「去，抽支菸吧。」

駱少華一時沒反應過來，醒過神來的時候，心裡半是歉疚半是感激。

來到陽臺上，眼前是如浩瀚星辰般的萬家燈火。這是一年中最熱鬧的夜晚，也是最似人間的世界。駱少華點燃一支菸，靜靜地看著藍色的煙霧融入窗外更為濃烈的煙火氣中。他莫名其妙地感到滿足與慵懶，彷彿已是天地間的君王。

我活著，能感到血液在體內奔湧。我有一個完整的家。雖然老伴身體不好，但每天早上都能摸到她熱呼呼的手。雖然女兒離婚，但她沒有被失敗的婚姻擊倒。可愛的外孫淘氣了一點，但在一天天長大。

我不會孤獨地生活在空蕩蕩的房子裡，不會一個人迎接新年的來臨，不會一遍遍刷新著網頁，咽下簡單的飯菜。不會無人祝福、也得不到別人的祝福。

駱少華熄掉菸頭，腦海裡的一個問號越來越清晰。

他，在幹什麼？

魏炯捧著手機，傳了一則拜年微信給岳筱慧，在她的頭像下面，就是老紀的。

他傳上一則微信還是七天前。

據說，今天養老院會讓留院的老人們聚餐，農曆新年鐘聲敲響的時候，還會有餃子吃。不過，依老紀的個性，是絕不會湊這個熱鬧的。此時此刻的他，多半會一個人獨自坐在房間裡，慢慢地吃掉自己親手做的年夜飯。

想到這裡，魏炯覺得有一點難過。面前擺滿茶几的零食、水果和飲料，讓他隱隱生出一絲不安。

夜裡十一點剛過，父母就開始準備包餃子。和麵、拌餡，忙碌之餘，還不忘扔給魏炯一套新內衣，讓他趕緊換上。

魏炯看看老媽一身大紅的襯衫、襯褲，暗自好笑：「媽妳還挺好色的。」

「本命年嘛。」老媽雙手沾滿白麵，笑著說道，「圖個吉利。」

「本命年，四十八歲。」

「你個臭小子，連你媽多大歲數都不知道，」老媽操起擀麵杖，作勢要揍他，「哼哼，還不算老吧！」

魏炯笑嘻嘻地躲進臥室，換上新衣服，腦子裡卻走了神。

沒記錯的話，老紀今年六十歲了，也是本命年。

轉眼就到了午夜，熱氣騰騰的餃子出了鍋。按照傳統，魏炯和老爸下樓放鞭炮，迎財神，再上樓的時候，恰好趕上新年鐘聲敲響。窗外的爆竹聲也越加猛烈，無數焰火在空中綻放，整個城市亮如白晝。春節，達到了最高潮。

魏炯一家圍坐在飯桌前，邊吃餃子邊彼此祝福，父母健康長壽，兒子學業有成。老媽還加了一句「找個女朋友回來看看」，魏炯紅著臉抗議，不過最後還是欣然收下了一個大紅包。

吃過餃子，春節聯歡晚會也快到了尾聲。凌晨一點，爆竹聲漸漸平息下來。老爸、老媽開始打哈欠，準備進臥室休息，魏炯卻開始謀劃另一件事。

等父母睡下，他悄悄地穿好衣服，偷拿了老爸兩盒菸，又裝了滿滿一盒餃子，出了門。

空氣寒冽，卻不清新。硝煙味刺鼻，濃重的煙氣還沒有散去。魏炯踏著滿地的鞭炮與焰火的碎屑，腳步匆匆，直奔附近的一家二十四小時營業的便利商店而去。

女店員對深夜購物的顧客並不覺得稀奇，只是他購買的貨品讓人有一點驚訝。看著這個小夥子在貨架上挑挑揀揀，最後拿了一套紅色的男式襯衫、襯褲和襪子。女孩子撇撇嘴，心說這小子忒不長心，估計是把老爸的本命年給忘了。

路上行人稀少，還在營運的計程車也不多，魏炯足足走出一公里才叫到車。上車之後，他心裡的興奮心情仍沒有消退，幾次拿出手機，最後都放了回去。他還沒有發微信跟老紀拜年，就是打算給他一個驚喜。

在這個最孤獨的夜。

到安養院時已是凌晨兩點。魏炯下了車，看看燈火通明的院子，心說老紀你可千萬別睡下。

推推門，紋絲不動。魏炯看看兩公尺多高的鐵門和院牆，思考了一下，還是放棄了翻牆入院的想法，硬著頭皮去敲門。

等了快十分鐘，才看見保全人員一搖三晃地從值班室出來。

「誰啊，大半夜的。」

手電筒的光線直直地照射在魏炯的臉上，他下意識地用手擋住光線，悶悶地回了句：「我。」

「你是誰啊，」保全人員顯然很不高興，「這麼晚了，幹嘛啊？」

魏炯抬起手中的保溫飯盒：「送餃子，給我伯伯。」

「哦。」保全人員的怨氣絲毫不見減少，「早就該送了，這都幾點了?明天再來吧。」

「別啊。」魏炯急了，「我大老遠來的，再說……」他突然想起衣袋裡的菸，急忙掏出一盒遞過去：「您行個方便，大過年的。」

保全人員看看菸盒上的「中華」二字，猶豫了一下，語氣緩和了一下。

「你等一下。」說罷，他轉身走回值班室，從牆上摘下鑰匙，又返回鐵門前。

「你們啊，平時多來看看老人。」保全人員打開門鎖，「現在又是什麼情況，安養院又不缺餃子。」

「謝了啊。」魏炯側身從保全人員身邊擠過，把菸塞進對方衣袋的同時，聞到了一股強烈的酒氣。

「送完餃子就出來啊，別太晚。」

魏炯嗯嗯地敷衍著，快步向小樓走去。

穿過一樓正廳，魏炯看到食堂裡還亮著燈。一臺液晶電視機擺在餐桌正中，幾個老人坐在長椅上，沒精打采地看著戲曲節目。一個護理人員靠在不銹鋼餐車邊，正在打瞌睡。

魏炯沒有停留，轉身向長廊的盡頭走去。

從門底透出的光來看，老紀還沒有睡。魏炯推推門，沒鎖。

幾乎是一瞬間，大團的煙氣湧了出來。

室內煙霧繚繞，視力可及之處都是灰濛濛的一片。在小木桌前，老紀一手拿著筷子，一手捏著香菸，愣愣地看著他。

足足五秒鐘後，老紀才喊出聲來：「你、你怎麼來了？」

魏烔沒說話，屏住呼吸，疾步奔到窗前，打開了窗戶。

乾冷的空氣湧進來，攪動著滿屋煙霧，頓時清爽了不少。

「你抽了多少菸啊？」魏烔伸出雙手在身邊揮動著，「不要命了你？」

老紀只是呵呵笑著，似乎激動得不知道該說什麼。他搖動輪椅，湊到魏烔身邊，上下端詳著他，幾次想伸出手去拉他，又縮回手來。

在他和魏烔相識的這段日子裡，老紀還是第一次這樣手足無措。

魏烔被煙氣嗆得直淌眼淚，好不容易看清了眼前的事物，首先映入眼簾的，是老紀那張寫滿驚喜的臉。

「嗐，甭看了啊。」魏烔被看得有些不好意思，「在吃飯？」

「嗯，」老紀如夢初醒，「是啊、是啊，你吃了沒有？」他急忙指指小木桌：「來來來，一起吃。」

老紀的年夜飯很豐盛，清燉雞、紅燒魚、豬肉燉粉條、蒜薹炒肉、酸菜燉大骨，還有涼拌菜。只是每樣菜都已經徹底涼透，而且幾乎沒怎麼動過。

魏烔的心裡很不是滋味，可以想像老紀是如何用了大半天的時間做好了一桌菜，卻在舉國歡慶的時候，舉著筷子，一支接一支地吸菸。

老紀誤會了魏烔的神情，一拍腦門：「你看我，都涼了，怎麼吃？」他搖動輪椅向門口走去：「食堂應該還有人，我讓他們把菜熱一下。很快就好。」

魏炯一把抓住輪椅的扶手：「不用了，老紀，我帶了餃子給你，咱們吃這個。」

「餃子？」老紀一臉驚訝，「好好好。」

魏炯打開保溫飯盒，揭開盒蓋，把冒著熱氣的餃子捧到他面前。

「嚐嚐，我媽的手藝。」

老紀早已拿好了筷子，迫不及待地夾起一個塞進嘴裡。

「味道怎麼樣？」

「嗯，」老紀大口吃著餃子，油汁順著嘴角淌下來，「好吃、好吃！」

「嘿，您慢一點。」魏炯笑著說道，起身去拿衛生紙。再轉身的時候，他愣住了。

老紀背對著自己，低著頭，雙手捧著保溫飯盒，肩膀在微微地抽動。

他在哭。

在這寂靜的夜，在無數人帶著祝福進入夢鄉的時刻，在新年的第一縷陽光到來之前，一個孤獨的老人，在無聲地哭泣。

頑強、樂觀如老紀，終於被一盒熱騰騰的餃子卸掉了全部盔甲。

等他稍稍平靜下來，魏炯才把一隻手按在他的肩膀上，同時從背後遞過一張衛生紙。

老紀抖了一下，迅速接過那張紙，在臉上胡亂地擦拭著。

「哎呀，你看我，吃了一臉，哈哈哈。」老紀的聲音中還有一絲哭腔，「太好吃了，謝謝你媽媽啊。」

魏炯繞到他身前，故意不去看他，慢騰騰地在背包裡翻找著，片刻之後，開口問道：

「老紀，你今年多大了？」

「嗯，」老紀的神色已經恢復如常，想了想，「六十了。」

「還好我沒記錯。」魏炯把那套新內衣和襪子拿出來，扔進他懷裡，「快穿上，圖個吉利。」

「你這小子，」老紀眼睛一亮，拿過內衣仔細端詳著，嘴裡喃喃自語：「是啊，六十本命年了。」

魏炯催促道：「來，穿上。」

老紀欣然從命，費力地脫掉毛衣和襯衫，套上新襯衫。做完這些，他已經氣喘吁吁。

魏炯上前幫他脫掉褲子，兩條枯瘦、蒼白的腿露了出來。老紀最初還有些難為情，可是他很快就面色坦然，任由魏炯幫他換好新襯褲。

幾分鐘後，老紀從頭到腳都被嶄新的大紅色包裹著，舒舒服服地坐在輪椅上，笑呵呵地看著魏炯。

魏炯累得滿頭是汗，心情卻很愉快。眼前的老紀紅光滿面，似乎這小小的房間都亮堂了不少。

老紀心滿意足地伸展著雙臂：「真舒坦啊！看，我像不像一個紅包？」

兩個人都哈哈大笑起來，笑著笑著，老紀突然打了一個噴嚏，整個人也抖了一下。

魏炯這才意識到窗戶還開著，大股寒風正席捲進來。他拍了一下腦門，急忙跑過去把窗戶關上。

「沒凍著吧，老紀？」

老紀卻吸吸鼻子，似乎對室外的空氣頗為嚮往。

「嘿，小子。」老紀沖他擠擠眼睛，「推我出去走走。」

走廊裡依舊燈火通明，卻安靜了許多。魏炯推著老紀走過食堂，發現電視機已經關閉，長凳上空空蕩蕩。

來到院子裡，四下寂靜無聲，整個養老院都墜入沉睡中。兩個人似乎也無心交談，在紅磚甬路上一圈圈地走。

半夜裡起了風，空氣中的硝煙味已經被吹散。雖然冷，但是讓人覺得很舒服。老紀大口呼吸著，雙眼微閉，一臉享受的樣子。

他們所在之處，除了門口投射而出的燈光外，皆是一片黑暗。魏炯不得不睜大眼睛，小心翼翼地走著，生怕摔著老紀。老紀倒是不以為意，儘管閉著眼睛，還是能在某些地方準確地提醒魏炯。

「靠左一點，對嘍。」

「前面有塊磚鬆了，別絆著。」

魏炯最初還驚訝於老紀的記憶力，隨即他就意識到，這二十幾年中，老紀所有的活動空間就在這個院子裡，估計甬道上每一塊紅磚的形狀他都了然於胸了。

想到這裡，他恰好把老紀推到院子門口。看著鐵門外安靜的街道以及依舊明亮的路燈，魏炯的心中突然萌生出一種難以遏制的衝動。

他把輪椅停在鐵門前，俯身對老紀輕聲說道：「你等我一會兒。」說罷，魏炯就悄無聲息地向值班室走去。

值班室裡已經熄了燈，剛走到門口，魏炯就聽到裡面如雷的鼾聲。他拉拉門，虛掩，手上暗自用力，很快，一個可容一人經過的縫隙出現在面前。

滿屋酒氣。魏炯側身擠入，感到心臟已經快跳出來。借助窗外照射進來的微光，魏炯看見值班員和衣躺在小床上，雙腳垂及地面，早已睡熟。

魏炯悄悄摸向牆邊，輕手輕腳地從架子上取下一串鑰匙。細微的嘩啦聲讓他屏氣凝神，再不敢有所動作。幾秒鐘後，見值班員毫無醒轉的跡象，魏炯把鑰匙捏在手心，慢慢地原路退出。

出了值班室，魏炯才敢鬆一口氣。他迎著老紀驚訝的目光，快步走到門前，打開鐵鎖，推著老紀走出院子。

來到街面上，老紀一下子變得非常緊張，全身繃直，雙手死死地抓著輪椅扶手。走出一百多公尺後，他才漸漸放鬆下來，開始四處張望。

在空無一人的街道上，兩個人依次走過小超市、早點鋪、理髮店、通訊門市、肉店。經過一所小學的時候，老紀讓魏炯放慢速度，對著關閉的校門看了很久，還特意過去摸了摸門牌。

「原來那些孩子的聲音來自這裡啊。」

他越來越興奮，像一個剛睜開眼睛的嬰兒似的，對眼前的一切都充滿好奇。即使那些商鋪和店面都門窗緊閉，仍然讓老紀欣喜無比，不時發出低低的笑聲。

「沒想到。」老紀看著被路燈照亮的街道，「沒想到我還能出來。」

走到這條街的中段，前方不遠處就是一條橫向的外環馬路，不時有車輛閃著大燈疾駛而過。老紀看著那更為明亮的所在，手指前方：「去那裡。」

魏炯照做，腳下暗自用力，輪椅飛快地轉起來。

老紀緊緊地抓住輪椅扶手，上身稍稍前傾，口中不斷吐出白氣。

「快一點，」老紀的聲音越來越高，「再快點。」

汗水已經從魏炯的額頭上沁出來。他咬著牙，用力向前推動著輪椅。

前進的速度越來越快。老紀的喉嚨裡發出一種奇怪的聲響，上半身已經完全直立起來。最後，那聲響變成了沉悶的低吼。

「跑！」老紀突然變得語氣凶狠，不容辯駁，「跑起來！」

魏炯似乎已經失去了思考的能力，老紀的話音剛落，他就毫不猶豫地邁開步子，奔跑起來。

輪椅在街道上劇烈地顛簸著。魏炯的耳邊是呼嘯的風聲，眼前是晃動的燈光，劇烈的喘息和老紀的低吼混雜在一起，撕開了寂靜的夜空。

一臺輪椅，兩個瘋子一樣的人，終於衝到了這條街的盡頭。

因為速度太快，一直到外環馬路的中央，魏炯才勉強把輪椅停下來。

老紀似乎還沉浸在飛奔的快感中，依舊挺直上身，死死地盯著前方。

魏炯的嘴邊已是白氣成團，成綹的汗水從額頭上流下來。他看看由遠及近的車燈，猶豫了一下，慢慢地拉著輪椅，退回到路邊。

把老紀放到安全的位置之後，魏炯雙手扶著膝蓋，彎腰大喘，感到手臂和雙腿都酸痛無比。等他調勻氣息，費力地站起身來，才發現老紀已經失去了剛才亢奮的姿態，整個人委頓在輪椅裡。

「老紀。」

「嗯。」

「你沒事吧？」

「哦，沒事。」老紀緩緩轉頭，似乎也氣力全無，「就這樣，挺好的。」

魏炯想了想，覺得還是不打擾他為好。於是，他站在老紀身後，默默地看著眼前的馬路。

在路燈的照耀下，一個擦汗的年輕人，一個面無表情的老人，構成了這個大年初一最奇怪的街景。夜歸的人從他們身邊飛馳而過，彼此會有一瞬間的凝望。對過客而言，那只是讓人疑惑的幾秒鐘；對老紀而言，那是早已陌生的人間。

第二十三輛車消失在遠處，老紀緩緩開口：「我們，回去吧。」

歸途一路無話，午夜狂奔讓兩個人都筋疲力盡。老紀也不再對街邊的種種充滿興趣，他低著頭，似乎在打盹，可是偶爾傳來的嘆息聲讓魏炯意識到，他還醒著，並且心情欠佳。

大起之後勢必是大落。極度興奮的代價就是無盡的空虛，更何況，老紀終究要回到那囚籠般的小院子裡。

魏炯則在擔心一時衝動之後，該怎樣跟那個值班員交代。眼看距離養老院越來越近，他開始在心裡暗自祈禱值班員還在沉睡中。

剛剛走過小超市，就看到了養老院裡的燈火。令人奇怪的是，院子裡不再寂靜一片，而是有了隱隱的喧鬧聲，而那燈火也忽明忽暗，還夾雜著劈裡啪啦的炸響聲。

魏炯越發覺得疑惑，不由得加快了腳步。

剛走到養老院門口，眼前的一幕就讓他驚呆了。

三層小樓的大多數窗戶都打開了，老人們把頭探出窗外，看著院子裡正在燃放的一堆焰火，哄笑聲、叫好聲不絕於耳。

一個穿著白色羽絨服的女孩繞著焰火堆，咯咯笑著躲避值班員，她手裡的兩根煙花正迸射著耀眼的火花。

值班員已經氣急敗壞：「妳是哪來的，怎麼進來的？」

魏炯扶著輪椅，和老紀目瞪口呆地看著不停追逐的兩個人。

女孩恰好轉到門前，一頭黑髮披散在肩膀上。

她停了下來。

「魏炯、老紀。」岳筱慧的笑臉被煙花映得火紅一片，「新年快樂！」

第十四章　證偽

半杯茶下肚，杜成就看見張震梁拎著一個大紙袋走了進來。他揮了揮手，四處張望的張震梁看到了他，快步走過來。

「師父過年好。」張震梁拉開椅子坐下，「怎麼選這個地方？」

「大年初四。」杜成幫他倒茶水，「有個地方能開張就不錯了。」

「也是。」張震梁笑，把大紙袋推過去。

杜成打開紙袋，裡面是裝訂好的案卷資料。他大致翻了翻，全部是關於一九九〇年連環強姦殺人碎屍案的，相較於自己掌握的資料，張震梁提供的這份更詳細些。除了公安卷宗外，檢察院的起訴資料和法院的庭審記錄、一審與二審判決書都有。

「你都看了？」

「嗯。」張震梁剝開一粒開心果丟進嘴裡，「斷斷續續的，有空就查查。」

杜成點燃一支菸，看著昔日的徒弟：「什麼看法？」

「說實話？」

「廢話。」

「你們當年搞的這案子，」張震梁撇撇嘴，「如果按照現在的標準，就是胡來。」

其實許明良被專案組高度懷疑，並非毫無道理。首先，從許明良的居住地來看，符合杜成根據拋屍路線所框定的大致範圍，而且他的職業及駕駛的白色貨車也和專案組的推測基本一致。至於他的反偵查能力，也在從他家搜出的各種有關刑偵的文學及紀實作品中得以驗證。

其次，從許明良自身的特徵來看，出身於單親家庭，學習成績一般，個性孤僻，朋友不多，青年時曾遭遇挫折。因生活壓力，母親對其較為疏忽，母子間缺乏必要的交流和溝通，這可能導致他對他人缺乏憐憫和同情心。可能無戀愛史，究其原因，不能排除是難以與其他女性建立正常關係的緣故。有性需求，並曾目睹母親與其他男性偷情，可能會產生憎恨女性的心理。從犯罪心理學的角度來看，這樣的人犯下強姦、殺人的罪行並不奇怪。

最後，在包裹屍塊的塑膠袋上發現了許明良的指紋，這是最直接，也是最重要的證據。檢察院批准逮捕、起訴以及法院判決其有罪的依據，也是基於這一證據之上。

「嗯，這種懷疑當然是有依據的。」張震梁並不否認這一點，「換作是我，也會先把這傢伙抓起來，審一審再說。不過……」

「不過什麼？」

「直接證據太少了。說穿了，除了指紋，你們什麼都沒有，比如體液。」

「每一起殺人案都沒採撿到，兇手用了保險套。」

「但是保險套也沒在他家裡發現啊。」

「這個好解釋，作案後丟棄。」

「這個不好解釋。」張震粱敲敲桌子，「一個懂得清理屍體、使用保險套、擦去指紋的人，會在包裹屍塊時犯下那樣的錯誤？」

「作案後心慌意亂，可以理解啊。」

「問題是，他那時候已經不慌了。」張震粱直起身子，「殺了四個人，他的分屍手法已經越來越熟練，包裹屍塊也是有條不紊。另外，他還花費力氣去拋屍，你不覺得奇怪嗎？」

「有什麼奇怪？」

「這傢伙是屠戶啊。」張震粱看看四周，壓低了聲音，「如果我是他，犯不著去拋屍。」

「你會怎麼做？」杜成盯著他問道。

「咱們都清楚，人體屍塊和豬肉太他媽像了。搞試驗，不都是用豬嗎。」張震粱低聲說道，「先處理掉頭顱和手腳比方說蒸煮後切碎，其餘部分慢慢處理唄。這傢伙的方便條件太多了。拋屍，風險大，還耗費力氣，根本不至於。」

「這麼說，你覺得不是他？」

「那倒不是，只是覺得不能絕對肯定是他。」張震粱把杜成面前的茶杯續滿水，「按現在的標準來說，就是沒達到排除合理懷疑的程度。」

杜成「嗯」了一聲，似笑非笑地看著他。

張震粱喝了口茶水，看著杜成，忽然醒悟過來。

「師父，你、你玩我？」

杜成哈哈地笑出聲來。

「你個老東西，你心裡早就有數了對不對？」

張震梁對案件的分析，基本在杜成的考慮範圍內，幾十年的刑警生涯，讓他對犯罪有一種近乎直覺般的本能反應。真正的凶手並不是許明良，這是他的第一判斷。驗證這個判斷的最好辦法，就是從各種角度來試圖推翻它，所以他找張震梁來聊案子。如果不能否定這個思路，那就意味著自己的方向是正確的。

接下來要做的，就是從法律上證實這個結論。

或者，找出真正的凶手。

「其實，當年也不能全怪你們。」張震梁也點燃一支菸，「證據規則和現在不一樣，而且還限期破案。」

「這不是藉口。」杜成低下頭，「那是一條人命。」

張震梁沉默了一會兒：「師父。」

「嗯。」

「你為什麼一定要把這個案子查清？」

杜成定定地看了張震梁幾秒鐘：「震梁，我的時間不多了。」

「我知道。」張震梁端正地坐好，「所以我才這麼問。萬一來不及了呢？」

杜成笑笑：「我沒想過這個。」

「師父，」張震梁的吐字很艱難，「剩下的時間，你做什麼都行啊。只要你想做的，我們都可以盡量幫你實現。」

「哈哈，我現在就想查這個案子。」

「嗯。」張震梁移開目光，盯著桌面，「要不這樣，你好好休息，我來查。如果你來不及了，我保證，一定查清真相。」

「家祭無忘告乃翁？」杜成隔著桌子拍拍張震梁，「別逗了。這是我的事，這案子對你的意義和對我的意義是不同的。」

「能有多不同？」

「這麼說吧。」杜成直視著張震梁的眼睛，「我餘下的每一分、每一秒，都是為了這件事。」

張震梁回望著杜成，臉上的表情漸漸凝重。

良久，他突然沒頭沒腦地問了一句：「師父，一九九二年十一月，你在哪裡？」

「嗯？」杜成被問得一愣，「我想想。」

一九九二年初，許明良被執行死刑。從一審宣判到許明良被槍決，始終有一個人在為他奔走鳴冤。然而，在嚴密得如同機械般的司法機關面前，個人的力量實在是微不足道，即使他是這機械中的一個零件。

這個人，就是杜成。

他堅持認為那是錯案，為此，杜成與曾親如兄弟的馬健等人反目成仇，局裡更不能接受這件被上級高度稱讚的鐵案有任何紕漏。在反復權衡之下，杜成被調離原崗位，去了本省內一個較偏遠的縣城，一九九三年才被調回。

「當時我在F市。」杜成想了想，「怎麼了？」

張震梁從隨身的皮包裡拿出一個檔案袋，遞給杜成。

「我沒猜錯。」張震梁一臉肅穆，「既然你一定要做，那麼，你該看看這個。」

「你他媽還跟我藏了私貨。」杜成笑罵道。然而，他看到張震梁的表情，意識到這並不是個玩笑。

檔案袋裡仍然是刑事案件卷宗。杜成翻看了前幾張，臉色突然大變，手上翻動的速度越來越快。

「震梁，」杜成合上卷宗，死死地盯著徒弟，手已然開始發抖，「這，這是什麼？」

林國棟捧起泡麵的紙桶，喝下了最後一口麵湯，心滿意足地咂咂嘴。

這玩意的確省事，也好吃，比以前的泡麵強多了。

他起身離開桌子，走進廚房，把麵桶扔進垃圾桶裡，倒了一杯白開水，還順便看了看正在充電的手機。

那是他的新「玩具」，可惜把玩了半天就沒電了。不過這不要緊，在手機充滿電之前，他還有許多有趣的事情可做。

林國棟重新回到電腦前，繼續瀏覽一個網頁，那是某個網站製作的一個關於食品安全的專題。林國棟邊看邊嘀咕，不時扭頭看看廚房。

他剛剛吃掉的那桶某品牌泡麵，因被質疑使用地溝油，也在網頁上所列的食品黑名單中。

林國棟罵了一句髒話。看來這新世界也並非事事美好。

他調整了一下坐姿，繼續瀏覽網頁，無意中，他看到了前幾期專題的連結。滑鼠在連結上緩緩移動，最後，停在了其中一個上。

他就在你隔壁——中國連環殺手檔案

林國棟的臉上浮現出奇怪的表情，似乎既期待又倨傲，彷彿一個高材生在查看成績單。他騰出一隻手，抽出一支菸點燃，然後才按下滑鼠。

喀答。

顯示器的亮度驟然降低，一個色彩暗淡的頁面打開。

龍治民，陝西人，自一九八三年起，以雇工及提供住宿為名，將四十八人誘騙至家中殺害。

王強，遼寧人，自一九九五年起犯下多起搶劫、強姦、殺人案，受害者至少四十五人。

楊新海，河南人，自二〇〇〇年起，在多地流竄作案，共殺死六十七人。

黃勇，河南人，自二〇〇一年起，將十七名青少年誘騙至家中，借助壓麵條機改裝而成的「智能木馬」予以殺害。

林國棟逐字瀏覽著，耐心地看到頁面底端。

然而，他一直等待的那個名字並沒有出現，這讓他有些驚訝，更有些失望。

六十七人、四十五人、十七人，最少的也殺了七個人。

林國棟苦笑著搖搖頭。是啊，和他們比，小巫見大巫。

他關掉頁面，盡力舒展著酸痛的腰背，扭頭望向窗外。

正月裡，即使是深夜，節日的氣氛仍然濃厚。爆竹聲時時傳來，偶爾還能看見絢爛的煙花在或遠或近的地方綻放開來。

近十天來，綠竹苑社區裡就沒有安靜過。這是個老舊住宅區，住戶鮮有年輕人。平日裡冷冷清清，只能看到拄著拐杖，眼神渾濁、冷漠的老人們在院子裡走來走去。唯有春節，這個應該團聚的節日，才能讓散居在各地的子女們回到這裡。

林國棟打開窗戶，看著樓下一輛徐徐開走的黑色轎車，那是剛剛結束探親的一家人。例行公事，酒足飯飽，說過「媽妳注意身體，有空我就來看妳」之類的客套話之後，欣然離去。

老太太始終站在樓下，直到再也看不見那輛黑色轎車的尾燈。

所謂「有空」，大概就是一年之後吧。

林國棟笑笑。

在他身後，是這個空蕩蕩的家，沒有家人，沒有責任。無須言不由衷的寒暄，少了柴米油鹽的煩惱。

只有我自己。只為我自己。

這多麼好。

一陣冷風灌進室內，卻並不令人生厭，相反還頗為愉悅，其中混雜著肉香。

林國棟低頭看看，樓下的小氣窗也開著，大股的蒸氣正從中翻湧而出，還有隱隱的喧鬧聲傳來。

又是一場尚未結束的家宴。

林國棟關上窗戶，垂手站在臥室裡。然而那股肉香竟沒有飄散，依舊在室內浮浮沉沉。他吸吸鼻子，這味道觸動了他記憶中的某個開關。

那孩子，叫什麼來著？

林國棟背著手，在狹窄的房間裡踱來踱去。漸漸地，那張臉在腦海中慢慢清晰。圓臉，有些微胖，總是羞澀的表情，緊張時會出汗。習慣性地揉鼻子。喜歡側著身，坐在床邊，弓著背默誦書本。

他回到電腦前，熟練地打開搜尋引擎，鍵入三個字。

瞬間，幾萬個搜索結果出現在頁面上。他草草瀏覽了前幾個，不是那孩子。

想了想，林國棟又輸入一個關鍵字：C市。

搜索結果大大減少，然而，仍然看不到他最期待的訊息。

林國棟盯著顯示器，雙手交叉握在一起，漸漸用力，骨節喀喀作響。

他清楚自己在找什麼，彷彿一個就要失去記憶的老人在深夜裡打開記載往昔的日記。這讓他覺得有些畏縮，然而，更多的是興奮。

林國棟重新摸向鍵盤，敲出最後一個關鍵字。

是啊，回憶。除了這個，我還剩下什麼呢？

殺人犯。

回憶可以是一條河，一片綠草地，一只垃圾桶，一座水塔，一個狹窄的廁所，一把鋸子，一柄菜刀。

二十三年前的往事在林國棟的眼前徐徐展開。那些觸感和氣味，清晰地存在於他的指尖之上，縈繞於身邊的空氣中。他打開一個又一個頁面，靜靜地看著那些驚心動魄的文字，感到血液在全身奔湧不息。

那些夜晚。那些快感和戰慄。那些恐懼與興奮。

不知不覺間，他已經大汗淋漓。

關掉最後一個網頁，林國棟疲憊地靠在椅子上，抬手擦掉已經流到鼻尖的汗水。

他看看四周，最後把目光定格在那張單人床上。

是她。

他站起身來，慢慢走到客廳，盯著米色格子布藝沙發，那裡曾擺著一套黑色牛皮沙發。是她。

他低下頭，看著顏色褪盡、油漆斑駁的地板。是她。

隨即，他轉過身，走到玄關的一張大理石檯面餐桌旁，伸手撫摸那冰冷、光滑的桌面。是她。

全身又燥熱起來。林國棟感到一股火正由裡到外燃燒起來，滾燙的液體從毛孔裡沁出，燒得皮膚劈啪作響。

他低下頭，閉上眼睛，緩緩地呼吸，竭力讓沸騰的大腦冷卻下來。

幾分鐘後，林國棟長長地吐出一口氣，揪起已經汗濕的襯衫，擦了擦額頭。

他抬腳走到廁所，打算用冷水洗洗臉。然而，當他跨入門口的一瞬間，腦子裡又轟的一聲炸開了。

乳白色瓷磚地面，泛黃的塑膠浴簾，黃銅把手的淋浴噴頭以及那撲面而來的甜腥味道。是她們。

林國棟已經完全不受大腦的控制，他飛快地脫掉全身的衣服，伸手握住早已堅硬無比的下體，快速動作起來。

頂點來臨的時候，林國棟的雙腿劇烈地顫抖著，最後完全癱軟，背靠著牆壁，滑坐在地面上。

一聲嘶啞的低吼之後，他終於失去了力氣，側身躺倒在廁所裡。

良久，林國棟悠悠轉醒。睜開眼睛的瞬間，恰好一滴汗水從睫毛上滑落。眼前的一切被奇妙地放大，包括不遠處那攤黏稠的液體。

滾燙的臉貼在冰冷的瓷磚地面上，林國棟靜靜地躺著，感到下體已經黏作一團，貼在大腿內側。

腦子一片空白。

等到身體完全冷卻下來，他艱難地爬起，慢慢地穿好衣服，弓著腰走出了廁所。

跌坐在電腦前，林國棟一直在發呆。高潮的餘韻之後，就是長時間的空虛和恐懼。他清楚地意識到，身體裡的某個部分正在被喚醒，他難以抗拒那種誘惑，又深深地感到懊悔。

不，不要了。不要回去。

然而，那黑色的花，正在心底悄悄地生長。

林國棟搖搖頭，他隨手從桌子上拿起一根鉛筆，反手握住，讓筆尖頂在手腕上，暗自用力。

筆尖嵌入皮膚。

刺痛感讓他稍稍清醒。林國棟的另一隻手握住滑鼠，想隨便看一點什麼來分散注意力。

一瞥之下，一則標題跳進他的視線。

那是上次搜索後，尚未瀏覽的一個網頁——真凶仍逍遙法外，凶案再現。

這是某個網路論壇中的帖子，林國棟打開頁面，心想又是個怎樣胡編亂造的故事呢？

然而，只看了兩、三行，他的眼睛就瞪大了，隨即全身緊繃。

那支鉛筆，「喀嚓」一聲被折斷了。

第十五章　同謀

魏炯把最後一塊黃油餅乾丟進嘴裡，一邊咀嚼，一邊馬馬虎虎地掃掉胸前的餅乾渣。他已經像這樣躺了一上午，在小小的罪惡感中愜意地享受著春節的餘韻。

一本厚厚的司法考試習題集躺在他身邊。那是他特意從學校背回來，打算在假期做完，然而根據以往的經驗，在寒假結束後，這本書還會被原封不動地背回去。

魏炯舒舒服服地翻了個身，一邊看著手機，一邊安慰自己：明天吧，明天一定好好讀書。

門忽然被推開，媽媽闖進來，一眼就看到了床單上的餅乾渣。

「你是豬啊？」媽媽氣沖沖地打開衣櫃，揪出一條床單甩過來，「趕快換好。」

魏炯急忙爬起來，賠著笑臉換床單，剛剛拆下舊床單，就看見自己的手機螢幕亮了一下。他隨手拿起來，一邊抖開新床單，一邊查看剛剛收到的微信訊息。

是老紀發來的。魏炯笑笑。

除夕夜的一場狂歡後，他和岳筱慧都遭到養老院的一頓狠批，值班員甚至揚言要報警，好在老紀極力斡旋，最後才不了了之，不過老人們卻度過了一個很難忘的春節。魏炯和岳筱慧被「押出」院長辦公室的時候，一個老太太偷偷地向岳筱慧的衣袋裡塞了一大把牛奶糖。

自那天以後，老紀倒是安靜了許多。算算日子，這還是幾天來老紀第一次傳訊息給他。

然而，魏炯打開那則訊息後，就揪著床單的一角，愣在了原地。

那是一段影片。時長二十幾秒，場景是一條走廊，看起來非常熟悉。魏炯稍加辨認，就意識到那是養老院三樓。

畫面裡有兩個男人，其中一個看起來六十歲左右的年紀，禿頂。魏炯記得在養老院裡見過這個人，但是不知道他是哪個房間的。

另一個人，是張海生。

從影片的內容來看，兩個人正在交談，而且所談之事頗為詭祕，因為他們都在不斷地向四處張望。張海生始終夾著菸，歪著頭，一副懶洋洋的樣子；禿頂男人則似乎有求於他，臉上一直是諂媚的表情。

在影片的最後，禿頂男人按著張海生的肩膀，向他衣袋裡塞了某樣東西。張海生推託了幾下，不過看得出他只是做做樣子，最後佯作無奈地點頭應允。禿頂男人面露喜色，又和他交談了幾句之後匆匆離開。張海生也轉身向走廊的另一側走去，邊走邊從衣袋裡拿出剛才的東西，從點數的動作來看，那應該是幾張鈔票。

影片到此為止。

魏炯感到很奇怪，他完全不知道這段影片的意義何在，難道那個禿頂男人也拜託張海生從外面購入養老院的「違禁品」？

正想著，老紀又傳了一則訊息過來：『收到了嗎』

魏炯回覆：『收到了』想了想，他又追問道：『這是什麼？』

然而，這幾個字還沒輸入完畢，老紀的下一個訊息又出現在螢幕上：『馬上來養老院幫我，快點』

五分鐘後，魏炯已經坐上了駛往養老院的計程車。他打了個電話給老紀，剛剛接通就被對方掛斷，再試，還是一樣的結果。

他出什麼事了？

魏炯有些著急，老紀顯然是遇到了某種緊急狀況，否則他不會讓自己馬上去養老院。可是僅僅憑藉那段影片，魏炯完全搞不清究竟發生了什麼，他只能一遍遍地催促計程車司機加快速度。經過一半路程後，老紀又傳了一段影片給他。

這次的影片更短，只有十幾秒。畫面中只剩下張海生一個人，他仍然在那條走廊裡，先是四下張望一番，隨即伸手推開某一扇門，進門的一瞬間，他的另一隻手從衣袋裡拿出一個小紙包。幾秒鐘後，他從房間內退出，關好房門，手指在衣服上擦了擦。

看過幾遍之後，魏炯反而安靜下來。透過這兩段影片，他已經理出一點頭緒。老紀顯然在記錄某件事情，此外他現在是安全的，至少還能把影片透過微信傳給自己。而且，這件事和張海生有關。

半小時後，計程車終於抵達目的地。

魏炯付清車費，下車向養老院跑去，剛走到門口，他就看見平日裡緊閉的大鐵門已經敞開了，兩輛還在閃耀警燈的警車停在院子裡。一個老人被兩名制服員警夾在中間，正低頭邁進車裡。

魏炯看看那張死灰般的臉，認得他就是影片中出現過的禿頂男人。

院子裡擠滿了看熱鬧的老人，魏炯一眼就看到了老紀，他坐在輪椅上，靜靜倚靠在門旁，注視著眼前的一片亂局。

魏炯揮了揮手，老紀看了看他，沒有說話，而是轉身搖動輪椅，向小樓內走去。

魏炯不明就裡，只能抬腳跟上。剛走進小樓，就看見兩個員警抬著一個擔架從樓上下來。

擔架上的人蓋著白色棉被，只露出無力搖晃的頭部，似乎仍在昏睡中。看著那灰白色的頭髮，魏炯猛地想起，這是那個秦姓老婦。

員警粗魯地命令他讓路，魏炯老老實實地照做，在和擔架擦身而過的時候，他又聞到了那種混合著香油的怪異味道。

魏炯來不及多想，快步追趕已經走遠的老紀。

老紀徑直回了房間。魏炯也隨他進入，一進門，才發現房間裡還有一個人，張海生。

見他們進來，張海生頗為緊張地站起身。

「老紀，你……」

老紀沒理他，把輪椅搖到窗下，拿起菸點燃了一支。隨即，他上下打量了張海生一番，面無表情地問道：「有事？」

「哦，沒什麼事。」張海生重新坐回床邊，想了想，又站起來，「院長讓我來問問，是你報的警？」

「對。」老紀轉過頭，面向魏炯，「別愣著，找地方坐啊。」

魏炯應了一聲，拉過椅子，坐在小木桌前。

張海生站在他們中間，看看老紀，又看看魏炯，臉上的表情既焦慮又尷尬。

「你說你管那個閒事幹嘛？」張海生半弓著腰，留意著老紀的表情，「員警都來了。」

「閒事？」老紀彈彈菸灰，盯著張海生的眼睛，「老張，那是犯罪，強姦罪。」

張海生抖了一下，臉色越加慘白：「那老田說了什麼沒有？」

「不知道。」老紀把菸頭摁熄在鐵皮罐頭盒裡，「他什麼都不用說。」

「嗯？」張海生挑起眉毛，「啥意思？」

「他進老秦房間的過程我都用手機拍下來了。」老紀饒有興味地看著張海生，「而且他還留下了精液，證據確鑿，他說不說都沒有意義。」

「你都拍下來了？」房間裡並不熱，張海生卻開始流汗了，囁嚅了半天，他向老紀擠出一個笑臉，「讓我看看唄。」

「手機交給員警了。」老紀垂下眼皮，「不在我這兒。」

「哦。」張海生抬手擦擦額頭，哆哆嗦嗦地從衣袋裡拿出菸，連打了幾次火都沒點燃。

老紀意味深長地看著他，既不說話，也不幫忙。

「會不會是你多心了？」張海生終於點燃了菸，狠狠地吸了一口，「沒準老田和老秦是自願的呢？」

「老秦被下藥了。」

「安眠藥？」張海生立刻反駁道，「她每天都吃啊。」

「她服用的是過量安眠藥。」老紀笑了笑，「而且我知道是誰幹的。」

菸從張海生嘴邊啪嗒一聲掉在地上。

他目瞪口呆地看著老紀，臉色由白轉綠，嘴唇也哆嗦起來。

「老紀、你別開玩笑，這你也拍到了？」

「魏炯，」老紀始終盯著張海生，臉上帶著似有若無的笑，「給他看看。」

「嗯？」魏炯愣了一下，隨即就意識到老紀指的是他傳給自己的兩段影片。他急忙把手機拿出來，找到和老紀的微信對話窗戶，打開影片。

看到畫面的一瞬間，張海生做出了一個動作，似乎要撲過來搶走手機。

老紀察覺到他的意圖，立刻出言喝止：「你就站在原地看！」

張海生不敢再有動作，弓腰彎背，站著看完兩段影片，臉上已經汗如雨下。

等魏炯收起手機，他像剛挨了一記悶棍似的，再也站不住了。

張海生頹然跌坐在床上，雙手摀臉，全身都劇烈地顫抖起來。

魏炯尷尬地看看老紀，不知道該如何是好。老紀卻依舊是一副安之若素的樣子，又點燃了一支菸，慢慢地吸起來。

良久，張海生慢慢地抬起頭來，死死地盯著老紀，眼中滿是絕望和怨恨。

「紀乾坤，」他站起身來，沖老紀聲嘶力竭地吼道，「我操你媽！」

老紀吐出一口菸，不動聲色地看著他。

「你他媽為什麼要整我？」張海生已經徹底失去理智，瘋狂地四下踅摸著，「你不讓我活，你他媽也別想好……」他操起桌上的一個墨水瓶，向老紀撲去。

魏炯大驚，本能地起身阻攔他，可是老紀隨後的一句話，讓兩個人都愣在了原地。

「這兩段影片，我沒交給員警。」

良久，張海生先醒過神來。

「你……」他的手裡還舉著那個墨水瓶，整個人卻鬆弛下來，「你要幹什麼？」

老紀把十指併攏，撐在眼前，雙肘靠在輪椅的扶手上，眼盯著張海生。

「我會告訴你的，不過現在不是時候。」老紀向門口努努嘴，「有人來了。」

話音未落，院長就推開門，怒氣衝衝地闖了進來。

看到三個人在房間裡，院長先是一愣，隨即就不客氣地問道：「你們這是幹嘛？」

不等他們回答，院長就徑直對老紀說道：「老紀，咱們談談。」說罷，他就向張海生揮揮手：「你先出去。」

張海生把墨水瓶放回原處，看了老紀一眼，眼神複雜，隨後一言不發地拉開門走了出去。

院長氣咻咻地叉腰站在原地，看了看魏炯，劈頭問道：「你又是誰？」

「我的朋友。」老紀平靜地回答。

「你也出去。」院長不耐煩地向魏炯揮揮手。

魏炯站起身，剛要走，就被老紀用手勢制止。

「他就在這裡。」老紀的聲音不高，卻帶著不容辯駁的堅決，「你有話就說吧。」

院長的臉漲得青紫，憋了半晌，從牙縫裡吐出幾個字：「老紀，你挺有本事啊。」

老紀笑了笑：「謝謝。」

「你他媽不能先跟我打聲招呼嗎？」院長被老紀的笑容澈底激怒，徑直衝到他面前，幾乎要和他的額頭頂在一起，「非要直接報警嗎？現在院裡一團糟，兩邊都他媽找我要人。」

「院長。」老紀略抬起頭，直視著對方的眼睛，「人家子女把老人送到這裡，是為了頤養天年，不是來被王八蛋糟蹋的。」

院長一時語塞，怔怔地看著老紀，最後狠狠地點了點頭。

「是啊，我們這裡管理不善，容不下你這尊大神。」他讓開身子，向門口指了指，「你走吧。」

「我哪也不去。」老紀向輪椅裡縮了縮身子，換了個舒服的姿勢，「我就在這住著。」

「我是院長。」院長又向前逼近一步，「這裡我說了算。」

「你可以試試看。」老紀慢條斯理地撣掉毛毯上的灰塵，「養老院裡有黑幕，舉報人被報復，明早各大媒體的頭條都會是這個。」

院長的表情瞬間僵住，良久，他直起身子，用手指點著老紀的鼻子。

「行。」他的整張面孔都揪在一起，露出一口不甚整齊的牙齒，「你真行。」說罷，院長就轉身走出房間，狠狠地摔上了門。

老紀緩緩地吐出一口氣，轉身面向魏炯，卻看見後者正站在距離自己一公尺開外的地方，眉頭緊鎖，若有所思地看著他。

「老紀，」魏炯盯著他，一字一頓地低聲問道，「你到底想幹什麼？」

老紀笑了笑，反問道：「嚇著你了？」

他拿起菸盒，把輪椅挪到有陽光的地方，盯著房間的角落，又點燃一支菸。

「你剛才在門口看見的那個人，姓田，叫田有光。」老紀的半張臉都被煙氣遮擋，看起來心事重重，「他是個鰥夫，大概兩年前被送到這裡的。老騷棍一個，沒事就圍著院裡的老太太，動手動腳，占便宜。」

老紀從鼻子裡「哼」了一聲，嘴角是一絲輕蔑的笑。

「大概三個月前吧，我發現他和張海生突然打得火熱。」老紀轉過身，面向魏炯，表情凝重，「老田是個一毛不拔的鐵公雞，張海生是個無利不起早的主兒，他們倆個怎麼湊一起去了？我覺得奇怪，就留意了一下。結果，被我發現了他們的祕密。」

「他們合夥，去……」

「對。」老紀撇撇嘴，「老秦以前是個舞蹈教師，氣質好，長得也不錯，得了阿茲海默症，就是老年癡呆，之後就被家人送到這裡了。」

他伸出一隻手，五指張開。

「一次五十塊。」老紀向魏炯晃晃那隻手，「張海生收了錢，就給老秦下加倍的安眠藥，方便老田欺負她。這王八蛋為了舒服，每次還帶著香油。」

魏炯終於明白秦姓老婦身上的怪異味道從何而來，想到香油的用途，不禁胃裡一陣翻騰。

「老秦很可憐，被下了藥，無知無覺地就被糟蹋了。」老紀嘆了口氣，「不過，我覺得她心裡是明白的，但是她說不清楚。」他把菸頭用力摁熄：「春節前，老秦的家人接她回家，老太太歡天喜地的，樂得像個孩子。可是初六她就被送回來了，兒子臨走時，老太太那眼神……唉。」

可以想見，經歷了短暫的天倫之樂，又要面對寂寞的獨處時光。

更何況，還要忍受無休止的侮辱和強姦。

然而，魏炯心中的疑團卻越來越大。

「老紀，」魏炯沉默了半晌，終於開口問道，「你是懂法的，對吧？」

老紀似乎對魏炯的問題並不意外，點點頭：「嗯。」

「那你心裡很清楚，張海生和老田，是共犯，對吧？」

「對。」

「那你為什麼不把那兩段影片交給員警？」魏炯盯著老紀的眼睛，「為了錢就欺負一個無意識的老人，張海生比老田還要可惡。」

「我之所以把那兩段影片發給你，就是不想讓員警看到。」老紀深深地看了魏炯一眼，「我沒有可以信任的人，除了你。」

「你沒回答我的問題。」

「說來話長。」老紀忽然長嘆一聲。他彎下身子，把臉埋在雙手之中。片刻，他抬起頭，雙眼中盡是悲傷與愁苦。

「孩子，你有耐心聽嗎？」

「你說。」魏炯拉過椅子坐下，靜靜地看著老紀。

「我以前跟你提起過我妻子去世的事，對吧？」老紀把身子縮在輪椅裡，雙眼始終盯著膝蓋上的毛毯。

「嗯。」

「說起來，那是二十世紀了。」老紀笑笑，「一九九〇年到一九九一年你多大？」

「我還沒出生。」魏炯想了想，「我是一九九二年出生的。」

「呵呵，那你一定不會知道了。」老紀的雙眼無神，「那時候，C市連續發生了四起強姦殺人案。」

「啊？」魏炯睜大了眼睛，「你的意思是？」

「對。」老紀垂下頭，「我妻子，就是第四個被害人。」

魏炯驚訝得半天說不出話來，最後，訥訥說道：「老紀，對不起。」

「嗐，沒什麼。」老紀搖搖頭，「都過去二十多年了。」

他伸手拍拍魏炯的膝蓋，臉上擠出了一個似笑非笑的古怪表情，彷彿在安慰對方，眼中卻泛起了淚光。

魏炯不忍心再看他，低下了頭。

「一九九一年八月五日，她去參加一個同事的婚禮答謝宴。」老紀抬眼望向窗外，似乎在自言自語，「下午五點多出門，穿著藍白碎花連身裙，新買的高跟鞋，還擦了香水，蝴蝶夫人，是我托朋友從日本帶回來的。結果，她一整晚都沒回來。」

「後來呢？」

「我報了警。她的朋友說，晚上十點多散局之後，她就走了。可是，我在所有能想到的地方都找了個遍，還是不見她的蹤影。直到七號一大早，我接到了員警的電話。」

魏炯說不出話，怔怔地看著他。

「她被強姦之後，掐死，屍體被切成十塊，扔在這個城市的各個角落裡。」老紀的眼神漸漸散開來，聲音變得機械，毫無感情色彩，彷彿在敘述一件與自己完全無關的事情，「我看到她的時候，整條右腿還沒找到。」

魏炯卻再難自已，他跳起來，抓住老紀的肩膀，嘶聲問道：「案子破了嗎？凶手抓到沒有？」

老紀的身子隨著魏炯的動作搖來晃去，他轉過頭，看著魏炯的眼睛，表情虛弱無力。

「抓到了，我旁聽了審判，他被判了死刑立即執行。」

魏炯一下子鬆弛下來，他向後跌坐在椅子上，胸脯一起一伏。

老紀的臉上卻沒有大仇得報的暢快，相反，他的神色更加悲傷。

「不過，員警抓錯人了，他不是凶手。」

室內一片靜默。

魏炯張口結舌地看著老紀，半晌才擠出幾個字：「你說什麼？」

「員警抓到的人叫許明良，是個肉販。」老紀慘然一笑，「有他的指紋，也有口供，什麼都對得上，但是，凶手不是他。」

「為什麼這麼說？」魏炯回過神來，立刻追問道，「他不是承認了嗎？」

「不是他，肯定不是他。我見過他的眼睛，那裡面只有絕望和恐懼，沒有黑暗，也沒有邪惡，什麼都沒有？」老紀的眼神變得凌厲，「如果他殺了我妻子，那麼在他身上一定會有某種氣息，我妻子的氣息，但是我找不到，完全找不到。」

魏炯一時無語，想了想，試探地問道：「老紀，會不會是你……」

「不會。」老紀不等他說完就斷然否定，「我和她生活了十二年，已經熟悉彼此到像一個人一樣，如果是他帶走了她，我一定能感受到。」說罷，老紀頓了頓，聲音變得嘶啞、艱難：「她叫馮楠，不愛說話，但是很愛笑。我們一直在努力要生一個孩子，被殺的時候，她只有三十四歲。」

再次靜默。

兩個人一言不發地坐著，片刻，魏炯看看橫跨在床頭的書架，先打破了沉默。

「所以這麼多年來，你一直沒放下這件事。」

「放不下，換作你也一樣。」老紀的面色悲戚，「我時常想，我妻子被殺的時候，是不是怕得要死，疼得要命？她會不會哀求凶手放過她？臨死前的一瞬間，會不會在心裡默念我的名字，渴望我去救她？」

「別說了。」魏炯的眼淚終於奪眶而出。

「我要知道這些，我要看看殺死我妻子的究竟是一個什麼樣的人。我要親口問問他，怎麼可以把別人的女兒、母親、妻子玩弄後，又像拆卸一個玩具一樣把她們切成幾塊？」

「你一直在調查這件案子？」

「對，直到我遇到車禍。」

魏炯沉默了一會兒，想了想，慢慢地問道：「老紀，你為什麼要對我說這些？」

「因為你給了我希望。」老紀看著他，「在你出現之前，我以為我只能一輩子困在這裡，與世隔絕，帶著仇恨和不甘心死去。」

「希望？」

「對，你把我心裡的那堆灰燼點燃了。」老紀直起身子，眼睛裡突然出現鷹隼般的神色，「你讓我覺得，我還有機會找到那個凶手。」

「可是，」魏炯仍然感到疑惑，「這和張海生有什麼關係？」

「我需要一個可以無條件地供我驅使的人。」老紀的嘴角浮現出一絲微笑，「這裡相當於一個牢籠，但是我得出去。除了張海生，沒人能幫我。」

魏炯不說話，依舊盯著他。

「我知道這樣並不道德，特別是對老秦不公平。」老紀知道魏炯的心思，語氣逐漸加重，「我向你保證，這件事查清之後，我會第一時間把張海生參與強姦的證據交給員警。不過，無論從能力還是人品上，我都不能完全信任張海生。」

話說到這裡，老紀不再開口，而是充滿期待地看著魏炯。

魏炯心亂如麻。他很清楚老紀的意圖：除了張海生，老紀還需要一個人幫助他調查當年的殺人案。

這個人就是魏炯。

於情於理，魏炯都覺得自己應該幫助老紀，只是，眼前的這個老人讓他覺得陌生。曾經那個悠閒自在、與世無爭、溫和又幽默的老頭，如今竟像一隻蓄勢待發的獵鷹，特別是他利用張海生時的狠辣，幾乎讓魏炯以為，之前認識的老紀是另一個人。

然而他想到那個叫馮楠的女人，想到那少了一條腿的殘缺屍身，想到那個女人死去的夜晚。

想到這個被困在囚籠裡二十三年的老人。

想到那個仍然逍遙法外的凶手。

魏炯轉過身，看著老紀，一字一頓地說道。

「好吧。」

「10・28」殺人碎屍拋屍案現場分析

——簡要案情——

1992年10月28日7時25分許，東江街與延邊路交會處以東200公尺處中心綠化帶，發現用黑色塑膠袋包裝的人體右大腿，編為1號，下同。

10月28日上午8時30分許，在城建花園正門以東150公尺處附近的草叢，發現用黑色塑膠袋包裝的女性軀幹2號。

同日10時50分許，在南京北街和四通橋交會處的垃圾桶路東，發現用黑色塑膠袋包裝的頭顱3號及被分成四塊的左右雙上肢4號。

同日下午15時20分許，在南運河河道內發現用黑色塑膠袋包裝的人體左大腿5號。

10月29日9時10分許，北湖公園的人工湖內發現用黑色塑膠袋包裝的人體右小腿6號及左小腿7號。

——現場勘驗情況——

黑色塑膠袋提手交叉，呈十字形繫緊，並用透明膠帶封紮。袋內除少量血水外，無其他內容物。塑膠袋上無印刷字樣。在塑膠袋及透明膠帶上沒有採撿到指紋。

——死亡原因——

根據檢驗，死者係因扼頸導致的機械性窒息死亡。

——致傷物——

根據法醫檢驗，各屍塊斷端處創緣不整齊，創壁有多處皮瓣，創腔內未見組織間橋，部分裂創可見拖刀痕，未見生活反應，符合用銳器切割及死後分屍。

杜成回頭看看取下這本卷宗的鐵質檔案架，那上面都是尚未偵查終結的案卷資料，換句話來說，這些案子沒有被偵破。

杜成放下牛皮紙封面的卷宗，伸手去拿菸盒。沾滿灰塵的手指和光可鑑人的桌面摩擦在一起，發出輕微的簌簌聲。

他在身上胡亂地擦擦手，抽出一支菸點燃。

年輕的檔案室女管理員咳嗽了一聲，起身離座，打開窗戶。

冷風倒灌進來，擺在桌上的案卷被吹得嘩啦作響。女管理員的身體哆嗦了一下，杜成見狀急忙熄掉菸，連連道歉後退出了檔案室。

來到走廊裡，杜成想了想，抬腳去了刑警大隊辦公室。

張震梁正坐在辦公桌前吃泡麵，見杜成進來，忙不迭地起身打招呼：「師父你什麼時候來的，吃了嗎？」

「沒有。」杜成把斜背包扔在桌子上，「幫我泡一包。」

「哪能讓你吃這個。」張震梁拿起外套，「走，咱爺倆出去吃一點好的。」

「不用、不用。」杜成一屁股坐在椅子上，又把那支菸點燃，「泡麵就行，找你聊聊。」

十分鐘之後，一老一少兩個男人坐在桌前，頭碰頭，大口吞咽著滾燙的麵條。

吃完之後，張震梁收拾麵桶，杜成從包裡拿出藥瓶，取出藥片和水吞下。

張震梁默默地看著他，又倒了一杯熱水放在杜成面前。

「來局裡查檔案了？」

「嗯。」杜成把案卷放在兩人之間的桌子上，「你怎麼發現這個案子的？」

「你一直覺得當年抓錯了人，我就在想，如果凶手真的沒有落網，那麼，他也許會再次犯案。」張震粱指指卷宗，「結果我就發現了這個。」

杜成看著他：「你有什麼想法？」

「你少來，這次我不會上當了。」張震粱向後靠坐在椅子上，「你先說。」

杜成笑笑：「這案子和一九九〇年的系列強姦殺人案，的確很像。」強姦、扼頸、銳器分屍；十字形繫緊的黑色塑膠袋，透明膠帶封紮；四處拋散屍塊，沒有採撿到指紋或其他痕跡。

這活脫脫就是一九九〇年系列強姦殺人案的手法，然而，杜成的心裡仍然有問號。

「像？」張震粱敲敲卷宗，「豈止是像，這他媽就是那個凶手幹的。」

杜成沒作聲，點燃了一支菸，若有所思地看著卷宗的封皮。

「要是你覺得可以，我這就向局裡申請重新偵查。」張震粱壓低聲音，「我不在乎得罪誰，段局也未必反對，畢竟老傢伙們都退休了，就算丟臉，也不是丟他的臉。」

杜成搖搖頭：「還是有疑點。」

「疑點？」

「第一，如果你是凶手，已經有了替罪羊，你會不會冒險再次犯案？」

「這傢伙是瘋子啊。」張震粱瞪大了眼睛，「風聲過了，他控制不了自己，再次下手，這很正常啊。」

「如果你的推斷正確，那麼為什麼此後二十年，C市再沒有類似的案件發生？」杜成伸出兩根手指，「這是第二個疑點。」

張震梁語塞，愣愣地看著杜成，半晌，擠出幾個字：「有沒有第三個？」

「有。」杜成翻開卷宗，指向某一頁，「你看這裡。」

張震梁下意識地看過去，嘴裡念出聲來：「斷端創緣不整齊，創壁有多處皮瓣。」

「這說明什麼？」

張震梁沒回答，點燃了一支菸，表情變得凝重。

「分屍手法不熟練。」

「這就是第三個疑點。」杜成合上卷宗，「二十三年前，凶手第四次作案之後，屍塊的創緣整齊，創壁光滑。這王八蛋已經對分屍得心應手了，難道手藝還會退步不成？」

張震梁想了想，突然哆嗦了一下。

「師父，」他抬起頭，臉色已經開始發白，「你的意思是？」

杜成向後靠坐在椅子上，意味深長地看著張震梁。

駱少華踏實地在家裡陪著妻女過完了整個春節假期，這讓他和駱瑩之間的關係大有改

善。女兒不再格外留意他的去向，在假期結束的正月初八早上，駱瑩甚至把車鑰匙還給了他。

駱少華正在幫外孫向春暉剝雞蛋殼，看到扔在餐桌上的車鑰匙，抬頭看了看駱瑩。

「你今天不開車？」

「不開，沒地方停。」駱瑩垂著眼皮，「你要是出門的話，就開吧。」說罷，她就拎起提包，走到門廳換鞋。剛剛出門，又折返回來，把一份報紙扔在鞋櫃上。

「爸，今天的報紙。」

駱少華應了一聲，放下剝了一半的雞蛋，起身走到鞋櫃旁，翻開報紙看起來。

駱瑩看他專注的樣子，感到既疑惑又好笑，嗔怪道：「這老頭，還挺關心國家大事。」

駱少華沒理她，駱瑩沖他撇撇嘴，關門上班。

站著看完頭版，駱少華又翻至本地新聞，瀏覽一遍後，確信沒有自己想要的資訊，他把報紙折好，返回餐桌旁。

這是他最近養成的習慣，每天早晨的第一件事就是去查看早報是否投遞到家門口。

駱瑩覺得奇怪，問過幾次，都被他含糊其辭地敷衍過去。金鳳一直不動聲色，只是在駱少華看報的時候留意著他的臉色。

早餐之後，駱少華洗好碗筷，服侍金鳳吃了藥，又趕外孫去寫寒假作業。他看了一會兒電視，在客廳裡轉了幾圈，最後到陽臺上去吸菸。

空氣清冷，雖然仍殘留著鞭炮燃放後的淡淡硝煙味，但是，春節的氣息已經消失了。在短暫的狂歡後，這個城市又恢復了忙碌、焦慮的本相。生活重新亮出冷漠的面孔，如同這寒冷的氣候一樣，春暖花開，仍是遙不可及的一件事。

樓下的馬路在經歷了幾天的沉寂後，再次熱鬧起來，甚至更加擁堵不堪。駱少華看著那一排緩緩移動的汽車，耳邊是此起彼伏的鳴笛聲，他感到越來越煩躁。

他關上窗戶，打算返回客廳，一轉身，卻看到金鳳正倚在門框上，看著自己。

駱少華吃了一驚：「妳怎麼出來了？風這麼大，著涼了怎麼辦？」他快步上前，擁住金鳳的肩膀，把她帶回客廳。

扶她坐在沙發上，駱少華要回臥室取毛毯，卻被金鳳拉住了。

「少華，」金鳳看看北臥室緊閉的門，確保外孫不會聽到，「我們談談吧。」

駱少華的身體一下子僵住了，幾秒鐘後，還是順從地坐在了她的對面。

夫妻相對而坐，一時間竟無話，最後，還是金鳳打破了沉默。

「咱倆過了有三十七年了吧？」

「嗯，一九七七年結婚。」

「是啊，駱瑩三十六歲了。」金鳳笑笑，「暉暉都十二歲了。」

「眼看就十二歲了。」駱少華不由得也笑，扭頭看看北臥室，「過完四月。」

「嗯。這麼多年，你工作忙，但是，一直悉心照料我們娘倆。」金鳳伸出手去，在駱少華的膝蓋上輕輕地摩挲著，「我身體不好，拖累了你。」

「兩口子，說這些幹嘛？」

「其實，我知道你心裡有事。別擔心，我和駱瑩能照顧好自己，也能帶好暉暉。我已經拖累了你這麼多年。」

「妳說什麼呢？」駱少華猛地抬起頭，意識到金鳳話裡有話，「妳誤會了。」

「是你誤會了。」金鳳的面色平靜，「我瞭解你，你前段時間忙的肯定不是什麼亂七八糟的事。」

突然，金鳳的嘴角浮現出一絲俏皮的笑。

「你個邋遢的老頭子，除了我，還有誰能看上你？」

駱少華愣了一下，隨即就哈哈大笑，跳起來，作勢要打人，結果只是在金鳳的臉上輕輕地拍了拍。

金鳳笑著躲避。三十幾年的老夫妻鬧作一團，引得向春暉從臥室裡探出頭來。

「奶奶、爺爺，你們幹嘛呢？」

「沒事，我們鬧著玩呢。」駱少華虎起臉，卻擋不住一臉的笑意，「趕緊寫作業去，否則小心你媽回來收拾你。」

向春暉吐吐舌頭，縮回臥室。

駱少華轉身沖金鳳笑道：「妳個老太太，沒個正形兒。看，讓外孫子笑話了吧。」

金鳳笑而不語，面色卻漸漸莊重起來。

「你正在做的事，能跟我說說嗎？」

駱少華的笑容一下子收斂，片刻，搖搖頭：「不能，至少現在不能。」

金鳳似乎對這個答案早有準備，臉上絲毫看不出失望的表情：「這件事，對你很重要嗎？」

「重要。」駱少華想了想，又加了一句，「非常重要。」

「有危險嗎？」

「沒有。」駱少華笑笑，「妳忘了我是幹什麼的了？」

「嗯，我知道了。」金鳳坐直身體，雙手拄在腿上，長長地吐出一口氣，「去吧。」

駱少華抬起頭：「嗯？」

「去吧。對你重要的事情就去做，否則你心裡不會安生。」金鳳拿過車鑰匙，遞到駱少華手裡，「我會跟駱瑩解釋，你放心，暉暉我來帶，沒問題的。」

駱少華握著車鑰匙，怔怔地看著妻子，半晌，訥訥說道：「這件事了結之後，我會告訴妳的。」

「嗯。」金鳳的臉上依舊是平靜的笑，「我等著。」

在這段日子裡，C市風平浪靜，除了因為飲酒過量或者暴飲暴食被送醫的倒楣蛋之外，就是被鞭炮炸傷的幾個孩子，沒有人被謀殺，魔鬼也在過年。

駱少華只能透過報紙來瞭解這幾天來的C市，最令他關注的案件沒有發生，多少讓他感到一些安慰。因此，在走進綠竹苑社區的時候，他的腳步不像往日那般沉重，甚至還顯得悠閒自在。

走到二十二棟樓前，他抬頭向四單元五〇一室的窗戶看看。因為是白天，沒法確定室內是否有人，駱少華想了想，轉身向對面的樓房走去。

爬到六樓，駱少華站在走廊裡，拿出望遠鏡向林國棟家裡窺視著。室內的陳設還是老樣子，只是凌亂了一些。筆記型電腦放在書桌上，呈閉合的狀態。駱少華左右移動著望遠鏡，看不出室內有人活動的跡象。

他出門了。

駱少華放下望遠鏡，眉頭緊蹙，剛才還略顯輕鬆的心情已經消失了大半。無論如何，這傢伙不在自己的監控範圍內，仍是讓人不夠安心的。

他靠在牆壁上，點燃了一支菸。從林國棟近期的活動規律來看，他應該僅僅是去買菜而已，那麼他在一小時內就會返回。

不過，駱少華不知道他何時出門的，所以，現在能做的就是等待。

吸菸、在走廊裡小範圍地活動身體、偶爾喝一口保溫杯裡的熱水、每隔二十分鐘就用望遠鏡看看林國棟家裡的動靜。聽到樓下有人聲傳來，駱少華也會躲在窗戶後面，小心地窺視一番。然而，足足一個半小時過去了，林國棟家裡仍舊是一片寂靜。

駱少華開始懷疑自己的判斷：這王八蛋難道睡著了？或者死在了家裡？

『那可太他媽好了。』駱少華不無惡意地想到。他活動著早已酸麻不已的雙腿，想了想，決定去對面探個虛實。

駱少華戴好羽絨服的帽子，又用圍巾紮緊，只把鼻子和眼睛露在外面。他背起斜背包，悄無聲息地下樓，慢慢地穿過樓間的空地，四處張望了一下，快步閃進二十二棟樓四單元的走廊裡。

三步並作兩步地爬上五樓，駱少華已經感到微微的氣喘。他在緩臺上站了一會兒，待心跳稍微平穩後，小心翼翼地走近五〇一室的鐵門，掀開帽子，把耳朵貼在門上，屏住呼吸。

室內一片寂靜，一點聲響都沒有。駱少華直起身子，默默地看著面前的鐵門。想了想，他決定冒一個險，抬手在門上輕輕地敲了幾下。

幾乎是同時，駱少華半轉過身子，做好了迅速跑下樓去的準備。然而，幾秒鐘過去，室內仍然毫無反應。

駱少華長出一口氣，林國棟確實不在家。不過，這口氣很快就在他喉嚨裡憋住。在他心中，突然湧起了一股不可遏制的衝動：在門的那邊，是怎樣的？

林國棟在過著什麼樣的生活？

駱少華意識到，除了那扇小小的窗戶裡的景象，他對林國棟的日常幾乎一無所知。他吃什麼、睡在哪裡、看什麼樣的書、瀏覽過哪些網站，在那些漫漫長夜裡，他是安然熟睡，還是輾轉難眠？

答案就在鐵門的裡面。

駱少華的呼吸急促起來。如果能瞭解這一切，也許就可以對他做一個最可靠的判斷。

二十多年的禁閉，究竟把林國棟馴化成一個溫順的老人，還是僅僅讓他藏起獠牙和利爪？

如果證明是前者，那麼一切都可以結束了。

駱少華再也按捺不住，從肩膀上摘下背包，蹲在地上打開來，從一個小小的金屬盒子裡取出兩根鐵絲。

他四處看看，俐落地把兩根鐵絲插入鎖孔中。然而，僅僅捅了幾下，他就聽到樓下傳來一陣不疾不徐的腳步聲。

駱少華停下動作，留意傾聽著。很快，腳步聲越來越近，看來並不是四樓以下的住戶。

他暗罵一聲，把鐵絲捏在手裡，拎起背包，打算先離開再說。

保險起見，駱少華決定下樓，否則來人住在六樓的話，自己就非常可疑了。

剛剛走下半層，就看見一個拎著大塑膠袋的男人，正哼著歌，一步步走上來。

剎那間，駱少華的大腦一片空白。

林國棟穿著一件灰色的羽絨服，黑色燈芯絨長褲，棉皮鞋，在走廊裡和駱少華擦肩而過。他似乎抬起頭看了駱少華一眼，又似乎沒有。

他嘴裡哼唱的不成調小曲沒有中斷，夾雜在塑膠袋的嘩啦聲響中，瞬間就灌滿了駱少華的耳朵。

這二十三年來，兩個人第一次如此近距離地接觸，駱少華甚至能感到對方的肩膀傳來的力度。穿過衣物，那股力量帶著彌散的黑氣和甜腥的味道，彷彿還帶有黏稠的質感，清晰地拉著駱少華的身體。

不足半秒鐘，之後，兩個人臺階上交錯而過，一個向上，一個向下。駱少華目不斜視，全身僵直地走到四樓，聽到頭頂傳來抖動鑰匙的聲音。

他竭力保持著機械的行走姿勢，直至面前出現了走廊外的空地，忽然就全身癱軟下來。

「就是他。」駱少華咬牙切齒地對自己說道，感到嘴裡已經乾得沙沙作響，「不會錯。」

等到腿不再發抖之後，他幾乎用一種逃跑的姿態衝進了對面的那棟樓。快步來到六樓的監視點，駱少華氣喘吁吁地拿出望遠鏡，動也不動地看著林國棟的家。

林國棟神色如常，行為也如常。掛好衣物，泡茶，坐在電腦前，吸菸，打開電腦。與平時稍有不同的是，他帶回的塑膠袋裡似乎並不是日常用品，而是一大疊影印紙，看起來似乎是某種文稿。

林國棟把文稿放在電腦旁，先是研讀一番，隨即就在鍵盤上飛快地敲擊著。偶爾，他會停下來，翻開旁邊一本厚厚的英漢字典，查閱後，繼續重複同樣的動作。

窺視了半個多小時後，駱少華意識到，林國棟在翻譯文稿，也就是說，他找到工作了。

林國棟的表現似乎說明了兩件事：其一，他並沒有發現駱少華的跟蹤，至少沒有在走廊裡認出對方；其二，他已經適應並習慣了現在的生活，而且開始謀求維持這種生活。

這些跡象表明，林國棟現在只是一個想平靜地度過餘生的老人。

然而，駱少華已經不能相信自己的判斷了。剛才在走廊裡的遭遇給了他過分強烈的刺激，他無從辨別自己究竟是沉浸在往昔的記憶中難以自拔，還是他仍然保有對犯罪氣息的敏銳嗅覺。無論如何，駱少華都決定要繼續對林國棟監視下去，因為任何僥倖和誤判，都可能讓悲劇再次發生。

於是，駱少華在二十二棟樓對面的監視點裡守到夕陽西下，直至駱瑩打電話問他什麼時候回家。此時，林國棟已經吃過了簡單的晚飯，在這段時間裡，他除了倒茶、如廁之外，幾乎一直守在電腦前，全神貫注地翻譯那份文件。也許是精神高度緊張的緣故，駱少華的體力已經到了極限。此外，他也不想讓駱瑩再次對他產生過分的猜疑，於是再三考慮後，駱少華決定結束今天的監視。

對面走廊裡那個暗影終於消失，望遠鏡片的反光也看不見了。

林國棟緩緩側過頭來，望著那扇黑洞洞的窗戶，空無一人。

他站起身來，迅速走到廚房，透過那扇小小的氣窗，可以看到社區外的一條馬路。他躲在置物架後，注視著駱少華一搖三晃地從社區中走出，坐上路邊一輛深藍色的桑塔納轎車，發動，離開。暗紅色的尾燈一路飄搖，最後徹底融入夜色中。

林國棟忽然開始大口喘息，緊繃了整整一個下午的神經終於放鬆下來。他靠在置物架上，胸口劇烈地上下起伏。片刻之後，他擦擦額頭上沁出的細密汗水，蹣跚著走回房間。

室內燈光柔和，空氣中飄浮著一股泡麵的味道，那是他剛剛吃下去的晚餐。想起自己吃面時一本正經、假裝若無其事的樣子，林國棟暗暗覺得好笑。隨後，就是深深的怨恨。

他重新坐在電腦前，怔怔地看著螢幕上的文件，雜亂無章的字元排列其中，既有英文，也有中文。

whatthefuck

王八蛋王八蛋

你要逼我到什麼時候

這就是林國棟在電腦前「工作」了一個下午和一個晚上的結果，他竭力保持面色平和，動作舒緩，卻完全無法集中注意力去翻譯這份文稿。在胸中噴薄而出的怨毒都化作一個個凶狠的詞句，被他敲擊在這份文檔上。

他嘆了口氣，未保存就關閉了這個頁面，重新開啟一個新的空白文檔。

這是他出院後獲得的第一份工作。在上午的面試中，那家翻譯公司的老闆曾反復打量著頭髮斑白、衣著寒酸的他，眼睛裡寫滿了嘲諷與質疑。明星大學的本科學歷還是有用的，儘管只換來「先譯一份試試，明天上午十點前交給我」的試用合約。

看來今晚要熬夜了，否則無法完成工作。薪水雖然很低，但是林國棟需要這份工作，不僅是為了維持現有的生活，更重要的是，他需要知道那個人是誰。

在一九九二年十月二十七日晚上，那個遊蕩在C市夜色中的幽靈，是誰。

林國棟揉揉眼睛，打起精神，撚起一張文稿，一字一句地讀下去。

那是一家小企業的競標書，充斥著華而不實的詞句和空洞乏味的服務承諾。他竭力把那些方塊字轉換成英文單詞，直到一個完整的句子呈現在腦海中。突然，他操起手邊厚厚的英漢詞典，狠狠地向玻璃窗上擲去。

隨著「嘩啦」一聲脆響，玻璃窗上出現幾條縱橫交錯的裂縫，最後，碎成幾片。

冷風立刻倒灌進來，灰色的厚布窗簾被捲起。

在飛舞的灰色中間，林國棟看見自己的臉倒映在破碎的玻璃窗中，面容扭曲，目眥欲裂。

第十七章　黃昏中的女孩

岳筱慧坐在床邊，操作著手機，手指在螢幕上飛快地點動著。

「老紀，你這隨身 Wi-Fi 的網速不錯嘛。就是名字太逗了，六十歲的老紀頭，哈哈。」

「還可以，妳玩吧。」紀乾坤心不在焉地敷衍道，注意力仍集中在面前厚厚的一疊資料上。

魏炯在網路上搜索了大量有關當年連環殺人案的資料，下載之後列印出來，裝訂成冊，以方便老紀查閱。

現在有了張海生的幫助，魏炯在安養院裡來去自如。儘管張海生常常面色不善，但是對紀乾坤的要求，他都乖乖地照做，個中緣由，只有魏炯知道。

這已經是他第二次帶資料給老紀了。老紀看得很認真，不時用紅色簽字筆在資料上標注，偶爾停下來，和魏炯討論幾句。

「有些資料不翔實。」紀乾坤看看埋頭玩手機的岳筱慧，壓低了聲音，「可能是線民的主觀推測，甚至是胡思亂想。」

「是的，我篩選了一部分，太過離譜的就直接排除了。」魏炯忽然有些尷尬地笑笑，「你不用這樣，岳筱慧知道我們的事。」

「哦？」紀乾坤吃驚地揚起眉毛，「你告訴她了？」

「是啊。」魏炯難為情地搔搔腦袋，「我去學校圖書館找案例彙編的時候碰到她了，你知道我不會說謊的。」

「原來如此。」老紀撇撇嘴，「我還奇怪呢，你怎麼把她帶來了。」

「別躲在一旁說我壞話啊。」岳筱慧冷不丁開口，眼睛卻始終盯著手機的螢幕，「我可聽著呢。」

紀乾坤和魏炯都笑起來。

「哪敢。」紀乾坤笑咪咪地摘下眼鏡，「多個人就多份力量。」

「她挺能幹的。」魏炯指指那疊資料，「有不少東西是她找到的。」

「那就謝嘍。」紀乾坤轉向岳筱慧，「那麼，筱慧同學有什麼高見？」

岳筱慧放下手機，臉上難得地出現了嚴肅的神色。

「老紀，你真的認為當年抓錯人了？」

紀乾坤看了她幾秒鐘，確定岳筱慧不是在說笑，點了點頭：「是的。」

「嗯。」岳筱慧也點點頭，「那麼，你確定凶手還在人世嗎？」

紀乾坤愣住了，先是看看魏炯，後者也用同樣疑惑的目光回望著他。

想了想，老紀說道：「我看過不少有關連環殺手的書，國內和國外的都有。這種人犯案的年齡，大概都在四十歲之前，按這個推算，凶手現在應該也就是六十歲左右的人，不至於死掉吧？」

「好，我們假定凶手還在人世。」岳筱慧再次拋出一個問題，「那麼，你確定他還生活在本市嗎？」

紀乾坤一時語塞，臉色也變得很難看。

「二十三個省，五個自治區，四個直轄市，縣市無數。」岳筱慧攤開雙手，「我們怎麼找到一個人？」

室內陷入一片寂靜。魏炯連連向岳筱慧使眼色，示意她不要過分刺激紀乾坤。然而，女孩看也不看他，始終把視線落在紀乾坤的臉上。

良久，老紀輕輕地笑了一下，緩緩開口說道：「這麼說，我在做一件完全不可能成功的事情。」

「我不是那個意思，老紀。」岳筱慧上身前傾，把手放在他的膝蓋上，「我只是覺得，除了知道凶手是個男性之外，其實我們對他一無所知。」

老紀想了想，艱難地承認：「是的。」

「那麼，你有沒有想過，他為什麼會殺死那些女人，包括你的妻子？」

老紀已經完全被岳筱慧的思路吸引住：「妳的意思是？」

「她們身上一定有一些特別吸引凶手的東西。」岳筱慧的眼睛突然變得炯炯有神，「如果我們知道了這些，也許就能反推出凶手是個什麼樣的人。」

「妳是說，」魏炯插嘴道，「共同的特質？」

「對。」岳筱慧把手機螢幕轉向他們，「我也搜集了一些連環殺手的資料，比方說傑瑞·布魯多斯，他選擇的被害人，多數是穿著漂亮鞋子的女性；再比如泰德·邦迪，他比較偏愛長髮、穿牛仔褲或者短褲的女性。」

魏炯轉身看看紀乾坤，猶豫了一下，開口問道：「老紀？」

紀乾坤的身體抖動了一下，眼神變得迷離：「我妻子是長髮，出事那天穿著藍白碎花連身裙，銀色高跟鞋。」

岳筱慧把視線轉向魏炯，示意他把紀乾坤膝蓋上的資料冊遞過來，魏炯照做。

岳筱慧拆下資料冊上的燕尾夾，翻動一番之後，挑出馮楠被害一案的資料，然後把其他的部分分成三份。

「分工合作吧。」她把其中兩份遞給紀乾坤和魏炯，「我們來看看，這些可憐的女人究竟有哪些共同點。」

三起案件的資料，三人各看一份，岳筱慧還準備了筆記本，以便隨時記錄。然而，研究了半天，筆記本上只有幾行字：

女性，27歲～35歲

身形姣好

在夜間失蹤

一時間，大家都有一點洩氣，看著字跡寥寥的筆記本不說話。

紀乾坤想了想，又加了一句：獨自一人時遇襲。

岳筱慧湊過來看，又抬頭望向紀乾坤。

「我參加過庭審。根據警方的推斷，他選擇的都是在夜間獨自行走的女性。」老紀躲開岳筱慧的視線，手指哆嗦著點燃一支菸，「將被害人騙上車後，被鈍器擊打頭部，然後帶走強姦、殺掉。」

魏炯輕嘆一聲，把手放在紀乾坤的肩膀上，拍了拍。

岳筱慧垂下眼皮，在筆記本上寫下：會開車。

「看起來，警方掌握的資料更多、更全面。」岳筱慧合上筆記本，「能弄來就好了。」

「那談何容易。」老紀搖搖頭，「何況都過了這麼多年。」

「想想辦法唄。」岳筱慧的語氣輕描淡寫，「陳年舊案，沒準更容易些。」

正說著，岳筱慧的手機響起來。她拿起來接聽，對方似乎處在一個嘈雜的環境中，言辭急切。岳筱慧只是簡單地「嗯」、「啊」回應著，表情卻漸漸變得凝重。

最後，她說了一句「在哪裡？嗯，我知道了」，就掛斷了電話。

岳筱慧轉身面對紀乾坤，神色歉然：「對不起，老紀，我有一點事，得先走了。」

「沒關係。」老紀急忙欠欠身，「妳忙妳的。妳肯來幫忙，我已經很感激了。」

「另外，」岳筱慧指指魏炯，「他得跟我一起走。」

坐在計程車上，岳筱慧只是說了一句「對不起，要請你幫我一個忙」，就不再開口了，始終托著腮，看著車窗外出神。

魏炯看著她映在車窗上的倒影，心中充滿疑惑，卻不敢貿然開口詢問。

其實，此行的目的地是哪裡，以及「幫個忙」的具體內容是什麼，魏炯並不關心，讓他好奇的是岳筱慧對系列殺人案出乎意料的熱心。他始終忘不掉的是，在圖書館那條空空蕩蕩的走廊裡，當他吞吞吐吐地說出老紀委託之事時，岳筱慧眼中放射出的光芒。

魏炯早就知道她不是個簡單的女孩，然而，岳筱慧在這件事上的表現，已經不能用覺得刺激和好玩來解釋了。

「嗯，我幫你們一起查吧。」說罷，她就飛快地跑回閱覽室，在一排排書架上仔細瀏覽著。

魏炯還記得她當時的樣子，不由分說，乾脆又堅決。

想到這裡，魏炯又看看岳筱慧。

女孩似乎在想什麼事情，表情既幽怨又厭倦。這把魏炯的思緒暫時拉回到現實中，讓他開始暗暗擔心，因為岳筱慧讓他幫的那個忙，顯然不是什麼令人愉快的事情。

計程車很快駛入市區，大概半小時後，停在了永安路上的一家餐廳門口。

岳筱慧付清車費，示意魏炯跟她走。

餐廳門面不大，主營川菜，從店面的裝潢檔次來看，屬於中低消費場所。

岳筱慧走在前面，穿過幾乎客滿的大廳，徑直走向包廂。一個中年男子等在某個包廂門口，看見岳筱慧，急忙迎上來。

「哎呀，筱慧，妳可算來了。」

岳筱慧只是點點頭，從他身邊經過，推門而入。

包廂裡還有六個人，清一色的男性，年齡都在五十歲上下。一個身穿駝色毛衣的男人背對著門口，正在大聲嚷嚷著，一隻手不停地拍打著桌子，其餘五個男人擠坐在圓桌的另一側，臉上都是既無奈又厭煩的表情。

魏炯一進門，就聞到了撲鼻的酒氣，同時腳下傳來一陣異響。他低頭看看，包廂的地面上已經是一片狼藉，摔碎的杯子和菜盤混雜在剩菜裡，似乎有人把一整盤紅燒大腸扔在了地上。

岳筱慧皺著眉頭走向大聲叫嚷的男人，拍拍他的肩膀：「爸，走吧。」

男人卻猛地一揮手，重重地打在岳筱慧的身上。

「妳別管，我要跟他們幾個好好說道說道。」

對面的中年男人中站起了一個：「哎，老岳，別跟孩子動手啊。」

「沒事、沒事。」岳筱慧一邊揉著痛處，一邊向對面的男人們賠起笑臉，「我爸的衣服呢？」

很快，一件黑色羽絨服被扔了過來。

岳筱慧把羽絨服披在男人身上，轉身對魏炯低聲說道：「來，幫我扶著他。」

魏炯照做。繞到男人身前，他第一次看清了對方的臉，消瘦、鬍鬚短硬、皺紋橫生，還有長期酗酒導致的病態潮紅。

不知是酒氣上湧，還是大聲叫嚷耗費了過多的體力，男人閉上眼睛，靠在椅子上不停地喘息。魏炯費了好大的力氣才把他扶起來，勉強向包廂外拖去。

在他倆身後，岳筱慧連連向男人們道歉，最後在那個中年男人的陪伴下，走出了餐廳。一路上，中年男人不停地抱怨著：「這不是過完年了嘛，我們老哥幾個想聚聚。妳也知道妳爸，喝了酒就跟變個人似的，所以，就沒叫他。誰知道他自己找來了，進門就喝，喝了就罵，罵完又砸。」

岳筱慧「嗯啊」地應付著，費力地攙扶著父親的手臂。走到馬路邊，中年男人說了句「好好照顧妳爸吧」就回去了，岳筱慧和魏炯扶著軟泥一般的男人，揮手招呼計程車。

有幾輛計程車先後停靠過來，一看見爛醉的男人，都拒載而去。最後，岳筱慧讓魏炯扶著男人躲在一棵樹後，自己返回馬路邊叫車。很快，一輛計程車停過來，岳筱慧拉開車門，半個身子坐進駕駛座裡，這才揮手叫魏炯帶著男人過來。

計程車司機已經來不及溜走，因此，一路上始終板著臉，並反復申明如果男人吐在車裡，就要加付車費。為了儘快跑完這趟倒楣的活，司機把車開得飛快。然而，在急駛急停及高速轉彎中，男人終於控制不住，吐得一塌糊塗。

終於到了目的地，魏炯拖著已經不省人事的男人邁出充滿酸臭氣息的計程車。

司機一邊大聲叫罵，一邊開窗通風，最後多要了五十塊車費後，才憤憤然離去。

岳筱慧家住在四樓。這段距離，對攙扶著一個醉鬼的岳筱慧和魏炯而言，是一段漫長且艱難的路程。好不容易把他弄到四樓，進門，安置在沙發上，魏炯已經累得渾身酸軟，大汗淋漓。

岳筱慧也是氣喘吁吁，她讓魏炯歇一歇，自己走進廚房燒起了開水。然後，半壺開水用來沏茶，半壺開水用來熱毛巾，幫父親擦去滿頭滿臉的嘔吐物。

她的動作俐落，面色平和，似乎對照顧醉酒的父親早已習以為常。不知道岳筱慧用了多久，才能把這件令人生厭的事做得無比熟稔。魏炯覺得有些心酸，卻不知能幫她做些什麼，只好默默地看著她。

岳筱慧察覺到他的注視，轉過頭，滿臉歉意地笑笑。

魏炯急忙移開目光，打量著這間屋子。

兩房一廳，面積不大，家具和擺設的物品也不甚時髦，看得出，都是用了很久的東西。不過，室內還算乾淨整潔，從細節處也能感到年輕女孩生活在此的痕跡。比如，餐桌上的小小花瓶、哆啦A夢造型的鬧鐘和小熊維尼圖案的抱枕。

岳筱慧已經把父親清理乾淨，脫下他身上的髒衣、髒褲，又餵他喝了半杯茶水後，幫他蓋好毛毯。男人很快鼾聲如雷地睡去，女孩則起身進了臥室。

五分鐘後，她換了一身家居打扮出來，頭髮在腦後紮成了馬尾辮。在她腳邊，一隻灰色的貓悄無聲息地出現。

「讓牠陪你玩吧。」岳筱慧笑嘻嘻地說道。隨即，她抱起父親的髒衣服，鑽進了廁所。

很快，嘩嘩的水聲傳了出來。

貓慢慢地走到魏炯的身前，抬起頭，充滿好奇地打量著他，瞳仁裡閃著藍幽幽的光。

魏炯俯下身子，伸出一隻手去逗弄牠。貓先是警惕地向後退避一步，隨後又小心翼翼地嗅嗅他的手指。似乎是察覺到他無害後，貓把小小的腦袋頂過來，在他的手掌裡慢慢地摩挲著，眼睛半閉半合。

魏炯沖廁所問道：「牠叫什麼？」

水聲暫時停止。

「小豆子。」說罷，水聲再起。

「哦，你叫小豆子。」魏炯感到掌心裡是一團柔軟的毛髮，酥麻、微癢、令人慵懶又舒適，「小豆子你好。」

貓似乎聽懂了魏炯的話，停止了在他手裡的磨蹭，端端正正地坐好，全神貫注地看了他一會兒，尾巴擺動了幾下，縱身跳上他的膝蓋。

帶肉墊的小爪子踩在腿上，感覺很奇妙。貓在魏炯的懷裡轉了幾個圈，選了一個合適的位置，伸伸懶腰，舒舒服服地趴了下來。

幾乎是本能一般，在貓伏在腿上的瞬間，魏炯就伸出手，輕輕地在牠的後背上撫摸著。

小傢伙顯然很享受，很快就睡著了。

廁所的門開了，岳筱慧高高地挽著袖子，甩著雙手上的水珠走了出來。

「嘿！小豆子還挺喜歡你的。」

「噓。」魏炯做了一個噤聲的手勢，低聲問道，「動物救助站那隻？」

「嗯。」岳筱慧坐在魏炯的對面，也伸出手去撫摸小豆子。貓更加愜意，發出呼嚕聲。

「偷出來的，嘿嘿。」女孩沖魏炯擠擠眼睛，「這小傢伙也離不開我。」

「妳可真厲害。」魏炯笑。

「牠有皮膚病，救助站的人不會用心照顧。」岳筱慧輕撫著小貓的腦門，「我帶回來半個月就治好了。」

沙發上的男人忽然發出一串模糊不清的叫喊，魏炯被嚇了一跳。懷裡的小貓也抬起了腦袋，岳筱慧卻頭也不回，一臉淡然。

男人翻了個身，咂咂嘴，繼續沉沉睡去。

「沒事。」岳筱慧沖魏炯笑笑，「每次喝多了都要鬧一陣的。」

「哦，妳媽媽呢？」魏炯四下張望著，「沒在家？」

「呵呵，她去世了。」

魏炯愣住，撫摸小貓的動作也停了下來，半晌，才訥訥地說道：「對不起。」

「沒關係呀。」岳筱慧的表情輕鬆，「我不到一歲的時候媽媽就走了，所以對她沒什麼印象，也談不上多悲痛。」她站起來：「你餓了吧，我去做飯。」

「不用那麼麻煩。」魏炯小心翼翼地從膝蓋上抱起貓，「我也該回去了。」

「你就老老實實地坐著吧。」岳筱慧不由分說地按住他的肩膀，「一會兒就好。今天你幫了我的忙，犒勞犒勞你。」

廚房裡叮叮噹噹，從魏炯所坐的位置，恰好能看到正在忙碌的岳筱慧。女孩動作俐落地從冰箱裡取出各類食材，解凍、削皮、分揀、沖洗。她神情專注，臉龐因為動作而微微泛紅，漸漸地，鼻尖上也沁出了細密的汗水。一綹頭髮從額頭上垂下來，不時被她掖向耳後，然後又隨著她的動作垂落在腮邊。偶爾，她會轉過頭，沖客廳裡閒坐的魏炯笑笑。每到此刻，一直注視著女孩的魏炯就會慌亂地移開視線，假裝撫摸著膝蓋上的小貓。

十幾分鐘後，越來越濃重的香味從廚房裡傳出。小豆子吸吸鼻子，睜開了眼睛。牠在魏炯懷裡伸了個大大的懶腰，輕快地跳下，豎起尾巴向廚房跑去。

岳筱慧正在切一根香腸，見牠跑過來，笑咪咪地對牠說道：「你醒了，小饞貓。」她捏起一片香腸，蹲下身子，放到小貓的嘴邊餵。小貓嗅了嗅，張口叼住，開開心心地吃起來。

魏炯拍拍身上的貓毛，想了想，也起身向廚房走去。

「有什麼可以幫忙的？」魏炯靠在廚房的門邊，看著擺滿流理臺的各種半成品，「不會吧，妳做了這麼多？」

「小意思。」岳筱慧輕描淡寫，「你出去吧，這裡亂糟糟的。」說著，她拎起一條拍上麵粉的黃花魚，讓牠順著鍋沿滑入熱油中，「刺啦」一聲，青色的油煙冒起。

岳筱慧熟練地用木鏟把魚翻了個面，轉身看看依舊站在門旁的魏炯。

「真的想幫忙，就剝幾瓣蒜吧。」

男孩老老實實地照做，蹲在垃圾桶旁剝蒜。女孩站在瓦斯爐前，手中的木鏟翻飛，不時把各種調料放進滾熱的鐵鍋裡。兩人都默不作聲，靜靜地聽著除油煙機發出的轟鳴。一隻貓在他們的腿間鑽來鑽去，仰著頭，興奮地吸著鼻子。客廳裡熟睡的男人又翻了個身，咕噥了幾句，繼續睡去。

晚餐很快就擺上桌。紅燒黃花魚、清炒青花菜、可樂雞翅、香腸松花蛋拼盤，還有冬瓜排骨湯。

「要不要喝酒？」岳筱慧一邊擺碗筷一邊問道。

「不用了。」

「嗯，那就喝這個。」岳筱慧從冰箱旁的紙箱裡拿出兩罐雪碧，「家裡的酒倒是不少，不過我不喜歡。」

魏炯看看身後的沙發：「要不要把叔叔叫起來？」

「不用。」岳筱慧拉開汽水罐，放在魏炯面前，「幫他留好了，等他睡醒了再吃。」

飯菜入口，岳筱慧就很少說話，只是偶爾逗弄一下在腳邊纏繞的小貓。魏炯還是第一次和女孩子單獨吃飯，不知道該說些什麼，只好埋頭大嚼。好在岳筱慧的手藝不錯，魏炯吃得酣暢淋漓，不知不覺間，一碗飯已經見了底。看到他如此捧場，岳筱慧抿著嘴直笑，起身又幫他添了一碗飯。

天色漸漸暗下來。房間裡，除了餐桌上方的一盞吊燈外，再無其他光亮。魏炯不時看看黑暗中的沙發，男人只剩下一個模糊的輪廓，絲毫沒有醒轉的跡象，這讓他略略放心。

「在擔心該如何介紹自己嗎？」岳筱慧看出了他的心思，「實話實說唄，我同學。」

「那倒是。」魏炯有些尷尬，「不過，叔叔大概不希望我摻和進來吧。」

「沒事。」岳筱慧夾了一隻雞翅遞給他，「就算他醒過來，也不會記得剛才的事。」

魏炯「哦」了一聲，繼續埋頭扒飯。幾秒鐘後，他忽然意識到岳筱慧一直在看著自己，下意識地抬起頭，正好遇到女孩的目光。

「哎，我說，」岳筱慧滿眼笑意，「你是怕被我爸誤會成我的男朋友吧？」

魏炯含著一口飯，臉騰地紅了。

吃過晚飯，岳筱慧撤下碗筷，拿進廚房清洗。魏炯覺得乾坐著喝茶很不好意思，也跟進去幫忙，一個洗碗，一個用毛巾擦乾。

在兩個人的配合之下，廚房很快就煥然一新。岳筱慧又把所有的抹布和擦碗布洗乾淨，晾在陽臺上。魏炯去廁所方便，出來之後，看到岳筱慧還站在陽臺上。

他走過去，站在女孩身邊。

「在看什麼？」

岳筱慧向前努努嘴：「喏。」

在遙遠的城市邊緣，太陽正緩緩消失在地平線以下。半邊天空都被染成了絢爛的血紅色，向下則依次變淡，橘紅、亮金、淺黃，直至樓宇與街道的一片灰黑。

在澈底墜入黑暗之前，這個城市在掙扎著展示白日裡的多彩與繁華。

岳筱慧靜靜地看著夕陽，光滑的臉頰被鍍上一層淡淡的金色，每一根汗毛都幾近透明。她的瞳仁裡有兩點燃燒的火光，其餘的部分則深邃如海洋。

良久，她輕輕吐出一口氣，伸手在置物架上摸索著，很快，從花盆後拿出一盒中南海。

在魏炯詫異的目光中，岳筱慧抽出一支菸，熟練地點燃，深深地吸了一口。

打火機燃起的瞬間，她眼睛裡那兩點火光變成了跳動的火苗，隨即，全然消失。

太陽沉沒，黑色的海洋漫起無聲的波濤。

「他以前不是這樣的。」岳筱慧身上有隱隱的水氣，聲音縹緲又空洞，彷彿從很遠的地方傳來似的，「我還記得，當我躺在嬰兒床裡的時候，他和媽媽會輪流來逗我。有時候，是他一個人來。年輕的臉，圓潤、光滑，還有手指捏在我臉上的感覺。有一天，兩個人都沒來。」

魏炯無語，靜靜地看著夜色中的女孩，以及她嘴邊忽明忽暗的香菸。

貓悄無聲息地跑過來，貼在岳筱慧的腿邊，纏繞著。

「我躺了一天。餓、冷、害怕。」岳筱慧低下頭，用腳背輕輕地撫弄著貓的肚子，「我什麼都做不了，只能哭，或者睡覺。很晚的時候，他回來了，一個人。」

貓舒服地蜷起身子，趴在女孩的腳上。

「妳媽媽……」

「其實，我常常覺得這些都是我的幻覺。」岳筱慧輕輕地笑了笑，「我那時還不到一歲，不可能記得這些的。但是，我清楚地知道，從那天開始，一切都不一樣了。」

她把菸叼在嘴裡，雙手伸到腦後，解開已經鬆散的馬尾辮，又重新紮好。

「出現在嬰兒床上空的，只有他一個人的臉。越來越瘦，越來越粗糙，越來越焦慮。」女孩把煙吐向深藍色的夜空，「他沒再找任何女人，但是，他沒辦法照顧好我們兩個人的生活。所以，從很小的時候，我就學會了自己做飯、打掃、梳頭髮。」

岳筱慧轉向魏炯，表情平靜：「第一次來月經，也是我自己處理好的。」

魏炯覺得有些尷尬，但是女孩的眼睛清澈又明亮，他不能移開自己的目光。

「後來，他開始酗酒，非常非常凶的那種。你能想像麼，一個國中女生，在街上挨家尋找不知道醉倒在哪裡的父親。」

岳筱慧的大半個身子都隱藏在陰影中，唯有一雙眼睛閃閃發亮。

「找到了，還要想辦法把他帶回家。」岳筱慧的聲音輕柔，還帶著些許調笑，「我甚至幫他洗過澡，在他醉得不省人事的時候。」

魏炯想了想，輕聲問道：「妳恨他嗎？」

「不。」岳筱慧清晰地吐出這個字，「一個男人面對失去和悲痛時，卻無能為力，所以他只能這樣。」

醉酒的父親、熟睡的父親，在無知無覺中享受片刻寧靜的父親。

「我比他幸運得多，畢竟，我對媽媽沒有什麼深刻的印象。可是，他不一樣。」

女孩從陰影中慢慢走出，纖細的身形和白皙的面孔一一浮現。緊接著，一隻挽起衣袖的手臂伸了過來。

「謝謝你。」岳筱慧的目光宛若月光般柔和，「謝謝你今天能幫助我。」

魏炯也伸出手去，握住那隻光滑冰涼的手。然後，不知道是誰更用力一些，等他回過神來的時候，岳筱慧的額頭已經輕輕地伏在了他的胸口上。

魏炯的鼻子裡是隱隱的髮香，下巴上是長髮掠過的痲癢，耳邊是那夢囈般的聲音：「謝謝你。」

第十八章　世界的同一邊

第二個凶手。

一九九〇年，連環強姦殺人碎屍案案發。

一九九一年，無辜的許明良被錯當作凶手，並被判以死刑，真正的凶手不知所終。

一九九二年，又一名女性被用相似的手法殺死後碎屍、拋屍。然而，杜成認為，這並不是同一人所為。

換句話來說，出現了第二個凶手。

此後，他也銷聲匿跡，C市再也沒有發生類似的案件。

那麼，第二個凶手的動機到底是什麼？

「模仿。」張震梁把菸頭摁熄在菸灰缸裡，「國外有過這種先例。」他拿起桌面上的一疊資料，翻了翻，打開其中一頁：「比方說這傢伙，一九八九年，美國的艾里韋托·艾迪·賽達，他用自製手槍或者匕首殺人，並在下手前寫信給警方和媒體，信裡面都是些亂七八糟的符號。」

「他模仿的是……」杜成皺起眉頭，「十二宮殺手。」

「是啊。」張震梁撇撇嘴，「這王八蛋自己也供稱了，殺人是為了向『十二宮殺手』致敬。」

杜成暗暗罵了一句。的確，當年的連環殺人案鬧得滿城風雨，媒體爭相報導，坊間也有各種不可靠的猜想。即使在許明良「伏法」後，針對他的傳言仍然不絕於耳。媒體的大肆渲染，確實可能會刺激某些潛在的不安定分子產生模仿的衝動，進而去體驗殺人、碎屍帶來的犯罪快感。

不過，杜成想了想，開口問道：「受害人有幾個？」

「三個。」

杜成點點頭，受害人的數量符合模仿的規律。艾迪・賽達既然要向「十二宮殺手」致敬，那麼在作案之初就應該具備連續殺人的意圖。然而，C市的這個模仿者，為什麼只作案一次就收手呢？

「我也想過這個問題。」張震梁顯然已經猜出杜成的心思，「強姦、殺人、分屍，對大多數人來說，不是一件容易辦到的事情。凶手大概有模仿的衝動，但是作案後發現自己模仿的能力不夠，你也注意到了，他是在非常慌亂的情況下完成犯罪的。所以，就沒有下次了。」

杜成沒作聲，這件事的複雜程度已經超過了他的想像。本來只是追查一件舊案，現在變成了兩件，接下來的問題是，凶手背後似乎再有凶手。

而這兩個人之間的關係，真的僅僅是模仿那麼簡單嗎？

他把兩起案件的卷宗分別擺在桌面上，不斷地來回掃視著。這個動作張震梁看在眼裡，後者猶豫了一下，伸手把兩份卷宗疊在了一起。

「師父，」張震梁慢慢地說道，「你說，後面這起案件，為什麼沒有破獲？」

「多方面原因吧。」杜成嘆了口氣，「你也知道，咱們搞案子，特別是命案，都是從動機入手，然後圍繞被害人的社會關係開始排查。」他指指卷宗：「這種案件的被害人很可能是隨機選擇的，無動機殺人，自然不好查。」

「就沒別的嗎？」

「嗯？」杜成抬起頭，恰好遇到張震梁意味深長的目光，他立刻意識到徒弟把兩本卷宗放在一起的意圖。

「我們對案件的所有分析，都是建立在一個假設的前提之下的。」張震梁斟酌著詞句，「一九九〇年的系列殺人案，真凶並未落網，而一九九二年殺人案的凶手，是對前一個凶手的模仿。」

杜成看著張震梁：「你繼續說。」

「我得承認，師父你分析得都很有道理。」張震梁回望著杜成，「但是會不會有這樣一種可能，我們的對手其實就是同一個人。」

「同一個人？」

「對。」張震梁突然笑笑，「這就是一九九二年殺人案沒有被破獲的另一個原因。」

杜成瞇起眼睛：「你的意思是？」

張震梁指指擺在上面的那份卷宗：「師父，你最好看看這起案件的辦案人。」

林國棟看看玻璃門上的「三和翻譯公司」的字樣，推門而入。

說是公司，其實只有一間小小的辦公室。室內堆滿了尚未開封的影印紙和成疊的文稿，本就狹窄的房間內顯得更加逼仄。靠窗的牆邊擺著四臺電腦，三男一女，共四名打字員在埋頭忙碌著；一個穿著藍色毛衣、灰色羽絨馬甲的胖子坐在桌前按動著計算器，見林國棟進來，抬起頭詢問道：「你是？」

林國棟記得他姓姜，上次面試自己的就是他，忙堆起笑臉：「姜經理，姜總，我是來送稿子的。」

「哦，你姓什麼來著？」姜總停下手裡的工作，「對了，姓林，J大外語系畢業那個，是吧？」

「對、對。」林國棟連連點頭，他湊到桌邊，從手裡的塑膠袋裡取出一疊影印紙，「我翻譯好了，您瞧瞧。」

姜總左手拿原文，右手拿譯文，仔細對照著檢閱，臉上看不出什麼表情。

林國棟微弓著背，垂手站在桌邊，面色謙恭又平和。

幾分鐘後，姜總放下文稿，清清嗓子：「不錯，老畢業生，功底還是有的。」

林國棟直起腰身，微微點頭，神色頗為自得。

「姜總過獎了。」

「行，那咱就簽合約吧。」姜總低頭在抽屜裡翻找著，「不用坐班，也沒有五險一金啥的，有案子就打電話給你。至於酬勞嘛，千字一百五十塊，行價。小陳、小陳……」

「來了、來了。」一個穿著米色毛衣的女孩走進來，邊走邊甩著手上的水珠：「去廁所了。姜總你找我？」

姜總指指林國棟：「幫他弄一份空白合約。」

「紙本的沒有了。」女孩坐在門口的一張桌子旁邊，「列印一份吧。」

「行，順便幫他把酬勞結清了。」說罷，姜總就繼續埋頭算帳。

林國棟對女孩點點頭：「麻煩您了，陳小姐。」

「沒事。您叫我陳曉就行。」女孩對他友善地笑笑，面向電腦顯示器，飛快地按動著滑鼠。幾分鐘後，桌面上的印表機運轉起來，很快吐出幾頁紙。

陳曉撚起合約書，遞給林國棟。

「您貴姓？」

「我姓林。」

「哦，林老師，您先看看合約。」陳曉指指桌旁的一把椅子，「我幫您結清酬勞。」

林國棟順從地坐下，注意力卻不在眼前的白紙黑字上。

雖然此時仍是寒冬，室內卻並不冷，一臺擺在屋角的電暖器正在緩緩搖擺著。每次轉到門口的方向，會有一陣暖風徐徐吹來，陳曉桌上的紙張隨之輕輕翕動。

林國棟蹺起腿，調整了一下坐姿，吸吸鼻子。

合約書只有區區兩頁，足足五分鐘過去了，林國棟連第一頁都沒有看完。

漸漸地，他的呼吸越來越急促，額頭上也見了汗。

正在填寫記帳憑證的陳曉無意中抬頭，瞥見了林國棟泛紅的臉頰。

「是不是太熱了？」陳曉停下筆，「您把外套脫了吧。」

「嗯，沒事，沒事。」林國棟似乎被嚇了一跳，抻了抻外套的下擺，遮住兩腿之間，「不熱的，不熱。」

「那，合約您看完了嗎？」

「哦，看完了、看完了。」林國棟急忙把合約書遞還給陳曉，「沒問題。」

陳曉笑笑，沒有伸手去接，相反，遞給林國棟一支筆。

「那您就簽字吧。對了，把您的手機號碼也寫在合約裡，方便我們聯繫您。」

「好的、好的。」林國棟慌慌張張地簽好名字，寫下手機號碼，因為用力過猛，筆尖把紙面都劃破了。

陳曉接過合約，瀏覽一遍：「行，沒問題了。喏，這是您上次的酬勞。」說罷，她遞給林國棟一個信封。

林國棟接過，立刻感到手心裡的汗水浸濕了信封。

姜總抬起頭：「完事了？」

陳曉回應道：「嗯，合約簽完了。」

姜總「哦」了一聲，在桌面上翻找著，很快抽出四份用透明資料夾裝訂好的文稿。

「三份企劃書，一篇論文。」姜總把資料夾遞給林國棟，「一個星期內譯完，沒問題吧？」

「沒問題。」林國棟把資料夾小心地放進手提袋裡，「那，我先告辭了。」

「行，有什麼事就打電話。」

林國棟點頭告別，轉身向門口走去，路過陳曉身邊的時候，停下了腳步。

「再見，陳曉。」

「您慢走。」女孩從電腦後抬起頭，沖林國棟莞爾一笑。

林國棟來到走廊裡，徑直走向電梯，按動向下鍵。

等電梯的時候，他忍不住又回頭望去。

在那扇玻璃門後，陳曉正在低頭工作，短髮被電暖器的熱風微微吹起，宛若一朵香氣蒸騰的花。

『實習？』電話裡，孟老師的聲音頗為猶疑，『你不是剛剛大三嗎？現在就實習，早了點吧？』

「是這樣，孟老師，我今年想參加司法考試，所以想瞭解一些司法實務方面的知識。」

『那也用不著去高院吧？』

「我是這樣想的，高院會有一些審結的重大或者疑難案件，比較有代表性。」

『想學實務，看卷宗有用嗎？還不如去旁聽幾次審判。』

「那倒是。」魏炯快速翻看著手裡的筆記本，上面是岳筱慧的字跡，「不過，看卷宗裡的庭審筆錄，學習效率高一些，旁聽審判的機會不太多，也未必能遇到典型案件。」

他幾乎逐字逐句讀完這段話之後，就屏氣凝神地等待著孟老師的回應。

『嗯，也有一點道理。你小子還挺好學的，難得。』孟老師想了想，『這樣吧，你明天上午來我辦公室，我幫你寫個介紹信。我有個同學在高院，你直接找他就行。』

魏炯急忙道謝後，如釋重負地掛斷了電話。

「妳真厲害。」他把筆記本遞還給岳筱慧，「妳編的這些理由孟老師真的相信了。」

「那當然。」岳筱慧頗為得意地把筆記本放進書包裡，「老孟最喜歡上進的學生，法學院都知道。」

她為這通電話做了周密細緻的準備。雙方的對話內容基本都在岳筱慧的預測範圍內，對孟老師的所有質疑都編了近乎完美的托詞。為了穩妥起見，她甚至把雙方可能進行的對話都寫在了筆記本上，魏炯幾乎是拿著臺詞打完了這通電話。

「一定要這樣嗎？」魏炯想到接下來的任務，不由得緊張起來。

「必須得這樣。」岳筱慧的語氣非常堅決，「不瞭解案件的全部細節，我們什麼都做不了。」

她的樣子，和面對老紀的反對時如出一轍。

短短的幾天內，魏炯看到了一個和印象中完全不同的岳筱慧。那個熱情、開朗，有些大大咧咧的女孩披上了堅硬的盔甲，這盔甲是由她骨子裡的頑強、聰慧，甚至是狡黠打造而成的。

獨自照顧父親的岳筱慧。

在廚房裡俐落地做飯的岳筱慧。

吸菸的岳筱慧。

她的思維之縝密、行動之果決遠遠超出了魏炯的想像。同時，在不知不覺中，岳筱慧在她、老紀和魏炯三人之間，漸漸變成了非常重要的角色。

以至於在陽臺上短暫的相互依偎，讓魏炯常常以為只是幻覺而已。

更為微妙的是，兩個人似乎心有默契一般，對那場夕陽絕口不提。

第二天上午九點半，魏炯站在本省高級人民法院的門前，捏著那一紙薄薄的介紹信，望著眼前這座高大巍峨的建築，忍不住發起抖來。

「你行不行啊？」岳筱慧的語氣頗為輕鬆，「大大方方地走進去，我在外面等你。」

靠，又不是妳去。

魏炯在心裡嘀咕了一句，深吸一口氣，戰戰兢兢地沿著大理石臺階向上走去。

走到深紅色的銅質大門前，魏炯算是領會到了國家司法機關的威嚴。不知是因為疲累還是緊張，邁上三十幾級臺階後，他已經氣喘吁吁，腿也軟得要命。魏炯一邊擦汗，一邊向左右看看，總覺得門前的兩座石獅在死死地盯著自己。

同時，他也引起了門旁保全的注意。魏炯避開對方充滿警惕的目光，摸出了手機。

五分鐘後，一個身材高大的男子從大廳盡頭匆匆而至，四處掃視一圈後，看到了站在門口的魏炯。

「你是老孟的學生吧？」

「是的。」魏炯急忙點頭致意，「劉庭長好。」

「不用那麼客氣，從老孟那裡論，你叫我師叔就行。」劉庭長轉身對保全說道：「來找我的還用登記嗎？」

保全的臉上堆起笑容，連連擺手：「不用了、不用了。」

劉庭長徑直把魏炯帶向電梯間，邊走邊說著一些閒話，內容不外乎「老孟怎麼樣」、「這小子還游泳嗎」之類。兩人乘坐電梯直達五樓，劉庭長要走了介紹信，幫魏炯辦理好借閱手續後，把他帶到了高級人民法院檔案室門口。

劉庭長先進門，把借閱手續遞給坐在門口的年輕男管理員，後者草草瀏覽一番，蓋章後把手續收好。

「進來吧。」

見他揮手示意，魏炯急忙跟進了檔案室。劉庭長安排他坐在兩排檔案架之間的一張桌子後面，自己來到檔案架前，挑揀一番後，取下兩個暗紅色封皮的資料夾。

「這是最近審結的兩起案件，都是做出死刑判決的。一個是故意殺人案，一個是販賣毒品案。」劉庭長翻開其中一本卷宗，在目錄上指點著，「你看，一審判決書、上訴書、答辯狀、一審案情綜合報告、閱卷筆錄，你仔細看看審判庭審判筆錄，對你準備司法考試有幫助。」

魏炯連連答應。

劉庭長看看手錶：「行，你先看，我還有工作要做，有什麼事再找我。對了，你不吸菸的吧？」

「哦，」魏炯急忙搖頭，「不，不吸菸。」

「這裡不許吸菸的。」劉庭長笑笑，「還不錯，老孟沒教你這個。」說罷，他就拍拍魏炯的肩膀，起身離去。

魏炯坐在桌旁，裝模作樣地翻看著卷宗，不時抬頭偷瞄一下管理員，見他正在全神貫注地玩著手機，就轉頭打量著檔案室。

檔案室呈長方形，沿牆擺著幾排長長的鐵質檔案架，用硬紙資料夾裝訂好的卷宗整齊地排列其上。每個檔案架上都貼著索引卡片，應該是對卷宗予以分類的標識。

魏炯的心跳突然加快，因為他要找的那本卷宗，就在這些檔案架上。

根據人民法院訴訟檔案保管期限的規定，對於故意殺人案的訴訟檔案應該永久保管，所以許明良殺人案的卷宗肯定可以在這裡找到。

問題是，怎麼找？

一般來說，可以將卷宗分為刑事、民事及經濟類案件進行歸檔。首先要確定的是，這幾排檔案架中，哪一個才是專門存放刑事案件卷宗的。

魏炯看看手裡的卷宗，他還記得劉庭長取下它的那排檔案架。看起來，靠自己右手邊的這排鐵架上就是刑事案件卷宗，至少也是其中之一。

他略略放心，繼續低頭假裝翻看卷宗。現在只能耐心等待，否則立刻起身去翻找會令人懷疑。

檔案室裡很靜，除了管理員按動手機的聲音之外，還能聽到檔案架另一側傳來細微的翻閱紙張的嘩啦聲，想來並不是只有自己一個人來查閱卷宗。魏炯暗自計畫著接下來的行動，同時掐算著時間，大概二十分鐘之後，他合上手裡的卷宗，起身離座。

抬腳走向檔案架的一瞬間，魏炯的餘光捕捉到了管理員的動作——他抬起頭，看向自己這邊。

魏炯沒有轉頭，強作鎮定，一步步走到檔案架前，把手裡的卷宗插回原來的位置，同時迅速掃了一眼檔案架上的索引卡片：2010～2013年度刑。

看起來，這一排檔案架的確是用來歸檔刑事卷宗，並且是按案件審結年度的順序來排列的。他向檔案架後排看去，那裡應該是2010年以前審結的案件。

魏炯硬著頭皮向後走去，清晰地感覺到管理員的目光就落在自己的後背上。

走到下一個鐵架前，他抬頭看看索引卡片：2005～2009年度刑。

看來自己估計得沒錯。魏炯信心大增，正要繼續向前查找，忽然聽到管理員在背後喝道：「那位同志，你要幹嘛？」

「嗯？」魏炯嚇了一跳，慌忙回身，「我、我想看看別的。」

「劉庭長給你哪本，你就看哪本。」管理員盯著魏炯，語氣頗為嚴厲，「不能隨便查閱。」

「哦，我知道了。」魏炯快步走回自己的座位，落座前向管理員微微鞠躬，「對不起。」

管理員點點頭，繼續低頭擺弄手機。

魏炯翻開桌上僅存的一本卷宗，佯裝查閱，感到心臟還在怦怦地跳個不停。

管理員就在眼前，而且並不像表面上那樣漫不經心，自己的一舉一動都在他的監視下，怎麼可能拿到卷宗呢？

魏炯心生退意，巴不得立刻逃出這間檔案室。然而，一想到在樓下苦等的岳筱慧以及盼著他們帶著資料歸來的老紀，又猶豫起來。

正在左右為難的時候，安靜的檔案室裡突然響起一陣悅耳的音樂聲。魏炯下意識地抬起頭，看到管理員正盯著手機螢幕，旋即在螢幕上滑動了一下，把手機貼向耳邊。

「喂？」

儘管他盡力壓低聲音，然而雙方的通話依舊在安靜的檔案室裡清晰可辨。從管理員的語調和表情來看，對方應該是一個和他關係親密的女性。不知是為了保持檔案室裡的秩序，還是兩個人聊到了私密的話題，管理員抬眼看了看魏炯，起身走出了檔案室。

魏炯最初還覺得好笑，可是他很快意識到，機會來了。

他立刻起身，夾著卷宗向身後的檔案架快步走去，邊走邊緊張地籌劃著：從卷宗陳列的規律來看，一個架子上大概可以歸置四年左右的卷宗，那麼許明良殺人案的卷宗至少要排到五個檔案架之後，他必須要抓緊時間。

衝過兩排檔案架之間的時候，他的餘光瞥到一個男子坐在另一列桌前，正在翻動著卷宗，想來剛才的嘩啦聲就來自他。匆忙之中，魏炯只看到了男子花白的頭髮、臃腫的體形和身上灰黑相間的羽絨服。

他無意也來不及對男子給予過多關注，只是期待對方過後不要揭發自己的行為。

走到第五個檔案架前，魏炯抬頭看看索引卡片：1994～1999年度刑。

他心中一喜，疾步衝到第六個檔案架前，果真：1989～1993年度刑。

他撲到鐵架前，先從最上一列抽出一本卷宗，直接看向案名。

安佳榮故意傷害致死案

魏炯把卷宗匆匆塞回，又在相隔幾本的位置抽出另一本。

白曉勇綁架殺人案

他立刻意識到，在這個檔案架上，卷宗是按照中文羅馬拼音的順序排列的。這就意味著，許明良殺人案的卷宗，一定在最下面一列。

魏炯立刻蹲下身子，在底層鐵架上翻找著。當他抽出第四本卷宗的時候，看到封皮上赫然寫著：「許明良強姦殺人案」。

他在心底歡呼一聲，迅速把手裡的卷宗插進去，夾著這本卷宗，快步向回走。距離桌子還有幾公尺的時候，魏炯隱隱聽到走廊裡傳來了管理員的聲音：「行，那就晚上見。」

他不敢怠慢，幾乎是跑完了餘下幾步，在管理員的腳踏入檔案室的同時，魏炯坐在了椅子上。

儘管低著頭，魏炯仍然能感到管理員朝自己的方向看了一眼。為了不讓他看出異狀，魏炯屏住了本已非常急促的呼吸，竭力讓自己的身體平穩下來。

管理員似乎也並未察覺，盯著他看了幾秒鐘之後，重新坐在桌前，拿起一本雜誌翻看起來。

魏炯放下心來，悄悄地呼出一口氣，隨後，佯裝整理頭髮，小心地擦去額頭上的汗水。面前的這本卷宗更加陳舊和厚重，紙張已經開始泛黃、變脆，上面覆蓋著一層厚厚的灰塵。剛剛翻動幾頁，細小的塵埃就飛揚起來。魏炯不得不放慢速度，並把書包拉過來，小心地擋在卷宗前面。

查看目錄後，魏炯跳過前面的部分，直接翻到公安卷。

接警記錄、現場草圖、訪問筆錄、現場勘查記錄、照片、屍體檢驗報告……

一段段驚心動魄的文字，一張張血腥不堪的圖片。

魏炯漸漸覺得胸口發悶，喉嚨裡彷彿堵著一塊石頭，吐不出，咽不下。最後，當他看到一張照片裡被拼接成形的女性碎屍時，終於忍不住乾嘔起來。

他立刻摀住嘴巴，同時小心地看看管理員。後者大概對此早已見怪不怪，只是投來充滿嘲諷的一瞥，就低下頭繼續看雜誌了。

魏炯勉強吞下滿口的酸水，左手在胸口上來回捋著，呼吸漸漸平穩後，他偷偷地拿出手機打開照相模式，在桌子下關掉閃光燈和快門聲音。

隨即，他一手扶額，拿著手機的另一隻手躲在書包後面，對著面前的卷宗連連按動快門。一邊拍照，一邊還要留神管理員，所以，足足花了半個多小時，魏炯才把這本卷宗裡需要的內容拍完。然而，翻到卷宗末尾，魏炯發現仍是公安卷，而且僅僅是兩起殺人案的內容。

他想了想，把卷宗合上，才發現封皮上的「許明良強姦殺人案」後面還有兩個字——「卷一」。

魏炯在心裡暗罵一聲，下意識地回頭望望身後那排鐵架。看起來，要想瞭解本案全貌，還得去拿至少一本卷宗。

然而，他現在能做的唯一一件事，就是等待。

於是，魏炯耐著性子重新翻看了一遍手裡的卷宗，邊看邊暗自祈禱那個女人能再打給管理員一次。

也許因為本案是轟動一時的大案，公安機關製作的那部分卷宗非常細緻。看著看著，魏炯竟然入了神，眼前也彷彿徐徐展開了一幅幅畫面。

深夜，接近零度的氣溫，一輛行駛於黑暗中的白色小貨車。松江街、民主路、河灣公園、垃圾焚燒廠、骨科醫院，小貨車走走停停，每次停靠在路邊，都會有一個或者數個黑色塑膠袋被拋出車外。那些塑膠袋飽滿鼓脹，散發著血腥氣。就這樣，一個曾經美麗健壯的女人被拋散在這個城市的各個角落裡。那同樣殘缺不全的靈魂自此遊蕩在黑夜中，無聲地哭訴著自己的冤屈。

一種混合著恐懼和憤恨的情緒漸漸瀰漫在魏炯的胸腔內，他的眉頭慢慢緊蹙，雙手也捏成了拳頭。

這是一個什麼樣的人，僅僅為了滿足邪惡的欲望就擄走那些無辜的女人，在她們毫無防備的情況之下玷汙她們的身體，剝奪她們的生命，並把那些美好的身體肢解成一塊塊碎肉？

他終於開始理解老紀，理解他為什麼在二十幾年後仍然對當年的慘案耿耿於懷。的確，身為局外人的他都會被這滅絕人性的罪行激怒，更何況是切身體會喪妻之痛的老紀。

必須要找到這個畜生，必須要讓他為當年所做的一切付出代價！

即使這懲罰遲到了二十三年！

魏炯被復仇的衝動激蕩得不能自已，耳邊忽然傳來一陣響動。他下意識地抬起頭，剛好看到管理員起身離座，手裡還拿著一只空空的茶杯。

不知道茶水間離檔案室有多遠，但這無疑是一個寶貴的機會。不管怎麼樣，也得冒一冒險。

管理員的身影一消失在門口，魏炯就一躍而起，抓著那本卷宗直奔第六個檔案架。

他跑到檔案架前，單膝跪地，把手裡的卷宗塞回原來的位置，抓起旁邊那本。

拉不動。

手上傳來奇怪的感覺，彷彿卷宗的另一側有一股與之抗衡的力量。

同時，檔案架的對面傳來「咦」的一聲。

驚詫之下，魏炯已經來不及多想，手上再次用力，而對面的那股力量一下子消失了他手裡拉著那本卷宗，收力不及，向後跌倒在地上。

他的上半身撞到身後的檔案架上，頓時感到鐵架搖晃起來。

魏炯一驚，急忙轉身，想扶住檔案架，剛剛伸出手去，就被劈裡啪啦掉下的卷宗砸了個正著，緊接著，大團灰塵隨著落下的卷宗飛揚起來。在一片塵霧中，魏炯看見那個頭髮花白的男人從面前的檔案架後轉出來，一臉驚訝地看著自己。

在那一瞬間，魏炯突然意識到，他見過這個男人。

「你們在幹什麼？」

一聲又驚又怒的喊叫從門口傳來，正在對視的兩人循聲望去，看見管理員捧著熱氣騰騰的茶杯，正目瞪口呆地看著一片狼藉的檔案架，以及一躺一站的他們。

「哦，沒事。」男人先反應過來，指指檔案架頂端，「我讓這小夥子幫我拿上面那份卷宗，他沒站穩，結果就這樣了。」說罷，他向魏炯伸出手去，臉上還帶著意味深長的笑。

「快起來吧。」

岳筱慧驚訝地看著灰頭土臉的魏炯，還有他身後那個頭髮花白、穿著灰黑色羽絨服的男人，整個人看起來委頓不堪的魏炯，似乎是被男人押送出來一般。

她定定神，沒有理會一直向她使眼色的魏炯，把喝了一半的咖啡丟到身邊的垃圾桶裡，整整衣服，挺起胸膛。

魏炯和男人走到她面前，不等他們開口，岳筱慧就說道：「不關他的事，是我讓他去的。」

男人一愣，魏炯臉上則是一副哭笑不得的表情。隨即，男人大笑起來。

「偷拍刑事卷宗，你們的膽子可不小。」男人拍拍魏炯的肩膀，「不過，你的同夥不錯，挺夠意思的。」說罷，他就自顧自向前走去，留下一頭霧水的岳筱慧站在原地。

魏炯跟在他身後，同時揮手示意岳筱慧也跟上。

男人一直走到高級法院的停車場，找到一輛老式日產帕拉丁ＳＵＶ，打開車門，示意魏炯和岳筱慧坐在後排，隨即自己上車，發動，駛離高級法院。

很快，越野車融入了城市的車水馬龍中。男人專心駕駛，始終一言不發。

車漸行漸遠，岳筱慧也慢慢回過神來，轉頭用探詢的目光望向魏炯，嘴裡無聲地問道：「他是誰？」

魏炯看看駕駛座上沉默的男人，小聲對岳筱慧說道：「員警，我們見過他的，在老紀的房子裡。」

岳筱慧小小地「啊」了一聲，看了看後照鏡裡面只倒映出男人的半張臉，不過這已經足夠讓她回憶起那個下午。

的確，他是查驗老紀的房屋證明及租賃協議的員警之一。

「怎麼回事？」

魏炯有些尷尬地撇撇嘴，把半小時前的事情一五一十地告訴了岳筱慧。

在檔案室裡，他和那個老員警隔著鐵架同時抓住了那份卷宗。對方先鬆了手，魏炯趺了一跤不說，還幾乎撞翻了身後的檔案架，混亂的場面被管理員看了個正著，好在老員警編出個理由為他開脫。不過管理員已經對魏炯前來閱卷的真實意圖產生了懷疑，魏炯也不敢在此多作停留，敷衍了幾句就匆匆離開。不料，在等電梯的時候，他被隨後趕來的老員警拉進了安全通道。

「我們見過。」老員警靠在安全通道的鐵門上，抽出一支菸點燃，「在紀乾坤的房子裡，還記得吧？」

因為偷拿卷宗的把柄就在他手裡，魏炯覺得有些心虛。眼見已經沒法隱瞞，只能老老實實地點頭承認。

「紀乾坤讓你來的？」

「不是啊。」魏炯急忙否認，「我在準備司法考試，來學習的。」

老員警笑笑，顯然並不相信他說的話。

「你上次說紀乾坤在養老院，是吧？」老員警吸了一口菸，「帶我去找他。」

「真的和他無關。」

「你要拿的是許明良殺人案的卷二，目標明確。」老員警打斷了他的話，眼神突然變得非常犀利，「紀乾坤的妻子是許明良殺人案的被害人之一，你敢說不是他指使你來的？」說罷，他扔下菸頭，用腳踩熄，推開安全通道的門，語氣不容辯駁：「走吧。」

岳筱慧聽罷，沉默了一會兒，突然大聲說道：「老紀沒指使我們，我們是自願幫他的。」

魏炯嚇了一跳，隨即意識到她是說給那個老員警聽的。可是，對方並沒有回應，而是反問了一句：「風前街小學旁邊那個楓葉養老院，是吧？」

魏炯和岳筱慧都沒有回答，老員警也不再追問，繼續一言不發地開車。

四十分鐘後，越野車開到養老院門口。老員警停車，熄火，拉開後車門，耐心地等待著拖拖拉拉的魏炯和岳筱慧下車，兩前一後，走進了養老院。

一路上，魏炯都在反復衡量自己偷閱卷宗的行為是否屬於非法獲取國家祕密，想來想去都覺得算不上，那麼即使帶著老員警去養老院，也不會過分連累老紀。所以他就不再反抗，進了小樓之後，徑直沿著走廊奔向老紀的房間。

紀乾坤和往常一樣，坐在窗下讀書。看他們進來，急忙搖動輪椅轉過身來，開口問道：「怎麼樣？」

這句話說了一半，紀乾坤就看到了他們身後的老員警，頓時愣住了。

魏炯和岳筱慧對視了一下，不知道該如何開口解釋。

正在猶疑的時候，紀乾坤卻先開口了。

「我認識你。」紀乾坤的表情迅速變得平靜，「你叫杜成，是個員警。」

杜成略點點頭，目光落在紀乾坤身下的輪椅上。

「你的腿怎麼了？」

「車禍。」紀乾坤的回答非常簡練，「兩條腿都廢了。」

杜成「哦」了一聲，開始四處打量紀乾坤的房間。最後，他的視線在床頭的書架上停留了很久。

「在這裡住多久了？」

「十八年。」紀乾坤忽然笑笑，「你老了。」

杜成盯著他看了幾秒鐘，也笑了：「你也一樣。」

室內緊張的氣氛一下子緩和起來，紀乾坤招呼魏炯燒水泡茶，還拿出菸來遞給杜成。於是兩個老人相對而坐，邊吸菸邊扯些不著邊際的閒話，寒暄過後，就靜靜地聽著嗚嗚作響的電水壺。

水燒開，茶泡好。四個人各自捧著茶杯，或坐或立，彼此懷著不同的心思。

魏炯惦記著手機裡保存的卷宗圖片，岳筱慧則對紀乾坤和杜成的關係充滿好奇，不停地打量著他們。

一杯茶喝完，紀乾坤先開口了：「杜警官，你們幾個怎麼湊到一起了？」

杜成笑了一下，指指魏炯：「你問他吧。」

魏炯的臉騰地紅了，不得不把在檔案館裡的事情又敘述了一遍。紀乾坤聽完，神色稍顯凝重，略略沉吟一下之後，正色對杜成說道：「杜警官，是我讓這兩個孩子去的。偷閱卷宗的事和他們無關。」

杜成擺擺手，似乎對這件事並不在意：「這事不歸我管。不過，」他把上半身湊向紀乾坤，瞇起眼睛盯著對方的臉：「你為什麼要去看二十三年前的卷宗？」

「那還用問嗎？」紀乾坤毫不退縮地回望著杜成，「你們當年抓錯人了。殺死我妻子的凶手，至今仍逍遙法外。」

杜成的臉上看不出表情，始終盯著紀乾坤：「所以呢？」

「我要抓住他。」紀乾坤的目光炯炯有神，「就這麼簡單。」

杜成坐直身體，點燃一支菸，視線從紀乾坤的臉移到腿上：「放不下？」

「從沒放下過。」紀乾坤笑笑，「你不是也一樣，否則，你又為什麼和魏炯去看同一本卷宗呢？」

杜成一愣，隨即也大笑起來。

「是啊。」他盯著自己的膝蓋，邊笑邊搖頭，「放不下。」

「說起來，我還要感謝你。」紀乾坤的語氣頗為誠懇，「我聽說，當年你為了翻案，得罪了不少同事，最後還被下放到一個偏遠的縣城裡。」

「嗐，那屬於正常的工作調動。」杜成擺擺手，「不值一提。」

「不一樣的。」紀乾坤感慨道，「我是親人被害。你呢，查了二十多年還不肯罷手，只是出於職責所在。」

「老紀，我沒那麼偉大。」杜成打斷了他的話，神色平靜，「我得了癌症。」

一瞬間，室內安靜無比。

「我當了三十多年員警，這是唯一一件沒有了結的案子。」杜成垂下眼皮，語氣輕緩，「我的時間大概不多了。」他聳聳肩，笑笑：「所以，我不想帶著遺憾走。」

紀乾坤怔怔地看著他，半晌，低聲問道：「我、我能幫你什麼？」

「這話，應該我問你吧，」杜成笑著反問。他回頭看看魏炯和岳筱慧，「你們查到什麼？」

「毫無進展。」紀乾坤的臉色暗淡下來，「否則這兩個孩子也不會冒著那麼大的風險去偷閱卷宗。」

「他們夠厲害了。」杜成指指魏炯的衣袋，「他應該拍了不少。」

魏炯的表情尷尬，對紀乾坤點了點頭。

紀乾坤的眼睛一下子亮了起來，看得出，如果不是因為杜成在場，恐怕他會立刻要求魏炯把手機拿出來。

「不過，他只看了卷一。」杜成想了想，似乎在內心進行權衡，最後，他從身後拿出自己的斜背包。

「看這個吧。」杜成從斜背包裡拿出厚厚的幾本卷宗，遞給紀乾坤，「這是全部。」

紀乾坤只翻看了幾頁，雙手就顫抖起來，似乎對這份驚喜難以置信。

「這……」

「沒什麼。」杜成看著紀乾坤，又把視線轉向魏炯和岳筱慧，「在這件事上，我們是站在同一邊的。」

第十九章　黃雀

林國棟最近的生活非常有規律。

在近一週的持續跟蹤中，駱少華逐漸確定了一個事實：林國棟的確找到了工作，並且跟他的老本行有關係。

每隔兩、三天，林國棟會去早市購買一些食品或者生活用品，然後幾乎就足不出戶了。在每天的大部分時間裡，他都會端正地坐在電腦前，認認真真地翻譯著某種文稿。這一點，從他時常需要查閱英漢詞典可以得到驗證。偶爾起身離座，不是去廁所，就是去裝水。中午他會短暫地休息一會，吃個午飯，並且小睡半小時左右。

駱少華曾偷偷地查驗過他扔在門口的垃圾袋，沒發現什麼異常。

這天早上，駱少華天不亮就起身了。因為從昨天的跟蹤結果來看，林國棟已經不在電腦前長時間地敲打，而是以瀏覽居多，偶爾會思索一陣，鍵入幾個字元。駱少華意識到，他大概已經完成了工作，正在進行最後的校對和修改，那麼今天大概就是他交稿的日期。所以，他要早一點出發，以確保可以在林國棟出門前跟上他，最終搞清他供職的地點。

駱少華邊穿衣服邊感慨，在沒退休之前，確定林國棟的去向簡直是易如反掌。可惜現在不同了，諸多手段和職務上的便利條件都不能採用，只能用跟蹤這種最笨的辦法了。

時間還早，街邊的早點攤還沒有開始經營。駱少華在前一天晚上已經熬好了粥，再熱幾個包子，準備兩個小菜就行了。他走到廚房，打開電鍋的再加熱功能，又從冰箱裡取出涼包子，放進籠屜裡，在蒸鍋裡倒水，端到瓦斯爐上。

切開兩顆鹹蛋，駱少華又擇好一把菠菜，準備用水焯一下。等待水開的工夫，他回到客廳，想抽支菸提提神，卻看到駱瑩穿著睡衣坐在餐桌前。

「起這麼早，」駱少華拿起菸盒，轉頭看了看牆壁上的掛鐘，「這才幾點啊？」

駱瑩的手裡轉動著一只水杯，眼眶發青，看起來似乎一夜都沒睡好。

「爸，你坐下。」駱瑩指指對面的椅子，「我有一點事想跟你商量。」

駱少華的心裡一沉，以為女兒又要為自己的早出晚歸大放厥詞。其實，春節後，金鳳曾找駱瑩談了一次，算是替駱少華解釋了一下，同時告誡她不要干涉父親的活動。駱瑩儘管心裡半信半疑，但是之後的確不再過問駱少華的行蹤。

那麼，一大早，駱瑩要找自己談什麼呢？

駱少華心裡畫著問號，順從地拉開椅子坐下。

駱瑩幫他倒了一杯水，又拿過菸灰缸放在他面前。

「什麼事？」

「爸，是這樣，」駱瑩吞吞吐吐地說道，「向陽又來找我了，他想跟我復合。」

「哦。」駱少華拿著打火機的手停在半空，須臾，點燃了嘴邊的菸，「妳是怎麼想的？」

「我不知道。」駱瑩顯得心慌意亂，「他說和那個女的斷了，會改，再也不會犯了。爸，你說這男人能改嗎？」

改？尿床能改，說髒話能改，偷東西能改，甚至吸毒都能改。但是，有些事，能改嗎？駱少華一下子想起林國棟，他能改嗎？經過二十二年的囚禁，他能在黑夜降臨時，以平靜的心態面對紙醉金迷的世界嗎？

林國棟是否還有再犯的可能，是這幾個月來讓駱少華最糾結的事情。當跟蹤成為一種習慣，當監視變為一種常態，當綠竹苑社區十四棟六樓的監視點成為他最熟悉的地點，駱少華開始忘記了自己的初衷。似乎這個人、這件事，已經構成了他的全部生活重心，日復一日的監控開始變得機械為之，甚至成為一種本能的反應。駱少華似乎是為此而生，餘下的生命也以此為歸宿。

他說不清自己究竟想證明林國棟仍然心存惡念，還是已然脫胎換骨。

「爸。」

女兒的呼喚打斷了駱少華的思緒。為了掩飾自己的走神，他把菸湊到嘴邊吸了一口，不料菸灰已經燃成了長長的一根，稍加震動，就落在了桌面上。

「還是以觀後效吧。」駱少華把菸灰拂去，「怎麼，他約妳了？」

「嗯，今晚吃個飯。」駱瑩的表情猶豫，「爸，你說我去不去？」

「妳覺得呢？」駱少華摁熄菸頭，「這件事，我和妳媽都不能替妳做主，還得看妳自己的想法。」

駱瑩「唉」了一聲，上半身趴在桌子上，手伸過來，蓋在父親的手上。

「爸，我該怎麼辦啊。」

一股暖意和強烈的保護欲湧上駱少華的心頭，這個三十多歲的女人，似乎瞬間又回到了少女時代，正在向父親傾訴考試成績不佳的煩惱，或者徵詢該報考哪所大學。

「見見也無妨。」駱少華想了想，開口說道，「就算離婚了，也未必要反目成仇，聊聊孩子也行。至於要不要復合，還得看向陽的誠意和表現。」

「嗯。」駱瑩的臉埋在臂彎裡，聲音低沉，「暉暉長大了，家庭不完整，對孩子也不是好事。」她忽然抬起頭來，眼中閃過一絲夾雜著怨氣和期待的神情：「哼，我得考驗考驗他。說復合就復合，想得美。」

駱少華在心裡輕嘆一聲。女兒終究還是不能澈底放下那個男人。

「那就去吧。」駱少華拍拍她的手，「穿漂亮點，讓那小子看看，妳離開他一樣活得很好。」

選擇已定，駱瑩輕快地答應了一聲，又問道：「爸，那你說我穿什麼好？」

「問妳媽吧。」見女兒不再煩惱，駱少華的心情也大好，「我可沒法提供妳意見。」

駱瑩去主臥室找金鳳，駱少華回到廚房焯菠菜。把早飯準備妥當之後，他看看手錶，換好了外出的衣服，拎起背包，推開主臥室的門。

娘倆正在嘰嘰喳喳地討論駱瑩今晚的穿戴，女兒正在試穿一件米色的V領羊絨衫，床上還放著一件咖色的羊皮大衣。見父親進來，駱瑩急忙把黑色的胸罩肩帶塞進衣服裡。

「爸，我穿這件好看嗎？」

「好看，好看。」駱少華把視線投向老伴，「我出去了，妳記得吃藥。」

「嗯，放心。」金鳳正在打量著駱瑩，「你注意安全。」

駱少華應了一聲，轉身出門。

和駱瑩的談話讓他耽誤了一些時間，開到一半路程的時候，駱少華就徹底陷入交通早高峰的擁堵中。儘管他在車流中不斷地閃轉騰挪，卻始終無法突破包圍圈，最終只能放棄，一點點挪向目的地。

好不容易趕到了綠竹苑社區，駱少華鎖好車，一路小跑著進入園區。現在已經接近上午九點，他已經對可以跟蹤林國棟不抱希望。果真，當他來到二十二棟樓四單元五〇一室門口的時候，清楚地看到防盜門與門框連接處的透明膠帶已經被揭開了。

看來林國棟已經出門了。只不過，駱少華在心裡還保有一些小小的期待，萬一他只是去早市買菜呢？

為穩妥起見，駱少華迅速退出二十二棟樓，走向對面的十四棟樓，回到那個讓他無比熟悉的地方——六樓露臺處的監視點。

一切按部就班，熟稔得好像在自家廚房做飯一般：摘下斜背包，塞進右手邊的酸菜缸後面，然後彎下身，從左側角落的空花盆裡拿出兩塊磚頭，墊在窗臺下，這樣既方便觀察對面樓的五層，又不至於讓雙腳長時間地站在冰冷的水泥地面上。取出望遠鏡，拿出用食品袋裝好的包子，放在走廊中的暖氣管上。這地方既可以保溫食物，也不引人注目，萬一有人上樓或者下樓，駱少華隨時可以收起望遠鏡，迅速離開。

準備就緒後，駱少華向林國棟的房間望去。窗簾拉開，床上的寢具也疊得整整齊齊。小書桌上的筆記型電腦呈閉合狀態，平時疊在一旁的文稿也不見了，看來林國棟去交稿的可能性很大。

駱少華看看手錶，早市在九點半左右就散市，如果林國棟在十點前還不回來，基本就可以肯定他已經離家去供職的翻譯公司了。

駱少華放下望遠鏡，稍感沮喪。不過這幾個月來的跟蹤，讓他學會了一件事，那就是耐心地等待。他伸手取下暖氣管道上的食品袋，裡面有六個肉包子，還散發著微微的熱氣。駱少華取出兩個，靠在一輛自行車上，慢慢地吃起來。

吃過早飯，他從背包裡取出保溫杯，喝了兩口熱水。胃裡燒灼的饑餓感已經緩解，身上也暖和過來。駱少華點燃一支菸，打開筆記本，記下自己今天開始監視的時間和林國棟的情況。翻翻以往的記錄，近一個月來，林國棟外出的情況明顯減少，似乎外界的事物已經不能引起他的興趣。看起來，他已經完全適應了恢復自由後的生活，這個過程所用的時間比駱少華預想的要少得多。而且，林國棟開始找工作，並且對這份工作頗為用心，似乎並不打算再度自我毀滅，也許這傢伙真的打算平靜地度過餘生。

駱少華想起了駱瑩提出的問題——他能改嗎？

女婿向陽的想法大概是多數男人內心的一種渴望：蠢蠢欲動，又放不下祥和穩定的家庭生活。最好的狀態就是在外扮演風流倜儻的花花公子，回家後搖身一變，化身為稱職的丈夫和父親。然而，隨著年齡的增長，特別是當精力和財力都難以為繼的時候，他也許會發現所謂千嬌百媚都不過爾爾，臥榻旁熟悉的呼吸和清晨的一杯溫水才是彌足珍貴的。

但是，林國棟不一樣。

畢竟，他做過的事情，是絕大多數男人想都不曾想過的。

胡亂想了一陣，駱少華看看手錶，已經十點十分了。他重新拿起望遠鏡，向林國棟的房間望去。室內一切如故，林國棟依舊不見蹤影，看起來，他的確去交稿了。

駱少華看看酸菜缸後的背包，想了想，把背包拉出來，起身下樓。

重新回到二十二棟樓四單元五〇一室的門口，駱少華先留神觀察了一下四周的動靜，確定安全後，他摘下背包，取出一個小鐵盒，挑揀一番後，取出兩根細長的鐵絲。

他把鐵絲插入鎖孔，輕輕地撥動著，眼睛半閉，仔細感受著手上的觸覺，十幾秒鐘後，他睜開眼睛，用鐵絲用力鉤動，「喀嚓」一聲後，門開了。

駱少華鬆了一口氣，心中既慰藉，也有小小的得意，退休了，手藝並沒有丟。

他迅速收好工具，拎起背包，閃進了室內。

抬眼望向客廳的瞬間，駱少華感到一陣窒息感襲上心頭。二十三年前的情景，彷彿在眼前徐徐展開。

他的身體晃了一下，不得不扶住門框才勉強站定。

冷靜。冷靜。

不知道林國棟何時會返回，現在不是感慨的時候，要抓緊時間才行。駱少華反復告誡著自己，從背包裡取出手套和腳套，穿戴完畢後，從客廳開始巡查。

門口曾擺放著一個木質棗紅色鞋架，現在被一個宜家的鐵質鞋架取代，上面只有一雙棉布拖鞋，看起來林國棟最近並沒有訪客。客廳靠西側的牆壁是一架米色格子布藝沙發，咖啡色的沙發巾已經很陳舊。駱少華對這條沙發巾還有印象，只不過它覆蓋的曾是一張黑色牛皮沙發。

地板沒有換，已經顏色褪盡，油漆斑駁，踩上去吱嘎作響，保持原樣的還有客廳一角的大理石檯面餐桌，桌上空無一物。

駱少華走到臥室門旁的抽屜櫃前，拉開抽屜一一查看，除了日常的生活用品外，沒有特殊的東西。他抬起頭，看看抽屜櫃上的一個相框，裡面是一個白髮蒼蒼的老婦，笑容既勉強又尷尬。他還記得這張臉，記得那苦苦哀求的表情和揪住自己衣角的手。

想一想，她應該已經去世十多年了。

客廳的東北角是廁所，折疊門呈半開狀態。駱少華側著身子，勉強擠了進去，留意不要改動門被開啟的角度。

廁所裡還有微微的潮氣，洗臉盆裡尚有水漬殘留，檯面上整齊地擺放著杯子和香皂盒。駱少華掃視一圈，把視線投向窗下的老式不銹鋼浴缸。

他抿起嘴，走過去，靜靜地凝望著暗淡無光的浴缸內壁。它曾經亮潔如新，也曾經血水滿溢。駱少華清晰地記得那些藍紫色螢光的形態，流注狀、噴濺狀。

王八蛋。駱少華暗暗罵道，他怎麼可能還在這個地方平靜地洗臉、刷牙？

四處查看一番，並無異狀。駱少華從原路退出廁所，走到北側的臥室門口，推推門，被鎖住了。他彎下腰，從側面仔細看了看門把手，一層薄薄的灰塵依稀可見。駱少華猶豫了一下，決定放棄開鎖查看。

這是林國棟父母的臥室，而且很久沒有被開啟過，應該沒有什麼勘查價值。

他轉向南側的臥室，發現房門虛掩著，輕輕推開，一股難以名狀的氣息撲面而來。

那是人的體味、隔夜的食物以及洗漱品的混合味道。

然而，駱少華聞到的遠遠不止這些。

鐵銹、泥土、初冬的水草、盛夏的暴雨……

駱少華長長地呼出一口氣，定定神，開始打量室內的一切。

房間不大，但是擺放的物品很少，除了一張單人床外，就是衣櫃和一套桌椅，倒也顯得寬敞。所有的家具都是陳舊的樣式，和二十三年前並無二致，連枕頭套和被套也是過時的面料和花色。室內唯一帶有現代氣息的就是書桌上的電腦和印表機。

駱少華俯下身子，發現滑鼠的表面已經被磨得發亮，看來這傢伙對電腦的使用率相當高。他想了想，抬手翻開筆記型電腦，按下了電源鍵。

電腦無聲地運轉起來，很快，啟動音樂響起，X作業系統的藍天綠地桌面也顯現出來。駱少華鬆了口氣，看來林國棟還不知道如何設置開機密碼，否則又要費一番功夫。

他檢查了一下硬碟裡的檔案，沒什麼發現，隨即又打開ＩＥ瀏覽器，查看歷史記錄——林國棟在最近幾日登錄的多為新聞、線上翻譯和專業詞彙查詢方面的網站。

駱少華耐著性子，逐日查看下去，發現他在春節期間瀏覽過的網站最多，看來上網是他在那幾天裡唯一的娛樂消遣。

駱少華很想知道這些網站的內容，可是他立刻放棄了這個想法，一來，此刻尚不知林國棟什麼時候會回來，時間並不充裕；二來，林國棟今天早上曾使用過電腦，即使自己清除了今天的瀏覽記錄，萬一這傢伙懂得查看歷史記錄，難免會露出馬腳。想了想，他拿出手機，拍下了其中幾天的瀏覽記錄頁面，留待以後慢慢查看。

關掉電腦，又把滑鼠擺回原來的位置後，駱少華看看手錶，決定撤離。他退出臥室，關好房門，徑直向門口走去。剛碰到把手，他突然聽到一門之隔的走廊裡傳來一陣腳步聲，貓眼裡透出的光線也瞬間變暗。

駱少華急忙閃到一邊，背靠在門上，留神傾聽著外面的動靜。幾乎是同時，腳步聲也消失了。

駱少華屏住呼吸，大腦開始飛速轉動。

林國棟回來了？倘若如此，正面衝突就不可避免。是開誠布公，還是奪路而逃？後者大概要更可靠，因為一旦林國棟知道駱少華私自潛入自己的家，鬧起來的場面恐怕不好收拾。

看來唯一的選擇就是等他進門後，一擊將其放倒，趁亂脫身離開。駱少華打定主意，抬手將毛衣領子拉高，遮住口鼻，同時從斜背包裡掏出伸縮警棍，擺好架勢，靜待林國棟進來。

然而，幾秒鐘後，駱少華預想中的抖動鑰匙及擰動門鎖的聲音並沒有出現。相反，門外只是傳來抖動塑膠袋的細微聲響，腳步聲再起，越來越輕，最後消失了。

駱少華心下疑惑，卻不敢妄動，依舊保持著原來的姿勢，竭力捕捉著門外的任何一絲響動。足足半分鐘後，走廊裡還是一片寂靜。

他再也無法保持耐心，決定冒險在貓眼裡窺望一下。

匆匆一瞥，走廊已經盡收眼底，空無一人。

駱少華鬆了口氣，看來剛才那只是下樓的居民而已。他輕輕地打開門鎖，先探出頭去左右看看，確定安全後，迅速閃身而出。

快步走出二十二棟樓四單元，駱少華低下頭，穿過樓間的空地，直奔對面的十四棟樓，回到六樓的監視點後，他才靠在牆壁上，大口喘息起來。

儘管只是虛驚一場，但是，因為情緒緊張和快速行動，駱少華覺得疲憊至極，他足足休息了半個小時之後才恢復。

這次的入室「搜查」一無所獲，更無法讓駱少華對林國棟的評估有任何作用，駱少華能做的，只能是繼續等待和監視。然而，這一等，就是華燈初上，夜色漸深。

晚上九點之後，林國棟家的窗戶仍是漆黑一團。

他的晚歸，與近期的行動規律明顯不符，駱少華不知道他的去向，更無從查證。

再等下去也不是辦法，駱少華只能就此作罷。稍稍活動下僵硬的四肢後，他悄無聲息地下樓，開車回家。

一進家門，駱少華惦記著去查看林國棟瀏覽過的網站，徑直走向駱瑩的臥室。一推門，先看到正在寫作業的外孫向春暉，他隨口問了一句：「你媽呢？」

「沒回來啊。」向春暉放下筆，「奶奶說我媽晚上有飯局。」

「嗯。」駱少華這才想起駱瑩今晚和向陽的約會，他看看手錶，已經快十點了。

「她打電話回來了嗎？」

「沒有。」向春暉噘起嘴，「我還等著她幫我的考卷簽名呢。」

駱少華皺起眉頭。

駱瑩的社會關係比較簡單，很少外出，即使臨時有應酬也會早早回家，今晚雖說和向陽見面，但是也不至於這麼晚還不回來。正想著，金鳳推門而入，一臉焦急的表情。

「我剛想打電話給你。」金鳳捏著手機，「駱瑩還沒回來。」

「我知道。」駱少華急忙扶金鳳坐下，「打電話給她了嗎？」

「打了好幾遍了。」金鳳晃晃手機，「這孩子始終不接。」

駱少華心下更加疑惑，嘴上卻安慰金鳳：「妳別擔心，說不定他們吃完了飯，一起去看個電影也說不定。」

「嗯，那倒是。」金鳳的表情稍有緩和，起身去幫駱少華準備晚飯。

駱少華無心去開電腦，躲進臥室裡，撥打向陽的電話。

鈴聲足足響了十幾遍後，前女婿才接聽：『喂，爸。』

「你和駱瑩在一起嗎？」駱少華劈頭就問，「她怎麼還沒回家？」

『嗯？』向陽的聲音聽起來比他還驚訝，『不會吧，七點多我們就分開了。』

「那麼早？」駱少華一驚，又追問道，「你沒送她回來？到底怎麼回事？」

『我們……怎麼說呢，聊得不太愉快。』向陽的語氣頗為尷尬，『駱瑩那個脾氣，您是知道的，自己就走了。』

駱少華打斷了他的話：「你們約在哪裡？」

『華府大廈四樓的一家日本料理店。爸，其實我……』

駱少華沒有繼續聽下去，直接掛斷了電話。

華府大廈距離這裡不足五公里，就算是步行，駱瑩也應該早就到家了。看來，這孩子和向陽談得不愉快，心緒煩躁之下，也許又找個地方去喝悶酒了。

他想來想去，還是覺得不放心，又撥打了駱瑩的電話。

這次等待的時間更長，駱少華正要掛斷重撥的時候，電話突然接通了。

駱少華的心一鬆：「瑩瑩，妳在哪裡呢？」

奇怪的是，駱瑩並沒有回應。

聽筒中傳來一陣呼呼的風聲，似乎身處一個空曠的室外場所。

「瑩瑩，」駱少華把手機貼近耳朵，「妳在哪裡？」

聽筒中依舊只有風聲，漸漸地，駱少華分辨出其中還有一個人緩慢而平靜的呼吸。正要開口發問，耳邊突然傳來一聲輕笑。

『呵呵。』隨即，一個低沉的男聲響起，『駱警官，你好。』

駱少華握住電話的手哆嗦了一下，心臟彷彿被人狠狠地攥住了，愣了幾秒鐘後，才失聲問道：「你是誰？」

『你知道我是誰。』男人的語氣不緊不慢，『要找你女兒是嗎？』

「瑩瑩在哪裡？」駱少華倏地站了起來，厲聲問道，「你對她做什麼了？」

『她現在恐怕不能接你的電話。』男人又笑了一下，『你真的想知道我對她做了什麼？』

「我警告你，」駱少華的聲音顫抖起來，手機被他捏得咯吱作響，「你如果敢傷害我女兒……」

『我的手在她的胸上，三十多歲的女人，保養得還不錯。』男人似乎並不在意駱少華的威脅，依舊自顧自地說著，『黑色的內衣。嗯，是我喜歡的類型，很性感。』

「你別碰她！」駱少華終於吼起來，「否則我殺了你！」

聽筒另一邊驟然陷入寂靜。

幾秒鐘之後，男人的聲音再起，語氣變得冰冷：「二十分鐘後，地鐵二號線，春陽路站，往世紀城方向，一個人來。」說罷，男人就掛斷了電話。

駱少華大罵一聲，再撥打時，女兒的手機已經關機了。

他不敢再耽擱時間，起身向門外衝去，剛拉開房門，就和金鳳撞了個滿懷。

「怎麼了？」金鳳吃驚地看著目眥盡裂的駱少華，「我剛才聽見你大喊大叫的。」

駱少華推開金鳳，只說了句「在家等我」就衝出了家門。

此刻已經接近夜裡十點半，馬路上的車輛不多，然而駱少華仍然覺得自己的速度不夠快。他坐在駕駛座裡，握著方向盤的手已經骨節畢現，沖所有排在他前面的車狂按喇叭，至於紅燈，早已不在他的眼中。

女兒，我的女兒。

一路狂奔，開到春陽路站地鐵口的時候，距離對方指定的時間還有五分鐘。駱少華鎖好車，拎起背包衝進地鐵站。跑到地鐵線路示意圖前，他草草瀏覽一番：二號線是橫跨本市南北的一條地鐵線，南邊終點站為C市醫學院，北邊終點站為世紀城。駱少華沒有耽擱，徑直跑向售票口，不顧身後乘客的叫罵，插隊買了一張從本站至世紀城終點站的車票。

拿到車票後，駱少華跑向月臺，邊跑邊看手錶。

還有三分鐘，時間雖短，但是足以讓這個老刑警整理思緒。

本站距離世紀城終點站還有七站的距離，途經房地產大廈、勞動公園、市政府廣場、四會街、南湖、大西路電子市場和永清農貿批發中心。對方約自己到這裡，不太可能同時把駱瑩帶過來，而是會指示他登上地鐵，前往指定的站。

他的意圖是什麼，駱瑩為什麼會落到他的手裡，駱少華已經並不關心，現在最要緊的就是知道駱瑩所處的地點。她和對方多待一分鐘，就會增加一分鐘的風險，而這個風險，是駱少華想都不敢想的，他太瞭解對方的手段和決絕的程度。

因為接聽駱瑩的手機的人，是林國棟。

跑過通道，衝下扶梯，駱少華來到了春陽路地鐵站的月臺上，正在等車的乘客們驚訝地看著這個頭髮花白、氣喘吁吁的老人。

駱少華掃視一圈，沒有看到林國棟的影子。抬頭看看電子指示牌，距離下一班地鐵進站還有一分鐘。

駱少華一邊喘息，一邊撥打駱瑩的手機——依舊是關機。

他暗罵一聲，靠在月臺的立柱上，不斷地打量著身邊的人群。地鐵將在午夜停運，前來搭乘的多是些加班或者約會之後的青年男女。南終點站地處市郊，北終點站則是住宅區相對集中的地方，因此駱少華身處的這一側月臺，比對面要熱鬧得多。特別是列車將至，在月臺上很快就聚集了一大群乘客。

駱少華身處人流中，情緒越加急躁。

眼看約定的時間已經到了，自己的手機仍舊毫無動靜。

女兒在哪裡，她還活著嗎？

不遠處隱約傳來轟隆的聲音，隨即，月臺也微微顫動起來。乘客們開始陸續向塑膠圍擋前匯集，下一班地鐵即將進站了。

很快，白色車廂的地鐵呼嘯而至。停靠在月臺上之後，塑膠圍擋上的電控門打開，大批乘客從車上走下，等待上車的乘客在月臺上等待，偶有心急的，已經逆流而上鑽進了車廂。

駱少華被熙攘的人群衝擊得站立不穩，目光卻始終在兩邊的車門上來回巡視，然而依舊不見林國棟或者駱瑩的蹤影。他再次低頭查看手機，既沒有來電也沒有簡訊。

這王八蛋想幹嘛？

難道就讓我在月臺上傻等？

月臺上鈴聲響起，車廂關閉，塑膠圍擋上的電控門也緩緩合攏，本班地鐵離站。

駱少華站在原地，無助地看著列車在自己面前慢慢開動，心裡既焦急又疑惑。隨著速度的提升，車窗裡的無數張面孔飛速掠去，漸漸化作一個個拖曳而去的光斑。

最後一節車廂在他眼前一閃而過。駱少華孤零零地留在了月臺上，在他的餘光中，卻突然出現了一個人。

他下意識地抬起頭，看見對面月臺上，一個瘦削的身影正從候車椅上緩緩站起。

駱少華張大了嘴巴，雙眼圓睜，看著林國棟慢慢地走向月臺邊緣，隔著塑膠圍擋，雙手插在衣袋裡，沖自己露出一個意味深長的笑。

他為什麼會出現在那裡？駱瑩又身在何處？女兒是死是活？林國棟究竟想幹嘛？

無數個問號在一瞬間湧入駱少華的腦海，他的思維已經中斷，幾乎如本能般衝向對面。然而，在他和林國棟之間，還隔著兩組鐵軌和一人多高的塑膠圍擋。

「我女兒呢？」駱少華撲在塑膠圍擋上連連拍打著，聲嘶力竭地吼道，「她在哪裡？」

林國棟沒有回答，依舊看著狀如瘋癲的駱少華，一臉揶揄的笑容。

這就是無能為力。

掌握女兒生死的人就在幾公尺開外，而他卻不能前進，哪怕一公分。

黑暗的隧道裡，隱約的轟隆聲再次響起，一道燈光出現在拐角處，由遠及近，越來越明顯的氣流開始在月臺上翻湧。

駱少華已經察覺不到這些，他現在唯一能做的，就是死死地盯著對面的林國棟，毫無意義地吼叫著。

突然，林國棟抬起右手，將食指豎在唇邊，向他做了一個噤聲的手勢。

駱少華一下子停下來，上半身依舊俯在塑膠圍擋上，緊盯著對方的一舉一動。

林國棟的左手從衣袋裡抽出，抬起，「啪」的一聲拍在面前的塑膠圍擋上。

一個血紅的手印出現在圍擋上。

血。鮮紅色的血。不斷滴落、流淌的血。

駱少華的腦袋裡轟的一聲，最後一絲尚存的理智也隨之消失。

駱瑩！

他用盡全力向塑膠圍擋撞去，一下，兩下。圍擋搖晃起來，最終變形。電控門上沿分開一指寬的縫隙。

駱少華從斜背包裡抽出伸縮式警棍，甩開，插入電控門的縫隙裡，用力撬壓著。

「你幹什麼？」

伴隨著一聲又驚又怒的吼叫，兩個地鐵安檢人員衝了過來。

駱少華什麼都聽不到，眼前只有漸漸分開的電控門和對面那個還在不斷向下流淌的血手印。

駱瑩，我的女兒！

忽然，眼前的一切發生了扭轉，電控門和血手印通通向右轉了九十度，駱少華被撲倒在地上。

兩個人的重量壓在身上，駱少華一時動彈不得。然而，多年訓練造就的身手，加之被林國棟激發的狂怒讓他很快就爬起來，迅速放倒了兩名地鐵安檢人員。再次起身望向對面的月臺時，林國棟的身影只是閃了一下，就被飛馳而過的地鐵車廂擋住了。

開往南終點站的地鐵進站了。

駱少華更加焦急。車廂內走出大量乘客，對面的月臺上剎那間就人流湧動。他竭力在人群中尋找林國棟的身影，卻始終一無所獲。

此時，兩個被打倒的安檢人員都齜牙咧嘴地站了起來，其中一個盯著駱少華躍躍欲試，另一個已經在用無線電呼叫保全人員。

駱少華咬咬牙，拎起背包向手扶梯跑去。

剛才的一番激鬥反而讓他冷靜下來。

僅靠他自己，顯然已經沒法救出女兒，所有的顧慮在駱瑩的性命面前都一文不值。

那鮮血，究竟是不是駱瑩的？

駱少華不敢再想，邊跑邊摸出手機，撥打了一個號碼。

幾秒鐘後，杜成的聲音從聽筒裡傳出：『老駱。』

「成子，你在哪裡？」

『家裡。』聽起來，杜成對他的來電頗為意外，『有事嗎？』

「馬上給我定位一個手機號碼，要快。」駱少華已經衝進了對面的月臺，環視一圈，月臺上空無一人，他暗罵一聲，向杜成報出一串電話號碼，「有消息立刻通知我。」

杜成猶豫了一下，但是很快做出答覆：『好的，我這就打電話給震梁。』

駱少華掛斷電話，轉身向出口跑去。還沒跑到出站閘門，就看到幾個保全人員正圍攏過來，試圖攔住他。

「閃開！」駱少華大吼一聲。也許是被他臉上凶狠的表情嚇到，更是懾於他來勢洶洶的氣勢，保全人員們都有所畏縮。

趁他們猶豫的時間，駱少華從閘門上一躍而過，徑直跑向站外。

來到街上，駱少華迅速向四周掃視，馬路上只有零星幾個行人，車輛也很少，可是林國棟依舊不見蹤影。他顧不得喘口氣，隨即向自己的車跑去。

剛剛發動汽車，杜成就打來了。

『老駱，找到了，在八一公園附近，而且位置不變。』

「知道了。」駱少華一手舉著電話，一手急轉方向盤，腳下猛踩油門。

『老駱，那是駱瑩的手機。』杜成的聲音也頗為急切，『她怎麼了？』

「見面再說。」駱少華沒有時間跟他解釋，「你帶幾個人過去，拜託了！」

『好，我這就出發。』聽筒裡傳來腳步聲，『你開著手機，保持聯絡。』

駱少華應了一聲，繞過一輛計程車，向八一公園飛馳而去。

八一公園位於城南，距離春陽街地鐵站七公里左右的路程。

駱少華駕車一路狂奔，不到五分鐘就開到公園門口。剛停好車，就看見一輛帕拉丁SUV疾馳而來。

杜成從車上跳下，朝駱少華跑過來。

「震梁他們已經到了。」杜成的臉上滿是亮晶晶的汗水，「正在公園裡搜索。」

算起來，駱少華和杜成已經有幾年沒見了，甚至連話都沒有說過。再次見面，杜成卻不問緣由就出手相助，關鍵時刻，還是老夥伴們靠得住。

駱少華沒有時間多感慨，拍拍杜成的肩膀，道了句謝謝後，就跑進了公園。

駱瑩的手機雖然已經關機，但是仍可以透過技術手段確定它的大概位置。那麼可能性就有三個，一是手機還在林國棟身上，二是在駱瑩身上，三是已經被林國棟丟棄在別的地方。

第一種可能性基本可以排除，因為手機被定位後，位置沒有改變，林國棟不可能留在原地等駱少華找上門來，所以後兩種可能性是比較大的。駱少華更傾向於第二種可能性，因為從林國棟剛才和駱少華通話的情況來看，似乎他身處一個空曠的戶外場所，八一公園的確符合這個特點。而且，駱瑩也很可能就在公園裡，因為如果她在公園外，應該很快被人發現。張震梁他們顯然也想到了這一點，所以首先選擇在公園內搜索。

只是，駱瑩即使被找到，還會活著嗎？

駱少華不敢再多想，打開強光手電筒，在漆黑一片的公園裡尋找著。此刻已近午夜，公園裡人跡寥寥，為穩妥起見，駱少華從門口找起，連假山後和樹下都不放過。

然而，時間一分一秒地過去，除了發現幾對正在隱蔽處親熱的男女外，絲毫不見駱瑩的蹤跡。駱少華越來越焦急，現在的氣溫是零下十五度左右，而且女兒很可能受了傷，她還能堅持多久呢？

正想著，面前出現一道快速移動的手電筒光，還伴隨著急促的腳步聲。

駱少華用手電筒照過去，看見杜成正快速跑過來。

「怎麼樣？」

「這邊沒有。」手電筒的燈光下，杜成的臉色很不好看，「老駱，我去左邊找，你去右邊。」

駱少華應了一聲，快速向旁邊的岔路走去。

他繞過一座雕塑，特意照了照雕塑背後，沒有。

跑過一座木橋，看看橋下，沒有。

鑽進一片灌木叢，沒有。

從時間和搜索人力分布來看，大半個公園已經被搜過了，還是不見女兒。

駱少華的腳步越來越沉重，眼前也漸漸迷離一片。終於，他再也跑不動了，本想扶住一棵樹歇口氣，雙腿卻澈底軟了下去。

他一屁股坐在樹下，立刻感到了身下的堅硬和冰冷，然而更冷的是他的心。

越發濃重的絕望襲上心頭，駱瑩也許不在這個公園裡，抑或她已經被害了。

駱少華覺得鼻子發堵，胸口也悶得厲害。

終於，他抬起頭，沖著漆黑一片的公園，哭出了聲。

「瑩瑩，妳在哪裡？」駱少華像個恐懼的孩子，茫然無助，「快一點出來，爸爸……」

那些沉默的樹木、假山和水池並不回應，無聲地看著這個哭泣的父親。

忽然，駱少華聽到衣袋裡的手機響了起來。他急忙擦擦眼淚，掏出手機一看，是杜成。

「喂？」

『老駱，孩子找到了。』杜成的聲音非常急促，伴隨著喘息聲，似乎還在奔跑，『在噴泉旁邊的長椅上，還有個男的。』

距離噴泉還有十幾公尺的時候，駱少華就看到幾個男人圍在一張長椅旁，手電筒光籠罩在一個垂著頭的女人身上，旁邊是一個雙手抱頭，呈蹲坐狀的男人。

駱少華快步跑過去，徑直撲向長椅上的女人，急不可待地扳起她的頭沒錯，正是駱瑩。同時，他感到一股濕熱的氣息噴在手上，還帶著濃濃的酒味。

駱少華一下子失去了全身的力氣。她還活著。

駱瑩身上蓋著一件藍色羽絨服，上半身隨著父親的動作無力地搖晃著。駱少華突然想起那個血手印，急忙拉開羽絨服，想查看她是否受了外傷。

「我剛才簡單看了一下，沒事。」張震梁走過來，他只穿著一件毛衣，正抱著肩膀哆嗦，「不過人還昏迷著。看起來，好像是喝多了。」

駱少華不放心，還是上下查看了一番。的確，駱瑩衣著完整，全身都沒有血跡。他站起來，看看站著的幾個男人，除了杜成和張震粱之外，其餘幾個都是刑警隊的小夥子。

「那個男的呢？」

「喏。」張震粱向蹲坐的男人揚揚下巴，「找到駱瑩的時候，這王八蛋正在她身上摸摸搜搜的。」

駱少華用手電筒照向他。男人的頭髮又髒又亂，穿著一件看不出底色的破棉襖，似乎是個流浪漢。

駱少華上前揪起他的頭髮，男人仰起臉，哎喲哎喲地叫喚起來。

不是林國棟。

儘管如此，一股怒氣仍然從駱少華的心底泛起。他抬腳向男人踹去，後者跌坐在地上，一邊躲避，一邊大聲慘號。

「行了。」始終默不作聲的杜成拉住駱少華，「先送駱瑩去醫院吧。」

市第四人民醫院的走廊裡，杜成、張震粱、駱少華三人等待著駱瑩的消息，或坐或立，各懷心事。

當年，因為杜成堅持認定許明良不是兇手，並多次要求重查此案，最終導致他和馬健、駱少華等人反目，即使杜成在被下派至其他城市後重新調回，三人也已經形同陌路，特別是在馬健和駱少華相繼退休後，杜成和他們幾乎斷了聯繫。今晚駱少華突然找自己幫忙，讓杜成感到非常意外。

對此，駱少華同樣解釋不清。他只是覺得，在那個時刻，沒有人會比杜成更能理解駱瑩的危險處境，即使林國棟的存在是個永遠不能向杜成道出的祕密。

因此，他始終垂著頭，回避著杜成探詢的眼神。

一個醫生從某個病室走出，一邊翻看手裡的診療記錄，一邊匆匆向他們走來。

「誰是駱瑩的家屬？」

駱少華急忙站起：「我是。她怎麼樣？」

「沒什麼大事，輕度酒精中毒。」醫生合上診療記錄，「先吊點滴，觀察一下，沒事就可以出院了。」

駱少華向醫生連連道謝，臉上的表情如釋重負。

杜成看看他，開口問道：「老駱，瑩瑩是怎麼回事？」

「和向陽見面沒談好，一個人喝悶酒去了。」駱少華勉強笑笑，「辛苦大家了。你怎麼樣，臉色蠟黃蠟黃的，身體不舒服？」

杜成知道他想岔開話題，只是簡單作答：「病了，沒關係。」

張震梁走過來，看看杜成的臉色，推著他往外走：「師父，你回去休息，我陪老駱。」

「不用。」杜成輕輕地推開張震梁，「我和老駱談談。」

「哦。」張震梁轉頭看了看駱少華，起身走到遠處的長椅上坐下。

杜成坐在駱少華身邊，想了想，低聲說道：「老駱，我們都是幹刑偵幾十年的人，有些話不必掖著藏著。瑩瑩到底出了什麼事？」

「真的是喝多了，不接電話，所以我著急了。」駱少華躲開他的目光，「剛才醫生的話你不是都聽到了。」

「二十多年前，瑩瑩上國中，期末考沒考好，不敢回家，去同學家睡了兩天。」杜成觀察著他的神色說道，「那時你都沒像今晚這麼著急，剛才聽你的語氣，我還以為瑩瑩被綁架了。」

駱少華的身體抖了一下：「成子，咱們老了，經不起折騰了。孩子有一點閃失，就能要了我的命。」

「我看你挺經得起折騰。」杜成踢踢駱少華腳下的斜背包，「如果駱瑩僅僅是不接電話，你有需要帶著警棍和望遠鏡嗎？」

駱少華下意識地低頭，看見斜背包的袋口敞開著，警棍的握柄和望遠鏡露出一角。

其實，他很難說清自己為什麼會找杜成來幫忙。在意識到駱瑩可能被害的時候，駱少華第一時間想到的就是杜成。也許在他的潛意識裡，只有這個苦苦追蹤了真凶二十幾年的老朋友才能真正地體會到林國棟有多麼危險。然而，此時此刻，對於事情的來龍去脈，他不能解釋也沒法解釋。他很清楚，任何理由和藉口都瞞不過杜成，但是他不能讓這件事暴露，否則他會在接到林國棟的電話後，第一時間就向老夥伴們求助。

林國棟一旦曝光，所有人都將面臨滅頂之災。他敢劫持駱瑩，並威脅自己，就是認定駱少華只敢一個人前來。

駱少華一直以為自己是捕蟬的螳螂，沒想到林國棟才是真正的黃雀。

「你到底在做什麼？」杜成盯著駱少華，繼續發問，「這件事和駱瑩有什麼關係？」

駱少華的心裡已是一片冰涼。他嘆了口氣，轉身面對杜成，眼神空洞。

「沒有。什麼事都沒有。」

第二十章 香水

張海生後退幾步，調整了一下書寫白板的位置，又走上前去，把最後幾根釘子敲進牆裡。

「這樣行不行？」

「行，就這樣吧。」紀乾坤把魏炯面前的杯子裡添滿開水，又吩咐道，「把橫杆也裝好。」

張海生陰沉著臉，看看紀乾坤，一言不發地俯身拿起一根不銹鋼毛巾杆，拆去外包裝之後，架在白板的上方開始安裝。

裝完一側後，他粗聲粗氣地對坐在床上的岳筱慧說道：「妳……弄好沒有？」

「馬上。」岳筱慧咬斷線頭，把一面縫好的白布遞給張海生。

張海生把白布穿進毛巾杆裡，安裝好另一側，拉動幾次，把錘子扔進工具箱裡。

「裝完了。」

「嗯，你先出去吧。」紀乾坤整理著手裡的一大疊照片，看也不看他，「有事我會再叫你。」

張海生叮叮噹噹地收好工具箱，抬腳走了出去，回手把門摔得山響。

岳筱慧目送他出門，轉頭對魏炯吐吐舌頭。

魏炯無奈地笑笑。岳筱慧並不知道紀乾坤何以能對張海生如此頤指氣使，個中緣由，也不便對她說明。

紀乾坤搖動輪椅，招呼他們：「來，把照片貼到白板上。」

兩個人動手，紀乾坤來指揮。很快，半張白板就被密集的照片所覆蓋。

小小的宿舍，看起來竟像公安局的會議室一般。

照片共分成四列，都是現場及屍檢圖片，按照四起殺人案的時間順序排列。

魏炯看了一會兒，回頭問紀乾坤：「要不要把現場示意圖也貼上去？」

紀乾坤沒有立刻回答他，而是怔怔地看著第四列現場照片。

妻子馮楠的屍體被拼在一起，姿勢怪異地躺在不銹鋼解剖臺上。

魏炯和岳筱慧對望了一下，默默地看著紀乾坤。

老人回過神來，意識到自己的失態，急忙笑笑，抬手指向白板。

「這樣多好，直觀。」

話音未落，杜成推門進來，看到三人圍在牆邊，盯著貼滿照片的白板，也吃了一驚。

「這是幹嘛？」

「呵，你來得正好。」紀乾坤招呼他坐下，「怎麼樣，不錯吧？」

「挺像回事的。」杜成打量著白板，「是你的主意？」

「嗯，方便觀看分析。而且，」紀乾坤搖動輪椅，走到牆邊，揪起白布的一角，拉過去蓋住白板，「平時還可以遮住，不至於嚇到別人。」

「你考慮得還挺周全。」杜成笑了，「有什麼發現嗎？」

三個人互相看看，都沒有開口。

杜成提供的資料，僅僅是讓紀乾坤等人瞭解了案件的全貌而已。至於從中採撿出線索或者思路，仍是他們力不能及的，更多的只是猜想和毫無依據的推測。

「杜警官，」紀乾坤想了想，開口說道，「我們之所以能夠站在一邊，是因為我們都相信許明良不是凶手，對吧？」

「對。」杜成直接承認，「否則我不會這麼多年還放不下這個案子。」

「嗯，那我們的出發點是一致的。」紀乾坤點點頭，「但是，我們的進度顯然不一樣。而且，你應該比我們走得更遠。」

「那倒未必。」杜成指指白板，「案發時間距今已經有二十多年，我走訪了一些當年的相關人員，但是獲取的資訊未必準確。可能是記憶錯誤，也可能是自己的主觀臆測。」

「那麼，你現在調查的重點是什麼？」

杜成看了紀乾坤幾秒鐘：「你先說說你的。」

紀乾坤笑了：「你還不能完全信任我，是吧？」

「對。」杜成毫無隱瞞自己的觀點的意圖，「因為我不確定你能給我什麼幫助。」

「我是被害人的丈夫。」紀乾坤的語氣一下子變得犀利，「我有權利知道真相。」

「你不需要知道真相。」杜成同樣針鋒相對，「我只要把結論告訴你就行。」

「那你為什麼把卷宗交給我？」

「因為除了我，你是唯一一個想找出凶手的人。」杜成加重了語氣，「唯一一個，所以你也許能向我提供我不知道的訊息。」

紀乾坤挑起眉毛：「嗯？」

「大多數人會對這場悲劇選擇遺忘，我走訪過的當事人都是，包括許明良的母親在內。」杜成直視著紀乾坤的眼睛，「但你不是，你沒有選擇繼續生活下去，而是留在二十三年前的記憶裡。也許這對你很殘忍，但是我需要你這麼做。因為只有如此，我才能挖掘出我要的東西。」

紀乾坤怔怔地看著他，一時間說不出話來。

「所以，我覺得，你的選擇是對的。」忽然，岳筱慧開口了，「我不妨直接告訴你，我們之前一直在討論的是，凶手為什麼會選擇那些女人下手。」

「嗯，這的確是一個思路。」杜成轉向岳筱慧，上下打量了她一番，「結論呢？」

岳筱慧看看魏炯，後者撓撓腦袋，頗為尷尬地開口：「沒結論。」

杜成撇撇嘴，臉上倒也沒有失望的表情。

「的確，我們找不到規律。」紀乾坤指指白板，「第一個被害人叫張嵐，三十三歲，案發時穿著黑色呢子大衣，玫紅色高領毛衣，藍色牛仔褲，短皮靴，黑色長捲髮；第二個被害人叫李麗華，二十七歲，案發時穿著深藍色棉外套，黑色毛衣，黑色褲子，棕色皮靴，黑色短髮；第三個被害人叫黃玉，二十九歲，案發時穿著紅色短袖T恤，黑色短褲，白色運動鞋，棕色長直髮。」杜成接著說下去，顯然對所有被害人的情況都了然於心，「第四個被害人叫馮楠，藍白碎花連身裙，銀灰色高跟鞋，黑色長卷髮。」

「共同點是都身材姣好，且都在深夜獨行時被害。」魏炯也湊過來，「不過，除此之外，她們在穿著、外貌等方面都毫無相似之處。」

「他在深夜裡開著車閒逛，應該會遇到不少晚歸的單身女人。」紀乾坤低下頭，聲音黯然，「我不知道他為什麼會選擇我妻子。」

「這也是我一直在想的問題。」杜成上前拍拍紀乾坤的肩膀，「案發時間橫跨冬、春、夏季。被害人的身高不等，髮長、髮色也不同，究竟是什麼刺激了他？」

「性欲？」魏炯插了一句，同時有些難為情地看看岳筱慧，「欲望難耐時就外出尋找獵物，然後選擇隨機的目標？」

「沒那麼簡單。」杜成搖搖頭，「這傢伙的經濟條件應該不會太差，如果僅僅是為了發洩獸欲，站街女有的是。」

他走到白板前，指指其中幾張照片：「強姦，肯定與性有關。殺人並分屍，固然有滅口之意，但是能看出他對被害人發自內心的恨意。對某種女性，他既想占有又有深深的仇恨。」

一直默不作聲的岳筱慧忽然開口問道：「杜警官，當年偵辦這起案件的員警們，都是男性吧？」

「嗯。」杜成對她的問題頗感意外，「是啊，怎麼？」

「怪不得。」岳筱慧笑了笑，「你們都忽略了一點，女人除了外在的衣著、相貌、頭髮之外，還有一種看不見的東西，同樣可以刺激男人。」

三人都愣住了，隨即同時發問：「什麼？」

岳筱慧指指自己的衣服：「氣味。」

杜成最先反應過來：「香水。」

「對。」岳筱慧點點頭，「我查過一些資料，女士香水對某些男人來說就是催情劑。也許就是某種特殊的氣味，刺激了他的衝動。」

杜成立刻把頭轉向紀乾坤，後者稍一思索就給出了肯定的答覆：「沒錯，馮楠那天出門的時候，的確擦了香水——蝴蝶夫人。」

香水。杜成的大腦快速運轉起來，和第一個被害人張嵐的丈夫對談的情景在眼前浮現：溫建良夾著菸，眼睛始終盯著窗外，語速緩慢：『黑色呢子大衣，玫紅色高領毛衣，牛仔褲，短皮靴，渾身香噴噴的。我當時還取笑她。』

他快步走向小木桌，拿起厚厚的卷宗，快速翻找著。

第一起案件中，被害人張嵐去參加同學聚會，返家途中被害。

第二起案件中，被害人李麗華逛街歸來，因為購買昂貴首飾而與丈夫爭執，負氣出走後被害。

第三起案件中，被害人黃玉是夜跑時被害。

第四起案件中，被害人馮楠參加同事的婚禮答謝宴，返家途中被害。

那麼，馮楠和張嵐可能在吃飯時飲酒；黃玉夜跑時會大量出汗，體溫升高會讓香水的味道更加明顯。至於李麗華，可能在商場購物時同時購買了香水，或者曾經試用過。

會不會她們都用了同一款香水？

黃玉和李麗華的情況還需要進一步核實，倘若這個推斷是成立的，那麼幾乎就可以得出一個結論。

「我還需要查查看。」杜成沉吟著轉過身來，目光炯炯地看著紀乾坤，「如果刺激凶手的來源真的是香水，那麼許明良肯定是被冤枉的。」

紀乾坤緊張地回望著他：「為什麼？」

「許明良有慢性篩竇炎導致的嗅敏覺減退。」杜成的語氣越加興奮，「死者身上擦的是香水還是花露水，對他而言是沒有意義的。」

「看吧，」紀乾坤激動地拍了一下輪椅，「我沒的說錯。」

「你別急著得意。」杜成擺擺手，「我還得搞清楚黃玉和李麗華用不用香水，以及是什麼牌子。不過，」他指指岳筱慧：「這小姑娘挺厲害。」

「謝謝。」岳筱慧莞爾一笑，目光卻變得咄咄逼人，「現在，該您了。」

「哦？」杜成一愣，隨即意識到她在問的是自己的調查重點，「我關注的是那個指紋。」

「第四起案件中的？」魏炯問道。

「嗯。」杜成指指第四列照片，「凶手在前三次作案的過程中，沒有留下任何痕跡、物證，我們在拋屍現場和包裹屍塊的塑膠袋上什麼都沒採撿到。不過，在第四起案件中，他露出了破綻。」

紀乾坤立刻接道：「豬毛和指紋。」

「對。」杜成點點頭，「塑膠袋上有許明良的指紋，而且他又是賣豬肉的，所以警方才確信他就是凶手。」

「凶手也許是他的顧客之一呢？」紀乾坤說道，「你們的推斷，未必……」

「塑膠袋上只有他一個人的指紋。」杜成伸出一隻手，「案發時正是盛夏，如果你看到一個戴著手套來買肉的人，不會覺得奇怪嗎？」

「嗯，那倒是。」紀乾坤老老實實地承認。

「而且，在屍袋裡還發現一隻鞋子。」杜成皺起眉頭，「這是我們唯一一次發現被害人的衣物。我想不通的是，那樣一個耐心細緻的人，分屍手法越來越熟練，作案心態越來越冷靜，為什麼會犯下如此愚蠢的錯誤。」

「分屍時遇到了某些突發情況。」岳筱慧插嘴道，「所以他慌張了。」

「有可能。」杜成摸摸下巴，「但是同樣解釋不了指紋的事情。」

「未必。」魏炯沉吟著，慢慢說道，「如果他不是許明良的顧客呢？」

「嗯？你的意思是？」

「現在的情況是這樣。」魏炯邊想邊說，「我們認為許明良不是凶手，但是拋屍的塑膠袋上有他的指紋，這說明他接觸過這個袋子，是吧？」

「是這樣。」杜成看著他，「你繼續說。」

「許明良拿著一個裝著豬肉的袋子，交給某人，而對方並沒有接觸或者說沒有赤手接觸到這個袋子。」魏炯做出一個遞過去的手勢，「那麼有沒有這種可能：不是賣，而是送？」

杜成皺起眉頭，紀乾坤和岳筱慧也是一頭霧水的樣子。

「我沒搞懂你的意思。」

「嗐，」魏炯說不清楚，乾脆表演起來，「比方說，許明良拿著袋子，到了某人家，進門說，某某我拿一點豬肉送給你，放下之後，聊幾句就告辭。之後對方是否戴著手套拿起袋子，他完全不知道啊。」

魏炯的表演既滑稽又好笑，幾個人都忍俊不禁。杜成也被逗樂了，不過，一個念頭突然閃電般地出現在他的腦海中，似乎某個記憶被魏炯的推測挖掘出來。這種感覺稍縱即逝，他想抓住它的時候，偏偏又消失得無影無蹤。

杜成集中精神，想找回那個溜走的念頭，忽然，聽到自己衣袋裡的手機響了起來。

他拿出手機一看，是高亮，急忙接聽。

『老杜，你找我辦的那件事，有消息了。』

三個人看著杜成接聽電話，看他的表情從驚訝、疑惑又變得若有所思。他並沒有和對方有過多的交談，只是「嗯啊」地回應，最後問了一句「在哪裡」就掛斷了電話。

「抱歉了，各位。」杜成站起身來，拎起背包，「我得先離開一下。」

林國棟坐在陳曉的對面，看女孩用細長的手指點數著一疊鈔票。她的手光滑、白皙，淡藍色的血管清晰可見。

林國棟調整了一下坐姿，輕輕地呼出一口氣。

陳曉注意到林國棟的眼神，笑了笑。

「放心吧，林老師，不會錯。」她把鈔票遞到林國棟手裡，「您點一點。」

「哦，不用了。」林國棟有些尷尬，馬馬虎虎地把錢塞進衣袋裡。

陳曉在桌子上翻找了一番，拿出一個牛皮紙檔案袋，遞給林國棟。

「三篇論文、兩個廣告文案。十天，怎麼樣？」

「嗯，我先瞧瞧。」林國棟抽出文稿看了看，「這是一篇經濟學論文啊，有不少專業詞彙要查。」

「那就兩個星期吧。」

「行，問題不大。」

陳曉站起來，開始穿外套，整理包包，收拾妥當之後，發現林國棟還坐在原處，翻看著手裡的文稿。

「林老師，我去吃午飯。」陳曉試探著問道，「您要不一起？」

「嗯？」林國棟回過神來，急忙收起文稿，「好啊。」

陳曉感到有些意外，不過話已出口，再收回也來不及。想了想，吃頓飯而已，沒什麼大不了。

二人一前一後走出辦公室，陳曉鎖好門，徑直走向電梯間。等電梯的時間，兩個人有一搭沒一搭地扯些閒話，林國棟看起來有一點緊張，腰板挺得筆直，始終目不轉睛地看著液晶面板上不斷變化的數字。

陳曉的心中暗暗好笑，想不到這老先生還挺純情。

很快，電梯來到他們所在的樓層。電梯裡人很多，基本都是趕著去吃午飯的人。兩個人擠進去，陳曉站在門口，林國棟站在她身後。

電梯下行。陳曉思考著去吃碗餛飩還是麻辣燙，突然感到脖子後面有氣流輕輕拂動，彷彿有人在她身後沉重地喘息。

她皺皺眉頭，下意識地向前移動了半步。同時，她聽到一種幾乎無法察覺的聲響。既像嘆息，又像呻吟。

五分鐘後，林國棟和陳曉站在樓下的一條小巷裡，街道兩邊林立著各色招牌，都是一些價格相對便宜的小飯館。

「餛飩、麻辣燙還是牛肉麵？」陳曉回頭徵求林國棟的意見，「我請您。」

「別啊，哪有女孩子請客的道理？」林國棟左右掃視著，「吃一點好的吧，妳來選。」

「那多不好意思。」

「別客氣。」林國棟拍拍衣袋，「這不是剛發了薪水嘛。」

最後，兩人商定去吃斑魚火鍋。

進到店裡，選了個靠窗的位置，陳曉脫了外套，露出裡面穿著的鵝黃色毛衣。

林國棟坐在她對面，上下打量了她幾眼，揮手叫服務員送菜單過來。

「妳來點吧。」林國棟把菜單遞給陳曉，「挑妳愛吃的。」

「那就讓您破費了。」陳曉把握著分寸，選了幾樣價格適中的菜品，特意幫林國棟點了一瓶啤酒。

酒菜很快就上齊，兩人吃喝起來。

熱騰騰的火鍋在他們中間冒著大團蒸氣，女孩的臉上見了汗，兩頰也變得紅紅的。

「味道真不錯。」陳曉揪起毛衣領子扇著風，「就是怕吃得一身味道，待會兒我得出去走走，吹吹風。」

林國棟卻吃得很少，小口呷著啤酒，鼻翼輕輕地翕動著。

「林老師，您申請個電子信箱吧。」陳曉夾起一塊魚片，「以後在網上傳稿子，省得您來回跑了。」

「沒事。歲數大了，就當鍛鍊身體了。」

「嘿，您可不老。」陳曉專心對付眼前的食物，「現在您這種大叔范兒正流行呢。」

「哈哈，真的假的？」林國棟笑起來，「很熱嗎，要不要來杯啤酒？」

「行。」陳曉爽快地把杯子遞過去，卻突然發現林國棟握著酒瓶的手上纏著紗布，「哎喲，您這是怎麼了，受傷了？」

「沒事。」林國棟把陳曉的杯子倒滿酒，又看看自己的手心，「抓一隻螳螂，不小心弄的。」

「螳螂？」陳曉感到既疑惑又好笑，「這個季節，哪有螳螂？」

林國棟看著女孩瞪得圓圓的眼睛和紅潤的臉龐，深深地吸了一口氣，瞇起眼睛，笑著說道：「是啊，螳螂。」

第二十一章　真相

馬健走進茶樓，向前臺服務員詢問了幾句，隨後就被帶往二樓盡頭的一間包廂裡。一進門，就看到駱少華蜷縮在沙發裡，呆呆地盯著眼前的茶杯。

「少華，這麼急著找我，什麼事？」馬健脫下外套，坐在駱少華對面，剛細細打量對方，他就愣住了，「我靠，你這是怎麼了？」

駱少華頭髮蓬亂，眼眶發青，雙眼布滿血絲，臉上的線條如刀削般深刻，活脫脫一個癮君子的形象。

「你小子，該不會他媽的吸粉了吧？」

「你扯哪去了，」駱少華慘然一笑，「老馬，你最近怎麼樣，挺好的？」

「還行。」馬健的氣色不錯，頭髮略長了些，整齊地梳向腦後，他拍拍肚子，「就是胖了，天天閒著嘛。」

駱少華掃了他一眼，起身在他的茶杯裡倒滿茶水。

「要不要來一點吃的？」

「不用，剛吃過。」馬健端詳著駱少華，「你上次半夜打電話給我，我就覺得奇怪。說吧，找我什麼事？」

駱少華長嘆一聲，向後跌坐在沙發上，用手捂住臉。

「說啊，」馬健看他頹唐的樣子，心裡頗不耐煩，「你怎麼還是這麼婆婆媽媽的？」

駱少華沉默了一會，似乎不知該如何開口。

「你說不說？」馬健有些惱火，作勢要起身穿衣，「不說我走了。」

「老馬，」駱少華終於鼓起了勇氣，「還記得許明良的案子嗎？」

「當然記得。」馬健起身的動作做了一半就停住了，他半扭著身子，怔怔地看著駱少華，眉頭漸漸皺起，「你怎麼突然想起說這個？」

「當年，我們都覺得這是個鐵案，只有杜成認為我們抓錯了人。」駱少華點燃了一支菸，垂著腦袋，額頭幾乎要碰到膝蓋，「其實，他是對的。」

馬健依舊保持著剛才的姿勢，雙眼死死地盯著駱少華，半晌，他才從牙縫中擠出幾個字：「你說什麼？」

「凶手另有其人。」駱少華抬頭，臉上是混合著恐懼和絕望的神情，「而且，他回來了。」

「誰是凶手？你怎麼知道的？」馬健再也按捺不住，抬手揪住駱少華的衣領，「他回來了？你什麼意思？」

駱少華的身體隨著馬健的動作無力地搖晃著，臉上擠出一個比哭還難看的笑容。

「這，說來話長。」

一九九二年十月二十八日。

時值深秋，清晨的時候，氣溫接近零度，天色已然大亮，草葉上的霜凍卻沒有褪去。

駱少華盯著泛白的綠化帶中的黑色塑膠袋，心中的石塊越來越大，越來越重。

這是東江街和延邊路交會的路口，已經被警方用警戒線澈底封鎖。由於道路變窄，出現了暫時的交通擁堵。緩慢經過此地的車輛都好奇地打開車窗，遠遠地向這邊張望著，試圖透過那群忙碌的員警看清綠化帶中究竟發生了什麼事。

現場勘查正在進行中。中心現場裡，勘查人員一寸寸地搜索著地面。一個法醫蹲在地上，面色凝重地盯著黑色塑膠袋。在綠化帶外緣，一個道路清潔工正在緊張地對兩個員警描述他發現屍塊的經過。

相機的閃光燈不斷亮起，勘查人員清晰而簡短的指令與回應不停地傳進駱少華的耳朵裡，他咂咂發乾的嘴巴，小心地踩著通道踏板，走進中心現場。

塑膠袋在一叢灌木中，旁邊的草地有滑蹭痕，看起來應該是被人從道路左側扔進去的。塑膠袋的表面被灌木枝刮破，露出一塊青白色的人體皮膚。據報案人講，他當時不知道那是什麼，湊近了一看，皮膚上的一顆黑痣讓他意識到那是人體。

駱少華看著袋口上纏繞的黃色膠帶，下意識地抬起頭，恰好遇到馬健陰沉的目光。

拍照固定證據完畢，法醫用鑷子小心翼翼地打開膠帶，採撿後，他拉開袋口，從塑膠袋裡捧出一截人體殘肢。仔細查看一番，他轉頭對馬健說道：「右大腿。」

馬健沒有說話，示意勘查人員檢查塑膠袋。後者捏住塑膠袋的提手，用勘查燈對內部來回掃視了幾遍，又將袋子舉起，在自然光下反復觀察，最後，對馬健搖了搖頭。

「初步看，沒留下手印。我回去再仔細查查。」

馬健沉默了幾秒鐘，低聲說道：「先採撿吧。」

這時，一個年輕的制服員警匆匆跑了過來，徑直衝到馬健面前：「馬隊，城建花園正門又發現一個黑色塑膠袋。」他咽了口唾沫：「好像是軀幹。」

馬健緊緊地閉了一下眼睛，旋即睜開，轉身沖駱少華揮揮手：「走吧。」

被害人梁慶芸，女，二十九歲，生前係本市第一百貨大樓的售貨員，一九九二年十月二十七日晚九時許下班後失蹤，次日凌晨，死者的右大腿在東江街和延邊路交會的路口處被發現，隨即其餘屍塊在本市各地區陸續被找到。

死者生前被性侵，死因為機械性窒息，屍塊均由黑色塑膠袋包裹，袋口纏繞著黃色膠帶。現場沒有發現死者的衣物，也沒有採撿到手印或者足跡。

「10．28強姦殺人碎屍案」的案情分析會足足開了一下午，散會後，馬健又被叫到局長辦公室，閉門密談。

半小時後，馬健一臉陰沉地走出來，在門口等候多時的駱少華急忙迎上去。

「馬隊，怎麼樣？」

「暫時封鎖消息，拒絕媒體的採訪要求。」

「就這些？」

「什麼叫就這些？」馬健的表情頗不耐煩，起身朝辦公室的方向走去，「你還想要什麼？」

「是他幹的？」

「不是。」馬健否定得斬釘截鐵，目不斜視，大步向前走著。

「怎麼不是？」駱少華急了，一把拉住馬健，「那手法一模一樣啊。」

「不是。」馬健甩開駱少華的手，繼續向前走，「那王八蛋已經被槍斃了。」

「馬健，」駱少華快步追上他，「我們在自欺欺人！」

馬健突然停下腳步，低下頭，雙眼緊閉，兩頰的肌肉在突突跳動，似乎在竭力控制自己的情緒。

「馬隊，」駱少華看看四周，低聲說道，「也許杜成說得對，我們真的抓錯……」

「沒有！」馬健驟然大吼一聲，轉身揪住駱少華的衣領，把他牢牢地按在牆壁上，「我們沒抓錯人，就是許明良！」

「那你怎麼解釋這個案子？」駱少華拚命撕扯著，臉憋得通紅，「強姦後殺人、機械性窒息、黑色塑膠袋、黃膠帶……」

幾個路過的員警聞聲向這邊望來，露出或好奇或疑惑的神色。

馬健看看他們，鬆開手，站在原地，不斷地喘著粗氣。

「是模仿犯罪。」馬健的聲音中還帶著急促的呼吸，「許明良的案子被媒體渲染得太離譜了，難免有人會效仿，所以這次要封鎖消息。」

駱少華伸手撫平被弄皺的衣領，死死地盯著馬健，胸口劇烈地起伏著。

「所以，我們得儘快抓住他。」馬健叉著腰，看著地面，既像是說給駱少華聽，又像是自言自語。

冷不防地，他又撲過來，伸手揪住駱少華剛剛撫平的衣領。

「你聽到沒有？我們要抓住他，儘快！」馬健的眼神彷彿一隻狂暴的野獸，牙齒咬得咯吱作響，「抓住他，就知道我們有沒有錯了。」

同樣的黑色塑膠袋、指紋、白色廂式小貨車、車廂裡的血跡、許明良的口供。

這些就是警方向檢察院移送的主要證據。如果仔細推敲的話，黑色塑膠袋乃家用常見之物；車廂裡的血跡經過清洗，並且和豬血混合在一起，雖然證明其存在，但由於受到汙染，已經沒有勘驗價值；至於許明良的口供，駱少華很清楚那是用什麼樣的手段獲取的。

想來想去，除了那個指紋之外，其他的證據都不能直接將凶手指向許明良。

那麼，許明良的指紋為什麼會出現在包裹屍塊的塑膠袋上？

兩種可能：第一，凶手就是許明良；第二，凶手是和許明良有接觸的人，其中，曾購買過許明良豬肉的人嫌疑最大。

許明良所在的春陽農貿市場毗鄰一片很大的住宅區，可能購買過他的豬肉的人數以千計，逐一排查所需時間難以估量，而馬健等人只有區區二十天的時間。

所以，馬健選擇了第一種可能，而第二種可能性，在駱少華的心中，越來越大。

楊桂琴沒有出攤，站在攤位後面的是一個二十多歲的年輕人，正在奮力劈開一扇排骨。

駱少華走上前去，問道：「楊桂琴呢？」

「她沒來。」年輕人放下菜刀，「現在這個攤位歸我了。」

「她怎麼了？」

「病了快一年了。」年輕人好奇地打量著駱少華，「你是哪一個餐廳的？以後買肉就找我吧，一樣的。」

駱少華沒作聲，掏出警官證在他面前晃了晃。

「你是員警啊。」年輕人垂下眼皮，重新拎起菜刀，「我哥的事不是都完了嗎？」

「許明良是你哥？」駱少華又問道，「你是誰？」

「我是楊桂琴的外甥。」年輕人顯然對駱少華充滿敵意，劈砍排骨的動作也驟然加重。

駱少華看看被他砍得七扭八歪的排骨，轉身離開。

十五分鐘後，駱少華把車停在許明良家樓下。剛熄火，就看到楊桂琴搖搖晃晃地從走廊裡走出來。

一年沒見，楊桂琴幾乎瘦脫了相。原本夾雜著幾根銀絲的頭髮現在已經變得花白，臉上的皺紋縱橫交錯，整個人看起來老了十幾歲。雖然還沒進入冬季，楊桂琴卻已經穿上了厚厚的羽絨服，帽子和圍巾也一應俱全，一副弱不禁風的樣子。

她的手裡拎著一個布包，裡面不知道塞了什麼東西，不過對她而言顯然是過於沉重了，以至於她不得不走幾步就把布包放在地上，歇口氣才能繼續向前。

她的目標是一個公車站。此刻，一輛公車緩緩停靠在月臺上，幾個乘客下車後，公車關閉車門，準備駛離。楊桂琴有些急了，奮力拎起布包，想快步去追趕公車，不料身體失去了平衡，重重地摔倒在地上。

駱少華急忙跑過去扶起她。楊桂琴頗為感激地抬起頭，一看是他，臉上的笑容瞬間就凝固了。

「是你？」她甩開駱少華的手，「人也死了，錢也賠了，你還來找我幹什麼？」

駱少華無語，拎起地上的布包，發現裡面是幾本書。

「妳這是要去幹嘛？」

「不用你管。」楊桂琴奪過布包，轉身就走，然而只走出幾步，又氣喘連連。

駱少華見狀，快步追上去，一手拿過布包，一手攙住她的胳膊。

「我送妳吧。」他帶著楊桂琴走向路邊，「妳這個樣子，恐怕走到半路就得趴下。」

楊桂琴還在掙扎，駱少華不由分說，一直把她拉到車裡。關上車門，替她繫好安全帶，楊桂琴才放棄了反抗，一臉不情願地坐在副駕駛座上。

「妳要去哪裡？」駱少華發動汽車，扭頭問道。

「我兒子的老師家。」楊桂琴目視前方，語氣冷淡，「他有幾本書放在我家了，我整理明良的遺物時發現的。」

駱少華看看那個鼓鼓囊囊的布袋：「這麼重，妳一個人怎麼拎得動？」

「再重也得還給人家，」老婦扭頭看向窗外，「我們家不欠別人東西。」

殺人償命，欠債還錢，四名被害人家屬同時提出了刑事附帶民事訴訟，賠償金達十幾萬。楊桂琴拿出了全部積蓄，變賣了小貨車，才勉強還清。

駱少華看看她一臉倔強的樣子，心中暗暗嘆了口氣，踩下了油門。

目的地距離許明良家不遠，同在鐵東區之內。駱少華一邊開車，一邊瞄著楊桂琴。老婦始終一言不發，雙手緊緊地握在一起，瘦削的臉藏在帽子和圍巾後，看不到她的表情。

「許明良平時和什麼人接觸比較多？」

楊桂琴沒有回答。

「經常去肉攤買肉的人，妳能記得多少？」

老婦轉頭看看他，又扭過臉去。

「你問這個幹嘛？」

這次輪到駱少華無言以對了。想了想，他又問道：「妳的外甥，就是接手肉攤的那個人，和許明良的感情怎麼樣？」

「你去找我外甥了？」楊桂琴突然爆發，「明良已經償命了，你們還想怎麼樣？株連九族嗎？」

駱少華不再發問，專心開車。經營肉攤的年輕人的確有替表哥繼續報復社會的動機和可能，但即使駱少華不瞭解他和許明良的關係如何，仍然覺得這種可能性微乎其微。從年輕人劈砍排骨的手法來看，完成分屍對他而言太難了。另外，也是更為重要的一點，在他的眼睛裡，駱少華看不到那種深不見底的邪惡。

十分鐘後，兩個人來到綠竹苑社區。這裡是綠竹味精廠的家屬區，住戶自然多是工廠的員工。駱少華正在思索著這個所謂「老師」的身分，老婦已經拉開車門下車，頭也不回地向前走。

駱少華急忙也跳下車，追上楊桂琴，不由分說就奪過她手上沉重的布包。楊桂琴大概已經領教了駱少華的固執，倒也沒有過多糾纏，只是跟在他身後慢慢地走。

在她的指示下，駱少華走到二十二棟樓四單元樓下，楊桂琴還在幾十公尺外一步步地挪過來。說實話，這個裝滿書的布包分量不輕，別說是年老體衰的楊桂琴，駱少華拎著它都覺得吃力。他想把布包放在地上，緩一緩酸麻的手，又怕弄髒了布包，惹得楊桂琴不高興。左右瞧瞧，樓下停著一輛白色東風牌皮卡車，駱少華把布包放進車廂裡，斜靠在車身上，等楊桂琴走過來。

皮卡車的駕駛座突然開了門，一個中年男人探出頭來，皺著眉頭看向駱少華。

「暫時放一下。」駱少華指指楊桂琴，「等等這老太太。」

中年男人「哦」了一聲，縮回頭去。

好不容易等到楊桂琴走到樓下，得知她要去五樓之後，駱少華又從車廂裡取回布包，大步向樓上走去。

五〇一室的鐵門緊鎖，駱少華在門上敲了幾下，卻毫無回應。他扭頭看看正艱難地爬上來的楊桂琴：「家裡沒人。」

「有人。」楊桂琴已經氣喘吁吁，滿臉都是汗水，「我來之前打電話了。」她挪到門前，抬手敲門，邊敲邊說：「趙師父，我是明良的媽媽。」

門忽然開了，一個老婦露出半個身子，神色頗為警惕。

「桂琴，快進來。」老婦看到楊桂琴身後的駱少華，愣了一下，「這位是？」

「送我來的。」楊桂琴顯然已經沒有多餘力氣解釋，轉身指示駱少華，「幫我拎進來吧。」

進入室內，老婦的情緒顯然放鬆了許多。她攙著楊桂琴坐在沙發上，忙活著幫她掛衣服、倒熱水。

「桂琴啊，妳也真是的。」老婦坐在楊桂琴的身邊，握著她的手，「幾本書嘛，何必還特意送過來，我讓國棟去拿不就得了。」

「林老師那麼忙，怎麼好意思麻煩他。」楊桂琴虛弱地笑笑，「再說，都在我那放了一年多了，也不知道有沒有耽誤林老師的工作。」

「沒事，不會的。」

「妳也別怪我。」楊桂琴的眼淚流下來，聲音也開始顫抖，「我不敢看明良的東西，腦子裡全是這孩子。所以，拖了一年多才整理他的遺物。」

老婦急忙攬住她的肩頭，連聲安慰著。

駱少華站在客廳裡，默默地聽著。從她們的交談中，漸漸弄清了楊桂琴此行的目的。

許明良並不甘心做一個肉販，曾於兩年前參加了成人高考，卻因為英語太差而名落孫山。這傢伙倒沒有氣餒，打算好好複習一年，重新再考，楊桂琴挺支持兒子的想法，還找來舊同事的兒子，就是那個所謂的「林老師」來當許明良的家教。她來這裡，就是為了歸還當時林老師借給兒子的幾本參考書。

兩個老太太的聊天重點自然是楊桂琴這一年多來的生活。說到傷心處，楊桂琴又是淚水漣漣，老婦起身去拿毛巾，這才發現駱少華還站在門口。

「哎呀，我都忘記問了。」老婦急忙招呼他，「您是？」

駱少華不知道該怎樣自我介紹，楊桂琴先開了口：「你先走吧，待會我自己回家。」

「我等妳吧。」駱少華看看手錶，「馬上就晚高峰了，公車上會很擠。」

「你走吧。」楊桂琴陡然提高了音量，「你還想查什麼？要不要查查林老師？」

老婦站在原地，看看楊桂琴，又看看駱少華，既疑惑又不知所措。

駱少華覺得有些尷尬，只能低聲說句「好吧」，就轉身開門出去。剛探出身子，就和門外的一個人撞了個滿懷。

「老趙啊老趙，妳果真在家啊。」一個中年男人怒氣沖沖地推開駱少華，徑直闖了進來。

老婦的神色一下子變得惱怒：「你怎麼又來了？」

「我不來怎麼辦？」中年男人抖著手裡的幾張票據，「這一百多塊的油錢讓我自己掏腰包？」

駱少華認出了他，正是樓下那輛白色皮卡車的司機。

「我跟你說了多少次了。」老婦已經顧不上身後的楊桂琴，「誰能證明那是國棟用的油啊？」

「我還能騙妳不成？妳兒子開的是哪輛車我會不知道？車就在樓下，不信讓國棟看看。」中年男人急了，「好歹國棟也是個大學生，怎麼還能耍賴呢？」

「你別嚷嚷，」老婦顯然不想讓左鄰右舍聽到他們的爭執，「要說就進來說。」說罷，她就抬手關上鐵門。

駱少華站在走廊裡，苦笑著搖搖頭，心說這都什麼亂七八糟的。隔著鐵門，他仍然能聽到老婦和中年男人在大聲對吵，而且越來越激烈。看起來，楊桂琴應該很快就會告辭，駱少華決定還是到樓下去等她。

他點燃一支菸，銜在嘴裡，轉身下樓。然而，他的腳步越來越慢，最後，停在了二樓的緩臺上。

他發現自己正在腦子裡回想老婦和楊桂琴及中年男人的對話，似乎有什麼訊息觸動了他的神經。

漸漸地，幾件看似無關的事情越來越清晰。

林老師很可能叫林國棟，是許明良的家教。

白色皮卡車。

林國棟曾開過這輛白色皮卡車。

駱少華回頭看看樓上，隨即，他加快腳步衝下樓去。

白色皮卡車還停在樓下，駱少華繞著車身轉了一圈。東風牌，車齡不長，車體上覆蓋著一層灰塵，似乎閒置了很久。最後，他站在車頭前，凝視著眼前這輛平凡無奇的皮卡車。

警方在下江村的拋屍現場進行調查走訪時，曾獲得這樣一條線索：一名村民在案發前一天晚上，在現場附近看到過一輛「不是轎車」的白色汽車，警方也據此認定許明良的白色廂式小貨車就是他拋屍時使用的交通工具。

那麼，如果那個村民看到的是一輛白色皮卡車呢？

駱少華的心臟劇烈地跳動起來。他繞到車尾，抓住車廂上的護欄，試圖跳上車去。剛要發力，就聽到耳邊傳來一聲喊叫：「你幹嘛？」

駱少華回過頭，看見那個中年男人一臉狐疑地看著自己。

他轉過身，從衣袋裡掏出警官證，舉到男人面前。

「我是員警。」

「哦。」中年男人歪著頭看看警官證，又看看駱少華，「你認識林國棟？」

「不認識。」駱少華指指五〇一室的窗戶，「你和他怎麼回事？」

「那正好，您給評評理。」中年男人意識到駱少華不會偏私，立刻激動起來，「您說這叫什麼事兒？」

中年男人叫劉柱，是味精廠汽車班的維修員，和林國棟之母有些交情。兩年前，林國棟想學開車，其母就找到劉柱，請求他借輛車給林國棟，劉柱礙於情面，就把一輛閒置的皮卡車借給林國棟練手。

車輛損耗從表面上看不出來，里程表也可以做做手腳。所以這兩年來，林國棟先後借了十幾次車，加之每次都會給劉柱一些好處，雙方相安無事，然而汽油的消耗卻是無法掩蓋的事實。幾個月前，味精廠對車輛使用情況進行統計，林國棟用了一百多塊錢的汽油，無法報帳，劉柱只能自掏腰包先堵上這個窟窿。回頭向林國棟之母討要時，她卻不認帳，非要他拿出是林國棟用了這些汽油的證據。

「我跟你說，這小子每次用車我都有記錄。」劉柱一臉不達目的誓不甘休的表情，「再說除了他，那輛車兩年都沒用過。不是他用的油還能是誰？他想抵賴？」

「等等。」駱少華打斷了他的話，雙眼放出光來，「你剛才說，這輛車兩年都沒用過，除了林國棟？」

「是啊。所以……哎，你這是？」

駱少華已經翻身躍上後車廂，四肢著地，仔細地查看著車廂內部。

倘若劉柱所言屬實，那麼這輛兩年沒有用過的車上應該留下些許蛛絲馬跡，如果駱少華的猜想成立的話。

然而，他把整個車廂都檢查了一遍，連最細微的縫隙都沒有放過，依舊沒有發現任何血跡或者毛髮之類的東西。

駱少華跳下車，徑直向劉柱伸出手去：「鑰匙。」

劉柱有些莫名其妙，不過還是老老實實地掏出車鑰匙遞給他。

車門一打開，駱少華就坐上副駕駛座，前後查看起來。

根據警方對犯罪過程的還原，凶手在將被害人騙上車後，會趁其不備用鈍器擊打頭部，致其喪失反抗能力後再帶往某地強姦殺害。如果被害人頭部形成了開放性傷口，那麼車內也許會留下血跡。

一番查看後，在右側擋風玻璃附近、地面、車門、座椅及頭枕上都沒有發現任何痕跡。駱少華倒沒覺得奇怪。凶手是一個細心且謹慎的人，作案後肯定會對駕駛座內進行檢查，甚至是清洗。但是，真的會一點痕跡都沒有嗎？

他起身挪到駕駛座上，轉過頭，凝視著空無一人的副駕駛座。漸漸地，一個模糊的影子出現在眼前。

一個長髮、面目不清的女人抓著手提包，默默地坐在副駕駛座上。

駱少華舉起右手，虛握成拳，在女人的頭部揮動了一下。

看不見的錘子劃破空氣，那個模糊的影子卻動起來。長髮彷彿融入水中的墨跡一般飛舞開來，許多墨點四濺，落在擋風玻璃、車門及座椅上，很快就消失不見了。

駱少華把視線投向前擋風玻璃附近，一個墨點黏附在右側遮陽板上方。

這黏稠的液體滴下來，落在遮陽板背面，隨即，一隻無形的手擦去了遮陽板上方的墨點……駱少華看著那塊遮陽板，慢慢地伸出手去，把它翻了下來。

在遮陽板右下方，一個黑褐色的小圓點清晰可見。

駱少華的呼吸急促起來，他把遮陽板拆下來，小心翼翼地揣進懷裡。

車窗外，劉柱看著他的一舉一動，臉上的疑惑更甚。

「我說員警同志，你把這個拆走了，我怎麼交代啊？」

「你先找一個換上去，去買一個也行，回頭找我報銷。」駱少華指指自己的胸口，「我用過之後就還你。」

「林國棟他……」劉柱惶恐起來，「我不管啊，這小子無論犯了什麼事兒，油錢都得給我，哎！」他忽然大叫起來，手指著社區入口的方向：「說來就來了！」

駱少華扭頭望去，看見一個三十歲左右、身穿黑色風衣的男子，提著一只棕色皮包走了過來。

劉柱跑過去，一把揪住男子的手臂，表情激動地吼起來。

男子似乎對劉柱的突然出現感到非常意外。

他甩動著手臂，試圖掙脫劉柱的糾纏，同時，把目光投向那輛白色皮卡車。

駱少華和男子的視線撞在了一起。

男子的臉忽然就變得慘白，整個人似乎顫抖了一下。他不再掙扎，轉身對劉柱低聲說道：「劉叔，你別嚷，跟我上樓拿錢吧。」

劉柱自然是滿口答應，搶在男子前面走進走廊裡。男子安靜地尾隨其後，邁進樓門的瞬間，他又向駱少華望去。

那雙眼睛裡，滿是怨毒和恐懼。

隨即，他就消失在門後。

駱少華卻顫抖起來，甚至感到自己的牙齒在喀喀作響。他跳下車，站在原地茫然四顧，大腦一片空白。直到他的視線掃過社區門口的一家小賣店，看到那個「公共電話」的招牌之後，駱少華才回過神來。

他快步向小賣店跑去，登上幾階水泥臺階，拿起話筒，按動鐵東分局的電話號碼。然而，還剩一個數字的時候，他的手停了下來。

駱少華轉身看看二十二棟樓四單元五〇一室的窗戶，放下了話筒。

林國棟，男，一九六一年出生，未婚，大學學歷，本市一〇三中學的英語教師。家住鐵東區綠竹苑社區二十二棟樓四單元五〇一室，父母都是綠竹味精廠的職工，其父於四年前病逝。林國棟從一九九〇年年底開始擔任許明良的家庭教師，主要幫他輔導英語，無不良記錄及前科劣跡。

劉柱向駱少華提供了一份林國棟的用車記錄，自一九九〇年七月始，林國棟共借走車輛十七次，每次都是那臺東風牌白色皮卡車，用車時間為一到兩天不等。

在這份用車記錄裡，駱少華採撿出了幾個日期：一九九〇年十一月七日；一九九一年三月十三日；一九九一年六月二十二日；一九九一年八月五日。而系列強姦殺人案的案發時間分別為一九九〇年十一月九日、一九九一年三月十四日、六月二十三日和八月七日，也就是說，每一起案發的前一天或者兩天，林國棟都會開著這輛白色皮卡車在城市裡遊蕩。

駱少華把這份用車記錄鎖在抽屜裡，起身向法醫室走去。

法醫老鄭正在操作一臺新儀器，看樣子他對這玩意兒的興趣很大，駱少華走進來他都沒發現。

「老鄭，那份化驗報告出來了沒有？」

「出來了，在桌子上。」老鄭指指自己的辦公桌，低頭繼續工作，「少華，要不要看看這個？」

駱少華沒心思陪他聊，隨口敷衍一句就拿起化驗報告，直接看結論。

在遮陽板上採撿到的血跡，血型為B型。

「什麼案子啊？」老鄭已經把儀器安裝完畢，「你搞得神神祕祕的。」

「故意傷害。」駱少華把化驗報告揣進衣袋裡，勉強笑笑，「親戚的事情。」

「哦，現在只能驗血型，以後咱們可就厲害了。」老鄭也不追問，指指身後的儀器，「可以驗DNA，是誰留下的血跡咱都能搞清楚。要不要拿你這個案子試試？」

「嗯？」駱少華頓時來了興致，「真的可以嗎？」

「那當然。」老鄭坐在DNA分析儀前，「讓你們隊裡寫個委託函。」

駱少華的臉色一變：「這麼麻煩那就算了。」

他向老鄭道謝後，轉身離開了法醫室。

回到辦公室，馬健正在召集隊員集合，看到駱少華進來，急忙招呼他：「少華，去領裝備，準備出發。」

「什麼情況？」駱少華看看身邊匆匆跑動的同事們，「有案子。」

「販毒。」馬健拍拍他的肩膀，「三省聯合行動，看咱們的了。」

「哦。」駱少華緊繃的神經鬆弛下來，「我不去了，身體不太舒服。」

馬健大為驚詫，低聲說道：「這是公安部督辦的案子，有機會立功的，你不去？」

「嗯，不去了。」駱少華拍拍馬健的肩膀，「你們當心一點。」

馬健皺起眉頭看了他幾秒鐘，最後說了句「去醫院看看」，就匆匆跑了出去。

剛才還喧鬧無比的辦公室裡一下子安靜了許多。駱少華一個人坐在辦公桌前，拿出那份化驗報告，又從頭至尾細細研讀了一遍。隨即，他點燃一支菸，默默地吸著。

真相，彷彿一場即將開演的戲劇，其內容和細節就隱藏在厚厚的幕布後面，而那兩扇幕布正在駱少華的眼前徐徐拉開。

男主角的臉越來越清晰，林國棟的作案嫌疑在急劇上升。

他是和許明良有直接接觸的人；外表斯文、談吐優雅的中學教師，很容易讓被害人失去警惕，並登上那輛車；案發之前，他都會駕駛那輛白色皮卡車；在皮卡車的副駕駛遮陽板上發現了滴落血。

更何況，「3．14」強姦殺人碎屍案的被害人李麗華就是B型血。

如果這一切都是巧合，那未免也巧合得太離譜了吧？

他忘不了林國棟在樓門前的最後一瞥，那種張惶失措、且恨且懼的眼神。

駱少華看看手錶，摁熄菸頭，拎起背包。

只需再做一件事，就能知道這到底是不是巧合。

駱少華站在綠竹苑社區二十二棟樓四單元五〇一室的門廳裡，收好開鎖工具後，環視了這套兩房一廳的房子。

林國棟正在學校上班，其母也在味精廠，現在是下午四點半，留給他的時間並不多。駱少華迅速探查了兩間臥室和客廳，特別是南側臥室，從物品擺放來看，應該是林國棟的。室內陳設簡單，除了床和衣櫃之外，就是一張書桌。書架上大多是英文書，還有幾本小說，其中一本包著書皮的書引起了駱少華的興趣，打開來，是一本人體解剖學。

駱少華皺起眉頭，轉身看了看林國棟的單人床。隨即，他挪開擺放整齊的寢具，仔細查看了床單，卻沒有發現任何痕跡。地面上鋪著尚新的水曲柳地板，駱少華趴在地上，臉貼著地面，從床頭一直查看到門口，甚至連地板的縫隙都沒有放過，依舊一無所獲。

這不奇怪，如果林國棟是兇手，且在臥室裡對那些女人性侵的話，她們多半還活著，即使有開放性傷口，也未必會流太多的血。

分屍的現場，應該是另一個地方。

駱少華爬起來，徑直向廁所走去。

廁所處於北側，無窗木門，面積不超過五平方公尺，東側牆壁上有一面鏡子，下方是洗手盆和浴櫃。駱少華打開櫃子，裡面都是些尋常的家居用品，例如衛生紙、清潔劑之類的。

他拎起一袋洗衣粉，發現裡面還剩餘一半左右。他關好櫃門，發現櫃子下似乎還放著什麼東西。伸手去拿，很快就摸到了一個鐵質物體，拉出來一看，是一個工具箱。

扣鎖結構很簡單，駱少華沒費什麼力氣就打開了，裡面整齊地放著螺絲刀、鉗子、錘子、扳手等工具，稍顯不尋常的是一把手鋸。駱少華拎起手鋸，上下端詳著。鋸齒鋒利，有幾處磨損嚴重，並有缺口，看起來使用得還算頻繁，不過表面尚屬光滑，似乎被清洗過。

駱少華把手鋸湊到鼻子前聞了聞，除了鐵銹味之外，沒有特殊的味道。他想了想，把錘子也拎出來，連同手鋸一起放在地面上。

廁所北側的牆上是一扇窗戶，裝有百葉窗。下面是一個不銹鋼浴缸，表面光亮如新，無水漬殘留。

駱少華站在浴缸前，上下打量著。這是一個單人浴缸，一個人躺進去剛剛好，如果用來分屍，再合適不過。

他用手撐住浴缸的邊沿，探身進去，試圖在浴缸內發現些許痕跡，同樣一無所獲。浴缸附近的瓷磚牆壁也被擦洗一新，半點可疑的痕跡都沒有。

看來只能用最後的辦法了。

駱少華起身拉上百葉窗，又返回門口，關緊木門。廁所內頓時一片漆黑，室內擺放的物品也只能顯出一個模糊的輪廓。

他打開背包，取出口罩戴上，又從中拎出一個噴壺，開始在牆壁、浴缸、地面及那把手鋸和錘子上均勻地噴灑起來。

魯米諾溶液的氣味升騰起來，噴灑完畢，室內的濕度大大增加。

駱少華覺得有些憋悶，他放下噴壺，轉身走到門前，拉開一條縫隙透了透氣。

呼吸稍稍順暢後，他重新戴好口罩，關好廁所的門，轉身瞬間，他的眼睛就瞪大了。

剛才還是一片漆黑的室內，此刻已經遍布藍紫色的螢光。在牆壁上、浴缸內、地面上，宛若一朵朵色彩詭異的花朵，在暗夜裡悄然綻放。

只是，這花朵並不是規則的片狀，而是形態各異的噴濺狀、滴落狀、流柱狀、擦蹭狀、片泊狀……同時，這花朵也並沒有散發出沁人心脾的芬芳，駱少華聞到的，只是越來越濃重的甜腥味。

他彎腰拎起那把手鋸，在鋸齒端，藍紫色的螢光彷彿在嘲笑他一般，閃閃發亮。

駱少華的身體搖晃了一下，他倒退兩步，倚靠在門上，大口喘息起來。

這就是真相。

眼前藍紫色的螢光中出現了一個模糊的身影——一絲不掛的男人身體。他蹲在浴缸裡，拎起一條女人的腿，把手鋸按在膝關節上，來回拉動。

駱少華突然想笑。他媽的，太諷刺了。連環強姦殺人碎屍案，就這樣破了。在不能對他人道明的場合下，在宛若做賊的情形中，用完全不符合法定程序的手段，就這樣破了。

如果當時能多一點時間，多一點耐心，多搜集一些線索，多排查一些嫌疑對象……許明良就不會絕望地倒在刑場上。

突然，客廳裡傳來扭動門鎖的聲音。

駱少華的第一反應並不是恐懼或者尋找地方躲避，相反，一股前所未有的狂怒沖上他的腦門。

他就在門外！惡魔就在門外！

駱少華想也不想就拉開門，衝了出去。

正在門廳裡換鞋的林國棟彎著腰，一手拎著自己的皮鞋，抬起頭，看著這個戴著口罩、雙眼通紅的人。

時間彷彿凝固了。

夕陽西下，深秋的天空呈現出越發深沉的暮色，煙氣正在這個城市的各個角落裡升騰，一盞盞燈被點亮，成群的烏鴉在窗外鳴叫著飛過。

在這間昏暗的客廳裡，兩個男人，一個直立，一個彎腰，默默地對視著。

不知過了多久，時間之河重新奔湧。

駱少華一手拉下口罩，另一隻手探向腰間。

林國棟還保持著原來的姿勢，看著駱少華的臉露出來。

其實，即使他不這麼做，林國棟也知道站在廁所門口的人是誰。他同樣知道，這個男人在門的另一側發現了什麼。

林國棟知道，早晚會有這樣一天的。

當篤篤的敲門聲響起的時候，林國棟剛剛把那個女人的屍體抬到浴缸裡，突如其來的訪客把他嚇得魂飛魄散。但是他很快就鎮定下來，母親昨天剛去那個老頭家裡，應該沒那麼快回來，再說，母親有家裡的鑰匙，不必敲門。

果真，許明良的聲音在門外響起：「林老師，您在家嗎？」

全身上下只有一副手套、幾乎一絲不掛的林國棟悄無聲息地穿過客廳，小心地伏在門邊，傾聽著門外的動靜。許明良敲過幾次門後，就不再說話。一陣窸窸窣窣的聲音後，就聽到他的腳步聲在走廊裡漸漸消失了。

看來他已經離開，並且留了東西在門口。

林國棟湊到了貓眼前，走廊裡已經空無一人。他把門打開了一條縫，先看了看門口的地面一個鼓鼓囊囊的黑色塑膠袋擺在門旁。

林國棟探出手去，把塑膠袋拎進來，迅速鎖好房門。

塑膠袋頗為沉重，大概又是許明良送來的豬肉。打開一看，果真是劈砍成小塊的排骨。

林國棟挺喜歡這個孩子的，他雖然性格內向，不善言辭，但是很有禮貌，也願意和自己說一些心事。補課費每個月都按時付，還時常送些豬肉過來表達謝意，更重要的是，他們有著相似的經歷：父親早亡，母親都各自另有了意中人。

只是，許明良的媽媽還知道回避孩子，而他的母親，幾乎和那個男人公開住在一起。

林國棟不願再想下去，時間也不允許。他把塑膠袋拎到廚房，取出排骨，泡在水盆裡，把黑色塑膠袋揉作一團，隨手扔在垃圾桶旁邊，留作備用垃圾袋。

現在已經接近晚上七點半，要在午夜前處理好那個女人。

他拉拉塑膠手套，快步向廁所走去。雖然自己的手法已經越來越熟練，不過，要把一個人分解成便於攜帶和拋散的幾塊，還是需要一些時間的。

好在這個過程是令人愉快的。

只有那個味道能讓他欲望升騰；只有強行進入能讓他感到征服與占有；只有那些女人的脖頸在他的緊扼下變得綿軟才能讓他體會到復仇的快意。而這一切，都在對她們進行拆解時達到情緒上的頂峰。

妳是我的。我可以掌控妳的身體、妳的恐懼，甚至妳的生死。

妳再也傷害不了我，而我，可以把妳變成我要的形狀。

曉瑾，妳不知道我有多愛妳。

曉瑾，妳不知道我有多恨妳。

晚上十點左右，林國棟的工作基本完成。這個女人的大部分肢體已經被裝進黑色塑膠袋，並且用黃色膠帶牢牢封好了，留在浴缸裡的，只有分割成三塊的右大腿、小腿及右腳。

那只銀白色高跟涼鞋比較麻煩，雖然它讓那個女人看起來更加高挑，從而引發他更為強烈的欲望，然而，由於女人的奮力掙扎和踢打，搭扣被扭壞了，加之女人的腳已經開始腫脹，脫下來非常困難。

手鋸和菜刀都不好操作，看來得用剪刀才行。林國棟想著，伸手去拿黑色塑膠袋，卻發現手邊已經空無一物。

好吧。他無奈地站起身。長時間的蹲坐讓他的雙腿有些酸麻，被血水沾染的皮膚有緊繃感。他抬腳向廚房走去，想拿新的塑膠袋和剪刀回來。

剛走到廁所門口，林國棟就聽到門外傳來抖動鑰匙的聲音。

母親回來了。

他幾乎全裸，滿身血跡，廁所裡還有裝著屍塊的塑膠袋以及一條女人的腿。林國棟來不及多想，衝到廚房門口，抓起地上的黑色塑膠袋，轉身跑了回去。

在他關上廁所門的瞬間，門被推開了。

「國棟，你睡了嗎？」

林國棟擰開水龍頭，一邊瘋狂地抓起那三截殘肢塞進塑膠袋裡，一邊竭力壓抑著顫抖的聲音。

「媽，妳回來了？我在洗澡。」

「哦。」客廳裡傳來脫鞋及放包包的聲音，「我回來拿幾件衣服。你唐叔叔病了，我去照顧他幾天。」

「嗯，我知道了。」林國棟嘴裡應付著，撕開黃色膠帶，在塑膠袋的袋口上快速纏繞著。包裹完畢後，他拎起塑膠袋，扔進浴缸裡，又把工具箱踢進浴櫃下面。

隨即，他關掉水龍頭，跳進浴缸，嘩啦一聲拉上浴簾，打開淋浴花灑。

冰冷的水噴灑出來，打在黑色的塑膠袋上，發出劈裡啪啦的聲響。

林國棟彎下腰，在冷水的沖刷中，奮力把那堆黑色塑膠袋推到浴缸的一角。

水溫開始升高，駱少華站在花灑下，快速沖刷著身上的血跡。淡紅色的水流在他腳邊慢慢彙聚，最後，打著旋渦，消失在下水口裡。

這時，廁所的門被敲響了，母親的聲音傳了進來。

「你洗好了沒有？」

「還沒有。」

「那你拉上浴簾，我進來拿一點東西。」

林國棟拉開浴簾，又重新拉好：「好了。」

門開，踢踢踏踏的腳步聲在廁所裡響起。

「我的洗髮精，哦，在這裡。」拉動浴櫃的聲音，「咦，這是什麼味道？」

「明良送來半扇排骨，我剁成小塊了。」

林國棟瑟縮在浴缸的角落裡，在這面薄薄的浴簾兩側，是他的母親和一個被切成幾塊的女人。

母親倒沒有察覺出異常：「哦，那我拿走了行嗎？幫你唐叔叔燉一點湯喝。」

「行。」林國棟用手扶住牆壁才能勉強站直，「我放在廚房裡了。」

母親應了一聲，轉身走出了廁所。幾分鐘後，她的聲音再次出現在客廳裡。

「我走了啊，有空我就回來煮飯給你吃。」

「好。」

穿鞋及外套的聲音。隨即，關門的聲音傳來。

林國棟留意傾聽著客廳的動靜，確認母親已經離開後，他的雙腿一軟，坐在溫熱的水流中，大口喘息起來。

今晚連續出現的兩次意外，讓他的心中產生了強烈的不安全感。許明良和母親的先後到訪似乎讓這套兩房一廳的房子、他可以隨心所欲的自由王國變得危機四伏。對這樣的入侵者，他不能選擇撕咬和驅趕，因為他不是一頭捍衛領土的餓狼，而是一隻無害的綿羊。

至少在生活中的絕大部分時間裡，他都不得不扮演這樣一個角色。

因此，林國棟現在唯一能做的，就是儘快處理掉那堆黑色塑膠袋，那些可能讓他暴露出獠牙和利爪的東西。

然而，一個越來越強烈的預感出現在他的心頭。早晚有一天，他會將那身灰色的皮毛暴露在陽光之下，沖所有人齜出森森的白牙。

特別是當他得知許明良被捕的時候，意識到他錯拿了許明良拎來的黑色塑膠袋，他就知道，那一天已經不遠了。

即使在一年之後的今天。

駱少華拔出手槍，喀嚓一聲扳下擊錘，直指林國棟的額頭。

殺了他吧。只需扣動一下食指。

殺了他吧。他在這裡奪走了五個女人的生命，讓她們的屍體拋在城市的各個角落裡。

殺了他吧。他讓一個無辜的年輕人倒在刑場上，至死都不能洗刷殺人犯的罪名。

殺了他吧。他讓自己和其他同事將蒙受終身的恥辱和牢獄之災。

然而，不能。

林國棟死死地盯著指向自己的槍口，能夠清晰地感覺到面前這個員警身上正散發出一陣強似一陣的殺意。空中彷彿有一團黑氣，纏繞著，翻滾著，迅速向自己襲來。

他會殺死我，用最簡單直接又冷酷無比的方式。

這樣也好。不必經受逮捕與漫長的羈押。不必忍受如待宰羔羊般的審判。不用吐露心中的祕密。不用在某個凌晨，跪在冰冷的土地上，聽到腦後清晰的拉動槍栓的聲音。

殺了我吧。

林國棟保持著彎腰曲背的姿勢，閉上眼睛。

可是，林國棟等待的那聲槍響並沒有出現。相反，他的耳邊傳來急促的腳步聲，同時感到臉上有氣流掠過。

還沒來得及反應，他的頭部就遭到重重一擊。

駱少華一拳將林國棟打倒，隨即，在他身上狠狠地踹起來。

林國棟蜷起身體，本能地用手臂護住頭臉。在承受著雨點般的痛毆的時候，他突然意識到兩件事：這個員警是祕密潛入他家的。

而且，只有他一個人。

這頓暴打足足持續了兩分鐘。劇烈的動作加上憤怒的情緒，駱少華很快就感到筋疲力盡。儘管如此，他仍然餘恨未消，停下來喘息了一陣，又狠狠地補了兩腳。

林國棟趴在地上，既不躲避，也不喊叫，只是一言不發地忍受著他的毆打。

駱少華重新舉起槍，喘著粗氣吼道：「站起來，跟我走。」

林國棟已經鼻青臉腫，嘴角和鼻孔都在冒著血。他透過手臂的縫隙看看駱少華，意識到對方暫時不會毆打自己之後，他放下胳膊，慢慢地爬坐起來，一邊擦著臉上的血，一邊低聲說道：「你不能抓我。」

林國棟的語氣激怒了駱少華，他又是當胸一腳踹去：「你說什麼？」

林國棟向後仰面摔倒，手摀胸口，劇烈地咳嗽起來。

「我為什麼不能抓你？」駱少華踩住他的身體，「你說，為什麼？」

「你違反了程序，」林國棟拚命搖晃著駱少華的腳，聲嘶力竭地喊道，「你非法入宅，一個人取證，這在法律上是不算數的。」

「王八蛋，你以為你躲得過去？」駱少華加大了腳上的力度，「我這就回去申請搜查令。我們現在有DNA技術，那些血跡，很快就知道是誰的。」

「好啊，」林國棟瞪大了眼睛吼道，「你去啊，我不會逃跑，我就在這裡等你。」

突然，他的身體放鬆下來，平躺在地面上，嘎嘎地笑出了聲。

「我知道我該死。」林國棟瞇起眼睛盯著駱少華，「我還知道，不是我一個人進監獄。」

駱少華愣住了。

的確，如林國棟所說，將他逮捕歸案，固然可以為死者申冤，為許明良平反，但駱少華等人將會付出巨大的代價。一件所謂的「鐵案」將被翻轉，榮譽被剝奪，局裡上下會為此蒙羞。更重要的是，他很清楚馬健是如何獲得許明良的口供的，一旦事情敗露，他們承受的不僅僅是紀律處分，更可能是刑事責任的追究。

從懲惡揚善的人民公安，變成可悲可恥的階下之囚。

林國棟看出了他的猶豫，眼中放出光來。他勉強撐起半個身子，按住駱少華的膝蓋。

「我認識你，你姓駱，對吧？」林國棟的言辭懇切，「我在報紙上見過你的照片，戴著大紅花那個。」

駱少華痛苦地閉上眼睛。林國棟說的是專案組集體立功受獎的儀式。

「閉嘴。」

林國棟一邊觀察他的臉色，一邊輕輕地把他的腳從自己的胸口挪到地面上，翻身坐起，跪爬在駱少華的面前。

「你放過我，就當今天的事情沒發生過，好不好？」林國棟仰頭看著駱少華，眼神中既有哀求，也有威脅，「這樣我們大家都安全，不是嗎？」

「你想都別想！」駱少華失神的目光重新聚焦。他低下頭，死死地盯著林國棟，「你殺了五個人，你以為就這樣算了？」

林國棟一愣，隨即就意識到他把許明良也算在了被害人裡。

「可是，我已經改了，真的改了，」林國棟抱住駱少華的腿，「你相信我，我不會再殺人，真的不會了。」

「滾開！」

駱少華抬腳踹開他，自己也失去了平衡，靠在鞋櫃上，不斷地喘著粗氣。

不能相信他，絕對不能，幾天前被殺害的那個女人還躺在停屍間裡。但是，被追究錯案、解職，甚至入獄，讓滿載榮譽的英雄們從此背負一生的恥辱這個代價，付得起嗎？

可怕的沉默，橫亙在兩個各懷心事的人中間。

一個跪爬在地上，忐忑地等待著宣判，心中既有希望也有絕望。

一個倚靠在鞋櫃上，在伸張正義與平安落地之間艱難地選擇著。

這是兩條截然相反的路，各自指向不同的結局。

難道，真的沒有第三條路可選嗎？

上警校的時候，刑法老師就說過，刑罰，是一種剝奪性的痛苦。剝奪資格、剝奪財產、剝奪自由，直至剝奪生命。

剝奪生命，真的比剝奪自由還要痛苦嗎？

他需要一個可以說服自己的理由。

駱少華的頭漸漸抬起來，目視前方，牙關緊咬。

第三條路，找到了。

「我給你兩個選擇。」

林國棟一下子直起身體，滿眼期待地看著駱少華。

駱少華沒有急於開口，而是點燃一支菸，深深地吸了幾口之後，看看急不可耐的林國棟。

「第一，我現在就抓你回去，會有什麼結果，你自己清楚。」駱少華捏緊了拳頭，聲音中帶有不可動搖的決絕，「我們辦錯了案子，抓錯了人，我們認。但是我向你保證，你絕對活不到我們入獄的那一天。」

林國棟頓時面如死灰，整個人幾乎要癱軟下來：「第、第二個呢？」

「第二，我送你去精神病院，一輩子都不許出來。」駱少華用手掐滅菸頭，「我不會相信你，只有把你和這個社會永遠隔絕，才能保證你不再殺人。」

林國棟愣住了。他萬萬沒想到這個員警會想出這樣一個「兩全其美」的辦法。雖然可以保住性命，但是這也意味著自己的餘生將在病房裡度過，這和坐牢有什麼區別？

「死，還是活，你自己選。」

林國棟死死地盯著駱少華，眼中的怨毒越來越濃重。這個員警太陰險了。這種辦法，既讓自己平安無事，又讓對方付出了慘痛的代價。他不敢想像將會在精神病院裡會有怎樣的生活，但那勢必是漫長又痛苦的。這樣的生，豈止不如死？

但是，他還有選擇嗎？

突然，鐵門被打開了，林國棟的母親提著菜籃，一邊收起鑰匙，一邊跨進門來。剛邁進門廳，就看到對峙的兩個人。

「哎，你不是那個……」她指著駱少華，大為驚詫。隨即，她就看到了滿臉是灰塵和血跡的兒子。

「我的天啊，國棟，你這是怎麼了？」

老婦急忙放下手中的菜籃，伸手去攙扶林國棟，後者卻把視線投向了翻倒在地上的菜籃。

豬肉、芹菜、粉皮和雞蛋。

林國棟陡然暴起，手腳並用地爬過去，抓起那條生豬肉，塞進嘴裡大嚼起來。

「老天爺！國棟，你幹什麼？」老婦又驚又怕，伸手去搶他嘴裡的豬肉，卻被林國棟一口咬在了手背上，頓時冒出血來。

「兒子，你這是怎麼了？」老婦顧不得手痛，抓住已經狀如瘋癲的林國棟，「你說句話，我是媽媽啊！」

林國棟一把推開母親，又撲到菜籃前，拿起一個生雞蛋塞進嘴裡。

伴隨著咬碎蛋殼的咯吱聲，黃白相間的蛋液從他嘴角流淌下來。

活著，只要活著。

林國棟伏在地上，宛若一隻饑餓的野獸，抬頭沖著目瞪口呆的母親和一臉陰沉的駱少華呵呵地怪笑起來。

駱少華停止講述，之後的好長一段時間內，馬健都沒有說話。他只是怔怔地看著駱少華，直到燃盡的菸燒疼了他的手指。

馬健扔掉煙蒂，重新點燃了一支，吸了幾口，低聲問道：「所以，這二十多年來……」

「對。」駱少華盯著眼前的茶杯，「你還記得市安康醫院的朱醫生吧？」

「記得，以前幫我們做過司法精神病鑑定。」

「我委託他看管林國棟。大概四年前吧，朱醫生退休了，一個姓曹的醫生接管了林國棟。每個月，我會去檢查他的情況。」駱少華咧咧嘴，「他表現得還算不錯，偶爾有過激行為，都被收拾得服服帖帖。」

「那不是挺好？」馬健的臉色稍微緩和了一些，「就讓他在裡面待著吧。」

「這就是我來找你的原因。」駱少華抬起頭，眼神中透露出無邊的恐懼，「他出來了。」

馬健頓時瞪大了眼睛。

在之後的幾分鐘裡，駱少華講述了自己在林國棟出院後對他的跟蹤與監視。馬健的情緒從疑惑到驚愕，再到憤怒，特別是聽到駱瑩被劫持的事情後，他再也按捺不住，操起茶杯就砸在了地上。

駱少華理解馬健的憤怒。駱瑩清醒後，曾回憶了當晚的事發經過。向陽在和她對談的時候，那個女人又打電話來，要求和他複合。向陽對她曖昧的態度惹火了駱瑩，拂袖而去之後，她隨便找了個酒吧獨自喝悶酒，至於醉酒之後的事情，她就完全記不得了。

至於前因後果，駱少華比誰都清楚。當天，他在林國棟家裡入室查看的時候，曾聽到門外有動靜，現在想起來，那就是林國棟。不用說，林國棟早就發現了自己的跟蹤與監視，而且林國棟肯定也反過來把自己及家人的情況弄得一清二楚。

時隔二十多年後，駱少華再次開鎖入室，澈底激怒了林國棟。他尾隨並劫持了駱瑩，卻沒有傷害她；在地鐵站裡割傷自己，留下了一個血手印，就是為了向駱少華發出一個警告。

——我已重獲自由，任何人、任何事都阻止不了我。

更讓駱少華恐懼的是，林國棟之所以敢於反擊，就是認準了他不敢將當年的事情公之於眾。那麼，他接下來可能要做的，會是什麼呢？

服務員進來把碎杯子清理走，馬健卻依舊餘怒未消，坐在沙發上喘了一陣粗氣之後，他又把矛頭指向了駱少華。

「你當年為什麼不把這件事告訴我？」

「我是為你好。」駱少華苦笑，「你知道了又能怎麼樣？多一個人知道，就多一個人徇私枉法罪，我自己擔著吧。」

「那你現在為什麼要告訴我？」馬健並不領情，重重地敲著桌子，「徇私枉法罪的追訴時效就是十五年，早他媽過去了，你怕什麼？」

「難道我們就他媽眼睜睜地看著？」駱少華也火了，「他還會殺人的。」

最後一句話反而讓馬健安靜了下來，他看了看駱少華，低聲問道：「你確定嗎？」

「確定。」

駱少華打開隨身攜帶的皮包，從裡面拿出幾張紙遞給馬健。

「林國棟買了電腦，我查過他的瀏覽記錄。」駱少華指指那幾張紙，「這幾個網站，他登錄得特別頻繁。」

馬健翻看著，發現是一些網頁的列印版。看起來，這些網站主要提供影片及圖片，內容是清一色的強姦、殺人及碎屍現場。

馬健皺起眉頭，把影印紙扔在茶桌上：「這他媽是什麼？」

「國外的一些網站，專為那些心理變態的傢伙提供刺激的。」駱少華「哼」了一聲，「別小看這王八蛋，出來幾個月，連『翻牆』都學會了。」

馬健沉默不語，盯著眼前的茶杯出神。

良久，他長嘆一聲：「他媽的，我原以為退了休，可以消停幾年了。」

「馬局，我不是有意為難你的。」駱少華低下頭，語調低沉，「我是真的不知道該怎麼辦了。」

又是沉默。

少時，馬健端起茶杯一飲而盡，起身去拿外套。

「你別管了，我來想辦法。」

「馬局。」駱少華急忙起身阻止他，馬健卻是一副決心已下的樣子。

「就這樣吧。」說罷，他就穿好外套，拉開包廂的門走了出去。

茶樓對面的馬路邊上，一輛老式帕拉丁越野車緊閉著車窗。在它的斜前方，馬健正快步穿過馬路，跳上一輛本田CRV，駕車離去。幾分鐘後，一臉失魂落魄的駱少華也從茶樓中走出來，在路邊站了一會兒，攔下一輛計程車，朝著相反的方向離開。

帕拉丁越野車的車窗緩緩落下，杜成的臉露了出來，表情凝重，若有所思。

第二十二章 蝴蝶夫人

卓悅購物中心一樓，岳筱慧在法國嬌蘭的櫃檯前，指指一個玻璃瓶子，轉身對魏炯說：「就是這個。」

魏炯打量著這個造型華貴的小玻璃瓶以及盛裝其中的淡黃色液體，隨即，他在口中費勁地默讀著瓶身上的字母：「MITSOUKO，這是蝴蝶夫人的意思？」

「是啊。」岳筱慧噗哧一笑，「難道你認為會是Ada Butterfly？」

魏炯不好意思地搔搔頭：「我可不懂這個。」

岳筱慧頗為自得：「這裡面的學問可大了。」說罷，她拿過香水瓶，打開蓋子，湊過去聞了聞。「嗯，還真是挺古典的味道。」

服務專員湊上來：「這的確是嬌蘭的經典款香水，前調是佛手柑、檸檬、橘皮還有桃香；中調是花香，包括玫瑰、茉莉。」

魏炯聽得一頭霧水，岳筱慧倒是頻頻點頭，最後還在手腕上擦了一點，湊到魏炯的面前：「怎麼樣，好聞嗎？」

女孩那白皙的手腕突然出現在眼前，魏炯本能地向後一躲，鼻子裡還是飄進了一些若有似無的果香。

「桃子？」

「嗅覺很靈敏嘛。」岳筱慧又笑，轉身對服務專員說，「替我包起來吧。」

一千四百八十七元，魏炯想掏錢包，卻被岳筱慧堅決地制止。付款的時候，魏炯覺得非常尷尬，似乎自己是個陪著女朋友前來購物，卻一毛不拔的吝嗇男友。岳筱慧卻不以為意，拎著裝有香水瓶的小紙袋，悠然自得地在前面走著。

「還不回去嗎？」

「不啊。」岳筱慧從衣袋裡拿出一張紙，沖魏炯晃晃，「還有好幾種香水要試試呢。」

杜成對其餘三名死者的家屬進行了走訪，調查她們生前是否有擦香水的習慣。果不其然，三名死者在案發當天都曾經或者可能擦過香水，只不過除了死者張嵐的丈夫溫建良準確地說出其妻也使用「蝴蝶夫人」香水之外，其他兩名死者的家屬都表示記不清楚，只是提出了一個大致的範圍。岳筱慧和魏炯今天的任務，就是在這份品牌名單中，找出是否有和「蝴蝶夫人」氣味相似的香水。

雖然在名單上列舉的香水品牌都可以在這個商場中找到，然而，有幾款香水已經停產，無從對比和分辨。岳筱慧想了想，請服務專員介紹與這幾款香水成分類似的產品。很快，岳筱慧挑出了其中一款，擦在另一隻手腕上，讓魏炯也幫忙辨別一下。

整個化妝品區都香氣濃郁，魏炯早就被熏得暈頭轉向。在他的鼻子裡，這些香水基本上都是同一個味道，岳筱慧見他幫不上忙，索性就趕他到旁邊等著，反複試了幾次之後，這款香水也被她排除掉。魏炯好奇地問及原因，被她一句輕描淡寫的「中調不對」就打發掉了。

又連續試了幾個品牌，魏炯看著岳筱慧熟稔的動作和專注的神態，心想這個任務還真得女孩子來完成。不過這樣也好，自己樂得清閒，只要老老實實地跟在後面就行。

最終，岳筱慧選定了某品牌的一款香水。付款後，她把香水瓶小心地放在紙袋裡，示意魏炯離開。

「確定是這個嗎？」

「沒錯，琥珀香調。」岳筱慧指指那張名單，第三個被害人黃玉的家屬給出的品牌清單中，這款香水赫然在列。

回程的公車上，岳筱慧很少開口，只是反復端詳著這兩個香水瓶，又在兩個手腕上分別擦了兩種香水。快到養老院的時候，她突然亮出兩隻手，讓魏炯再聞一次。魏炯鼻腔內的香氣早就一掃而空，這次再試，真的辨別出兩款香水的相似味道。

神祕、憂鬱，好像一個站在海邊，身披輕紗的年輕女子。

「這是兩款香水的後調。」岳筱慧的神色有些疲累，笑容淡然，「被害人都是在擦了香水一段時間後遇到凶手的，所以，我覺得最後的香氣才是刺激凶手的源頭。」

「那，也不用都買回來吧。」魏炯終於提出了一直縈繞在心頭的疑問，「老紀並沒有讓我們這麼做啊。」

「我自有用處。」岳筱慧眼望窗外，漫不經心地答道。

杜成和紀乾坤都在房間裡，正在研究桌面上的一疊資料，見他們進來，齊齊把視線投射過去。

「怎麼樣？」

「當然有發現。」岳筱慧揚揚手裡的紙袋，「有一款香水和蝴蝶夫人很相似，可能是黃玉用過的。」

「這麼說，至少有三個被害人都曾經在案發當天擦過香水。」紀乾坤顯得很興奮，「李麗華在被害當晚去過商場，很可能也買了香水，至少試用過。」

杜成也來了興致，從紙袋裡拿出兩個香水瓶，打開瓶蓋，湊過去聞聞，隨即就連打了兩個噴嚏。

岳筱慧被逗樂了，她搶過杜成手中的香水瓶，揚起手臂，隨著「嗞嗞」兩聲輕響，一陣細如牛毛的薄霧在空中緩緩落下，眾人瞬間就被升騰而起的香氣包圍了。

沒有人說話，似乎都在細細品味這瀰漫在周身的味道。

片刻，杜成吸吸鼻子，開口說道：「挺好聞的啊，真他媽搞不清楚為什麼會有人因為這個去殺人。」

魏炯看看紀乾坤，老人一動不動地坐在輪椅上，雙手握住不銹鋼扶手，頭微低，眼半垂，彷彿沉浸在某種記憶中難以自拔。

三個人互相看看，都不再開口，靜靜地看著紀乾坤。

半晌，紀乾坤終於回過神來。他深吸一口氣，抬起頭，看看其餘三人，有些不好意思地笑了。

「是這個味道，沒錯。」紀乾坤伸手去拿錢包，「筱慧，花了多少錢，我給妳報銷。」

「不用了，我買來自己擦的。」岳筱慧擺擺手，「你們剛才在聊什麼？」

「我又去拜會了一次楊桂琴，就是許明良的媽媽。」杜成指指桌上的資料，「她給了我一份名單，上面是和許明良交往比較密切的人。換句話來說，就是他可能送豬肉給對方的人。」杜成向魏炯揚揚下巴：「按照你的推測。」

魏炯的臉一下子變得通紅：「我就是隨口一說。」

「你的想法很好啊。」杜成笑了笑，「如果能排除其他可能性，即使再匪夷所思，也是最後的真相。」他轉向紀乾坤：「這兩個孩子都挺能幹的。」

「是啊。」紀乾坤看著魏炯和岳筱慧，目光柔和，「我很幸運。」

魏炯越發不好意思，岳筱慧的注意力則一直在那疊資料上。

「人不太多嘛。」

「嗯，許明良生前的人際關係比較簡單。」杜成也轉向小木桌，「我對這個名單篩選了一下，有兩個已經亡故，都是因為年齡，自然死亡。案發時他們都是接近六十歲的人了，基本可以排除。」

「其他人呢？」岳筱慧盯著杜成，神情專注。

「我們還算走運吧。」杜成拿起名單，看著上面勾畫的筆跡，「其中一個已經遷居到其他城市，可以找朋友幫忙查查。另外幾個，仍在本市居住。」

「嗯，那我們什麼時候開始調查？」

「立刻吧。從年齡小的開始查。」杜成突然想到了什麼，看了看岳筱慧，「妳比老紀還積極啊。」

「哦，」岳筱慧立刻坐直了身體，「我們要開學了嘛。」

「你們倆別耽誤上課時間。」紀乾坤插嘴道，「那我就太過意不去了。」

「沒事。反正就七、八個人需要調查，不會花太長時間的。」岳筱慧甩甩頭髮，「是吧，杜警官？」

杜成只是看看她，沒有說話。

「你家收拾得挺乾淨嘛。」陳曉脫下外套，隨手放在沙發上，「就是房子老了一點。」

「一個人住，無所謂了。」林國棟也脫掉棉服，扔在陳曉的衣服上，「妳隨便參觀。想喝一點什麼？」

「茶吧。」陳曉摀住緋紅的臉頰，沖他笑笑，「正好散散酒氣。」

林國棟應了一聲，起身去廚房燒水，又取出兩個乾淨的杯子，放好茶葉。

這是他們的第三次約會。在剛才的午飯中，他和陳曉都喝了些啤酒，此刻膀胱脹得厲害。等水開的工夫，他去了趟廁所，方便之後，他站在洗手盆前，擰開水龍頭，嘩嘩地沖洗著雙手。忽然，他扭頭看了看氣窗下的不銹鋼浴缸，頓時感到身上燥熱起來。

幾分鐘後，林國棟捧著兩杯熱茶從廚房裡走出來，陳曉卻不在客廳裡。他吸吸鼻子，徑直走向自己的臥室，果真，陳曉坐在書桌前，正翻看著一本書。

見他進來，陳曉放下書，說道：「這就是林老師每天工作的地方嘍？」

「是啊，條件很簡陋。」林國棟把茶杯遞給陳曉，女孩道了謝，小口喝起來。

林國棟端著茶杯，慢慢踱到窗臺前，向樓下張望著。

今天的氣溫比往日要稍高些，大地回春的跡象已經越加明顯。窗臺上還有些半融化狀態的積雪，在午後的陽光下微微冒起水氣。

林國棟看看社區外的街角，馬路上空空蕩蕩的。他又把視線轉向對面的十四棟，儘管從六樓露臺的窗戶望進去是一片昏暗，但可以肯定的是，那裡空無一人。

自從那天向駱少華發出警告之後，這個該死的跟蹤者就再也沒有出現過。貼在自家門楣上的透明膠條早已經失去了黏性，在某個清晨悄然脫落。自己割傷的手掌開始慢慢癒合，而林國棟的心，正在回暖的天氣中，慢慢地甦醒過來。

身後突然傳來「叮」的一聲，他回過頭，看見陳曉已經坐在自己的床上，正從褲袋裡掏出手機，查看一下之後，表情淡漠地把手機甩在床上。

「男朋友？」

「嗯，例行問候。」

「他還要在北京工作多久？」

「不知道。」陳曉並不看他，伸直雙腿，兩隻腳踝交叉，「搞得跟網戀似的。」

林國棟笑笑，邊喝茶邊打量著她。

女孩今天穿了件黑色高領毛衣，深藍色牛仔褲，上身凹凸有致，雙腿筆直修長。臉上因為飲酒而形成的紅暈尚未消退，加之熱茶下肚，面龐上水氣盈動。

林國棟慢慢地走過去，和女孩並肩坐在床上。在兩個人的體重之下，床墊凹陷下去，陳曉的身體靠過來，半倚在林國棟的身上。然而，她並沒有躲開或者調整坐姿，任由自己的手臂緊貼著林國棟。

兩個人都不說話，各自捧著茶杯，小口啜著。女孩用左手按在床上，看著面前的牆壁，目不斜視，手臂偶爾抬到嘴邊，將茶水徐徐送入口中。林國棟則不停地翕動著鼻子，似乎想把女孩周身的空氣都吸進去。

茶香芬芳，入口後初時苦澀，品咂後又有回甘。林國棟卻越喝越渴，彷彿鼻子裡不是女孩身上的香氣，而是一團烈火，瞬間就將茶水蒸發得一乾二淨。他悄悄地挪動了一下身體，拄在床上的右手向女孩慢慢移過去。

漫長的幾秒鐘之後，他的指尖碰到了溫軟滑膩的另一根手指，他的呼吸一下子急促起來，心跳也開始加快。他佯裝喝茶，小心翼翼地用餘光瞟了陳曉一眼。

女孩並沒有表現出異常，仍然看著面前空空如也的牆壁，氣息紋絲不亂。林國棟略略放下心來，細細品味著年輕女人的手指。片刻之後，他顯然並不滿足這小小的接觸，再次挪動手指，試圖讓它們攀爬上女孩那光滑的手背。

稍一動作，陳曉立刻抽回左手，起身把茶杯放在書桌上，看也不看林國棟：「林老師，我得走了。您的稿子呢？」

「哦。」林國棟有些慌亂，急忙站起來，「就在桌子上。」說罷，他在成堆的文稿中翻找著，最後抽出幾張，稍稍整理了一下。

遞給陳曉的時候，他已經平靜下來，表情也恢復如初。

陳曉也是面色平和，垂著眼睛接過文稿：「我回去給姜總看一下，沒問題的話，再通知您來領酬勞。」

林國棟連稱「好的」，陳曉笑笑，轉身向客廳走去，穿好外套後，她向林國棟告辭。

「謝謝您的午飯，還有茶。」女孩站在打開的門旁，扶著門框，沖林國棟露出一個意味深長的笑，步履輕盈地下樓。

林國棟目送她消失在走廊的拐角處，回身關好了房門。

站在一片寂靜的客廳裡，他回味著女孩手指的觸覺，輕輕地笑了笑，又搖了搖頭，起身走向沙發，拿起了自己的外衣。

經過幾十分鐘的接觸，林國棟的外衣上已經沾染了陳曉的香氣。

他躺在沙發上，把外衣蓋在身上，嗅著那若有似無的味道，解開褲子，把手伸向自己的下體。

第二十三章　岳筱慧的祕密

C市公安局鐵東分局，三樓走廊的盡頭。

「你他媽不是吧？」高亮看著杜成，吃驚地瞪大了眼睛，「調查上司？」

「你嚷嚷個屁！」張震梁一把將高亮拉進樓梯間，「又他媽不是叫你定位，查個通話記錄而已。」

「上次查老駱的通話記錄，已經算是違反紀律了。還來？」高亮一臉不滿，「馬健退休前好歹是個分局副局長，這麼幹不太好吧。」

「小高，你知不知道我在查什麼案子？」杜成問他。

「多少知道一點。」高亮看看張震梁，又看看杜成，「二十多年前的一個案子，跟馬健有關。」

「我還不確定，所以需要你幫忙。」杜成拍拍高亮的肩膀，「這案子對我很重要。我能不能閉上眼睛安心地走，就看這案子能不能破了。」

「靠，你這老傢伙。」高亮嘴裡嘀咕著，情緒上卻有所鬆動。

「亮子，張哥平時對你怎麼樣？」張震梁遞給他一支菸，「沒開口求過你吧？」

「行了、行了。」高亮點燃菸，揮揮手，「真他媽服了你倆了。等我消息吧。別說是我幹的啊。」

杜成和張震梁連連點頭，高亮瞪了他們一眼，轉身離開了樓梯間。

見他走遠，張震梁低聲問道：「師父，你真的覺得駱少華和馬健……」

「嗯，他們可能很早就知道抓錯人了。」杜成點點頭，「還是你小子提醒我的啊。」

的確，張震梁提示他注意一九九二年「10．28」強姦殺人碎屍案的辦案民警，正是馬健和駱少華。他的言外之意，就是此案之所以沒有偵破，是因為一旦真凶落網，很可能證明此前的系列殺人案都是此人所為。其直接後果就是，板上釘釘的許明良案乃是錯案，這是一個所有人都承擔不起的結果，所以不如就將此案束之高閣。

當然，這種推斷是建立在從始至終只有一個凶手的前提之下。對此，杜成仍持有保留意見。在他看來，一九九二年的「10．28」殺人案存有太多的疑點，很難和之前的系列強姦殺人案串並在一起。更何況，他也不能相信當年的兩個老朋友會因為不敢承擔責任就放任凶手逍遙法外。不過，杜成堅持要對駱少華和馬健進行調查，是有別的原因的。

「我就是猜測。」張震梁擺擺手，「後來我又查了一下，當時全域都在搞一個毒品案子，無暇分身也說不定。」

「調查到這個階段，所有的可能性都不能放過。」杜成靠在牆壁上，盡力舒展著正在疼痛的腹部，「駱少華那天晚上找我，我覺得很奇怪。緊接著他又和馬健見面，聊了很久，而且絕對不是老友敘舊那麼簡單，那就更奇怪了。」

「你覺得和當年的案子有關？」

「我不知道，但是駱少華當時肯定在做一件不能讓我們知道的事情。」

「我也注意到了，他包裡有望遠鏡，好像在監視什麼人。」張震梁點點頭，「而且還是個危險的傢伙，否則他不會帶著伸縮警棍。」

「是啊。再說，他認識的舊同事應該不少，為什麼要找我呢？」杜成皺起眉頭，「我們倆幾乎都斷交了。」

「難道是為了對付前女婿？」

「不至於。」杜成樂了，又牽動腹部一陣疼痛，「老駱要收拾向陽，還用得著咱們幫忙？」

張震梁也覺得自己的猜想站不住腳，嘿嘿笑了起來。隨即，他就發現杜成的臉色越來越差。

「師父，覺得不舒服？」張震梁上前扶住杜成，「去我辦公室歇一會吧。」

「不用。」杜成勉強沖他笑笑，「還有事要辦呢。」

「你歇著吧，我替你跑一趟。」

「你忙你的吧，在局裡幫我盯著高亮那邊就行。」杜成的表情頗為無奈，「今天的事你幫不了我，我得先去接兩個小傢伙。」

半小時後，杜成在西安橋下的一個公車站接到了魏炯，又驅車前往岳筱慧家。一路上，他透過後照鏡看著坐在後排座上、一臉拘謹的魏炯，心中暗暗好笑。

在著手準備調查楊桂琴提供的名單上的人的時候，岳筱慧就提出要參加。杜成一口回絕，認為這兩個孩子根本幫不上忙，還不如留在紀乾坤身邊找找線索。孰料岳筱慧拿出了香水，還沖他擺了擺。

「杜警官，你要是噴這個東西，會很奇怪吧？」

杜成立刻知道了她的意圖：如果凶手當年是因為香水的刺激而殺人，那麼即使二十多年後再聞到那個味道，他仍然會有反應。因為嗅覺記憶是人類所有記憶中留存時間最長的一種，倘若在訪問時伴有香水的氣味，也許凶手會露出馬腳。

帶上岳筱慧和香水，說不定真能有出奇制勝的效果，於是杜成考慮了一下，同意岳筱慧參加訪問。不過，帶著一個年輕女孩去查案，他還是覺得彆扭，索性就讓魏炯也一起去。

到了約定的集合地點，岳筱慧卻沒來。魏炯打了兩遍電話催促她，又等了十幾分鐘，岳筱慧才慢悠悠地趕到。

上車之後，岳筱慧說了一句「抱歉讓你們久等了」就不再說話，神態非常消沉，和幾天前那個興奮的樣子相比，簡直判若兩人。

杜成看著後照鏡，吸吸鼻子，開口問道：「香水帶了沒有？」

岳筱慧的視線始終投向窗外，悶悶地答了一句：「帶了。」

「妳現在就擦吧。」杜成抬手發動汽車，駛上馬路，「不是說後調最可能刺激凶手嗎？

我們大概需要二十分鐘才能到。」

「其實，也未必是香水吧。」岳筱慧突然忸怩起來，「也許我猜錯了呢。」

魏炯轉過頭，吃驚地看著岳筱慧：「妳這是怎麼了？」

岳筱慧看也不看他：「沒事。」

杜成沒作聲，沉默地開車。

半晌，他低聲說道：「擦吧，就當是緩和一下訪問氣氛了。」

岳筱慧既沒有表示同意也沒有表示反對，不過又開出幾百公尺後，她還是從背包裡拿出香水瓶，在身上噴了幾下。

濃郁的香氣頓時在車廂內瀰漫開來。

第一個訪問對象是原春陽路工商所的一名工作人員。二十三年前，正是他負責管理春陽農貿市場。根據楊桂琴的說法，為了多得到一些照顧，或者說少惹一些麻煩，許明良經常會送他一些豬肉。如果魏炯的推斷是成立的，那麼他有可能拿到帶有許明良指紋的塑膠袋。

不過，對他的訪問沒有用太長時間。這個工作人員還沒有退休，並且升任為某個部門的主管，從見到他的那一刻起，連魏炯都覺得他不是凶手。在這個男人身上嗅不到任何危險的氣息，只有多年混跡於行政機關所積攢下來的油滑與精明，而且他對周身香氣撲鼻的岳筱慧並沒有給予格外的關注。

杜成顯然也對這個人沒有過多的興趣，只是簡單地提了幾個問題，特別是得知他在二〇〇二年才考取了駕照之後，就直接結束了訪談，起身告辭。

第二個訪問對象是楊桂琴的外甥——王旭，男，四十六歲，離異，獨子，隨母親生活，現在與一名外地女子同居。從周邊調查的情況來看，王旭和許明良是表兄弟關係，自幼就關係密切。一九九〇年初，許明良去考取駕照時，就是由王旭同行。在許明良歸案前，王旭一直在同一農貿市場裡以賣魚為業，因兩人平素交好，時常會以魚肉互贈。連環強姦殺人碎屍案發後，楊桂琴無心再經營肉攤，就把攤位轉給了王旭。

在王旭身上，既有疑點，也有排除的可能。一來，王旭經常接受許明良饋贈的豬肉，他使用的黑色塑膠袋上，可能留存許明良的指紋；同時，他平時抓魚、殺魚以及剖魚的時候，都會戴著手套，符合魏炯的推斷。但是，從另一個方面來看，當時王旭的工作技能應該僅限於分解魚類，肢解人體恐怕就力有不逮。

因此，最好的辦法還是能和他進行當面對談。

王旭對杜成的到訪頗不耐煩。在杜成表明了身分之後，他叼著菸捲，把切成小塊的豬肉塞進絞肉機裡，瞥了杜成一眼：「你不是已經找過我二姨了嗎，還來找我幹嘛？」

「沒什麼，聊聊你哥的事。」杜成四處看了看，從肉攤下拉出一把椅子，坐了上去。

王旭揪起汙漬斑斑的皮質圍裙，草草地擦了擦手，從胸前的口袋裡拿出一盒菸，又抽出一支點燃。

他斜靠在肉攤上，居高臨下地看著杜成：「人都死了二十多年了，還有什麼可聊的。」

杜成半仰著頭，打量著王旭：「你和你哥長得挺像的。」

「表兄弟，有什麼奇怪的？」王旭從鼻子裡「哼」了一聲，「小時候，我們倆一起出去，都以為我們是雙胞胎。」

「嗯。」杜成點點頭，「許明良要是活到現在，大概就是你這個樣子。」

「不可能。」王旭苦笑著搖頭，「別看我哥當時就是個賣肉的，比我有追求多了。」

他看看杜成，又看看魏炯和岳筱慧，大概以為他們也是員警，表情變得陰沉。

「如果不是你們抓了他，我哥現在說不定比你的官還大。」

杜成記得楊桂琴曾經說過，許明良參加成人高考的目的，就是想圓心中的一個夢想。

「他想當個員警，是吧？」

「對。」王旭狠狠地吸了兩口菸，丟掉煙蒂，「那時候他出攤的時候還在看書，還請了家教。這樣的人也會殺人？不知道你們怎麼想的。」

杜成不動聲色地看著他：「這些年，你過得怎麼樣？」

「什麼怎麼樣？就這樣唄。」王旭繞回攤位後，操起一把尖刀，剔掉一塊肉上的皮，「一個賣肉的，還能怎麼樣？」

「離婚了？」

「嗯，五年前。」

「為什麼離婚？」

「她看不上我。」王旭面無表情地把豬皮甩在攤位上，「嫌我沒讀書、沒知識，沒錢。」

「現在和你同居的女人是個河北人，」杜成四處張望著，「賣調料的，也在這個市場裡面嗎？」

再回過頭來，他發現王旭拎著尖刀，目不轉睛地盯著自己。

「你在調查我？」

杜成笑笑，又問道：「你們相處得怎麼樣？」

王旭沒有回答，而是把刀尖戳進案板裡，雙手拄著刀柄，表情很複雜。

「你懷疑是我？」

杜成也點燃一支菸，深吸一口，透過煙霧看著他：「你還沒回答我的問題。」

「挺好，不信你去問她，就在二一六號。」王旭向農貿大廳的西北角努努嘴，又轉頭盯著杜成，「你們覺得抓錯人了？」

杜成回望著他，不置可否。

「操！這麼多年了，你們終於搞明白了。」王旭拔出刀，重重地摔在案板上，「好好查，隨便查，查我也無所謂。我哥死得冤，給他平反的那天，記得告訴我二姨，我請你喝酒。」

杜成笑了一下：「好。」

從春陽農貿市場出來，已經快下午一點了。杜成帶著魏炯和岳筱慧去了一家牛肉麵館。吃飯的時候，魏炯問道：「杜警官，你覺得王旭有嫌疑嗎？」

「我覺得不是他。」杜成吃得很少，麵碗裡剩了一大半，「他的反應不像。」

魏炯點點頭：「我也這麼想，如果他是凶手，應該巴不得許明良為他頂罪。得知你要重查這個案件的時候，我覺得他挺高興的。」

「是啊。」杜成從斜背包裡取出藥片，就水吞下，又拿起一張面紙擦拭滿臉的汗水。

魏炯和岳筱慧不約而同地停下筷子，默默地看著他。

杜成注意到他們的目光，覺得有些尷尬，就拿出那疊資料。

「再說，味道也不對。」

「嗯。」魏炯看看岳筱慧，「他好像不太在意筱慧。」

岳筱慧垂著眼皮，沒有作聲。

「我說的不是這個。」杜成翻看著資料，「王旭當時是賣魚的，肯定會滿身魚腥氣，外貌也不像許明良那樣整潔。這副樣子，怎麼在深夜博得那些女性的信任，騙她們上車？和我們對嫌疑人的刻劃不符。」

「這麼說，王旭也可以排除了？」

「嗯。」杜成的臉色很不好，雖然經過反復擦拭，蠟黃的臉上仍在不停地滾落汗珠，

「不過，他剛才提到一個人，我倒是很感興趣。」

「誰？」岳筱慧抬起頭來。

「那個家教。」杜成忽然不說話了，伸手按在腹部，渾身顫抖起來。

魏炯急忙站起來，伸手去扶杜成。

「沒事、沒事。」杜成的上半身幾乎都伏在桌面上，手指著自己的斜背包，「藥，藍色瓶那個。」

岳筱慧打開他的斜背包，取出藥瓶，又倒出一片遞給他。

杜成塞進嘴裡，伸手接過魏炯遞來的礦泉水瓶，淺淺地喝了一口。

岳筱慧看著手裡的藥瓶，低聲問道：「你吃的是止痛藥。」

「嗯。」杜成抬起滿是汗水的臉，勉強笑笑，「你們倆誰會開車？」

魏炯和岳筱慧對視了一下，都搖了搖頭。

「那就得等我一會兒了。」杜成依舊直不起腰來，「別急，藥效應該很快就能上來。」

「杜警官，你先回去吧。」魏炯忍不住說道，「改天再查。」

「小子，我沒那麼多時間。」杜成無力地擺擺手，「再說，老紀在等著我們的消息呢。」

三個人圍坐在一張餐桌前，一對年輕男女坐在一側，默默地看著對面這個頭髮花白的老人。他伏在桌面上，垂著頭，一手捏成拳頭，在自己的肝部用力按壓，另一隻手在大腿上痙攣般揉捏著，似乎想轉移那一陣又一陣襲來的疼痛。

魏炯看得心裡難受，又不知該如何幫杜成緩解症狀。他看看岳筱慧，發現女孩怔怔地看著正在掙扎的杜成，一手摀著嘴，眼眶中已經盈滿淚水。

究竟是什麼，可以讓一個生命垂危的人如此堅持？

足足二十分鐘後，杜成終於抬起頭來，儘管臉上依舊冷汗涔涔，但是面色已經好多了。

「抱歉，嚇著你們了吧？」杜成長長地呼出一口氣，伸出一隻手，「水。」

魏炯手忙腳亂地倒了一杯溫水遞給他。杜成接過來，一飲而盡。

「好多了。」他擦擦臉上的汗，又拿起那疊資料，「去看看那個家教吧，正好這裡離一〇三中學也不遠。他叫什麼來著？」

杜成在資料裡翻找著，最後抽出一張紙。

「哦，林國棟。」

市一〇三中學在春節後不久就開學了，尚在寒假中的魏炯和岳筱慧走在教學大樓中，傾聽著一扇扇窗戶中傳來的讀書聲，既懷念又有些幸災樂禍。

三人直接去了人事處，要求見見林國棟老師，人事處長卻一副愛莫能助的表情。

「這個真沒辦法。」他雙手一攤，「林老師早就辭職了。」

「辭職了？」杜成很吃驚，「什麼時候的事？」

「我想想啊。」人事處長想了想，「二十二年前。對，一九九二年的十一月份，那時候我剛工作不久。」

「一九九二年？」杜成皺皺眉頭，「他為什麼辭職？」

「據說是瘋了。」人事處長撇撇嘴，「我們都覺得奇怪，好好的一個人，前一天還正常上班呢，第二天就瘋了。」

「他的檔案還在嗎？」

「個人檔案被他媽媽取走了，就是老太太幫他辦理辭職的。據說林老師當時已經不認得人了，在安康醫院治療，好像現在還沒出院。」人事處長看看杜成，「有些個人履歷表什麼的應該還在，你……」

「我想看看。」杜成立刻答道，「謝謝了。」

人事處長顯然在後悔自己的多嘴，很不情願地起身去了檔案室。半小時後，他抖著幾張沾滿灰塵的紙回到辦公室。

「喏，就找到這些。」

紙張年代久遠，已經泛黃、變脆，分別是調入證明、個人履歷表、教師資格證影本和後備幹部登記表。杜成小心翼翼地翻看著，漸漸地梳理出林國棟的個人情況。

林國棟，男，一九六一年出生，大學學歷，畢業於C市師範大學外國語學院英語系。教學水準不錯，與同事關係尚可，在校任職期間獲得過一次先進教師稱號，沒有處分記錄。

個人履歷表上還貼著一張彩色證件照，雖然顏色有所消退，但是仍然可以看出林國棟當年是可以歸入「英俊」的範疇的。標準的三七分頭，面龐消瘦，臉部線條分明，前額寬闊，雙眼炯炯有神，鬍子也刮得乾乾淨淨。只是他的眉頭略皺，加之嘴角微微上揚，整個人看起來頗有些戾氣。

「從林國棟的入職時間來看，他一九八九年才到一〇三中學任教。」杜成看著調入證明，「那時候他已經二十八歲了，應該畢業很久了，之前也是做老師嗎？」

「對。」人事處長指指紙面上一處模糊的字樣，「他是從四五中學調過來的。當時，學校是把他當作人才引進的，因為四五中是市重點。不知道林國棟怎麼甘願在我們這個普通的中學當老師，不過，他幹了三年就辭職了。」

「他結婚了嗎？」

「沒有，也不知道是離婚了，還是始終單身。」人事處長聳聳肩膀，「當時不少女老師想幫他介紹對象，都被他回絕了。」

杜成點點頭，把這些資料複印後，裝進了斜背包。

人事處長送他們出去的時候，試探地問道：「林老師現在怎麼樣，是不是出了什麼事情？」

杜成沒有回答，道謝後就帶著魏炯和岳筱慧出了校門。

來到車旁，他示意兩個年輕人上車，語氣中透出些許興奮：「去四五中學。」

和預料中一樣，四五中學幾乎沒有人認識林國棟。費了一番周折後，才找到他當年的一位舊同事，一位退休後返聘的湯姓女教師。

湯老師是在課堂上被叫出來的，見面的時候，雙手還滿是粉筆灰。

杜成表明來意後，她略一思索就表示還記得林國棟。

「林老師嘛，瘦瘦的，不太愛說話，人挺精神的。」她好奇地打量著杜成，「他怎麼了？」

「具體情況還有待瞭解。」杜成抽出香菸，想了想，又放了回去，「不過，據說他瘋了。」

令杜成深感意外的是，湯老師對此並沒有表現出過分的驚訝，而是非常惋惜的樣子。

「唉，我就知道。」湯老師嘆息一聲，搖搖頭，「他呀，還是邁不過那道坎。」

「您這話是什麼意思？」杜成立刻追問道，「那道坎是什麼？」

最初，湯老師還有些猶豫，似乎並不想談論別人的隱私。然而，經不住杜成的一再堅持，只得將這件塵封已久的往事細細道來。

一九八八年夏天，當時林國棟已經在四五中學工作了四年。那一年，學校又分來了幾個剛畢業的大學生，其中一個來自北師大英語系的女孩子非常引人注目。她叫潘曉瑾，人長得漂亮，氣質好，穿衣打扮也很有品位。一入校，就引來了不少追求者，林國棟就是其中一個。

林國棟時年二十七歲，在當時已經屬於大齡未婚男青年，雖然有不少人幫他介紹對象，但是據說他的眼光很高，所以一直單身。潘曉瑾的出現，讓這個心高氣傲的小夥子動了情。

由於追求者眾多，潘曉瑾不堪其擾，公開聲明自己已經有在美國留學的男朋友了，其他追求者們紛紛知難而退，偃旗息鼓，唯有林國棟一直緊追不捨。而且，潘曉瑾似乎對林國棟的攻勢並不反感，兩個人經常在一起討論文學、音樂，偶爾還一起去看電影、逛公園。對此，其他同事並不感到奇怪，畢竟一個是青年才俊、業務骨幹，另一個風華正茂、氣質相貌俱佳。

雖然潘曉瑾已經名花有主，但是遠隔重洋畢竟敵不過朝夕相處。就在大家都以為這一對眷侶即將公開關係的時候，當年秋季的一個深夜，披頭散髮、衣衫不整的潘曉瑾跑到校園安全處，稱林國棟試圖在女教師宿舍裡強姦她。

事關重大，保衛幹事們不敢怠慢，跟著潘曉瑾回到宿舍，發現林國棟只穿著內衣，正坐在潘曉瑾的床上發愣。眾人覺得事有蹊蹺，儘管潘曉瑾堅持要把林國棟扭送至公安機關，校園安全處還是把林國棟關了一宿，等天亮後由校方高層處理此事。

校方高層犯了難，此事一旦公開，不僅學校顏面掃地，被寄予厚望的林國棟也將身陷囹圄。偏偏林國棟對此事一言不發，既不辯解，也拒絕描述當晚的情形。再三考慮後，校方決定先與潘曉瑾深談。經過一番勸說後，潘曉瑾大概是顧及自己的名譽，也可能是念及兩人之間的情分，最終勉強同意不再追究。

林國棟被停課一個月，扣除全年獎金，取消評優資格，並被責令在內部進行深刻檢討。一夜之間，他從一個前途無量的優秀教師，變成了一個人人鄙夷的強姦未遂犯，不少女老師甚至回避和他單獨相處。

一九八八年底，潘曉瑾辭職，飛去美國和男朋友完婚，林國棟也在寒假之後提出調離申請。最終，在一九八九年春季從市重點中學四五中學調至普通的一〇三中學任教。

聽罷湯老師的講述，杜成沉默了一會，開口問道：「妳現在和潘曉瑾還有聯繫嗎？」

「她出國後就再沒聯絡過了。」湯老師撇撇嘴，「林國棟就是太心急了，想早一點確定關係。其實小潘挺好的，跟大家相處得也不錯，臨出國的時候，把自己的一些香水啊、化妝品什麼的都送給我們了。」

「香水？」杜成打斷了她的話，「妳還記得是什麼牌子嗎？」

「記得啊，她送了我半瓶，挺貴的呢。」湯老師眨眨眼睛，「叫蝴蝶夫人。」

回到車上，杜成沒有急於離開，而是坐在駕駛座上整理著思緒。

林國棟同樣是與許明良有接觸的人，而且，他是一名中學教師，面貌英俊，談吐斯文，容易得到女性的信任和好感，符合警方當年對嫌疑人的刻劃。至於林國棟和潘曉瑾之間的恩怨糾纏，雖然目前難以確定其中的細節，但是至少可以聯想到一種可能，那就是對某一類女性有既傾慕又憎恨的心態，渴望占有，又恨之入骨。

這類女性的共同標籤，就是潘曉瑾曾經用過的「蝴蝶夫人」香水。

魏炯看看杜成的臉色，試探著問道：「杜警官，你覺得這個林國棟……」

「嗯。」杜成想了想，「從目前來看，他的嫌疑最大。」

「那我們還等什麼啊？」岳筱慧突然開口，「去精神病院吧。」

魏炯驚訝地看著岳筱慧。整整一天，她都是一副悶悶不樂、意志消沉的樣子，沒想到在午飯後，她的那股興奮的樣子又回來了。特別是從四五中學出來之後，岳筱慧變得情緒高漲，簡直是躍躍欲試。

「不。」杜成抬手發動汽車，「今天太晚了，明天再去。」

「現在就去吧。」岳筱慧看看手機上的時間，「才五點多，我把路線都規劃好了，也就四十分鐘左右的車程。」

她把手機導航的頁面給杜成看，可是杜成連看都不看一眼，直截了當地拒絕：「不行，我先送你們回家。」

帕拉丁SUV駛出四五中學的停車場，不銹鋼電動折疊門在身後徐徐關閉。

「再說，精神病院這種地方，不是你們該去的。」

一路上，岳筱慧都噘著嘴，一臉不高興的樣子。魏炯不知道該怎樣安慰她，也只好默不作聲。杜成的注意力顯然不在他倆身上，每逢停車的時候，他都會把手機拿出來查看，似乎在等什麼消息。

開到岳筱慧家的社區門口，杜成停下車，轉身說道：「關於林國棟的事，先不要告訴老紀。畢竟我們現在只是懷疑他，還沒有充足的證據。懂了嗎？」

魏炯點點頭，岳筱慧則一直看著窗外。

杜成看了看岳筱慧：「一起吃個晚飯？」

「不用了。」岳筱慧顯然還在賭氣，跳下車後，卻不走，望著魏炯。

「行。」杜成也不再堅持，示意魏炯關上車門。

這時，岳筱慧突然說道：「等等。」她指指魏炯：「我想跟他說幾句話。」

「哦。」杜成有些莫名其妙，扭頭看看魏炯，男孩也是一頭霧水的表情。不過，他沒有遲疑，順從地下車，對杜成說道：「那你先走吧，我自己回家就行。」

『這兩個小兔崽子，又要搞什麼鬼？』杜成心裡嘀咕著，點點頭：「好吧，有消息我會聯繫你們。」

剛要踩下油門，岳筱慧又「哎」了一聲。

杜成下意識地望向她，看見岳筱慧表情複雜地看著自己，似乎還在生他的氣，又充滿關切。

「杜警官，你……」岳筱慧咬著嘴唇，眉頭微蹙，「你回去一定要好好休息。」

杜成看了她幾秒鐘，笑了笑：「好，妳放心。」

魏炯和岳筱慧並肩走進社區裡。女孩始終默不作聲，魏炯也不好開口，一路無話。走到岳筱慧家樓下的時候，魏炯以為他們要直接上樓，不料岳筱慧卻拐了個彎，向社區裡的一個廣場走去。

廣場旁邊有一家社區超市，岳筱慧走進去，買了兩杯熱奶茶，結帳的時候，又多買了一包五毫克焦油含量的中南海。

岳筱慧把其中一杯奶茶遞給魏炯，自顧自向前走去。魏炯摸不著頭腦，只能捧著燙手的奶茶，老老實實地跟在她後面。

走到廣場南側的一條長廊裡，岳筱慧坐在木質長凳上，一言不發地喝奶茶，目光漫無目的地在廣場上掃視著。魏炯坐在她身邊，不知道該如何發問。以他對岳筱慧的瞭解，現在最好的態度就是無聲地陪伴。

喝了半杯奶茶，岳筱慧拆開菸，抽出一支點燃。此刻，天色已漸漸暗下來，廣場上偶有居民經過，個個腳步匆匆，沒有人去留意這對沉默的男女。越來越濃重的夜色中，岳筱慧的側影慢慢變得模糊，只有嘴邊忽明忽暗的亮點變得分外醒目。

「今天，」岳筱慧熄掉菸頭，長長地呼出一口氣，「你是不是覺得我很奇怪？」

「說老實話，有一點。」魏炯看看她，「妳的情緒時起時落的，怎麼了？」

岳筱慧笑笑，低頭玩著奶茶杯上的吸管：「你知不知道為什麼我要幫老紀查這個案子？」

魏炯不說話了，這也是他一直想知道的事情。岳筱慧對紀乾坤的關心和幫助，大概出於對這個充滿個性的老人的好奇，以及她骨子裡的善良和同情心。但是，自從得知紀乾坤委託魏炯幫他調查系列殺人碎屍案以後，岳筱慧的態度已經可以用狂熱來形容。有的時候，魏炯甚至覺得她比紀乾坤還渴望抓到那個凶手，這一點，已經不能簡單地解釋為「覺得刺激」或者「好玩」了。

「我上次跟你說過，我媽媽在我很小的時候就去世了。」岳筱慧盯著越來越昏暗的廣場，「那是在一九九二年的十月二十七日，當時我媽媽在市第一百貨大樓當售貨員，每晚九點才下班。那天晚上，她沒回家。」

魏炯驚訝地瞪大眼睛：「她……」

「第二天一早，她的屍體在全市各處被發現。」岳筱慧緩緩轉過身來，看著魏炯，在黑暗中，她的雙眼閃閃發亮，「各處，一絲不掛。」

她伸出兩隻手，將食指交叉：「十塊。她被切成了十塊，裝在用黃色膠帶紮好的黑色塑膠袋裡。」

魏炯的腦子裡轟的一下炸開了。

深夜失蹤，強姦，殺人後碎屍，黑色塑膠袋，黃色膠帶。

「我那時候還不到一歲，完全不記得這些事。我爸爸一直對我說，媽媽是病死的。」岳筱慧重新面對廣場，聲音彷彿從深深的水底傳上來一般，「我國二那年，一個親戚送醉酒的爸爸回來，無意中說起我媽媽的死，我才知道媽媽是被人殺害的。」

「等等。」魏炯跳起來，打斷了岳筱慧的話，「妳的意思是？」

「對。也許是女性的直覺吧，我第一次見到老紀，就覺得他和我之間有某種聯繫。」岳筱慧又點起一支菸，「所以，當你在圖書館告訴我老紀委託你的事的時候，我一下子就知道那種聯繫是什麼了。」

「可是，在那起系列殺人案裡，老紀的妻子是第四個，也就是最後一個被害人。」魏炯在快速回憶著，「案發於一九九一年八月七日，妳媽媽在一九九二年十月二十七日被害，難道……」

「嗯。實際上，我比你更早知道那起系列殺人案。」岳筱慧彈彈菸灰，輕輕地笑了，「你能想像嗎？一個國中二年級的女生，背著 Hello Kitty 的書包，坐在市圖書館裡翻閱十幾年前的報紙，查找當年的連環姦殺碎屍案。」

「所以，妳很早就知道許明良不是凶手？」

「對。一九九一年他就被槍決了，我媽媽肯定不是他殺的。」岳筱慧垂下眼皮，「我媽媽的案子始終沒破。所以，直到昨天晚上，我始終相信，殺害我媽媽和老紀妻子的，是同一個人。現在你知道我為什麼幫助老紀查案了吧？」

魏炯點點頭，隨即就意識到岳筱慧話裡有話。

「『直到昨天晚上』是什麼意思？」

「那款香水。我始終覺得，刺激凶手的動機之一就是蝴蝶夫人。」岳筱慧嘆了口氣，望向遠處的一棟樓。魏炯順著她的目光看去，認得那就是岳筱慧家所在的那棟樓，屬於她家的窗戶黑洞洞的。

「可是，昨天晚上我問了我爸爸。因為他對香水過敏，所以，我媽媽一直不擦香水，夏天的時候，連花露水都不用。」

「事實證明妳的推測沒錯啊。」魏炯皺起眉頭，「至少有三個被害人都用了蝴蝶夫人或者氣味相似的香水。林國棟是目前最大的嫌疑對象，當年搞得他身敗名裂的那個女人也用蝴蝶夫人。不至於巧合到這個程度吧？」

「嗯。我絕對相信，殺害老紀的妻子和另外三個女人的凶手就是林國棟。」岳筱慧看看魏炯，「但是，這也意味著另外一種可能。」

的確，「蝴蝶夫人」香水在本案中頻繁出現，應該並非偶然。如果凶手真的在香水的刺激下強姦殺人，那麼林國棟極有可能就是凶手。然而，在這一前提下，即使林國棟是在一九九二年十一月之後才發了瘋，並進入精神病院治療，仍然意味著另一件事：以相同手法殺死岳筱慧媽媽的，另有其人。

「所以，我今天一度覺得自己的判斷是錯誤的，甚至認為我們根本就走錯了方向，都想打退堂鼓了。」岳筱慧輕輕地呼出一口氣，「直到在林國棟那條線索中，又出現了蝴蝶夫人，我才重新燃起了希望。雖然……」

「雖然林國棟可能不是殺死妳媽媽的凶手，」魏炯替她說下去，「對嗎？」

「對。」岳筱慧低下頭，笑了笑，「林國棟究竟是不是我的殺母仇人，要看在精神病院的調查情況，畢竟他是在我媽媽被害後才發瘋的。但是，我覺得可能性不大。」她轉過身，拍了拍魏炯的手：「不過，無論如何，我會一直查下去的。」

「為什麼？」

「因為杜成。」岳筱慧臉上的笑容漸漸收斂，「你也明白，他已經放棄治療了，只是靠止痛藥撐著。」

魏炯想起那個藍色的小藥瓶，點了點頭。

「一個快死的人，用那一點殘餘的生命，還要堅持查明真相。」岳筱慧目視前方，「我不知道他是為了什麼。但是，他讓我覺得，總有些事情，雖然與我們無關，仍然值得去做。你說呢？」

魏炯沒有說話，只是靜靜地和她並排而坐，看著前方那一排樓群。

此刻，暮色已籠罩在天地間，越來越多的燈火在樓體上亮起。在兩個年輕人面前，一幅錯落有致的輝煌圖景正在徐徐展開，喧鬧聲、問候聲不絕於耳，濃重的煙氣和飯菜的香味也在寒涼的空氣中緩緩傳來。

他們只有二十幾歲，尚不知生活的苦難與艱辛。但是他們很清楚，那就是生機勃勃的人間。

一個仍值得為之奮戰的世界。

第二十四章 臨終關懷

杜成穿過一片潮濕的空地，在一個身材粗壯的女護士引導下，向住院部大樓走去。

春季到來，腳下的土地不再堅硬，踩上去有鬆軟的感覺，可以想像初生的綠草正在泥土下頑強地生長。空地上有一些病人在散步，他們把厚重的棉毛衣褲穿在病號服下面，一個個顯得臃腫不堪。杜成看著一個正對著牆壁自言自語的病人，險些撞到一個拿著枯枝在地上戳來點去的中年男子。

「幹什麼？」中年男子顯得非常不滿，「別弄壞我的作戰沙盤。」

「哦。」杜成小心翼翼地繞開他，「首長，您繼續。」

走進住院部大樓，杜成和女護士乘坐電梯直達頂層。穿過一條走廊的時候，杜成才真真切切地感到自己正身處一家精神病院中。左側是病房，他盡量不去看房門中那一張張驟然出現的臉，那些扭曲、失常的面孔不會讓人感到太愉快。

走廊的盡頭就是會客室，室內陳設簡單，除了一張長桌及幾把椅子之外，再無他物。女護士安排他坐在桌旁，又幫他拿了一杯熱水，就關門離開了。

杜成一個人坐在會客室裡，最初，覺得四周一片寂靜。又坐了一會，他意識到耳邊其實有隱約的聲音傳來，似乎有人在很遠的地方叫嚷、掙扎、廝打，另外幾個男人在呵斥，還夾雜著女性的尖叫。漸漸地，混亂的聲音歸於平息，最終澈底安靜下來。

杜成莫名其妙地想到了監獄和紀乾坤所在的養老院。

幾分鐘後，一個穿著白色衣褲的男子走進會客室。他邊走邊放下挽起的袖子，不停地喘著粗氣，額頭上滿是亮晶晶的汗水。

「杜警官是吧？」他走到桌旁，向杜成伸出一隻手，「我姓曹，是這裡的主治醫生。」

杜成站起來，隔著桌子和他握握手。

「抱歉讓您久等，有個病人發病了。」曹醫生擦擦汗，坐在杜成的對面，視線落在那杯熱水上。

杜成立刻把水杯向他推過去：「你喝吧，我沒動。」

曹醫生也不客氣，拿起水杯一飲而盡。

「您找我有什麼事？」

「關於一個患者。」杜成取出記事本，「他叫林國棟，聽說您是他的主治醫生。」

「林國棟，」曹醫生抬手擦嘴的動作停了下來，「他已經出院了。」

「我知道，剛才我看到他的出院證明了。」杜成點點頭，「是最近的事。」

「嗯，春節前。」

「也就是說，他在精神病院裡住了，」杜成在心裡計算了一下，「二十二年。」

「對。算起來，我是他的第二個主治醫生了。」曹醫生苦笑了一下，「之前是朱惠金醫生。」

「他的病很嚴重嗎，需要這麼久的時間治療？」

「從他的病歷上來看，是心因性精神障礙。」曹醫生似乎有些欲言又止，「精神病和其他疾病不同，它沒有太多可靠儀器、設備檢驗的指標和參數，而且病情往往纏綿，復發率也高。」

「那麼，既然允許他出院，就說明他已經痊癒了？」

「嗐，怎麼說呢，」曹醫生撇撇嘴，「您是體制內的人，您一定知道，在咱們國家，有些事不能較真。」

「哦？」杜成揚起眉毛，「您的意思是？」

「對林國棟的情況，很難評估，不能完全肯定已經治癒，也不能完全否定。」曹醫生盯著桌面，語氣淡然，「他的治療費用一直都是家裡負責。後來他媽媽去世了，所以只能提供最基本的治療費用。市裡只有一家安康醫院，床位非常緊張，所以，今年初，院裡集中清退了一批患者，凡是沒什麼大危害的，都辦理出院了。你也知道，醫院也得創收嘛。」

杜成在心裡「哼」了一聲。的確如曹醫生所說，目前在全國範圍內，安康醫院只有區區二十幾家。收治精神病人，對地方政府來講是一件非常頭疼的事情。特別是那些無力負擔治療費用的家庭，只能由政府從財政預算中給予撥款。倘若是需要長期治療的病人，如果政府撥款不及時，醫院就將病人「請出院」的情形並不鮮見。

「林國棟在醫院裡的表現怎麼樣？」

「還行吧。」曹醫生想了想，「他算比較聽話的病人，有過幾次情緒和行為異常，被管束後就好多了。」

「管束？」

「電擊器、約束衣什麼的。」曹醫生的回答輕描淡寫，「沒辦法，怕他傷人嘛。」

杜成盯著他看了幾秒鐘，慢慢說道：「曹醫生，從你的專業角度來看，他到底有沒有病？」

曹醫生回望著杜成，看不出太多的表情變化，似乎對這個問題並不感到意外。

「杜警官，請你先回答我一個問題。」曹醫生頓了頓，「你是不是警方督察部門的？」

「不是。」杜成一愣，「我和你之間的談話完全是私人性質的。不是調查取證，否則我不會一個人來。你甚至可以忽略我的員警身分。」

「我明白了。」曹醫生稍稍放鬆了一些，但仍然言辭謹慎，「那我對您的答覆，也僅代表個人意見，而不能視為是醫院對林國棟的結論。我說清楚了嗎？」

「清楚，您說。」

「幾年前，朱醫生退休之後，我才接手對林國棟的治療。」曹醫生的語速很慢，似乎在斟酌著詞句，「我看過他的病歷，心因性精神障礙。這是個很廣泛的概念，好多精神疾病都可以用這個詞來涵蓋。」

他意味深長地看了看杜成，又繼續說下去：「既然是心因性精神障礙，那就應該受到了相當程度的精神打擊或者精神刺激。可是，我在他的診療記錄裡，沒看到任何陳述。而且，根據我對他的觀察，林國棟的表現和其他的精神病患者相比，有很大的區別。」

「你不是說他有過情緒和行為異常嗎？」

「呵呵。」曹醫生笑了一下，「換作你，被關在這裡幾十年，每天和精神病人朝夕相處，你會不會安之若素？」

「你的意思是？」

「我什麼意思都沒有。」曹醫生立刻答道，「你自己來判斷。」

杜成笑了笑，忽然又想到一件事。

「您剛才問我是不是督察部門的。」杜成留意觀察著曹醫生的神色，「和這件事情有關係嗎？」

曹醫生猶豫了一下：「這同樣是我的猜測。首先我需要聲明的是，我並不否定林國棟是精神病人。但是，他入院治療了二十二年，是不是因為他曾犯過什麼事，把這個當作一種替代的懲罰措施？」

「哦？」

「我跟您舉個例子吧。」曹醫生湊過來，壓低聲音，「『被精神病』這個詞，你應該聽過吧？」

杜成當然聽過。它是指一些正常人被送進精神病院進行隔離治療，進而變相剝奪人身自由的情形。醫院往往只對送治人或者提供醫療費用的人負責，而不對所謂的「患者」採取任何治療措施。不過，隨著相關法律法規的完善，近年來，這種「被精神病」的情況已經很少見了。曹醫生很清楚這是違法行為，所以謹慎答覆。不過，他詢問杜成是否是警務督察部門的人，讓杜成產生了新的疑問。

「他是誰送來的？」

「公安機關。」曹醫生坐直身體，「強制醫療。」

「市局還是哪個分局？」杜成立刻追問道。

「某個分局吧。詳細我也記不得了。」曹醫生聳聳肩膀，「回頭可以查查。不過，送治部門還算負責，有個員警每個月都會來查看林國棟的情況。二十多年了，沒間斷過。」

「他叫什麼？」

「姓駱，叫駱少華。」曹醫生笑笑，「挺罕見的姓，所以很容易記住。」

杜成一下子瞪大了眼睛。隨即，他的大腦就飛速運轉起來，似乎有一條無形的線，將那些支離破碎的片段連接在一起，最終形成一塊完整的拼圖。

然而，還沒容他看清這塊拼圖的全貌，衣袋裡的手機就響了。

杜成掏出手機一看，是高亮。

「喂？」

『老杜，亮子。』高亮的聲音很低，還帶著回音，似乎是躲到了消防通道裡，『馬健委託我們部門查一個人的資料，他叫……』

「林國棟。」杜成脫口而出，「是吧？」

『我靠，你怎麼知道？』高亮顯得非常驚訝，『馬健要來局裡拿資料，已經在路上了。』

馬健獨自坐在鐵東分局的會議室裡，喝著紙杯裡的熱茶。會議室呈長方形，靠北側的牆壁上是一排展示櫃，分局在歷年來獲得的各種獎盃、獎狀、嘉獎證書都擺放其中，即使相隔數米遠，馬健仍然知道第二排展示櫃上左起第四個是一張集體二等功的獎狀。

那是破獲「11．9」連環強姦殺人碎屍案之後，省公安廳對專案組給予的集體獎勵。以往在這個會議室開會的時候，馬健總會對這張獎狀多看幾眼，然而今天它再次出現在自己面前，卻讓他覺得無比刺目。

馬健扭過頭去，情緒開始慢慢低落。

會議室的門被推開，高亮快步走進來。

「馬局，您再稍等一會。」高亮拉過一把椅子，坐在馬健身邊，「資料都列印好了，我讓他們裝訂一下，馬上就幫您送來。」

「不用那麼麻煩吧。」馬健擺擺手，「謝謝你了，小高。」

「您千萬別客氣。您是老領導了，我們應該送到您家裡的。」高亮看看手錶，「段局在開會，他知道您來了，等一下就過來。」

「別打擾小段了。你們工作忙，我知道。」馬健忽然顯得很著急，「要不這樣，小高你去催催，我拿了資料之後還有事。」

「行，那您先坐一下。」高亮起身離座，回到走廊裡。他掏出手機看了看，又湊到窗戶向樓下的停車場張望著。這時，一輛老式帕拉丁SUV剛好開進分局大院，高亮的表情一鬆，嘴裡自語道：「老東西，你可算來了。」

他撩起外套，從後腰處抽出一個透明資料夾，又在會議室門口站了一會，推門進去。

馬健見他進來，視線首先落在他手裡的資料夾上。高亮卻沒有立刻交給他，而是把資料夾打開，將裡面的資料攤開在桌面上。

「馬局久等了。」他指著那些紙張，「這是林國棟的戶籍證明，這是他的出院證明。」

馬健耐著性子聽了一會，嘴裡「嗯啊」地敷衍著。好不容易等他說完，馬健飛快地將資料收攏起來，塞進資料夾裡。

「謝了、小高，你跟小段說一聲，我先走了。」馬健把資料夾塞進腋下，想了想，又囑咐道，「這件事別讓其他人知道，畢竟是私人事務，好吧？」

高亮連連答應，眼角不停地瞄向會議室的門口。

馬健拍拍他的肩膀，起身向門口走去。

剛拉開門，就和一個急匆匆進來的人撞了個面對面。

來人喘著粗氣，似乎是一路小跑著過來。馬健看著那張蒼白、浮腫、滿是汗水的臉，頓時愣住了。

「成子？」

杜成抬起袖子擦汗，疲態盡顯的臉上露出一絲微笑。

「馬局，好久不見。」

「是啊。今天路過局裡，就上來看看。」馬健迅速恢復了常態，「聽說你病了，嚴重嗎？」

「肝癌，晚期。」杜成只是簡短作答，沒有去看馬健驟然訝異的表情，「難得來一趟，坐下聊聊吧。」

他拉過一把椅子，自顧自坐下，拿出菸盒放在桌面上。

馬健沒動，而是皺起眉頭看著他，輕聲問道：「什麼時候發現的？做手術了沒有？」

在那一瞬間，杜成在他的眼神中看到了發自內心的關切，這種眼神，已經二十三年不曾有過。那些勢如水火的日子，彷彿被一個噩耗輕易原諒了。

你們可以同情我的人之將死，我不能無視當年的蔽日遮天。

杜成垂下眼皮，指指面前的椅子：「坐啊，馬局。」

「不了，我還有事。」馬健勉強笑了一下，「成子，你多保重身體。我能幫得上忙的，你儘管開口。」

為什麼這聲問候不能來自從始至終的兄弟，為什麼我們要在彼此仇視中度過人生最美好的時光？

杜成緊緊地閉了一下眼睛，旋即睜開。

「還是聊聊吧、馬局，我們談談。」

馬健沉默了幾秒鐘，再開口時，語氣已經變得硬冷。

「談什麼？」

這種語氣讓杜成的心裡莫名地放鬆下來。他指指馬健腋下的資料夾：「談談他。」

「哦？」

「你今天不是路過。」杜成抽出一支菸點燃，「你是來找一個叫林國棟的人的資料。」

馬健立刻轉身望向高亮，後者面色尷尬，說了句「你們聊」就拉開門溜走了。

會議室裡只剩下杜成和馬健兩人。馬健沉默了一會，開口說道：「私事。這個林國棟欠了我一個親戚十幾萬塊錢，現在人找不到了。」

「馬健，」杜成打斷他的話，「現在只有我們兩個。你老實告訴我，駱少華對你說了什麼？」

聽到駱少華的名字，馬健的身體一晃。隨即，他的五官就扭曲在一起。

「你他媽的跟蹤我？」

「我是跟蹤了，但我不是跟蹤你，而是駱少華。」杜成站起身，直視著馬健的眼睛，「他知道事情的真相，對不對？他知道林國棟就是凶手，對不對？」

「你他媽是狗嗎？」馬健咆哮起來，「這麼多年還咬住我不放！」

突然，會議室的門被推開，段洪慶走了進來，看見對峙的兩人，臉上的笑容一下子僵住了。

「馬局、老杜，」他看看馬健，又看看杜成，「你們這是？」

「你們怎麼查出來的？一九九二年的時候，你們就知道許明良是被冤枉的，對吧？」杜成看也不看段洪慶，向馬健一步步逼近，「誰決定把林國棟送進精神病院的，是你還是駱少華？」

「我什麼都不知道！」馬健咬著牙，臉頰的肌肉凸起來，他瞪了段洪慶一眼，轉身欲走，「我沒有義務回答你的問題。」

杜成一把拉住馬健的衣袖：「你們當時為什麼不說出來？怕擔責任，還是怕你他媽的當不了副局長？」

段洪慶上前拉住杜成：「老杜，你冷靜一點！」

杜成用力甩開段洪慶，後者趔趄了一下，扶住桌子才勉強站穩。

「林國棟對駱瑩做了什麼？」杜成死死地揪住馬健，鼻子幾乎碰到了他的臉，「駱少華在監視林國棟，對不對？」

「這跟你有什麼關係？」馬健反手抓住杜成的衣領，「你別他媽把少華扯進來！」

「你們他媽的是員警！」杜成已經目眥欲裂，聲音嘶啞，「你們他媽的這是徇私枉法！你去看看許明良媽媽的樣子。」

「夠了！」段洪慶突然暴喝一聲，上前用力把杜成和馬健分開。

兩個人隔著段洪慶，不停地喘著粗氣，狠狠地盯著對方。

不知何時，會議室門口擠滿了員警，大家看到病休的杜成和前分局副局長馬健一副劍拔弩張的樣子，驚訝者有之，小聲議論者有之。

「看什麼看！」段洪慶抬腳踹翻了一把椅子，「都回去幹活！」

暴怒的副局長下令，圍觀的員警紛紛散去。最後，門口只剩下張震梁，默默地注視著會議室裡的三個人。

段洪慶雙手叉腰，站在原地喘息了一陣，抬頭面向杜成。

「老杜，你要幹什麼？」段洪慶的語氣充滿惱怒，其中還夾雜著一絲無奈，「你記不記得我跟你說過什麼？」

「段局，我什麼都不想要，」杜成把視線從馬健身上轉向段洪慶，「我只想知道真相。」

「真相有那麼重要嗎？」段洪慶彷彿在面對一個不可理喻的偏執狂，「那件事都過去二十多年了，誰還記得？你還要苦苦追究，有意義嗎？」

「有意義。」杜成的嘴唇顫抖起來，「我記得。」

「你他媽是個快死的人了。」段洪慶再也按捺不住，「你還有幾個月？幾天？幾小時？你為什麼還要逼自己？」

「我跟你說過，」杜成看看段洪慶，又看看馬健，一字一頓地說道，「我剩下的每個月、每一天、每小時、每分鐘，都是為了查出真相。」

「屁！」段洪慶大罵一聲，揮手把桌上的紙杯打飛。

他弓著腰，雙手按住桌面，頭垂在胸前，渾身顫抖著。

良久，他抬起頭，死死地盯著杜成：「好，老杜，你不在乎自己，行。」

段洪慶一把拉住杜成的衣領，把他拖到展示櫃前。

「你看看這些。這是什麼？」段洪慶指指那些獎盃和獎狀，「這是兄弟們用血汗拚回來，用命換來的！」

突然，他操起一只獎盃，重重地摔在地上，金光燦燦的杯體頓時四分五裂。

「現在不要了，是吧？」段洪慶沖杜成吼道，「所有的榮譽，都不要了，是吧？」

隨即，他又拉下一張獎狀，抬手欲撕。張震梁見狀，急忙衝上去攔住他，把那張已經撕掉了一個角的獎狀搶了下來。段洪慶餘怒未消，一把推開張震梁，舉起一根手指指著杜成，指尖顫抖，卻說不出話來。

半晌，他才咬著牙開口，語氣中已經帶有一絲懇求。

「大家當了這麼多年員警，槍林彈雨闖過，血裡泥裡滾過，好不容易平安落地了。」段洪慶回頭看看馬健，前任副局長神色黯然，扭過頭去。

「老杜，算我求你。」段洪慶重新面對杜成，「這件事，能不能就這樣算了？」

「不能！」杜成突然抬起頭，雙目圓睜，「當年為了查這件案子，我死了全家——全家！」

段洪慶愣住了：「你……」

「這二十多年，它就堵在這裡，」杜成扯開衣領，指著自己的喉嚨，聲音彷彿從胸腔中噴薄而出，「我咽不下去，也吐不出來。每天晚上，我老婆和孩子都在看著我。他們對我說，老公、爸爸，你要抓住他，你一定要抓住他。」

越來越濃重的腥甜味湧入口腔，杜成卻渾然不覺，依舊像一個野獸般嘶吼著。

「我不是為了什麼職責，我就是為了我自己，為了我的老婆和孩子！」杜成湊近段洪慶，看著他的瞳孔裡倒映出自己扭曲的五官，「我不能讓他們死得窩窩囊囊。我要讓他們知道，他們沒有白白死去，當年的案子，我查清了。」

杜成看看段洪慶身後的馬健，雙拳緊握，眼前漸漸漫起一層水霧。

「我是快死的人，你們就讓我查下去，行不行？你們就當是臨終關懷，行不行，啊？」

振聾發聵的怒吼之後，一陣密集的血點噴射在段洪慶的臉上。

段洪慶目瞪口呆地看著突然滿口鮮血的杜成，一句話也說不出來，任由那些血點在臉上緩緩滴落。

「師父！」張震梁大驚，急忙衝過去扶住杜成。

杜成也愣住了。他抬手擦擦嘴角，發現已是滿掌血紅。

「啊，這他媽是怎麼了？」杜成晃了晃，喃喃自語道。

他抬頭看看一臉血跡的段洪慶，嘴角擠出一個無奈的微笑。

「抱歉了，段局。」杜成掙脫張震梁的攙扶，想要上前擦掉段洪慶臉上的血。

剛一邁步，他就一頭栽倒下去。

第二十五章　影子凶手

「後來呢？」陳曉仰頭看著林國棟，眉頭微蹙，眼中滿是關切。

「我完全傻了。在床上坐了許久，左半邊臉還火辣辣地痛。」林國棟的手繞過陳曉的肩膀，輕輕地撫弄著她的頭髮，「我不知道為什麼，一分鐘前還耳鬢廝磨，轉眼就怒目相向。她明明是喜歡我的，否則也不會跟我一起去看電影、划船。可是，她為什麼不能讓我們再進一步呢？」

「之後她回來了嗎？」

「回來了，還帶著三個安全幹部。」

「啊？」陳曉以手遮口，發出一聲小小的驚呼，「用不著這麼絕吧。」

「當時她就是這麼絕。」林國棟苦笑，「指控我強姦未遂。」

陳曉從林國棟的懷裡掙脫出來，滿臉驚訝：「你被抓了？」

「沒有。」林國棟重新抱住她，「我被莫名其妙地被關了一宿，又被莫名其妙地放了出來。之後，就被停課、扣發獎金、取消評優資格。」

陳曉輕輕地撫摸著他的手背：「小可憐。」

「我就是想不通，一直想不通。」林國棟的目光投向客廳的另一側，廁所的門半虛半掩，「她怎麼可以這樣傷害我？每個人看我的眼光都是異樣的，大家都在背後偷偷地議論我。對我來說，那就是置我於死地了。」

「很簡單，她不愛你。」

「不愛我？那為什麼我每次邀請她，她都不拒絕？」

「解悶嘍。」陳曉輕輕地笑了一下，「男朋友離得那麼遠，平時沒人陪，恰好有你這個年輕英俊又有才華的追求者。換作我，也會欣然赴約，就當找個人陪自己玩了。」

「可是，她肯跟我擁抱和接吻。」

「那算什麼呀，女人嘛，抱一抱，自己也會暖。不過，你想發生實質性的關係，她肯定就會逃開了。」

林國棟沉默了一會，搖搖頭：「女人真可怕。」

陳曉把頭向林國棟的懷裡擠了擠：「所以你這麼多年一直單身？」

「嗯。」林國棟的手在她的後背上撫摸著，能清晰地感到胸罩的位置，「放不下，也不敢再去戀愛了。」

「傻瓜。」陳曉閉上眼睛，發出一聲呢喃，「不是所有女人都像她那樣的。」

兩個人的身體緊緊地挨在一起，逐漸升高的體溫讓女孩身上的香氣蒸騰起來。

林國棟的呼吸開始急促，鼻尖上也沁出了油汗，他低下頭，在陳曉的額頭上輕輕一吻。隨即，他就一路向下，去尋找陳曉的嘴唇。女孩稍稍抬起頭，乖巧地迎合著他。很快，四片嘴唇試探性地觸碰了一下，就緊緊地黏合在一起。

女人。柔軟的女人。潮濕的女人。帶著奪人心魄的氣味的女人。

林國棟把手從女孩的腰下抽出，沿著小腹向上，即將觸碰到胸部的時候，另一隻手堅決地阻止了他。

陳曉拉開他的手，翻身坐起。

「林老師，我得走了。」她理理蓬亂的頭髮，抻平身上的毛衣。

林國棟湊過去，想再次吻她，不過這一次，女孩扭過頭，伸手阻擋在她和林國棟之間。

「別這樣。」

林國棟俯身噘嘴的姿勢尷尬地停在半空。少時，他慢慢站直身體，臉色開始變白。

「為什麼？」

「我有男朋友，我不能這樣。」

「可是妳剛才說……」

「林老師，我很喜歡你，也願意做你的朋友。雖然，我們比一般的朋友要……」陳曉不自然地笑了笑，「要親密了一點。不過，我不想……怎麼說呢？你知道的。總之，抱歉了。」說罷，陳曉拿起沙發上的外套，向門口走去。

林國棟站在原地，默默地看著她。

陳曉注意到他的目光，心中又有些不忍，勉強笑笑：「你明天會去公司吧？」

林國棟一言不發，臉上陰雲漸起。

陳曉看著這個似乎驟然失去溫度的瘦削男人，莫名地感到心慌。她低下頭，說了句「明天見」就匆匆地打開房門，離開了。

林國棟保持著原來的姿勢，死死地盯著空無一人的門廳。

良久，他把雙手插進褲袋，緩緩轉身一週，環視著整個客廳。

最後，他把視線投向廁所。

妳和她，是一樣的。

魏炯看看病房上的門牌號，輕輕地推開房門。

杜成躺在病床上，雙眼緊閉，臉色蠟黃。另一個在紀乾坤的房子裡見過的員警守在床邊，見他進來，立刻向魏炯投來疑惑的目光。

魏炯指指杜成，嘴裡無聲地說道：「我是來看他的。」

員警點點頭，示意他找把椅子坐。

魏炯把水果籃放在牆角，拉過一把椅子，坐在杜成的床邊。

「他怎麼樣？」

員警的臉色很難看，沒有回答，只是輕輕地搖了搖頭。

魏炯看看病床上的杜成。老頭的全身都縮在被子裡，幾天沒見，他的臉瘦了很多，唯獨腹部高高隆起。他似乎在睡著，呼吸卻並不平穩，時而皺眉，時而咬牙。

員警打量著魏炯，小聲問道：「你是誰？」

魏炯一時語塞，他也不知道該如何形容自己和杜成的關係，想了想，只能說道：「我是他的朋友。」

員警沒說話，眼中的疑惑更甚。

這時，杜成發出一聲長長的嘆息。緊接著，他舔舔嘴唇，低聲說道：「震梁，水。」

張震梁急忙拿起床頭櫃上的水杯，把插在其中的吸管湊到杜成的嘴邊。

杜成吸了幾口，緩緩睜開眼睛，立刻看到了床邊的魏炯。

「你怎麼來了？」

「聽說你病了，」魏炯勉強笑笑，「老紀行動不便，就讓我來看看你。」

「嗐，讓他甭惦記。」杜成示意張震梁把床搖起來，「我沒事，自己的身體，我最清楚。你們沒告訴他林國棟這個人吧？」

「沒有。你查到什麼了？」

「嗯。我覺得，就是他。」說到這裡，杜成突然想到了什麼，轉頭面向張震梁，「馬健和駱少華有什麼動靜嗎？」

「暫時沒有。你昏迷這兩天，他們先後來看過你。」張震梁在衣袋裡翻了翻，取出兩個信封，「慰問金要退回去嗎？」

「不退，留著。」杜成嘿嘿地笑了起來，「一碼歸一碼，這倆渾蛋來看看我也是應該的。」

張震梁也笑了：「師父，餓不餓？」

「還真有一點。」杜成咂咂嘴，「弄一點餃子吃吧。」

「好嘞。」張震梁俐落地起身，向門口走去，「你等一會，我馬上就回來。」

見他出了門，杜成指指衣架上自己的外套，對魏炯吩咐道：「右邊口袋，菸。」

魏炯有些猶豫：「杜警官，你都病了……」

杜成顯得急不可耐：「少廢話，快一點！」

魏炯無奈，只得按他的要求做。半分鐘後，杜成已經叼著一支菸，美美地吸著。

魏炯找出一個紙杯，倒了小半杯水，放在他面前，權當菸灰缸。

杜成三口兩口就吸掉了大半支菸，他捏著煙蒂，看看魏炯：「說吧，小子，你找我有什麼事？」

「嗯？」

「你不是僅僅來看我那麼簡單的，否則岳筱慧也會來。」杜成向門口努努嘴，「所以我把震梁支出去了。」

魏炯的臉紅了，心裡嘀咕了一句：這個老狐狸。

「杜警官，你給我們的案卷資料不是全部吧？」

「哦？」杜成揚起眉毛，伸手拿煙的動作也停下來，「為什麼這麼問？」

「一九九二年十月底，也曾發生過一起強姦殺人碎屍案。」魏炯鼓足勇氣，直視著杜成的眼睛，「和之前的系列殺人案非常相似。」

杜成盯著他看了幾秒鐘，皺起眉頭：「你怎麼知道這個案子？」

「上網查資料的時候看到的。」魏炯決定撒個謊。

「我覺得兩起案件的凶手不是同一個人，就沒把資料給老紀。你覺得呢？」杜成垂下眼皮，又從菸盒裡抽出一支菸。

「我也覺得不是同一個人。」魏炯脫口而出，立刻就後悔了。因為杜成馬上就把視線轉向他，臉上還帶著意味深長的笑。

「小子，」杜成不緊不慢地點燃菸，「你知道什麼？」

魏炯在心裡暗罵自己的粗心，眼見已經無法隱瞞，只好和盤托出。

「一九九二年十月底那個案子，被害人就是岳筱慧的媽媽。」

杜成一下子愣住了，怔怔地看著魏炯。

半晌，他才苦笑著搖搖頭，臉上仍然是一副難以置信的表情。

「不會這麼巧吧？」杜成想了想，自言自語道，「怪不得她對這個案子如此用心。」他又看看魏炯：「需要我做什麼？」

「我希望能瞭解這個案子。」魏炯頓了一下，「如果可能的話，我想找出殺死她媽媽的凶手。」

「為什麼？」杜成忽然笑了笑，「因為愛情？」

「不是。」魏炯沒有笑，表情嚴肅，「岳筱慧問過他爸爸，因為他對香水過敏，所以她媽媽從不擦香水。也就是說，林國棟不是殺死她媽媽的凶手。」

「然後呢？」

「岳筱慧明知道幫助老紀並不會為自己報仇雪恨，可是她還是堅持要查下去。因為她覺得這麼做是值得的。」魏炯頓了一下，神色更加堅毅，「那麼，也應該有人為她做一點什麼。」

杜成收斂了笑容，又看了看他，抬手指指衣櫃：「黑色皮包，裡面有一個檔案袋。」

魏炯照做，很快就發現了那個檔案袋。他抽出來，裡面是一本刑事案件卷宗，封皮上寫著「1992.10.28強姦殺人碎屍案」，看見這幾個字，魏炯的身上立刻燥熱起來。

「查清一件案子，不像你想像的那麼簡單。」杜成看著他，表情忽然變得暗淡，「我能不能撐到林國棟歸案還不好說，所以可能幫不了你太多。」

「沒關係。老紀的案子過了這麼多年，不是也快水落石出了，」魏炯轉身望向杜成，臉上的笑容既溫和又堅定，「你們能做到的，我也能。」

岳筱慧在門上敲了敲，聽到紀乾坤答了一聲「進來」，就推開門進去。

紀乾坤坐在小木桌旁，正在翻看著一疊資料，沖岳筱慧露出一個微笑，同時向她身後看看。

「魏炯沒來？」

「我還以為他在你這裡呢。」岳筱慧揚揚手機，「這傢伙，不知道跑哪裡去了，也不接電話。」

她脫下外套，連同雙肩背包都放在床上，湊到紀乾坤身邊：「你看什麼呢？」

剛一靠近他，一股濃重的油味就躥入鼻孔。

岳筱慧皺皺眉頭，伸手在鼻子前面呼搧著：「老紀，你有幾天沒洗頭髮了？」

「哦。」紀乾坤伸手抓抓頭髮，表情尷尬，「這幾天也沒心思打理自己嘛。」

岳筱慧打量著紀乾坤。老人和初見時大不一樣，過去整齊地梳向腦後的花白頭髮如今變得油膩又蓬亂，臉龐消瘦，雙頰塌陷，粗硬的鬍渣遍布下頜。身上的襯衫和羊毛衣也汙漬斑斑，完全是一個邋邋遢遢的老頭形象。

岳筱慧走向衣櫃，翻出一套乾淨的內衣褲，甩在紀乾坤身上：「換掉。」

紀乾坤驚訝地瞪大眼睛：「現在？就在這裡？」

「對啊。」

「不行，」紀乾坤乾脆俐落地拒絕，「妳是個小姑娘。」

「你少廢話吧。」岳筱慧不耐煩了，搶上前去，不由分說就脫掉紀乾坤的羊毛衣，「你比我爸歲數還大呢，我都幫他洗過澡。」

紀乾坤的頭卡在毛衣裡，甕聲甕氣地說道：「不用妳來，讓張海生來幫我。」

話音未落，岳筱慧已經脫掉他的襯衫，又蹲下身子，掀開毛毯，拉掉了棉褲。

老人身上只剩下襯衫襯褲，堅決不同意岳筱慧再動手了。

「妳先出去，」紀乾坤的臉漲得通紅，「我換好了妳再進來。」

岳筱慧忍住笑意，瞪起眼睛嚇唬他：「當然得換啊，你身上都有味道了。」說罷，就拉開門躲了出去。

來到走廊裡，她的笑容一下子消失了。

整潔、斯文如老紀者，如今也變得不修邊幅。經過近二十年的等待，他終於有機會接近妻子被殺一案的真相，對現在的紀乾坤而言，只有這件事能讓他全身心投入吧。他的不顧一切讓人敬重，更讓人同情，也讓岳筱慧堅定要幫他查清此案的決心。

足足十五分鐘後，岳筱慧才聽到紀乾坤在房間裡的呼喚：「行了，進來吧。」

她推門進去，看見紀乾坤已經換上了那套紅色的襯衫、襯褲，正拘謹地坐在輪椅裡，似乎不知道該把手放在哪裡。

「這就對了嘛。」岳筱慧看看滿頭汗水的紀乾坤，看來更換內衣褲讓他費了不少氣力。她拿起毛巾遞給他，又從衣櫃裡拿出乾淨的毛衣和棉褲。

紀乾坤一手擦汗，一手試圖把換下來的內褲藏在髒衣服裡。岳筱慧又好氣又好笑，她奪過那幾件髒衣服，捲成一個團，扔進洗臉盆裡，又幫他換上毛衣和棉褲。

做完這一切，她拎起暖水瓶，端著洗衣盆向外走去。紀乾坤見狀，又大叫起來。

「妳別洗啊，送到洗衣房就行。」

岳筱慧頭也不回地說了句「知道啦」，就拉開門走了出去。再回來時，她端著半盆冷水和一瓶開水。

紀乾坤臉上的表情與其說是疑惑，還不如說是驚恐：「妳又要幹嘛？」

「洗頭髮啊。」岳筱慧輕描淡寫地答道。她調好水溫，用一條毛巾圍在紀乾坤的脖子上，先掬一捧溫水把他的頭髮打濕，隨後就把洗髮精擠在手心裡，在紀乾坤的頭髮上揉搓起來。

最初，紀乾坤顯得非常緊張，全身僵直地坐在輪椅上。然而，隨著岳筱慧輕柔的動作，他漸漸放鬆下來，老老實實地任由岳筱慧擺布著。最後，他半閉著眼睛，愜意地享受起來。

甩掉泡沫，沖洗乾淨，油膩蓬亂的頭髮很快就變得潔淨服貼。岳筱慧用毛巾把紀乾坤的頭髮擦乾，又梳得整整齊齊。紀乾坤用剩餘的熱水洗了把臉，整個人變得神采奕奕。

「你看，這樣多好。」岳筱慧退後一步，滿意地打量著紀乾坤，老人不好意思地笑笑。

「辛苦妳了。」

「客氣什麼。」岳筱慧滿不在乎地甩甩頭髮，又把視線落在紀乾坤布滿鬍渣的下頷上。見她挽起剛剛放下的袖子，紀乾坤立刻意識到岳筱慧的意圖，急忙說道：「這個我自己來就行。」

女孩已經拎起暖水瓶又出門了。

幾分鐘後，紀乾坤仰著頭，臉上蓋著一條熱毛巾，舒舒服服地半躺在輪椅上。

岳筱慧一邊攪拌著刮鬍膏，一邊打量著一把老式剃鬚刀。

「想不到現在還有人用這玩意。」

「電動的用不慣。」紀乾坤的臉蒙在毛巾下面，聲音慵懶，似乎快睡著了，「還得經常換電池。」

「挺酷的嘛。」岳筱慧打開剃刀，刀身寒光閃閃，看起來保養得很精細。她把拇指按在刀刃上試了試，很鋒利。

岳筱慧掀開紀乾坤臉上的毛巾，老人微微睜開眼睛，面龐變得紅潤潮濕，還散發著蒸氣。她摸摸紀乾坤柔軟的下巴，把刮鬍膏均勻地塗抹在他的臉上。

刀鋒滑過皮膚的時候，有切斷鬍鬚的細微喀嚓聲，剃刀經過的地方，都變得光滑整潔。岳筱慧半跪在紀乾坤的身邊，仔細地在他的臉上操作著，不時用衛生紙擦淨沾滿刮鬍膏和鬍渣的剃刀。

紀乾坤一動不動地坐著，感受著剃刀的鋒利和女孩手指溫柔的觸覺。

「筱慧。」

「嗯？」

「妳剛才說幫爸爸洗澡？」

「是啊。」

「他也行動不便嗎？」

「那倒不是。」岳筱慧笑了笑，「他酗酒，經常醉得不省人事。」

「那，妳媽媽為什麼不……」

「我媽媽很早就去世了。」岳筱慧全神貫注地盯著紀乾坤下巴上的鬍渣，「家裡只有我和爸爸。」

紀乾坤「哦」了一聲就不再說話。

片刻，岳筱慧感到有一隻手放在自己的頭頂，慢慢摩挲著。

女孩全身顫抖了一下，手上的動作稍有變形，頓時，一個小小的傷口出現在紀乾坤的下巴上。

「哎喲！」岳筱慧急忙放下剃刀，拿起一張面巾紙按在傷口上，「對不起、對不起。」

「沒事的。」紀乾坤搖搖頭，他對著鏡子看看下巴，傷口不大，血很快就止住了，「妳繼續。」

「我可不敢了。」岳筱慧卻顯得歉意滿滿，「等一下又把你割傷了。」

「小意思，用這種剃刀，割傷是常有的事。」紀乾坤拿起剃刀，把刀柄遞向她，「我信得過妳。」

岳筱慧猶疑著接過剃刀，又看了看紀乾坤。老人對他笑了笑，半仰起頭，閉上眼睛。

女孩蹲下身子，重新把剃刀按在紀乾坤的下巴上。

很快，紀乾坤的臉頰變得光滑潔淨。岳筱慧也恢復了信心，開始清理他脖子上的鬍渣。手按在已經鬆弛的皮膚上，能清晰地感覺到頸動脈在有力地律動著。刮到咽喉處的時候，岳筱慧不敢分神，盯著剃刀緩緩劃過喉結。泛著青白色的皮膚慢慢鼓起一層雞皮疙瘩，紀乾坤的呼吸平穩，氣息均勻，兩手輕輕地搭在小腹上。

終於，老人的鬍子被刮得乾乾淨淨，他摸著光溜溜的下巴，臉上的表情心滿意足。

「真舒服啊。」

岳筱慧一邊清洗剃刀，一邊看著他：「我的手藝太差了。」

「很不錯了。」紀乾坤看看下巴上的傷口，「以前我妻子也吵著要幫我刮鬍子，因為她覺得很好玩，最後我的臉上橫七豎八的都是ＯＫ繃。」

「哈哈。」岳筱慧笑出了聲，「是挺好玩的。」

她把毛巾扔進洗臉盆裡，端到熱水間清洗乾淨。再回來的時候，看見紀乾坤點燃了一支菸，坐在窗前發愣。

老人洗了頭臉，刮了鬍子，又換了一身乾淨的衣服，看起來面貌大變。只是臉上的落寞表情猶在，似乎還更深沉了些。

岳筱慧知道他又想起妻子，就拉過一把椅子，默默地坐在他的身邊。

紀乾坤吸完一支菸，又點燃了一支。越來越濃重的煙氣環繞在他的身邊，良久，從那煙氣中傳來他低低的聲音。

「筱慧。」

「嗯。」

「妳說，他是個什麼樣的人？」

岳筱慧想起杜成和她及魏炯的約定，想了想，還是決定暫時不要把林國棟的事告訴紀乾坤。

「我們和杜警官按照許明良媽媽提供的名單調查了幾個人。有的基本可以排除，有的還在繼續調查。」岳筱慧拍拍他的膝蓋，「在這件事上，我覺得可以完全信任杜警官。」她想起杜成伏在餐桌上竭力對抗疼痛時的樣子：「也許，他比你還渴望早日找出凶手。」

「嗯，這一點我不懷疑。」紀乾坤低下頭，笑笑，「如果真有那麼一天，我一定要見見他。我要知道，是什麼樣的人帶走了我妻子。」

是啊，什麼樣的一個人，在一九九二年十月二十七日晚帶走了我媽媽。

岳筱慧的情緒驟然低落，她拿起窗臺上的菸盒，抽出一支點燃。

紀乾坤只是愣了一下，就默默地把裝著菸頭的罐頭盒推過去。

一個女孩，一個老人，坐在窗邊，對著鉛灰色的天空一言不發地吸菸。

岳筱慧突然覺得很嫉妒紀乾坤。儘管他還渾然不覺，但是在杜成和魏炯他們的努力下，凶手已經漸漸顯露出自己的輪廓。相反，她本來已經接近了一九九二年十月二十七日的深夜，但在香水這條線索中斷後，她又重返二〇一四年。雖然還不知道杜成在精神病院的調查結果，然而岳筱慧相信，紀乾坤和杜成的心願達成只是時間的問題。

可是，我呢？

沒有動機，沒有痕跡。留下的只是一個影子、相同的黑色塑膠袋和黃色膠帶以及被肢解得七零八落的媽媽。

岳筱慧對媽媽的印象並不深，也談不上有很深厚的感情，但是她的離去，仍然在生活中留下了不可癒合的傷口。

擺在抽屜櫃上的遺照，終日泡在酒杯裡的父親，放在書包裡的蔬菜和醬油瓶，炒菜時被燙出的水泡，以及獨自處理月經初潮時的恐懼和慌亂。

她和父親的生活，被摧毀於一九九二年十月二十七日深夜。

所以，要找到他，認識他，瞭解他，讓他說出理由和過程，讓那個日日夜夜飄蕩在城市上空的靈魂得以安息；讓那個被粗暴撕開的傷口得以癒合；讓她和父親不再耿耿於懷，各自平心靜氣地面對餘下的人生。

岳筱慧把菸頭丟進罐頭盒，長長地呼出一口氣。

我才二十三歲，你等著吧，我會找到你。

她甩甩頭髮，扭過頭，恰好遇到紀乾坤溫和的目光。

突然，岳筱慧莫名其妙地想起他剛才在自己的頭髮上摩挲的感覺。溫暖，又危險。

第二十六章 機會

「他連這個都學會了?」杜成放下剛剛湊到嘴邊的水杯，吃驚地瞪著張震梁。

「ATM、電腦、手機、上網都學會了。」張震梁合上記事本，靠坐在椅子上，「這王八蛋的學習能力太他媽強了。」

杜成想了想：「人際交往呢?」

「基本上可以說深居簡出。」張震梁指指桌上的藥片，「你先把藥吃了。除了購物，基本不外出。不過，他好像找到了工作，在一家翻譯公司。」

杜成點點頭，捏起藥片，喝水，吞下，然後握著半空的水杯思考了一會兒。

「震梁，從現有的技術手段來看，能收集到足夠的證據嗎?」

「你真覺得林國棟就是凶手?」張震梁拿過杜成手裡的杯子，續滿熱水。

「你覺得呢?」

「我也覺得八九不離十。」張震梁沉吟了一下，「從你外調的情況來看，動機什麼的都符合。而且，你那天在局裡和馬健大吵，從他的反應來看，如果不是心裡有鬼，馬健不會那麼輕易服軟的。」

「現在最頭疼的，就是證據啊。」

「難。」張震梁撇撇嘴，「當年的物證倒是還留著，可惜沒有一樣是和他有關的。」

「是啊，要查的東西還有很多。」杜成盯著手裡的水杯，「他用過的車、強姦分屍的地點、凶器……」

「車和凶器都不可能落實了。」張震梁的語氣無奈，「我調查過，林國棟自入院前都沒買過車。如果他作案時使用的車輛是借的，不可能還有痕跡留在上面。至於凶器，就更不用說了，找到的機率幾乎等於零。」

「他的房子呢？」

「這個我也想過。一九九〇年至一九九二年，林國棟的媽媽和一個唐姓男人交往密切，算是半同居在一起，只是偶爾回家住。所以，在那段時間，林國棟等於獨居。」

「那他強姦、殺人、分屍的現場很可能就在自己家啊。」杜成的眼睛亮了一下，隨即又暗淡下去，「二十多年了，就算他家沒有重新裝修過，估計也找不到什麼了。」

「是啊。」張震梁悶悶地答道。

「他媽的！」杜成突然狠狠地捶了一下病床，「駱少華肯定知道真相。」

「但是他絕對不會告訴你的。」張震梁想了想，「駱少華當年肯定查出林國棟是凶手，但是抓了他，隨後自己和馬健就會被追究錯案的責任，所以他選擇把林國棟送入精神病院。如果這件事敗露，就算過了徇私枉法罪的追訴時效，他這後半輩子也別想抬起頭做人了。」

「不過，他把這件事告訴了馬健，馬健又去調查林國棟的資料。」杜成垂著頭，看著自己的腳尖，「這兩個傢伙也許會對他採取行動。」

「而且肯定不會透過正當手段。」張震梁接著他的話說下去，「他們都退休了。而且明著來，搞不好會把自己搭進去。在這一點上，他們的處境比咱們還被動。」說罷，張震梁四處看看，湊到杜成身邊，小聲問道：「師父，你說，那個林國棟還會殺人嗎？」

杜成沒有立刻回答。從林國棟目前的表現來看，他正在積極地適應著出院後的新生活，而且完全可以自食其力，看不出打算重新作惡的跡象。不過，一旦遇到刺激他喚醒心中惡魔的誘因，比如香水……杜成的思維戛然而止，他突然意識到張震梁的真正用意所在。

「你的意思是？」杜成扭頭看看張震梁，眉頭漸漸皺起。

「師父，我知道身為員警不該這麼說，但是，」張震梁回望著杜成，表情複雜，「也許那才是我們唯一的機會。」

駱少華關掉淋浴花灑，一邊用手攏起濕漉漉的頭髮，一邊再次在浴池裡掃視了一圈，還是不見馬健的蹤影。

他心中暗自奇怪，這傢伙搞什麼鬼？

今早，一個陌生的號碼撥通了金鳳的手機，她接聽後，對方卻要和駱少華通話。一頭霧水的駱少華接過電話，才發現那個熟悉的聲音來自馬健。隨後，他就要求駱少華在這家浴池和他見面。

駱少華返回男賓部，接過服務生遞過的浴服，準備打開更衣櫃，打個電話給馬健。剛取下手腕上的鑰匙，他就發現自己的更衣櫃上插著一張小紙條。打開來，上面是馬健的字跡：休息區，玉石浴房。

休息區共有四間玉石浴房，每間浴房裡都橫七豎八地躺著幾個浴客。駱少華逐一查看，走到第四間的時候，仍然沒看到馬健。就在他正要離開的時候，躺在門邊的一個浴客突然抬起腳輕輕地絆了他一下。

駱少華一個趔趄，剛要發作，就看見這個浴客摘下蓋在頭上的毛巾，馬健的臉露了出來。

「你這是？」

馬健沖他使了個眼色，示意他不要出聲，隨即從玉石臥榻上爬起來，徑直走向浴房裡的一個小隔間。

浴房裡足有四十度，而這個空無一人的隔間裡的溫度要低得多。滿身是汗的駱少華一走進去，禁不住打了個寒戰。

「老馬你這是搞什麼啊？」

馬健小心地關上隔間的門，轉身問道：「有人跟著你嗎？」

「跟著我？」駱少華有些莫名其妙，「誰跟著我？」

「當然是自己人。」馬健「哼」了一聲，「你早就被杜成盯上了，還沒察覺。」

「杜成？」駱少華皺皺眉頭，隨即就面色大變，「他知道了？」

「嗯。」馬健陰著臉點點頭，「他已經查到林國棟了。」

「靠！」駱少華把毛巾狠狠地砸向木質牆壁，「這小子真他媽行！」他雙手叉腰，站著喘了一陣粗氣，低聲問道：「那，現在怎麼辦？」

「杜成掌握的情況不會比我們多。」馬健沉吟了一下，「就算他查到林國棟，暫時也不會有什麼動作。」

「他會告發我們嗎？」

「不會。」馬健冷笑一聲，搖搖頭，「除非他能證明林國棟是凶手。」

駱少華想了想，覺得馬健的判斷是準確的。追究當年錯案的責任，前提是林國棟被確認有罪。沒有證據，僅憑杜成的口頭指控，任由誰都不會相信他。不過，這也意味著餘生的每一天都要在提心吊膽中過日子。除非……

「老馬，」駱少華慢慢地開口，「你去看過杜成嗎？」

「沒有，只是托張震梁送了一點錢過去。聽說他……」

馬健突然轉身看向駱少華，已經意識到他的言外之意。

「少華，你他媽想什麼呢？」馬健一臉怒意，「好歹成子過去還是咱們的兄弟。」

「不是，我不是盼著他死。」駱少華急忙解釋，「我只是……唉，我已經拉你下水了，我不能……」

「別說了。」馬健心煩意亂地揮揮手，「就算成子不在了，他那個徒弟張震梁難保不會追查下去。」

駱少華捣著臉，跌坐在長椅上，半晌沒有說話。

良久，他長嘆一聲，哆哆嗦嗦地說道：「老馬，要不我把證據交出來吧，林國棟當年的借車記錄和那塊遮陽板還在我家裡。我問過，DNA應該還驗得出來，在他的口供上再下一點功夫，證據應該夠。」

「你他媽瘋了嗎？」馬健瞪起眼睛，「就算你不用蹲監獄，難道連臉都不要了？咱們幹了一輩子刑警，除了榮譽，還能他媽為了什麼？」

「那怎麼辦？」駱少華的聲音裡已經帶著哭腔，「難道我就看著林國棟繼續殺人？難道我就每天提心吊膽地等著這件事曝光？」

「這就是我今天找你來的原因。」馬健忽然恢復了平靜，嘴角甚至帶著一絲似有若無的微笑。

駱少華怔怔地看著他，愣了半天才結結巴巴地問道：「你的意思是？」

「必須解決掉林國棟，否則早晚還會出事。」馬健收斂了笑容，目光變得咄咄逼人，「而且要趕在杜成前面。」

駱少華仍是一副不明就裡的樣子。

馬健掏出手機，打開圖片庫，點開其中一張圖片，遞到駱少華面前。

圖片裡是一個女孩，二十幾歲的樣子，長相甜美，身材勻稱，正在一家飲品店裡買奶茶。

馬健的手指在螢幕上滑動著，女孩的照片依次出現。

在公車站等公車。

在辦公桌後整理文件。

在街邊的小攤處買髮箍。

看到最後一張，駱少華的眼睛一下子瞪大了——女孩坐在一家火鍋店裡，正和對面的男人笑著聊天。而那個男人，正是林國棟。

「她是？」

「這姑娘叫陳曉，是林國棟工作那家翻譯公司的出納。」馬健收起手機，「我跟了她幾天，發現她和林國棟交往比較密切，而且林國棟帶她去過家裡。」

「這兩個人在談戀愛？」

「戀愛？」馬健對此嗤之以鼻，「林國棟沒法和女性建立正常關係的，你注意到他的眼神了嗎？」

「怎麼？」

馬健意味深長地看看駱少華：「那是野獸面對食物的樣子。」

「你是說，林國棟可能會殺了她，」駱少華的語氣猶疑，「就像他對那些女人？」

馬健笑笑，垂下眼皮：「這就是我們解決掉他的機會。」

「可是……」

「沒什麼可是的。」馬健忽然變得堅定果決，「你在林國棟那裡已經暴露了，暫時別露面。我來盯著他，二十多年了，他應該不記得我的樣子了。」

「那，你打算怎麼做？」駱少華仍然不放心，「有計劃嗎？」

「你別管，需要你的時候我會通知你，你保證隨叫隨到就行，一切聽我指揮。」

馬健似乎又回到當刑警隊長的日子，在他面前的依然是那個毛頭小老弟。

他拍拍駱少華的肩膀，又用力按了按。

「少華，做完這件事，你、我，還有成子，都能安安心心過個晚年。」

天氣晴朗，陽光普照。C市本日的氣溫達到了二度，創有氣象記錄以來本市同期最高溫度，春天似乎比往年更早一些光臨這個城市。

因為是休息日，加之天氣暖和，北湖公園裡的遊客也比平日多一些，沉寂了一個冬天的公園終於迎來全年首個熱鬧的日子。遊客中，攜全家出行的居多，也有青年男女結伴前來遊玩的。

此時此地，說踏青還為時尚早。因為枯樹枝頭還沒有綻放新綠，多數地面還是一片枯黃，甚至還覆蓋著沒有完全消融的積雪。然而，這絲毫沒有影響遊客的興致，廣闊的園區中，嬉鬧聲不絕於耳，擺出各種姿勢合照留念的男女老少比比皆是。

園區中心是一片人工湖，「北湖」之名即源於此。一座石橋橫貫湖面，還有若干迴廊及涼亭裝點其上，這裡可小憩也可以欣賞湖景，因此，歷來是遊客相對集中的地方。

魏炯伏在迴廊的欄杆上，靜靜地凝視著橋下平靜的湖水，一對剛剛在此地拍過照的年輕情侶從他身邊走開。女孩特意看了他一眼，回頭和男友嘀咕了幾句，魏炯隱約聽到「失戀」、「該不會想自殺」之類的字眼，不由得啞然失笑。

一個人來逛公園確實有一點奇怪，而且他所注視的這片湖水，的確和死亡有關。

一九九二年十月二十七日，本市第一百貨大樓售貨員梁慶芸被強姦殺害。第二天，被肢解成數塊的屍體在本市各處被發現，其中，她的兩條小腿就漂浮在魏炯腳下的這片湖水中。

有人用和兩年前「許明良殺人案」幾乎一模一樣的手法殺死了那個女人，現在可以肯定的是，凶手不是林國棟。需要搞清楚的是，他為什麼要這麼做？

「動機。」

杜成說這兩個字的時候，正坐在病床邊，看著自己腳下的一塊地面出神。

「搞不清楚這個，我們都是瞎子。」

「有這麼重要？」

「當然。」杜成看看一臉疑惑的魏炯，笑了笑，「特別是命案。搞清楚凶手動機，仇殺、情殺或者圖財害命，就可以縮小排查嫌疑人的範圍，否則就是大海撈針了。」

「嗯，我明白了。」魏炯點點頭，看看手裡的案卷，「換句話來說，就是要瞭解凶手為什麼要殺死岳筱慧的媽媽。」

「我很欣賞你的衝勁，但是查案子不能胡來。」杜成示意魏炯把病房的門關好，點燃了一支菸，「再說，你不是員警，很多調查手段不能用。所以，你先想想凶手的動機。」他指指那本案卷：「我所掌握的情況，都在這裡。」

隔著二十二年的時間去揣摩一個人的內心，這能做到嗎？

「你這麼信得過我？」魏炯已經開始覺得自己要為岳筱慧復仇的宏願只是一個愚蠢的衝動了，內心搖搖欲墜。

「是啊。」

「可是，我什麼都不懂啊。」

「你最大的缺陷是沒有經驗。」杜成的嘴邊煙氣縹緲，表情神祕莫測，「你最大的優勢也是這個。」

魏炯吃驚地瞪大了眼睛。

「我的經驗，會把我的思維固定在一個框架裡。」杜成的神色嚴肅起來，「面對這種非常規的案子，我很容易就把自己逼進死循環裡。但是你不一樣，你能想到我們根本就不會考慮到的情況。關於指紋的事，你的想法非常好。」

魏炯的臉紅了：「我就是胡亂那麼一猜。」

「事實證明，你的推測很有可能是準確的，否則我們也不會查到林國棟身上。」杜成拍拍他的肩膀，「不怕異想天開，就怕沒頭緒。」

聽了他的話，魏炯稍稍恢復了些許信心。

「那我先查。」

「嗯。需要我幫忙的地方，我一定盡全力。不過，我現在的主要精力還是得放在林國棟身上。」杜成點點頭，「這王八蛋歸案後，我就幫岳筱慧查她媽媽的案子。我總覺得，這兩起案子肯定是有某種關聯的。」

忽然，他的臉色暗淡了一下，隨即又明亮起來。

杜成沖魏炯擠擠眼睛：「希望我能撐到那個時候。你小子先給我挺住。」

湖水微微漂蕩，在正午的陽光下冒出大團蒸氣。

魏炯看著並不清澈的湖水，竭力想透過那濃重的墨綠色得以窺視深深的湖底。淤泥中，除了陳年積累的酒瓶、石塊、動物的屍骨，是否還有更多的祕密。

那麼，你們能不能告訴我，二十二年前，是誰把一個黑色塑膠袋扔進湖裡，攪動了那平靜的湖水？

張震梁曾經提出，「10．28」殺人碎屍案的作案動機是模仿，似乎除了這種可能，對這種高復原度的作案沒有更好的解釋。的確，當年警方曾對梁慶芸的社會關係進行了調查，發現她的人際交往比較單純，不曾與人結怨，也沒有財務糾紛，因男女關係方面的原因導致被害的可能性也可以排除。杜成並不否認這是模仿，然而問題是，凶手為什麼要模仿？

從心理學的角度來講，模仿的功能之一在於，使原本潛在的未表現行為得到表現，那麼就存在這樣一種可能：一個原本就具有內在殺戮衝動的人，在「許明良殺人案」的刺激或者啟發下，模仿他的手法殺死了一個女人，以此向被槍決的「凶手」致敬。

在那一刻，他也許把自己當成了「他」。

但是，這種可能性在杜成看來，是可以排除掉的。在二十世紀九〇年代初期，國人的價值觀念相對單一，雖然開始了偶像崇拜的初步表現，但是將反社會的凶手作為崇拜對象的人是極其罕見的。此外，倘若他確實打算透過殺人來釋放在內心隱藏已久的惡念，那麼很容易形成連續作案的意圖。而且，警方對此案始終沒有破獲，這會極大刺激他再次作案的信心。然而，在本案案發後的二十幾年內，C市再沒有發生類似案件。

也就是說，在他殺害了梁慶芸之後，自此銷聲匿跡，澈底隱藏起來。

而警方對他的刻劃，基本源於「許明良殺人案」的既有經驗：男性，三十歲到四十歲，外表整潔，談吐斯文，有駕駛資格，可能自有汽車，心思縝密，有一定的反偵查經驗，就殺人及分屍而言係初犯。另外，鑒於他對「許明良殺人案」的高度還原，此人應該對本案的諸多細節瞭若指掌。

這樣的結論，其實對查找嫌疑人來講並無太大作用。當時的新聞媒體雖然不如此時發達，然而，公眾仍然可以透過各種管道，例如旁聽審判，瞭解到本案的詳細情況。

大海撈針，一點沒錯。

魏炯直起已經酸麻的腰，又看了看迴廊下渾濁的湖水。

二十二年前，兩條女人的小腿被包裹在黑色塑膠袋裡，在這片湖水中沉沉浮浮。

他向湖岸邊望去，造型各異的石塊將湖水圍在中央，周圍還散落著大小不等的碎石。有幾個遊客隨手撿起石塊，在微微蕩漾的湖面上打著水漂。

岳筱慧媽媽的右大腿在東江街與延邊路交會處以東兩百公尺處的中心綠化帶內被發現。軀幹在城建花園正門以東一百五十公尺處附近的草叢裡被發現。頭顱及左右雙上肢被棄置在南京北街和四通橋交會處的垃圾桶裡。左大腿在南運河河道內被發現。雙小腿漂浮在北湖公園的人工湖內。

上述地點都在市區內，且都不是人跡罕至的地方。屍塊被兇手拋棄後，很快就會被人發現，以北湖公園的人工湖為例，倘若兇手打算毀屍滅跡，完全可以在塑膠袋裡加上石塊，這樣就可以讓屍塊沉入湖底，短期內不會有罪行敗露之虞。

這似乎意味著，兇手並沒有掩飾罪行的意圖，甚至希望警方及早發現梁慶芸的被害。

他想幹什麼？挑戰、炫耀，抑或別的什麼？

他把自己當成了「他」。

這個念頭突然出現在腦海中，魏炯被自己嚇了一跳。然而，腦袋卻停不下來。

他極力模仿「他」作案的全部細節。

他在作案時將自己代入「他」。

他希望警方發現這起和兩年前一模一樣的殺人案。

他想證明的，也許是……

惡魔尚在人間。

一股越來越濃重的涼意漸漸襲上魏炯的心頭，他背靠在欄杆上，全身顫抖起來。好不容易等情緒稍稍平復下來，他摸出電話，撥通了一個號碼。

『魏炯。』

「杜警官，你當時參與過許明良殺人案的偵破，是吧？」

『對啊。』杜成的聲音顯得很疑惑，『你不是知道嗎？』

「嗯。」魏炯竭力壓抑著恐懼，「我想問問你，是怎麼劃定嫌疑人可能的居住範圍的？」

『哦，這個很複雜，電話裡恐怕說不清楚。』杜成猶豫了一下，『要不你找時間到我這裡，我講給你聽。』

「好。」

『怎麼，你有發現嗎？』

「暫時沒有。」魏炯咂了咂變得發乾的嘴巴，「什麼都沒有。」

掛斷電話，魏炯突然就忘了自己身在何處。

他茫然地看著身邊走過的人群，看著孩子手裡的氣球，看著那些笑顏逐開、對這世界的險惡一無所知的面孔。

在正午的陽光下，他的眼前只有一片黑暗。

鋪天蓋地的黑暗。

第二十七章　落空

陳曉鎖好辦公室的門，抬手看了看手錶，已經是晚上九點七分了，整棟辦公大樓都空空蕩蕩的，黑漆漆的走廊裡，只有電梯的液晶顯示螢幕上還有微微的紅光。她感到有些心慌，借助手機螢幕的微弱光線，快步向電梯走去。

感應燈亮起，陳曉的心情也略放鬆下來，隨著「叮」的一聲，電梯門無聲地打開。陳曉邁進電梯，徐徐沉向一樓。

來到街道上，她澈底鬆了一口氣，胃裡的灼燒感開始變得明顯。她一邊在心裡暗罵老闆的不近人情，一邊想著如何解決晚餐，想來想去，一個人吃飯總覺得太過無聊，就決定去便利商店買個三明治算了。

剛走到公司樓下的一家 7-Eleven 便利商店，陳曉就聽到身後傳來一聲輕呼。

「小陳。」

陳曉下意識地回頭，看見林國棟就站在幾公尺外的地方，有些拘謹地看著她。

「林老師，」陳曉很驚訝，「你怎麼在這裡？」

「沒事，散步。」林國棟笑笑，「不知怎麼就走到這裡了，妳才下班？」

陳曉覺得臉上微微發燙：「是啊，加班。」

「還沒吃飯吧？」

「嗯。」陳曉指指旁邊的便利商店，「正打算去買個三明治呢。」

「三明治？只吃那個怎麼行？」林國棟皺起眉頭，「太簡單了吧。」

「沒事，反正我自己一個人。」陳曉半垂著頭，撫弄背包的帶子，「簡單吃吃就可以了。」

「要不，去我家吃飯吧。」林國棟看著她，語氣試探，「我今天倒是做了幾個菜。不過，一個人，沒胃口。」

陳曉抬起頭。林國棟的半個身子都隱藏在路燈的陰影下，眼神閃爍，似乎渴望靠近又不敢向前邁出一步。本就瘦削的他，顯得木訥、溫和又令人同情。

老男人啊老男人。

她咬咬嘴唇：「好。」

林國棟的眼睛亮起來，似乎這突如其來的驚喜讓他有些手足無措：「那妳累了吧，我去叫車。」

陳曉看著他幾步跑到路邊，伸出一隻手揮舞著，心中竟對綠竹苑社區裡那個小房子產生了些許期待。在無數個孤枕難眠的夜裡，她很清楚自己的心裡有一個缺口。那麼，今晚就讓一頓美餐、一夜好眠、一個溫暖的老男人來填補這個缺口吧。

駱少華在園區裡足足轉了一圈，才在一輛麵包車後找到了馬健的本田CRV。

他走到車前，剛要抬手敲玻璃窗，車門就打開了。

「上車。」馬健伏在方向盤上，雙眼始終緊盯著二十二棟樓，「東西帶來了嗎？」

駱少華應了一聲，爬上副駕駛座，打開背包，抽出警棍遞給他。

「嗯，這裝備應該夠用了。」

駱少華回頭看看後座，一個小紙箱裡隱約可見手套、腳套和警繩，一根鋁製棒球棍橫放其上。

「你這是？」駱少華掏出手機，「你傳訊息給我，約我出來喝酒啊。」

「是啊。」馬健向窗外努努嘴，「今晚我們應該在旁邊那家潮汕菜館吃飯，酒後來綠竹苑社區裡取車，無意中發現一起凶殺案。」

「什麼？」駱少華一驚，「你是說，林國棟……」

「對。就是今晚。」馬健指指二十二棟樓四單元五〇一室的窗戶，雖然拉著厚布窗簾，但仍能看見有燈光瀉出，「他把那女孩帶回家了。」

「那你怎麼肯定他會殺人？」駱少華心中的疑慮絲毫不減，「他現在連車都沒有，怎麼拋屍？」

「我跟了他幾天。」馬健的語氣平靜，「前天他買了一個工具箱、手鋸、成卷的塑膠膜還有一個電子壓力鍋。」他轉頭面向駱少華：「大號的。」

駱少華怔怔地看著馬健，半晌，才訥訥地問道：「我們怎麼做？」

「首先，你記住我跟你說的話。」馬健盯著駱少華，一字一頓地說道，「今晚九點半，我和你在潮汕菜館喝酒，飯館那邊我都安排好了，你別擔心，談論的話題是我兒子的工作問題和我的糖尿病。酒後，咱倆回社區裡取車，打電話叫代駕。在二十二棟樓下小便的時候，無意中發現四單元五〇一室的窗戶出現了一個身上帶有血跡的人。我們覺得可疑，遂上樓查看，發現林國棟在家裡強姦殺人。我們試圖制服林國棟，遭到對方持刀反抗。」

駱少華沉默了一會，又追問道：「然後呢？」

馬健轉過頭，目視前方，語氣中絲毫不帶感情色彩：「面對正在進行的嚴重危及人身安全的暴力犯罪，比方說持刀行凶，採取正當防衛，造成不法侵害人重傷、死亡的，不屬於防衛過當，不負刑事責任。」

駱少華顫抖了一下，臉色變得慘白：「這樣行嗎？」

「少華，我們幹了快四十年的刑警，正當防衛的現場是什麼樣子的，沒有人比我們更清楚。」馬健點燃一支菸，深吸一口，緩緩吐出，「我們說什麼，就是什麼。」

駱少華低下頭，漸漸感到全身的肌肉開始繃緊。

「那我們現在做什麼？」

馬健向後靠坐在駕駛座上，目不斜視地盯著那扇窗戶，以及從窗簾後傾瀉而出的燈光。

「等著。」

陳曉被撲倒在床上的時候，嘴裡還殘留著紅酒的芳香。她的頭暈乎乎的，但是仍能感到林國棟的雙手在她身上遊走著。同時，衣服一件件被脫下來。

她只是象徵性地抵抗了一下，就張開雙臂，躺在床上任由林國棟動作著。心裡的火焰一點點燃燒起來，陳曉很快就覺得全身發燙，臉頰緋紅。

不知不覺間，女孩的身上只剩下內衣。林國棟把頭埋在她的胸前，像野獸一樣拱動著。陳曉撫摸著他那一頭乾硬的頭髮，竭力壓抑著從喉嚨裡擠出的呻吟。

忽然，她察覺到林國棟的動作慢慢停下來，熱氣蒸騰的身體也漸漸冷卻。

陳曉心中既好笑又失望：還沒進入正題，這老男人不會就完事了吧？

林國棟伏在她的身體上，像個小狗一樣嗅來嗅去。

「妳是不是換香水了？」林國棟的雙手支撐在床上，居高臨下地俯視著她。

「嗯？」陳曉覺得莫名其妙，「你說什麼？」

「香水，」林國棟厲聲問道，樣子顯得凶狠可怖，「妳是不是換了？」

「是啊。」陳曉忽然害怕起來，她手腳並用，從林國棟的臂下抽身出來，「之前那瓶用完了，所以我就……」

林國棟一下子就變得沮喪又憤怒。他翻過身來，赤裸著上身坐在床邊，雙肘支在膝蓋上，用雙手揉搓著面龐。

陳曉完全不知道發生了什麼事，唯一能肯定的是，一夜春宵已經不可能了。她迅速攏起散落在床上和地板上的衣物，飛快地穿在身上。

拉好牛仔褲的拉鍊後，她看見林國棟依舊保持著原來的姿勢，一動不動地坐著。剛才那個如火山般噴發的男人，此刻像一座寂靜的冰川。

他感到疑惑，更覺得不甘，猶豫了一下，從牙縫間悶悶地擠出幾個字：「妳走吧。」

女孩先是覺得尷尬，隨後，一股怒火襲上心頭：「你什麼意思？」

「妳走吧。」更加清晰和冰冷的句子從花白的頭顱下傳出來，「妳的味道不對。」

陳曉一愣，隨即，臉上就寫滿了屈辱和仇恨。

「你他媽有病！」說罷，她就拎起外套和背包，穿上鞋子，摔門而去。

足足三分鐘後，林國棟才緩緩站起，掃視著凌亂的床單和散落在地上的自己的衣服。他一動不動地看了一會，起身向臥室外走去。

穿過客廳時，他的餘光瞥到了廚房的瓦斯爐上那口嶄新的電子壓力鍋。緊接著，他走到廁所門口，推門走了進去。

洗手臺上擺著那個工具箱。

座便後面，手鋸露出木質握把。

他走到浴缸旁，拉開浴簾，盯著鋪滿缸底的半透明塑膠膜。

突然，他的呼吸急促起來，雙手緊握成拳，彷彿胸腔內有一個越鼓越大的氣球，幾乎要把他的胸口漲破。

林國棟一把拉起塑膠膜，在手裡飛快地揉成一團，狠狠地擲向牆壁。

小小的駕駛座裡煙霧繚繞。馬健率先咳出聲來，隨即，駱少華也開始劇烈地咳嗽。兩個老人的咳嗽聲在駕駛座裡此起彼伏，最後馬健罵了一句「他媽的」，打開了天窗。

「估計這王八蛋正忙活著呢，不會注意樓下的。」

駱少華落下車窗，伸手把菸頭彈了出去，又看了看手錶。

「快兩個小時了。」駱少華轉頭問馬健，「還繼續等嗎？」

馬健看看那扇窗戶，想了想：「要不，去探探虛實？」

駱少華點點頭。

馬健探身向後座，拿出手套和腳套揣進衣兜，掂了掂棒球棍，拎起了伸縮警棍。

他拉開車門，邊下車邊說道：「待會兒我敲門，如果他敢來應門，就說明還沒下手。如果他不開門，你就把鎖弄開。」

忽然，馬健意識到駱少華還坐在副駕駛上，一動沒動。

「快一點啊。」

駱少華目視前方，正在發愣，聽到馬健的呼喚，彷彿被驚醒似的回過頭來。

「老馬，我們到底在幹什麼？」駱少華開口了，聲音低啞，「就這樣等著那女孩被殺死嗎？」

馬健扶著車門，盯著駱少華看了幾秒鐘，慢慢地轉過身去。

「少華，有些事，你我都阻止不了。」馬健的聲音中透出深深的疲憊，「更何況，你現在反悔，很可能已經來不及了。」

駱少華顫抖了一下，把頭頂在膝蓋上，伸手抓住了自己的頭髮。

「這是我們唯一的機會。過了今晚，大家都能平安無事。」說罷，馬健就靜靜地站在車門旁，等駱少華下車。

良久，駱少華嘆了口氣，抬腳邁下汽車。

「走吧。」

兩個人一前一後，穿過寂靜的園區甬路，悄無聲息地向二十二棟樓走去。

來到四單元門前，正要開門上樓，忽然聽到一聲怒喝。

「站住！」

兩個人都嚇了一跳，頭頂的感應燈也隨之亮起。

傾瀉而下的燈光中，馬健和駱少華臉白如紙，驚恐地向光線之外的黑暗處張望著。

伴隨著一陣沙沙的腳步聲，杜成和張震梁的臉依次在暗影中出現。

杜成穿著灰黑色的羽絨服，領口處露出藍白相間的病號服，看樣子是從醫院趕來的。

「你們要幹什麼？」杜成蠟黃色的臉上汗津津的，低沉的嗓音中夾雜著劇烈的氣喘，「為什麼來這裡？」

馬健怔怔地看著他，半晌才擠出幾個字：「你怎麼來了？」

「馬局，你約駱少華出來喝酒。」張震梁皺著眉頭，「最初我沒在意，後來發現那個餐廳在綠竹苑社區旁邊。」

馬健被激怒了：「你他媽又監聽自己人！」

張震粱「哼」了一聲，扭過頭去，沒有回答。

杜成上下打量著馬健，忽然上前一步，從他衣袋裡揪出一副手套。

「你要幹什麼，你他媽瘋了嗎？」他指指馬健手裡的警棍，「處決林國棟？」

馬健劈手奪過手套：「和你無關。」

「他瘋了，你也瘋了嗎？」杜成轉向馬健身後的駱少華問道，「你知不知道你們在幹什麼？」

駱少華低下頭，咬著牙，一言不發。

四個人站在走廊口，一方怒目而視，一方沉默無語。

幾秒鐘後，感應燈悄然熄滅，隨即又重新亮起。

幾乎是同時，一陣清脆的腳步聲在走廊中響起。

四個人齊齊地向走廊裡望去，一個年輕女孩站在臺階上，一臉驚恐地看著堵在門口的他們，似乎也被嚇到了。

杜成上下打量著女孩，忽然想到了什麼，轉頭去看馬健和駱少華。

震驚。不解。失望。

兩個人的臉上是同樣的表情，不一樣的是，駱少華似乎如釋重負地吐出一口氣。

突然，杜成的腦海裡亮起一道閃電，他一下子意識到馬健和駱少華此行的真正目的，隨即他的五官就扭曲起來，牙齒也咬得咯吱作響。

女孩緊張地看著門口的四個人，猶豫著邁下臺階，想從他們中間穿過去。

馬健死死地盯著她，似乎想在她身上尋找渴望已久的答案。

女孩戰戰兢兢地走過來，看都不敢看他們，經過杜成身邊的時候，縮起肩膀，似乎想儘快逃離這四個奇怪的男人。

杜成一把拉住她的胳膊，女孩一驚之下，尖叫起來。

「震粱，帶她出去。」杜成依舊死死地盯著馬健和駱少華，逕自把女孩推向張震粱。

張震粱應了一聲，拉起不停踢打的女孩，向園區外走去。

「你幹什麼？」馬健面色大變，低喝一聲之後陡然暴起，伸手去阻止張震粱。不料，剛一起身，他就被杜成一拳打在臉上。

馬健被打了個趔趄，幾乎摔倒，在駱少華的攙扶下才勉強站穩。

再抬起頭時，面前是杜成憤怒至極的臉。

「馬健，我操你媽！」杜成舉起一根手指，顫抖著指向他，「你他媽算什麼員警，你們，還他媽是人嗎？」

馬健也紅了眼，掙扎著要衝過去，駱少華從身後死死地抱住他，馬健只能徒勞地揮舞著拳頭，對杜成嘶吼著。

「你他媽認為我就是為了自己，」馬健雙眼圓睜，拚命撕扯著駱少華抱在腰間的手，「少華跟了他二十二年，你呢？你他媽還能活多久？大家平平安安過個晚年不好嗎？」

「你他媽放屁！」杜成指向園區之外，「那是個人，一個活生生的人；你為了達到目的，就讓那女孩……」

「別說了！」駱少華大吼一聲，隨後就痛哭起來。

糾纏的三人之間，一個老人蒼涼的哭聲顯得非常突兀。

杜成不再破口大罵，馬健也停止了掙扎。

「你們別打了，」駱少華已經滿臉是淚，「都怪我，是我的錯。」

圍繞在馬健腰間的手無力地垂落。

馬健直起身來，默默地看著哭得全身抽動的駱少華，伸出一隻手，按在他的肩膀上。

杜成也無語，看著面前這兩個曾強悍如雄獅，此刻卻脆弱得像老狗一樣的員警，心中的悲哀無以復加。

「你們走吧。」良久，杜成長長地嘆出一口氣，「今天的事，就當沒發生過。」

馬健轉身看看他，表情複雜。最後他點點頭，扶著依舊痛哭不止的駱少華，蹣跚著向越野車走去。

看著本田CRV消失在黑暗中，杜成在原地站了一會，又抬頭看看五〇一室的窗戶。燈還亮著，厚布窗簾紋絲不動，想必林國棟對樓下這一場激烈衝突毫無覺察。

睡吧，睡吧。杜成嘴角的紋路變得硬冷。這樣平靜的夜晚，你享受不了幾天了。

張震梁和那女孩坐在潮汕菜館裡，見杜成進來，張震梁起身迎過去。

「問過店裡了，回答得滴水不漏。」張震梁向收銀臺努努嘴，低聲說道，「看來馬健安排得挺周密。」

杜成「嗯」了一聲，把視線投向那個緊張不安的女孩：「她是什麼情況？」

「她叫陳曉，在一家翻譯公司工作。」張震梁笑了笑，「就是林國棟供職的那家。」

「哦？」杜成揚起眉毛，「他們認識？」

「對。陳曉今晚九點多才下班，之後遇到林國棟，應邀來他家吃晚飯。」張震梁的笑容漸漸收斂，「不知道馬健怎麼查到這條線的，不過他的判斷很準確。林國棟肯定不是偶遇陳曉，也許……」他頓了一下：「也許林國棟今晚真的想殺人。」

杜成想了想，點點頭，徑直向陳曉走去。

女孩正在喝水，看到杜成走過來，整個人變得更加緊張，幾乎抓不住杯子。

杜成坐在陳曉對面，先沖她笑了笑：「抱歉，剛才我很不禮貌。」

女孩看著他，不置可否。

「我們是員警。」

「嗯，我知道。」陳曉開口了，「剛才張警官告訴我了。」

「好，震梁剛才跟妳談過了，我也不兜圈子。」杜成直視著陳曉的眼睛，「妳和林國棟是什麼關係？」

陳曉的臉騰地紅了：「普通同事關係。」

「普通同事，會在深夜去他家吃飯？」

「湊巧嘛。」陳曉不安地扭動了一下身子，「下班後，在公司樓下偶然遇到的。」

杜成盯著她看了幾秒鐘：「他對妳做什麼了？」

「什麼都沒做啊，就是吃飯。」陳曉舉起杯子喝水，一下子被嗆到了。

杜成點燃一支菸，平靜地看著咳嗽不止的陳曉，直到對方的呼吸舒緩下來。

「如果僅僅是吃飯，」杜成指指她的左腳，「有需要脫掉襪子嗎？」

陳曉吃了一驚，低頭去看，發現牛仔褲腳和運動鞋之間露出一段棕白相間的襪筒。

「妳把襪子穿反了。」杜成不動聲色地看著她，「說說吧，怎麼回事？」

陳曉顯得非常尷尬，囁嚅了半天才低聲說道：「我們……怎麼說呢，我也不知道屬於什麼關係。」她抬頭看看杜成，老員警沒有回應，做了個繼續的手勢。

「林老師對我不錯，我知道他對我有意思。但是，我拒絕了。」陳曉低下頭，擺弄手指，「今天下班後，我們偶遇了，我想，大概是緣分吧。」

杜成無聲地哼了一下。

「我男朋友不在身邊，平時都是我一個人生活。」陳曉苦笑，「所以，有個人疼我，也挺好的。」

「你們已經……」

「沒有。」陳曉斷然否定，神色變得更加尷尬，「原本是有可能的。後來不知道為什麼，他停下來了。」

「哦？」

「嗯。」女孩皺起眉頭，表情困惑，「他好像說我的味道不對。」

杜成一下子愣住了。幾秒鐘後，他一躍而起，隔著桌子抓住陳曉的衣領，湊過去聞著。

女孩被嚇了一跳，本能地向後躲去：「你幹嘛呀？」

「妳平時擦香水嗎？」杜成面色凝重，「用什麼牌子的？」

「『蝴蝶夫人』，男朋友送我的。」陳曉既驚訝又害怕，「用完了，所以今天換了一款。」

杜成不說話了，沉默著吸完一支菸，隨後低聲說道：「我知道了，等一下送妳回去。」

他抬手叫過張震梁，囑咐他送陳曉回家。張震梁應承下來，示意女孩跟他走。

陳曉站起來，剛邁出幾步，又回過身，猶豫著問道：「警官，林國棟他……」

杜成正盯著桌面出神，聽到她的問話，想了想，一字一頓地說道：「小姐，以後不要再和他聯繫了。」他看著女孩驚訝的面孔，又補充了一句：「今天晚上，妳撿回了一條命。」

第二十八章 遺願

聽到「篤篤」的敲門聲，紀乾坤從成堆的案卷資料中抬起頭來，沖著門口說了一句「進來」。

門被推開，魏炯的半個身子探了進來。

「是你啊。」紀乾坤笑了，「快進來。」

魏炯走進房間，反手帶好房門，卻沒有立刻過來，而是站在門口上下打量著紀乾坤。

「愣著幹嘛？」紀乾坤心下有些詫異，「坐啊。」

魏炯應了一聲，慢慢地走到床邊坐下。

紀乾坤摘下眼鏡，指指窗臺上的電水壺：「自己泡茶喝，給我也來一杯。」

魏炯順從地照做。幾分鐘後，兩個人各捧著一杯茶，相對而坐。

紀乾坤吹開杯口的茶葉，小心地啜了一口滾燙的茶水，問道：「最近在忙什麼？好幾天沒見到你了。」

「哦，我報名駕訓班了。」魏炯搔搔腦袋，「去練車來著，嗐，手忙腳亂的。」

「哈哈，剛開始學車都是這樣的。」紀乾坤捧著茶杯，笑咪咪地看著魏炯，「對你來說哪一項最難啊？」

「斜坡停車吧。」魏炯不好意思地笑笑，「總是熄火，昨天被教練罵慘了。」

「那個簡單。」紀乾坤放下茶杯，邊做手勢邊說道，「停到坡上之後，踩住離合器和剎車，然後慢慢鬆開離合，感覺到車身振動之後，一點點鬆開剎車。」

魏炯一臉認真地聽著，似乎在用心記憶。

「行啊老紀，想不到你還懂開車。以後我有不會的，就問你好了。」

「沒問題。」紀乾坤頗為自得，「我是老司機了。」

魏炯的臉色卻陰沉下來，一言不發地看著紀乾坤，眼神顯得很陌生。

紀乾坤覺得奇怪，皺起眉頭問道：「你小子今天是怎麼了？」

「沒事。」魏炯很快就恢復了常態，他走到窗邊，掀起窗簾向外面望去。

「老紀。」

「嗯。」

「今天天氣不錯。」魏炯放下窗簾，轉身沖紀乾坤笑笑，「我推你出去走走。」

幫紀乾坤穿衣戴帽頗花了一番功夫。推著他來到走廊裡的時候，魏炯的臉上已經冒出了汗。剛剛走出十幾公尺，魏炯忽然「哎呀」一聲。

「老紀，我得回去一趟，手機忘在書包裡了。」

「好。」紀乾坤解下腰間的鑰匙串遞給他，眨眨眼睛，「怎麼，怕岳筱慧聯絡不到你？」

「別胡說啊。」魏炯的臉紅了一下，接過鑰匙轉身跑去。

萬里無雲，豔陽高照，風吹在臉上，已經有了些許暖意。

紀乾坤在院子裡轉了幾圈，忍不住摘下帽子和圍巾，一邊享受著陽光曬在頭頂的麻癢感，一邊大口呼吸著濕潤的空氣。

院子裡的積雪已經徹底融化，甬道之外的地面踩上去軟綿綿的，令人忍不住想像在土壤下面是否有新芽在悄然萌動。

路過那棵桃樹的時候，紀乾坤讓魏炯停下來。他摸摸粗糙的樹幹，又用力拍了拍。

「就快開花了，滿樹粉紅，很漂亮。」

魏炯站在他身後，默默地看著紀乾坤那一頭花白的頭髮。良久，他開口問道：「老紀，這麼多年，你是怎麼過來的？」

「嗯？」紀乾坤回過頭，「怎麼忽然想起問這個？」

「我想起杜成的一句話。」魏炯推起輪椅，繼續向前走，「你沒有選擇遺忘，繼續生活下去，而是留在了二十三年前的回憶裡。」

「是啊，忘不掉。」紀乾坤的聲音喑啞，「怎麼可能忘掉。」

「許明良被槍斃後，你申訴了嗎？」

「其實，我在一審判決後就申訴了。我認為他絕對不是凶手。」紀乾坤嘆了一口氣，「石沉大海，沒有人相信我。」

「出車禍之前，你也在調查這個案子嗎？」

「嗯。」紀乾坤扭頭看看牆外，旁邊的小學裡不時傳來孩子追逐嬉鬧的聲音，「但是沒有絲毫進展。你也知道，一個普通老百姓，想查清一件被官方蓋棺定論的案子有多難。」

「警方不介入，你什麼都做不了。」

「是啊。」紀乾坤低下頭，「我無數次去公安局，想說服他們重新偵查這個案件，可是每次都像個瘋子一樣被轟出來。」

「走投無路。」

「走投無路。」紀乾坤重複道，「我很清楚殺害我妻子的凶手就在這個城市裡，可是我沒辦法親手抓住他。」

「後來呢？」魏炯把輪椅停在甬道盡頭，繞到紀乾坤身側，俯下身子，盯著他的眼睛。

「後來，」紀乾坤回望著他，笑了笑，「我就出車禍了，接著就住到了這裡。」

魏炯垂下眼皮，重新站直身子，將輪椅掉頭，沿著來路慢慢往回走。

「車禍，是哪一年的事？」

「一九九四年六月七日。」紀乾坤的語氣平淡，「春夏之交。然後我昏迷了一年半，一九九六年初被送到這裡。還有什麼要問的？」

魏炯停了一下，隨即繼續推著他向前走。

「然後，你就一直在等。」

「等什麼？」

「等一個機會，或者，等一個我這樣的人出現。」

紀乾坤沒有回答，良久，他緩緩地開口。

「魏炯。」

「嗯。」

「你是不是覺得，我利用了你？」

「沒有。」魏炯腳步不停，慢慢向小樓走去，「我只是覺得，你並不像我最初認識的那樣簡單。」

紀乾坤又沉默了一會：「你是指張海生那件事？」

等了幾秒鐘，見魏炯沒有回應，他嘆了口氣，自顧自說下去：「我是逼不得已，想在這裡自由活動，沒有張海生不行。而且，我的時間不多了。再這樣下去，我要麼瘋，要麼死。」

紀乾坤看著面前越來越近的小樓：「那個人，我找了他二十三年。如果我這輩子不能為妻子報仇雪恨，死也閉不上眼睛。」

「用那樣的手段殺死一個女人，不管他出於什麼目的，都必須付出代價。」魏炯把輪椅停在小樓門口，「老紀，你放心，你會等到那一天的。而且，不會太遠了。」

「哦？」紀乾坤驚訝地回過頭，「你的意思是？」

魏炯壓下輪椅的握把，把前輪搭在臺階上：「我們回去吧。」他朝紀乾坤的房間努努嘴：「杜成應該到了，他有事情要告訴你。」

杜成和岳筱慧站在走廊裡，紀乾坤一邊和他們打招呼，一邊打開房門。進了房間，紀乾坤招呼他們坐下，同時讓魏炯把自己推到窗臺邊。再回過頭，發現三個人都站在原地，靜靜地看著他。

「幹嘛啊，這麼嚴肅？」紀乾坤看著他們凝重的表情，不由得失笑。然而，他似乎一下子意識到什麼，臉上的笑容消失得無影無蹤，「杜警官。」

「老紀，」杜成看了看魏炯和岳筱慧，「我們……」

「等等，」紀乾坤突然伸出一隻手阻止杜成繼續說下去，另一隻手在身上瘋狂地摸索著。魏炯想了想，從床頭拿起香菸和打火機，遞給他。

紀乾坤哆嗦著點燃香菸，吸了一大口，臉色已經開始發白。

「你說吧。」

杜成笑笑：「找到他了。」

區區四個字，紀乾坤用了足足一分鐘才搞明白它們的含義。他夾著行將燃盡的菸，怔怔地看著杜成，半晌才擠出一句話：「是誰？」

杜成拉開皮包，從裡面拿出一張照片遞給他。

「他叫林國棟，是許明良的家庭教師。」

接下來的半個小時裡，杜成把他們如何透過香水、指紋以及馬健、駱少華的反常表現等線索，最終查到林國棟身上的過程向紀乾坤做了詳細介紹。紀乾坤始終盯著照片，面無表情，最後，杜成甚至開始懷疑他有沒有在聽自己說話。

講述完畢，紀乾坤依舊保持著一動不動的姿勢。

良久，他才開口問道：「確定是他嗎？」

杜成點點頭：「確定。」

如果說他之前只是對林國棟高度懷疑的話，那麼，馬健和駱少華在那一夜的所作所為就讓杜成對此確信無疑。而且，他決定把凶手的身分告訴紀乾坤，也恰恰是因為馬、駱二人的行動。

儘管林國棟對駱少華以外的人毫無察覺，但是他顯然已經身處一個非常危險的境地中。杜成很清楚馬健的性格和手段，雖然他沒料到馬健會甘願犧牲陳曉來除掉林國棟，但是這至少說明馬健已經動了殺機。一擊未能得手，他們肯定不會善罷甘休。即使已經被杜成洞悉了他們的目的，馬健也一定會尋找機會幹掉對方，來個死無對證，一勞永逸。

這樣一個人，固然死不足惜。對馬健和駱少華而言，林國棟是一個隨時可能起爆的定時炸彈，當年的錯案一旦敗露，大家都將在恥辱中度過後半生，殺掉他，才是永絕後患。然而，對杜成而言，他需要林國棟活著。

他需要林國棟站在被告席上，接受法律的制裁。唯有如此，才能不辜負妻子和兒子的早逝，才能讓紀乾坤坦然回首這牢籠般的生活，才能讓許明良洗脫殺人犯的惡名，才能讓那飄蕩在城市上空的冤魂得以安息。

所以，他需要在最短的時間內搜集到足夠的證據，趕在馬健和駱少華下手之前將林國棟繩之以法。

紀乾坤放下林國棟的照片，抬起頭，目光在杜成、魏炯和岳筱慧的臉上來回掃視，表情失魂落魄。

岳筱慧走上前去，蹲下身子，把手按在紀乾坤的膝蓋上，輕輕地摩挲著。

「他……」紀乾坤的雙目無神，語調彷彿在夢囈一般，「他為什麼要殺死我妻子？」

「香水。」杜成想了想，「因為那個傷害過他的女人。林國棟對所有帶著那種味道的女人既有強烈的占有欲，又滿懷仇恨。」他指了指魏炯和岳筱慧：「不得不說，查清這個案子，這兩個小傢伙功不可沒。」

紀乾坤閉上眼睛，兩行渾濁的淚水從臉上滑落。他垂下頭，雙手合十，沖其餘三人拜了又拜。

「謝謝，謝謝你們。」

「嗐，早就跟你說了，我不是為了幫你。」杜成擺擺手，「我是為了自己。」

魏炯拍了拍紀乾坤的肩膀。老人擦擦臉上的淚水，又恢復了平靜堅毅的表情。

「接下來怎麼辦？」

杜成沉吟了一下，上前一步，盯著紀乾坤的眼睛，一字一頓地說道：「老紀，我在查到林國棟的時候，沒有立刻告訴你，是因為怕你貿然行動。一旦驚到了他，畏罪潛逃的話，再找到他就不容易了。」他把手按在輪椅的扶手上，語氣加重：「現在，我仍然要求你務必冷靜，暫時什麼都不要做。」

紀乾坤皺起眉頭，直起身子，語氣中夾雜著憤怒和不解：「為什麼？」

「因為我絕不允許任何人用私刑幹掉林國棟。」杜成毫不妥協，「我是個員警，我要送他上法庭，懂了嗎？」

紀乾坤直直地看著杜成，片刻之後，緩緩答道：「我懂了，聽你的。」

「好。」杜成站直身體，「我現在最需要的，就是林國棟有罪的證據，這需要時間和你們的幫忙。」

「證據？」紀乾坤瞪大了眼睛，「你剛才提到的馬健和駱少華，他們也認為林國棟是凶手，難道他們沒有證據嗎？」

「駱少華手裡應該有東西。」杜成苦笑了一下，「但是他肯定不會給我的。」

「憑什麼？」紀乾坤的五官扭曲起來，「你們都是員警，為什麼他不肯讓凶手伏法？」

「老紀，你冷靜一點。」杜成急忙安撫他，「有些事情，你不知道也罷。」

「不行。」紀乾坤斷然拒絕，「我等了二十三年，我有權利知道真相，全部真相。」

杜成無奈，斟酌一番之後，把駱少華送林國棟進入精神病院的事情告訴了紀乾坤，後者聽完他的講述，反而沉默了下來。

良久，紀乾坤緩緩搖動輪椅，來到小木桌旁，拿起茶杯，呷了一口茶水。

「原來是這樣。」他突然笑了笑，轉動著手裡的茶杯，「他早就知道凶手是誰。」

杜成看看魏炯，又看看岳筱慧。三人面面相覷，都不知道該說些什麼。

「我在奔走申冤的時候，我在病床上昏迷的時候，我在這裡度日如年的時候，」紀乾坤的語氣平靜，似乎在自言自語，「這世界上有兩個人知道真相，一個是凶手自己，另一個，居然是個員警。」

杜成皺起眉頭：「老紀，你別這樣，少華他也有苦衷。」

「如果他當時就把證據拿出來，我也許就不會……」紀乾坤完全不理會杜成，依舊自顧自地說下去，「那麼這一切都不會發生。」

突然，紀乾坤把茶杯狠狠地砸向了地面。

瓷片飛起，滾燙的茶水四濺。

杜成一驚，耳邊同時響起紀乾坤歇斯底里的咆哮：「這一切，都不會發生。」

餘音在逼仄的室內緩緩消散之後，房間裡是死一般的寂靜。魏炯的雙手插在褲袋裡，面無表情地注視著紀乾坤的後背。岳筱慧依舊保持著半蹲的姿勢，只是全身因驚恐而變得僵直，腳邊還有幾塊破碎的瓷片。

杜成的神色很複雜。他看了看紀乾坤，一言不發地從屋角拿起掃帚和簸箕。剛把杯子碎片收攏到一起，岳筱慧就接過他手中的工具，默默地把地面清理乾淨。

紀乾坤坐在輪椅上，雙眼盯著地上的水漬，雙手緊握成拳，上身還在微微地顫抖，臉上是一副既落寞又憤怒的表情。

杜成嘆了口氣，上前一步，拍拍紀乾坤的肩膀：「老紀，我很理解你的心情。」

「你沒辦法理解，」紀乾坤毫不客氣地打斷他，「你不知道什麼叫求告無門，你不知道什麼叫走投無路。」

「我知道，」杜成陡然提高了聲調，「我為這個案子付出的代價，一點也不比你少。」

紀乾坤有些詫異地抬起頭，怔怔地看著杜成。

杜成卻移開視線，神色顯得非常疲憊：「總之，即使我們現在知道凶手的身分，這仍然不是終點。我要把他送上法庭，讓他接受法律的制裁，而不是私刑處決。」他重新面對紀乾坤，表情嚴肅：「所以，你不許胡來。堂堂正正地辦完這個案子，是我唯一的遺願。就算你想把自己搭進去，我也不會饒了你。」

紀乾坤緊緊地閉上眼睛，旋即睜開：「好，我答應你。」他指指門口：「你們走吧。」

養老院門外，杜成一邊招呼魏炯和岳筱慧上車，一邊回頭看看紀乾坤房間的窗戶。陽光依舊強烈，玻璃上的反光讓他難以看清室內的情況。杜成搖搖頭，拉開車門，坐進駕駛座裡。

魏炯和岳筱慧並肩坐在後排。女孩一直在看著杜成，魏炯卻是一副若有所思的樣子，始終盯著窗外。

杜成轉過身，沖他們笑笑。

「雖然老紀剛才已經感謝過你們了，但是，從我的角度，」杜成的臉上滿是贊許，「還是要再對你們說聲謝謝。」

岳筱慧的臉上飛起一片紅暈。魏炯只是對杜成點點頭，又扭過臉去。

「那我們接下來幹什麼？」女孩的表情很是興奮，「你剛才說，還需要搜集證據。」

「對，但是很難。」杜成的神色漸漸凝重起來，「畢竟這個案子已經過去了二十多年，很多證據都消失了。」

「哦。」岳筱慧的語氣頗為失望，「那怎麼辦？」

「找，再難也得找。」杜成看了看他們，「另外，我覺得你們的想法還是很特殊的，也許你們能幫得上我。」

岳筱慧想了想：「要不要去勸勸那個駱少華？他當年能查到林國棟，肯定手裡有證據。」

「不可能說服他。」杜成苦笑，「我們只能自己找，而且一定要趕在他和馬健之前。」

岳筱慧瞪大眼睛：「為什麼？」

「因為他們要殺掉林國棟。」

「啊？」女孩以手掩口，發出一聲小小的驚呼，「殺掉他？」

「對。」杜成考慮了一番，決定把當晚馬健和駱少華打算以陳曉為誘餌，「合法」幹掉林國棟的事情告訴他們。

聽罷他的講述，兩個人都目瞪口呆。

一方面是因為林國棟的惡性不改；另一方面，是因為馬健和駱少華的狠辣和決絕。

「就為了自己能夠平安無事，他們居然眼看著那個女孩被殺，」魏炯一臉難以置信的表情，「這他媽還是人嗎？」

杜成「哼」了一聲，不置可否。

岳筱慧倒是先冷靜下來，想了想，開口說道：「他們認為，只有林國棟再次作案，才能有機會拿下他。」

「嗯。」杜成點點頭，「而且合理合法，死無對證。」

岳筱慧沉默了一會，撇撇嘴：「還真是這樣。」

「所以說我們的處境很艱難。」杜成皺著眉頭，「林國棟家裡也許還有證據留下，但是可能性不大。我們現在也不能公開調查他，否則一旦驚著他，這王八蛋沒準就跑了。」

「這麼說的話……」魏炯思索了一下措辭，語氣中透著焦慮，「完全不可能找到足夠的證據啊。」

「也未必，我們回去再把案子整理整理，也許能找到新的突破口。」杜成咬咬牙，「駱少華那邊，我再想想辦法。」

「嗯，我們有新的發現，隨時聯繫你。」

「好。」杜成轉身去發動汽車，突然想起一件事，又回過頭來，「對了，魏炯，我上次教你定位的事……」

魏炯立刻打斷他：「下次再說吧。」

岳筱慧訝異地看著他，又看看杜成。

「餓了。」魏炯扭頭看向窗外，「再不回學校，食堂就沒飯了。」

紀乾坤在房間裡坐了整整一個下午加晚上，動也不動。從陽光普照，再到夕陽西下，直至被黑暗徹底吞沒。

現在是晚飯時間，走廊裡漸漸傳來喧鬧聲和飯菜的香味。一牆之隔的另一邊，縱使是年老體衰、行將就木的人群，卻是尚在掙扎的煙火人間。

紀乾坤的眼珠開始慢慢轉動，伸出一隻手，扯開如濃墨般的黑暗，拿起了自己的手機。螢幕亮起，微弱的光在伸手不見五指的房間裡仍然顯得刺眼。紀乾坤面白如紙，臉頰上的線條如刀削般分明。

他在螢幕上按動著，撥通了一個電話號碼，隱隱的鈴聲過後，一個頗不耐煩的聲音在聽筒中響起。

『喂，什麼事？』

「老張，」紀乾坤的面色平靜，「你來一下。」

第二十九章　拜祭

電梯停在八樓。魏炯走出電梯，向左右看了看，徑直走向右手邊的一扇門。

墨綠色鐵質防盜門，門框上還黏著一截被撕斷的警戒帶。魏炯看看鎖孔，從衣袋裡摸出一把嶄新的鑰匙。

把鑰匙插入鎖孔時，手上的感覺非常澀滯。好不容易完全插入，鑰匙卻無法轉動。魏炯一邊留神四周的動靜，一邊反復調整著鑰匙的角度。

終於，隨著「喀嚓」一聲，鎖舌動了。

防盜門被打開，魏炯迅速閃身進入。

關好房門後，他開始打量眼前這套一房一廳的房間。

所有的窗戶都被厚布窗簾遮擋著，室內光線昏暗，空氣中還飄浮著淡淡的酸味。房間內的陳設都比較老舊，家具還是二十世紀九〇年代的款式，笨重卻結實耐用。客廳裡只擺放著沙發、茶几和電視櫃，顯得寬敞無比。臥室則顯得要狹窄許多，除了雙人床、五斗櫥和衣櫃之外，所餘空間不多。

魏炯在房間裡轉了一圈，又去了廚房，盯著油漬斑斑的廚具和布滿灰塵的流理臺看了一會兒，最後把視線落在刀架上。

他走上前去，抽出一把斬骨刀，湊到眼前端詳一番，又插回原處。回到客廳裡，魏炯在沙發上坐下。從材質看，這是一張豬皮沙發，已經磨損得非常嚴重，皮面上遍布大大小小的裂口，有些裂口被透明膠帶潦草地黏著，其餘的裂口處露出了海綿。

魏炯坐了一會兒，感到鼻子被空氣中飄浮的灰塵弄得很癢。他打開背包，取出一盒未開封的健牌菸，拆開來，抽出一支，用打火機點燃。

他小心翼翼地吸了一口，立刻被嗆得咳嗽起來。搖晃的身體和劇烈的呼吸攪動了四周的灰塵，他又連打了幾個噴嚏才平靜下來。

魏炯盯著手中的菸，又吸了一口，雖然喉嚨裡的刺癢感仍在，但是他已經勉強可以忍耐。就這樣，他慢慢地吸完這支菸，熄掉菸頭後，在縹緲於周身的煙氣中，再次環視整個客廳，最後把目光投向廁所。

廁所裡沒有窗戶，室內一片昏暗。魏炯找到電燈開關，按下去，卻沒有反應。他搖搖頭，把門打開至最大。

借助客廳裡透進來的微弱光線，魏炯打量著這不足五平方公尺的狹窄空間。四壁及地面都被白色瓷磚覆蓋，頂棚也是白色的鋁塑板。因為年代久遠及疏於清潔，瓷磚和鋁塑板的邊緣都開始泛黃，牆角處已經長出了黑色的霉斑。洗手盆邊緣擺著香皂、牙膏和兩把隨意棄置的牙刷。水盆裡尚存一些水漬，混合著灰塵，顯得髒汙不堪。

西側的牆壁下是一個單人浴缸，陶瓷材質，缸體裡同樣水漬斑斑，看起來已經很久都沒有用過了。魏炯用雙手撐在浴缸邊緣，俯身下去，仔細在浴缸內查看著，隨即，轉頭望向對面的臥室。

他快步走出廁所，徑直來到臥室裡，環視一圈後，趴在地板上，向床底看去——除了厚厚的灰塵外，床底空無一物。魏炯跪爬起來，拍拍手掌，想了想，又去了客廳。

客廳的沙發下除了半片藥盒之外，什麼都沒有。魏炯站起身，開始在房間的每個角落裡搜尋。由於室內陳設簡單，很快就檢查完畢。甚至連櫥櫃和衣櫃的每扇門都打開查看過，他要找的東西依舊不見蹤影。

魏炯的臉上看不見失望的表情，只是略顯疑惑。他坐回到沙發上，雙肘拄在膝蓋上，垂著頭沉思。距離他進門，已經過去了近一個小時。意識到再無查看的必要，魏炯開始整理隨身攜帶的東西。清理掉菸灰，用衛生紙把菸頭包好，揣進衣兜裡，他起身向門口走去。

走廊裡一片寂靜。魏炯閃身而出，正要鎖門，手卻握在門把手上停住了。

他再次入室，徑直穿過客廳，向臥室走去。站在足有兩公尺多高的衣櫃前，他上下打量了一番，又折返回客廳，從餐桌旁拖過一把椅子。

站在椅子上，魏炯的頭仍然與衣櫃頂端有一段不短的距離。他踮起腳尖，伸出手，在衣櫃頂上摸索著。觸手之處，盡是長年累月的厚厚的灰塵。突然，他的手停下來，眼睛也一下子瞪大了。隨即，他就從衣櫃頂上取下一個長條狀的物體。

這東西用報紙包著，兩端用黃色膠帶纏好，同樣覆蓋著一層厚灰。魏炯拎起它抖了抖，大團的灰塵撲簌簌地落下來。報紙上的字也露了出來，是一九九二年十月二十九日的《人民日報》。

報紙已經泛黃、變脆，稍加扯動就碎裂開來。某種暗棕色的東西出現在報紙下面，摸上去是金屬的冷硬感。魏炯的呼吸急促起來，他三兩下把報紙撕掉，那東西終於展現出全貌。

是一把手鋸。

杜成停好車，腳步匆匆地穿過馬路，抬頭看了看面前這間店鋪的招牌——Eocafe。他在人行道上轉身，向入口處走去，剛邁出兩步，他就看到了落地玻璃櫥窗另一側的駱少華。

駱少華坐在桌前，面前是一杯沒動過的咖啡。他的手裡夾著菸，菸灰已經燃成了長長的一截，掉落在手邊的桌面上。他對此似乎渾然不覺，只是呆呆地看著咖啡杯裡冒出的熱氣，整個人像木雕泥塑一般。

杜成在心底長長地嘆了口氣，拉開店門走了進去。

直到杜成坐在了對面，駱少華彷彿才回過神來，沖杜成勉強笑了笑，抬手熄掉快燒到手指的菸頭。

杜成要了一杯清水，打發走服務生之後，他開始仔細端詳著駱少華。

他瘦了很多，臉頰出現可怕的凹陷。粗硬的鬍渣遍布整個下巴，頭髮又長又亂，唯獨兩隻布滿血絲的眼睛閃閃發亮，不時警惕地向四處張望著。碰到杜成目光的時候，駱少華會飛快地躲避開來。

「我自己來的，也沒帶錄音設備。」杜成知道他的心意，掏出手機，放在桌面上，「你放心。」

駱少華尷尬地咧咧嘴，端起咖啡杯喝了一口，同時仍不忘左右睃視著。

「老駱，事已至此，我就不跟你兜圈子了。」杜成開門見山，「你我都清楚，林國棟就是凶手。」

駱少華抖了一下，全身都萎縮下去。片刻之後，他抬起頭，沖杜成擠出一個笑容。

「那天晚上，謝謝你。」

「你必須要搞清楚，我放過你們，並不意味著我允許你們……」

「我不是感謝你放過我們，而是感謝你阻止我們。」駱少華重新低下頭去，「我回頭想想那天要做的事情，太可怕了。」

杜成看了駱少華幾秒鐘，語氣和緩了許多：「少華，我知道你不是那樣的人。」

「是不是都不重要了。」駱少華嘆了口氣，「我曾經是個員警，卻犯了那樣一個致命的錯誤。」

「現在糾正還來得及。」杜成上身前傾，言辭懇切，「這也是我今天約你出來的原因。」

駱少華沉默了一會，低聲說道：「成子，我知道你想要什麼。」

「如果你把證據給我，林國棟就能上法庭。」杜成頓了一下，「至於你……」

「抱歉了，成子。」駱少華抬起頭，臉上是混合著苦楚和歉疚的表情，「我不能給你。」

他的拒絕在意料之中。杜成不動聲色地拋出第二個問題：「嗯，那你至少把你查明他是凶手的過程告訴我。」

「我不能。」駱少華同樣毫不猶豫，「我什麼都不能告訴你。」

杜成一愣。他原本並不指望駱少華可以把證據交給自己，但是如果他能將查明林國棟的始末如實告知，也許可以對搜集證據有所幫助。然而，駱少華的決絕態度讓他的全部希望都落了空。

「那就讓他逍遙法外嗎？眼睜睜看著他繼續殺人嗎？」杜成一下子爆發了，「就為了你能安安穩穩地享受退休生活？」

「成子，這二十多年來，我沒有安穩過一天。」駱少華苦笑，指指自己的腦袋，「他的樣子就刻在這裡。每一個死者，包括許明良，都在這裡。」

「那你為什麼不把證據交出來？」杜成站了起來，手扶桌面，居高臨下地看著他，「就算能定你徇私枉法，追訴時效也過了，面子和榮譽就那麼重要嗎？」

「你以為我是為了我自己？」駱少華搖搖頭，「這案子牽扯的人太多了。如果被揭發出來，咱們局裡、老局長、副局長、馬健、當年一起幹活的兄弟、檢察院和法院哪一個能跑得了？」

「那你說怎麼辦？」杜成的語氣咄咄逼人，「用更大的錯誤掩蓋這個錯誤？」

「我不知道。」駱少華以手掩面，全身微微顫抖著，「我不知道。」

駱少華的脆弱姿態讓杜成的心稍稍軟了一些。他坐下來，點燃一支菸，沉默良久，低聲說道：「少華，我們都清楚，林國棟還會殺人的。」

駱少華無言。

「他二十三年前就該死。難道，現在還要搭上一條命才能將他繩之以法嗎？」

對方依舊沉默，彷彿一尊永不開口的石像。

「少華，不能再死人了。」杜成伸出一隻手搭在駱少華肩膀上，「你一定得幫我。」

良久，杜成感到手掌下的石像挪動了一下。他的心底泛起一絲希望，然而，石像張開嘴後的第一句話就讓他的心徹底涼透。

「你走吧。」駱少華的雙眼空洞無物，「別再逼我了。」

杜成頓了一下：「算我求你。」

杜成離開之後，駱少華又獨自坐了一會，怔怔地看著櫥窗外的街道發呆。

事情已經完全脫離了他的控制，它會向何處發展，駱少華更是無從知曉，至於最終會呈現出一個怎樣的結局，他想都不願想。

又吸了一支菸，駱少華掏出錢包準備結帳。剛站起身子，就感到肩膀被一隻手按住。

他下意識地扭過頭，看見一臉鐵青的馬健繞過自己，坐在桌子對面。

「你……」駱少華立刻反應過來，「你怎麼知道杜成約我在這裡見面？」

「他跟蹤我，我就不會跟蹤他嗎？」馬健揮手示意走過來的服務生離開，「他跟你說什麼了？」

駱少華垂下眼皮：「要我手裡的證據。」

馬健「哼」了一聲，似乎對此並不意外：「你呢？」

「我什麼都沒說。」駱少華搖搖頭，「我也不可能把證據給他。」

「嗯。」馬健立刻起身，「走吧。」

「走？」駱少華抬起頭，一臉詫異，「去哪？」

「回家。買菜、做飯、散步做什麼都行，安安心心地當你的退休老頭。」馬健沖他笑笑，眼神中卻毫無善意，「照顧好金鳳娘倆，彌補一下這麼多年的虧欠。」

駱少華怔怔地看著他：「老馬，你什麼意思？」

「我沒什麼意思。」馬健移開目光，看著人流如織的窗外，「我來解決這件事，從現在開始，和你無關了。」

仰龍公墓地處C市郊區，是本市多數逝者的長眠之處。公墓占地約四百畝，山石環繞，綠草遍地，景色頗為雅致。雖然公墓距離市區足有三十多公里，但是來此拜祭親友的人長年不斷，即使在工作日，墓園門口仍然排起了長長的車隊。

一個中年男子從一輛計程車中下來，先是繞到車後，打開後車廂，取出一把折疊好的輪椅，打開後，放在車後門旁邊。隨即，他拉開車門，探身入內，抱起一個頭髮花白的老人，將他放在輪椅上。老人在輪椅上坐定後，中年男子關好車門，計程車很快駛離墓園。

中年男子推著老人走進墓園，漸漸融入前來拜祭的人群中。繞過幾座遺體告別廳，兩人徑直向骨灰堂走去，在門口的購物處，他們停下來。

中年男子從老人手裡接過幾張鈔票，轉身進了購物處，再出來的時候，他的手裡多了兩束鮮花。老人把鮮花橫抱在懷裡，由中年男子推著進了骨灰堂。很快，中年男子一個人走出來，靠在門邊，先是百無聊賴地四處張望了一番，隨即就拿出菸抽起來。

老人在骨灰堂裡待了很久。中年男子漸漸顯得焦躁，不時從門口向骨灰堂裡窺視著，臉上的表情也變得越來越不耐煩。足足一個小時之後，老人慢慢地搖著輪椅走了出來，他的頭垂著，面容悲戚，整個人似乎小了一圈。中年男子似乎急於離開這裡，立刻上前握住扶手，推著他向出口處快步走去。

在他們身後，一個年輕人從迴廊裡的立柱側面閃身出來。他看看默然肅立的骨灰堂，又看看兩人漸行漸遠的背影，表情複雜，若有所思。

C市師範大學，圖書館。

岳筱慧從廁所裡出來，一邊甩著手上的水珠，一邊向閱覽室走去。經過一張方桌的時候，她的餘光似乎捕捉到了什麼，又折返回來，盯著桌上的一個雙肩背包端詳起來。之後是背包旁邊的水杯。岳筱慧抬起頭，在閱覽室裡掃視了一圈，轉身走了出去。

連續查看了幾個閱覽室之後，她要找的那個人依舊不見蹤影。岳筱慧站在頂樓的走廊裡，想了想，又把目光投向通往天臺的那個小門。她沿著臺階走上去，試著推了推，門是虛掩的。

岳筱慧推開門，寬闊的樓頂天臺出現在眼前。一個男生背對著她，站在天臺的圍欄旁，似乎在向樓下俯視著。

「原來你在這裡。」岳筱慧心裡一鬆，語氣卻頗為惱火，「總算找到你了。」

魏炯轉過身來，一看是她，先是一愣，隨即就走到旁邊的一張水泥長凳前，把手裡的幾張紙塞進了一個厚厚的牛皮檔案袋裡。

「妳怎麼來了？」魏炯把牛皮檔案袋坐在身下，笑容很是勉強，「找我有事？」

「你現在是怎麼回事，傳微信不回，打電話也不接。」岳筱慧走過來，突然發現魏炯的手裡還捏著一個菸盒，「哦、你開始抽菸了。」

「抽著玩。」魏炯搔搔頭，表情越發尷尬，「妳要不要來一支？」

岳筱慧劈手奪過他手裡的菸盒，是大半盒健牌香菸：「你學這幹嘛？對身體不好？從老紀那裡拿來的？」

魏炯笑笑，並不回答，示意岳筱慧也坐下。

岳筱慧剛挨到水泥長凳就跳了起來：「哎呀，太涼了。」

魏炯急忙把身下的牛皮檔案袋抽出來遞給她：「墊著這個。」

岳筱慧接過檔案袋，放在長凳上，坐了下去。

「你最近在忙什麼啊，總是看不到你，」岳筱慧把玩著手裡的菸盒，「今天上午的環境法課你也沒去。」

「對那門課沒興趣，就出去走走。」魏炯並不看她，而是盯著空曠的天臺，以及漸漸暗下來的天色。

岳筱慧盯著男孩的側臉，他的雙頰開始消瘦，細密的鬍渣在下巴上冒出來。他看起來滿懷心事，又憂心忡忡，雖然依舊寡言，但是眼前的這個魏炯讓她覺得陌生。

「杜成那邊有消息嗎？」

「暫時沒有。」魏炯搖搖頭，「搜集二十三年前的證據，太難了。」

「是啊。我這幾天又把證據法學的書看了幾遍，越看越覺得沒信心。」岳筱慧突然笑笑，「當時我要是有這個興致，肯定拿滿分。」

魏炯也笑。然而，那笑容稍縱即逝。

「老紀應該感謝妳。」

「嗐，這有什麼可謝的。」岳筱慧還是那副大大咧咧的樣子，「老紀和杜成，這兩個老男人，都值得我們幫助。」

魏炯沉默了一會，開口問道：「妳媽媽的案子，還打算查下去嗎？」

「當然，那還用說？」岳筱慧的語氣堅決，「不管他在天涯海角，只要還活在世上，我就一定要找到他。」

「嗯。」魏炯彷彿在自言自語，「一定能找到他。」

「所以，幫助老紀，其實也是在幫我自己。」岳筱慧看著水泥地面，「他肯定和林國棟有關。」

「什麼？」

「凶手幾乎是在模仿林國棟。雖然現在還不知道他的動機，但是我遲早會搞清楚。」

岳筱慧甩甩頭髮，沖魏炯一笑，「至少我在幫老紀和杜成的時候，學到了不少東西嘛。」

魏炯看著她：「我也會幫妳的。」

「嘿嘿，你敢不幫我。」岳筱慧的臉色微紅，眼睛明亮又活潑，「哎，我們將來一起去當員警如何？」

魏炯有些吃驚：「員警？」

「是啊，除暴安良，多威風啊。」岳筱慧歪歪腦袋，「還能幫助別人把那些壞蛋通通抓住。」

「妳想得夠遠的。」

「不遠啊。再過一年多，我們就畢業了。」

「遠。我們還是想想眼前的事吧。」魏炯笑著站起來，「比方說我們的肚子，去食堂吧，再晚就來不及了。」

「哈哈，好。」

「我去閱覽室拿書包。」魏炯抬腳向門口走去，「妳等我一下。」

「嗯。」岳筱慧坐著沒動，「順便把我的也拿上來，就在你斜後方那張桌子上。」

魏炯應了一聲，穿過小門，走下臺階，直奔二樓閱覽室而去。

收拾好自己的書包之後，魏炯又按照岳筱慧的指示，找到了那張桌子。他同樣也很熟悉那個紫色NIKE書包，裝好書本和文具，拎起她的水杯，再次向天臺走去。

剛剛走上頂樓，魏炯忽然想到了什麼，加快了腳步。邁上通往天臺的臺階的時候，他幾乎跑了起來。

拉開小門，他看見岳筱慧還在水泥長凳上安安穩穩地坐著，那個牛皮紙檔案袋依然平放在她身下。

女孩聽見他的腳步聲，轉過頭來，從嘴邊取下一支即將燃盡的菸。

天色已經漸漸變暗，在微微的春風中，岳筱慧的長髮飛起來。她的半張臉都隱藏在暗影中，唯有雙眼閃閃發亮。

岳筱慧沖他笑笑，站起身，把菸盒拋過來。

「走吧，去食堂。」說罷，她的中指輕巧地一彈，菸頭翻滾著飛出去，帶著一串搖曳的火星，落在幾公尺遠的水泥地面上，閃爍了幾下，熄滅了。

紀乾坤聽到敲門聲。

他摘下眼鏡，沖著門口說了一聲「進來」。

門開了，岳筱慧走進來，隨後反手掩上房門。

「是妳啊，趕快進來。」紀乾坤有些驚訝，「妳和魏炯最近是怎麼回事，總是單獨行動。」

「我去逛街了，路過這裡。」岳筱慧把背包放在床上，「順便來看看你。怎麼，不歡迎我啊？」

「哈哈，當然歡迎。」紀乾坤放下手裡的卷宗，搖動輪椅走過來，「吃過飯沒有？今天有排骨蓮藕湯。」

「吃過了，別費心了。」岳筱慧坐在床邊，上下打量著紀乾坤，「老紀，你又瘦了。」

「是嗎？」紀乾坤摸摸自己的臉頰，「最近睡得不太好。」他放下手，神色暗淡下來：「我知道林國棟就住在這個城市裡，和我呼吸著同樣的空氣。但是，我什麼都做不了。」

「他會得到懲罰的。」岳筱慧頓了一下，「每一個作惡的人都會。」

紀乾坤抬起頭看著她。女孩回以甜美的笑容：「再幫你刮刮鬍子吧，都那麼長了。」

和上次一樣，十幾分鐘後，紀乾坤舒舒服服地仰躺在輪椅上，臉上蓋著一條熱毛巾，耳邊傳來攪動刮鬍膏的聲音。隨即，他聽到剃刀被打開以及沙沙的聲響，似乎岳筱慧在用拇指輕輕劃過刀鋒。

「你知道嗎，老紀，有時候，看到你，我會想到我爸爸。」

「哦，他和我年齡相仿？」

「比你要小一些。」岳筱慧的聲音漸漸接近，「我媽媽去世之後，他也沒有再娶，一個人把我養大。」

「你父母的感情一定很好。」

「嗯。」她的聲音更近了一些，「我爸爸至今還保留著媽媽的遺物，捨不得丟掉。」

「唉。」紀乾坤嘆了口氣，「也是個執著的人。」

「執著帶給他的只有痛苦，無盡的痛苦。」

「哦。」

「他酗酒。大概只有把自己灌到爛醉如泥，他才能忘記我媽媽的死。」

紀乾坤沉默了一會：「不過，至少還有妳陪著他。」

「沒用的。」岳筱慧輕笑了一下，「我長得像我爸爸，我倒寧願像我媽媽。」

衣服摩擦的沙沙聲響起。緊接著，就是毛巾擦拭刀鋒的聲音。

「老紀。」

「嗯？」

「一個人，真的可能執著到那種程度嗎？」

「可能，我和你爸爸就是很好的例子。」

「不惜毀掉自己？」

「嗯。」

「甚至毀掉別人？」

紀乾坤不說話了。片刻之後，他低聲問道：「妳媽媽是怎麼死的？」

岳筱慧隔了好一陣才回答：「車禍。」

「哦。」紀乾坤扭了扭身子，「筱慧，毛巾有一點涼了。」

「哎呀。」岳筱慧如夢初醒般反應過來，「抱歉、抱歉，光顧著聊天了。」

她把毛巾從紀乾坤臉上挪走，均勻地塗抹上刮鬍膏之後，她輕輕地按著紀乾坤的臉頰，從上唇的鬍鬚開始刮起。

女孩專注的面龐近在咫尺，濕熱的氣息噴在自己的臉上。

紀乾坤閉上眼睛，靜靜地感受著刀鋒割斷鬍鬚的麻癢感。

「老紀。」

「嗯？」

「如果林國棟就在你面前，你會怎麼做？」

「現在？」

「對。」

紀乾坤沒有回答，身體卻漸漸緊繃起來。岳筱慧繼續著手上的動作，刮掉唇髯後，刀片移至他的雙頰。利刃所到之處，能感到老人臉上的肌肉微微地凸起，他在咬牙。

「我會殺了他。」

剃刀在紀乾坤的下巴上停頓了一秒鐘，又繼續慢慢遊走。

「為什麼？」

「那還用問嗎？」紀乾坤睜開眼睛，雙拳緊握，「他用那麼殘忍的手段殺了我妻子，澈澈底底地毀掉了我的一生，我為什麼不能報復？」

「你別動，我會傷到你的。」岳筱慧按住他，「對不起，我問了這樣的問題。」

紀乾坤稍稍放鬆了些：「沒關係，這幾天，我也在想這件事。」

「哦？」

「二十多年了，杜成不可能搜集到足夠的證據。」紀乾坤的聲音低沉，隨即變得昂揚，「我不會就這麼算了。」

「如果你殺了他，你也會坐牢。」

紀乾坤的臉頰已經清理完畢，剃刀挪到了他的脖子上。

「這道理我懂。」紀乾坤輕輕地笑了一聲，「只要能復仇，我什麼都不在乎。」

「不惜一切代價？」

「不惜一切代價。」紀乾坤重複著，「我妻子死後，我餘生每一秒都是為了這件事。」

剃刀徐徐清理著脖子上殘留的鬍渣，最後，停留在紀乾坤的喉結上方。

「所以，你從一開始就沒有打算把林國棟送上法庭，對吧？」

「對。」

「也就是說，你只是需要找出他，至於該怎樣處理林國棟，你早就想好了。」岳筱慧的聲音開始顫抖，「你利用了魏炯、杜成，還有我。」

紀乾坤沉默了。

良久，他艱難地說道：「我知道這樣對你們很不公平。但是，筱慧，請妳相信我，只要有任何一點讓林國棟接受法律制裁的機會，我都不會採用這種自我毀滅的方式。可是……」

他說不下去了，岳筱慧也不再開口。

唯有剃刀閃閃發亮。

足足一分鐘後，女孩的聲音重新在紀乾坤耳邊響起。

「老紀，你做過錯事嗎？」

「嗯？」紀乾坤沒想到她會問這樣的問題，「當然。」

「每個做過錯事的人，都該有一個機會。」

脖子上的壓迫感突然消失，紀乾坤這才意識到，那把剃刀一直抵在自己的喉管上。

他睜開眼睛，剛剛看到天花板，眼前又是一片朦朧，岳筱慧把毛巾重新覆蓋在他的臉上。

「再等幾天吧。」岳筱慧的聲音變得遙遠，「你要的，我們要的，都會來到。」

紀乾坤仰躺在輪椅上，等著她繼續說下去，或者有所動作。然而，四周始終是一片寂靜。片刻之後，他拿下臉上的毛巾，翻身坐起。

房間裡已經空無一人。

第三十章　覺醒

林國棟走出樓門，把手裡的塑膠袋甩進垃圾桶裡。今晚的風有一點大，空氣中有潮濕的味道，他看看烏雲翻捲的夜空，估計今年第一場春雨就要來了。

林國棟把手插在羽絨服的口袋裡，緊緊衣領，向社區外走去。

自從那晚放走陳曉之後，林國棟一連幾天都沒有出門。他很清楚，原本那家翻譯公司再也不能去了，然而之前拿到的微薄薪水並不能讓他支撐太久，他必須儘快再找到工作才行。

在網路上連續投了十幾份簡歷後，無一回應，這讓他在煩悶的情緒中度過了幾天。今晚他出來走走，一來是為了散散心，二來可以去超市購買一些打烊前打折的食物。

春季的到來似乎讓人們更有出行的心情。雖然已經是晚上八點多了，街上依舊是人來人往。林國棟走到公車站，掃視了一眼等車的人群，然後站在遮陽棚下，耐心地等待公車。

這時，一個女孩從眼前走過，在他身邊站定。她看了看公車站牌上的路線圖，就拿出手機開始玩。

林國棟看看她，長直髮，二十幾歲的樣子，背著一個紫色的NIKE雙肩書包，上身是黑色薄款羽絨服，下身是藍色的牛仔褲，腳上穿著一雙運動鞋，看起來是個學生。

女孩個子挺高，腰身挺拔，雙腿筆直、修長。她似乎注意到林國棟的目光，轉過頭來看向他，目光相接的一瞬間，林國棟扭過頭去。

女孩不再理他，拿出耳機開始聽音樂，身體不時隨著節奏輕輕地晃動著。

又一陣風吹來，一股若有似無的香氣飄進了林國棟的鼻孔。

他突然顫抖了一下，迅速翕動著鼻翼，似乎想找到這股香氣的來源。

很快，他發現這味道是從旁邊的女孩身上散發出來的。

頓時，他感到越來越強烈的熱流從腦袋裡迸發出來，進而在全身遊走，最後彙聚到小腹。每一個毛孔似乎都打開了，流淌出熱辣的欲望。心臟開始劇烈跳動，血管在有力地收縮、舒張。汗水在額頭上微微沁出，手心也變得潮熱起來。

林國棟咂咂嘴巴，立刻感到鐵銹般甜腥的味道，這危險又充滿誘惑的味道讓他更加興奮。林國棟假裝深呼吸，悄悄地向女孩挪動著腳步，如癮君子一般嗅著她身上的香氣。

女孩似乎察覺到了他的接近，只是略偏了偏頭，卻沒有躲避，繼續使用手機。這時，公車月臺上的人群開始向路邊移動，不遠處，一輛二四九路公車正緩緩駛來。

女孩也邁開腳步，隨著打算上車的人群向前走動，同時，從衣袋裡掏出公車卡。

儘管林國棟並不打算乘坐二四九路公車，但是，女孩身上的氣味彷彿有魔力一般，牽引著他向進站的公車走去。

看起來，女孩對緊跟在她身後的林國棟並無察覺，注意力仍然在手機上，邊走邊打開微信，選擇了一個連絡人，點擊發送了一段影片。隨後，她就把手機塞進了書包肩帶前方的網格裡。此時，她剛好邁上公車的踏板，刷卡，走進擁擠的車廂。

林國棟也跟著上車，車門在他們身後關閉。

魏炯坐在圖書館裡，面前是一本翻開至第一百七十七頁的大學英語六級教材。他至少已經盯著這一頁看了兩個小時，心思卻完全不在那些英文單字上。

他扭頭望向窗外，校園裡的路燈點綴在陰沉的夜空中，嗚嗚的風聲隱約可辨。魏炯莫名地覺得心慌意亂，似乎有什麼事情要發生。

他又看看斜後方的那張桌子，一個頭髮油膩的小個子男生正在埋頭鑽研一本高等數學習題集。那是岳筱慧習慣坐的地方，但是，已經整整兩天沒有看到她了。

她去哪裡了？

魏炯拿出手機，打開微信，在與岳筱慧的對話方塊裡鍵入：『妳在哪裡？』

幾乎是訊息發送出去的同時，岳筱慧就回應了，只不過，她的回覆既不是文字，也不是語音，而是一段影片。

魏炯覺得奇怪，看了看四周，拿出耳機戴好，點擊了播放鍵。

耳機暫時將周圍的聲響隔絕開來，岳筱慧的聲音顯得分外清晰。看起來，她好像身處一個居民社區內，背後是一面貼著小廣告的牆壁，牆角處還能看見尚未消融的積雪。

岳筱慧似乎在室外站了很久，臉頰凍得通紅，神色也很疲憊。

『魏炯，當你看到這段影片的時候，請馬上聯絡杜成，讓他定位我的手機位置。』岳筱慧略略停頓了一下，『同時，有機會的話，我也會用微信和你共用我的即時位置。』

魏炯更加疑惑：岳筱慧在哪裡？她想幹什麼？為什麼要聯繫杜成？

來不及多想，岳筱慧又繼續說下去：『杜成說得沒錯。根據現有的證據，我們拿林國棟毫無辦法。唯一的機會就是，他再次下手殺人。』岳筱慧對著鏡頭笑了笑，但是她的笑容既緊張又焦慮，『要讓他上鉤，我是最合適的人選。如果你此刻在我身邊，你就會發現，我擦了「蝴蝶夫人」。』她突然停了下來，眼睛移向別處：『其實，我還真希望你在我身邊。』

怔怔地愣了幾秒鐘，岳筱慧甩了甩頭髮，臉色恢復如初：『你不要勸我，勸也沒有用。我們的時間不多了，杜成不能再等了，我也不能。所以，我必須讓林國棟儘快伏法。』她豎起一根手指在螢幕前，態度堅決：『絕對不要打電話給我。合適的時候，我會開啟手機的錄影模式，把林國棟作案的全過程都錄下來。你們要做的，就是儘快找到我。如果可能的話，也許還來得及把我救回來。』岳筱慧又笑了笑：『說老實話，我也不想死。如果有機會的話，』她加重了語氣，變得鄭重其事，『我會向你解釋我為什麼要這麼做。』

此時，耳機裡傳來一聲隱約的悶響，彷彿是一道門被關上，岳筱慧也循聲向斜前方望去。頓時，她的表情顯得緊張起來，整個人向後躲了躲。

『他出來了。』岳筱慧重新面對螢幕，語速開始加快，『我得走了，你一定要按我說的去做。』

影片播放完畢。

魏炯愣了幾秒鐘，立刻撥打了岳筱慧的手機號碼。鈴音響了幾聲就被掛斷，再打，又被掛斷。他拎起書包，拔腿就向閱覽室外跑去。

三步並作兩步下樓的時候，魏炯撥通了杜成的手機，開口就要他立刻定位岳筱慧的手機位置。

杜成聽得莫名其妙：『為什麼？我在家裡。』

「馬上，立刻！」魏炯衝下樓梯，飛快地穿過門廳，向圖書館外狂奔。一個懷抱著幾本書的女生躲閃不及，被他重重地撞倒。魏炯只來得及說句「抱歉」，就推開大門，朝校門的方向跑去。

『我現在就安排。』杜成雖然沒搞清楚魏炯的動機和目的，但是聽筒裡傳來的混亂聲響讓他不敢再耽擱，『你開著手機，保持聯絡。』

魏炯一口氣跑出校門，來到依舊車流密集的街道上。他站在路邊，向每一輛經過的計程車拚命揮手，然而大多數計程車都已經是載客狀態。幾分鐘後，才有一輛亮著「空車」的計程車停在了他面前。

雖然等候的時間不長，魏炯已經是心急如焚。計程車司機好奇地看了看這個滿頭大汗的男孩，問道：「去哪？」

魏炯這才意識到自己根本不知道岳筱慧的去向。他想了想，指示司機：「先往前開。」

計程車司機更加疑惑。不過，還是按下了計程表，發動了汽車。

魏炯又撥打了杜成的電話，鈴音只響了一聲就接通了。

杜成的聲音也很急促，似乎同樣在奔跑。

「定位到岳筱慧了嗎？」

『我讓張震梁去查了。』聽筒裡是開鎖和拉動車門的聲音，『到底怎麼回事？』

「岳筱慧去找林國棟了。」魏炯的嘴唇抖了一下，「她擦了『蝴蝶夫人』。」

杜成的呼吸聲驟然停止，隨後就聽見發動機的轟鳴聲。

『你怎麼知道？』

魏炯把岳筱慧發送給他的影片內容簡單對杜成講述了一遍，聽筒裡隨即傳來以掌猛擊方向盤的鈍響。

『你們他媽的！』杜成咬牙的聲音清晰可辨，『這女孩瘋了嗎？』

「你少說這些廢話，」魏炯打斷他，「現在怎麼辦？」

『怎麼辦，先救人。』杜成的語氣堅決，『你給我老實待著，哪也不許去！』

魏炯還要爭辯，杜成已經掛斷了電話。

計程車已經開到了一個十字路口，司機轉向魏炯，語氣試探道：「還繼續向前開嗎？」

魏炯捏住眉心，強迫自己冷靜下來。岳筱慧在影片裡說到「他出來了」，隨即就離開，這個「他」指的肯定是林國棟。那麼，從時間來推算的話，兩個人應該還在林國棟家附近。

「去鐵東區。」魏炯指向城市東南側，「綠竹苑社區。」

「好嘞。」從剛才的電話對談中，司機已經意識到這個年輕乘客面臨的情況非同小可，他不敢怠慢，打開轉向燈，向鐵東區飛馳而去。

車廂內人群擁擠，女孩手扶著立杆，一動不動地看著窗外。林國棟緊緊地貼在她的身後，呼吸悠長又深沉。那奪人魂魄的氣味不斷湧進他的鼻孔，彷彿有無數隻細小的觸手，輕微卻密集地搔弄著他的心臟。

林國棟的嘴巴變得越來越乾燥，口腔裡甚至開始出現了沙沙的聲響。他不斷地吞咽著唾沫，喉結上下蠕動，同時，他身體的某一個部位也漸漸躁動起來。

車窗上開始出現一些水跡，隨即就變得越發稠密。很快，大顆雨點拍打在車體上，發出有規律的聲響。

今年春季的第一場雨，終於來了。

地面濕滑，車行緩慢。每一站都有乘客下車，更多的人湧上來。潮濕的氣息在車廂裡蔓延開來，牽扯不斷，曖昧不清。

林國棟感到臉上又濕又涼，還有些黏膩的觸覺，這讓他越發興奮起來。趁著車身的晃動和人群的擁擠，他又悄悄地向女孩靠近了一步。

女孩的身體被壓向立杆，整個上身都傾斜過去，林國棟甚至都感受到雙肩書包裡的物品的形狀。女孩卻沒有立刻做出回應，而是掏出網袋裡的手機，按動了幾下，又塞了回去。

隨即，她轉過身來，手遮在網袋前，看了林國棟一眼。

這是兩個人第一次對視，林國棟很快就扭過頭去，但是一瞥之下，他心中的躁動不減反增。女孩面貌姣好，皮膚細嫩，特別是脖子上露出的部分，白皙又光滑。

他的心臟又劇烈地跳動起來。這樣的脖子，如果捏在手裡，會是什麼樣的感覺？

女孩面無表情地轉過身去。

突如其來的雨讓道路交通略顯擁堵，魏炯看著前面密集的車流，心急如焚。他不停地翻看著手機，然而無論是杜成還是岳筱慧，都再無消息。

岳筱慧的意圖很明顯，用「蝴蝶夫人」和自己引誘林國棟再次作案。從林國棟曾意圖殺掉陳曉來看，他上鉤的可能性很大，但是岳筱慧面臨的風險同樣巨大。如果不能及時抓到林國棟的現行行為，即使岳筱慧能留下證據，付出的也將是生命的代價。

不知道是什麼原因讓岳筱慧做出這樣的決定，即使是為了老紀或者杜成，這代價未免也太大了。

魏炯連連告誡自己不要亂想，集中精力整理思緒。現在岳筱慧應該和林國棟在一起，具體位置未知，所處環境未知，林國棟是否已經上鉤也不知道。但是，當務之急並不是抓捕林國棟，而是阻止岳筱慧。就算因此驚擾了林國棟，失去將他繩之以法的機會，也不能眼睜睜地看著岳筱慧去送死。

正想著，魏炯的手機螢幕突然亮了起來，一陣叮叮咚咚的鈴聲隨即響起。他下意識地低頭一看，是岳筱慧的視訊聊天請求。

魏炯一下子屏住了呼吸，想也不想就按下了「接聽」鍵。

螢幕上出現了微微晃動的畫面，卻看不到岳筱慧的臉。占據畫面大部分的是一扇窗戶和下面成排的人頭。同時，耳機裡傳來一陣不甚清晰的聲音，聽起來是女聲，語調平淡，毫無起伏，幾個數字依稀可辨。

魏炯忽然意識到，岳筱慧在一輛公車上。他急切地對著話筒喊道：「筱慧，筱慧，妳在哪裡？」

岳筱慧並沒有回應，螢幕上顯示的圖像也依舊保持著原來的角度。幾秒鐘後，畫面開始急速轉動，掠過幾個面目不清的人之後，定格在了車廂內。

魏炯的眼睛頓時瞪大了。一個男人的上半身出現在畫面中，他直視著岳筱慧的方向，隨即就扭過頭去，同時，喉結在快速蠕動。儘管只是短短的兩秒鐘，魏炯還是認出了他——林國棟。

畫面再次轉動，螢幕上又出現了那扇窗戶。幾秒鐘後，視訊聊天結束。

魏炯的心臟狂跳。岳筱慧雖然沒有說話，但是她一定想透過這段影片向他傳達某種訊息：她的確和林國棟在一起，而且對方已經上鉤。

可是，他們在哪裡呢？

魏炯拚命回憶著那段影片中的每一個畫面和每一絲聲響，僅僅從車窗上根本無從判斷是哪一路公車，而且車窗上滿是雨水，看不清窗外的景物，更不知道公車所處的位置。不過，剛才耳機裡傳出的女聲似乎是報站，而且，那組數字聽起來好像是「二四九」。

「歡迎您乘坐二四九路公車。」

魏炯急忙用手機搜尋。的確，二四九路公車中的某一個站就在綠竹苑社區附近，那麼岳筱慧和林國棟身處這輛車上無疑。可是，他們前往的方向又是哪一個呢？

二四九路是橫貫本市南北兩側的一條公車線路，魏炯乘坐的計程車已經快抵達綠竹苑社區，如果追錯了方向，將會離岳筱慧越來越遠。

魏炯頓時亂了方寸，焦急地四處張望著，似乎想在身邊的某個公車上看到岳筱慧的身影。可是透過水跡模糊的車窗，外面的景物只是一片朦朧，根本看不清楚，他伸手去搖車窗，握到把手的那一刻，卻停了下來。

雨滴。

魏炯怔怔地看著車窗。拍打在玻璃上的雨水快速流動著，留下了蜿蜒的軌跡，彷彿是無數條流淌的小河。他的腦海裡出現了剛才影片畫面中的公車——車窗上，雨水從玻璃的左上角流淌到右下角。

當時公車在報站，說明剛剛啟動，車速不快，車窗上雨水的軌跡意味著公車是迎風而行。

想到這裡，魏炯急忙吩咐計程車司機：「停車。」

司機應聲而動，計程車緩緩停靠在路邊。魏炯搖下車窗，靜靜地觀察著車外的雨水，發現細密如絲的雨線正從身後飄過來。

「掉頭，」魏炯再次指示司機，同時把手機遞過去，指著地圖上的路線說道，「沿著二四九路的路線開。」

「香江橋站到了，請下車的乘客做好準備。」

報站的女聲再次響起，一些乘客紛紛開始向車門方向移動。女孩也離開了一直手握的立杆，隨著人群走到了車門旁。

二四九路公車減速，緩緩駛入香江橋站。車門打開，乘客們魚貫而出，各自走散。女孩把羽絨服的帽子拉至頭頂，沿著人行道慢慢向前走去。

林國棟雙手插兜，跟在她身後。離開車廂，女孩身上濃烈的香氣一下子變得淡薄起來，好在兩個人都是逆風而行，那股味道仍然時不時地鑽進他的鼻子裡。女孩似乎仍未察覺他的尾隨，既沒有回頭也沒有四處張望，依舊是腳步悠悠，一副自在的樣子。

走出一百公尺左右之後，女孩拐進了一家超市。林國棟猶豫了一下，在門口等了幾秒鐘之後，也走了進去。

超市內人不多，林國棟一眼就發現女孩在貨架間挑選著商品。他來回掃視了一圈，徑直走向廚具區。

在成排的刀架間，林國棟佯作耐心地挑選著，餘光不時掃向女孩。在狹窄的視野中，女孩依舊流連在貨架前，他看不到的是，女孩不斷地抬頭看著懸掛在上方的一臺液晶電視。

那是店裡的監視器螢幕，畫面分成六格。從林國棟邁入超市的那一刻起，直至他在廚具區的一舉一動，都清晰地展現在顯示幕上。

女孩的嘴角露出一絲微笑，隨後就被緊張的表情取代。

林國棟最後挑選了一把細長的廚刀，看了看依舊在食品區的女孩，起身到收銀臺結帳。付款之後，他先走出了超市，隨後就躲在路邊的一個燈箱後，靜靜地注視著超市的門口。

幾分鐘後，女孩也走了出來，手裡還拎著一個塑膠袋。她向左右看了看，繼續向逆風的方向走去。

林國棟從燈箱後閃身出來，悄無聲息地跟了上去。

在相距他們十幾公尺遠的馬路上，一輛計程車飛馳而過。車窗內，一個男孩緊盯著前方的公車，表情焦急。

時間已經是晚上九點多，路上的行人開始漸漸稀少。女孩依舊保持著不緊不慢的步伐走著，幾分鐘後，她向右轉彎，進入了一條小巷，林國棟尾隨而至。

這是一條單行道，兩側都是國民住宅，雖然沒有路燈，但住宅窗戶內傾瀉而出的燈光，仍然讓這條路上有些許光線。女孩在他前方十幾公尺的地方，取下耳機，低頭在手機螢幕上按動著。

林國棟向前看看，小巷盡頭是一棟黑漆漆的大廈，似乎是一處停工待建的工地。

他又環視四周，除了自己和那個女孩，小巷內再無他人。

他加快了腳步，邊走邊掏出剛剛購買的廚刀，拆掉外包裝，塞進衣袋裡。不知道女孩是否家住附近，如果再不下手，恐怕就要失去機會了。幾秒鐘之後，他和女孩只有一步之遙。

女孩聽到了身後的腳步聲，下意識地轉身，林國棟把刀子抵在了她的胸口上。

「別動！」

林國棟盡量讓自己的聲音顯得凶狠低沉。女孩也的確被他嚇到了，整個人向後倒退了一步，臉色變得慘白。

「你、你幹什麼？」

「往前走，」林國棟推推女孩，「不許喊，否則我宰了妳！」

女孩看了看雪亮的刀子，沒有反抗，轉身向前走。

林國棟拉住女孩的左臂，把刀子頂在女孩的腰間，一邊留意四周的動靜，一邊挾持著女孩向那棟大廈走去。

女孩悄悄地取下胸前網格內的手機，打開了微信介面。

魏炯站在車下，快速在二四九路公車車廂內巡視著。乘客們也對這個一臉焦急的男孩感

到好奇，紛紛轉頭向他投來徵詢的目光，然而沒有一張臉是魏炯希望看到的。

公車駛離車站，魏炯跳上等候在路邊的計程車，對司機說道：「繼續開，追下一輛。」

計程車飛馳而去。魏炯又撥打了杜成的電話。

手機剛一接通，他劈頭問道：「她在哪裡？」

『黑山路和松山路之間，我快到了，張震梁會帶著設備來。』杜成的聲音很急，『我們肯定能找到她，你哪都不准去，等我消息。』

「我已經出來了。她和林國棟剛才在二四九路車上，我不知道他們是不是已經下車了。」魏炯突然瞪大了眼睛，在手機螢幕上方的消息欄內，一個微信圖示蹦了出來。

他想也不想就點開微信。

是岳筱慧。

在對話方塊裡，是一個共用即時位置的訊息——她就在黑山路和松山路之間的一條小巷子裡。魏炯放大地圖，小巷的名稱清晰地出現在手機螢幕上。

「司機先生，掉頭，黑山路一〇二巷。」魏炯又沖話筒吼道：「她在黑山路一〇二巷裡！」

『好，馬上到。』杜成已經來不及詢問緣由，『你在巷口等我，不許單獨……』

魏炯直接掛斷了電話，雙眼死死地盯著手機螢幕上的地圖以及那個代表岳筱慧的圖示。

女孩既沒有反抗也沒有呼救，任由林國棟拉著自己向小巷盡頭走去。一路上，他們都沒遇到行人。林國棟再次沉溺於女孩身上的香氣中，最後幾十公尺的路程，他幾乎把鼻子貼到了女孩的後頸窩裡。

走出小巷，面前是一條橫貫南北的馬路，偶有車輛在路面上飛馳而過。林國棟不得不暫時集中精神，緊緊地抓住女孩的左臂，刀子從女孩的腰部轉移到後背上。

「過馬路。妳要是敢動，我就捅死妳。」

女孩本能地挺直腰背，在他的挾持下，慢慢地穿過馬路。

那棟大廈就矗立在路邊。林國棟拉著女孩繞著樓體走了半圈，很快就發現了入口。走進去，濕冷的氣息撲面而來，腳下也感受到了碎石和沙礫。林國棟抹了一把臉上的雨水，四處看了看，最後指向前方粗陋的水泥樓梯。

「妳，上去。」

女孩在黑暗中靜靜地看著林國棟，對方在街燈的映襯下，只剩下一個模糊的輪廓，唯有那把刀子閃閃發亮。她突然很想拔腿就跑，甚至幻想在下一秒就看到大批全副武裝的員警包圍這棟大廈。然而，夜晚寂靜依舊，除了一場大雨和面前持刀的男人，什麼都沒有。

女孩轉過身，順從地沿著樓梯慢慢爬上去。林國棟跟著她，一步步踏上臺階。女孩再次從網格裡掏出手機，打開錄影功能。

最後的時刻即將來臨，她要做好準備。

位置共用已經結束。

魏炯怔怔地看著手機螢幕，就在剛才，他失去了岳筱慧的位置。

計程車一個急剎，魏炯的頭撞到了前擋風玻璃上。他顧不得揉揉痛處，轉身問道：「為什麼停車？開進去！」

「到了。黑山路一〇二巷。」司機指指路邊的街牌，「這是單向道，開不進去。」

小巷且黑且長，岳筱慧結束位置共用前，就在這條小巷裡向西前行。早一分鐘找到她，她就多一分生還的可能。

「開進去，」魏炯急切地說道，「我幫你加錢。」

「不是錢的事情。」司機已經切換燈號，計價器吱吱嘎嘎地列印著發票，「分數被扣沒了我怎麼幹活啊？」

魏炯不願再跟他廢話，扔下一張百元大鈔，跳下車向小巷內奔去。

雨還在下，並且越來越大，魏炯跑出幾十公尺後，就已經滿頭滿臉都是雨水。他打量著兩側的民居，加快了腳步。

這裡不可能是林國棟下手的地方，他們應該在小巷中的更深處。

這時，一輛汽車迎面開來，魏炯的眼前都是炫目的燈光。他拚命睜大眼睛，竭力想看清車型和乘客的模樣。如果那是杜成駕駛的老式帕拉丁越野車，而安然無恙的岳筱慧坐在副駕駛座位上，那該多好。

一輛大眾途觀從他身邊飛馳而過，同時地面上某一樣東西被攪動的氣流吹得嘩啦作響。失望至極的魏炯心裡一動，他向前走了幾步，終於看清了那樣東西。

那是一個普通的塑膠購物袋，裡面裝著幾樣物品。魏炯撿起塑膠袋，打開來，發現那是一盒蘇打餅乾、一瓶可樂和兩包衛生紙，再翻下去，袋子底部還有一盒香菸。

五毫克焦油含量的中南海香菸。

魏炯的心臟狂跳起來，這正是岳筱慧喜歡的香菸牌子。如果這購物袋的確屬於岳筱慧，那麼至少可以說明兩件事：其一，她的確經過這條巷子；其二，她遭遇到了某種突發情況。

換句話說，她就在這裡被林國棟劫持了。

魏炯的大腦開始快速運轉：這條巷子並不適合作案，岳筱慧一定被劫持到別的地方了。從時間來推斷，他們應該距離此處不遠。

他丟下購物袋，向小巷盡頭全力奔跑起來。

幾分鐘後，魏炯已經衝出了黑山路一〇二巷，在他面前正是松山路。看著寬闊的馬路以及零星經過的車輛，魏炯需要再次做出選擇。

萬一她被林國棟劫持上了計程車呢？

魏炯急忙掏出手機，撥通了杜成的電話。

『喂，我馬上到了。』電話剛一接通，杜成焦急的聲音就傳了出來，『你在哪裡？』

「我就在巷子口，沒看到他們。」魏炯幾乎吼起來，「你不是能定位岳筱慧的手機嗎？」

『沒看到他們？』杜成更急了，『定位顯示她就在一〇二巷和松山路的交會處啊。』

交會處。

魏炯舉著手機，原地四處張望著。

交通銀行、中國移動門市、喜來順海鮮館、松山路小學。

一棟黑洞洞的大廈矗立在眼前，彷彿一頭蹲伏在雨中的龐大怪獸。

「有一棟樓，還沒完工的那種。」魏炯沖著話筒喊道，「我先上去，你快一點。」

說罷，他就掛斷電話，咬咬牙，向那頭巨獸跑去。

走到七樓的時候，女孩聽到身後的林國棟低聲說道：「停下，往裡面走。」

女孩順從地轉身，走向斜前方的一大片空地。這棟大廈的建築用途應該是辦公大樓，空間比普通的民宅要大得多，只不過，因為正處在停工待建的狀態中，牆壁和地面都是粗糙的水泥。冷風夾著雨水，從應該安裝落地窗的巨大空洞中吹進來，樓外的城市夜景一覽無餘。

林國棟在空地上掃視一圈，指指被遺棄在牆角的一張木凳：「把它拿過來。」

女孩照做。木凳是施工所用，由木板簡單拼製而成，看起來更像一個木架，上面布滿了已經乾涸的水泥。

林國棟把刀子指向女孩：「脫掉上衣，快！」

女孩的身體抖了一下。她慢慢地卸下書包，小心地放置在地面上，讓肩帶上的網格對準木凳，隨後她脫掉羽絨服，拿在手裡。

「鋪在木凳上。」

女孩顯得有些畏縮，揪著衣角不鬆手。林國棟上前一步，搶過羽絨服，馬馬虎虎地攤開在木凳上。

「躺上去！」

女孩開始向後退，臉上恐懼的表情更甚。

「不……」

林國棟拉住她的胳膊，把她拖到木凳前，托背搬腿，把女孩平放在木凳上。女孩的雙手護在胸前，兩腿緊緊地併攏在一起，不停地掙扎著。

林國棟已經氣喘如牛，雙眼通紅。他把刀子抵在女孩的脖子上，突如其來的刺痛讓女孩小小地尖叫了一聲，隨即就全身僵直，不動了。

林國棟半伏在女孩身上，拉開女孩上身的暗紅色運動上衣，露出裡面的黑色長袖T恤。他看著那劇烈起伏的高聳胸部，把臉貼了上去。

頓時，那股熟悉的味道躥入鼻孔，直沖腦門。

甜蜜的味道。背叛的味道。情欲勃發的味道。無情殺戮的味道。

林國棟濕熱的氣息噴在女孩的脖子上。在那一瞬間，女孩心中越來越強的恐懼沖到了頂點，那根在腦海裡的弦「繃」的一聲驟然斷掉，一直支撐著她的勇氣與信念也澈底坍塌。所有的決心、謀劃都通通被她拋開，她只知道自己身上這個男人強姦、殺死了四個女人，而她的結局，將和那些女人一模一樣。

魏炯，你在哪裡？

杜成，你在哪裡？

女孩的全部思維都被恐懼占據。她蜷起雙腿，拚死推開林國棟，同時絕望地大喊：「救命！救命啊！」

距離一〇二巷和松山路交會處還有幾十公尺的時候，杜成就看到了魏炯所說的那棟大廈。看起來，那是一棟冬季停工，待春季再建的辦公大樓。外牆裝飾尚未進行，整個大廈就是一個方方正正的水泥盒子，那些沒有玻璃的窗戶裡都漆黑一片。杜成手握方向盤，一邊尋找著停車的位置，一邊快速打量著那些黑洞洞的窗口，試圖發現些許亮光。

大廈被一堵簡陋的紅磚牆包圍著，靠近松山路的一側有一個缺口，想必是平時工人及車輛進出的地方。杜成把車開過去，同時伸手去拿放在副駕駛座上的斜背包。突然，他的餘光中出現了耀眼的光芒，其中，一個龐大的黑影若隱若現。隨即，他就感到自己整個人都向右側飛去，同時，巨大的撞擊聲在耳邊響起。

突如其來的猛烈衝擊讓他幾乎扭斷了脖子，大腦也在那一瞬間變得一片空白。在頸椎的劇烈疼痛中，杜成隔了幾秒鐘才意識到，有一輛車從左側狠狠地撞了過來。

他下意識地扭頭看去，一輛本田CRV的車頭正牢牢地頂在帕拉丁越野車的左側。發動機還在轟鳴，自己的車正被對方一點點撞向右側的牆壁。終於，帕拉丁越野車被擠到牆邊，再也無法移動了。

杜成被撞得頭暈眼花，又驚又怒。本田CRV駕駛座上的氣囊已經彈開，看不到駕駛員的樣子。但是，杜成覺得這輛車看起來很眼熟，一種巨大的不祥預感頓時襲上心頭。

本田CRV的引擎蓋已經變了形，大團蒸氣從縫隙中冒出來。

忽然，駕駛座的車門打開了，一個高大的身影搖晃著走下來，邊走邊揉著脖子。

杜成的眼睛一下子瞪大了。

那個人是馬健。

杜成頓時意識到對方的意圖：他一定也知道林國棟正在這棟樓裡，剛才的撞擊就是要把自己困在車內，而馬健接下來要做的事情，可想而知。

剎那間，各種情緒湧上杜成的心頭——恐懼、憤怒、擔憂、仇恨。這讓他失去了組織語言的能力，只能怔怔地看著馬健，同時發出困獸般的吼叫。

馬健只是看了他一眼，就抽出一根伸縮警棍，轉身向大廈跑去。

他的快速行動讓杜成回過神來。他本能地去推動車門，發現在本田CRV的頂撞下，車門壓根打不開。他又轉身望向副駕駛座，看到車窗外那堵磚牆後，立刻就放棄了從右側下車的想法。

杜成解開安全帶，手腳並用爬到後座上，伸手去開後車門。車門雖然打開了，但僅僅是一條縫隙而已。馬健選擇的撞擊部位非常準確，使本田CRV的車頭頂在了前後車門之間，杜成想打開車門脫身絕無可能。

「操！」

杜成大怒，他仰倒在後座上，抬起雙腳，向後側車窗狠狠地踹去。

剛一衝進大廈，魏炯就被腳下的瓦礫絆倒了。他狼狽不堪地爬起來，感到膝蓋和手肘都在鑽心地疼痛。他顧不得查看傷勢，草草觀察了一下周圍的環境後，就沿著水泥階梯向樓上跑去。

二樓沒有人，三樓沒有人。

魏炯跑得氣喘如牛，然而在他四周毫無聲響，也看不到半個人影。

難道自己找錯了地方，抑或岳筱慧已經被害了？

四樓同樣沒有人。

他再也跑不動了，彎下腰，手扶著膝蓋，劇烈地喘息著。經過一晚的奔波，加之精神高度緊張，魏炯的體力已經被徹底透支。他環視著周圍，借助樓外街燈的微弱光線，只能分辨出空曠的大廳和那些黑洞洞的門口。

妳在哪裡？

待氣息稍稍平和之後，耳邊的聲響也清晰起來。忽然，他聽到頭頂傳來微弱的廝打和呼救聲。魏炯一下子屏住呼吸，整個身體也微微顫抖起來。

是岳筱慧的聲音。

他的身上頓時來了力氣，拔腿就向樓上跑去。

她在。

她還活著。

跑過露臺的時候，魏炯的餘光瞥到牆角處的一根鋼筋，隨手操起來。沒想到一拉之下，手上感到十分沉重，再一看，鋼筋的另一頭還帶著一塊水泥。他無心再去尋找更稱手的武器，拖著這根鋼筋向樓上跑去。

女孩的拚死掙扎讓林國棟感到些許意外。原以為自己可以隨意玩弄這個被嚇壞的女孩，然而，他現在不得不想盡辦法制服她。實際上，林國棟並不習慣用刀子，他曾經只用它來切割那些死去的女人的身體。所以，在兩個人的撕扯中，女孩的身體被多處劃傷，黏膩的血沾在林國棟手上、臉上，讓他越來越焦躁。

狂怒之下，殺心頓起。林國棟的手觸到了女孩的長髮，隨即就牢牢挽住，用力向下拉去。女孩的頭被拉得偏向一旁，露出了白皙頎長的脖子。

好吧，即使鮮血噴湧，這也是一具有吸引力的軀體，完全可以滿足自己。

林國棟舉起刀。

突然，耳邊傳來一聲怒吼，遙遠卻清晰。

「住手！」

林國棟的手停在半空，下意識地扭過頭，向樓梯口望去。然而，那裡並無人影，只能聽到沉重的腳步聲和「噗通、噗通」的有規律的撞擊聲。

林國棟和女孩都愣住了。

幾秒鐘後，一個瘦弱的身影出現在七樓的入口。在微弱的光線下，能看出他是個二十歲出頭的男孩，半佝僂著身體，手裡還拖著一根鋼筋。

「林國棟，」男孩的聲音夾雜著劇烈的喘息，斷斷續續的，「你、你放開她！」

男孩向前一步，手中的鋼筋拖在地上，鋼筋一頭包裹的水泥塊和地面發出沙沙的摩擦聲。

「放開她！」

林國棟突然覺得疑惑——他怎麼知道我的名字？

男孩又走近一步，他的輪廓也越發清晰。

滿是汗水和雨水的臉上，一雙燃燒著憤怒和警惕的眼睛閃閃發亮。

「魏炯，」女孩又掙扎起來，帶著哭腔向他呼救，「快救救我！」

男孩咬咬牙，試圖舉起鋼筋，然而，碩大的水泥塊只是離開地面幾公分，又重重地落下。筋疲力盡的男孩再次嘗試的時候，突然聽到身後傳來了急促的腳步聲。同時，一隻手推開了他。

一個更為高大的人影出現在魏炯的身邊，魏炯以為是杜成趕到了，可是抬頭望去，卻是一張陌生男子的臉。

花白頭髮，皺紋橫生的方正臉龐。男子的嘴角緊抿，雙眼死死地盯著林國棟，嘴裡命令著魏炯：「走開！」

突如其來的對峙局面讓林國棟方寸大亂，他本能地拉住女孩，把刀尖抵在她的脖子上，慢慢向後退去。

「別過來，否則我殺了她。」

魏炯頓時急了。他已經適應了大廳裡的昏暗光線，同時也發現了岳筱慧身上的斑斑血跡。

「你別胡來，放開她！」

男子的視線從林國棟身上轉移到女孩的脖子上，在已經刺入皮膚的刀尖上停留了幾秒，突然笑了笑。

「妳這孩子，膽子還挺大的。」他向前一步，站到光線相對明亮的地方。林國棟看清了他的臉，忽然發現，這個男人似曾相識。

「你還有什麼可說的，嗯？」男子半抬起手，又用力向下一甩，一根伸縮警棍出現在他手裡，「林國棟。」

話音未落，男子已經撲了上去，警棍高高揚起。

「你別過來，我……」林國棟大驚，手上再用力，刀尖刺入女孩的脖子。可是男子對他的威脅和女孩的痛叫完全不為所動，眨眼間，已經衝到了林國棟面前。

還沒等他反應過來，警棍已經劃破空氣，呼嘯著劈了下來。林國棟下意識地閃躲，警棍狠狠地砸在他的肩膀上。

在一陣劇痛中，林國棟突然意識到自己陷入了一個圈套，女孩並不是偶爾遇到的獵物，而是一個誘餌，即將被捕食的，就是自己，而且他認出那個男子正是當年偵辦許明良案的員警之一。那麼，他的目的根本就不是救出這個女孩，而是置自己於死地。

電光石火的瞬間，警棍再次劈頭砸來。

林國棟竭力躲在女孩的身後，連連後退。男子似乎完全不顧忌是否會誤傷到女孩，仍然找準各種角度猛擊林國棟的頭部。在女孩的尖叫和身上接連不斷傳來的巨大痛楚中，林國棟心中的恐懼感越來越強烈。

血已經從頭上流下來，糊住了他的一隻眼睛。閃躲間，林國棟的另一隻眼睛忽然感到了明亮的光線，同時，冷風一陣陣吹在臉上。

他們已經纏鬥到了窗邊。

頓時，深刻的絕望激發了求生的本能，女孩已經沒有任何掩體的作用，相反是個累贅。

既然你想讓我死，索性大家就一起死。

你有警棍，我有尖刀。就算死，也要拉個墊背的。

林國棟大吼一聲，在女孩的肩膀上猛推一把。女孩的身體立時失去了平衡，踉蹌了一下之後，右腳絆在窗邊不足二十公分高的水泥臺上，整個人向窗外的夜空中危險地傾斜過去。

剎那間，在場的每一個人似乎都被定格了一般。

男子的手舉在半空，通體烏黑的警棍蓄勢待發。他的頭扭向窗外，雙眼圓睜，嘴巴大張。

魏炯一臉驚恐，上身前傾，雙腿緊繃，右手向前伸出。

女孩半仰著頭，長髮在夜色的幕布上紛亂飛舞。她的雙手在眼前徒勞地抓扯著，似乎想拉住什麼東西，因為她知道，在她身後，就是巨大的虛空和二十幾公尺的高度。

時間恢復了流動。

女孩只來得及發出一聲尖叫，就從窗口摔了出去。

男子的大腦中一片空白，似乎全身的血液都集中在雙腿上，他扔掉警棍，轉身撲向窗口。

女孩的長髮已經消失在窗戶，眼前只剩下一隻在揮舞的手。男子腳下用力猛蹬，整個人橫著飛過去，同時，他的右手竭力伸向那隻手。

在捏到手腕的那一刻，男子本能地合攏五指，牢牢地抓住了那隻纖細的手。隨即，他就感到胸口傳來強烈的痛感——他的上身狠狠地撞在了窗口的水泥臺上。

一抓到手，男子也撲倒在窗邊。他迅速張開雙腿，拚力用鞋尖鉤住粗糙的水泥地面。儘管如此，他仍然被拖出了半公尺左右的距離，整個上半身都趴伏在水泥臺上。

但是，他抓住了那個墜樓的女孩。

所有的動作都發生在一瞬間，魏炯卻不知道岳筱慧是否已經摔了下去。他竭盡全力向窗口跑去，眼前只有那個趴在地上的男人和窗外被街燈點綴的夜空。突然，視線中出現了一片飛舞的黑影，隨即，他就感到額角遭到重重一擊。

在木板碎裂的聲音和猛然襲來的眩暈中，魏炯仰面摔倒，嘴裡充滿了鹹腥味道。

拋擲木凳的動作似乎消耗了林國棟的全部氣力，他彎下腰，喘了幾口粗氣，直起身，嘿嘿地笑起來。

他本來想和對方決一死戰，沒想到這個愚蠢的員警竟然先跑去救那個墜樓的女孩。現在，他和女孩都在窗口動彈不得，那個男孩也被砸倒在地，局面已經在林國棟控制之下了。

接下來，只要挨個解決掉他們就好。

滿臉是血的林國棟握緊尖刀，一步步向趴伏在窗口的男子走去，被血糊住的那隻眼睛裡，寒光畢現。

林國棟的笑聲和身後沙沙的腳步聲讓男子回過神來。他很清楚自己的全身都暴露在對方的刀子之下，但是他什麼都做不了，任何動作都可能導致自己和女孩都摔下樓去。

時間緊迫，選擇卻只有兩個：其一，儘快把女孩拉上來，一旦她安全，自己對付林國棟綽綽有餘；其二，懸吊在半空中的女孩搖搖欲墜。求生的本能讓她拚命地向上拉扯著男子的衣袖，她不敢向下看，更不敢想像那二十幾公尺下的地面有多麼堅硬。

她的右手腕被男子牢牢抓住，女孩的雙腿在空中踢打、扭動著，同時竭力把左手也伸過去，試圖讓自己更加安全。

在她的上方，能看到男子探出的半個身子和漲得通紅的臉。男子把左手也伸下來，想去抓住女孩的手。然而，雙方的手指碰到了幾次，卻始終無法緊握。

突然，一直在空中扭動的女孩停下了。她的雙眼圓睜，直勾勾地盯著男子的斜後方。

「快、快一點，」女孩又掙扎起來，「他、他在你身後。」

「閉嘴。」男子心知不妙，臉色已經憋成了豬肝色，左手仍然竭力去抓女孩的手。

女孩已經恐懼到無以復加，她眼睜睜地看著林國棟站在窗口，居高臨下地審視著還在努力的男子，高高地揮起了手中的尖刀。

一道炫目的寒光之後，男子的身體忽然向下一頓。隨即，他的眼睛就睜大了，臉上的肌肉劇烈地顫抖起來。

「放手啊，」女孩終於喊出了聲，「你快放手！」

那是第二個選擇。但是，他不能。

男子直直地看著女孩，面龐已經開始扭曲。他挪動左手，移到女孩的右手腕上，死死地握住。

又是一道寒光。

刀尖刺到骨骼的碎裂聲響在夜空中分外清晰，林國棟看看只刺入半截的刀子，似乎對自己很不滿。他試圖拔出刀子，然而，被碎骨卡住的刀子卻難以撼動。他想了想，用雙手按住刀柄，用力向下壓去。

每壓動一次，男子的身體就會顫抖一下。他保持著原來的姿勢，用雙手把女孩的手腕牢牢地固定在窗口，只是，他的臉色變得越來越白。

女孩被懸吊在空中。她已經無力掙扎，只是怔怔地看著男人逐漸空洞的雙眼。忽然，幾滴濕熱又黏稠的液體落在她的臉上，她看到大股鮮血從男人身下湧出，沿著他的胸部和水泥台之間的縫隙流淌下來。

「放手啊，你快放手啊。」女孩哭出了聲，無力地搖動著那雙如鐵鉗般的大手，「你不要死，放手啊！」

男子已經不能思考，他看著女孩哭泣的臉，腦海中只剩下一個念頭——妳，不能摔下去。

然而，他的呼吸已經越來越微弱，意識也隨著不斷噴湧而出的鮮血逐漸離自己遠去。他把剩餘不多的力氣都集中在雙手上，同時，鼓起最後一股氣息，大喊一聲：「成子！」

已經爬到四樓的杜成渾身一震，他抬眼看了看樓上，臉色變得慘白。隨即，他就拔腿向上跑去。

魏炯勉強睜開眼睛，面前的一切還在旋轉著。幾秒鐘後，視線重新聚焦，窗戶的情景讓他的瞳孔瞬間就縮小了。

男子仍然趴伏在窗邊，一動不動。林國棟半跪在他身旁，雙手按住刀柄，正試圖把刀子全插入男子的後背裡。

同時，岳筱慧模糊不清的哭喊聲也在冷風中傳來。

「啊！」魏炯發出一聲又驚又懼的喊叫。他爬起來，順手操起一塊木板，向林國棟猛撲過去。

喊叫聲驚動了林國棟。他扭過頭，迅速站起身來。

魏炯已經衝到了眼前，用盡力氣揮起木板向他頭上打去，林國棟急忙閃身躲過。魏炯一擊不中，整個人失去了平衡。林國棟瞅準機會，在他的後腰上狠狠地踹了一腳。

魏炯狼狽不堪地摔倒在地上，嘴角頓時血流不止。他剛翻過身，臉上又被林國棟踢中。

「想害我？」林國棟歇斯底里地吼道，「你們休想！」

滿身鮮血和塵土的他狀如惡魔，雙眼中閃爍著瘋狂的殺意。他四下掃視一圈，拎起那條鋼筋，用鋼筋上的水泥塊對準正在奮力爬起的魏炯的頭部，高高地舉起來。

「林國棟！」

又一聲怒喝在樓梯口響起。林國棟顫抖了一下，循聲望去，看見一個男子正從黑暗中向自己快速衝來。

「他媽的！」眼見又有人來支援，林國棟已經無心戀戰。他掄起鋼筋扔向男子，隨即轉身向另一側樓梯口跑去。

杜成閃身躲過飛來的鋼筋，抬腳向林國棟追過去。剛跑出幾步，就聽到地上的一個人影向他喊道：「別追了，先，先救人！」

杜成這才注意到在地上跪爬的魏炯，後者滿頭滿臉都是血跡和灰塵，魏炯指指窗口，聲音已經完全嘶啞：「快，他、他和岳筱慧。」

這時，杜成看到了趴伏在窗邊、紋絲不動的馬健。

以及他後背上那把幾乎沒柄而入的尖刀。

儘管有兩人合力，杜成和魏炯仍然花費了不少力氣才把岳筱慧拖上來。女孩一脫險，卻沒有立刻查看自己的傷勢，而是撲到馬健身邊，哭喊著連連搖動他的身體。

馬健已經面無血色，嘴唇灰白。然而，他的雙手依舊牢牢地鉗在岳筱慧的手腕上。

杜成橫抱著馬健，觸手之處，都是已經浸透衣服的鮮血。他轉頭對魏炯吼道：「打一二〇，快！」

魏炯應聲而做。杜成又面向岳筱慧：「這他媽到底怎麼回事？」

女孩已經哭得說不出話來，她跪在地上，左手掩面，右手還被馬健緊緊地握著。

杜成咬咬牙，拍拍馬健的臉：「馬健、馬健，快醒醒！」

馬健的頭隨著他的拍打無力地搖晃著。幾秒鐘後，他的眼睛緩緩睜開，直直地看著杜成，似乎在分辨對方是誰。

「成子，」馬健的表情放鬆下來，「你他媽總算來了。」

「我來了。」杜成急忙答應，「你放心，大家都沒事。」

馬健慢慢轉動頭部，最後把視線投向不停哭泣的岳筱慧。始終緊握的雙手一下子鬆開了。

「沒事就好。」他的聲音非常微弱，「沒事就好。」

杜成感到馬健的身體越來越沉重，同時他的體溫正在急速降低。強烈的恐懼感襲上心頭，杜成只能緊緊地抱著馬健，嘴裡胡亂地安慰著他。

「你不會出事的，肯定不會的，救護車馬上就來了。」

馬健輕輕地笑了笑：「這次恐怕他媽的不成了……」

話音未落，他就劇烈地咳嗽起來，密集的血點噴射在杜成的身上、臉上。他沒有擦拭，也沒有查看，手上更加用力，抱著馬健越來越涼的身體，無助地看著窗外越加深沉的夜色。

「我啊，真他媽蠢，我原本是打算……」馬健止住了咳嗽，他緩緩抬起一隻手，揪住杜成的衣領，「其實，我過後想了想，即使那天晚上我去了林國棟的家，我也不會讓那女孩死，你相信嗎？」

杜成低下頭，視線中的馬健一片模糊。他點點頭：「相信。」

「嘿嘿。」馬健笑笑，鬆開揪住他衣領的手，拍了拍杜成的肩膀，「謝了，老夥伴。」

那隻手，無力地垂落。

此刻，樓下已經開始閃爍紅藍相間的警燈，急促的腳步聲在這座大廈裡響起。很快，張震梁帶著大批員警衝進了位於七樓的大廳。在一片呼喊聲、下達命令的聲音和不斷搖曳的手電筒光中，杜成一動不動地坐在地上，對周圍的一切視而不見，聽而不聞。

他只是抱著老友已經開始僵硬的身體，靜靜地注視著今年春季的第一場大雨。

第三十一章 兩個人的祕密

三月二十九日晚十時許，在鐵東區松山路一一七八號維景大廈在建七樓發生一起故意殺人案件。C市師範大學法學院大三學生岳筱慧在晚歸時被人尾隨並劫持至維景大廈七樓，犯罪嫌疑人意圖強姦殺害岳筱慧。途經此地的C市公安局鐵東分局前副局長馬健察覺到情況異常，前往解救。廝打中，馬健為救回被推下樓的被害人，不幸犧牲。經查，馬健身中兩刀，致命一刀刺破左心室，導致出血性休克死亡。犯罪嫌疑人林國棟在逃，警方正在全力追查、抓捕中。

張震梁舉著手機，腳步匆匆地穿過走廊，不停地對話筒裡下達著命令。

「小旅館、網咖、洗浴中心，給我細細地搜一遍。所有能發動的力量都發動起來！」他幾乎吼起來，「火車站、長途汽車站、高速公路都布上控，把那王八蛋給我牢牢摁死在本市！」掛斷電話，張震梁也走到了辦公室門口。他稍稍猶豫了一下，推門進去。

室內光線昏暗，煙霧繚繞，除了杜成之外，辦公室內空無一人。

張震梁輕輕地走到杜成身邊，拉過一把椅子坐下。

杜成聽到他的腳步聲，卻沒有回頭，依舊面對著電腦螢幕，目不轉睛地看著一段影片。

那是從岳筱慧的手機裡調取出來的錄影，完整地記錄了當晚發生的一切。

他的左手扶在下巴上，右手夾著一根燃了半截的菸，定定地看著被翻轉了九十度的畫面：林國棟半伏在馬健的後背上，雙手按住刀柄，一下下按壓著。馬健的雙腿抽搐。

電腦的音響裡，女孩不停地呼喊著：「放手啊，快放手啊！」

張震梁抬手拿起滑鼠，關掉了影片畫面。

杜成依舊怔怔地看著螢幕。良久，他低下頭，以手扶額，臉頰藏在臂彎裡，全身在微微地顫抖著。

張震梁起身倒了一杯熱水，又從杜成的斜背包裡翻出藥瓶，擺在他的面前。

「通緝令已經發出去了，該布控的地方都安排好了。除非林國棟長了翅膀，否則他出不了本市。」

杜成沒有作聲。

「現場勘查那邊有個問題，你和馬健的車撞在一起，而且損壞嚴重。」張震梁稍稍停頓一下，「照實說。」

杜成抬起頭，又點燃一支菸，吸了幾口，慢慢說道：「我和老馬都急著救人。下了雨，路面濕滑，就撞一起了。」

「好，我等一下去回覆他們。」

「對林國棟家的搜查令下來沒有？」

「下來了。」張震梁看看手錶，「現在大概已經出發了。」

杜成摁熄菸頭，站起身來：「走吧。」

綠竹苑社區二十二棟樓四單元樓下停了幾輛警車，周圍站著十幾個居民，對著五〇一室的窗戶指指點點。

杜成在單元門口的水泥臺階上站了一會兒，轉身上樓，張震梁一言不發地跟在他身後。

五〇一室門口已經拉起了警戒線，杜成彎腰進入，看見技術隊的老張已經開始整理勘查箱。

「利民，完事了？」

「是啊。」張利民指指臥室，「不就是個例行搜查嗎？」

杜成站在客廳中央，環視這套兩房一廳的房子。隨即，他走到沙發旁邊，觀察樣式和布料，大致推斷出它的擺放時間後，杜成站起身，把目光投向廁所。

浴缸成為首要吸引他注意力的對象，杜成在廁所裡看了一圈，向門外喊道：「利民，過來。」

張利民應聲而至。杜成指指浴缸和牆壁：「這裡，重新勘驗。」

「哦？」張利民收起了正要點火的菸，一臉驚訝，「查什麼？」

「重點是血跡。」杜成踩踩地面，「瓷磚也要查，每條縫都不要放過。」

張利民更加疑惑，不過，他看看杜成嚴肅的表情，沒有追問，揮手叫同事進來幹活。

「謝了，利民。」杜成拍拍他的肩膀，「有發現馬上告訴我。」

他走出廁所，繼續在室內細細地打量著。

張震梁正在門口打電話，見他出來，收起手機走過來。

「馬局家的嫂子來局裡了。」張震梁看著杜成，「駱少華也來了。」

杜成邁出電梯，直奔副局長辦公室而去，剛走出幾步，就聽到身後有人叫他。

杜成回過頭，看見張海生推著紀乾坤，正向自己走來。

「你怎麼來了？」

「我今早看新聞，看到了通緝令。」紀乾坤坐在輪椅上，仰面看著杜成，「林國棟幹什麼了？他劫持的那個大三的女孩是誰，是不是岳筱慧？」

杜成看看張海生，後者識趣地走到幾公尺外的地方，靠著牆壁吸菸。

「林國棟，」杜成斟酌著詞句，「他殺了一個員警。昨晚，他劫持的人的確是岳筱慧。這孩子在身上擦了『蝴蝶夫人』，想引林國棟下手，然後抓他個現行。」

「她現在怎麼樣了？」紀乾坤的臉色頓時變得灰白，雙手緊緊地抓住輪椅扶手，似乎想要站起來，「我打電話給她，這孩子始終沒接。」

「她沒事，皮外傷，在公安醫院。」

紀乾坤的表情略略放鬆。他轉動輪椅，同時招呼著張海生：「快，帶我去公安醫院。」

「你什麼都別做。林國棟仍然在逃，但抓到他只是時間的問題。」杜成急忙囑咐道，神色卻暗淡下來，「他殺了我的同事，現場有影片證據，這次他跑不掉的。」

紀乾坤轉身的動作一下子停下來。他低著頭，想了想，面向杜成。

「你的意思是，他受指控的罪名，是殺了那個員警？」

杜成有些莫名其妙：「當然。」

「不是因為殺害我妻子和那些女人？」

「這沒什麼分別。」杜成一愣，隨即就意識到紀乾坤的意圖，「林國棟面臨死刑的可能性很大。」

「也就是說，當他被送上法庭的時候，提都不會提我妻子的名字？」

「你聽我說，」杜成再也按捺不住，「我們現在可以合法地搜查林國棟的家，但是二十多年前的證據，能否還保留下來，我也沒法保證。」

「法庭只會關注一個員警被殺，對林國棟二十三年前幹了什麼不聞不問？」

「被殺的是我的同事，我的朋友！」杜成咆哮起來，他向前一步，抓住輪椅的把手，雙眼直視著紀乾坤，「我不管你怎麼想，這件事馬上就要結束了。你給我老老實實地待著，我會讓你看到林國棟伏法的那一天。」

「對你來講結束了。」紀乾坤毫不退縮地回望著杜成，「對我而言，沒有。」說罷，他就轉過身，搖動輪椅向張海生走去。

杜成看著他們消失在電梯間，心中憋悶，卻又無可奈何。他咬咬牙，轉身向副局長辦公室而去。

段洪慶在辦公室裡，正陪著一個哭泣的老婦坐在沙發上，不斷地安慰著她。沙發的另一側坐著駱少華，他半仰著頭，後腦頂在牆壁上，雙眼緊閉，臉上涕淚橫流。見杜成進門，老婦掙扎著站起來，一把揪住杜成的衣袖。

「成子、成子，」老婦的聲音既像哀慟，又像懇求，「這到底是怎麼回事啊，老馬好好的一個人，怎麼說沒就沒了？」

「嫂子，妳千萬節哀。」杜成扶著老婦坐下，「老馬是去救人，他至死也沒忘了自己是個員警。」

「我以為他退休之後，就不用整天擔驚受怕了，」老婦又痛哭起來，「這老東西，逞什麼能啊。」

老婦的哭聲在寂靜的辦公室裡回蕩著。杜成坐在她身邊，緊緊地握著那雙皺紋橫生的手，心中的悲苦無以復加。段洪慶低著頭，靠坐在辦公桌上，一言不發。駱少華還保持著剛才的姿勢，紋絲不動，淚水不停地在他臉上流淌著。

良久，老婦的哭聲漸止。她擦擦眼睛，長長地呼出一口氣：「老馬在哪？我要去看看他。」

「嫂子，妳還是別去了。」段洪慶面露難色，「保重自己的身體要緊。」

「不行。」老婦斬釘截鐵地拒絕。隨即，聲音又哽咽起來，「我不能讓他一個人孤零零的。」

段洪慶看看杜成，後者輕輕地點了點頭。

他按下桌上的呼叫器，讓祕書送老婦去殯儀館。

老婦離開之後，辦公室再次恢復了死一般的寂靜。段洪慶在辦公桌後枯坐半晌，起身幫杜成和駱少華各倒了一杯水。隨後，他拉過一把椅子，坐在沙發對面，目光在兩人的臉上來回掃視著。

「成子，說說吧。昨天晚上到底是怎麼回事，馬健為什麼會在現場？」

「大家心裡都清楚。」杜成「哼」了一聲，向駱少華努努嘴，「他更清楚。」

段洪慶掃了駱少華一眼，後者終於有所動作，彎腰，低頭，雙手插在頭髮裡，發出一聲嘆息。

「馬健為什麼知道我會去維景大廈？」杜成死死地盯著他，「你通風報信了？」

「他根本用不著我通風報信。」駱少華的腦袋抵在膝蓋上，聲音含混不清，「你在局裡有你的人，他也有他的嫡系。」駱少華抬起頭：「你的一舉一動，都在他的掌控之下。」

「你為什麼沒去？」

駱少華扭過頭，閉上了眼睛。

「你為什麼沒去？」杜成站起來，牙關緊咬。段洪慶急忙拉住他，卻被他一把推開。

杜成在駱少華面前站定，居高臨下地看著他。

「說話！」

話音未落，杜成揮起手，狠狠地打在駱少華的頭上。

段洪慶上身前傾，似乎想出手阻止。然而，他立刻收斂了動作，默默地看著杜成。

駱少華的頭被打得偏向一旁。他扭過頭，剛剛面對杜成，臉上又挨了重重一記耳光。

「該死的是你，」杜成目眥欲裂，指向駱少華的手不斷顫抖著，「該被捅死的人，是你！」

駱少華怔怔地回望著他，嘴角流淌出鮮血，臉上慘然一笑：「是啊，都是我的錯。」

「當初你把證據交出來，這一切都不會發生。」杜成攤開手掌，「老馬已經死了。如果你繼續隱瞞下去，他就死不瞑目。」

駱少華移開視線，輕輕吐出一個字：「不。」

「我操你媽！」杜成大怒，揮拳再打，「為什麼？」

段洪慶再也無法忍耐，攔腰抱住了杜成。

駱少華面無表情地看著不斷撕扯的兩人，一字一頓地說道：「就像你說的，老馬已經死了，我不能再讓他蒙受任何汙點。」

「你他媽放屁！」杜成拚命掙扎著，「老馬是為了救人，他至死都是個員警！你呢？你他媽就是一個不負責任的縮頭烏龜王八蛋！」

駱少華愣住了。良久，他緩緩地站起身來，對段洪慶說道：「段局，無論如何，一定要儘快抓住林國棟。如果他拒捕，就擊斃他。」說罷，他又面向幾欲沖自己撲來的杜成：「我犯下的錯，我自己承擔。」

隨即，他就搖晃著走到門旁，拉開門出去了。

段洪慶推開仍在掙扎的杜成，叉著腰站在辦公桌旁喘著粗氣。少時，他操起電話，飛快地按動著號碼。

「通知全域，把手頭的工作都給我放下，集中全部警力抓捕林國棟。」掛斷電話後，他指指杜成：「你負責帶隊。」

段洪慶看著杜成灰白、腫脹的臉，咬咬牙：「我不管你還能活幾天，你他媽就是撐，也得給我撐到林國棟歸案的那一天。」

魏炯推開病房的門，卻發現岳筱慧的病床上空無一人。他看看還剩餘一半藥液的點滴瓶和懸在半空的針頭，轉身去了護士站。

值班護士也不知道岳筱慧的去向。魏炯掏出手機，撥打岳筱慧的電話號碼，鈴聲響了很久，她卻一直不肯接聽。

魏炯無奈地掛斷電話，準備逐樓去找她。剛邁出幾步，他無意中瞥見了牆上的禁菸啟事，想了想，徑直向醫院外走去。

院子不大，魏炯很快就在花壇邊的長凳上發現了岳筱慧。她只穿著病號服，抱膝坐在長凳上吸菸。魏炯叫了她一聲，快步跑過去。岳筱慧循聲望來，隨即就面無表情地扭過頭去。

魏炯跑到她身邊，一把拉住她的胳膊：「妳瘋了？穿得這麼少，會感冒的。」

岳筱慧甩開他的手，依舊目視前方，又點燃了一支菸。

魏炯默默地站了一會兒，脫下羽絨服，披在她的身上。這一次岳筱慧沒有拒絕，只不過她依舊不看他，目光散淡地盯著在門診大樓裡進出的人群。

岳筱慧的長髮紮成一個馬尾，脖子上還敷著厚厚的紗布，在手臂上也能看出繃帶纏繞的形狀。

魏炯上下打量著她，低聲問道：「妳怎麼樣？」

良久，岳筱慧總算有了回應：「沒事，皮外傷。」

她抬起過頭，端詳著魏炯，最後把目光投向額角的紗布。

「你呢？」

「我也沒事。」魏炯笑笑，「縫了三針。」

岳筱慧也咧咧嘴，露出一個非哭非笑的表情。隨即，她就低下頭，把前額抵在膝蓋上。

「我睡不著，用了加倍的鎮靜劑也沒用。」岳筱慧的聲音低沉又模糊，彷彿從深深的地底傳上來一般，「一閉上眼睛，就看見血，鋪天蓋地，像瀑布一樣的血。」

魏炯在心底嘆了口氣，上前一步，攬住了岳筱慧的雙肩。女孩顫抖了一下，本能地向後躲避。隨即，她就順從地把頭靠在魏炯的懷裡。幾秒鐘後，魏炯感到女孩澈底放鬆了身體，幾乎是同時，嗚嗚的哭聲從濃密的長髮下傳了出來。

「都怪我，都是我的錯。」女孩的抽噎聲斷斷續續，魏炯很快就感到自己的胸口濕熱一片。他不知道該如何安慰岳筱慧，只能越來越緊地抱著她。

足足五分鐘後，岳筱慧的哭聲才漸漸停止。又過了一會兒，她從魏炯懷裡抬起頭來，輕輕地推開他。

「抱歉。」岳筱慧長長地呼出一口氣，情緒有所平穩。她用袖子擦去眼角殘留的淚水，指指魏炯的胸口，「把你的衣服弄濕了。」

「沒關係。」魏炯抬手在衣服上胡亂擦擦，「妳好好養傷，別亂想。」

「我沒辦法不想。」岳筱慧的眼眶又紅了，聲音再度哽咽，「我太自以為是了。否則那個員警也不會為了救我……」

「他叫馬健。」

「嗯。」岳筱慧用力點點頭，「我會記住他的。員警，馬健。」

魏炯默默地看著她：「筱慧。」

「嗯？」

「妳為什麼要那麼做？」

「那還用說？」岳筱慧有些吃驚地揚起眉毛，「我想抓住林國棟。」

「我問的不是這個。」魏炯拿出手機，「妳在傳給我的影片裡說，如果有機會，妳會向我解釋這麼做的原因。」

岳筱慧看了他一眼，扭過頭去，嘴角緊抿。

「妳很清楚，這樣做的風險極大，搞不好就會把自己的命都搭進去。」魏炯看著她，慢慢地說道，「妳體貼老紀，心疼杜成，痛恨林國棟，這些我都能理解。但是，這些都不足以讓妳甘願去冒生命危險。更何況，妳還有心願未了。」魏炯猶豫了一下：「妳還沒找到殺死妳媽媽的凶手。」

岳筱慧還是不說話，嘴唇卻開始顫抖。

「所以，我需要妳給我一個解釋。」魏炯彎下腰，直視著岳筱慧的眼睛，「妳為什麼要那麼做？」

良久，岳筱慧低聲說道：「我可以解釋給你聽，但不是現在。」說罷，她就站起身，脫掉羽絨服，遞還給魏炯：「我得回去了。」

剛走出幾步，女孩又轉過身來，上下打量著魏炯，表情複雜。

「你知道嗎，」岳筱慧笑笑，「你和過去不太一樣了。」

魏炯也笑笑：「也許是吧。」

女孩歪歪頭，若有所思。最後，她沖魏炯擺擺手，轉身向住院部大樓走去。

魏炯拎著羽絨服，目送女孩消失在住院部門口。隨即，他坐在長椅上，伸直雙腿，盯著自己的鞋尖出神。

我變了嗎？

是的。

這幾個月來，我見過最黑暗的罪惡，最強烈的情感，最凶殘的罪犯，最勇敢的員警。

岳筱慧也變了，因為她有了自己的祕密。

其實，我也有。

第三十二章　替身

到處都是他。

超市的門上、牆壁上、火車站的售票處、路燈桿上、銀行門口、地鐵站。

林國棟陰沉的目光掃視著這座城市。

杜成收回視線，把頭靠在車窗上。正在開車的張震梁看看他，把杯架裡的保溫杯遞過去。

「師父，先把藥吃了。」張震梁重新面對前方，「睡一會兒吧，從前天到現在，你沒怎麼合眼。」

「沒事。」杜成和水吞下藥片，「你再快一點。」

張震梁「嗯」了一聲，腳下用力踩著油門。

綠竹苑社區二十二棟樓四單元五〇一室。

張利民戴著頭套和腳套，口罩拉在脖子上，正背靠著牆壁抽菸。看見杜成三步並作兩步地爬上樓來，他皺了皺眉頭，掐滅了手裡的菸。

「你這身體，在局裡等我電話就好了。」張利民重新戴上手套，「有那麼急嗎？」

「有。」杜成繞過他，徑直向五〇一室內走去。通道踏板從入戶門延伸至廁所，杜成小心地踩著踏板，看見幾個技術人員還在地面上忙著。

「情況怎麼樣？」

「第四遍了。」張利民的聲音疲憊，「有魯米諾反應，但多數是灰塵，不太好辨認。」

他指指地面：「按你說的，每條瓷磚縫我都看了。你要找的血跡，是多久之前的？」

杜成看看他：「二十三年前。」

「你到底在查什麼案子啊？老馬不是前天出事嗎？」張利民瞪大了眼睛，「就算能找到，血跡被汙染的可能性很大，DNA能不能驗出來也不好說啊。」

杜成的臉色陰沉，拍了拍張利民的肩膀說了句「辛苦了」，就回到客廳，環視室內。

紀乾坤心有不甘，其實，杜成也是。林國棟將為殺死馬健承擔刑事責任，固然是他罪有應得。然而，如果二十三年前的連環命案就此不明不白地結束，杜成同樣覺得難以釋懷。之前沒有對林國棟採取強制措施，就是因為取得證據的可能性極其渺茫，現在雖然可以合法地對他家進行搜查，卻依舊困難重重。

杜成的目光依次掃過沙發、抽屜櫃、餐桌和電視架，林國棟強姦、殺人現場肯定在這裡，其中作為分屍現場的廁所裡最有可能還存有物證，然而現場勘查的結果不容樂觀。那麼，還能從哪裡找到蛛絲馬跡呢？

房間裡的大部分家具、物品都更換過，完全沒有勘查價值。即使是那些使用至今的，經過多年擦洗，也幾乎不可能還有證據留下來。

杜成眉頭緊鎖，踩上另一塊踏板，陳舊的地板不堪重負，發出吱呀的聲音。

杜成心裡一動，向腳下看去。

棕黃色的水曲柳地板，表面陳舊，油漆斑駁，接縫處多已裂開。他又把視線投向臥室，從他的角度，恰好能看到牆角處擺放的單人床。木床的樣式老舊，床單和臥具相對新一些。杜成想了想，揮手招呼身後的張震梁：「把通道打到臥室裡。」

通道踏板很快鋪設完畢，杜成走到床邊，打開手電筒，伏低身子查看床底。床下地板的磨損程度要差一些，地板表面是厚厚的一層灰塵。杜成站起身來，示意同事們把床搬開，他趴在床鋪邊緣，上半身探向地板，逐寸仔細查看著。

大團灰塵堆積在地板上，杜成屏住呼吸，仔細查看過去，生怕自己的氣息會把灰塵吹跑。漸漸地，他的額頭上沁出了細密的汗水，臉色也憋得通紅。忽然，他的眼睛一下子睜大了，把臉更近地貼向地板。

隨即，杜成向身後伸出手：「鑷子。」

張震梁急忙從勘查箱裡抽出一把鑷子遞過去，杜成反手接過，眼睛始終死死地盯著牆角的地板縫隙。

他把鑷子伸向地板，小心地選取著角度，最終，從地板縫裡夾出了一樣東西。

杜成在床鋪上慢慢起身，手中的鑷子始終舉在半空。每個人的注意力都在鑷子尖上，一時間，室內鴉雀無聲。

看起來，那只是一團灰塵。但是，如果仔細分辨的話，能看到其中夾雜著幾根長短不一的毛髮。

魏炯繞過幾個在走廊裡蹣跚獨行的老人，徑直走向紀乾坤的房間。和平時不同，房門不是虛掩，而是緊閉。魏炯試著推了一下，門從裡面鎖住了。

幾乎是同時，一陣慌亂的聲響從室內傳出，隨即，老紀的聲音響起來：「誰啊？」

魏炯心下納悶，應道：「是我，魏炯。」

門的另一側暫時安靜下來，隱約能聽到有人在竊竊私語。片刻，房門打開，張海生探出了半個腦袋。

「老紀不太舒服，剛吃了藥，準備睡覺，你改天再來吧。」

「哦？」魏炯皺起眉頭，「他怎麼了？」

「感冒。」張海生的語氣和表情都頗不耐煩，「你走吧。」

說罷，他就縮回去，關上了房門。

張海生鎖好房門，轉過身，看到紀乾坤紮好一個塑膠袋，隨手扔在腳下，頓時大驚失色。

「你他媽輕一點行嗎？」張海生緊靠在門板上，似乎隨時準備奪路而逃，「我他媽還要命呢。」

紀乾坤笑了笑。在他面前的小木桌上，擺滿了塑膠袋、導管和電線之類的物品。他拿著一張紙，仔細地清點著這些物品，核對完畢，他抬起頭，發現張海生還站在門旁。

「你怎麼還不走？」

「老紀，你究竟打算害我到什麼時候？」張海生仍是一臉恐懼地看著小木桌，「就算你不告發我，我他媽早晚也得進去。」

「害你？我給你錢了。」紀乾坤向後靠坐在輪椅上，雙手交叉，意味深長地看著張海生，「你別急，就快了。再說，你應該能猜出我要幹什麼。到時候，你不說，我不說，死無對證，誰拿你都沒辦法。」

「死無對證」這四個字並沒有讓張海生有半一點哀傷的表情，相反卻有些如釋重負。他站在原地，想了想。「那我走了。」

紀乾坤正在拆一卷電線，頭也不抬地「嗯」了一聲。

「那個，交通費和餐費……」

紀乾坤從衣袋裡抽出三百塊錢扔過去：「三天的費用，先用著。」

張海生撿起錢，塞進衣袋裡，轉身去拉門，聽到紀乾坤又叫住他。

「你聽好，」紀乾坤摘下眼鏡，目光灼灼，「他只要出門，穿著打扮，服飾神態，隨身物品，都要向我彙報。聽懂了嗎？」

張海生突然感到莫名的心慌。他胡亂點點頭，匆匆拉開房門，走了出去。

魏炯走到養老院的院子裡，回頭看看紀乾坤房間的窗戶，厚布窗簾緊緊地合攏，完全看不到室內的情況。他的表情顯得很疑惑，搖搖頭，向院門外走去。

剛走出鐵門，魏炯就看到牆邊倚靠著一個人，竟然是岳筱慧。

「妳怎麼來了？」魏炯吃驚地打量著她。岳筱慧脖子上的紗布還在，整個人看起來也很疲憊。

「我就知道你會在這裡。」岳筱慧向小樓努努嘴，「見到老紀了？」

「沒有。」魏炯搖搖頭，「據說是病了，閉門不出。」

岳筱慧的臉上看不出表情，她走到鐵門口，遠遠地看著紀乾坤房間的窗戶，一言不發。

「妳的傷還沒好，跑出來幹嘛？」魏炯走近她，看到她的手背上清晰的針孔，「我送妳回醫院吧。」

岳筱慧忽然嘆了口氣，頭也不回地走向路邊，揮手攔下一輛計程車。

「跟我走。」

一路上，岳筱慧始終沉默不語，魏炯幾次想發問，都沒敢開口。女孩身上原有的那種堅固的東西，現在變得越來越硬，幾乎像盔甲一般，不容擊破。

半小時後，計程車停在一個居民社區外。岳筱慧付清車費，自顧自下車，向社區內走去。魏炯不明就裡，只能緊緊地跟在她身後。

進入園區後，岳筱慧一路看著樓號，最後停在某棟樓下。隨即，她環視四周，選定了對面的一棟國民住宅，徑直向前走去。

進入樓門，二人爬到二樓露臺處。岳筱慧踮起腳尖，透過窗戶向對面看看，轉身對魏炯說道：「把窗臺上的東西搬下去。」

魏炯照做，費力地把四個花盆和一袋玉米搬到地上。岳筱慧始終盯著對面那棟樓，神情專注。

魏炯擦擦汗，終於忍不住了。

「這是哪裡？」

岳筱慧並不看他，只是向窗外揚揚下巴：「五樓，駱少華的家。」

「嗯？」魏炯更加驚訝，「妳怎麼知道的？」

「很簡單，先冒充報社記者，做退休員警人物專訪，打電話給鐵東分局，要到他家裡的電話號碼。再冒充快遞人員，說快遞單上的地址不清楚，要到他家裡的地址。接電話的是個老太太，估計是他妻子。」岳筱慧笑笑，語氣輕描淡寫，「駱少華在二〇〇五年當選過本市十大傑出人民公安，網上有他的照片，錯不了的。」

魏炯聽得目瞪口呆，想半天，又想到一個問題。

「妳為什麼要跟蹤他？」

「我要抓住林國棟。」岳筱慧轉過頭來，眼眶中已經盈滿淚水，「我要為馬健做一點事。」

魏炯怔怔地看著她：「我還是不明白。」

岳筱慧無奈地笑了笑。她低下頭，旋即抬起，雙眼緊盯著對面那棟樓。

「林國棟要想逃離本市，只能向一個人求助。這個人，就是駱少華。」

「監視駱少華？」張震梁彈菸灰的動作做了一半，「有必要嗎？」

杜成看著他，點點頭。

距離案發已經過去兩天，林國棟依舊在逃。鑒於離開本市的各條交通要道都已經被警方布控，可以肯定的是，林國棟仍然躲在這個城市的某個角落裡。對林國棟家的搜查結果表明，他的身分證、銀行卡和存摺都留在家裡，那麼林國棟身上攜帶的現金應該不多。而且，沒有身分證，他沒法購買火車票、機票或者長途汽車票，一旦彈盡糧絕，他連生存下去都困難。

以林國棟的性格，即使到了山窮水盡的地步，也絕不會主動自首，他肯定會想盡一切辦法去謀求逃離。他在本市沒有親人，就算出院後重新建立了一些社會關係，現在大街小巷都貼滿了他的通緝令，同樣不會有人幫他。

唯一能夠給予他財物的，只有駱少華。

雖然兩人互為死敵，但是駱少華始終有把柄握在林國棟的手裡。誰是貓，誰是鼠，其實很難判定。林國棟一旦落網，難保他不會拚個魚死網破，把駱少華當年徇私枉法的事情抖出來。因此，駱少華幫助林國棟出逃，就能各保平安。從現在的情況來看，林國棟已經撐不了多久，也許他很快就會聯繫駱少華，對其進行要脅，以求謀得財物繼續潛逃。

「嗯，有道理。」張震梁轉頭面向高亮，「照做吧。」

高亮應聲而動，起身走到門旁，剛拉開門，就和衝進來的段洪慶撞了個滿懷。

「你小子沒長眼睛啊？」段洪慶手裡捏著一張紙，臉色焦急，「冒冒失失地幹嘛去？」

「不是，我……」高亮一時間手足無措，最後指指杜成，「老杜讓我去監控駱少華。」

「駱少華？監控他有個屁用。」段洪慶把那張紙拍在桌子上，「先查這個。」

杜成和張震梁湊過去看，發現那是一張城鎮居民資料的列印文件。

「寬城分局拿過來的案子。」段洪慶的聲音中還帶著微微的氣喘，「昨天晚上，有人在寬城立交橋下被搶了錢。被害人叫周復興，根據他的描述，嫌疑人特徵和林國棟高度符合。」

高亮脫口而出：「他在寬城區？」

「重點不是這個。」段洪慶瞪了高亮一眼，「錢包裡有幾百塊錢現金，至於銀行卡什麼的都對林國棟沒用。唯一有價值的，就是……」

他把手按在那張列印文件上。

「身分證。」

金鳳端著一杯熱茶，在書房門上輕輕地敲了兩下。

室內沒有回應，她嘆了口氣，推門而入。

書房裡窗簾緊閉，光線昏暗，空氣混濁。在檯燈的照映下，大團煙氣讓駱少華顯得影影綽綽。他坐在書桌前，左手扶額，右手夾著半截菸，面前是一本攤開的相冊。

金鳳把茶杯放在桌子上。駱少華扭過頭去，臉上的濕跡反射出微微的光。金鳳默默地看著哭泣的老伴，伸手攬住他的肩膀。

一連幾天他都是這個樣子，不停地翻看著一些老東西。第一次授銜時佩戴的警銜、已經作廢的警官證、手銬的鑰匙、皮質槍套、警用匕首以及一些舊照片。

不停地抽菸，水米未進。

金鳳抱著駱少華，看著相冊裡的一張照片。馬健、杜成、駱少華並肩而立，身上是橄欖綠色的「八三式」制服。馬健居中，雙手分別搭在杜成和駱少華的肩膀上，咧開大嘴笑著。杜成的襯衫領子敞開，沒戴警帽，正指著鏡頭說著什麼。駱少華則是制服筆挺，腰板順直，臉上還帶著靦腆的笑。

另一張照片裡，醉醺醺的駱少華穿著西裝，胸前還戴著紅花，頭髮裡滿是彩色紙屑。杜成站在他身後，將駱少華雙手反剪，一臉壞笑。馬健在駱少華身前，舉著一瓶啤酒，捏住他的雙頰，正往他嘴裡灌著。背景裡，金鳳一身大紅旗袍，摀著嘴看他們胡鬧。

金鳳的心裡一軟，這是他們結婚的那天。

當年那個身體壯碩、鐵骨錚錚的小夥子，現在變成一個頭髮花白的老頭，正倔強地扭著頭背對著妻子，無聲地哭泣著。

金鳳抱著他，一遍遍地在他頭髮上摩挲著。在她的懷裡，駱少華全身僵硬，不斷地顫抖。

良久，客廳裡傳來手機的鈴聲。

金鳳拍拍駱少華的肩膀，起身去客廳拿手機。駱少華趁機擦擦眼睛，把臉擦乾淨。

金鳳舉著手機，把臉湊到螢幕前，一邊往臥室走，一邊小聲讀著來電號碼。

「誰打來的？」

「不知道，陌生號碼。」金鳳把不斷鳴叫、震動的手機遞給他。

駱少華看著手機螢幕，盯著那個電話號碼，想了想，按下了接聽鍵。

「喂？」

聽筒裡無人回應，只能隱約聽到車鳴、人聲和有意壓抑的呼吸。不用費心分辨，駱少華從那呼吸聲就知道來電者是誰。

「林國棟，」駱少華垂下眼皮，「你在哪裡？」

足足半分鐘後，輕輕的笑聲從聽筒裡傳來。

『你真行。』林國棟的聲音粗啞，『見個面吧。』

駱少華緊緊地捏住電話，塑膠外殼咯吱作響：「好。」

『我需要錢。』

「多少？」

『你現在有多少？』

「兩、三萬吧。」

『行，都帶來，還有你的車。』林國棟頓了一下，語氣突然變得誠懇，『這買賣你不吃虧。抓住我，對你一點好處都沒有。我保證不再回來了，大家都好好過個晚年吧。』

駱少華沉默了幾秒鐘：「在哪裡見面？」

『一小時後，興華北街和大望路交會處的 The One 咖啡店。』林國棟又笑了笑，『你一個人來，這不用我提醒吧？』

駱少華直接掛斷了電話。他低頭看著照片上馬健的臉，突然感到前所未有的平靜。

對周復興的身分證的監控很快就有了結果。有人用這張身分證在金華大廈旁邊的火車票代售點購買了一張四月二日下午三點三十六分開往遼寧省丹東市的火車票，透過調取該代售點安裝的監控錄影，四月一日早上九點二十三分在此處購買火車票的人為林國棟無疑。

「3·29殺人案」專案組立刻召開緊急會議，安排部署進行林國棟的抓捕。首先，繼續對網咖、洗浴中心、旅館等場所加強排查，特別是使用過周復興身分證的地點；其次，與鐵路公安分局密切配合，在進出站口、售票處、安檢櫃檯、候車大廳等地安排警力；再次，派專人值守天網系統調度指揮中心，一旦發現林國棟的蹤跡，立刻對其進行抓捕；最後，鑒於林國棟計畫潛逃的目的地是位於中朝邊境的丹東市，不排除他會偷渡出境的可能性。專案組立刻與邊防及邊檢部門取得聯繫，提前準備應對措施。

老長官被害，分局的小夥子們個個摩拳擦掌，踴躍參戰，唯獨杜成始終一言不發，若有所思。

會議結束，各單位緊鑼密鼓地行動起來。

此時，距離林國棟登上那趟列車還有四個小時。

駱少華回到臥室，金鳳一臉疑惑地跟著他，卻被他關在了門外。

他在床邊坐了幾分鐘，最後捏緊雙拳在膝蓋上敲了兩下。隨即，他俯身探向床底，拉出一個老式皮箱，打開來，掀起幾件舊衣服後，從箱底抽出一個牛皮紙檔案袋。

牛皮紙檔案袋上的字跡已經模糊，邊角有幾處破損。駱少華打開檔案袋，裡面是一個用塑膠袋包裹得密不透風的長方形物品。他耐心地一層層拆開，一塊遮陽板和寫有字跡的紙張露了出來。

駱少華把遮陽板拿在手裡，反復端詳著，視線停留在背面那個黑褐色的斑點上很久。隨即他從床頭櫃裡拿出剪刀，沿著遮陽板的邊緣，把背面的整塊不織布拆了下來。

最後，他站起身，在臥室裡環視一圈，把不織布和那張紙塞進牛皮紙檔案袋裡，走出了臥室。

穿好衣褲，戴上黑色毛線帽，駱少華倒空斜背包，去書房拿了幾本書，連同牛皮紙檔案袋一起塞進斜背包裡。臨走時，他從書桌上的物品裡找出一把警用匕首，揣進了衣兜。

金鳳坐在客廳的沙發上，始終一言不發地看著駱少華的動作。最後看到他走到門廳，穿上皮鞋，再也忍不住了。

「少華。」

駱少華聽到她的呼喚，渾身一顫。然而，他沒有停，繼續慢慢地繫好鞋帶，背上斜背包。抬手去開門的時候，他猶豫了一下，轉身走向金鳳。

金鳳看著駱少華。他走到妻子面前，久久地凝望著她，最後伸出一隻手撫上她的臉頰。那隻手皺紋橫生，冰冷刺骨。

「我犯了一個錯誤，很大的錯誤。」駱少華柔聲說道，聲音中既有疲憊，也有決絕，「這個錯誤害死了老馬。現在，我要去糾正這個錯誤。」

淚水從金鳳的眼中湧出，她抓住駱少華的手，搖著頭，無聲地懇求著。

不要，不要去，不要離開我和這個家。

駱少華一動不動地站在原地，目不轉睛地看著從未如此美麗的妻子。多好的女人，多好的生活。可是……

金鳳突然感到臉上的那隻手飛快地抽離，再抬頭時，只來得及看見駱少華的衣角在門口一閃而出。隨著鐵門關閉的轟響，駱少華已經來到走廊裡，把那聲撕心裂肺的呼喊也關在了身後。

飛奔下樓的時候，駱少華感到眼淚在臉上恣意流淌。在最後的時刻來臨之前，他只能允許自己脆弱這麼一小會兒。當他走出樓門的那一刻，淚水已經被擦乾，通紅的雙眼中只有燃燒的恨意。

駱少華掏出打火機，從斜背包裡拿出那個牛皮紙檔案袋，點燃了其中一角，扔進了走道旁邊的垃圾桶。

他要為馬健復仇，同時，要把所有可能為馬健帶來汙名的一切都消滅掉，包括那個牛皮紙檔案袋裡的證據。

還有那個人。

駱少華看看手錶，下午一點十分，距離和林國棟見面的時間還有四十分鐘。

他點燃一支菸，快步向路邊的桑塔納轎車走去。

「嗯？」魏炯的眼睛一下子瞪大了。他飛快地翻動著手機，將對面樓下的那個男人和手機裡的圖片進行對比。

沒錯，就是駱少華。

他急忙俯身推推岳筱慧，女孩坐在一個水果箱上，背靠著他的腿，睡得正香。

駱少華一連幾天都沒有出門。穩妥起見，魏炯和岳筱慧每天都監視到很晚才回校。幾天下來，魏炯漸漸感到力不從心，更不用說尚未傷癒的岳筱慧。

女孩在魏炯的搖晃中醒來，一時間暈頭轉向，不知道發生了什麼。

「快，駱少華出來了。」

聽到這句話，岳筱慧頓時精神抖擻。她蹭地一下跳起來，趴在窗戶向樓下張望著，眼見駱少華向一輛深藍色轎車走去，她急忙拉著魏炯跑下樓。

兩人跑到園區門口，恰好看見駱少華關上駕駛座的車門，很快從路邊駛離。岳筱慧抬手攔下一輛計程車，魏炯扭頭看看那個還在冒煙的垃圾桶，跟在岳筱慧身後上了計程車。一路跟蹤。計程車尾隨駱少華的桑塔納轎車，最終來到興華北街和大望路交會處。

駱少華停好車，在路邊張望了一下，走進一家名為「The One」的咖啡館。

岳筱慧指示計程車在十幾公尺外的地方停車，付清車費後下車。魏炯還在為她剛才要計程車司機跟蹤時的理由哭笑不得。

「那是我爸，我要看看和他約會的小三是誰。」

岳筱慧看著咖啡館，表情興奮：「他不可能還有心思喝咖啡，和他見面的肯定是林國棟。」說罷，她就要穿過馬路，直奔咖啡館而去。魏炯一把拉住她。

「幹嘛？駱少華又沒見過我們，怕什麼？」岳筱慧驚訝地問道，隨即臉色一沉，「今天你別想阻止我。」

「駱少華沒見過妳，但是林國棟見過。」魏炯指指咖啡館，「如果被他看見妳也在，肯定會逃跑。」

岳筱慧想了想，點點頭：「看來你還挺有用。」

魏炯苦笑一下，拉著她走進咖啡館對面的一家肯德基。選了一個靠窗的位置坐定，魏炯說道：「我們就在這裡等，一旦發現林國棟，就立刻報警。妳不許擅自行動，聽到了嗎？」

岳筱慧胡亂點點頭，目光始終緊盯著咖啡館的門口。

在他們的頭頂，隔著一層天花板，林國棟坐在肯德基餐廳二樓靠窗的位置，慢慢地喝下一口咖啡。

兩分鐘前，林國棟看見穿著棕色羽絨服、戴著黑色毛線帽的駱少華穿過馬路，走進對面的咖啡館。他身上的綠色斜背包鼓鼓囊囊的，想必已經把現金準備好了。

林國棟看看手錶，現在是下午一點四十分。他還要再等一會兒，觀察周圍的動靜，確認沒有員警埋伏之後，再去和駱少華見面。

咖啡的味道不怎麼樣，卻是他這幾天喝過最好的東西。林國棟咂咂嘴，開始暢想幾小時後的美食和自由。

進站口旁邊的書報攤主，售票處門口拎著黑色行李箱的男青年，在站前廣場掃地的清潔人員，舉著小旅店招牌攬客的婦女。

這是從望遠鏡裡能看到的部分，火車站外已經在警方的控制之下。張震梁更加清楚的是，在火車站內部，大量便衣員警正混雜在候車的人群中，密切關注著B5檢票口。

他放下望遠鏡，看看手錶，現在是下午兩點鐘，距離發車還有一個半小時左右。

「林國棟不會來得太早。」張震梁轉身面對杜成，「你先躺一會兒吧。」話音未落，他就愣住了。

杜成正站在警務室的窗前往外看，手裡正把一整盒止痛藥從錫箔紙板裡剝出來。

他面色枯黃，臉龐浮腫得更加厲害。腹部漲得像一面鼓似的，繃在上面的皮帶彷彿隨時會斷開。

杜成把止痛藥全塞進嘴裡，擰開一瓶礦泉水，咕嘟嘟喝下了半瓶。

張震梁看著他，心中半是焦慮半是擔憂。

「師父。」

「嗯？」杜成擦擦嘴，艱難地咽下滿嘴藥片，「你剛才說什麼？」

「沒什麼。」張震梁扭過頭，不忍再看，「你休息一下吧。」

「不用。」杜成抽出一支菸叼在嘴裡，「挺得住。」

「林國棟應該會趕在發車前才會出現。」張震梁繼續堅持，「你養足精神，不用這麼早就做準備。再說，還有我們呢。」

杜成沉默了一會兒，扭頭望向窗外。

「我沒在想他什麼時候來。」杜成吐出一口煙氣，「而是他會不會來。」

看起來，這家咖啡館的生意比較冷清。魏炯和岳筱慧在馬路對面的肯德基餐廳裡瞭望了大概二十分鐘，沒看到有顧客進出。駱少華和對方約定的時間尚不得知，現在能做的，只有等待。

魏炯開始沉不住氣，不停地掏出手機，又收回去。

岳筱慧注意到他的動作，不解地問道：「你怎麼了？」

魏炯抓抓頭皮：「我想聯絡一下杜成。」

「沒必要。」岳筱慧重新把視線投向咖啡館門口，「如果他抓到了林國棟，會立刻告訴我們的。最起碼，他需要我去指認犯罪嫌疑人。」

「我不是這個意思。」魏炯搖搖頭，「剛才駱少華下樓的時候，把一樣東西點燃了，扔進了垃圾桶。」

「哦？」岳筱慧瞪大了眼睛，「是什麼？」

「好像是一個檔案袋。」魏炯看著她，神情猶豫，「所以我想讓杜成幫忙分析一下，那會不會是他一直想要的證據。」

「你不早一點說。」岳筱慧坐直身體，眉頭緊鎖，臉上大有責怪之意。

魏炯頓時慌亂起來，訥訥說道：「當時急著去跟駱少華。」

「算了，即使現在趕回去，那東西也被燒得一乾二淨了。」岳筱慧想了想，「燒掉，駱少華這是破釜沉舟的架勢啊。」她捏緊拳頭：「他要見的肯定是林國棟，沒錯。」

魏炯心裡稍稍輕鬆了一些。就算二十三年前的連環殺人案的證據已經被燒掉，林國棟殺死馬健這件事也足夠送他上刑場。如果今天能夠抓到林國棟，那麼一切都會結束。

他看看神情專注的岳筱慧，突然聽到女孩的肚子裡傳來咕嚕嚕的響聲，這才意識到兩個人還沒有吃午飯。

「妳餓了吧？」魏炯站起身來，「要不要先吃一點東西？」

「嗯，隨便什麼都行。」岳筱慧始終盯著咖啡館，頭也不回地答道。

魏炯掏出錢包，向櫃檯走去。剛邁出兩步，就聽見岳筱慧「咦」了一聲。

他下意識地回頭，看見岳筱慧正一臉驚訝地看著自己，同時手指著窗外。

「妳看。」

魏炯順著她手指的方向望去，頓時吃了一驚。

那個站在咖啡館門口，不停地向裡面窺視的人，是張海生。

魏炯轉頭看向岳筱慧，恰好遇到她同樣疑惑的目光。

他為什麼會出現在這裡？是湊巧嗎？

張海生已經轉過身，背對著咖啡館的落地窗，掏出手機撥打電話。因為相距甚遠，他和對方的通話內容不得而知，但是從表情上來看，張海生神態緊張，似乎在催促著什麼。

魏炯和岳筱慧面面相覷。

張海生的突然出現，讓本來似乎明朗的局勢變得複雜起來。他來這裡做什麼？正在與他通話的人是誰？他顯然正在觀察咖啡館裡的某個人。那個人，會不會是駱少華？

如果是，那麼這就不是一個巧合。

火車北站的站前警務室。

「師父，你的意思是……」張震梁挑起眉毛，「林國棟不會來？」

「嗯。」杜成摁熄菸頭，「我覺得有一點不對勁。」

「如果林國棟虛晃一槍，對他沒有任何好處啊。」張震梁皺皺眉頭，「他身上的錢已經不多了，留在這個城市越久，他就越被動。」

「他肯定想儘快逃跑。」杜成沉吟著，「最讓我覺得奇怪的就是，他為什麼沒這樣做？」

「嗯？」

「搶劫和盜竊不一樣，被害人立刻就會知道財物被奪走。」杜成的表情越來越凝重，「林國棟在三月三十一日晚搶劫，卻沒有立刻拿著身分證去買火車票逃離本市，而是第二天去購買了第三天下午才發車的車票，這不是很反常嗎？」

張震梁也意識到整件事情的不同尋常之處，狠狠地吸著菸，腦筋飛速轉動。片刻，他捏緊了拳頭，狠狠地捶了桌子一下。

「他在給我們留下部署的時間。」

「我也是這麼想的。」杜成掰著手指，「被害人報警需要時間，寬城分局出警需要時間，把嫌疑人的體貌特徵和林國棟的通緝令進行比對需要時間，案件移管需要時間，我們分析判斷他的意圖需要時間，部署抓捕行動也需要時間。」

「可是，如果不坐火車逃跑，他怎麼出城？」

杜成沉默不語。

張震梁想了想：「讓小高繼續監控那張身分證。如果再使用過，馬上通知咱們。」

杜成抬頭看看他。

張震梁急忙解釋道：「我們在火車北站蹲守，萬一林國棟再買一張從火車南站出發的火車票，那就措手不及了。」

「不可能。」杜成直接否定了他的推斷，「林國棟根本就不會讓咱們知道他坐的火車車次，否則乘警會馬上摁住他，他根本就不會坐火車逃跑。」

「坐飛機或者長途巴士？」張震梁連連搖頭，「他買不起飛機票，坐長途巴士也需要用身分證購票，同樣會暴露行蹤。」

他已經把自己逼近了思維的死循環裡：「走高速公路收費站就有他的通緝令，立刻就會被拿下啊。」

杜成簡單地吐出兩個字：「國道。」

張震梁愣了一下，隨即恍然大悟：「他媽的，我們的警力都部署在火車站，國道那邊的卡子已經撤得差不多了。可是，他沒錢也沒車，就算坐計程車，到了目的地，拿不出錢來，一樣脫不了身啊。」

是啊，林國棟需要錢或者車輛，否則他在這個城市裡插翅都難飛。

杜成想了想，重新把思路繞回到起點。

「震梁，你讓小高定位駱少華的手機，馬上。」

興華北街和大望路交會處。

幾分鐘後，一輛計程車緩緩停靠在「The One」咖啡館門前。一直在路邊等候的張海生立刻走上前去，卻沒有拉開車門，而是打開了計程車的後車廂。

看到他從後車廂裡拿出一副折疊輪椅的時候，魏炯已經意識到自己的猜測得到了證實。

身穿黑色棉服、頭戴淺灰色毛線帽、斜背著一個黑色皮包的紀乾坤被張海生抱出車來，安置在打開的輪椅上。隨即，張海生幫紀乾坤蓋好毛毯，把輪椅推到門口，自己先進了咖啡館。

紀乾坤在門口等了大概五分鐘後，才搖動輪椅進去，透過玻璃門的時候，魏炯隱約看到紀乾坤的手揮動了一下，似乎把某樣東西扔進了門口的花盆裡。

魏炯轉頭看看岳筱慧，後者正用同樣詫異的目光回望著他。

難道駱少華約見的是紀乾坤？

事情越來越讓人摸不著頭腦了。

在印象中，紀乾坤和駱少華並沒有接觸過，更談不上見面。那麼，兩個人為什麼要在這個咖啡館見面？

岳筱慧先坐不住了，她掏出手機：「要不要打個電話給老紀？」

魏炯搖搖頭。紀乾坤此前對自己避而不見，這幾天也是音信全無。看起來，他正在做一件不想讓自己和岳筱慧知道的事情。此刻打電話給紀乾坤，他肯定不會接聽，即使接聽，也勢必不會如實相告。

「再等等。」

這一等，就是足足十分鐘。

咖啡館的落地窗是茶色玻璃所製，加之陽光的反射，完全看不清室內的狀況，更無從得知駱少華和紀乾坤會面的情形。正當魏炯和岳筱慧即將失去耐心的時候，咖啡館的門開了，張海生推著紀乾坤走了出來。

紀乾坤垂著頭，似乎神態頹唐，整個人都畏縮在輪椅裡，衣領和淺灰色毛線帽子幾乎把臉全部遮住。張海生推著輪椅走到路邊，抬手攔下一輛計程車。他先把紀乾坤抱進車內，又把輪椅折疊好，塞進後車廂裡，上車離去。

兩個人目送計程車消失在街角，心中的疑團越來越大。

「難道，」魏炯想了想，「老紀想要駱少華交出證據？」

「有可能。不過看樣子駱少華沒答應。」岳筱慧撇撇嘴，「他不可能答應，說不定都把證據燒掉了。」

「如果駱少華剛才燒掉的是證據，他根本沒必要來見老紀啊。」

「不知道。當面道歉，再給經濟補償什麼的也說不定。」岳筱慧眼見抓捕林國棟的計畫落空，心中既失望又焦躁，「接下來怎麼辦？」

魏炯想了一下：「沒辦法。待會等駱少華出來，咱們繼續跟著他吧。」

岳筱慧顯得很不甘心。不過眼下也沒有更好的選擇，她也只好點頭同意。

兩人收拾好東西，準備等駱少華出了咖啡館就到路邊叫車，跟著他返家或者去另一地點。然而，五分鐘過去了，駱少華仍然沒有出門。岳筱慧再也按捺不住，霍然站起身來。

「不管了，我倒要看看他到底在搞什麼鬼。」

魏炯急忙拉住她。女孩卻態度堅決，一把甩開他的手臂，大步向門口走去。魏炯無奈，只能緊跟著她走出了肯德基餐廳。

兩人穿過馬路的時候，林國棟喝乾了杯子裡的最後一口咖啡，從衣袋裡掏出一張名片，看了看樓下街角的投幣式電話亭。

名片是從一家飯店門口拿到的，可以預約代駕服務。林國棟慢慢地下樓，走出肯德基餐廳，向電話亭走去。

他已經確認咖啡館周圍並沒有警方設伏，而且林國棟清楚地知道，本市的大部分警力此刻都守候在火車北站，等著他「自投羅網」，在國道上設卡攔截的員警已經寥寥無幾。他只需要一個人開車帶他出城，自己則在後座上佯裝醉酒，蒙頭大睡，這樣逃脫的可能性很大。

林國棟走進電話亭，摘下話筒。他的手機在殺死那個員警當晚就扔掉了，現在他只能靠這個來對外聯絡。從衣袋裡翻找硬幣的感覺讓他有些惱怒，因為那是他最後一點錢了。不過，想到駱少華身上那個滿滿的綠色斜背包，他又開心起來。

林國棟哼著不成調的曲子，按動電話上的數字鍵。

咖啡館裡果然顧客很少，魏炯和岳筱慧站在門口，一眼就看到背對著他們、坐在咖啡館中廳的駱少華，棕色羽絨服，黑色毛線帽。

魏炯向岳筱慧使了個眼色，拉著她坐在門旁。服務員走過來，魏炯要了兩杯熱巧克力，打發她離開。

兩個人相對而坐，裝作打量咖啡館的陳設，餘光不時瞟向駱少華。

他安靜地坐在一個雙人卡座上，背影紋絲不動，面前的桌子上擺著一只綠色斜背包。

岳筱慧看著那只斜背包，突然心念一動。

「魏炯，剛才老紀出來的時候，」岳筱慧湊向他，低聲問道，「你看到他帶來的那個黑色皮包了嗎？」

「嗯？」魏炯想了想，「好像沒看到。」

他皺起眉頭，難道紀乾坤把皮包留給了駱少華？如果是這樣的話，皮包裡是什麼呢？

魏炯下意識地向駱少華那張桌子上看去，剛轉過身，耳邊就傳來岳筱慧的低喝聲：「別回頭！」

幾乎是同時，魏炯聽到身後的風鈴叮噹作響。玻璃門被推開，有人進來了。

魏炯急忙坐正身體，低下頭。幾秒鐘後，他抬起眼睛，看見岳筱慧面向桌面，眼角卻盯著自己的側後方，臉色慘白。

身後有腳步聲，不疾不徐，正朝駱少華的方向走去。腳步聲停止。岳筱慧飛快地扭過頭，面對落地窗，聲音低微卻清晰：「林國棟。」

這三個字讓魏炯的心跳驟然加快。

他低聲問道：「妳確定嗎？」

岳筱慧用左手擋住臉頰，點了點頭。

魏炯咬咬牙，慢慢轉過身，向駱少華的桌旁看了一眼。

沒錯。那個拉開椅子，正要坐在駱少華對面的人，正是林國棟。

魏炯一下子感到全身緊繃。他重新面對岳筱慧，低聲說道：「打電話給杜成，快！」

岳筱慧同樣是一臉緊張。她悄悄地拿出手機，解鎖螢幕，快速翻找著通訊錄。

魏炯看著手機螢幕上不斷滑動的人名，心裡不斷地催促著她。

突然，岳筱慧的手停住了，她盯著手機螢幕上方，發出一聲小小的驚呼。隨即，她退出通訊錄，打開了無線網路設置介面。

魏炯被弄糊塗了，心中越發焦急，幾乎是咬牙切齒地小聲問道：「妳在幹嘛？」

岳筱慧沒有回答，臉上是難以置信的表情。她把手機遞給魏炯。

在可用無線網路列表中，兩行字分外清晰：

六十歲的老紀頭。

已連接。

第三十三章　執念

林國棟看著駱少華的背影，走到他對面，拉開椅子坐下。

「車鑰匙……」一句話還沒說完，林國棟就愣住了。面前這個穿著棕色羽絨服、戴著黑色毛線帽的人抬起頭來，雖然也是六十歲左右的年紀，然而，他並不是駱少華。

「對不起。」林國棟立刻站起身來，「我認錯人了。」

「林國棟，」陌生人的雙手都在桌子下面，點頭示意他坐下，「你沒認錯。」

林國棟瞪大了眼睛：「我不認識你。」

陌生人笑笑，向桌上的綠色斜背包努努嘴：「這不是你要的東西嗎？」

林國棟想了想，又慢慢坐回到他的對面。

「你是誰？」林國棟打量著綠色斜背包，「駱少華呢？」

「他已經走了。」陌生人的視線始終沒有離開林國棟的臉，「你今天要見的人，就是我。」

半小時前。

張海生站在咖啡館的落地窗前，向四處掃視一番，最後轉身向咖啡館內望去。

沒錯，坐在中廳的雙人卡座上，面對門口的那個人，正是駱少華。

張海生掏出手機，撥通了一個電話號碼。

「喂，你到哪了？快點，對，就是他，什麼？你瘋了吧，不行……」

他轉過身，看看咖啡館裡的駱少華，後者面色凝重地盯著桌面。

張海生在門口來回踱步，語氣焦躁。

「你他媽是想把我送進去吧？你說，多少？」

他停下腳步，快速眨著眼睛，臉上顯現出孤注一擲的神色。

「兩萬，一分都不能少。」張海生又補充了一句，「最後一次。以後你的事就跟我沒關係了。」

隨即，他就掛斷電話，雙手插在衣兜裡，不斷地深呼吸，似乎在幫自己加油打氣。

幾分鐘後，計程車停在咖啡館門口。張海生先把輪椅從後車廂裡拿出來，打開，又把紀乾坤抱下車，安放在輪椅上。

他的目光始終死死地盯著紀乾坤身上的黑色皮包，一臉恐懼。

「好了。」紀乾坤在輪椅上坐定，「你先進去，坐在他附近。」

張海生應了一聲，又問道：「錢呢？」

「在我身上。」紀乾坤抱著黑色皮包，表情平靜，「完事了就給你。」

張海生微微點頭，轉身走進了咖啡館。

紀乾坤坐在輪椅上，面對著馬路，氣定神閒，彷彿一個正在曬太陽的殘疾老人。

五分鐘後，他看看手錶，轉身搖動輪椅，向咖啡館內走去。

經過玻璃門的時候，他從衣袋裡掏出一個長方形、用黃色膠帶包裹的小紙包，扔進了門口的花盆裡。

坐在咖啡館中間位置的駱少華抬起頭，看了看紀乾坤，隨即又低下頭。

紀乾坤目不斜視，沿著過道向駱少華緩緩走去，直奔櫃檯。經過駱少華的桌子的時候，他突然「哎喲」一聲，腿上的手機應聲落在地上，翻滾進桌底。

紀乾坤在輪椅上費力地彎下身子，伸長手臂，試圖撿起地上的手機。駱少華轉過頭，看他力不從心的樣子，說了聲「我來吧」，就彎腰去桌底撿手機。

在他俯身的一瞬間，紀乾坤迅速伸出手，把一個白色的小藥片扔進了駱少華面前的咖啡杯裡。

駱少華直起身來，把手機遞給紀乾坤。老人連連道謝，駱少華覺得他似曾相識，卻想不起曾在哪裡見過。當然，此刻他也無暇分心，只是點點頭，就繼續盯著桌面出神。

紀乾坤搖著輪椅來到櫃檯前，要了一杯摩卡咖啡。隨即，他從櫃檯旁的書報架裡抽出一份報紙，邊等咖啡邊翻看著，餘光不時瞟向駱少華。

駱少華看看手錶，端起咖啡杯喝了一口，立刻皺了皺眉頭。

他看著咖啡杯裡泛著泡沫的黑褐色液體，突然覺得天旋地轉。

紀乾坤立刻丟掉報紙，脫下外套和皮包，摘下帽子，掏出衣兜裡的東西揣進褲袋裡。他扭頭向櫃檯裡看看，服務員正背對自己，操作著咖啡機。

紀乾坤向坐在駱少華斜前方、正在小口啜著一杯柳橙汁的張海生點點頭。後者立刻起身，快步走到已經趴倒在桌面上的駱少華身旁，三兩下脫下了他的黑色羽絨服。

紀乾坤搖動輪椅走到他們身旁，彎下腰，將黑色皮包塞進駱少華的座位下。張海生把他抱到駱少華對面的椅子上，又把駱少華的衣服甩給他，自己則把紀乾坤的外套穿在昏迷的駱少華身上，戴好帽子。

短短兩分鐘內，張海生已經把駱少華放在輪椅上，蓋好毛毯。紀乾坤也被安坐在座位裡，兩人的外套已經對調過來。

張海生已是滿頭大汗，他沖紀乾坤點點頭：「錢呢？」

「在我枕頭下面。」紀乾坤笑了笑，向門口努努嘴，「快走。」

「你他媽不是說……」

紀乾坤收斂了笑容：「走！」

張海生瞪了他一眼，推著駱少華向門口走去。

此時，服務員在櫃檯內喊道：「先生，你的咖啡好了。」

張海生沒有回頭，快步走出咖啡館。

服務員聳聳肩，把咖啡杯放在了櫃檯上。

紀乾坤抓過桌面上的黑色毛線帽套在頭上，豎起衣領遮住臉。這時，他注意到桌面上的綠色斜背包，打開來，發現裡面只有幾本書。他想了想，似乎猜到了這些書本的真正用途，臉上露出一絲笑容。

隨即，他從衣袋裡取出兩樣東西，分別捏在左右手裡，低下頭，安靜地等待著那個人。

「我跟你沒什麼好說的。」林國棟直接抓起綠色斜背包，打開來，眼神中的期待瞬間就煙消雲散了。

紀乾坤發出一聲輕笑。

林國棟的臉色變得灰白，他把斜背包倒轉過來，幾本書劈裡啪啦地落在桌面上。他仍不死心，拎著斜背包連連抖動，然而裡面已經空空如也。

他把斜背包狠狠地摔在地上，指著紀乾坤，凶狠地喝道：「我的錢呢？」

紀乾坤似乎對林國棟的狼狽神態非常開心。他彷彿一隻玩興正濃的老貓，正在撥弄著垂死的老鼠，臉上的笑意更甚。

情況有變，不宜久留。林國棟咬著牙，起身欲走。

紀乾坤立刻低喝道：「坐下！」

隨即，他把右手放在桌面上，掌心裡捏著一個黑色的長方形塑膠盒，上面還有一個紅色的按鈕。

「看看你的座位下面。」

林國棟盯著他，緩緩坐回座位，分開雙腿，飛快地向座位下看了一眼。一個黑色皮包放在自己身下。

他立刻抬起頭，望向對面的陌生人。

紀乾坤臉上的笑容已經消失不見，他向林國棟晃晃手裡的塑膠盒：「我只要按下這個按鈕，保證你連骨頭渣子都剩不下。」

林國棟抖了一下，直勾勾地看著他：「你到底是誰？」

紀乾坤沒有立刻回答，而是深深地吸入一口氣，又緩緩吐出。

「一九九一年八月五日晚上，你劫持了一個女人，強姦並殺害了她。」紀乾坤的表情變得陰沉冷峻，「之後，你將她肢解成十塊，先後扔在一七七公路邊、建築設計院家屬區門前的垃圾桶內、紅河街一六三號、羊聯鎮下江村水塔旁邊。我說得對嗎？」

他的語調平緩，不見鋒芒，卻好像一把刀子似的，切開了林國棟的大腦，把那些隱藏在記憶深處的畫面一一挖出，血淋淋地展現在林國棟的眼前。

林國棟盯著這個陌生的男人，嘴唇顫抖著，一句話都說不出來。

「她的屍體被發現的時候，除了一只銀灰色高跟涼鞋，一絲不掛。」紀乾坤繼續講述著，「她的衣物想必被你銷毀了。不過，她的錢包裡有一張身分證，你應該看到了。」

林國棟面如死灰。

眼前這個人，是索命的厲鬼。

「她叫馮楠，三十歲，是個愛笑的大眼睛女人。」紀乾坤停頓了一下，再開口的時候，語氣緩慢又清晰，「我是她的丈夫。」

林國棟緊緊地閉上眼睛，雙手抱頭，從喉嚨裡發出一聲低低的呻吟。

紀乾坤一言不發地看著他，拇指始終停在那個紅色按鈕上。

良久，林國棟抬起頭，從牙縫裡擠出幾個字：「你要幹什麼？」

「我要幹什麼？」紀乾坤彷彿在自言自語，隨即，他笑了笑，「我找了你二十三年，一直想知道你是個什麼樣的人。」

「你怎麼找到我的？」

「該提問的人不是你。」紀乾坤搖搖頭，「而是我。」

林國棟死死地盯著他：「我要是不回答你呢？」

「我們可以這樣耗下去。」紀乾坤聳聳肩膀，「我已經等了二十三年，不在乎再多等一會兒。」

林國棟的嘴唇卷起來，牙齒咬得咯吱作響。

「好，你說。」

紀乾坤瞇起眼睛，上半身前傾：「你，為什麼要殺死我妻子？」

林國棟想了想：「我只能說，她在錯誤的時間，出現在一個錯誤的地點，遇到了一個……」他的語氣緩慢，目光遊移，眼角不停地瞟向紀乾坤握住黑色塑膠盒的右手。同時，他的手在桌面上一點點向對方靠近。

「你最好坐著別動。」紀乾坤立刻察覺到他的意圖，整個人向後靠坐，同時用手臂把鐵桌向他推過去。林國棟的後背頂住立柱，身下的椅子和雙腿都被卡在鐵桌下，一時間不能動彈。

「繼續說！」

這聲低喝讓林國棟不敢再輕舉妄動，同時也把正走過來的服務員嚇了一跳。

「二位，」他猶豫再三，還是走到桌旁，「請問想喝一點什麼？」

「什麼都不要。」紀乾坤的雙眼須臾不肯離開林國棟，「走開。」

他的強硬態度讓服務員非常不滿：「先生，如果不消費的話，請你們……」

「走開！」紀乾坤揮揮手，「讓所有人都離開，我這裡有炸彈。」

令人意外的是，服務員並沒有害怕，而是把托盤拄在桌面上，一臉鄙夷地看著紀乾坤：

「老頭，鬧事是吧？」

紀乾坤抬起頭看看他，又看看林國棟，發現後者也用半信半疑的目光回望著自己。

他無奈地搖了搖頭，從桌子下伸出左手，手裡同樣握著一個帶有紅色按鈕的黑色塑膠盒，他按動了一下。

幾乎是同時，咖啡館門口的花盆裡發出一聲巨響。碎片、泥土和花草四下飛濺，玻璃門也被炸碎，冷風頓時倒灌進來。

咖啡館裡安靜了幾秒鐘。

隨即，為數不多的幾個顧客尖叫著衝出了咖啡館，桌椅被撞倒，乒乒乓乓地響成一片。

被嚇得蹲坐在地上的服務員用餐盤護住頭，連滾帶爬地向外跑去。剛跑到門口，他踩到碎玻璃片，腳下一滑，重重地摔倒在地面上。

他急忙爬起來，顧不得查看手上的割傷，沖著門旁一張桌子後的年輕男女喊道：「快跑，那老頭身上有炸彈！」

那對年輕男女只是定定地看著在咖啡館中廳對坐的兩人，沒有動。

杜成一手握著方向盤，一手舉著電話，聽筒裡傳來張震梁急促的聲音。

『火車剛剛開走。被你說中了，林國棟根本沒上車。』

「車站裡搜了嗎？」

『正在搜，每個月臺我們都沒放過。今天下午出發的所有火車上，我們都聯繫了乘警，以防他混到別的車上逃走。』

「我知道了。」

『師父，你在哪？』

「我馬上要到那個咖啡館了。讓小高繼續定位駱少華的手機，如果位置有變化，立刻告訴我。」

『好，師父你小心點。』

「放心。」

杜成掛斷電話，急轉方向盤，從興華北街駛入大望路。

剛剛轉過街角，他就聽到前方傳來一聲巨響。

他本能地降低車速，目瞪口呆地看著前方一百公尺的一間臨街店鋪裡冒出大團濃煙，屋頂的招牌上，「The One」幾個字母清晰可辨。

杜成狠踩油門，疾駛到咖啡館門前，看見幾個人正尖叫著從門裡跑出來。他暗罵一聲，解開安全帶，跳下車，向咖啡館跑去。

門廊內已是一片狼藉，泥土、花草遍地。玻璃門被炸碎，只剩下金屬邊框懸掛著。杜成掩住口鼻，在濃煙中慢慢探入室內。視線模糊，他只能看見咖啡館裡翻倒的桌椅，以及在中廳內對坐的兩個人。

背對著自己的那個人身分不明，看衣著，似乎是駱少華，而在他對面的那個人，正是林國棟。

杜成退回門外，掏出手機，快速按動著號碼。

「震梁，馬上帶人到興華北街和大望路交會處的 The One 咖啡館，林國棟在這裡。」杜成搧開眼前的濃煙，「還有，叫防爆隊過來。」

紀乾坤咬緊牙關，感覺雙耳中嗡嗡作響。

坐在他對面的林國棟雙手抱頭，半伏在桌面上，驚魂未定地看著門口。

「那只是個小玩意兒。」紀乾坤指指林國棟座位下的黑色皮包，「這個的威力是它的幾十倍。」

林國棟兩眼血紅，身上、臉上都是灰塵：「你他媽瘋了！」

「現在只剩我們兩個人了。」紀乾坤舉起手中的遙控起爆器，「你繼續說。」

林國棟歇斯底里地吼道：「你他媽到底讓我說什麼？」

「你為什麼要殺死她？」紀乾坤也失去了控制，「你為什麼要殺死我老婆？」

「老紀！」

突然，紀乾坤聽見身後傳來一聲呼喝。他下意識地轉過頭，頓時目瞪口呆。

魏炯和岳筱慧並排站在過道上，正小心翼翼地一點點靠近他。

「老紀，你……」魏炯始終盯著紀乾坤的右手，「你可千萬別胡來。」

紀乾坤已是方寸大亂：「你們怎麼知道我在這裡？」

「你帶著那個隨身 Wi-Fi 吧？」岳筱慧晃晃自己的手機，眼中滿是驚恐，「自動連上了。」

紀乾坤緊緊地閉了一下眼睛，旋即睜開，表情顯得非常懊惱。他重新面對林國棟，微微側頭：「你們兩個，馬上走！」

「老紀，你冷靜點。」魏炯慢慢地走到桌旁，手指著林國棟，「員警馬上就到，他跑不了的。」

「走！」

魏炯急了，還要上前勸說，卻感到自己的肩膀被人牢牢地扳住。他轉身望去，是杜成。

「你們兩個，馬上離開這裡。」杜成看著紀乾坤，面如沉水，「老紀，我現在要逮捕林國棟，你也跟我一起走。」

「他哪都不能去。」紀乾坤並不看他，始終盯緊林國棟，「我也一樣。」

「老紀，事情的真相已經查清了。」杜成竭力緩和語氣，「我保證林國棟會得到應有的懲罰。你沒必要……」

「什麼樣的懲罰？故意殺人罪？嗯，對，他殺了一個員警。」紀乾坤打斷了他的話，情緒又激動起來，「但是那又怎樣？我老婆呢？在法庭上連她的名字都不會提起！」紀乾坤坐直身體：「所以，應該由我來審判他。」他戳戳自己的胸口，「在我的法庭上。」

一時間，咖啡館裡安靜下來。

法官表情肅穆，坐在他對面的被告人被卡在座位上，抖得像一片落葉。

杜成臉色鐵青。他咬咬牙，從腰間拔出手槍，喀嚓一聲扳下擊錘。

「老紀，你別逼我。」

「是你們在逼我，」紀乾坤看也不看他，語氣堅決，「這是我和他之間的事，與其他人無關。你們馬上離開，我不想傷及無辜。」

杜成暗罵了一句，拉起魏炯向門外退去。

魏炯跟著他走了幾步，發現岳筱慧還站在原地，紋絲不動。他立刻掙脫了杜成的手，返回岳筱慧身邊。

密集的各色車輛排在大望路與安華街交會處，等待前方的交通信號燈變成綠色。一分鐘後，這條路恢復通行，十幾輛車陸續越過停止線，飛速向前行駛。突然，車流中的一輛計程車似乎失去了控制，在路面上呈S形扭動起來，在它四周的車輛紛紛轉向避讓，憤怒的鳴笛聲響成一片。

失控的計程車又向前蜿蜒蛇行了幾十公尺後，戛然而止。一個中年男子從副駕駛座上跳出來，跑到馬路中央，一臉驚恐地向計程車內看著。幾乎是同時，後車門打開，一個身穿黑色棉服、頭戴淺灰色毛線帽的老年男子從車內鑽出，搖晃著繞過車尾，直奔駕駛座而去。

他揪下頭上的毛線帽摔在地上，拉開車門，把計程車司機拉出來。司機仰面摔倒在路面上，眼睜睜地看著老年男子坐進駕駛座，發動了汽車。

一個急速掉頭之後，這輛計程車沿著來時的方向，疾馳回去。

越來越多的人聚集在咖啡館門口，好奇地向室內窺視著。他們看著咖啡館廳內或坐或立的五個人，紛紛猜測到底是什麼原因導致了剛才的爆炸。說討債的有之，說感情糾紛的有之，更有甚者，斷言是境外的恐怖分子潛入本市搞破壞。

這時，急促的警笛聲由遠及近。很快，幾輛警車和救護車、消防車飛速而至。張震梁從一輛警車中跳下來，一邊指揮同事們封鎖現場，一邊向咖啡館內跑去。

一進門，他就看到了面色凝重的杜成和正在發抖的林國棟。

「師父，」張震梁快步走到桌旁，立刻發現了紀乾坤手裡的遙控起爆器。他不假思索地拔出手槍，對準紀乾坤的頭，同時看看杜成。

「這什麼情況？」

「封鎖這條街，疏散群眾。」杜成沒有回答他，直接下達命令，「讓防爆隊、消防和急救隨時待命。」

「好。」張震梁放下槍，目光又在遙控起爆器上停留了幾秒，「要不要找人和他談？」

「沒用。」杜成眉頭緊鎖，「我自己來吧。」

張震梁點點頭：「師父，你自己小心。」說罷，他就轉身向門口走去。剛邁出幾步，張震梁的眼睛一下子瞪大了。

一個穿著黑色棉服的老人踉踉蹌蹌地穿過破碎的玻璃門，搖晃著衝了進來。

「駱少華，」張震梁注意到他手裡握著一把長柄螺絲刀，急忙攔住他，「你要幹什麼？」

駱少華眼神散亂，渾身綿軟，似乎隨時可能癱倒在地上。面對張震梁擋在他身前的手臂，駱少華就勢扶住，站穩身體後，又一把推開他，直奔著林國棟撲過去。

在魏炯和岳筱慧的驚呼聲中，杜成快步上前，握住駱少華的手腕，反手一擰，將他放倒在地上，同時奪去了他手裡的螺絲刀。

「你他媽想幹什麼？」

駱少華坐在地上，右手腕被杜成牢牢鉗住。然而，他似乎仍不甘心，掙扎著向林國棟爬去，嘴裡含混不清地低吼著：「殺，殺了他！」

杜成的表情複雜，神色中既有憤怒也有悲苦。他揮揮手，示意張震梁把駱少華拖出去。

張震梁應了一聲，俯下身子，雙手穿過駱少華的腋下，拖著他向門口走去。

駱少華依舊神志不清，雙腿在地上無力地踢打著，腦子裡似乎只剩下一個念頭。

「我殺了他。」

紀乾坤始終冷眼旁觀。

「哼。」他沖對面的林國棟揚揚下巴，「看來，今天想幹掉你的人，不止我一個。」

話音未落，在場的人都聽到了一陣突如其來的手機鈴聲。

紀乾坤皺皺眉頭，伸手從身上那件棕色羽絨服的衣袋裡掏出一部手機。

他看了一眼螢幕，遞給杜成。

「找駱少華的。」

杜成接過手機，看到螢幕上顯示出「老伴」兩個字，他扭頭看看剛剛被拖出門去的駱少華，按下了接聽鍵。

「嫂子，我是成子。妳先別問這個了。」杜成嘆了口氣，「少華沒事，妳別過來了，他真的沒事。好吧，我們在興華北街和大望路交會處。」

他掛斷電話，俯身面向紀乾坤。

「老紀，我現在去跟駱少華談談，他手裡有林國棟殺人的證據。」杜成頓了一下，「你給我一點時間。」

紀乾坤的嘴角抽動了一下，吐出三個字：「半小時。」

「好。」杜成直起身子，轉頭看看魏炯和岳筱慧，「你們……」

岳筱慧站著沒動，魏炯看看她，轉身對杜成搖了搖頭。

杜成似乎對此早有預料，臉上沒有太多惱怒的表情。他拍了拍紀乾坤的肩膀，快步向門口跑去。

咖啡館內又靜下來，四個人一言不發，圍著桌子或坐或立。

良久，紀乾坤嘆了口氣，語氣變得溫和：「你們找個地方坐吧，坐遠一點。」

兩人照做。只不過，他們各拿了一把椅子，坐在了桌子旁邊。

岳筱慧看看林國棟座位下的黑色皮包，向它努努嘴：「就是這個？」

「嗯。」紀乾坤笑了笑，「我是個癱瘓，沒把握能幹掉他，只能用這種手段。」

岳筱慧也笑了：「你果真不是個簡單的小老頭。」

緊張的氣氛一下子緩和下來。

紀乾坤用左手撐著座椅，慢慢調整著坐姿。緊繃的全身開始放鬆，他甚至發出了一聲愜意的呻吟。

魏炯上前扶住他，幫他盡可能舒服地靠坐在座椅上。

「謝謝啦。」紀乾坤長長地呼出一口氣，「你們兩個今天沒有課嗎？」

「有啊。」岳筱慧撇撇嘴，「回去肯定要挨罵了。」

「那怎麼辦？」紀乾坤想了想，「就說在幫警方抓通緝犯。」

「拉倒吧。」魏炯苦笑一聲，「誰會信啊？」

三個人都笑了。

一直低頭不語的林國棟抬起頭來，難以置信地看著面前笑作一團的他們。自己的座位下面放著一個威力巨大的炸彈，門口是大批荷槍實彈的員警，而這三個人，居然在討論如何編造蹺課的理由。

「喂！」林國棟吼了一聲，「我餓了。」

三個人的笑聲突然停了，齊刷刷地把目光投向林國棟，似乎剛剛發現他也坐在這裡。緊接著，岳筱慧抄起桌上的咖啡杯，向林國棟臉上潑去。

「你給我閉嘴！」

紀乾坤想抬手阻止，但是已然來不及。不過，看著滿頭滿臉都是深棕色液體的林國棟，他似乎也心有快慰。想了想，紀乾坤從褲袋裡摸出兩張百元鈔票，遞給魏炯。

「去，從櫃檯裡拿一點吃的，估計你們也餓壞了。」

幾分鐘後，桌子上擺好了幾個托盤，上面堆滿了甜甜圈、蛋糕、漢堡和比薩餅，旁邊還有幾瓶果汁。

天色已經漸漸暗下來，咖啡館內的燈光也不甚明亮，落地窗外閃爍的紅藍警燈顯得更加刺眼。從咖啡館裡望出去，能看見大批表情凝重的員警圍在門口，不時向室內窺探著。各種彙報情況、下達命令的聲音混雜著對講機的電流聲，從破碎的玻璃門中傳進咖啡館裡，不絕於耳。

在這樣的氛圍下，四個人圍坐在桌旁，默不作聲地吃喝。老紀吃得既慢又少，魏炯和岳筱慧也沒什麼胃口，各自吃了一個甜甜圈，就小口啜著果汁。林國棟倒是擺出一副豁出去的架勢，兩手齊上，大快朵頤。只不過，他的吃相既難看又瘋狂，每樣食物只啃了幾口就丟掉，再伸手去抓另一樣。很快，各種吃剩的食物就在他周圍散落了一地。

漸漸地，林國棟也吃不下了。他打著飽嗝，擦擦嘴，向紀乾坤伸出手去。

「有菸嗎？」

紀乾坤看看他，伸手在衣袋裡摸索著，果真發現了一盒菸和打火機。他沒有理會林國棟，而是把菸遞給了魏炯。

魏炯心領神會，抽出一支菸遞給林國棟，又幫他點燃。

紀乾坤看看手錶，稍微盤算了一番，臉色變得暗淡。

「魏炯、筱慧，你們走吧。」紀乾坤抬起頭，對兩個人笑了笑，「還有五分鐘。」

魏炯一下子愣住了，半晌，才結結巴巴地說道：「老紀，再等等好嗎，杜成也許……」

「不可能。」紀乾坤搖搖頭，「駱少華如果肯交出證據，也沒必要來殺林國棟。」紀乾坤從衣袋裡掏出一把警用匕首：「他已經做好準備了。」

魏炯想起那個燃燒的檔案袋，心頭大亂。

「謝謝你們陪我走完這最後一段路。」紀乾坤拍拍魏炯的肩膀，目光慈祥，「謝謝，我沒有遺憾了。」隨即，他面向林國棟：「剩下這幾分鐘，就留給我和他吧。」

突然，林國棟嘎嘎地笑起來。

「是啊。」林國棟盯著手裡那半截香菸，又嘬了一口，「我也有話要對你說。」

其餘三人立刻安靜下來，怔怔地看著他。

「你是不是想知道，你老婆臨死前是什麼樣的？」

一股寒意從魏炯心頭掠過。他轉頭望向紀乾坤，後者抖了一下，臉色變得慘白。

「你說吧。」

「其實，在那四個女人之中，我最喜歡的就是你老婆。」林國棟慢條斯理地吐出一口煙，歪著頭，用眼角瞟著紀乾坤，「腿長，胸也大，皮膚又白又嫩。我爽極了。」

「你閉嘴！」魏炯喝道。

他不敢去看紀乾坤的臉色，卻清晰地聽到他的牙齒在咯吱作響。

「我幹了她兩次，愛不釋手。」林國棟用手指碾碎菸頭，雙臂交叉，抱在胸前，瞇起眼睛看著紀乾坤，「不過，玩過她之後，我還是得殺了她。她一直在求我，讓我放過她什麼的。」

他伸出雙手，五指張開，又握在一起，緩緩合攏。

「你老婆的脖子那麼細，根本沒讓我費太大的力氣，嘎嘎……」

紀乾坤死死地盯著他，臉色由白轉青，握住遙控起爆器的手上青筋暴起。

「我殺了你老婆之後，就把她抱進浴缸裡。」林國棟似乎對紀乾坤的反應很滿意，語調更加輕鬆，字字清晰，「我打算先鋸下她的頭。當我鋸開她的脖子的時候，你猜怎麼著？」

林國棟上身前傾，臉上帶著微笑，彷彿在講一個無比好笑的段子：「她動了。我在鋸掉你老婆的腦袋的時候，她還活著。」

岳筱慧霍地站起，揚手給了林國棟一個結結實實的耳光。

「住手！」

發出怒喝的是紀乾坤。他全身顫抖著，臉色青黑，似乎連呼吸都難以為繼：「你們倆，出去，馬上！」

「老紀，他想激怒你。」魏炯急了，伸手去抓紀乾坤的肩膀，「你別上他的當！」

咖啡館已經被員警重重包圍，林國棟絕無可能逃跑，與其被送上法庭，還不如在這裡和紀乾坤同歸於盡。如果紀乾坤徹底失去理智，陪葬的甚至可能還有另外兩個年輕人。

我不吃虧。林國棟這樣想著，一心求死的欲望更強。

他凸起眼睛，向紀乾坤手裡的遙控起爆器努努嘴：「動手吧，你這個窩囊廢。你不是一直想殺我嗎？來啊，來啊！」

「閉嘴！」魏炯轉過頭，連連搖動紀乾坤，「老紀，你冷靜一點。」

「出去！」紀乾坤甩掉魏炯的手，指向門口，「我給你們五秒鐘的時間。五……」

「老紀！」魏炯急得大腦一片空白，「你這樣做，最開心的是林國棟。」

「四……」

「他想一死了事，你別那麼傻。」

「三……」

魏炯跳起來，想去搶紀乾坤手裡的遙控起爆器，卻被他當胸推開。

「二……」

林國棟面如死灰，閉上了眼睛。

魏炯大罵一聲，轉身拉起岳筱慧就跑。讓他意想不到的是，岳筱慧掙脫開他的手，一步站到了林國棟身後。

「紀乾坤，你沒有資格殺他。」

紀乾坤愣住了，壓在紅色按鈕上的拇指稍有鬆弛。隨即，他的五官就扭曲在一起，歇斯底里地吼起來：「我沒有？」紀乾坤騰地舉起手，指向林國棟，「他殺了我老婆！」

「你殺了我媽媽！」

咖啡館外的一輛依維柯警車裡，杜成費了好一番工夫，駱少華仍然是神志不清，胡言亂

語，始終在車座上掙扎踢打，嘴裡念叨著「林國棟」、「殺了他」。最後，再也按捺不住的杜成把一整瓶礦泉水都淋在駱少華頭上，他才稍稍平靜下來。

杜成半跪在車廂內，捏起駱少華的下巴：「老駱、老駱，看著我。」

駱少華雖然不再掙扎，卻垂著頭，閉著眼，含混不清地嘟囔著。

杜成心頭火起，掄起巴掌，左右開弓，狠狠地抽了駱少華幾個耳光。

駱少華的臉立刻紅腫起來，痛擊之下，他的眼睛總算睜開了。

「老駱，你今天約見林國棟的目的，大家心裡都清楚。」杜成盯著駱少華的眼睛，後者目光散亂，似乎無法聚焦，「你還記得紀乾坤嗎？」

這個名字讓駱少華的注意力稍有恢復，眼神中也有了生機。

「紀乾坤？好像是……」

「對。」杜成沒有時間解釋給他聽，急切地說道，「現在情況是這樣，紀乾坤帶著炸彈劫持了林國棟，咖啡館裡還有兩個人。」

駱少華怔怔地回望著杜成，眼中半是疑惑半是恐懼。

「紀乾坤要炸死林國棟為妻子報仇。如果他這麼幹了，後果難以想像。我只有讓他相信，林國棟會為那四起連環殺人案受到法律制裁，他才肯罷手。」杜成坐直身子，一字一頓說道，「所以，我需要你把林國棟當年強姦殺人的證據交給我。」

駱少華似乎用了很久才明白杜成的意思。隨即，他慢慢地低下頭，苦笑了一下。

「證據，的確在我這裡。」

杜成立刻追問道：「是什麼？」

「林國棟曾經借開過一輛白色的東風牌皮卡車，我手裡有他的借車記錄。」駱少華的聲音細微，似乎在自言自語，「在那輛車的副駕駛遮陽板背面，我發現了其中一個死者的血跡。」

聞聽此言，杜成心中喜怒參半，喜的是終於找到了林國棟作案的證據，怒的是駱少華居然真的把這兩份證據隱瞞了二十三年。

「東西在哪裡？」杜成拍拍駕駛座上的一個年輕員警，示意他發動警車，「在你家？咱們馬上去拿回來。」

「晚了。」淚水從駱少華的眼睛裡湧出來，「我已經把它們燒掉了。」

杜成繫安全帶的動作做了一半，轉過頭，直直地盯著駱少華。

半晌，他才從牙縫裡擠出幾個字：「為什麼？」

「我原本的計畫是毀掉證據，再殺了林國棟。二十三年前的錯案，就再沒有人知道了。」駱少華看著杜成，語氣哽咽，「我無所謂，就算判死刑也無所謂，因為一切都是因我而起，但是，我不能讓馬健死後再被蒙上任何汙點。」

杜成心底一片冰涼。幾秒鐘後，他揮起一拳，狠狠地砸在車門上。指節處傳來的刺痛讓他的臉抽搐起來，同時，另一個聲音在腦海裡不斷地告誡著他：冷靜，要冷靜。

他看看手錶，大概七分鐘之後，紀乾坤就會引爆炸彈，和林國棟同歸於盡。

杜成快速行動起來，他命令駕駛座上的年輕員警立刻把副駕駛座上的遮陽板拆下來。隨即他從斜背包裡掏出圓珠筆，又從筆記本上撕下一張白紙，坐到駱少華身邊。

「那個借車記錄表上的內容你還記得吧？」他把紙筆塞進駱少華懷裡，「寫下來。」

駱少華有些莫名其妙：「你要幹什麼？」

「做份假證據給紀乾坤看。」杜成接過年輕員警遞來的遮陽板，翻過來，從身上拿出警用匕首，「只要他交出引爆器，什麼都好辦。」

杜成用匕首刺破手指，擠出一滴血，小心地蘸在遮陽板背面。回頭再看，駱少華呆呆地看著自己手裡的遮陽板，動也不動。

「你他媽還愣著幹什麼？快寫啊！」

「這個遮陽板是塑膠的。」駱少華苦笑一下，「我手裡那塊，背面是不織布的。」

「沒事，紀乾坤又沒見過。」杜成強壓怒火，擦擦手指，又催促道，「你快寫。」

「但是林國棟見過，你能保證他不戳穿你嗎？」駱少華依舊不動，「如果我是他，與其等著上法庭、挨子彈，還不如瞬間就被炸成碎片。」

「那他媽怎麼辦？」杜成一下子爆發了，他揪住駱少華的衣領，連連搖動著，「你讓我怎麼辦？眼睜睜看著這裡被炸飛嗎？啊？」

突然，依維柯警車的車門被拉開了，一臉焦急的金鳳出現在車外，身後還跟著張震梁。

「成子，你……」金鳳懷裡抱著一個布包，伸手去拉杜成的胳膊，「你放開他。」

杜成看看金鳳，又看看駱少華，狠狠地把他推在座位上，自己坐在旁邊，喘著粗氣。

駱少華怔怔地看著老伴，喃喃說道：「妳怎麼來了？」

金鳳沒說話，扶著車門，上下端詳著自己的丈夫。突然，她揚起手，狠狠地抽了駱少華一記耳光。

這個動作似乎耗盡了她的全身力氣，整個人向後仰倒過去。

張震梁急忙扶住她，駱少華也探出了半個身子，拉住金鳳的衣袖。

金鳳甩開他，摀住胸口，大口喘息著。待呼吸稍稍平穩後，她指著駱少華，顫抖著說道：「少華，這一耳光，我是替女兒和外孫打的。你這樣丟下我們，還算個男人嗎？還算是爸爸和爺爺嗎？」

駱少華的眼中盈滿淚水，他抬起一隻手伸向金鳳：「老伴，我……」

話音未落，駱少華的眼前一花，臉上又挨了一記耳光。

金鳳的嘴唇變成了灰白色，氣息更加急促：「這一耳光，我是替馬健打的，他錯看了你這個沒出息的兄弟。」

一時間，車廂裡一片寂靜。

「震梁已經把一切都告訴我了。」金鳳伸出一隻手，輕輕地撫摸著駱少華紅腫的臉，語氣變得溫柔，「犯了錯，就認錯。這沒什麼好怕的。馬健為了救人，死得堂堂正正，他沒抹黑了員警這兩個字，可是你呢？」

駱少華低下頭，全身顫抖著。

「少華，別怕。該擔的責任，咱們擔著。」金鳳摩挲著他的頭髮，動作輕緩，「別讓你的老夥伴們小瞧了你。不管判你幾年，我和孩子們都等著你。」

終於，駱少華摀住雙眼，放聲大哭。

撕心裂肺的哭聲在狹窄的車廂裡回蕩著。有憤恨，有絕望，更有深深的悔意和歉疚。

杜成神色暗淡，拍了拍駱少華的肩膀。張震梁看看手錶，輕輕地叫了他一聲。

「師父。」

杜成抬起頭，緊咬嘴唇，似乎在做出一個艱難的選擇。

「把那兩個孩子弄出來。」他揮揮手，「讓狙擊手做好準備。」

「不用了。」金鳳突然轉過身，把懷裡的布包遞給杜成。

杜成一愣，下意識地接過來，打開，發現裡面是一個邊緣已經燒焦的牛皮紙檔案袋。

岳筱慧雙手握拳，死死地盯著紀乾坤，胸口劇烈地起伏。

她剛才說出的那句話，彷彿一支利箭，瞬間就穿透了紀乾坤的心臟。他只能目瞪口呆地回望著岳筱慧，大腦一片空白。

林國棟也非常震驚，扭頭去看岳筱慧。

良久，女孩緊繃的身體一下子鬆弛下來。她用手摀住眼睛，發出一聲嗚咽。

「對不起，老紀。我不該跟你說這個。」岳筱慧搖著頭，語氣悲戚，「至少現在不該說。」

紀乾坤茫然地看著她，又看看魏炯，最後甚至把視線投向了林國棟，似乎想證實那句話究竟是他親耳聽到的，還是僅僅是幻聽而已。

漸漸地，紀乾坤的眼神重新聚焦，四下飛出的魂魄彷彿又回到了身上。他低下頭，不敢再看岳筱慧。嘴唇哆嗦了半天，才艱難地吐出幾個字：「梁慶芸是……」

「她是我媽媽。」岳筱慧放下摀住眼睛的手，大顆大顆的淚水從眼眶裡滾落，「你在一九九二年十月二十七日晚殺死了我媽媽。然後，分屍，拋屍，」她指指林國棟，「作案手法和他的一模一樣。」隨即，她轉頭面向魏炯：「對不起，魏炯。那天在圖書館的天臺上，我偷看了那個檔案袋裡的東西。」

紀乾坤也望向魏炯，男孩的目光躲閃了一下，很快又重新與他視線相接，勇敢地回望著紀乾坤。

「你……」

「老紀，一開始我並沒有懷疑你，只是想幫筱慧找到殺死她媽媽的凶手。」魏炯緩緩開口道，「後來，我逐漸意識到，那個凶手模仿林國棟的目的，並不是某種變態的崇拜，而是想告訴警方，當年殺死那四個女人的凶手，還活在人間。」魏炯忽然笑了笑，似乎充滿了歉意：「用如此極端的手段去提示警方，這麼執著的人，除了你，還會是誰呢？」

紀乾坤怔怔地看著魏炯，彷彿他是一個從未謀面的陌生人。

「我並不願意去證實這個猜想。但是，杜成教了我一種方法，可以根據拋屍的地點推斷出凶手拋屍的路線，進而劃定凶手可能居住的地方。」魏炯的表情逐漸嚴肅起來，「你的家，就在這個範圍之內。」

紀乾坤慘然一笑：「所以你就來試探我？」

「對。從那天的談話中，我知道你會開車，更能感受到你心中的執念。你應該還記得，我說手機忘在房間裡，跟你要鑰匙回房去拿，其實，我把你家裡的鑰匙畫下來了。」魏炯頓了一下，「然後，我在你的臥室櫃子上，發現了一把手鋸。」

紀乾坤點點頭，嘴裡喃喃自語：「好小子。」

「之後的某一天，你讓張海生帶著你去仰龍公墓。」魏炯繼續說道，「你在購物處買了兩束花。其中一束放在了你妻子的靈前，另一束……」他把頭轉向岳筱慧：「放在了一個叫梁慶芸的女人的靈前。」

紀乾坤沉默了幾秒鐘，臉色變得慘白：「你為什麼沒有立刻告發我？」

魏炯猶豫了一下：「因為你心中的執念未了。如果當時就向警方舉報你，未免，未免太殘忍了。」

「是啊，執念，執念。」紀乾坤長長地嘆了一口氣，彷彿在玩味這兩個字，眼神散淡開來，「當時，我沒有別的辦法可以讓警方重啟偵查，真的沒有了。」他半垂著頭，聲音越來越低沉：「我只能用一模一樣的手法去殺一個人，才能讓警方相信許明良是無辜的，凶手還在人世。不過，筱慧，請妳相信我。」紀乾坤抬頭望向岳筱慧，目光急切又誠懇：「我沒有強姦妳媽媽，更沒有折磨她。」

女孩哭出了聲，連連搖頭：「你別說了。」

「我知道我自己罪孽深重。如果不是這個執念一直在支撐著我，我即使不去自首，也會自殺。而且，報應很快就來了。」紀乾坤低下頭，看著自己毫無知覺的雙腿，「我殺死妳媽媽之後，足有一年半的時間，警方毫無動靜。所以，我只能再次去……」

「一九九四年六月七日。」魏炯看著他，「對吧？」

「嗯。」紀乾坤點點頭，「我已經選定了那個女人，橫穿馬路向她跑過去的時候，一輛貨車從身後把我撞倒了。」

「你活該！」一直沉默不語的林國棟突然開口，「你和我是一樣的。」

令人意外的是，紀乾坤並沒有反駁他。思考了幾秒鐘之後，他反而點了點頭。

「你說得對。你和我，都該死。」

紀乾坤擦擦眼睛，臉上露出笑容：「魏炯、筱慧，遇到你們，不知道是緣分，還是劫數。不管怎麼樣，先對你們說聲抱歉，再說聲謝謝。」

他對岳筱慧微微頷首：「妳和魏炯離開這裡吧。」隨即，他的視線下移，落到林國棟的臉上，同時舉起手裡的遙控起爆器，「我們兩個該死的人，是時候做個了斷了。」

魏炯大驚，正要開口阻止，就聽到身後傳來一陣急促的腳步聲，杜成跑了進來。

「老紀，你別衝動！」杜成已經滿臉是汗，手裡舉著一個燒焦了邊緣的牛皮紙檔案袋，「我拿到證據了。」

這突如其來的變故讓在場的所有人都愣住了。特別是林國棟，他的臉色一下子變得慘白，死死地盯著那個檔案袋。

杜成把檔案袋裡的東西掏出來，放在桌面上：是一張泛黃的紙和一團不織布。

「這些能夠證明林國棟在每個案發的時間段內，都開著一輛白色皮卡車在夜裡尋找下手目標。而且，這輛車上有其中一個死者的血跡。」杜成不斷地喘息著：「我在林國棟床底下發現了一些毛髮。其中，也許就有你妻子的。」他面對林國棟，枯黃、浮腫的臉頰上露出一絲笑容，「駱少華同意作證，你完了。」

紀乾坤怔怔地看著那張紙和不織布，淚水漸漸盈滿眼眶，最終，一顆顆落在桌面上。他向後靠坐在椅子上，一手摀臉，無聲地痛哭起來。

「杜警官、魏炯、筱慧，」模糊不清的聲音從指縫間傳出，「謝謝，謝謝你們。」

杜成心裡一鬆，揮手示意站在門口的張震梁。

張震梁帶著幾個員警快步走向桌旁，一把拉起面如死灰的林國棟，把他戴上手銬。

「林國棟，你涉嫌強姦罪、故意殺人罪和搶劫罪。」杜成看著他，大聲宣布，「你被逮捕了。」

張震梁和另一個員警拖著林國棟向咖啡館外走去。林國棟垂著頭，雙腳拖在地上，宛若一條死狗一般。快到門口的時候，他突然掙扎起來，扭過頭向紀乾坤喊道：「按啊，你這個窩囊廢，你這個殺人犯！」

杜成冷冷地看著林國棟被拖出咖啡館，消失在警戒帶的另一側。隨即，他就彷彿全身脫力似的，跌坐在椅子上。

「老紀，」杜成擦擦額頭上的汗水，向紀乾坤伸出一隻手，「把引爆器給我，防爆隊馬上就進來。」

然而，出乎他的意料，紀乾坤把握著遙控器的手挪向身體右側，向門口輕輕擺頭。

「杜警官，你帶著這兩個孩子出去。」他頓了一下，又補充道，「退到警戒線以外，越遠越好。」

杜成被弄糊塗了：「老紀，你又要搞什麼鬼？」

紀乾坤沒有理會他，而是面向岳筱慧，笑了笑：「孩子，替我對妳爸爸說聲對不起。我害死了妳媽媽，必須得接受懲罰。」

杜成一愣，隨即就「啊」了一聲，臉色大變：「老紀，原來你……」

話未說完，岳筱慧就伸出一隻手，阻止了他。

她定定地看著紀乾坤，良久，搖了搖頭。

「老紀，你不該死。至少，你不該這樣死。」岳筱慧咬咬嘴唇，似乎下定了決心，「如果我認為你該死，第二次幫你刮鬍子的時候，我就一刀割下去了。」

紀乾坤開始抽泣：「孩子，我……」

「你知不知道我為什麼要去接近林國棟，想誘捕他？」岳筱慧蹲下身子，把手按在紀乾坤的膝蓋上，仰面看著他，「我想讓你去自首。」

紀乾坤淚眼模糊地回望著她。

在昏暗的咖啡館裡，女孩的周身正散發出越來越強烈的光芒。

「我知道會冒著很大的風險，甚至有可能會丟掉性命。」岳筱慧笑了笑，「但是我決定要去做，而且我把遺言都錄好了。」

她掏出手機，打開照片，找到一個影片檔，點擊播放。

螢幕上，岳筱慧站在一堵牆的前面，臉蛋凍得通紅。

『魏炯、杜警官，還有老紀。』女孩的笑有些不自然，似乎很緊張，『如果你們在我的手機裡發現這段影片，就意味著，我已經死在林國棟手裡了。』

女孩垂下眼皮，旋即抬起：『首先需要聲明的是，我這麼做完全是出於自願，不要苛責任何人。如果可能的話，請你們幫忙照顧我爸爸，還有小豆子。先謝謝啦。』

女孩露出一個調皮的笑容，旋即收起。

『老紀，接下來這段話是說給你的，你仔細聽好。』女孩變得目光專注，表情凝重，『我知道，是你殺了我媽媽。如果說我不恨你，顯然是假話。你毀了我和我爸爸的生活，倘若現在就把你送上刑場，我會非常願意。』

女孩突然停住，把頭扭向一側，似乎在竭力忍住淚水。幾秒鐘後，她重新面對鏡頭，語氣中仍有哽咽的聲音。

『但是我知道你那樣做的原因，所以我要你跟我做一個約定。』女孩湊近鏡頭，一字一頓地說道，『我幫你抓住林國棟。你了結心願之後，就去自首。我始終相信，在這個世界上，除了殺人償命的公平之外，還有法律和秩序。』

女孩放慢了語速：『我始終認為，你應該有一個機會，去面對曾經犯下的過錯，而不是逃避。』

笑容浮現在女孩的嘴角，純潔如天使。

『也許這麼想有一點傻吧，但是，這，就是我的執念。』

影片播放結束。

杜成和魏炯默默地看著岳筱慧。她，以及她手中的一點光，足以照亮整個夜空。

岳筱慧放下手機，向紀乾坤伸出一隻手，臉上的笑容溫和又堅定。

「老紀，我們走吧。」

尾聲　晚春

楊桂琴突然醒了。

她頭昏腦漲地從沙發上爬起來，感到口乾舌燥，順手從茶几上端起杯子，喝了一口已經涼透的茶水。

客廳內沒開燈，電視機還開著。楊桂琴坐在沙發上，發了一會兒呆，注意力逐漸被電視機裡正在播放的晚間新聞吸引過去。

『今天下午三點半左右，在興華北街和大望路交會處的一家咖啡館內發生一起爆炸案，現場沒有人員傷亡，有部分財產損失。據悉，警方從現場帶走多人，其中一人是殺人在逃的通緝犯林國棟。』

楊桂琴抓起遙控器，關掉了電視。她前幾天在報紙上看到了林老師的通緝令，心中還覺得納悶。好好的一個人，怎麼就得了精神病，又殺了人呢？

可能是一直沒治好吧。

老婦無心再考慮他的事，她抱起毯子，搖晃著向臥室走去。她想儘快入睡，因為她剛才做了一個夢，如果能讓這個夢繼續下去，那可太美妙了。

在夢裡，她的兒子，許明良回家了。

最高人民檢察院很快做出批復，同意對二十三年前的連環強姦殺人案重啟偵查。C市公安局鐵東分局成立了專案組，段洪慶任組長，杜成任副組長，針對林國棟的偵查全面展開。

在專案組的不懈努力下，各種證據材料被迅速採撿、匯總。其中，在林國棟床下的地板縫內採撿到毛髮若干，經DNA檢驗，其中兩根可與一九九〇年「11．9」強姦殺人碎屍案的被害人張嵐做同一認定，其中一根可與一九九一年「8．7」強姦殺人碎屍案的被害人馮楠做同一認定。此外，在林國棟家的客廳沙發附近的牆壁上，發現一塊被大白粉遮蓋的擦蹭痕血跡，經DNA檢驗，可與一九九一年「6．23」強姦殺人碎屍案的被害人黃玉做同一認定。

駱少華提供了兩份證據，其中之一是林國棟在一九九〇年至一九九一年借用綠竹味精廠汽車班的一輛白色東風牌皮卡車的記錄。在共計十七次的借用記錄中，四次與連環強姦殺人碎屍案的案發時間高度吻合。那輛皮卡車已經做報廢處理，無從查證，但是當年的汽車班維修員劉柱尚在人世，他證實了這份借車記錄的真實性。

另一份證據是那輛白色皮卡車的遮陽板。在遮陽板背面的不織布上，警方採撿到一枚滴落血，經DNA檢驗，可與一九九一年「3．14」強姦殺人碎屍案的被害人李麗華做同一認定。

駱少華亦提供了一份證言，證實林國棟曾親口承認自己犯下了四起強姦殺人碎屍案。

同時，駱少華因涉嫌徇私枉法罪被C市鐵東區檢察院帶走調查，因本案已過追訴時效，鐵東區檢察院已做出不予起訴處理。

四月二日，紀乾坤向警方自首，並主動交代一九九二年「10．27」殺人碎屍案是自己所為。透過對紀乾坤住宅的搜查，警方在臥室衣櫃上方發現用報紙包裹的手鋸一把，在手鋸的握柄上採撿到紀乾坤的指紋。在握柄與鐵鋸的連接處及鋸齒內採撿到血跡，經DNA檢驗，可與被害人梁慶芸做同一認定。一九九二年「10．27」殺人碎屍案宣布告破。

紀乾坤隨即向警方舉報了張海生幫助田有光強姦的犯罪事實，並提供了影片資料作為證據，本案已另行處理。

鑒於犯罪嫌疑人紀乾坤身患殘疾，生活不能自理，同時在體檢時發現肺部有病變，C市人民檢察院決定對其採取取保候審措施，經交納保證金後，暫時在C市第三人民醫院接受治療。

五月八日，C市中級人民法院開庭審理了林國棟連環強姦殺人碎屍案，被告人林國棟被指控犯有強姦罪、故意殺人罪和搶劫罪，林國棟對檢察機關指控的犯罪事實供認不諱，庭審整整持續了兩天，將擇日宣判。

紀乾坤在休庭第二天收到了張震梁送來的一張DVD光碟，光碟裡記錄了對林國棟一案

審理的全過程。紀乾坤在病房裡用借來的隨身DVD機看完了這張光碟，始終表情平靜，一言不發。然而，在當晚，整個樓層的人都聽到一個老人在呼喚著一個叫「馮楠」的名字，一夜未曾停歇。

十天後，C市中級人民法院對林國棟一案做出一審判決：林國棟犯強姦罪，被判處死刑立即執行，剝奪政治權利終身；犯故意殺人罪，被判處死刑立即執行，剝奪政治權利終身；犯搶劫罪，被判處有期徒刑三年，並處罰金三千元，合併執行死刑立即執行。

林國棟當庭表示不上訴，本案已報送最高人民法院覆核中。

經由許明良之母楊桂琴的申訴，J省高級人民法院決定啟動再審程序，並另行組成合議庭依法開庭審理。審理中，合議庭查閱了本案全部卷宗以及相關資料，並聽取了申訴人、辯護人及檢察機關的意見，經合議庭評議並提交審判委員會討論，做出如下判決：一、撤銷本院一九九一J刑終字第一九九號刑事裁定和C市中級人民法院一九九一C刑初字第三十七號刑事判決；二、原審被告人許明良無罪。

申訴人楊桂琴已經提出申請國家賠償。

隨後，對許明良一案的錯案責任追究程序啟動，當年參與辦理此案的公、檢、法三部門相關人員被責令配合調查，其中不乏已退休的公安和司法工作人員。曾主持本案偵查工作的C市公安局鐵東分局前副局長馬健申報革命烈士榮譽稱號的程序已暫停，一名杜姓警官在接受詢問時忽然昏倒，當日被送往C市第三人民醫院搶救。

五月底，晚春。

天空晴朗，陽光大好，逐日升高的氣溫讓這個城市澈底告別了寒冷凋敝的冬季。綠草、花衣，隨處可見的健碩身軀和年輕面龐，讓這片土地顯得更加充滿活力，生機盎然。

紀乾坤搖動著輪椅，在第三人民醫院的院子裡緩緩前行。陽光灑在他的身上，暖暖的很舒服。他不停地深呼吸，青草的味道混合著泥土的芳香縈繞在鼻腔裡，讓人覺得慵懶愜意，心滿意足。

在一片空地上，一個身穿藍白相間病號服的老人正斜靠在木質長椅上，閉著眼睛打盹，在他手上，還捏著一份打開的報紙。

紀乾坤看見他，手上用力，輪椅加速向他駛去。

「老杜，」他走到老人身邊，用力拍拍對方的膝蓋，「也不怕著涼。」

杜成睜開眼睛，見是紀乾坤，笑了笑。

「是你啊。」他費力地伸了一個懶腰，報紙隨著他的動作嘩啦作響，「真他媽不行了，看幾眼報紙就睡著了。」

紀乾坤看看他枯黃的面容和越加腫脹的腹部，問道：「你怎麼樣？」

「沒事，後天手術。」杜成搖搖頭，「震梁非要我做，其實根本沒用。你呢，昨天開庭了？」

「嗯，故意殺人罪和爆炸罪中止。」紀乾坤面色平靜，似乎在說一件與己無關的事情，「半天就完事了。」

「你檢舉揭發了張海生，應該算立功。」杜成看看他，「你的辯護律師提這個沒有？」

「好像提了吧，我也沒認真聽。」紀乾坤指指自己的上腹部，「肺癌，就算判死緩也沒啥意義。」

杜成默然，低下頭。片刻，他忽然想到了什麼，湊過去低聲問道：「這麼說，你現在肯定沒有菸吧？」

紀乾坤一愣：「你個老傢伙，都什麼時候了，還想抽菸。」

「嘿嘿，我有啊。」杜成詭譎地一笑，從口袋裡拿出一盒菸，「可惜就剩兩支了。」

「來一支，來一支。」紀乾坤立刻露出羨慕的表情。

兩個老頭分享了菸盒裡最後的兩支菸，又湊在一起點燃，對坐著吞雲吐霧。

紀乾坤只吸了幾口，面龐就憋成了紫紅色，隨即就劇烈地咳嗽起來。杜成見狀，急忙過去幫他敲打後背，紀乾坤好不容易止住咳嗽，急促地喘息著，手裡還捏著那半支菸不肯丟。

「瞅你那德行，扔了得了。」杜成也是氣喘吁吁，嘴上笑罵道，「真他媽浪費。」

「你還好意思說我，」紀乾坤的嘴角見了血絲，他隨手擦掉，指指杜成不斷揉動腹部的手，「挺不住了吧？」

「是啊，一會兒還得去抽腹水。」杜成撇撇嘴，呼吸開始變得急促，「一天七、八次，煩死我了。」

紀乾坤又小心翼翼地嘬了一口菸頭，緩緩吐出一口煙氣，盯著院子裡往來的人群出神。

「老杜，咱倆都是要死的人了。」

「是啊。」杜成斜靠在長椅上，剛才的動作似乎讓他耗盡了力氣，「好在執念已了，沒什麼遺憾了。」

「林國棟是昨天執行的？」

「嗯。」杜成的眼睛半睜半閉，聲音也變得越來越低，「注射。」

紀乾坤點點頭：「老杜，還有件事，想請你幫個忙。」

「哦？」杜成勉強抬起眼皮，「你說。」

「昨天在開庭的時候，岳筱慧家沒提附帶民事訴訟。」紀乾坤頓了一下，「我想，總得給這孩子和她爸爸一點補償，我已經寫好遺囑了，全部財產都留給她。如果有機會的話，你勸勸她，請她務必接受。」

「好。」杜成的頭慢慢垂下來，聲音細微，幾乎不可聞。

「我始終虧欠她家太多，雖然金錢補償沒什麼意義，但是……」紀乾坤的眼睛忽然瞪大了，語調也一下子昂揚起來，「你看，這倆孩子說來就來了。」

在院子的另一側，魏炯和岳筱慧正踩著草坪上的水磨石踏板，遠遠地向這邊走來。

「哎，老杜，你說岳筱慧當時錄製的影片裡，會不會單獨留了話給魏炯？」紀乾坤瞇起眼睛笑著，「我看這倆孩子挺般配的啊。在咖啡館裡，明知道有炸彈，魏炯還不肯離開岳筱慧。」

紀乾坤自顧自說著，完全沒有意識到，在他的側後方，杜成已經躺倒在長椅上。

「聽說他們打算畢業之後去考公務員，當員警，我覺得挺合適的。沒有這倆孩子，估計這案子也破不了。真希望有機會能看到他們穿上警服的樣子，你說呢？」

在午後的陽光下，紀乾坤看到魏炯和岳筱慧一路嬉笑著並肩走來，男孩接過女孩手中拎著的水果籃。遇到跨度較大的水磨石踏板，男孩會伸出手，拉住女孩，之後就沒有放開。男孩還有些害羞，女孩倒是大大方方，還拿出面紙遞給男孩，示意他擦擦額頭上的汗水。

看著他們，紀乾坤感到極大的幸福和滿足。

在他眼裡，這對青年男女就彷彿自己頭上的太陽，熾熱、光明，帶著永不消失的溫度和足以抵禦黑暗的力量，宛若這個令人充滿期待的春天。

宛若新生。宛若希望。

——執念　完

高寶書版集團
gobooks.com.tw

TN 299
執念

作　　者　雷　米
責任編輯　高如玫
封面設計　林政嘉
內頁排版　賴姵均
企　　劃　鍾惠鈞

發 行 人　朱凱蕾
出　　版　英屬維京群島商高寶國際有限公司台灣分公司
　　　　　Global Group Holdings, Ltd.
地　　址　台北市內湖區洲子街88號3樓
網　　址　gobooks.com.tw
電　　話　(02) 27992788
電　　郵　readers@gobooks.com.tw（讀者服務部）
傳　　真　出版部 (02) 27990909　行銷部 (02) 27993088
郵政劃撥　19394552
戶　　名　英屬維京群島商高寶國際有限公司台灣分公司
發　　行　英屬維京群島商高寶國際有限公司台灣分公司
初　　版　2023年01月

本書繁體中文版透過中國教育圖書進出口有限公司授權出版。

國家圖書館出版品預行編目(CIP)資料

執念/雷米著. -- 初版. -- 臺北市：英屬維京群島商高寶國際有限公司臺灣分公司, 2023.01
面；　公分. -- (文學新象；TN 299)

ISBN 978-986-506-600-0(平裝)

857.7　　111018767